Aniceti Kitereza
Die Kinder der Regenmacher

P H
V

ANICETI KITEREZA

Die Kinder der Regenmacher

Eine afrikanische Familiensaga
Roman

Aus dem Suaheli übersetzt
und mit einem Vorwort von
Wilhelm J. G. Möhlig

Peter Hammer Verlag

Teil I: Die Ehe

Inhaltsverzeichnis zu Teil I

Inhaltsverzeichnis zu Teil II

9

Leben und Werk des Autors

Aniceti Kitereza wurde 1896 in Sukuma-Land (Zentral-Tansania) geboren. Seine Eltern stammten eigentlich von der Insel Ukerewe im südöstlichen Teil des Victoria-Sees. Der Vater Malinduma hatte jedoch vor den Nachstellungen des Kerewe-Königs Lukonge, dessen Bruder er war, fliehen müssen. Als Malinduma 1901 an Pocken starb, kehrte die Mutter Muchuma mit Kitereza nach Ukerewe zurück. Die politischen Verhältnisse hatten sich dort insoweit verändert, als die deutsche Kolonialmacht den alten König abgesetzt hatte und der Nachfolger, König Mukaka, der Familie Malindumas wohlgesonnen war, so daß Kitereza sogar einige Jahre am königlichen Hof von Bukindo verbringen konnte. In dieser Zeit dürfte sein später so ausgeprägtes Interesse für die historischen Überlieferungen und das kulturelle Erbe seines Volkes geweckt und entwickelt worden sein.

Seit 1905 besuchte Kitereza die Missionsschule der Weißen Väter in Kagunguli. 1909 wechselte er auf das Seminar nach Lubya bei Bukoba über. Deutsch und Französisch gehörten ebenso zu seinem Ausbildungsplan wie Latein und Griechisch. Mit Hilfe von Wörterbüchern brachte er sich außerdem im Selbstunterricht Englisch bei. Er kannte sich somit in mehreren Bildungssprachen aus und hatte über die Bibliotheken der Missionsstationen Zugang zur westlichen Literatur. Die Beantwortung der Frage, welche europäischen Werke er las und welche ihn darunter besonders beeindruckt haben, wäre im Hinblick auf Entstehung und Konzeption seines Romans literaturgeschichtlich überaus interessant. Leider ist darüber jedoch nichts bekannt.

1919 trat Aniceti Kitereza als Katechet und Lehrer in die Dienste der katholischen Mission in Kagunguli. Im selben Jahr heiratete er Anna Katura, mit der er bis zu ihrem Tod im Jahre 1980 verbunden blieb. Wegen des geringen Lohns, den er im Dienste der Mission erhielt, nahm er eine Anstellung bei einem griechischen Händler in Musoma an. Mit Ausbruch des 2. Weltkriegs verlor er jedoch seinen Posten und kehrte nach Ukerewe zurück. Als Übersetzer religiösen und didaktischen Schrifttums verdiente er hinfort sein Brot wieder bei der Mission.

Schon damals muß einigen Missionaren die schriftstellerische Begabung und das kulturhistorische Interesse Aniceti Kiterezas aufgefallen sein. Vor allem der kanadische Pater Almas Simard (1907–1954) hielt ihn an, systematisch die mündlichen Überlieferungen des Kerewe-Volkes zu sammeln und aufzuzeichnen. Auf der Missionsstation Kagunguli räumte man Kitereza sogar ein Büro mit einer Schreibmaschine ein und machte ihm die Bibliothek zugänglich. 1942 schloß Kitereza sein erstes Buchmanuskript in Swahili mit dem Titel ‚Hadithi na Desturi za Ukerewe‘ (Geschichten und Bräuche von Kerewe-Land) ab. Aus mir unbekannten Gründen wurde das Werk niemals gedruckt, obschon spätestens seit 1954 das East African Literature Bureau unter dem Serientitel ‚Desturi na Masimulizi ya Afrika ya Mashariki‘ (Brauchtum und Traditionen in Ostafrika) eine Fülle ähnlicher Abhandlungen wie die Kiterezas veröffentlichte. Vermutlich schon ein Jahr später, d. h. 1943, vollendete Kitereza eine weitere Monographie, diesmal in Kikerewe geschrieben, mit dem Titel ‚Omwanzuro gw'Abakama ba Bukerebe‘ (Geschichte der Könige von Kerewe-Land). Beide Manuskripte habe ich zwar bisher nicht einsehen können, ich vermute jedoch, daß Teile davon, vielleicht sogar wortwörtlich, in den später verfaßten Roman eingeflossen sind.

Wann Kitereza mit der Niederschrift seines großen Romans begann, ist nicht genau bekannt. Abgeschlossen wurde das in Kikerewe verfaßte Manuskript jedenfalls im Februar des Jahres 1945. Wegen der geringen Verbreitung und der sprachpolitisch drittklassigen Bedeutung des Kikerewe war es von vornherein ausgeschlossen, für die Veröffentlichung des Werkes einen Verleger oder gar eine finanzielle Unterstützung zu finden. Wieder war es Pater Simard, der als erster die literarische und kulturdokumentarische Bedeutung des umfänglichen Romans erkannte. Anläßlich eines Heimaturlaubs nahm er 1954 das Manuskript mit nach Kanada, um dort nach einem Mäzen zu suchen, der die Veröffentlichung des Romans hätte finanzieren können. Kurz darauf verstarb Simard jedoch, und so war dieser Unternehmung leider kein Erfolg beschieden.

1968 kam das Ethnologen-Ehepaar Charlotte und Gerald Walter

Hartwig zu Feldstudien nach Ukerewe. Sie gaben Kitereza den Rat, seinen Roman ins Swahili zu übersetzen, um auf diese Weise die Chancen einer Publikation zu erhöhen. Bereits innerhalb eines Jahres lag ein handgeschriebenes Manuskript von 874 Seiten in Swahili vor. Die Hartwigs bemühten sich, in den Vereinigten Staaten Sponsoren für eine Drucklegung zu finden. Unter anderem sprachen sie auch die Ford Foundation an. Im Zuge des Begutachtungsverfahrens kam eine Kopie des Werkes nach Dar es Salaam und dort zufällig in die Hände von Walter Mgoya, des Leiters des Tanzanian Publishing House. Dieses Ereignis führte zum entscheidenden Durchbruch. Das Tanzanian Publishing House entschloß sich, das Manuskript nach einer Überarbeitung durch geübte Lektoren in Zusammenarbeit mit Kitereza in zwei Bänden zu veröffentlichen. Ein großes Verdienst bei der Anfertigung des Druckmanuskripts kommt Dr. Gabriel Ruhumbika zu, damals Professor für afrikanische Literatur an der Universität Dar es Salaam. Er spricht selbst Kikerewe als Muttersprache und ist dazu ein qualifizierter Literaturwissenschaftler.

Der Roman trägt zwar das Publikationsjahr 1980. Da der eigentliche Druck jedoch in China erfolgte, verzögerten sich Fertigstellung und Auslieferung um fast ein Jahr. Aniceti Kitereza verstarb in Kagunguli am Ostersonntag, dem 20. April 1981, zwei Wochen, bevor die ersten Vorabkopien seines Lebenswerks Tansania per Schiffspost erreichten.

Seit 1956 litt Kitereza unter einer schmerzhaften Polyarthritis, die ihn zunehmend unbeweglich machte. Während seines letzten Lebensjahrs, das er ohne die Fürsorge seiner geliebten Frau verbringen mußte, war er ganz auf die Hilfe seiner Nachbarn und Freunde angewiesen. Seine Frau hatte ihm vier Kinder geboren. Sie starben jedoch alle im Kindesalter. So kannte Kitereza das Problem der Kinderlosigkeit, das er in seinem Roman so großartig thematisiert hat, aus eigener schmerzlicher Erfahrung. Aniceti Kitereza war katholischer Christ. Sein Glaube hat sein ganzes Leben geprägt, was in anachronistischer Weise auch in seinem Roman deutlich wird.

Bwana (Herr) Myombekere und Bibi (Frau) Bugonoka, die Hauptpersonen des Romans, sind Angehörige der ländlichen Bevölkerung
auf der Insel Ukerewe. Sie leben zu einer Zeit, in der das traditionelle
Leben dort weder durch die Fernhandelsbeziehungen des frühen
19. Jahrhunderts noch durch die Ankunft der Europäer beeinflußt war.
Die Eheleute lieben einander, was in der traditionellen Kerewe-Gesellschaft offenbar selten vorkommt, wie uns der Autor mehrfach wissen
läßt. Es ist diese große Liebe zwischen ihnen, die sie das Hauptpro-
blem ihrer Verbindung, die Kinderlosigkeit, gesellschaftlich, psychisch
und schließlich auch physisch überwinden läßt.

Der Roman beginnt damit, daß die Eltern Bugonokas ihre Tochter zu
sich zurücknehmen. Sie rechtfertigen diesen Schritt damit, daß ihr
Schwiegersohn seine Frau nicht angemessen und wirksam vor den
Schmähungen seiner Verwandten in Schutz genommen habe. Myombekere unternimmt große Anstrengungen, seine Frau zurückzugewin-
nen. Dabei stellen sich ihm viele Hindernisse in den Weg, die er aber alle
durch seine Rechtschaffenheit, seine Unerschrockenheit und letztlich
seine Tatkraft überwindet. Gute Freunde und die Nachbarn sind ihm
stets behilflich. Als ihm die Schwiegereltern seine Frau zurückgeben,
führt er sie einer komplizierten, aber letztlich erfolgreichen Behandlung
bei einem traditionellen Heiler zu: Bugonoka wird schwanger.

Monat für Monat erlebt der Leser nun mit, wie sich die Schwangerschaft entwickelt. Es treten zahlreiche Schwierigkeiten auf, die Bugonoka leiden lassen, vor allem aber beide Eheleute wiederholt in Angst
und Unsicherheit stürzen. Die Solidarität und tätige Mithilfe der Gesellschaft ist ihnen allzeit gewiß. So werden alle Herausforderungen des
Lebens gemeistert. Schließlich wird ein Sohn geboren. Der Vater gibt
ihm den Namen Ntulanalwo, wörtlich: ‚ich lebe immer damit' – gemeint ist die Bedrohung durch den Tod. Das Kind kümmert dahin und
bedarf ständig der besonderen Fürsorge seiner Eltern. Seine Verfassung
bessert sich erst, als man es in die Obhut seiner Großeltern gibt.

Bugonoka wird erneut schwanger. Sie bringt ein zweites Kind zur
Welt, diesmal eine Tochter, die den Namen Bulihwali erhält. Sinnge-
mäß bedeutet dies: ‚Wann wird das Leid nur enden?' Mit der Geburt

des Mädchens tritt die ersehnte Wende ein. Beide Kinder wachsen von nun an prächtig heran. Sie heiraten und haben ihrerseits viele Nachkommen. Nach dem Ableben ihrer Eltern werden sie wohlhabende und einflußreiche Mitglieder ihrer Gesellschaft. Mit dem Tode von Ntulanalwo und Bulihwali neigt sich diese afrikanische Familien-Saga dem Ende zu. Der Roman schließt mit einem unmittelbaren Wort Kiterezas an seine Leserschaft, das ich hier im Vorgriff auf den zweiten Band im vollen Wortlaut wiedergebe, weil es mir einen wichtigen Schlüssel zum Verständnis des ganzen Romans zu enthalten scheint.

„Die Paläste dieser Welt sind nur eine Schlafstelle und kein Ort, wo die Menschen auf ewig leben könnten. Wir wollen darum so sein, wie es die Namen unserer Mitmenschen in diesem Roman andeuten. Nun, fragt mich nur: Welche Namen sind dies? Zusammenfassend antworte ich euch darauf: Myombekere, das heißt: Begründe eine Familie! Bugonoka, das heißt: Das Unheil kommt unversehens. Ntulanalwo, das heißt: Ich lebe immer eingedenk des Todes. Bulihwali, das heißt: Wann wird das Leid nur enden? Wenn ihr mich weiter fragt: Welchen Namen sollen wir besonders beherzigen, so antworte ich euch allen darauf: Blitz und Donner, ich will euch das Geheimnis wie folgt lüften: Das Vorhergesagte wird eintreffen. Dafür steht der Sohn Bugonokas. Eine Frau, die verschwiegen ist, wird ebenso gepriesen wie die Gebärerin von wohlgeratenen Nachkommen. Dafür steht die Tochter Myombekeres. Beides zusammen bildet die Grundlage aller Gehöfte hier im Kerewe-Land! Mitbrüder und Mitschwestern, was für Menschen trifft man in dieser großen Welt seit eh und je an? Sagt es mir! Rückständige und ewig Rückwärtsgerichtete! Springt auf, flieht nach vorn, damit ihr nicht in der alten Unwissenheit verharrt! Hiermit lebt wohl! Einem undankbaren Menschen zu dienen, heißt, sich den Rücken vergebens zerbrechen!!! Ende gut, alles gut!"

Äußerer Aufbau des Werkes

Das formale Grundgerüst wird von 38 Kapiteln gebildet. Diese sind nicht nur von unterschiedlicher Länge, sie haben auch verschiedene Wertigkeiten. In einigen Fällen fragt man sich, so etwa in der Abfolge der beiden Kapitel 3 und 4, warum der Stoff auf zwei Kapitel verteilt wurde, in anderen Fällen wiederum, etwa bei Kapitel 12, ob thematisch nicht zwei Kapitel angebrachter gewesen wären. Die eine oder andere Kapiteleinteilung, etwa des Kapitels 17 (Vogeldoktor), deckt sich mit unseren europäisch-literarischen Vorstellungen. Man sollte vielleicht der Einteilung Kiterezas in Kapitel keine allzu große Bedeutung beimessen. Meines Erachtens handelt es sich um Merk- und Orientierungshilfen, die dem Autor selbst beim Schreiben des Werkes nützlich waren, möglicherweise sogar um Texte, die zunächst unabhängig voneinander zu verschiedenen Zeiten von ihm verfaßt wurden und die er erst später, quasi als Versatzstücke, miteinander vereinigte. Gewisse Wiederholungen von Erklärungen für kulturfremde Leser, manchmal in unmittelbar aufeinanderfolgenden Kapiteln, legen diese Annahme nahe. Als Orientierungshilfe für den Leser wurde die vorgegebene Kapiteleinteilung in der deutschen Fassung beibehalten.

Strukturell noch weniger zu rechtfertigen als die Einteilung in Kapitel ist die bereits erwähnte Aufteilung des Werkes in zwei Bände. Die Swahili-Version wurde, vermutlich der Handlichkeit wegen, in zwei Teilbänden gedruckt, wobei der Schnitt ziemlich willkürlich nach der Hälfte der Seiten zwischen dem 18. und 19. Kapitel erfolgte. Auch die deutsche Version wird in zwei Teilbänden – übrigens im geplanten Publikations-Abstand von eineinhalb Jahren – herausgebracht. Im Vergleich zur Swahili-Version wurde die Schnittstelle jedoch um ein Kapitel zum Ende hin verschoben. Das heißt, Kapitel 19 wurde in der deutschen Version dem ersten Teilband angegliedert. Mir scheint, daß an dieser Stelle tatsächlich eine größere, thematisch begründbare Zäsur vorliegt. Der gesamte erste Teil wird von dem Problem der Kinderlosigkeit beherrscht. Dieses ist für die beiden Hauptpersonen mit der Geburt ihres Sohnes Ntulanalwo im 19. Kapitel gelöst. Vom 20. Kapitel an verschiebt sich der Schwerpunkt allmählich auf die Kinder, wobei thematisch die Entwicklung von Gehöft und Familie im Vordergrund steht.

Die Einteilung der Swahili-Version in Absätze, Paragraphen und Sätze entspricht eher selten den herkömmlichen Vorstellungen von Syntax oder Textstruktur sowohl im Standard-Swahili als auch im Deutschen. Für unsere Übersetzungsarbeit, die sich an sinnkohärenten

Abschnitten orientiert (s. u.), ist die vorgegebene syntaktische Struktur allerdings unerheblich.

Deutung von Absichten und Zielen des Autors

Übersetzung ist zugleich auch immer Interpretation. Bewußt oder unbewußt dürfte daher der Wortlaut der hier vorgelegten deutschen Version von meiner subjektiven Auffassung der Ziele und Absichten, die Kitereza in seinem Werk zum Ausdruck bringen wollte, beeinflußt sein. Zum besseren Verständnis des von mir verfaßten Textes möchte ich daher im folgenden kurz einige Aspekte meiner Deutung des Werkes darlegen.

Meine Ausgangsposition ist die eines afrikanistischen Oralisten, das heißt eines Wissenschaftlers, der sich berufsmäßig mit den sogenannten oralen Literaturen in afrikanischen Sprachen befaßt. Aus dieser Sicht heraus scheint mir eines der vorrangigsten Ziele Kiterezas zu sein, der Nachwelt eine umfassende und genaue Beschreibung der traditionellen Kerewe-Kultur in vorkolonialer Zeit zu hinterlassen. Durch die Fülle seiner detaillierten und genauen Beschreibungen kultureller Sachverhalte, die zumeist mit dem romanhaften Handlungsablauf nichts zu tun haben, liefert uns Kitereza das wohl umfänglichste Stück Dokumentarliteratur, das bisher von einem afrikanischen Autor verfaßt wurde. Wenn man sich die stetig aufwärts mäandernde Linie des Romans einmal wegdenkt und den zweiten vor den ersten Teil stellt, erhält man die zwei Lebenszyklen eines Mannes und einer Frau der traditionellen Kerewe-Gesellschaft von der Geburt bis zum Tode. Die Tochter Bulihwali und der Sohn Ntulanalwo decken den ersten Teil ab, die beiden Eltern, Bugonoka und Myombekere, den zweiten. Eine moderne ethnographische Monographie, aus langjähriger teilnehmender Beobachtung entstanden, könnte kaum vollständiger ausfallen.

Eine weitere dokumentarliterarische Komponente dieses Werks stellt der reiche Fundus an Sprichwörtern dar. Wir finden sie allenthalben im Text, wo immer der Zusammenhang dies gestattet, die romanhafte Situation keinesfalls aber erfordert. Der Reichtum der afrikanischen Wortkulturen an Sprichwörtern ist schon früh von westlichen Wissen-

schaftlern und Missionaren erkannt worden. Die Fülle der Sprichwort-
sammlungen aus Afrika ist selbst für einen Fachmann nur schwer
überschaubar. Trotz dieses Sammlerfleißes muß gesagt werden, daß
leider die meisten Aufzeichnungen wissenschaftlich unbrauchbar sind,
weil sie die Sprichwörter nur auflisten, d. h. ohne konkrete Anwen-
dungsfälle präsentieren. Der wahre Sinn eines Sprichworts erschließt
sich jedoch erst im situativen Kontext. Darum fordern die Oralisten
seit Jahren, afrikanische Sprichwörter nur im Zusammenhang ihres
Gebrauchs aufzuzeichnen. Kitereza hat uns in seinem Roman lange,
bevor sich diese Erkenntnis durchsetzte, meisterhaft gezeigt, wie
Sprichwörter sinngerecht erfaßt und beschrieben werden, ohne daß
die Fachwelt seine Pionierleistung bisher gebührend zur Kenntnis genommen hätte.

Darüber hinaus enthält der Roman zahlreiche Liedtexte. Zumindest
bei einigen von ihnen ist der kulturhistorische Wert jedoch insofern
problematisch, als sie auf Ereignisse Bezug nehmen, die erheblich später zu datieren sind, als der von Kitereza sonst beschriebene historische
Horizont des ausgehenden 18. Jahrhunderts. So wird auf die weißen
Kolonialherren angespielt oder König Lukonge erwähnt, der von diesen erst 1895 abgesetzt wurde. In solchen Fällen mögen dem Autor lite-
rarisch-ästhetische Ziele wichtiger gewesen sein als dokumentarliterarische.

Dem Schreiben von Dokumentarliteratur liegt fast immer ein di-
daktisches Anliegen zugrunde. Aniceti Kitereza wollte vor allem seinem eigenen Volk die traditionelle Kerewe-Kultur in der Erinnerung
bewahren. Durch die Übersetzung ins Swahili veranlaßt, kam später
ganz augenscheinlich der weitergehende Plan hinzu, den Ostafrika-
nern insgesamt diese Kultur als ein Beispiel von Würde, Menschlich-
keit und Strebsamkeit vorzuführen. Kitereza hat von der Übersetzung
seines Werks in internationale Sprachen sicherlich nie geträumt. Das
didaktische Anliegen der von ihm verfaßten und autorisierten Swahili-
Version läßt sich aber, ohne seinen Vorstellungen Gewalt anzutun, un-
bedenklich auch auf die deutsche Fassung übertragen.

Kitereza hat seine kulturhistorische Dokumentation in eine romanhafte Handlung gekleidet, um meines Erachtens auf diese Weise zwei
ganz verschiedene Themenkomplexe, die nur oberflächlich zusammen-

hängen, abzuhandeln. Im Vordergrund steht das Ziel, dem afrikanischen Leser die Bedeutung der tragenden Elemente der traditionellen Kerewe-Gesellschaft vor Augen zu führen. Diese sind nach Kiterezas Überzeugung die Kleinfamilie als soziale und das Gehöft als wirtschaftliche Grundeinheit. Das zweite Grundthema, das ihm am Herzen liegt, bezieht sich auf das Verhältnis der Geschlechter untereinander. Offenbar geht es ihm nicht, anders als es der Haupttitel auf den ersten Blick vermuten läßt, um die Beschreibung zweier Einzelschicksale. Das erklärt die auffällige Klischeehaftigkeit der handelnden Figuren. Myombekere und Bugonoka, die beiden Protagonisten, erscheinen bereits von Anfang an als vollständig. Sie machen während des Romans kaum noch eine Entwicklung durch. Was sich stattdessen im Roman entwickelt, sind die von den beiden Protagonisten gegründete Familie und ihr Gehöft, ganz im Sinne des zuerst genannten Themenkomplexes.

Kitereza nutzt das romanhafte Grundgerüst, um allerlei alltägliche Herausforderungen darzustellen, die Schicksal, Umwelt und Gesellschaft an eine traditionelle Kerewe-Familie und ihre wirtschaftliche Grundlage, das Gehöft, herantragen. Das Problem der Kinderlosigkeit steht dabei im Vordergrund. Ein festgefügtes Wertsystem, das Sitte und Brauchtum vorgeben, sowie ein Netz verschiedener Solidargemeinschaften, basierend auf Abstammung, Ehe, Freundschaft, vermutlich Blutsbrüderschaft in der Gestalt Nkwesis, und Nachbarschaft, lassen alle Gefahren und Probleme meistern. In Form geschliffener Dialoge thematisiert Kitereza die Wertvorstellungen und Denkansätze, die sozusagen prototypisch, das heißt nicht individuell oder charakterbezogen, in der damaligen Kerewe-Gesellschaft vorherrschten. Auf die christliche Prägung Kiterezas wurde bereits hingewiesen. Sie schlägt allerdings häufig durch und ist mit seinen Aussagen zum traditionellen Wertsystem meistens so eng verwoben, daß es nur einem Fachmann möglich sein dürfte, beides gedanklich voneinander zu trennen.

Der zweite Themenkomplex, das Verhältnis und Verhalten zwischen den Geschlechtern, zieht sich wie ein roter Faden durch alle Kapitel hindurch. Es gibt längere Abschnitte, in denen Kitereza, losgelöst von der Haupthandlung, geradezu in Exkursen darüber reflektiert. Im 13. Kapitel verläßt er sogar völlig die romanhafte Handlung und erzählt, scheinbar ohne Zusammenhang, in einer längeren Mythe, wie es zum Zusammenleben der Geschlechter kam. In der oralen Literatur werden derartige Unterbrechungen der Hauptthematik von den Erzählern mitunter verwendet, um einen bevorstehenden Höhepunkt hinauszuzögern. Man ist hier insofern an dieses textdramaturgische Mittel erinnert, als sich im 14. Kapitel die lang ersehnte Schwangerschaft bei Bugonoka endlich einstellt, und damit in der Tat ein gewisser Höhepunkt der eigentlichen Romanhandlung erreicht wird.

Bemerkungen zur Werksprache

Der Text des Romans wurde vom Autor zweimal verfaßt, einmal in seiner Muttersprache, einer Bantusprache der Insel Ukerewe, und ein zweites Mal in Swahili, der vorherrschenden Verkehrssprache und späteren Nationalsprache Tansanias, die ebenfalls zur Bantu-Sprachfamilie gehört. Dem deutschsprachigen Text liegt die Swahili-Version zugrunde. Das unpublizierte Manuskript in Kikerewe konnte leider nicht eingesehen werden. Ich weiß daher nicht, in welcher Weise die beiden Texte voneinander abweichen. Daß es Unterschiede geben muß, läßt sich nicht nur aufgrund der Zeitspanne von 23 Jahren zwischen den beiden Versionen vermuten, sondern ergibt sich auch aus vielen erläuternden Textstellen, die offensichtlich nur für eine Leserschaft außerhalb der Kerewe-Kultur verfaßt wurden. Hierzu gehören Erklärungen von Gegenständen und alltäglichen Sachverhalten, die selbst einem heutigen Bewohner von Ukerewe, der um drei Generationen jünger ist als Kitereza, in dieser Ausführlichkeit sicherlich nicht erklärt zu werden brauchten. Die zunächst ungeklärte Frage aber bleibt, welche Veränderungen der Text zwischen den beiden Versionen außerdem noch erfuhr.

Die Werksprache meiner Vorlage entspricht nicht dem Standard-Swahili, das heutzutage in den Medien, Schulen und öffentlichen Verlautbarungen verbreitet wird. Das ist bei ostafrikanischen Schriftstellern, die in Swahili schreiben, an sich nicht ungewöhnlich, wenn man die Entstehungsgeschichte dieser Sprache in Betracht zieht. Zu Beginn des vergangenen Jahrhunderts erstreckte sich das Swahili-Stammland auf einen Landstreifen von nicht mehr als 20 Kilometer Breite, aber andererseits von etwa 1.500 Kilometer Länge entlang der ostafrikanischen Küste von Somalia bis Mosambik, einschließlich der vorgelagerten Inseln. Die weite Ausdehnung des Sprachgebiets und die vergleichsweise große Eigenständigkeit der swahilisprachigen Küstenstädte führten zu einem hohen Grad an Dialektalisierung.

Bereits weit vor der Kolonialzeit wurden einige dieser Dialekte unter islamischem Einfluß zu Schriftsprachen mit arabischer Schrift. Lamu und Mombasa waren im 18. und 19. Jahrhundert Zentren der Gelehrsamkeit und Wortkunst, wie viele erhalten gebliebene Dokumente bezeugen. Auch heute gibt es Schriftsteller und Dichter, die das Standard-Swahili, das auf das Unguja, die ehemalige Hofsprache von Sansibar, zurückgeht, ablehnen und in einem der nördlichen Dialekte schreiben. Unguja gewann erst im 19. Jahrhundert, als sich Sansibar zu einem internationalen Handelszentrum entwickelte, als Verkehrssprache Bedeutung. Mehrere transafrikanische Karawanenstraßen, die bis an den oberen Kongo-Fluß, den Victoria- und den Malawi-See führten, nahmen dort ihren Ausgang. Mit dem Fernhandel, der hauptsächlich auf Elfenbein und Sklaven beruhte, verbreitete sich das Sansibar-Swahili, Unguja oder Kiunguja genannt, entlang dieser Straßen weit in das Innere des Kontinents. Als das Deutsche Kaiserreich 1890 offiziell die Verwaltung in Deutsch-Ostafrika übernahm, wurde Unguja als Verkehrssprache an allen Handelsplätzen im Landesinneren, insbesondere von der männlichen Bevölkerung, gesprochen. Auch die Kerewe nahmen intensiv am Fernhandel teil, so daß Swahili des Unguja-Typs dort zumindest seit Ausgang des 19. Jahrhunderts bekannt war.

Die deutsche Kolonialverwaltung erkannte schon früh die erziehungs- und verwaltungspolitischen Vorteile dieser Verkehrssprache und trug daher aktiv zu ihrer weiteren Entwicklung bei. Die für das Erziehungswesen in Ostafrika so bedeutsamen Missionsgesellschaften verfolgten unterschiedliche Sprachpolitiken. Während die evangelischen Missionare im Landesinneren die einheimischen Sprachen in Wort und Schrift bevorzugten, teilten die katholischen Missionsgesellschaften die Sprachpolitik des Kaiserreichs, indem sie Swahili favorisierten.

Aniceti Kitereza durchlief seit 1905 das Ausbildungssystem der katholischen Mission. Spätestens seit dieser Zeit muß er über fundierte

Swahili-Kenntnisse des Unguja-Typs verfügt haben. Daß seine Schreibsprache dennoch vom heutigen Standard-Swahili abweicht, hat meines Erachtens zwei Gründe: Erst 1928 wurde auf einer internationalen Konferenz das Unguja von Sansibar als Grundlage für das Standard-Swahili ausgewählt. Die praktische Standardisierungsarbeit begann sogar noch später, d. h. nicht vor 1930, als das ‚Internationale Sprachkomitee zur Entwicklung des Swahili‘ seine Arbeit aufnahm. Die Entwicklung zum heutigen Standard-Swahili setzte somit erst ein, als Kitereza seine Ausbildung längst abgeschlossen hatte. Des weiteren, das Verkehrssprachen-Swahili, das Kitereza als Schüler und junger Mann erlernte, war streng funktional auf die Kommunikationsbedürfnisse von Verwaltung, Wirtschaft, Erziehung und allenfalls das kirchliche Leben ausgerichtet. Die Bereiche des traditionellen Lebens auf dem Lande waren hingegen dadurch nicht abgedeckt. Kitereza hat augenscheinlich versucht, entsprechende Lücken im Wortschatz des Verkehrssprachen-Swahili mit Hilfe von Wörterbüchern und sprachkundigen Beratern zu schließen. Ein jeder, der schon einmal versucht hat, auf diese Weise einen Text in einer Fremdsprache zu verfassen, weiß aus Erfahrung, daß im gegebenen Fall die Auswahl aus zumeist mehreren Wortvorschlägen nicht immer leicht fällt und mitunter auch zu Fehlentscheidungen führt. Kitereza hat jedenfalls im Swahili eine Reihe von originellen ‚Kerewe-ismen‘ geschaffen, die sich nicht nur auf einzelne Wörter, sondern auch auf die Metaphern und den Satzbau beziehen. Dadurch, daß die Lebenswelt, die Kitereza in seinem Roman beschreibt, in sich jedoch relativ geschlossen ist, konnten dieselben Sprachkreationen in den verschiedenen Kontexten von ihm immer wieder verwendet werden. So schuf er sich eine Werksprache, die trotz der Umstände ihrer Entstehung einen hohen Grad an innerer Konsistenz aufweist.

Darüber hinaus ist der Swahili-Text mit zahlreichen Sprachelementen aus dem Kerewe durchsetzt. Es handelt sich dabei vor allem um Bezeichnungen aus Flora und Fauna, Wörter für traditionelle Gerätschaften und spezifische kulturelle Institutionen sowie um Sprichwörter und feststehende Formeln der Kommunikation. Diese im Deutschen entsprechend umzusetzen, bedeutete zumindest zu Beginn meiner Tätigkeit eine schier unüberwindbare Schwierigkeit. Der Sinn der Kerewe-

Bezeichnungen konnte häufig nur induktiv aus dem Kontext oder mit Hilfe der Wortliste von Pater Eugene Hurel (s. Quellenverzeichnis am Schluß) erschlossen werden. Zwar enthält auch die Swahili-Ausgabe des Romans am Ende eine Liste solcher Kerewe-Sprachformen. In ihrer Lückenhaftigkeit läßt sie den Leser aber leider oft im Stich. Es tröstet, daß auch Kitereza mit der Übersetzung der speziellen Kerewe-Termini seine Not hatte. In der Mitte des 12. Kapitels findet sich eine Passage, in der er sich deutlich resignierend unmittelbar an die Swahili-Leser wendet: „Wir können hier nicht alles ausführen, weil wir Schwierigkeiten mit der Wiedergabe im Swahili haben. Der vollständige Wortlaut findet sich in der Kerewe-Version von Myombekere na Bugonoka."

Sehr zur Lebendigkeit des Ausdrucks trägt der orale Stil bei. Emma Crebolder-van de Velde, eine niederländische Literaturwissenschaftlerin und Kennerin des Swahili, hat in ihrer Magisterarbeit (Köln 1986) den Roman Kiterezas unter dem Gesichtspunkt der ‚Übergangsliteratur' zwischen oral und schriftlich verfaßter Wortkunst untersucht. Als formale Merkmale der oralen Komponente im Roman nennt sie Wiederholungen auf der Satz- und Wortebene, rituelle bzw. formelhafte Dialoge, Ideophone sowie den häufigen Gebrauch von direkter Rede. In diesem Zusammenhang könnte man noch die zahlreichen deiktischen Ausdrucksformen des Romans nennen, wie beispielsweise in dem Ausspruch: „Nehmt dieses Vorderbein!" Der genaue Sinn würde sich erst durch die zeigende Geste erschließen. Auf der Textebene nennt Crebolder die vielen Interjektionen in der Funktion der Abschnittsmarkierer wie loo (nanu!), kweli (wirklich!), basi (also!), kumbe (ei!). Oft wendet sich der Autor auch direkt an die Leser, als ob diese wie bei einem mündlichen Vortrag unmittelbar vor ihm säßen. In der oralen Wortkunst Afrikas gehören solche Sprachformen zum klassischen Inventar der Gestaltung. Als Stilmittel in einem schriftlich verfaßten Romantext bewirken sie Lebendigkeit und Dynamik. Sie erhöhen die Dramatik selbst dort, wo die objektiven Umstände eigentlich völlig undramatisch sind. Vom Wortlaut geht aufgrund dieser oralen Gestaltungsmittel jedenfalls ein mächtiger Sog aus, der den Leser zwingt, mit der Lektüre immer weiter fortzufahren.

Als mir Hermann Schulz vom Peter Hammer Verlag vorschlug, das Werk für eine deutsche Leserschaft zu übersetzen und zu adaptieren, habe ich zunächst mit einer Zusage gezögert. Immerhin war ich der Dritte, der darum gebeten wurde, und ich dachte mir, daß die vor mir Gefragten triftige Gründe gehabt haben mögen, den Auftrag abzulehnen. Die Übersetzung eines solchen Werkes stellt in der Tat eine vielfache Herausforderung dar. Zunächst: Die Textvorlage ist in einer Sprache verfaßt, die auch für den Autoren eine Fremdsprache ist und die er darüber hinaus erst auf die Bedürfnisse seines Stoffes zugeschnitten hat. Alsdann: Es wird eine Welt beschrieben, die aus unserer abendländischen Perspektive nicht nur ganz anders ist, sondern sich auch noch auf längst vergangene Zustände bezieht. In dieser Form können die im Roman beschriebenen Sachverhalte heutzutage weder beobachtet noch erfahren werden, weil sich die Lebensverhältnisse auf der Insel Kerewe inzwischen grundlegend geändert haben. Ein drittes Hindernis: Als Oralist habe ich mich auch früher schon oft mit Übersetzungsproblemen auseinandersetzen müssen. Dabei handelte es sich aber stets um Fragen des Inhalts, niemals auch des Stils oder der Ästhetik. Ich mußte mich also hier auf ein sprachliches Feld begeben, auf dem ich zuvor niemals gearbeitet hatte.

Es war mir von vornherein klar, daß in diesem Fall eine Übersetzungstechnik gefunden werden mußte, die dem deutschsprachigen Leser die Aussagen Kiterezas inhaltlich so vollständig wie möglich vermitteln und dabei die Fremdartigkeit aus unserer Sicht bzw. die kulturelle Eigenständigkeit aus der Sicht des Autors bewahren sollte. Nach einigen Versuchen am Text – konkret wurden drei Kapitel aus verschiedenen Abschnitten des Romans zur Probe übersetzt – habe ich die Herausforderung angenommen.

Welche Prinzipien wurden bei der Übersetzungsarbeit vor allem befolgt? Abgesehen davon, daß der Primärtext recht willkürliche Grenzen von Sätzen und Abschnitten aufweist, die vom Sinn her oft nicht gerechtfertigt und daher abänderbar sind, würde eine Satz-zu-Satz-Übersetzung infolge kultureller Verschiedenheiten zum deutschen Zieltext häufig den Eindruck der mangelhaften Logik oder gar von gebrochener Sprache erwecken. Ein solcher wäre, gemessen an der tatsächlichen Eloquenz und dem natürlichen Scharfsinn der Kerewe, ebenso diskriminierend wie falsch. Texte lassen sich unter (wenigstens) drei Perspektiven betrachten: (1.) der sprachlichen Gestalt, (2.) der dieser zugeordneten Bedeutung und (3.) dem konkreten Sinn. Aus dieser Trias habe ich der letzten Perspektive das Primat über die beiden anderen eingeräumt. Als Folge davon habe ich im ersten Arbeitsschritt versucht, den Primärtext in sinnkohärente Abschnitte zu unterteilen, d. h. in solche Abschnitte, die entweder durch herkömmliche Episodengrenzen oder durch jeweils ein gemeinsames Thema bzw. Sub-Thema gekennzeichnet sind. Der Sinn eines solchen Abschnitts wurde als Ganzheit erfaßt und anschließend in der deutschen Zielsprache durch eine syntaktische Sequenz (Wörter, Sätze, Abschnitte) wiedergegeben, die den Regeln des Deutschen entsprach. Nur insoweit als die sprachliche Struktur des Primärtextes damit vereinbar schien, wurde sie im Übersetzungsprozeß berücksichtigt. Da diese Vorgehensweise nicht ganz unumstritten ist, sei sie an einem praktischen Beispiel erläutert. Gleich im ersten Kapitel des Romans findet sich eine Passage, die mehr oder weniger wortwörtlich wie folgt zu übersetzen wäre:

„Als sie kurz davor waren, in der Siedlung ihres Schwiegersohns anzukommen, das heißt an seiner Heimstadt, weil sie von sich schon vor Tagesanbruch aufgebrochen waren, indem sie Wege mit viel Morgentau begingen zur Zeit der großen Regen und Flußbetten randvoll mit Wasser durchquerten, schlugen sie sich in ein Gebüsch, das nahe am Wege war, den sie beschritten; wegen des Morgentaus und des Wassers der Flüsse, die sie durchquerten, waren ihre Bäuche verschmutzt."

In diesem Abschnitt wird thematisiert, daß sich die Schwiegereltern Myombekeres, bevor sie sein Gehöft betreten, in einem Gebüsch am Wegesrand erst einmal vom Schmutz der Fußwanderung über taufeuchte Wege und durch Hochwasser führende Flüsse säubern. Die eigentliche Handlung, das Säubern, ist im Primärtext überhaupt nicht erwähnt. Warum nicht? Zum Säubern, etwa mit feuchten Grasbüscheln, muß man sich der Fellumhänge entledigen oder diese hochschürzen, so daß man während der Säuberung, zumindest unten herum, nackt ist. Man entzieht sich den Blicken anderer, indem man sich bei der Säuberung in einem Gebüsch verbirgt, wie man es etwa auch zur Verrichtung der Notdurft täte. Das Betreten des Gebüschs ist aus der Perspektive des äußeren Betrachters, die aus Gründen der Schicklichkeit auch die Perspektive des Autors und des Lesers ist, der einzig sichtbare Teil des ganzen Vorgangs, der darum allein im Text beschrieben wird. Zu welchem Zweck die Schwiegereltern das Gebüsch betreten, kann aus der Nennung der Gründe – „denn ihre Bäuche waren verschmutzt" – eindeutig erschlossen werden.

Der gesamte Abschnitt, im Original ohne Punkte unterteilt, wird mit einer temporalen Zuordnung eingeleitet. Der zunächst noch verschleierte Handlungskern befindet sich in der Mitte. Erst am Ende wird auch der eigentliche Sinn der Handlung enthüllt. Die Textstellen zwischen diesen Kernstücken des Abschnitts sind durch zweimalige Nennung der Gründe, wie es zu der Verschmutzung kam, ausgefüllt. Diese „sandwich"-artige Struktur ist typisch für oral verfaßte Literatur im bantusprachigen Afrika. Die Bantusprachen sind dem Strukturtyp nach Klassensprachen, gekennzeichnet durch eine streng formale Konkordanz der syntaktisch abhängigen Satzelemente. Diese bewirkt, daß die syntaktischen Beziehungen auch in einem komplizierten Textabschnitt für den Leser oder Hörer stets erkennbar sind. Die deutsche Sprache verfügt im Vergleich zu den Bantusprachen über viel geringere Ausdrucksmöglichkeiten der syntaktischen Kohärenz. Eine Nachahmung der soeben vorgeführten Textstruktur scheidet daher von vornherein aus. Darüber hinaus erfordert die vorauszusetzende Unkenntnis der Kultur- und Umweltbedingungen der Kerewe bei den deutschen Lesern eine zielsprachliche Aussage, die die zu erschließende Haupthandlung, das Säubern, ausdrücklich nennt. Ich habe daher den Text im Deutschen wie folgt wiedergegeben:

„Als die beiden in die Gegend kamen, wo sich das Gehöft ihres Schwiegersohns befand, schlugen sie sich erst einmal in ein Gebüsch am Wegesrand, um sich zu säubern. Sie waren schon vor Tagesanbruch von ihrem Gehöft aufgebrochen und hatten wegen der Regenzeit über taunasse Wege gehen müssen. Außerdem waren die Flußbetten, die sie durchquerten, randvoll mit Wasser gefüllt. Morgentau und Hochwasser hatten sie schmutzig gemacht."

Da die Handlung des Romans in einer längst vergangenen Zeit spielt, habe ich versucht, in der Gestaltung der Dialoge Fremdwörter und Modernismen zu vermeiden. Die Swahili-Vorlage hätte eine andere Vorgehensweise durchaus zugelassen. Es ist aber gerade eines der didaktischen Anliegen Kiterezas, die alte Zeit vor dem geistigen Auge des Lesers auferstehen zu lassen. Der Gebrauch von Modernismen und Fremdwörtern, vor allem in den Dialogen, würde den Eindruck alter Zeiten für einen deutschen Leser meines Erachtens zerstören. Die Figuren des Romans haben also keine „Probleme", sondern „Schwierigkeiten", und sie finden eine Sache nicht „interessant", sondern „fesselnd" oder „anziehend".

Außer dem Fluidum der alten Zeit mußte dem deutschen Leser aus Gründen der Verstehbarkeit auch der kulturelle Kontext vermittelt werden. Da schon Kitereza bei der Anfertigung der Swahili-Version mit dem Problem der ‚Kulturübersetzung' konfrontiert war, konnte ich einen Teil seiner Techniken übernehmen. Um den exotischen Charakter vom Standort der Zielsprache aus zu bewahren, habe ich wie Kitereza viele der Fachwörter, Redewendungen und Sprichwörter im Kerewe-Wortlaut beibehalten. Anders als er habe ich diese jedoch nicht in einer Vokabelliste am Ende des Textes, sondern gleich an Ort und Stelle erklärt. Im Falle größerer syntaktischer Formen habe ich eine sinnerklärende Übersetzung unmittelbar im Anschluß daran folgen lassen. Bei einzelnen Fachwörtern habe ich den generischen Terminus hinzugefügt. Mitunter habe ich kulturtypische Sachverhalte, deren Sinn mir aus dem Kontext heraus für einen deutschen Leser nicht ohne weiteres verstehbar erschien, durch erklärende Adjektive oder andere Zusätze, über den Primärtext hinausgehend, zu verdeutlichen versucht. Lautmalerische Ausdrücke, Interjektionen sowie Namen und Anredeformen wurden zur Bewahrung der Atmosphäre unverändert aus der Vorlage übernommen, auch wenn es in einzelnen Fällen deutsche Entsprechungen gegeben hätte.

Eine der Grundregeln aller Übersetzungswissenschaft besagt, daß die Zielsprache zugleich die Muttersprache des Übersetzers sein sollte. Eine Übersetzung ist wie eine Brücke zwischen zwei Sprachkulturen. Der eine Brückenpfeiler besteht darin, den Sinn des zu übersetzenden Primärtextes zu verstehen. Der andere Brückenpfeiler ergibt sich daraus, den Sinn in der Zielsprache neu zu formulieren. Die sprachliche Architektur beim Bau des zweiten Pfeilers ist weit schwieriger als die des ersten und erfordert darum unbedingt die Kenntnisse und Erfahrungen eines muttersprachlichen Bearbeiters. Ich habe im Anfang dennoch geglaubt, den Vorgang des Übersetzens durch die Mithilfe eines afrikanischen Swahilisprechers, der gleichzeitig über ausgezeichnete Kenntnisse zumindest der deutschen Alltagssprache verfügte, erleichtern oder beschleunigen zu können. Diese Annahme hat sich im großen und ganzen jedoch als ein Irrtum erwiesen. Schon allein um der Sicherheit willen, den Sinn einer bestimmten Textpassage der Swahili-Version auch wirklich verstanden zu haben, mußte ich trotz dieser Hilfe stets von der Grundlage des Primärtextes ausgehen. Die parallel dazu von meinem afrikanischen Gewährsmann erstellte Rohübersetzung konnte allenfalls beratend hinzugezogen werden, trug aber im Ergebnis häufiger zu Zweifeln als zur Klärung bei. Weit günstiger wäre es gewesen, wenn von Anfang an ein einheimischer Kenner der Kerewe-Kultur als Mitarbeiter zur Verfügung gestanden hätte. Diese konzeptionellen Mängel bei der Arbeitsplanung gehen zu meinen Lasten, und für eventuelle Fehlinterpretationen, die dadurch entstanden sind, übernehme ich allein die Verantwortung.

Damit durch die Schilderung der Schwierigkeiten bei der Übersetzungsarbeit kein falscher Eindruck entsteht, möchte ich meinen Bericht mit der ausdrücklichen Feststellung schließen, daß mir die Arbeit großes Vergnügen bereitet hat. Die Reise durch die fremde Kultur der Kerewe in vorkolonialer Zeit hat mich von Abschnitt zu Abschnitt dieses großartigen Romans zunehmend gefesselt. Die didaktische Herausforderung, mit Hilfe sprachlicher Mittel etwas von dieser Faszination auf deutschsprachige Leser überspringen zu lassen, hat meine Tätigkeit zusätzlich beflügelt.

Danksagungen

Mein erster Dank gilt meinem afrikanischen Mitarbeiter, Herrn Kosmas Lazaro. Mit bewundernswerter Hartnäckigkeit hat er sich durch den auch für ihn schwierigen Swahili-Text des ersten Bandes gekämpft und mir fast zu jedem Kapitel Übersetzungsvorschläge ausgearbeitet. Bei der stilistischen Abgleichung des deutschen Textes stand mir meine

Familie mit Rat und Tat zur Seite. Vor allem Adelheid, meine Frau, hat das gesamte Manuskript kritisch durchgesehen. Ihr und den Kindern gilt mein herzlicher Dank. Des weiteren bin ich Hermann Schulz vom Peter Hammer Verlag und seinen Mitarbeitern für wertvolle Anregungen bei der Gestaltung des Textes zu Dank verpflichtet. Last but not least danke ich herzlich meinem Freund und Mitarbeiter Rüdiger Köppe für stilistische Verbesserungen. Er hat darüber hinaus neben mir Korrektur gelesen und die druckfertige Reinschrift des Manuskripts besorgt.

Hürth im März 1991   Wilhelm J. G. Möhlig

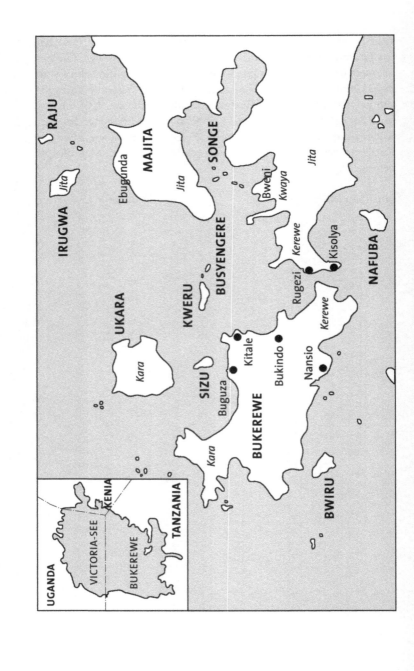

ABAZUMAKAZI	Soldatinnen der Königin der Frauen
BARONGO	Cousine Bugonokas
BAZARAKI I	Hausmädchen auf dem Hof von Myombekere, Nichte Myombekeres, Schwester Kagufwas
BAZARAKI II	Tochter des Heilers Kibuguma
BIBI	Anredeform für eine Frau
BITURO	ein entfernter Nachbar
BUGONOKA	Hauptperson, Ehefrau Myombekeres, Tochter von Namwero und Nkwanzi
BWANA	Anredeform für einen Mann
DADA	Anredeform für die (ältere) Schwester
GWALEBA	Fachmann zur Bearbeitung von Fellen
JUMBE	Titel, Vorsteher eines Distrikts
KAGUFWA	Hausjunge auf dem Hof von Myombekere, Neffe Myombekeres, Bruder Bazarakis I
KAHWERERA	Vogeldoktor
KANWAKETA	nächster Nachbar
KASAKA	Enkelin Namweros, Nichte Bugonokas
KIBUGUMA	traditioneller Heiler und Wahrsager
LUBONA	Sohn des Jumben
LWEGANWA	Bruder Bugonokas, Schwager Myombekeres
MABIBI	Anredeform für mehrere Frauen
MABWANA	Anredeform für mehrere Männer
MAFWELE	Gehilfe des Jumben
MWANANGWA	ein Beisitzer am Gericht des Jumben
MYOMBEKERE	Hauptperson, Ehemann Bugonokas
NAKUTUGA	Helfer Myombekeres beim Biertransport
NAMWERO	Vater Bugonokas, Ehemann von Nkwanzi
NANZALA	Geburtshelferin, Mutter Kanwaketas
NKUBITIZI	Gehilfe des Königs der Männer

NKWANZI Mutter Bugonokas, Ehefrau von Namwero
NKWESI Freund und Blutsbruder Myombekeres
NTAMBA Nachbar, Gegner im Rechtsstreit
OMUKAMA Titel des Königs
WEROBA Frau des Heilers Kibuguma

KAPITEL I

Man nimmt Bwana Myombekere die Frau fort

Myombekere und Bugonoka führten alle Anweisungen aus, die Brauchtum und Gesetz bei einer Heirat vorschreiben. So wurden sie ein Paar. Beide standen noch im jugendlichen Alter. Nach der Hochzeit verging ein ganzes Jahr, und im zweiten Jahr ihrer Ehe wurde Bugonoka schwanger. Die Hoffnungen beider auf einen Sohn erfüllten sich jedoch nicht, denn im fünften Monat erlitt Bugonoka eine Fehlgeburt. Nur kurze Zeit darauf war sie schon wieder schwanger. Im siebten Monat der zweiten Schwangerschaft gebar sie ein Töchterchen, das nur einen Tag lebte. Seither waren Schwangerschaften bei Bugonoka ausgeblieben.

Das Paar hatte schon viele Jahre kinderlos verbracht. Myombekeres Sippe war darüber immer unruhiger geworden. Seine Verwandten machten ihm Vorhaltungen: „Wie kannst du, unser Sippenbruder, es nur zulassen, daß die Blüte deiner Mannesjahre umsonst dahinwelkt? Wozu sind deiner Meinung nach die Menschen wohl auf der Welt? Ist nicht der Fortbestand unserer Sippe allein dadurch gewährleistet, daß wir Nachkommen hervorbringen? Hätten dein Vater und deine Mutter dich nicht gezeugt, wie wärest du wohl auf die Welt gekommen? Wegen deiner eigenen Zeugungskraft mach dir nur keine Gedanken! Männer können immer Kinder zeugen und benötigen daher auch keinerlei Fruchtbarkeitsmedizin. Sie müssen sich nur ein Herz fassen und um die Hand eines gesunden Mädchens anhalten. Wenn du nochmals auf Brautschau gingest, könntest du bei deinem jugendlichen Alter sicherlich noch genügend Nachkommenschaft zeugen." Myombekere fragte seine Verwandten, was er ihrer Meinung nach tun solle. Worauf sie ihm vorschlugen, seine Frau zu verstoßen und eine andere zu heiraten.

Solche Reden häuften sich, bis schließlich auch die Schwiegereltern Myombekeres davon erfuhren. Sie waren darüber sehr erbost und beschlossen, ihre Tochter unverzüglich heimzuholen. Schon in der

Dämmerung des nächsten Morgens machten sie sich auf den Weg zu ihrem Schwiegersohn. Sie hatten vor, noch im Laufe des Vormittags bei ihm einzutreffen und bereits am gleichen Abend wieder bei sich zu Hause zu sein.

Unterwegs fragte die Schwiegermutter, Bibi Nkwanzi, ihren Mann, Bwana Namwero: „Welche treffenden Gründe sollen wir im Gehöft unseres Schwiegersohns vorbringen, damit wir unsere Tochter auch wirklich ausgehändigt bekommen?" Bwana Namwero antwortete ihr: „Frauen haben doch eine merkwürdige Art zu denken! Einfache Worte beunruhigen dich so, als ob sie schwierig wären. Führ dir nur mal vor Augen, was sie unserer Tochter alles angetan haben! Sie werden sie sicherlich noch abwerfen wie eine schwere Last Brennholz. Lehnen sie unser Kind nicht ganz und gar ab? Ganz offensichtlich ist es so! Woher kommt das? Nur davon, daß das Kind, deine Tochter, strohdumm ist. Ach, ich kann nicht mal sagen, daß sie noch ein Kind ist! Wäre sie eins, hätte sie ja schließlich nicht geschwängert werden können. Und hätte sie nicht die beiden Schwangerschaften verdorben, könnte sie jetzt Mutter zweier Kinder sein! Nur aus Torheit schweigt sie zu allen Beschimpfungen. Wäre sie eine vernünftige Frau so wie du, hätte sie unseren Schwiegersohn schon verlassen, und wir hätten ihm längst den Brautpreis zurückerstattet und sie anderweitig verheiratet. Ihr Haus wäre dann jetzt voller Kinder. Meine Frau, beunruhige dich nur nicht! Wenn du in Zukunft etwas sagen willst, denke vorher darüber nach. Erst dann lasse es verlauten! Also, ich stelle mir vor, daß wir uns nach der Ankunft im Gehöft unseres Schwiegersohns erst einmal ausruhen werden. Der Sitte gemäß werde ich meine Waffen ablegen, und man wird uns Stühle zum Sitzen anbieten. Sie werden uns freundlich, ohne feindselige Gefühle begrüßen, und wir werden so tun, als ob wir arglos seien und von den Beschimpfungen gegen unsere Tochter nichts wüßten. Schließlich werden wir nicht gleich mit der Tür ins Haus fallen wie ein Angehöriger des Jita-Volkes! Irgendwann wird man dich in die Hütte der Tochter bitten. Dort kannst du sie über alles ausfragen und ihr unsere heimlichen Absichten offenbaren. Wenn du damit fertig bist, fragst du mich laut, warum wir noch nicht auf dem Heimweg seien, ob wir vielleicht im Gehöft unseres Schwiegersohns übernachten wollten. An diesem Punkt werde ich dann alle im Gehöft zusammenrufen und ihnen den wahren Grund unseres Kommens offenbaren. Danach brechen wir sofort auf. Ich werde sicherlich nicht lange reden, so wie es üblich wäre, wenn wir uns zu entschuldigen hätten oder sie um etwas bitten wollten."

Als die beiden in die Gegend kamen, wo sich das Gehöft ihres Schwiegersohns befand, schlugen sie sich erst einmal in ein Gebüsch am Wegesrand, um sich zu säubern. Sie waren schon vor Tagesanbruch von ihrem Gehöft aufgebrochen und hatten wegen der Regenzeit über taunasse Wege gehen müssen. Außerdem waren die Flußbetten, die sie durchquerten, randvoll mit Wasser gefüllt. Morgentau und Hochwasser hatten sie schmutzig gemacht.

Kurz vor Mittag konnten sie endlich das Gehöft des Schwiegersohns betreten. Sie durchschritten den beidseitig mit hohen Hecken eingefaßten Hauptweg. Vor dem Eingangstor trafen sie auf eine Nichte Myombekeres, die dort spielte und eilfertig ihre Ankunft meldete: „Halahala, Onkel, wir haben Besuch bekommen!" Myombekere schaute zum Hoftor und erkannte zunächst nur seinen Schwiegervater. Sofort stand er auf, um den Gast willkommen zu heißen. Dann erst bemerkte er, daß auch seine Schwiegermutter dabei war. Hastig trat er beiseite und wandte sich ab, um ihr nicht ins Angesicht sehen zu müssen. Die Schwiegermutter blieb vor dem Hoftor stehen. Myombekere rief seine Frau herbei, die gerade frisch geerntete Kartoffeln wusch: „Bugonoka! Bugonoka, bring Stühle und nimm die Waffen unserer Gäste entgegen!" Er selbst war seit dem frühen Morgen damit beschäftigt, das Fleisch eines fremden Kalbes, das unerwartet bei ihm verendet war, am Feuer durch Räuchern haltbar zu machen, um es später den Eigentümern übergeben zu können. Seine Hände waren daher mit Ruß und Fett beschmiert, so daß er sich nicht getraute, die Waffen seines Schwiegervaters anzufassen. Außerdem ist es bei den Kerewe Brauch, daß sich Schwiegersohn und Schwiegermutter nicht von Angesicht zu Angesicht anblicken. Dieses Verhalten ist Ausdruck der großen Ehrerbietung, mit der beide miteinander umgehen.

Bugonoka trat lächelnd aus dem Haus, um der Anweisung ihres Mannes entsprechend die Gäste zu empfangen. Wie groß war ihre Freude, als sie ihre eigenen Eltern erblickte! Sie nahm die Waffen von ihrem Vater entgegen und bat auch ihre Mutter ins Gehöft hinein, nachdem sich der Schwiegersohn wieder an seinen Arbeitsplatz zurückgezogen hatte. Sie hieß ihre Mutter in ihrer Hütte willkommen und trug dann geschwind einen Stuhl in den Schatten eines omutoma-Baums, wo ihr Vater sich niederließ. Dieser bat seine Tochter, ihm etwas Wasser zum Trinken zu bringen. Bugonoka eilte ins Haus zurück, nahm eine Schöpfkelle und wischte sorgfältig den Staub davon ab. Dann öffnete sie den bauchigen Tonkrug mit Trinkwasser, schöpfte etwas Wasser daraus und trug es behende zum Vater. Nachdem sie sich ihm genähert hatte, kniete sie mit großem Respekt vor ihm nieder und reichte ihm das Wassergefäß mit beiden Händen. Er nahm es entgegen und trank hastig einen Teil davon, den Rest goß er auf die Erde. Sofort kamen die Hühner herbei, um es zu trinken. Sie tauchten erst ihre Schnäbel hinein und reckten dann ihre Hälse hoch, wie es ihre Gewohnheit ist. Nachdem Bwana Namwero die Wasserreste ausgeschüttet hatte, stieß er kräftig auf: „Hmm!" Worauf ihn seine Tochter fragte, warum er so hastig getrunken habe. Er antwortete ihr ausweichend: „Laß es nur gut sein, mein Kind! Bei uns zu Hause haben wir die ganze Nacht hindurch Bananenbier getrunken. Vielleicht hat uns auch die Nässe unterwegs etwas zugesetzt." Erst nach diesen Worten begrüßte Bugonoka ihren Vater mit der traditionellen Grußformel, die Kinder gegenüber älteren Personen zu benutzen pflegen: „Malama!" Und er erwiderte: „Mangunu! – Friede sei mit dir!" Danach begrüßte auch Myombekere seinen Schwiegervater in der Weise, wie es die Sitte vorschreibt: „Kampire sumalama! – Bitte, nehmt meinen Gruß entgegen!" Und der Schwiegervater antwortete: „Mangunu, Lata! – Friede sei mit dir, Schwiegersohn!" – Dieser Gruß wird nur gebraucht, wenn man einander länger als ein Jahr nicht gesehen hat.

Nach der vorschriftsmäßigen Begrüßung seines Schwiegervaters stand Bwana Myombekere eilig auf, um auch seine Schwiegermutter in der Hütte seiner Frau willkommen zu heißen. In der Nähe der Tür wandte er sich ehrerbietig mit dem Gesicht zur Wand, um die Schwiegermutter nicht ansehen zu müssen. Dann kniete er unter dem Vordach nieder, wobei er seine linke Körperhälfte von ihr abgewendet hielt. Er vermutete, daß sie im Dunkel der Hütte auf dem Bettgestell saß, denn nach Kerewe-Sitte räumt man einem Ehrengast dort einen Sitzplatz ein. Wenn der Gast nicht mehr sitzen will, kann er sich einfach ausstrecken. Mit Ehrfurcht in der Stimme fragte Myombekere die Schwiegermutter: „Wie habt Ihr geschlafen, Mutter?" Und sie erwiderte: „Es geht uns gut, mein Kind." Sodann sprachen sie über Gott und die Welt. Sie tauschten Neuigkeiten aus, jedoch ohne einander anzusehen. Nur über ihre Stimmen standen sie miteinander in Verbindung. Später ging Myombekere zum Schwiegervater zurück, wo er seine Beschäftigung vom Morgen, das Kalbfleisch zu räuchern, wieder aufnahm.

Bugonoka war währenddessen im Hause bemüht, die Mahlzeit für die Gäste zuzubereiten. Dabei unterhielt sie sich angeregt mit der Mutter. Manchmal sprachen die Frauen laut miteinander, dann wieder ganz leise. Ihre frohen Stimmen schwollen gelegentlich an, und man hörte Bugonoka laut lachen. Myombekere und sein Schwiegervater fragten sich draußen, was die Frauen wohl so zum Lachen gebracht haben mochte. Myombekere gingen dabei viele Gedanken durch den Kopf. Schließlich rief er Bugonoka und fragte, was es im Hause noch alles zu tun gebe. Sie antwortete: „Nichts mehr. Ich bin soeben mit der Arbeit fertig geworden." Myombekere wandte sich darauf wieder dem Gespräch mit seinem Schwiegervater zu, wobei er sich vorbeugte und die Augen weit aufriß, damit ihm keines der wohlgesetzten Worte Namweros entginge. Nun, unsere Vorväter pflegten zu sagen: ‚Der Rücken hat keine Augen' oder ‚Dem, der zwei Dinge auf einmal ergreifen will, rutscht eines aus der Hand.' Der alte Mann sprach so eindringlich auf Myombekere ein, daß dieser davon ganz gefesselt war und nicht mehr auf seine Umgebung achtgab. Auf einmal lief ein großer Hund mit einem Stück Brustfleisch zwischen den Zähnen vorbei. Myombekere sprang blitzschnell auf und verfolgte ihn mit einem Holzscheit in der Hand. Am Hoftor konnte er ihn gerade noch stellen, indem er ihm das Holz gegen die Rippen schleuderte. „Wabi!" Es klang dumpf wie ein fernes Echo. Der Hund jaulte laut auf „Bwee!" und ließ sofort das Fleisch fallen. Vom Schmerz benommen, taumelte er umher, während Myombekere das Stück aufhob, es sorgfältig säuberte und zum Räuchern ans Feuer zurücktrug. Ganz außer Atem beschimpfte er den Hund: „Du Nichtsnutz, du Dieb!" – „Ach, der Hund stiehlt?", fragte der Schwiegervater. Myombekere berichtete ihm, daß sie täglich von dem Hund belästigt wurden: „Er schleicht sich unbemerkt in die

Hütten und frißt dort alles, was er an Eßbarem vorfindet. Wir haben den Eigentümer schon mehrfach aufgefordert, seinen Hund zu töten. Der aber stellt sich völlig taub."

Nach diesem Vorfall forderte Bugonoka die beiden Männer auf, sich unter dem Schattenbaum zum Essen einzufinden. In einer Schöpfkelle brachte sie warmes Wasser zum Händewaschen. Myombekeres Nichte folgte ihr mit einem hölzernen Waschtrog in der Form eines Bootes. Bugonoka kniete zunächst zu Füßen ihres Vaters nieder, ergriff den Waschtrog, säuberte ihn mit etwas heißem Wasser, das sie anschließend auf den Boden schüttete, und füllte ihn dann randvoll zum Händewaschen. Anschließend reichte sie das Gefäß auf dieselbe Weise ihrem Mann. Ehrfürchtig wartete sie, bis sie den Waschtrog wegräumen konnte. Dann bot sie den Männern direkt aus der Schöpfkelle Wasser zum Mundausspülen an. In gemessenen Bewegungen setzte sie die Kelle auf einem Strohring ab. Sie benahm sich in allem wie eine Kerewe-Frau, die mit viel Anmut dafür sorgt, daß sich die Männer auf die Mahlzeit vorbereiten. Behende ging sie hernach ins Haus, um den Maisbrei und den tönernen Topf mit der Beilage zu holen. Der Maisbrei befand sich in einem kleinen ekibo-Korb, den sie oben auf den Topf mit der Beilage gesetzt hatte. Darüber war noch eine Korbschale umgekehrt gestülpt, um die frischen Speisen vor Fliegendreck zu schützen.

Als Bugonoka mit den Speisen kam, kniete sie abermals zu Füßen der Männer nieder. Da sie beide Hände beladen hatte, tat sie es mit großer Vorsicht. Sie nahm die Korbschale von dem Maisbrei und legte sie auf dem Boden ab. Dies geschah in gemessenen Bewegungen und mit Anmut. Dann hob sie den Korb mit Maisbrei in die Höhe und bot ihn an. Ebenso verfuhr sie mit dem Topf voll Beikost. Als Beikost hatte sie eine Speise zubereitet, die auf Kerewe ,obusanzage' heißt und aus geräuchertem Fleisch bestand, das so fein zerhackt war, daß auch ein Zahnloser es mühelos hätte essen können; alles nach der Kerewe-Kochkunst aufs feinste mit lunzebe-Salz und soviel Butterschmalz gewürzt, daß man sein Spiegelbild im Topf hätte sehen können. Nachdem Bugonoka den Männern serviert hatte, kehrte sie ins Haus zurück, wo sie mit ihrer Mutter und der Nichte zusammen die Mahlzeit einnahm.

Nach dem Essen rief Myombekere seine Frau herbei. Sie sollte das Geschirr abräumen. Während Bugonoka sich damit beschäftigte, blieb die Mutter Nkwanzi in der Hütte ihrer Tochter und ruhte sich nach dem Essen noch ein wenig aus. Dann rief sie, der Anweisung ihres Mannes folgend: „Namwero, sind wir hergekommen, um hier zu übernachten?" Ihr Mann antwortete ihr: „Nein, wir kehren gleich nach Hause zurück!" Während er den Eßplatz verließ, sagte er zu seinem Schwiegersohn: „Rufe deine Frau herbei! Ich möchte euch beiden etwas sagen!" Myombekere befolgte seine Anweisung: „Bugonoka, komm nach draußen!" Bugonoka erschien sofort, gefolgt von der Mutter. Beide Frauen setzten sich in den Schatten des Getreidespeichers, das heißt, die Schwiegermutter setzte sich etwas abseits, um ihren Schwiegersohn nicht direkt anblicken zu müssen. Es war mittags halb eins, da richtete Namwero die folgenden Worte an Myombekere: „Schwiegersohn, ich bin heute gekommen, um deine Frau heimzuholen. Ich will sie auf keinen Fall länger hier lassen. Wir haben nämlich gehört, daß deine Geschwister und die übrigen Verwandten ständig in dein Gehöft kommen und deine Frau beschimpfen. Sie sagen ihr etwa: ‚Mach dich schnellstens von hier fort, du Hündin, und geh deiner Wege! Was für eine Frau bist du doch, daß du keine Kinder hervorbringen kannst? Du hast es nicht verdient, mit einem so stattlichen Mann wie unserem Verwandten Myombekere verheiratet zu sein. Steck ihn bloß nicht mit deiner Unfruchtbarkeit an, du Nichtsnutz!' Dies ist also der eigentliche Grund unseres Kommens. Ein Kind zu bekommen, das hängt allein vom Willen Gottes ab. Bugonoka hätte sicherlich gern ein Kind zur Welt gebracht, jedoch Gott hat sie bei all seiner Großherzigkeit nicht dazu befähigt. Sie hätte es zu gern den anderen Frauen in der Welt gleichgetan. Nun, da unserer Tochter dieses Los zugestoßen ist, sind wir verpflichtet, sie zurückzunehmen, damit sie bei uns, ihren Eltern, trotz ihres Unglücks in Frieden leben kann." Die Schwiegermutter fiel ein: „So ist es! Sagten nicht die Vorväter im Kerewe-Land: ‚Was sich nicht verkaufen läßt, soll beim Eigentümer bleiben' oder ‚Wer den anderen schlecht erscheint, ist seiner Mutter immer noch gut genug'?"

Myombekere gab sich alle Mühe, die Eltern seiner Frau umzustimmen: „Meine Schwiegereltern, ich bitte euch um Verzeihung! Vergebt mir meine Vergehen! Heute habt ihr mir alle meine Fehler deutlich vor Augen geführt. Ich will meiner Frau hinfort solch Böses nicht mehr antun! Auch will ich mich gegen meine Verwandten stellen, denn meine Frau und ich lieben einander von Herzen. Mögen alle Verwandten sie auch verachten, mir ist das völlig unwichtig!" Die Schwiegereltern antworteten ihm darauf: „Du sagst, es sei dir unwichtig, aber unserer Ansicht nach ist es außerordentlich wichtig. Eine Frau allein kann nicht eine ganze Sippe auseinanderbringen oder dich dazu bewegen, sich von ihnen zu lösen und sich gegen sie zu stellen."

Nach dieser Rede drängten sie Bugonoka zu Eile: „Geh schnell nach drinnen und hole deinen Korb zum Worfeln des Getreides und das Gefäß für die Ahnenopfer heraus, damit wir uns aufmachen und nicht in die Dunkelheit geraten!" Bugonoka erhob sich schnell, ging ins Haus und rief sogar nach Myombekere: „Bwana, komm und hilf mir, meine Sachen zusammenzusuchen!" Aus ihrem gesamten Hab und Gut nahm sie nur den Worfelkorb und das Gefäß für die Ahnenopfer mit. Mit diesen Gegenständen kam sie aus der Hütte und stellte sich neben ihre Eltern.

Myombekere holte die Waffen des Schwiegervaters aus dem Haus und begleitete seine Frau mit ihren Eltern ein Stück des Weges. Er war sehr, sehr traurig und, wenn er auch ein Mann war, kamen ihm doch beinahe die Tränen darüber, daß man ihm die geliebte Frau wegnehmen wollte. Schließlich übergab er dem Schwiegervater die Waffen und verabschiedete sich in großem Kummer von ihm: „Kampire buche sugu! – Ich bitte Euch, lebt wohl!" Auch der Schwiegervater nahm von ihm Abschied: „Buche tata lata! – Leb wohl, mein Kind!" Von der Schwiegermutter trennte sich Myombekere mit den Worten: „Mulaleyo, mayo! – Schlafe stets wohl, Schwiegermutter!" Worauf sie erwiderte: „Yee tata! – Ja, mein Kind!" Bugonoka sagte ihrem Mann zum Abschied: „Buche sugu, ikaraga aho kuzima! Leb wohl, bleib gesund!" Er antwortete traurig: „Yee, roko ohike kuzima! Ja, komme gesund an!" So gingen sie auseinander. Die Frau lief hinter ihren Eltern her, und er kehrte ins Gehöft zurück, das Herz schwer voll Gram, weil man ihm die Frau genommen hatte.

KAPITEL 2

Bugonoka bei ihren Eltern
Myombekere bittet seine Schwiegereltern
um Verzeihung

Bugonoka richtete sich im Hause ihrer Eltern ein, während ihr Mann wie ein Witwer allein leben mußte. Myombekere machte sich alsbald auf und besuchte reihum die Gehöfte seiner Verwandten, um Ausschau zu halten nach einer Köchin und jemandem, der während seiner Abwesenheit nach den Rindern und den übrigen Haustieren sehen konnte. Er besaß in der Tat viele Tiere.

Mit der Zeit fehlte ihm seine Frau immer mehr. Oft hielt er sich bei seinen Verwandten auf, in der Hoffnung, von ihnen zum Essen eingeladen zu werden. Die Tatsache, daß er ein Mann war, versetzte ihn in eine schwierige Lage. Häufig blieb er den ganzen Tag über ohne Nahrung. Erst abends zündete er aus Kuhdung ein kleines Feuer an, um in der heißen Asche Kartoffeln und Maniokknollen zu rösten. Manchmal ging er aber auch hungrig zu Bett. Um die ganze Wahrheit zu sagen: Die Milch seiner Kühe ließ er solange stehen, bis sie verdarb. Und das alles nur, weil man ihm die Frau genommen hatte.

Im Kerewe-Land kümmern sich vor allem die Frauen um den Hof. Wenn sich jemand von seiner Frau trennt, sieht sein Gehöft bald traurig aus. Ja, so ist es! Es gilt für einen Mann als große Schande, Frauenarbeit zu verrichten. Dazu gehört zum Beispiel Getreide mahlen, klein geschnipselten Maniok im Mörser stampfen, Essen kochen, Gemüse ernten und Wasserholen. Selbst wenn das Mehl schon fertig ist, zieht ein Mann es immer noch vor, hungrig schlafen zu gehen, als einen kochenden Topf vor seinen Füßen stehen zu haben.

Irgendwann bekamen Myombekeres Verwandten Mitleid. Sie wiesen ihm aus der Sippe eine unverheiratete Frau als Köchin und einen Jungen zum Hüten der Tiere zu. Obwohl er nun eine Köchin und einen Hirten hatte, war er mit seiner Lage keinesfalls zufrieden. Wann immer er an seine Frau dachte, begann sein Herz heftig zu schlagen. Es stand wirklich schlimm um ihn! Schließlich erinnerte er sich daran, daß ihm seine Verwandten wiederholt und nachdrücklich gesagt hatten, er solle sich eine andere Frau zum Heiraten suchen.

Eines Nachts konnte er vor lauter Grübeln nicht einschlafen. Das geschah immer, wenn er vor dem Schlafengehen selbst mit einem Stock seine Schlafdecke schlug, um sie zu entstauben und zu lüften. Er dachte bei sich: „Was für eine Plage ist es doch, allein im Bett zu schlafen! Dir fehlt eine Frau zum Umarmen und zur Unterhaltung. Ich bin doch ein ganz gesunder Mann ohne irgendeinen Makel! Wozu lebe ich bloß in dieser Welt?"

Alle, die ihn in jenen Tagen besuchten, sprachen über nichts anderes als über Heiraten. Als er jedoch keine Anstalten dazu machte, fingen die Leute an, schlecht über ihn zu reden. Sie sagten, er sei wohl kein normaler Mann. „Wartet nur, was aus ihm wird! Falls er weiter so hartnäckig darauf beharrt, einsam und ohne Kinder zu bleiben, wird er eines Tages noch splitternackt umherlaufen." Und sie verspotteten ihn, indem sie ihn am Morgen grüßten: „Bist du im Haus?" anstatt, wie es üblich gewesen wäre: „Ist deine Frau im Haus?" Oder sie fragten ihn gar: „Wie geht es deiner Bettdecke?" Es schauderte ihn, wenn er diese Reden hörte, und er wurde sich dabei der Tatsache, daß er ein Mann war, immer stärker bewußt.

Bevor er aber an eine neue Verlobung dachte, wollte er zunächst seine Schwiegereltern Namwero und Nkwanzi nochmals um Verzeihung bitten. Als er sich zu ihnen begab, traf er in ihrem Hause nur auf Bugonoka, seine Frau. Sie half ihm, die Waffen abzulegen, trug Pfeile und Bogen ins Haus und brachte ihm einen Stuhl. Er setzte sich. Dann begrüßten sie einander nach der Sitte des Landes und tauschten Neuigkeiten aus. Schließlich fragte er sie: „Der Schwiegervater und die Schwiegermutter sind wohl nicht da?" – „Nein, mein Vater ist heute morgen zum See gegangen", berichtete Bugonoka, „um nach den Fischreusen zu sehen. Danach wollte er ins Gehölz, um dort einen Baum zuzuschneiden, den er gestern gefällt hat. Wahrscheinlich hat er vor, einen Einbaum zu schnitzen. Meine Mutter hat das Korn zum Dreschplatz gebracht. Ich denke, sie wird gleich wieder hier sein."

Während sie noch so miteinander redeten, rief die Schwiegermutter:

„Bugonoka, Bugonoka hörst du?" – „Jawohl!" – „Bring mir den Besen! Ich habe ihn vergessen!" Da Bugonoka aber weiter mit ihrem Mann sprach, verstand sie nicht recht, was die Mutter von ihr wollte. Sie fragte daher zurück: „Was sagst du, Mama?" Die rief lauter: „Bring mir einen Besen, damit ich den Sand vom Dreschplatz fegen kann. Hörst du schlecht? Mit wem redest du da?" Bugonoka lief ins Haus, holte den Besen und rannte so schnell sie konnte, um ihn der Mutter zum Dreschplatz zu bringen. Die Mutter fragte sie sofort: „Mit wem unterhältst du dich eigentlich auf dem Hof und versäumst die Arbeit?" – „Ich unterhalte mich mit meinem Mann Myombekere. Er ist soeben zu uns gekommen." – „Woher kommt er?" – „Ich weiß es noch nicht. Er ist gerade erst eingetroffen." – „Dann hilf mir, diesen Sand wegzufegen. Welche Kinder haben ihn wohl dahin geworfen und unseren Dreschplatz so verunreinigt? Danach unterhalte dich wieder mit deinem Gast, damit er sich nicht verletzt fühlt. Er ist immer noch dein Ehemann. Ich wage nicht, etwas anderes zu sagen, denn bisher habe ich keinen anderen Schwiegersohn gesehen." Bugonoka mußte darüber lachen. Als sie alles gefegt hatte, kehrte sie zum Hof zurück, um sich weiter mit ihrem Mann zu unterhalten.

Myombekere war inzwischen in den Bananenhain gegangen, um zu urinieren. Als er damit fertig war, redeten sie weiter, während Bugonoka im Hause Hirse mahlte.

Kurz darauf kam auch Bugonokas Mutter Nkwanzi. Sie forderte ihren Schwiegersohn auf: „Zieh dich zurück, mein Schwiegersohn, damit ich eintreten kann." Er wandte sein Gesicht ab, wie es die Sitte erforderte, damit sie sich nicht unmittelbar in die Augen zu schauen brauchten. Die Schwiegermutter schritt vorbei ins Haus. Erst als sie außer Sicht war, begrüßten sie einander und tauschten Neuigkeiten aus. Sie fragte ihn: „Woher kommst du, mein Sohn, und wohin gehst du?" Der Schwiegersohn antwortete, daß er geradewegs von seinem Gehöft gekommen sei, um sie zu besuchen. Nach einer Weile fragte Myombekere seine Frau: „Sagtest du nicht, daß der Schwiegervater im Gehölz einen Baum zuschneidet? In welche Richtung ist er gegangen?" Die Frau unterbrach ihre Tätigkeit, um ihn vor das Gehöft zu führen und ihm den Weg zu zeigen. „Dahin ist er gegangen." – „Schon gut", sagte er. „Ich werde ihn aufsuchen und begrüßen." Bugonoka kehrte indessen ins Haus zurück, um weiter Hirse zu mahlen und für ihren Mann zu kochen.

Als Myombekere zu seinem Schwiegervater kam, grüßte er ihn ehrerbietig. Er setzte sich erst gar nicht hin, sondern bat ihn sogleich um eine Axt, um ihm beim Zurichten des Baumes zu helfen. Dabei lockerte er seinen ledernen Umhang und band ihn um die Hüften. Als Bwana Namwero dies sah, sagte er: „Setz dich, mein Schwiegersohn, denn für einen Gast ziemt es sich nicht, eine solche Arbeit zu verrichten!" Myombekere zögerte nicht mit der Antwort: „Ach, ich möchte dir helfen, mein Schwiegervater, denn eine solche Arbeit ist doch für Männer gedacht!" Da gab ihm Namwero wortlos eine Axt, und Myombekere fing an, mit all der Kraft, die ihm Gott gegeben hatte, die Äste vom Baumstamm zu trennen und das Holz ganz nach den Anweisungen des Schwiegervaters zu bearbeiten. Als sie den Stamm glattgeschält hatten, kam ein Kind, um sie zum Essen zu rufen.

Im Hof fanden sie die Speisen schon fertig zubereitet. Bugonoka führte Myombekere in die Junggesellenhütte ihres jüngeren Bruders Lweganwa. Dieser war für mehrere Tage abwesend, um eine Gruppe von jungen Männern auf der Flußpferdjagd anzuführen. Myombekere begab sich in die angewiesene Hütte zusammen mit einem Knaben, der ebenfalls sein Schwager war. Bugonoka brachte ihnen Wasser zum Händewaschen und ebitutu-Blätter zum Abtrocknen. Danach legte sie ihnen die Speisen vor. Bevor sie ging, um auch ihrem Vater draußen im Schatten eines omurumba-Baums das Essen zu reichen, sagte sie noch zu ihrem Mann: „Paß nur auf, daß dieser Knabe nicht zuviel von der Beilage ißt! Es ist besser, ihm seine Portion in seiner olunanga-Schüssel zuzuteilen, dann wird er gesittet essen." Zu ihrem jüngeren Bruder gewandt sagte sie: „Nimm dem Gast nicht die ganze Beilage weg! Hörst du?" Der Knabe grunzte nur: „Na'am, ja doch!" An diesem Tage gab es den äußerst schmackhaften kambare-Fisch als Beilage. Erst am Morgen war er von Namwero in einer Reuse gefangen worden. Die Schwiegermutter Nkwanzi hatte ihn nach einem ausgeklügelten Rezept zubereitet, so wie es sich nach der Kerewe-Sitte für eine Schwiegermutter geziemt, wenn sie für den Mann kocht, der ihre Tochter geheiratet hat.

Es ist in der Tat so, daß die Kochkünste einer Frau immer vom Herd ihrer Mutter herrühren. So war es auch bei Bugonoka. Es spielte keine

Rolle, welche Hirsekörner sie verarbeitete. Sie pflegte das Mehl auf jeden Fall vor dem Kochen einzuweichen. Auch hatte sie stets welches auf Vorrat, anders als die Frauen, die erst dann anfangen, Hirsemehl aufzubereiten, wenn der Besuch schon da ist. Wann wird ein solcher Gast wohl essen können? Aufgrund ihrer Vorsorge fiel es Bugonoka leicht, die Gäste, die ihren Hof besuchten, schnell zu bedienen und zu sättigen. Auch mit der Feldhacke wußte sie gut umzugehen. Sie verfügte deswegen immer über reichlich Getreide, und der Hunger blieb aus ihrem Hause verbannt. Mit anderen weiblichen Fertigkeiten war sie ebenfalls wohl vertraut. Sie konnte Körbe und Schalen flechten und sogar Milchkalebassen und Schöpflöffel ausbessern, wenn sie Risse bekommen hatten.

Als Bugonokas Mutter vom Dreschplatz zurückgekehrt war, fand sie, daß ihre Tochter den Hirsebrei schon aufgeteilt hatte, um eine Portion davon ihrem Mann zu bringen. Nach der damaligen Kerewe-Sitte sollte ein Mann möglichst nicht mit seinem Schwiegervater gemeinsam essen.

Nachdem Myombekere gegessen hatte, trug er dem Kind auf, seine Frau zu rufen, um das Eßgeschirr abzuräumen. Bugonoka befolgte die Anweisung und brachte sogleich Wasser zum Händewaschen. Danach reichte sie ihm Wasser mit dem Schöpflöffel, damit er seinen Mund ausspülen könne. Dabei fragte er sie: „Ist der Schwiegervater noch beim Essen?" Sie erwiderte: „Ja, aber auch er ist gleich fertig. Wieso fragst du, willst du ihn sprechen?" Er bestätigte dies, und als ihm gemeldet wurde, daß Namwero seine Mahlzeit beendet hätte, nahm er seinen Stuhl und ging nach draußen, um mit ihm zu sprechen.

Zunächst redeten die beiden um den heißen Brei herum. Dann aber nahm Myombekere seinen ganzen Mut zusammen und sprach mit Demut in der Stimme: „Der eigentliche Grund meines Kommens ist, daß ich dich um Verzeihung bitten möchte. Gib mir meine Frau zurück, damit wir weiter zusammenleben, wie es damals dein Herzenswunsch war, als du sie mir zur Frau gabst, verehrter Schwiegervater! Es ist schon zwei Monate her, seit ich von meiner Frau getrennt lebe. Voll Kummer sitze ich seither allein zu Hause wie jemand, der unverheiratet ist. Die Alten pflegten zu sagen, daß ein Fehler der Frau noch nicht die Ehe zerstört." Der Schwiegervater erwiderte: „Das ist deine Sache.

Such dir doch eine andere Frau! Es gibt so viele davon im Kerewe-Land. Wenn du nur suchst, kannst du eine finden, die hübsch ist und von deinen Verwandten angenommen und geliebt wird. Sie wollen eine Frau, die lebende Kinder zur Welt bringt. Ich habe dir niemals etwas unterschieben wollen. Bist du mir nicht damals sogar vor die Füße gefallen und hast mich angefleht, dir meine Tochter zur Frau zu geben? Ich habe mich erweichen lassen, und du hast sie daraufhin geheiratet. Nicht aus Hochmut habe ich sie dir wieder weggenommen, sondern weil ich gesehen habe, wie ihr, das heißt du, deine Onkel, deine Brüder und Schwestern, euch an ihr versündigt habt. Das dumme Gerede gegen sie hat mich und meine Frau sehr verletzt. Jemand trug uns zu, was unsere Tochter bei dir zu leiden hatte, daß sich beispielsweise deine Verwandten weigerten, das Gehöft zu betreten, weil Bugonoka tote Kinder gebiert, als ob sie eine Hexe wäre. Nimmt nicht Gott selbst die Kinder weg, wenn er sie liebt? Viele Frauen haben doch Fehlgeburten. Wieso wird meine Tochter so behandelt, als ob dies zum ersten Mal geschehe? Krank kann jeder werden. Ausgerechnet bei meiner Tochter soll es schlimmer sein, wenn ihr Bauch gelähmt ist? Ich habe mich bisher noch nicht bei dir gemeldet, weil mein Sohn auf Flußpferdjagd ist. Sonst wäre ich mit ihm zu dir gekommen, um über die Rückgabe des Brautgutes zu verhandeln. Wenn er wohlbehalten zurückkehrt, werden wir unverzüglich bei dir auftauchen und alles mitbringen, was du uns als Brautgut gegeben hast. Ich werde nichts zurückbehalten."

Als die Schwiegermutter hörte, was ihr Mann zu Myombekere sagte, meldete auch sie sich zu Wort: „Wenn es nach mir ginge, wäre sie schon längst wieder verheiratet. Daß wir das Brautgut zurückzahlen müssen, macht uns nichts aus. Es steht alles zur Verfügung. Der Gedanke, daß meine Tochter zu dir zurückkehrt, gefällt mir nicht. Seit sie sich wieder in unserem Hause aufhält, sind zwei Monate verstrichen, ohne daß auch nur einer deiner Verwandten gekommen wäre, uns um Verzeihung zu bitten. Als Frau kannst du dich nur dann erfolgreich um die Liebe deines Mannes bemühen, wenn du Zeichen der Gegenliebe bei ihm und seinen Verwandten bemerkst. Sonst ist alles umsonst. Ich vermute, daß unser Schwiegersohn nicht hierhergekommen ist, weil er sich mit seiner Frau versöhnen möchte, sondern nur, um sich von irgendwelchen Schuldgefühlen zu befreien. Vielleicht ist er schon wieder verheiratet. Was wißt ihr schon über einen Ort, an dem ihr nicht seid?" Myombekere antwortete mit trauriger Stimme: „Schwiegervater und Schwiegermutter, ich bin zu euch gekommen, um euch in der Tat um Verzeihung zu bitten und um meine Frau wiederzubekommen. Gebt sie mir doch! Ich bin nicht gekommen, um mich von Schuldgefühlen zu befreien und um das Brautgut zurückzuverlangen. So etwas würde ich niemals tun. Ihr habt mir meine Frau weggenommen, obwohl wir einander liebten, nur weil sie mehrfach Fehlgeburten hatte. Vielleicht liegt es gar nicht an ihr, sondern ich bin schuld daran. Es könnte sein, daß Gott mich verflucht hat, indem er mir verhieß: ‚Du wirst dein Leben lang keine Kinder bekommen.' Wenn Gott mir keine Kinder gewährt, würde alles nichts nützen, auch wenn ich noch so viele Frauen heiratete. Bin ich der einzige Mann in der Welt, der keine Nachkommen hat? Wir sind doch viele. Ich flehe euch an, meine Eltern, verzeiht mir und behandelt mich weiter wie euer Kind! Haltet meine Frau nicht zurück und laßt sie mit mir ziehen! Das ist alles, was ich zu sagen habe." Die Schwiegermutter erwiderte schnell: „Du bist aber wirklich redegewandt. Ich frage mich nur, was dich gehindert hat, schon früher nach deiner Frau zu sehen. Zumal du doch wußtest, daß ihr ihre Fehlgeburten großen Kummer bereiteten." – „Stimmt, Mama! Ich werde euch genau sagen, woran es liegt: Ich mußte mich auf meinem Hof bisher allein um die Tiere kümmern, auch um Tiere, die ich für andere Leute halte. Ich hätte sie nicht ohne Aufsicht zurücklassen können, ohne ins Gerede zu kommen. Erst nachdem mir meine Leute aus Mitleid einen Hirten zur Verfügung gestellt hatten, konnte ich mich hierher aufmachen."

Nach dieser Aussprache bat Myombekere um seine Waffen. Er beabsichtigte, nach Hause zu seiner Arbeit zurückzukehren. Bugonoka stand auf, ging ins Haus und zog sich schnell ein anderes Gewand an, um ihren Mann ein Stück des Wegs zu begleiten. Sie brachte ihm sodann seine Waffen. Myombekere verabschiedete sich in erstaunlicher Demut von seinen Schwiegereltern: „Auf Wiedersehen, meine alten Eltern. Lebt wohl!"

Bugonoka geleitete Myombekere aus dem Gehöft hinaus. Nach einer Weile sagte sie: „Ich übergebe dir jetzt deinen Bogen, da ich noch zum See gehen muß, um Wasser zu holen. Alle Wasserbehälter im Hause sind leer." Ihr Mann bedrängte sie jedoch: „Gehe noch bis zu jenem großen Baum dort mit, ehe du umkehrst." Bugonoka wollte eigentlich nicht, gab dann aber doch nach und ging mit ihm bis dorthin. Sie setzten sich unter einem großen omukombayaga-Baum nieder. Myombekere eröffnete das Gespräch: „Nun kehre ich traurig und ganz allein nach Hause zurück. Ich Armer, was soll ich tun? Warum ist die ganze Sache nur so schwierig geworden? Deine Eltern sind stur und verweigern dir ihre Zustimmung, mit mir zurückzukehren. Meine Frau, wir waren verheiratet, wohnten und handelten zusammen. Wir liebten einander doch! Du kennst meine guten und schlechten Seiten. Lehnst auch du mich ab?" Bugonoka starrte ihn verblüfft an: „Hast du etwa den Eindruck, daß ich dich ablehne? Willst du wirklich, daß ich dich bis zu deinem Hof begleite, um dir meine große Liebe zu beweisen?" – „Ja, was ist daran Schämenswertes? Du bist schließlich keine Fremde in meinem Hause, die sich unbemerkt von den anderen eingeschlichen hat. Ich habe dich weder im Schimpf davongejagt, noch dich gehindert, deine Eltern zu besuchen. Ihr Frauen seid doch zu merkwürdig! Ihr habt einfach keine Dankbarkeit im Herzen, um euch daran zu erinnern und euch einzugestehen, daß euer Mann stets seinen Pflichten nachgekommen ist. Sieh an, wie du jetzt bei deinen Eltern wohnst! Benimmst du dich mir gegenüber nicht wie eine Hure? Das Gespräch, das ich mit dir führe, kommt mir vergeblich vor. Du bist nicht mit dem Kopf dabei. Deine Gedanken sind ganz woanders." Bugonoka antwortete ihm: „Du denkst wohl, daß die Männer nur hinter solchen Ehefrauen herlaufen müssen, die sie selbst beschimpft oder geschlagen haben. Nun, haben deine Verwandten mich etwa nicht übel beschimpft? Ich bin dagegen ja unempfindlich, aber meine Eltern, die mich verheiratet haben, sind wegen der Beleidigungen deiner Sippenangehörigen erbost und verletzt. Wenn es nur nach ihrem Willen ginge, hätten sie mich schon längst anderweitig verheiratet. Ich selbst bin es, die sie daran hindert, indem ich ihnen zu bedenken gebe, ob man wohl an dem neuen Heiratsort sofort einen Heiler finden wird, der mich von meiner Krankheit heilen kann. Ich frage sie ständig, warum sie bisher noch keinen Heiler für mich gesucht haben. Eines Tages kam nämlich jemand und äußerte die Vermutung, daß meine Fehlgeburten eine Folge von Wurmbefall seien. Es gibt davon zwei Arten, eine tötet die Eizellen im Mutterleib ab, die andere befällt den Kopf des Fötus und zerstört sein Hirn. Ich halte den Eltern vor, daß sie damals sagten, sie wollten schnellstens einen Heiler suchen, der diese Krankheit heilen könne. Wahrscheinlich haben sie diese Reden daran gehindert, mich wieder zu verheiraten." Myombekere sagte darauf: „Seit deine Eltern dich mir wegnahmen, habe auch ich viele Erkundigungen über die Ursache deiner Fehlgeburten eingezogen. Jemand gab mir zu bedenken: ‚Wie kann die Krankheit geheilt werden, wenn du ohne deine Frau kommst? Bringe deine Frau mit, dann werde ich versuchen, euch beide zu behandeln. Heilen kann allein Gott.'" Mit diesen Worten verabschiedete sich Myombekere von seiner Frau und begab sich endgültig auf den Heimweg.

Unterwegs dachte er darüber nach, daß er als erwachsener Mann wie ein Junggeselle leben und sein Bett selbst machen müsse. Es sei doch wirklich ein Fluch, keine Kinder zur Erledigung kleinerer Arbeiten und für Botengänge zu haben.

Als er seinen Gedanken nachhing, begegnete ihm eine Frau. Sie begrüßten einander und tauschten Neuigkeiten aus. Bald wußte jeder über den anderen Bescheid: Wo er wohnte, woher er kam und welchen Familienstand er hatte. Am Ende machte Myombekere ihr gar einen Heiratsantrag: „Bibi, gleich als ich euch kommen sah, wurde mein Herz von Freude und warmer Liebe erfüllt. Während unseres Gesprächs sind diese Gefühle auch geblieben. Ich bin verwirrt, weil ich nicht weiß, wie ich es sagen soll. Trotzdem werde ich es versuchen. Wenn ihr meinen Antrag ablehnt, werde ich mich nicht verletzt fühlen. Auch meine Worte sollen euch nicht verletzen. Mein Herz drängt mich, es euch zu sagen. Ich habe keine andere Möglichkeit, dem Druck auszuweichen. Ich will versuchen, euch die Sache in der Sprache, die wir von unseren Vorvätern ererbt haben, näherzubringen. Sie sagten: ‚Owiake, tahendwa mukono! – Dem rechtmäßigen Eigentümer pflegt man nicht die Hand zu brechen (Bestrafung eines Diebes).'" Die Frau ermunterte ihn: „Redet nur nach Belieben weiter, Bwana! Vielleicht werdet ihr mich um etwas bitten, was ich nicht habe, oder mich etwas fragen, was ich nicht weiß." Myombekere sprach darauf ohne Umschweife, so wie es ihm gerade einfiel: „Ich befrage euch deswegen so ausführlich, Bibi, weil ich euch heiraten möchte, weil ich möchte, daß wir für immer zusammenbleiben. Einen Heiratsantrag zu machen, ist Sache der Männer, wie schon unsere Vorväter in dem Sprichwort sagten: ‚Omukazi ebe mamba ehindwa omugera. – Eine Frau macht keinen Heiratsantrag.' Es ist die Pflicht des Mannes, dies zu tun." Die Frau hatte dem nicht viel hinzuzufügen. Sie fragte ihn daher: „Was hättet ihr wohl gesagt, wenn wir uns nicht begegnet wären?" Myombekere nahm seinen ganzen Mut zusammen und antwortete: „Pah, wir Männer suchen die Frauen überall, sei es in den Gehöften oder auf dem Weg so wie jetzt. Wer das Glück hat, unterwegs eine Frau zu finden, die bereit ist, sich mit ihm zu verloben, der kann sich auch mit ihr verloben entsprechend dem Rat unserer Alten: ‚Aho osanga omukama atekire, niho olamukiza!'" Die Frau schüttete sich aus vor Lachen, denn diese Kerewe-Worte bedeuten: ‚Wo du auf den König triffst, sollst du ihn mit Anstand grüßen.' Myombekere fuhr jedoch mit seinem Geplapper unbeirrt fort: „Elilibata likuga, elikar'aho lizimb'enda!" Das heißt: ‚Wer sucht, der findet. Dem Faulen jedoch wird die Beute entgehen.' Sie sagte: „Diesmal passen die Worte besser. Wir haben aber noch nie erlebt, daß jemand unterwegs aufgelesen wurde. Wer eine Frau heiratet, holt sie bei ihren Eltern oder Verwandten ab. Viele Leute treffen einander auf der Straße und lernen sich dabei irgendwie kennen. Wenn man eine unverheiratete Frau trifft, hindert einen nichts daran, zu ihrem Wohnort zu reisen und dort um ihre Hand anzuhalten. Sollte sie geschieden sein, erfährt man es nur, wenn es einem jemand sagt, denn eine geschiedene Frau trägt bei uns keine äußerlichen Kennzeichen. Heute sind wir uns hier auf dem Weg begegnet. Jeder von uns kann ja seine Leute davon unterrichten, was wir miteinander besprochen haben. Es wird zu unser beider Nutzen sein." Myombekere fragte sie darauf ganz direkt: „Bibi, seid ihr eine ungebundene, geschiedene Frau?" Sie bejahte dies und ergänzte: „Ich lebe seit über vier Monaten bei meinen Eltern, das heißt, mein Mann hat mich vor ungefähr fünf Monaten verstoßen." Myombekere wandte ein: „Sicherlich kann ein Mann eine Frau verstoßen. Aber warum sagt ihr nicht, daß ihr ihn verstoßen habt?" Die Frau fuhr unbeirrt fort: „Mein Mann hat sich noch nicht von mir scheiden lassen. Ich würde einen Kerewe-Mann wie euch niemals anlügen. Erst vor kurzem hörte ich, daß meine Eltern mit mir zu meinem Ehemann gehen wollen, um ihm das Brautgut zurückzuerstatten. Vielleicht wird das zu Beginn des kommenden Monats sein. Sollte mein Ehemann statt meiner das Brautgut zurücknehmen, werde ich frei sein und ungehindert eine neue Ehe eingehen können." Myombekere fragte noch weiter: „Hat jener Mann euch geheiratet, als ihr beide noch jung wart? Habt ihr ihm Kinder geboren? Welcher Sippe gehört euer Mann an?" Sie erklärte ihm darauf: „Er hat mich in der Tat geheiratet, als wir noch jung waren. Wir sind beide gleich alt. Ich habe ihm Kinder geboren, von denen zwei noch leben, ein Junge und ein Mädchen. Zuerst gebar ich ihm einen Jungen. Er ist inzwischen erwachsen. Wäre er der Sohn eines Reichen, hätte er in diesem Jahr schon heiraten können. Nach dem Sohn bekam ich eine Tochter. Diese zwei Kinder sind noch am Leben. Die danach Geborenen sind alle gestorben. Das Kind, das ich nach dem Mädchen empfing, wurde im achten Monat geboren. Es hatte schon eine menschliche Gestalt. Wir haben es nach den Bräuchen des Landes in eine hölzerne Schöpfkelle gelegt. Aber leider starb das Kindchen. Kurz nach der Fehlgeburt wurde ich erneut schwanger. Im vierten Monat hatte ich wieder eine Fehlgeburt. Seither bin ich nicht mehr schwanger geworden. Da die Verwandten meines Mannes mir nachsagten, ich hätte meine Kinder durch Hexerei getötet, geriet ich mit ihm in Streit. Sie beriefen schließlich eine Versammlung aller Verwandten ein, um über die Sache zu beratschlagen. Als ich dies merkte, rief ich meinen Vater herbei, damit er der Verhandlung beiwohnen konnte. Mein Vater und mein Bruder begleiteten mich. Diese beiden und die Verwandten meines Mannes gingen mit mir zum Wahrsager. Sie nahmen ihre Kalebassen zum Wahrsagen mit, ich hatte meine eigene Kalebasse dabei. Der Wahrsager befragte das Orakel für uns. Nun, das Ergebnis warf unsere Gegner zu Boden. Sie schlugen vor Scham die Augen nieder. Meine eigenen Verwandten forderten mich danach auf, sofort die Sippe meines Mannes zu verlassen. Sie meinten, ich könne nicht bleiben, nachdem es erwiesen sei, daß jene meinen Leib verhext hätten. Am Ende würden sie mich noch töten. Ein altes Sprichwort sagt: ‚Ekilya isoke, kilya n'obwongo. – Was die Haare frißt, wird auch dem Gehirn schaden.' Deshalb haben mich meine Eltern wieder zu sich genommen. Was hätte ich eurer Meinung nach anders tun sollen?

Hätte ich bei meinem Mann ausharren müssen, bis sie mich getötet hätten?" Myombekere erwiderte: „Keinesfalls! Aber es wäre besser gewesen, wenn Dritte jene der Hexerei beschuldigt hätten. Nun, ihr seid zum Wahrsager gegangen, und der hat nach gründlicher Prüfung euren Widersachern die Schuld gegeben. Was die Frauen aus der Sippe eures Mannes euch angetan haben, geht einfach zu weit. Wer hat nicht Angst vor dem Tod? Ein Sprichwort sagt: ‚Omwekenzi, akira omulagurwa! – Wer sich vor Schaden bewahrt, ist klüger als derjenige, der auf Heilung hofft.' Es ist allemal besser aufzupassen, damit einen nicht der Tod holt."

Schließlich kam die Frau auf Myombekeres Frage nach der Sippe ihres Mannes zurück: „Der Sippenname meines Mannes lautet ..., das heißt ... Ei, was ist mit mir heute los? Ich komme nicht auf den Namen! Helft mir, Bwana! Wie heißt doch die Sippe, die die Schutzmedizin gegen Heuschrecken herstellt?" Myombekere antwortete schnell: „Sie heißt Abayango!" Die Frau stimmte ihm lachend zu: „Ja, so ist es! Sie heißt Abayango! Das ist die Sippe meines Mannes." Myombekere begann auf einmal, mit der Spitze seines Bogens im Sand herumzustochern. Er senkte den Kopf und sagte: „Ach, sooo heißen die Leute eures Mannes! Ja, dann gehören sie zu meiner Schwägerschaft!" – „Ach ja!", entfuhr es der Frau. Und dann versuchte sie, das Verhältnis der Schwägerschaft aufzuklären: „Die Abayango sind auch mit mir verschwägert. Also, der Vater meines Mannes und dein Schwiegervater stammen von demselben Vater ab. Nur ihre Mütter sind verschieden. Sie sind somit Halbbrüder, gehören aber trotzdem derselben Vatersippe an." Das Herz Myombekeres krampfte sich bei diesen Worten zusammen. Sein ganzer Körper schmerzte ihn auf einmal, als er seine Hoffnung, diese Frau zu heiraten, schwinden sah. Und erstaunt fuhr er fort: „Die Weisheiten der Alten treffen doch immer zu. Sie raten uns: ‚Nimwetonde enganda mutaketene. – Teilt einander frühzeitig eure Herkunft mit, bevor ihr euch umbringt.'" Und weiter flüsterte er: „Das ist ein verbotener Heiratsgrad, denn wir sind mit der Sippe eures Mannes verschwägert. Sie hören es gar nicht gern, wenn Dritte über ihre Schutzmedizin gegen die Heuschrecken sprechen, weil dadurch angeblich ein Geheimnis verraten wird." Die Frau war äußerst verblüfft. „Es ist besser, von der olwihwa-Krankheit befallen zu werden als von der olugurwe-Krankheit. Erstere kann behandelt werden. Wenn man sich die Hände mit dem Saft bestimmter Heilpflanzen wäscht, verschwindet die olwihwa-Krankheit und man kann heiraten. Gegen die olugurwe-Krankheit ist kein Kraut gewachsen. Warum soll man ins Feuer springen, wenn man genau weiß, daß man darin verbrennt?"

Nachdem das Gespräch diesen Verlauf genommen hatte und sie erkannt hatten, daß zwischen ihnen ein Ehehindernis bestand, verabschiedeten sie sich voneinander, und ein jeder ging seiner eigenen Wege. Myombekere ging das alles durch den Kopf und er sprach den ganzen Heimweg über wie ein Besessener zu sich selbst. Der Frau erging es ähnlich, denn sie wußte, daß ihr jener Mann nicht nur aus Spaß einen Heiratsantrag gemacht hatte. Er hätte sie sicherlich geheiratet, wäre nicht plötzlich das Ehehindernis aufgetaucht.

Bwana Myombekere soll haftbar gemacht werden, weil seine Rinder im Hirsefeld des Nachbarn Ntamba geweidet haben

Die Sonne war schon untergegangen, als Bwana Myombekere wieder in seinem Gehöft eintraf. Der Hütejunge verschloß gerade das Eingangstor. Als er Myombekere erblickte, lief er ihm entgegen, um seine Waffen in Empfang zu nehmen. Er trug sie ins Haus und hängte den Bogen verkehrt herum an einen Gabelstock, der sonst zum Aufhängen von Gegenständen wie Strohuntersätzen, Schöpflöffeln und Ziegenhäuten diente. Myombekere verschloß derweil selbst das Hoftor und trat danach ins Haus. „Wo hast du meinen Bogen hingelegt?" fragte er den Jungen. „Und wo sind die Pfeile?" – „Den Bogen habe ich an den Gabelstock gehängt", erwiderte der Junge, „die Pfeile liegen oben auf der Zwischenwand." Als Myombekere im Dunkeln der Hütte nach dem Bogen tastete, merkte er, daß er falsch herum aufgehängt war. Eigentlich war ihm danach, den Jungen anzubrüllen, jedoch er mäßigte sich und fragte nur: „Hängt man so einen Bogen auf? Wer hat dir das nur beigebracht?" Dann nahm er die Pfeile und stellte sie ebenfalls an ihren richtigen Platz.

Er ließ sich auf einem Stuhl nieder und tauschte mit der Köchin die Neuigkeiten des Tages aus. Sie erzählte ihm, daß fast der ganze Tag mit dem Weiden der Rinder hingegangen sei. „Dabei haben wir uns strafbar gemacht", bemerkte sie. Myombekere fragte sofort nach: „In welcher Weise?" Sie darauf: „Nun ja, mit den Pflanzungen anderer Leute ist etwas geschehen." – „Mit wessen Pflanzungen?" fragte er kurz. Die Köchin erklärte: „Sie gehören einem gewissen ... Ei, ich habe doch wahrhaftig seinen Namen vergessen. Warte, jetzt fällt er mir wieder ein. Er klingt so ähnlich wie ... eee ... wie Ntamba!" Myombekere wollte Gewißheit: „Auf welcher Seite des Gehöftes habt ihr die Tiere geweidet?" – „Dort, wo die mazuzume-Bäume stehen." – „Habt ihr

etwa zugelassen, daß die Tiere die Hirse Ntambas gefressen haben?" –
„Ja, so heißt der Mann! Er ist deswegen gewalttätig gegen uns vorgegangen. Fast hätte er uns umgebracht. Aber laß es mich dir der Reihe
nach erzählen:

Also, es war nach zwei Uhr. Wir hatten die Rinder schon zur Tränke
geführt. Nachdem sie sich gelagert hatten, ging ich ins Gehöft zurück,
um Wasser zu holen und zu sehen, ob dort alles in Ordnung wäre. Der
Hütejunge blieb bei den Rindern. Im Gehöft pflockte ich die Kälber
um und gab ihnen zu trinken. Dann ging ich ins Haus und füllte eine
Kalebasse mit Wasser für den Hütejungen. Danach machte ich mich
wieder auf zur Weide. Als ich in das offene Gelände kam, hörte ich jemanden immer wieder schreien: ‚Schlagt dieses Kind solange, bis sein
Herr kommt und wir auf Leben und Tod miteinander kämpfen, denn
es hat Böses getan!' Als ich nach rechts blickte, sah ich jenen Mann namens Ntamba hinter dem Hütejungen herlaufen. Er hatte einen großen Prügel in der Hand und schrie: ‚Ich werde dich noch erwischen.'
Das Kind flehte ihn an: ‚Bwana Mkubwa, großer Herr, laßt ab von
mir. Ich bin doch wehrlos. Bwana Mkubwa, verschont mich!' Der Junge lief als erster an mir vorbei. Ich fragte ihn: ‚Wieso rennst du nach
Hause? Wer paßt denn auf die Rinder auf?' Noch ehe er antworten
konnte, kam jener Ntamba zu mir heran und hob seinen Knüppel, als
ob er mich schlagen wollte. Ich fragte ihn: ‚Mann, was ist los? Warum
willst du das Kind anderer Leute töten?' Außer sich vor Wut schrie er
mich an: ‚Du Dummkopf, Schimpf und Schande deiner Mutter! Ich
komme aus gutem Hause, Schimpf und Schande dir! Du Frauen-
mensch, wohnst du nicht bei Myombekere? Laß mich dich auf der
Stelle verprügeln, damit Myombekere kommt und wir miteinander
auf Leben und Tod kämpfen. Weib, komm und sieh, wie eure Rinder
mein ganzes Hirsefeld verwüstet haben. Heute kannst du was erleben,
du Bastard! Meine Hirse werdet ihr mir teuer bezahlen müssen!' Der
Mann hatte nur drei Rinder in seinem Hirsefeld gesehen. Ohne sich
weiter darum zu kümmern, ging er gleich auf das Kind los, das im
Schatten eines Busches lag. An Ort und Stelle packte er es am Arm und
schlug es windelweich. Das Kind schrie und schrie. Als der Stock endlich zerbrach und Ntamba einen neuen aufnehmen wollte, befreite sich
das Kind aus dem Griff des Mannes und lief davon. Ntamba setzte

ihm nach. Unterwegs hob er einen schweren Prügel auf, um den Jungen damit zu erschlagen. Das war der Augenblick, als ich hinzukam. Der Mann ging mit mir zu seinem Feld zurück, während uns das Kind von Ferne nachfolgte. Dort sahen wir, daß sich inzwischen alle Rinder im Hirsefeld befanden. Der Junge und ich bemühten uns, sie herauszutreiben, während der Mann zum Dorfvorsteher ging, um uns dort zu verklagen. Am Abend trieben wir die Herde ins Gehöft zurück. So haben wir uns strafbar gemacht. Aber um die Wahrheit zu sagen, jener Mann muß verrückt sein. Vielleicht raucht er auch Haschisch. Anders ist sein unbeherrschtes Verhalten wohl nicht zu erklären. Er hat das Kind übel zugerichtet. Das Wasser, das du auf den Herdsteinen siehst, erhitze ich, um ihm wegen der Blutergüsse Umschläge zu machen. Die Leute sagen, wenn man viele Stockschläge abbekommen hat, fühlt man sich kurze Zeit danach noch verhältnismäßig wohl. Nach einigen Tagen kann man aber plötzlich starke Schmerzen bekommen und sogar sterben."

Myombekere war über diese Geschichte äußerst beunruhigt. Trotzdem sagte er: „Macht nichts! Jener Ntamba wird was erleben. Nur weil ich nicht da war, hat er sich so aufgespielt. Wäre es nicht dunkel, würde ich in sein Gehöft gehen und ihn in geeigneter Weise fragen, warum er meinen Jungen so übel zugerichtet hat. Er hat doch nichts, worauf er stolz sein kann. Alle Rinder in seinem Gehöft gehören anderen Leuten. Nun ja, er wird was erleben. Sein Glück, daß ich nicht da war! Morgen werden wir sehen, was die anderen Leute davon halten."

Nach dem Gespräch nahm die Köchin das Wasser, um dem Hütejungen Umschläge zu machen. Das übrige Wasser brachte sie zu Myombekere, damit er sich die Hände waschen konnte. Dann melkten sie die Kühe. Erst danach fand sie Zeit, das Abendessen zuzubereiten. Als sie den Hütejungen, der auf seinem Bett lag, aufforderte, zum Essen zu kommen, wollte dieser nicht. Myombekere fragte ihn: „Hast du starke Schmerzen? Bist du von den Schlägen so krank, daß du nicht wenigstens etwas essen kannst?" Der Junge antwortete: „Ich habe einfach keinen Hunger." Nach dem Abendessen gingen sie schlafen.

Früh am Morgen stand Myombekere auf und rief den Jungen nach draußen, um bei Licht zu sehen, was Ntamba ihm zugefügt hatte. Kagufwa, so hieß der Junge, erhob sich und kam schlaftrunken nach draußen gewankt. Zunächst ging er hinter das Haus, um zu urinieren. Dann fand er sich auf dem Vorplatz neben der Hütte ein. Myombekere betrachtete aufmerksam seinen ganzen Körper und stellte dabei fest, daß Ntamba ihn in der Tat übel zugerichtet hatte. Dann fragte er Kagufwa: „Fühlst du dich noch irgendwo taub oder hast du starke Schmerzen?" Kagufwa erwiderte: „Nein, die Taubheit verschwand schon in der Nacht. Sogar die Schmerzen sind weniger geworden. Eigentlich habe ich nur noch dort Schmerzen, wo er mich getreten hat. Wenn es so weitergeht, bin ich hoffentlich schon bald wieder gesund."

Nachdem die Sonne etwas höher am Himmel stand, erhitzte die Köchin Wasser. Den Tontopf mit dem heißen Wasser trug sie hinter das Haus, breitete dort eine Matte aus, die sonst zum Verschließen der Tür benutzt wird, und rief Kagufwa, um ihn mit Maniokblättern abzureiben und zu massieren. Der Junge schrie dabei ständig: „Du tust mir weh!" Sie aber ermutigte ihn: „Halte durch, mein Kind. Ich will dir ja helfen. Jenes Ungetüm wollte dich töten. Wie kann man nur das Kind anderer Leute so schlagen, als ob es ein Feind oder ein Hexer sei, der die eigene Familie umgebracht hat!" Nachdem Kagufwa sich abgetrocknet hatte, ging er auf den Vorplatz, um sich in der Sonne aufzuwärmen, während die Köchin sich anschickte, nach der Sitte des Kerewe-Landes das Frühstück zu bereiten.

Noch ehe das Frühstück fertig war, näherte sich plötzlich ein Bote des Dorfvorstehers dem Gehöft. Am Hoftor rief er mit gewaltiger Stimme: „Laßt mich ein! Ist Myombekere da oder nicht?" Myombekere erwiderte ihm: „Herein! Wir sind da! Wohin, glaubst du, sollten wir so früh am Morgen schon gegangen sein?" Der Bote bemerkte: „Da du Junggeselle bist und keine Frau hast, hätte es ja sein können, daß du mit dem ersten Hahnenschrei weggegangen wärest, um eine Frau zu suchen. Jemand ohne Frau pflegt nicht einfach im Gehöft zu bleiben so wie ein Verheirateter." Dann setzte er sich auf den angebotenen Stuhl nieder. Sie begrüßten einander. Auch Kagufwa begrüßte den Mann. Der Bote fragte: „Gibt es noch jemanden im Gehöft?" Als Myombekere dies bejahte, fragte er weiter: „Einen Mann oder eine Frau?" Man antwortete ihm: „Es ist eine Frau, kein Mann!" Da grüßte der Bote in Richtung auf die Hütte: „Wie geht es Euch, Bibi?" Und die Köchin in der Hütte antwortete: „Danke, gut, Bwana!" Zu Myombekere gewandt, sagte er: „Ich komme als Bote des Dorfvorstehers. Du sollst unbedingt mit Ntamba zu ihm kommen, um einen Streitfall schlichten zu lassen. Ntamba hat dich verklagt. Angeblich hast du gestern nachmittag deine Rinderherde in seinem Hirsefeld weiden lassen. Alle Hirse sei dabei gefressen worden und nicht ein einziger Stengel übriggeblieben. Ihr sollt bald zum Dorfvorsteher kommen, weil er später noch an einer Trauerfeier teilnehmen muß. Einer seiner Verwandten ist nämlich gestorben. Ich gehe schon mal voraus. Beeile dich, schnell nachzukommen, damit die Leute mir nicht vorwerfen, daß ich dich nicht gleich mitgenommen habe, wie es eigentlich meine Pflicht wäre." Als er aufstehen wollte, bat Myombekere ihn, ein wenig zu verweilen: „Warte noch ein bißchen. Da drinnen wird gerade das Frühstück bereitet. Schau dir inzwischen an, wie Ntamba den Hütejungen zugerichtet hat, als ich bei meinen Schwiegereltern war, um sie wegen meiner Frau um Verzeihung zu bitten. Du hast ja selbst festgestellt, daß ich keine Frau habe. Ich bin erst spät am Abend von den Schwiegereltern zurückgekehrt." Der Bote nahm also wieder Platz und rief Kagufwa herbei, um ihn näher zu betrachten. Er schaute sich das Kind aufmerksam an und murmelte: Jener Ntamba ist wirklich ein schlimmer Mensch. Auch wenn jemand daran schuld ist, daß einem das Hirsefeld verdorben wurde, kann man ihn doch nicht so hart bestrafen. Selbst sein eigenes Kind würde man nicht so zurichten. Nun, komm auch du zum Dorfvorsteher, Kagufwa! Wir werden dann sehen, was die Schiedsversammlung dazu zu sagen hat."

Die Köchin brachte das Wasser zum Händewaschen und trug den Hirsekloß und einen Tontopf mit Fleischbeilagen auf. Nachdem sie gegessen hatten, rief Myombekere die Köchin, das Eßgeschirr abzuräumen. Als sie sah, daß vom Hirsekloß noch etwas übrig war, fragte sie erstaunt: „Warum habt ihr ihn nicht aufgegessen? War er etwa nicht gar?" Myombekere antwortete ihr im Scherz: „Sollte er nicht gar sein, koche einen neuen Hirsekloß!" Worauf alle lachten. Die Köchin erwiderte: „Ich habe eigentlich nur gefragt, weil Kagufwa schon gestern abend ohne Essen ins Bett gegangen ist. Vielleicht haben die Schläge seinen Bauch verletzt. Ich dachte, durch meine Massagen sei es etwas besser geworden, so daß er wenigstens heute morgen etwas hätte essen können."

Myombekere melkte zunächst seine Kühe, dann sagte er der Köchin, daß er sich nun mit dem Boten und Kagufwa zum Schiedsgericht des Dorfvorstehers begeben werde. Außerdem gab er ihr Anweisungen, wer die Rinder hüten sollte.

Als sie beim Dorfvorsteher eintrafen, war Ntamba schon da. Außer ihm waren noch viele angesehene Leute erschienen. Sie wollten dem Dorfvorsteher ihre Aufwartung machen und ihm selbstgebrautes Bier als Geschenk übergeben. Myombekere und Kagufwa setzten sich und begrüßten der Reihe nach die Anwesenden: den Dorfvorsteher, die Besucher und zuletzt auch den gewalttätigen Ntamba. Der Dorfvorsteher rief seinen Sohn: „Lubona!" Oh, der Sohn antwortete nicht. Da rief er ein zweites Mal: „Lubona!" – „Na'am", kam schließlich die Antwort. – Der Vater fuhr fort: „Komm her zu mir!" Als Lubona endlich kam, stand der Dorfvorsteher auf und flüsterte ihm abseits etwas ins Ohr. Der Sohn ging darauf eilfertig in die Hütte des Vaters. Kurz darauf hörte man: gluck gluck gluck, dazu das schabende Geräusch eines hölzernen Schöpflöffels. Alsbald kam der Sohn mit einem tönernen Bierkrug zurück. Als Lubona ihn gleich der dort sitzenden Gruppe reichen wollte, gab ihm der Vater mit der Hand ein Zeichen und sagte: „Bring den Topf erst mal in den Schatten da drüben! Hältst du uns für Eidechsen, daß du uns hier in der Sonne dörren lassen willst?" Die Anwesenden erhoben sich einer nach dem anderen und langsam begaben sie sich zu dem Platz, wohin das Bier gebracht worden war. Während sie sich dort niederließen, holte der junge Mann die hölzerne Kelle, mit der das Bier geschöpft werden sollte, und das Trinkgefäß, das ebenfalls aus Holz war. Dann hob er den Deckel des Bierkrugs hoch und rief seiner Mutter zu: „Bring schnell deine Trinkkalebasse her, damit ich dir eine Kostprobe eingießen kann!" Sie brachte die Kalebasse. Man nahm sie ihr ab und übergab sie dem Sohn. Der füllte zwei kleine Schöpflöffel Bier ein. Die ihm am nächsten saßen, nahmen es in Empfang und reichten es der Mutter weiter. Sie schaute in die Trinkkalebasse und stellte fest, daß die Menge für sie und diejenigen, die sich bei ihr in der Hütte befanden, nicht ausreichen würde. Darum sagte sie zu ihrem Sohn: „Mein Kind, warum gibst du mir so wenig, wo doch der Krug so groß ist? Du hast mir gerade genug für mich allein gegeben. Deine eigene Frau trinkt aber doch genauso viel wie ich. Und meinst du etwa, die anderen im Haus trinken nichts? Komm, sei nicht so geizig!" Lubona füllte darauf noch drei Löffel nach. Der Mann, der die Trinkkalebasse von ihm übernahm, um sie der Mutter weiterzureichen, wurde von den anderen geneckt: „Trink doch ein bißchen davon, dann gib es mir! Oder hast du etwa Angst, daß du daran sterben könntest?" Die Anwesenden lachten und sagten: „In der Tat, wovor sollte er sonst Angst haben?" Nachdem Lubona seiner Mutter der Sitte gemäß die erste Bierprobe gereicht hatte, begann er, das Bier an die übrigen auszuschenken. Er füllte das Trinkgefäß randvoll und übergab es seinem Vater, dem Dorfvorsteher. Darauf erhoben die anderen Männer sofort Widerspruch: „Nein, nein! Das ist nicht richtig! Gib es ihm nicht! Wo hat man sowas schon gesehen? Bei uns im Kerewe-Land trinken die Würdenträger doch nicht selbst das Bier an! Ei, was für Sitten sind das!" Also gab man das Trinkgefäß zunächst einem alten Mann. Der trank es an. Als der Becher nur noch halbvoll war, sagte der neben ihm Sitzende: „Schenk es mir, mein Alter! Das Bier bringt dich sonst noch um!" Der Alte setzte darauf das Trinkgefäß ab, atmete tief aus: „Puh, ah! Embwa, ezungire ekitoke kinu tiyo! – Der Hund, der dieses Bananenbier gebraut hat, verdient großes Lob!" Die Leute lachten sich darüber halbtot. Auch derjenige, der dem Dorfvorsteher das Bier als Geschenk gebracht hatte, war über den Ausdruck ‚Hund' keinesfalls erbost, denn dieser Ausspruch entspricht einer uralten Sitte bei den Kerewe. Man gebraucht in der Tat dieses Wort, wenn man jemanden loben will, der besonders gutes Bier gebraut hat.

Nun, der Mann, der vom Alten das Trinkgefäß übernahm, leerte es sofort aus. Bei der zweiten Runde wurde es Lubona, dem Austeiler des Bieres, endlich gestattet, seinem Vater einzuschenken. Lubona goß das Trinkgefäß wieder voll und reichte es dem, der neben ihm saß. Der wiederum brachte es zum Dorfvorsteher. Zu dessen Füßen kniete er nieder und bot ihm mit respektvoller Geste das Gefäß an. Ehe der Dorfvorsteher jedoch das Bier entgegennahm, forderte er ihn auf: „Tigaraba ha munwa: iguraho! – Laß es nicht einfach an deinem Munde vorbeigehen! Trink zuerst selbst davon, dann gib es mir!" Jener trank einen langen Schluck und atmete kräftig aus. Dann nahm er noch einen Schluck. Schließlich übergab er dem Dorfvorsteher das Trinkgefäß. Auch der trank davon und reichte dann das Bier an jemanden weiter, der ihm besonders lieb war. Erst danach teilte Lubona an alle Anwesenden eine Runde Bier aus. Ganz am Ende trank, der Kerewe-Sitte gemäß, auch Lubona davon.

Nachdem der Austeiler getrunken hatte, unterbrach der Dorfvorsteher den weiteren Ausschank des Bieres.

Der Streit zwischen Myombekere und Ntamba vor dem Schiedsgericht des Dorfvorstehers

Der Dorfvorsteher sprach zu den in seinem Gehöft Versammelten: „Mabwana, Männer, hört mir mal zu! Bei den Kerewe sagt man: ‚Enzoga tesiga kigambo! – Wo Bier ist, gibt es keine Geheimnisse.' Als ich mich gestern nachmittag dort im Schatten mit meinen Frauen ausruhte, sah ich plötzlich Ntamba bei mir im Gehöft. Er war völlig außer Atem und verschwitzt, so als ob jemand hinter ihm her sei. Die Frauen boten ihm einen Stuhl an. Er aber sagte, er wolle sich nicht setzen. Er sei nur gekommen, mich zu bitten, ihn aufs Feld zu begleiten. Myombekere ließe dort seine Hirse abweiden. Ich fragte ihn, ob Myombekere etwa noch auf dem Feld sei. Ntamba erklärte mir darauf, daß es eigentlich um Myombekeres Hütejungen gehe. Dieser habe die ganze Rinderherde in sein Hirsefeld getrieben und dabei das Feld vollständig verwüstet. Er, Ntamba, sei so wütend geworden, daß er den Jungen geschlagen habe. Er habe gehofft, daß dessen Schreie Myombekere herbeirufen würden und er sich mit ihm auf Leben und Tod schlagen könnte. Als er vom Feld gelaufen sei, habe der Knabe mit Hilfe der Frau, die ebenfalls in Myombekeres Gehöft wohne, die Rinder aus dem Feld vertrieben. Nun Leute, es war mir klar, daß die Zeit bis zum Sonnenuntergang nicht reichen würde, um den Fall zu schlichten. Deswegen sagte ich zu Ntamba: ‚Kehre zunächst in dein Gehöft zurück und komme morgen vormittag wieder. Ich werde inzwischen meinen Boten zu Myombekere schicken, um ihn herbeirufen zu lassen.' Wie ihr seht, sind beide hier. Ich lege euch den Streitfall vor, damit ihr ihn euch anhört und euer Urteil dazu abgebt. Jetzt kennt ihr den Grund, warum ich eure Einzelgespräche mit dem Spruch ‚enzoga tesiga kigambo – wo Bier ist, gibt es keine Geheimnisse' unterbrochen habe."

Die Leute verstummten und überlegten, was sie dem Dorfvorsteher antworten sollten. Da sie sein Bier getrunken hatten, waren sie schließlich bereit, auf seinen Vorschlag einzugehen. Einer sagte: „Ja, Bwana Jumbe, ihr habt recht. Sollen die beiden ihre Sache vortragen. Wir werden zuhören, denn hierzulande wird ein Streitfall stets von vielen geschlichtet." Einer der Anwesenden, der Mwanangwa hieß, forderte Ntamba auf: „Fang du an, denn du klagst Myombekere an, daß er dein Hirsefeld verwüstet hat." Als Ntamba umständlich aufstehen wollte, hielten sie ihn mit Worten davon zurück: „Sprich wie ein gewöhnlicher Mann! Du kannst dabei sitzen bleiben." Ntamba räusperte sich und schilderte den Fall in allen Einzelheiten. Er schloß seine lange Schilderung: „Es ist für mich ein großer Schaden, daß meine Hirse gefressen wurde. Ich bin zu euch Schlichtern gekommen, damit ihr mir eine Entschädigung zusprecht. Myombekere und ich können allein keinen Ausgleich erzielen. Dorfvorsteher und ehrenwerte Anwesende, das ist alles, was ich zu sagen habe."

Dann kam Myombekere an die Reihe. Er berichtete: „Ich habe schon früh am Morgen das Gehöft verlassen und bin zu meinen Schwiegereltern gegangen, um sie um Verzeihung wegen meiner Frau zu bitten. Erst spät am Abend bin ich zurückgekehrt und habe von dem Vorfall erfahren. Ntamba hat den Jungen mit stacheligen amageye-Stöcken geschlagen und ihm Fußtritte in den Bauch gegeben, so daß er am Abend nichts essen konnte. Er soll doch mal aufstehen und euch zeigen, welche Spuren er von den Schlägen davongetragen hat." Kagufwa stand auf, und alle schauten sich ihn an. Sogar die Frauen kamen aus den Hütten, um ihn zu betrachten. „Nur weil seine Hirse von den Kühen gefressen wurde, hat er sich erdreistet, ein fremdes Kind so übel zuzurichten", sagten die Leute. „Er wollte es bestimmt umbringen."

Myombekere fuhr fort: „Ich möchte mich von der Verantwortung für die Zerstörung des Hirsefeldes keinesfalls freisprechen. Selbst wenn die Tiere von Erwachsenen auf die Weide geführt werden, machen sich gelegentlich einige Tiere selbständig und beschädigen die Felder anderer Leute. Wir sind doch alle Bauern! Oft erwischen wir auch die Hirten dabei, daß sie absichtlich ihre Rinder auf unsere Felder treiben. Entweder dulden wir es oder wir streiten uns mit ihnen. Dann bleibt es aber stets beim Austausch von Worten. Als Ntamba zwei oder drei meiner Rinder in seinem Hirsefeld fand, versuchte er nicht etwa, die Rinder aus seinem Feld zu vertreiben, sondern er verfolgte den

Hirten, um ihn zu verprügeln und seinen Bauch mit Fußtritten zu bearbeiten. Will er für das, was er angerichtet hat, noch eine Entschädigung? Wäre es ihm wirklich um Schadenersatz gegangen, hätte er den Jungen nicht zusammengeschlagen. Er hat Glück gehabt, daß ich nicht zu Hause war, sonst hätten wir einander noch umgebracht! Das ist alles, was ich zu sagen habe. Dorfvorsteher, Männer und Frauen, die ihr hier versammelt seid, entscheidet zwischen uns! Von meiner Seite ist das alles. Es kommt unter den Menschen immer mal vor, daß man für einen Schaden verantwortlich gemacht wird."

Der Dorfvorsteher forderte die Anwesenden auf: „Männer, bringt den Fall schnell zu einem Ende, damit wir noch andere Angelegenheiten erledigen können!" Daraufhin stand einer der Anwesenden auf und meinte: „Da Myombekeres Kühe die Hirse von Ntamba gefressen haben, komme ich zu dem Schluß, daß Myombekere der Schuldige ist. Er hat das Recht verletzt und soll an Ntamba fünf Ziegen als Schadenersatz zahlen. Eigentlich müßte er nach althergebrachtem Recht der Kerewe sechs Ziegen zahlen. Da aber Ntamba, indem er den Jungen über alle Maßen verprügelte, seinerseits das Recht gebrochen hat, soll ihm die sechste Ziege als Entschädigung abgezogen werden. Das ist meine Meinung, ihr Männer und Frauen!"

Danach erhob sich eine Frau und trat in den Kreis der Männer: „Nach unserem Recht sind für das Abweiden eines fremden Hirsefeldes in der Tat sechs Stück Vieh als Schadenersatz zu leisten. Aber in der Klage Ntambas gegen Myombekere liegt der Fall anders: Erstens hat er Klage nur erhoben, weil er einen für sich günstigen Ausgang des Falles erhofft. Er soll daher zunächst dem Dorfvorsteher und euch, verehrte Anwesende, die für die Verhandlung üblichen Gebühren zahlen. Zweitens ist er der schweren Körperverletzung schuldig. Myombekere soll ihm daher die fünf Ziegen, die der Herr Vorredner gefordert hat, nicht zahlen müssen. Ich bin wirklich der Ansicht, daß sich die beiden Vergehen aufwiegen. Es sollen keinerlei Zahlungen geleistet werden, und beide Parteien mit leeren Händen davongehen. Schließlich hat Ntamba einen Mordversuch begangen, als er so heftig auf das Kind einschlug und es mit Fußtritten bearbeitete. Ehe er hier vor den Schiedsrichtern erschien, wollte er den Fall offenbar auf eigene Faust erledigen. Es ist doch ganz offensichtlich, daß das Kind nur durch die

Schnelligkeit seiner Füße gerettet wurde, anderenfalls wäre es auf der Stelle umgebracht worden. Seht nur, sein Körper ist wie bei einer Leiche angeschwollen! Und dafür soll Ntamba noch fünf Ziegen bekommen? Auf welcher Seite liegt eigentlich die wirkliche Schuld? Dies ist meine Meinung, Dorfvorsteher, Mabwana na Mabibi, meine Mitversammelten. Nun ist es an euch, eure Meinung zu äußern!"

Danach ergriff ein alter Mann im Sitzen das Wort: „Es ist lange her, daß ich geboren wurde, und ich habe viel erlebt. Ich sah, wie manche ihre Rinder im Wald und am Feldrain weiden ließen. Ich erlebte auch, daß sie sie die Feldfrüchte anderer auffressen ließen. Ich weiß von Leuten, die für ihre zerstörten Felder eine Entschädigung forderten und von solchen, die nichts dafür verlangten. Alles das kenne ich. Den Fall von Ntamba habe ich genau geprüft und bin dabei zu der Überzeugung gekommen, daß ihm vor allem daran liegt, von Myombekere etwas gezahlt zu bekommen. Darüber hinaus erkenne ich, daß er ein Mensch ist, den die Kerewe ‚masirugetegwire‘, ein Schlitzohr, nennen. Wäre er es nicht, hätte er die Rinder schnell aus dem Feld vertrieben, ohne viel Wind zu machen. Denn das hätte er zuerst tun und dann den Hirten zur Rechenschaft ziehen müssen. Er hätte Augenzeugen herbeirufen sollen, als es noch hell war. Stattdessen hat Ntamba das Recht selbst in die Hand genommen und das Kind zusammengeschlagen. Er hat dadurch ganz ohne Zweifel unser Recht verletzt. Darum muß er die Kosten der Verhandlung an den Jumben zahlen, damit der Streit beendet wird. Die Schuld, einen Menschen zu töten, ist größer, als Hirse abweiden zu lassen. Jumbe und alle, die ihr hier versammelt seid, so sehe ich die Sache."

Die anderen stimmten ihm zu: „Was der Alte gesagt hat, ist richtig. Hätte Ntamba Schadenersatz gewollt, hätte er das Kind nicht geschlagen. Also, da er das Kind zusammenschlug und beinahe sogar getötet hätte, muß er zur Verantwortung gezogen werden. Ein Tötungsversuch wiegt schwerer als der Schaden eines abgefressenen Hirsefeldes."

Ntamba senkte vor Scham seinen Kopf. Ihm fehlten die Worte, sich zu rechtfertigen. Der Dorfvorsteher fragte ihn: „Ntamba, wärest du mit deiner Klage hierhergekommen, wenn du das Kind vorher gesehen hättest?" Ntamba antwortete: „Jumbe, diese Frage kann ich aus Kummer über mein zerstörtes Hirsefeld nicht beantworten. Ich habe nichts

weiter hinzuzufügen als das Sprichwort: ‚Asingwa bukindo tibamuse-
ka – Wer vor Gericht unterliegt, dem bleibt nur die Strafe.‘ Wenn ihr
den Fall in dieser Weise entscheiden wollt, dann tut es nur!"

Der Dorfvorsteher pfiff, um die Leute zum Schweigen zu bringen.
Dann sagte er: „Ich habe die Ansichten der ehrenwerten Anwesenden
wohl vernommen. Mein Spruch in dem Streitfall lautet wie folgt:
Ntamba, du hast den Prozeß nach der Meinung der Mehrheit verloren,
weil du den Hütejungen Myombekeres übel zusammengeschlagen
hast. Hätte sich dieses Kind nicht durch seine schnellen Beine retten
können, wäre es umgekommen. Für die Schlichtung des Streits zahlst
du sofort einen Ziegenbock. Wir werden auf diese Zahlung nicht bis
morgen oder übermorgen warten. Nein, wir wollen, daß du die Ziege
augenblicklich herbeiholst. Du, Myombekere, gib in Zukunft besser
acht auf deine Tiere, wenn du sie am Rande der Felder anderer weiden
läßt, damit du dir keine unnötigen Scherereien bereitest! Ntamba,
schaffe den Ziegenbock herbei, noch ehe die Leute von hier weggehen!"

Ntamba erhob sich und sagte zu Lubona, dem Verteiler des Bieres:
„Gib mir noch einen Schluck Bier für den Fall, daß bei meiner Rückkehr schon alles ausgetrunken sein sollte!" Der Bierverteiler gab ihm
eine kleine Schöpfkelle voll. Ntamba trank und machte sich schnell auf
den Weg, um die geforderte Ziege herbeizuschaffen.

Die Zurückbleibenden balgten sich um das Bier und schrien durcheinander: „Nteramo! Nteramo! – Gib auch mir davon!" Als sie noch
dabei waren, sahen sie, wie Ntamba schon zurückkehrte. Schweißgebadet brachte er seinen Sohn und einen großen Ziegenbock mit. Er
stellte sich vor dem Dorfvorsteher auf. Während sein Sohn den Ziegenbock festhielt, sagte er: „Jumbe, nimm diesen Ziegenbock entgegen.
Er ist der einzige, den ich bei mir fand. Ich habe keinen anderen." –
„Es ist schon gut", antwortete ihm der Dorfvorsteher, „binde ihn erstmal dort am Baum fest." Später fragte er die Anwesenden, ob sie mit
dem Ziegenbock zufrieden seien. Die Leute bejahten dies einstimmig
und fügten hinzu: „Als wir den Ziegenbock sahen, haben wir unter
uns gleich gesagt, daß der Streitfall nun beigelegt ist. Für den Fall, daß
du den Bock mit uns teilen willst, gib ihn uns zum Schlachten."

Der Dorfvorsteher trug seinem Sohn auf, das restliche Bier zu verteilen. Als dies geschehen war, sagte er: „Nun, ihr jungen Leute, führt

die Ziege hinter das Haus, schlachtet sie und häutet sie ab!" Die Jungen taten wie ihnen geheißen. Sie stürzten sich auf den Ziegenbock, drückten ihm die Gurgel zusammen und hielten Schnauze und Nüstern zu. Dann drehten sie den Hals nach hinten und traten ihm mit aller Kraft in den Bauch, um ihn schnell zu töten. Da sie das zuletzt verteilte Bier schon getrunken hatten, ging es wirklich rasch. Der Bock war schon tot, als sie an dem ihnen zugewiesenen Schlachtplatz ankamen.

Eilends häuteten sie den Ziegenbock ab. Es herrschte ein so reges Treiben, daß der Staub aufgewirbelt wurde. Diejenigen, die rohes Fleisch, sogenanntes obubisi, liebten, drängten begierig näher, um ein Stück zu erlangen. Die jugendlichen Abhäuter hielten sie aber zurück: „Wieso wollt ihr schon obubisi-Fleisch essen, noch ehe wir die Vorder- und Hinterläufe des Tieres abgetrennt haben?" Die Esser ließen sich dadurch jedoch nicht abweisen und erwiderten: „Schnell, schneidet den Bauch auf, damit wir unser obubisi-Fleisch zu essen bekommen!" Kaum hatten die Häuter den Bauch des Ziegenbocks mit einem Buschmesser aufgeschnitten, stürzten sich die Esser auch schon darauf, um ein Stück rohes obubisi-Fleisch zu ergattern, bevor die Läufe des Tieres abgetrennt worden waren. Die jungen Häuter machten die alten Männer darauf aufmerksam, daß man rohes obubisi-Fleisch erst essen dürfe, wenn das Tier vollständig ausgeweidet sei. Sie wurden daraufhin von den Alten unter Berufung auf das Kerewe-Sprichwort ‚Obubisi bwita abaseza – Rohes Fleisch tötet Männer' zu noch mehr Eile gedrängt, zu groß war deren Gier. Ein alter Mann gab zu bedenken: „Es gibt in der Tat ein Speisetabu, demzufolge rohes Fleisch erst nach dem Entfernen der Läufe und dem Ausweiden des Tieres gegessen werden darf. Ich warne euch alle davor. Sollte einer unter euch sein, der dieses Tabu nicht kennt, mag er sich in aller Ruhe bei den Kennern im Lande kundig machen. Man wird es ihm erklären, und er wird es dann bestimmt begreifen!"

Nachdem die Häuter alle Läufe des Ziegenbocks abgetrennt hatten, schnitten sie den Bauch vollends auf, so daß die Innereien offenlagen. Die obubisi-Esser sahen es, und das Wasser lief ihnen im Munde zusammen. Oh, Gott! Die Begierigen stürzten sich auf Leber und Pansen. Sie verletzten sich fast mit ihren Messern und nahmen sich gegenseitig die Stücke ab, um sie hastig in den Mund zu stecken und hinunterzuschlucken. Einige schnitten sich Stücke von Leber und Pansen klein und übergossen das Kleingeschnittene mit Galle.

Man zündete ein Feuer an und legte zunächst die Rippen darauf, um sie zu rösten. Hätte der Dorfvorsteher nicht Einhalt geboten, hätten die Leute das ganze Fleisch geröstet und aufgegessen. Er hatte aber im Sinn, einen Teil des Fleisches kochen und mit Hirseklößen auftischen zu lassen. Daher forderte er seine Hauptfrau auf, die Kochtöpfe zu bringen. Die Zweitfrau brachte Wasser zum Säubern solcher Innereien, die im Kerewe-Gebiet nicht roh gegessen werden. Die Kocharbeit verrichteten alle Frauen im Gehöft gemeinsam. Die einen stellten die Herdsteine zusammen, die anderen schnitten das Fleisch in kleine Stücke oder spalteten Brennholz. Der Vorsteher teilte ihnen das Fleisch zum Kochen zu: einen Hinterlauf, den Kopf, den Rücken und die Nieren. Für sich selbst hatte er einen Hinterlauf, das Bruststück und die Zunge auf die Seite legen lassen. Aber, um den Biergeschmack in ihrem Munde zu tilgen, wollten die Leute die ganze Ziege gekocht haben.

Die Köchinnen gaben sich alle Mühe, das Feuer unter den Fleischtöpfen zu schüren, denn Männer, für die man kocht, warten nicht lange, bis das Fleisch gar ist. Jeder prahlt mit seinen Zähnen. Außerdem lieben es die Männer, durch längeres Kauen den Geschmack des Fleisches im Munde zu bewahren. Sie feuerten die Frauen zu größerer Eile an: „Setzt endlich die Töpfe mit den Hirseklößen aufs Feuer. Das Fleisch ist längst gar." Als einige unter ihnen meinten, das Fleisch sei noch nicht gar, rief ein anderer: „Macht nur zu, ihr Frauen! Sie wollen das Fleisch so weich gekocht haben, als ob wir zahnlos wären. Wer keine guten Zähne mehr hat, soll sich gefälligst mit der Soße begnügen! Es ist überhaupt nicht gut, wenn das Fleisch für die Männer zu weich gekocht wird!"

Nachdem die Hirseklöße endlich fertig waren, forderten die Frauen die Männer auf, wie es üblich ist, im Schatten der Bäume Platz zu nehmen. Die Männer setzten sich, und man brachte ihnen Wasser zum Händewaschen und Trinken. Danach wurden die ebihuro-Körbe voll mit Hirseklößen gereicht, ebenso die enanga-Gefäße, die zum Servieren des Fleisches und Trinken der Soße dienten. Ntamba und sein

Sohn waren im Gehöft geblieben und ließen sich mit den anderen zum Essen nieder.

Die Frau, die das Fleisch austeilte, wählte ein paar gute Stücke für den Dorfvorsteher aus und reichte sie ihm in einem untadelig sauberen Gefäß. Den anderen Leuten gab sie die Portionen auf die Hand. Wer ein Stück Knochen erwischte, grunzte mißmutig; wer das Glück hatte, ein Stück Fleisch ohne Knochen zu erhalten, wurde von den anderen mit neidischen Augen angesehen. Nachdem die Austeilerin allen etwas Fleisch gereicht hatte, aß sie selbst von dem, was noch im Topf übriggeblieben war. Danach teilte sie die Fleischbrühe in besonderen Gefäßen zum Trinken aus. Nachdem alle gespeist hatten, wurden die Frauen aufgefordert, das Eßgeschirr abzuräumen.

Während die Männer sich die Hände wuschen, tauchten zwischen ihren Füßen plötzlich große Hunde auf. Sie balgten miteinander um die Knochen. Die Männer versuchten, sie mit lauten Rufen zu vertreiben: „Ita, ita! Malema! – Haut ab, haut ab, ihr Krüppel!" Einige von ihnen rannten hastig nach Stöcken. Dadurch mußten andere zur Seite weichen und wurden am Händewaschen gehindert. Schließlich beruhigte sich die Gesellschaft wieder, und das Händewaschen konnte fortgesetzt werden.

Nach dem Essen bat Ntamba den Dorfvorsteher um das Fell des Ziegenbocks. Dieser lehnte seine Bitte jedoch ab und übergab das Fell dem alten Mann, der den Schiedsspruch in ihrem Streitfall gefunden hatte. So hatte Ntamba alles verloren.

Seit jener Zeit redeten Ntamba und seine Sippengenossen schlecht von Myombekere: „Dieser gemeine Hund! Er hat seine Rinder absichtlich in unser Hirsefeld getrieben und nicht einmal etwas dafür bezahlen müssen. Ntamba mußte zusätzlich zu allem Schaden noch einen Ziegenbock opfern, Myombekere aber blieb unbehelligt. Bei ihm stimmt wohl etwas nicht. Vielleicht ist hier sogar Hexerei mit im Spiele!"

Nach dem Essen verabschiedeten sich die Leute vom Dorfvorsteher und gingen ihrer Wege. Als Myombekere in sein Gehöft zurückkehrte, empfing ihn die Köchin mit den Worten: „Meine Anteilnahme wegen des Streitfalls!" Myombekere bedankte sich dafür und erzählte ihr: „Ich habe Ntamba besiegt. Ihm fiel nichts ein, das mich in die

Knie hätte zwingen können. Alle, sogar die Frauen, haben seine Ansprüche abgelehnt. Er unterlag schließlich, weil er dieses Kind so übel zugerichtet hat. Die Leute beim Schiedsgericht kamen zu dem Ergebnis, daß er es absichtlich umbringen wollte." Die Frau erwiderte: „Also deswegen hat dich der Bote des Dorfvorstehers so gedrängt, das Kind mitzunehmen! Hätte die Gerichtsversammlung es nicht gesehen, wäre Ntamba bestimmt als Sieger aus dem Streitfall hervorgegangen."

Myombekere geht ein zweites Mal zu seinen Schwiegereltern und bittet sie um Verzeihung

Nachdem Myombekere ein paar Tage in seinem Gehöft verbracht hatte, wurde sein Herz abermals unruhig und gab ihm den Rat ein, noch einmal zu den Schwiegereltern zu gehen, um sie um Verzeihung zu bitten. In der Nacht, bevor er dorthin aufzubrechen gedachte, fand er keinen Schlaf. Er stand daher schon vor dem ersten Hahnenschrei auf und machte sich auf den Weg.

Es war Regenzeit. Unterwegs, noch weit von der Wohngegend seiner Schwiegereltern entfernt, zogen plötzlich schwere Wolken auf, und ein Gewitter brach los. Er beschleunigte seine Schritte, um dem Unwetter zu entkommen. Und als er sah, daß sich in der bewaldeten Gegend weit und breit kein Gehöft befand, wo er hätte Schutz finden können, begann er sogar zu rennen. Es herrschte noch finstere Nacht, so daß er durch die Dunkelheit sehr behindert wurde und Angst hatte, in eins der Löcher zu geraten, die die Erdferkel mitten auf dem Weg zu graben pflegen, oder in einen Graben zu fallen. Nachdem er ohne anzuhalten eine Weile schnell gelaufen war, fing es in Strömen an zu regnen. Es ging ein Gewitter nieder, das selbst einem ausgewachsenen Mann gefährlich werden konnte. Er rannte noch eine Weile weiter. Dann hielt er jedoch inne und schritt ganz ruhig einher, wobei er bis auf die Haut durchnäßt wurde. Er überlegte kurz, ob er angesichts der langen Strecke, die noch vor ihm lag, einfach umkehren sollte, entschloß sich dann aber, doch weiterzugehen. Komme was da wolle. Er, der Arme, dem soviel Widerwärtiges zugestoßen war, gab nicht auf. Er schritt einfach vorwärts.

Schließlich erreichte er ein Gehöft, das bewohnt erschien. Es regnete immer noch so stark, als ob man Wasser aus einem Kürbisgefäß gösse. Der Regen ließ nicht nach, und so ging Myombekere hinein, um dort Schutz zu suchen. Seine Augen waren blutunterlaufen, und sein Kopf schmerzte ihn sehr.

Einige der Hausbewohner wärmten sich am Feuer, andere schliefen noch. Da das Dach des Hauses undicht war, hatten sie sich mit wasserdichten Fellen zugedeckt. Myombekere trat ans Feuer, um sich und sein Gewand zu trocknen. Erst nach einiger Zeit grüßte er. Einige erwiderten seinen Gruß, einige nicht. Er wußte, daß es Menschen gibt, die beim Regen nicht sprechen wollen, und ganz besonders dann nicht, wenn wie jetzt Donner und Sturm den Regen begleiten.

Erst später stellte es sich heraus, daß das Gehöft, in dem Myombekere Schutz gesucht hatte, einem Regenmacher gehörte. Als er um sich blickte, nahm er im Hintergrund jemanden wahr, der sich an ebegemero-Töpfen zu schaffen machte. Es handelt sich dabei um Tongefäße zum Aufbewahren von Medizin, von weißen Kieselsteinen und Kräutern aller Art, nur für Eingeweihte bestimmt. Myombekere heftete den Blick auf den Regenmacher in seinem Umhang aus vielen Fellfetzen. Mit lauter Stimme rühmte er sich selbst und stieß abwechselnd Verwünschungen aus. Myombekere blieb stumm und starrte ihn unverwandt an. Offenbar hatte jener keine Angst, sich während eines starken Gewitters so in die Brust zu werfen. Plötzlich kam es ihm in den Sinn, daß er wohl zum ersten Mal in seinem Leben einem Menschen mit übermenschlichen Kräften begegnet war, der sogar dem Himmel Befehle erteilen konnte.

Nach einiger Zeit ließen Regen und Sturm etwas nach. Doch plötzlich! Ei, ein Blitz tauchte alles in grelles Licht, gefolgt von einem fürchterlichen Donnerschlag – wagingirii! Die Leute wurden zu Boden geworfen und fielen durcheinander – waligitii! Selbst der Regenmacher wurde von seinen Gefäßen weggerissen, hin in den Mittelraum der Hütte, der ,omukugiro' heißt. Als die Leute wieder zu sich kamen, lagen sie alle im Sand. Myombekere warf einen Blick auf jenen Mann, der sich vorher so gebrüstet und mit dem Himmel geredet hatte. Er sah, daß er sich genauso wie die anderen den Sand abwischte. Da dachte Myombekere bei sich: Dieser, der dem Himmel Befehle gibt, ist doch eigentlich nicht anders als wir gewöhnlichen Menschen, die vom Regenmachen nichts verstehen und auch keine Talismane oder Medizinen gegen Blitz und Regen besitzen.

Als der Regen aufhörte, ging jener Mann als erster nach draußen, warf einen Blick in den Rinderpferch und sah, daß der Blitz drei seiner Tiere erschlagen hatte. Über alle Maßen verwundert rief er aus: „Ahnherr, wie konnte das geschehen? So etwas ist doch noch nie vorgekommen! Seit den vielen Jahren, die ich schon hier lebe, hat sich so etwas noch nie ereignet. Das ist etwas völlig Neues. Leute! Kommt schnell heraus und seht!" Die Leute stürzten aus dem Haus und fanden zu ihrem großen Erstaunen die toten Rinder im Pferch schon ganz starr und steif vor.

Myombekere zog sich eilig zurück und ging seiner Wege, denn er war kein Mensch, der auf Speisen wartet, die der Himmel als Almosen reicht. Außerdem kannte man ihn in dem Gehöft nicht. Tatsächlich redeten die Bewohner hinter ihm her: „Der Unhold, der hier vor dem Regen Schutz suchte, ist gewiß ein großer Dieb! Statt unsere Rinder zu töten, wäre er besser selbst vom Blitz erschlagen worden! Solche Unholde gehen in fremde Gehöfte, um zu stehlen, und tun dabei so, als wollten sie sich vor dem Regen schützen. In Wirklichkeit sind sie Diebe! Wir haben noch großes Glück gehabt, denn dieses Gehöft besitzt einen Talisman gegen den Blitz. Sonst wäre das fremde Ungeheuer selbst auch umgekommen, ebenso die übrigen Rinder." Einer von ihnen bemerkte dazu: „Man könnte eher sagen, daß der Blitz ihn auf dem Wege erschlagen hätte, wenn er noch länger unterwegs gewesen wäre."

Die Sonne blieb von den Wolken verdeckt, so daß Myombekere glaubte, sie befinde sich noch unterhalb des Horizonts. Ohne daß er die Sonne an diesem Tage schon gesehen hatte, gelangte er zum Gehöft der Schwiegereltern. Er begrüßte seinen Schwiegervater, seine Schwiegermutter und Bugonoka, seine Frau. Da erblickte er auch seinen Schwager Lweganwa, der aus der Junggesellenhütte kam, ihn willkommen zu heißen und seine Waffen entgegenzunehmen. Man bot Myombekere einen Stuhl an, und er setzte sich nieder.

Dann fragten sie ihn: „Welchen Weg bist du gegangen, daß du dem Regen ausweichen konntest?" Er berichtete: „Es hat unterwegs die ganze Zeit heftig geregnet. Ich hatte aber Glück und fand einen Ort, wo ich mich unterstellen konnte. Allerdings wären wir dort beinahe alle zusammen umgekommen." – „Wieso sprichst du dann von Glück?" wollten darauf seine Zuhörer von ihm wissen, und er erzählte ihnen, wie er im Gehöft eines Regenmachers Schutz suchte und welcher Vorfall sich dort ereignete. Am Ende ergriff sein Schwager seine Hand und sagte erfreut: „Ihuka, Mulamu! – Mein Glückwunsch, Schwager! Du kannst wirklich von Glück sagen, daß du noch lebst!" Myombekeres Frau und seine Schwiegereltern staunten: „Aa; yee, onu yakira, sanga ali wo kufwa sotokoto! – Oh ja, er hatte großes Glück. Beinahe wäre er umgekommen. In diesem Jahr regnet es viel heftiger als sonst um diese Zeit."

Myombekere setzte das Gespräch fort, indem er erklärte: „Nachdem, was ich heute erlebt habe, glaube ich nicht mehr an Regenmacher. Wie kann man uns nur so belügen und behaupten, es gebe Regenmacher, die dem Himmel befehlen können! Das stimmt nicht! Früher kannte ich Regenmacher nur vom Hörensagen. Heute habe ich erstmals einem bei der Arbeit zugesehen. Wir alle wurden so vom Gewitter überrascht, daß wir plötzlich im Sand lagen, auch der Regenmacher. Seine Tiere wurden vom Blitz erschlagen. Das war nicht anders als auf unseren Gehöften, wo wir vom Umgang mit dem Regen keine Ahnung haben, noch Talismane oder Medizinen dagegen besitzen. Ab heute weiß ich: Es gibt keinen Menschen, der dem Himmel Anweisungen geben kann, nein!" Seine Schwiegereltern antworteten ihm: „Nun, sag so etwas nicht! Regenmacher gibt es schon. Manche können es auch sacht regnen lassen. Einige verhexen sogar ihre Kollegen, damit deren Kunst versagt. Das mag auch auf jenen zutreffen, Schwiegersohn, bei dem du Schutz gesucht hast. Wenn er auch mit Regenmedizin umzugehen weiß, könnte ein anderer Regenmacher ihn verhext haben. Du kennst doch das Sprichwort ‚Twingene etura mu kanwa, akukira nakukira!' – Daß wir alle gleich sind, ist nur ein Gerede, denn im Wissen unterscheiden wir uns." – „Vielleicht stimmt das, Schwiegervater, aber nun ziehe ich das in Zweifel. Ich kann nicht einmal mehr glauben, daß sich Regenmacher nur von changu-Fisch ernähren. Ach nein, das wäre doch zu sonderbar!"

„Erscheint es dir erst seit heute fragwürdig?" wollte Lweganwa wissen. Myombekere erwiderte: „Ja, so ist es in der Tat, Schwager!" Lweganwa gab sich aber mit dieser Auskunft noch nicht zufrieden und fuhr fort: „Du nimmst die Angelegenheit offenbar sehr ernst. Hast du denn zu anderen Naturkundigen noch Vertrauen, zum Beispiel zu denen, die Amulette oder Arzneien herstellen?" Myombekere beeilte sich zu versichern: „Ihnen schenke ich durchaus Glauben. Ich sehe ja, daß sie Kranke gesund machen. Wenn sie die Leute vor Schaden bewahren oder gar Schäden beseitigen helfen, vertraue ich ihnen. Aber jenen Regenmacher, den ich heute kennengelernt habe, halte ich nicht für glaubwürdig!" Damit beendeten sie das Thema.

Plötzlich brach die Sonne wieder durch die Wolken. Ihr Stand zeigte an, daß es bereits später Nachmittag war. Myombekere begann, Lweganwa über seine Reise zu befragen: „Wann bist du zurückgekommen, Schwager?" – „Vor fünf Tagen." – „Mayanza si Mulamu! – Meine Anteilnahme, Schwager, wegen der Beschwerlichkeiten der Flußpferdjagd!" – „Danke, wir sind alle heil heimgekehrt. Ja, wir haben die Tiere getötet, die wir töten wollten und sind selbst unversehrt geblieben. Wie sang doch einst einer vom Jita-Volk? ,Kutunda, ntatunda chimaka (misire) olusambo ika. – Auch wenn ich nichts erjagen konnte, so komme ich doch mit einem fröhlichen Lied nach Hause zurück.'" Darüber mußten beide herzlich lachen. Während sie sich noch unterhielten, rief Bugonoka ihrem Bruder zu: „Führe deinen Schwager in deine Hütte!" Die Männer standen deshalb auf. Als Myombekere den Stuhl, auf dem er gesessen hatte, mitnehmen wollte, hinderte ihn Lweganwa daran: „Nein, Schwager, laß mich ihn tragen. Es soll nicht so zugehen, als habest du niemanden hier angetroffen oder nur deine Schwiegermutter. Ich, dein Schwager, bin ja da. Mein Freund, du sollst meiner Schwester, wenn ihr über Liebe, Hilfsbereitschaft und Zuneigung unter den Menschen sprecht, nicht sagen können: warum aber muß ich bei euch meinen Stuhl selbst in das Haus deines Bruders tragen?"

Nachdem sie die Hütte Lweganwas betreten hatten, brachte Bugonoka warmes Wasser herbei. Sie goß ein bißchen davon in das Waschgefäß und bat ihren Bruder zu prüfen, ob es nicht zu heiß sei und mit kaltem Wasser vermischt werden müsse. Sie wuschen sich die Hände. Dann reichte Bugonoka ihrem Mann einige Blätter zum Abtrocknen und holte eilig das Essen herbei. Sie brachte einen Korb mit einem Hirsekloß, den ein zweiter Korb zudeckte. Ihr folgte ein Mädchen nach, das einen großen Tontopf mit Flußpferdfleisch trug. Schnell kehrte das Mädchen um und holte noch eine hölzerne Eßschale, die sie vor die Füße Lweganwas stellte, dem die Aufgabe zukam, das Essen auszuteilen. Anschließend brachte Bugonoka auch ihrem Vater, der draußen unter einem Baum saß, seine Mahlzeit.

Inzwischen war die Sonne ganz aus den Wolken hervorgetreten und hüllte alles in gleißendes Licht. Du Leser weißt ja, wie stark die Sonne während der Regenzeit blendet und wie sie brennt, wenn sie aus den Wolken hervorbricht. Ich erzähle dies schließlich keinem Unerfahrenen.

Lweganwa legte Myombekere also das Essen vor und sagte: „Koste einmal! Leider ist dies nichts Besonderes." Myombekere erwiderte: „So ist es überall, Schwager. Ihr seid allemal noch besser dran, weil ihr für die Männer etwas zum Essen habt." Lweganwa bemerkte darauf: „Wäre ich nicht zur Jagd gegangen, könnten wir nichts Schmackhaftes anbieten. Ja, es wäre uns nicht einmal möglich, überhaupt einen Gast zu bewirten." Sie teilten sich den Hirsekloß und sprachen weiter über die Flußpferdjagd. Myombekere wollte von seinem Schwager wissen, wie man Flußpferde jagt und erlegt.

Lweganwa benutzte die Zeit während des Essens, um seinem Schwager alles der Reihe nach zu schildern: „Also, zu Beginn der Jagdreise wurde ich zum Anführer der Jäger gewählt. Im Jagdgebiet angekommen, wurde mir die Aufgabe übertragen, an der Spitze der Mannschaft zu rudern, weil alle mein Geschick im Umgang mit den Gefahren des Sees kannten. Aber keiner von uns Fünfen machte einen Fehler. Was es im Jagdrevier alles zu essen gibt, ist wirklich erstaunlich, Schwager. Oft hört man ja die Leute sagen: ‚Si okwenda kulya kinyaga? – Willst du etwa soviel essen wie ein Flußpferdjäger?' Jetzt kenne ich die Bedeutung dieser Redensart aus eigener Anschauung. Das Fleisch, das man uns beiden soeben gereicht hat, würde nämlich nicht einmal einen einzigen Flußpferdjäger satt machen. Er müßte danach noch eine Menge Tran trinken. Wahrlich, diese Leute wissen, wie man sich ernährt! Sie sind außergewöhnlich tapfer und haben kein bißchen Angst. Das erkennt man, wenn einer von ihnen seinen endobo-Speer in ein Flußpferd stößt und das Tier um sein Leben kämpft. Ei, Schwager, wenn du kein Herz aus Eisen hast, springst du vor Angst ins Wasser und verzichtest auf den Verzehr von Flußpferdfleisch. Vielleicht würdest du die Jagd nicht wagen. Für sie ist es jedoch ein Kinderspiel. Schon nach kurzer Zeit wirst du hören, wie sie singen. So tun sie kund, daß ein Fluß-

pferd erlegt wurde. Es gibt dort stets viele, die Flußpferdfleisch aufkaufen wollen. Sie kommen mit Armreifen aus Eisen, Perlenschnüren oder Hacken. Von den Eßwaren ganz zu schweigen! Einige tragen große Körbe voll Mehl nach Art der Sukuma-Leute mit sich. Andere bringen Körbe mit Kartoffeln und Maniok. Ei, ich sage dir: Ein Jäger, der lieber seinen Anteil am Fleisch trocknen oder räuchern möchte, kann dies nach Belieben tun. Falls er ihn jedoch verkaufen möchte, kann er in kürzester Zeit alles absetzen. Ich spreche die Wahrheit und übertreibe nicht. Dort findet man einen, der allein ein ganzes Vorder- oder Hinterbein kaufen möchte, hier jemanden, der Träger mitgebracht hat und sein Fleisch vor dem Kauf sorgfältig auswählt, es dann in Stücke schneidet und in Gefäße verlädt. Andere wiederum binden das Fleisch an einer langen Holzstange fest und tragen es zu zweit zwischen sich davon. Jedermann ißt dort Flußpferdfleisch, sogar die Frauen, anders als unsere Frauen im Kerewe-Gebiet, die es nur dann tun, wenn sie einen triftigen Grund dazu haben. Das Flußpferdfleisch geht so schnell zu Ende, daß man denkt, jedermann habe nun genug. Und man glaubt, wenn morgen oder übermorgen wieder ein Tier erlegt werden sollte, dann wird sein Fleisch wohl übrigbleiben. Das ist jedoch keineswegs der Fall, Bwana! Auch am nächsten Tag drängeln sich wieder dieselben Leute, die man schon am Vortag gesehen hat, um Fleisch zu kaufen. Mein Schwager, ich will dir nichts verheimlichen und dir aufzählen, was ich alles gegen mein Fleisch eingetauscht habe: einen großen Korb voll Hirse und das Eisen für zehn Armreifen sowie zehn Hacken. Da ich noch nicht verheiratet bin, denke ich, daß mir die Hakken als Brautgut dienen werden. Außerdem habe ich zwei Körbe mit getrocknetem Flußpferdfleisch und zwei große Tontöpfe voll Flußpferd-Tran mitgebracht. Das sind meine Einnahmen. Ach ja, außerdem gehören auch noch zwei Rinderhäute und fünf Ziegenhäute dazu."
Myombekere sagte nur: „Erstaunlich, du hast wirklich einen großen Gewinn erzielt. Das ist wohl gemeint, wenn unsere Altvordern sagten: ‚Seht, aus der Wildnis kommt immer etwas heraus.‘ Wärest du nicht von hier fortgegangen, wie hättest du so viele Güter erwerben können?"
Nun sprach Myombekere gegenüber seinem Schwager endlich den eigentlichen Grund seines Kommens an: „Schwager, ich lebe zwar in meinem eigenen Gehöft, aber es bereitet mir großen Kummer, daß ich

allein dort wohne. Unsere althergebrachte Überlieferung besagt, daß auf einem Gehöft wenigstens zwei Personen wohnen sollen. Für einen allein ist es nicht bestimmt. Ich bin hierhergekommen, um meine Schwiegereltern wegen meiner Frau um Verzeihung zu bitten, denn ich fühle, daß wir einander immer noch sehr lieben. Es liegt nur an den Schwiegereltern, daß meine Frau nicht bei mir lebt. Als ich das letzte Mal hier vorsprach, haben wir uns über die Angelegenheit schon heftig gestritten. Nur dank deiner Abwesenheit hielten sie sich etwas zurück. Wärest du hier gewesen, hätten sie die Gelegenheit längst wahrgenommen, um mir meine Frau endgültig fortzunehmen."

Lweganwa erwiderte ihm darauf: „Als ich bei meiner Rückkehr meine Schwester hier vorfand, habe ich die Eltern gefragt, warum sie noch nicht zu ihrem Mann zurückgekehrt sei, ob sie vielleicht gerade gestern erst angekommen sei. Sie fragten mich: ‚Hast du etwa deinen Schwager gern?' Ich bejahte dies. Da sagten sie mir: ‚Ach ja, nun ist es uns klar, warum du wünschst, daß Bugonoka zu ihrem Mann zurückgeht. Wir sind eigentlich dagegen, weil er sich weigert, für sie einen Heiler zu suchen. Was sollen wir tun? Sein Verhalten zeigt doch deutlich, daß er deine Schwester nicht liebt. Bugonoka kann man in ihrem Alter noch nicht eindeutig zu den unfruchtbaren Frauen zählen.' Ich fragte, ob sie nicht wüßten, welcher Heiler geeignet wäre. Sie seien doch schließlich ihre Eltern. Danach hörte ich Bugonoka sagen: ‚Du hast recht, mein Bruder. Sie sind meine Eltern und überlassen diese schwierige Frage allein meinem Mann!' Und zu den Eltern gewandt, fügte sie noch hinzu: ‚Ihr selbst habt es ja nicht geschafft. Wie soll es ihm gelingen, und warum soll er sich so um mich kümmern, als ob er mein Vater wäre?' Darauf meinten die Eltern: ‚Wahrlich, Bugonoka muß ihren Mann wohl sehr lieben! Deswegen stoßen alle unsere Vorhaltungen auf taube Ohren.' Sie fragten sie geradeheraus: ‚Wenn dein Mann heute käme, würdest du mit ihm gehen?' Bei aller Ehrfurcht vor ihnen antwortete sie: ‚Ja, das würde ich gern, denn ihr habt mich mit ihm verheiratet. Ich habe ihn ja nicht ohne eure Einwilligung genommen. Wenn er kommt, mich zurückzuholen, könnte ich doch ohne weiteres mit ihm gehen. Also, ich halte mich schon seit geraumer Zeit hier auf. Wieso habe ich noch nichts von euren Bemühungen, mich zu einem Heiler zu bringen, bemerkt?' Ich als ihr Bruder erklärte den Eltern, daß mir Bugonokas Rede einleuchtend erschiene. ‚Warum wollt ihr sie ihrem Ehemann noch weiter vorenthalten, wo beide einander doch so sehr lieben?‘ Dagegen wandten die Eltern ein: ‚Aber die Verwandten Myombekeres haben sie nicht gern und verbreiten allenthalben, sie sei unfruchtbar.‘ Ich fragte, ob Bugonoka mit den Verwandten oder mit Myombekere verheiratet sei. Worauf sie erwiderten: ‚Nein, sie ist nur mit unserem Schwiegersohn verheiratet. Wir mögen ihn und haben sie ihm deswegen ja auch zur Frau gegeben.‘ Ich fuhr fort: ‚Ihr wollt also ungerechterweise eurem Schwiegersohn die Schuld geben? Wieso sagt ihr dann immer, daß man nur demjenigen Schuld zusprechen kann, der sie auch tatsächlich hat? Soll dieser Grundsatz diesmal nicht gelten?‘ Sie saßen eine Weile stillschweigend da, während sie über meine Worte nachdachten. Dann schlug mein Vater vor: ‚Laß uns solange warten, bis unser Schwiegersohn kommt. Wir wollen dann prüfen, ob er seine Frau noch liebt.‘ Seither habe ich sie nicht mehr davon reden hören. Das alles verhält sich so, wie ich es dir erzählt habe. Ich halte nichts von Lügen. Jetzt, wo du gekommen bist, können wir vielleicht mit ihnen über die Angelegenheit reden.“

Als Myombekere gesättigt war, fragte ihn Lweganwa: „Warum ißt du nicht weiter, Schwager? Was ist mit dir los?“ Myombekere antwortete: „Ich bin satt, Schwager. Der Magen ist doch ein rechter Bastard. Manchmal verleitet er uns, eine Kuh zu stehlen, ohne uns auch mit dem Hunger zu versehen, der nötig wäre, sie hinunterzuschlucken.“ Beide lachten. Lweganwa rief Bugonoka, das Eßgeschirr abzuräumen. Wie gewöhnlich kam sie mit einem Topf warmen Wassers, wobei sie feststellte, daß Lweganwa das Geschirr schon zur Seite geschoben hatte. Sie kniete nieder und goß das Wasser in das Waschgeschirr. Als beide Männer ihre Finger gesäubert hatten, füllte sie ein hölzernes Schöpfgefäß mit Trinkwasser und reichte es ihrem Mann. Nachdem dieser getrunken und seinen Mund gespült hatte, gab er das Gefäß an den Schwager weiter, der auch trank und den Mund ausspülte. Dann reichte er das Gefäß an seine Schwester zurück. Bugonoka und das Mädchen räumten das Eßgeschirr ab und trugen es ins Haupthaus zurück.

Myombekere und Lweganwa warteten noch ein wenig, bis auch Namwero seine Mahlzeit beendet hatte. Ihm war die Speise ja erst nach ihnen serviert worden. Schließlich meinte Myombekere: „Bitte,

Schwager, laß uns nach draußen gehen, damit ich mich in der Sonne ein wenig aufwärmen kann. Ich bin unterwegs sehr naß geworden, und leichte Kopfschmerzen habe ich auch."

Draußen gingen sie sofort zu Namwero, damit ihm Myombekere sein Anliegen vortragen konnte. Zunächst räusperte sich Myombekere – koho, koho! Er wollte seinen Schwiegervater mit reiner Stimme um Verzeihung bitten. Dann redete er ihn respektvoll an: „Schwiegervater, ich komme zu dir und flehe dich an. Habe Mitleid mit mir und vergib mir die Taten, die dich veranlaßt haben, mir meine Frau fortzunehmen! Bei meinem letzten Besuch habe ich erfahren, daß du mir zürnst, weil meine Verwandten ungerechtfertigt Böses geredet haben. Sie glauben, alles besser zu wissen. Aber in Wirklichkeit wissen sie nichts. Sie haben Unfrieden zwischen mir und meinem Schwiegervater gesät, so daß er schließlich meine Frau zu sich zurückgenommen hat, obwohl ich mit ihr stets in Eintracht lebte. Das ganze Ungemach kommt nur daher, daß es meinen Verwandten an nichts fehlt und sie deswegen keinen Sinn für die Schwierigkeiten anderer haben. Ich Armer habe die Folgen ihres Geredes zu spüren bekommen. Nachdem sie mich in meine schwierige Lage gebracht hatten, kam keiner von ihnen und erkundigte sich nach mir. Sie hielten es nicht einmal für nötig, mir wenigstens einen Korb Mehl, Kartoffeln, Maniok oder Bananen zu bringen. Seitdem meine Frau bei euch weilt, Schwiegervater, ist noch keiner von meinen Verwandten in meinem Gehöft erschienen, um mir Trost zuzusprechen. Ich komme zu dir in der Hoffnung, daß du meine inständigen Bitten erhörst und mir meine Frau zurückgibst, so daß wir weiter genauso zusammenleben können wie nach unserer Heirat. Die Altvorderen pflegten zu sagen: ‚Eltern erbrechen die einmal gegessene Speise nicht, sie grämen sich nur darüber.' Das heißt doch, daß Eltern ihre Kinder nicht wegwerfen, auch wenn sie sich noch so sehr über sie ärgern."

Während Myombekere seinen Schwiegervater bat, ihm die Frau zurückzugeben, hatte sich die Schwiegermutter hinter die Tür ihrer Hütte gestellt, um mitzuhören, was Myombekere ihrem Mann zu sagen hatte. Auch Bugonoka stand dort. Myombekere sprach weiter: „Zieht auch in Betracht, daß keiner meiner Verwandten mir beistand, als ich neulich auf meinem Gehöft in ernste Schwierigkeiten geriet."

Die Schwiegermutter erkundigte sich sofort: „Was für ein Unglück hat dich denn betroffen?" Myombekere antwortete: „Die Unannehmlichkeiten sind dadurch entstanden, daß anderer Leute Hirse aufgefressen wurde." Bugonoka wollte von ihm wissen, wer das zugelassen hatte. Myombekere erwiderte ihr: „Ich bin allein dafür verantwortlich." – „Und wessen Hirse wurde aufgefressen?" Da erzählte ihr Myombekere die ganze Geschichte. Am Ende fügte er noch hinzu: „Wenn Ntamba und ich einander unterwegs begegnen, grüßen wir uns nicht mehr. Jeder geht an dem anderen vorbei und setzt seinen Weg fort. Mir macht es nichts aus, denn nur er trägt noch Groll in seinem Herzen. Sollte er sich entschließen, mich in Zukunft wieder zu grüßen, werde ich sofort darauf eingehen. Da der Junge, den er zusammengeschlagen hat, inzwischen wieder genesen ist, habe ich nichts mehr gegen ihn. Am schlimmsten sind allerdings seine Verwandten gegen mich aufgebracht, denn ich habe ihm keine Entschädigung gezahlt. Aber wann habt ihr schon mal erlebt, daß man dem Verlierer im Schiedsverfahren eine Entschädigung zubilligt? Wegen dieser Sache komme ich übrigens später hierher als ich wollte. Vorher mußte ich den verletzten Hütejungen pflegen. Jeden Morgen habe ich ihn zum Fluß getragen und ihn im kalten Wasser gebadet und ihn abends mit Sand massiert. Er hat dabei jedesmal laut geschrien, aber ich habe nicht nachgelassen. Jetzt ist er so weit wiederhergestellt, daß ich ihm das Weiden der Tiere überlassen kann. Ach, unterwegs bin ich sehr naß geworden. Vielleicht kommen davon meine Kopfschmerzen. Jetzt fange ich auch noch an zu frösteln!"

Als sie einen Blick zum Himmel warfen, sahen sie, daß es kurz vor Sonnenuntergang war. Sie staunten: „Wenn sich die Sonne hinter den Wolken verbirgt, vergeht die Zeit irgendwie schneller. Schließlich wird man einfach davon überrascht, daß die Sonne schon untergegangen ist."

Ein wenig später sagte Namwero zu Myombekere: „Ich will dir nun meine Entscheidung verkünden: Also, der Vergehen deiner Verwandten wegen sollst du mir sechs Tontöpfe voll Bier zahlen. An dem Tag, an dem du das Bier überbringst, kannst du deine Frau wieder mit zu dir nach Hause nehmen. Auch wir haben schließlich Töchter anderer Leute geheiratet und sind damit Verpflichtungen eingegangen."

Myombekere dankte seinem Schwiegervater und senkte seinen Kopf, als ob er betete. Dabei sprach er: „Omuzere kalilira kulya tabiha! – Es ist keine Schande, wenn die Eltern ein Geschenk verlangen."

Nach dieser Unterredung kehrten Lweganwa und Myombekere ins Junggesellenhaus zurück. Bugonoka folgte ihnen erfreut. Voller Liebe streichelte sie Myombekere mit ihren sanften Händen.

KAPITEL 6

Nach seiner Abbitte verbringt Myombekere die Nacht im Haus der Schwiegereltern

Später ging Lweganwa zum See, um sich zu baden und gleichzeitig nach Reusen zu sehen. Er nahm den Fischspeer in die Hand und stieg zur ersten Reuse in den Fluß. Sie war leer. In der zweiten Reuse fand er einen ensendera-Fisch, den er mit dem Kescher herausholte, tötete und ans Ufer warf. Dann ging er zur dritten Reuse. Dort fand er einen engonongono-Fisch, der ebenfalls getötet und ans Ufer geworfen wurde. Dann nahm er ein ausgiebiges Bad.

Nach dem Bade ging er daran, die Fische zu säubern, sie zu entschuppen und die Innereien herauszunehmen. So vorbereitet, band er sie zu einem Bündel zusammen und hängte sie an den Fischspeer, den er für den Nachhauseweg schulterte.

Unterwegs traf er am Seeufer auf eine Gruppe von Fischern, die er kannte. Sie luden gerade ihre Fische aus dem Einbaum. Großzügig schenkten sie ihm einen embete-Fisch. Lweganwa bereitete auch diesen Fisch zu, indem er die Innereien entfernte und ihn in Stücke schnitt. Danach packte er ihn getrennt ein. Denn diese Fischart wird nur von Männern gegessen. Es schickt sich daher nicht, einen embete-Fisch zusammen mit den Fischen aufzubewahren, die auch von Frauen gegessen werden.

Als Lweganwa voll Freude über die reiche Fischausbeute nach Hause zurückkehrte, war die Sonne bereits untergegangen. Er legte die Fische in das Hüttchen für die Ahnengeister, wo sie eine Weile verblieben, bis die Frauen sie herausholten und kochten. Dann nahm er die Rinder seiner Familie in Empfang, die der Hirte von der Weide hergetrieben hatte, und sperrte sie im Gehege ein. Die Milchkühe band er an Pflökken im Hinterhof fest.

Anschließend ging er zu seiner Hütte, um nach dem Schwager zu schauen. Er fand, daß sich Myombekere von Kopf bis Fuß in eine

Decke eingehüllt hatte. Mit dem Ruf „Schwager!" wollte er ihn wekken. – Nichts. Er rief lauter: „Schwager!" Endlich eine Antwort: „Jaa!" Lweganwa näherte sich ihm mit der besorgten Frage: „Hast du immer noch Kopfschmerzen?" Aber Myombekere beruhigte ihn: „Es geht mir etwas besser, Schwager." – „Und wie steht es mit dem Schüttelfrost?" – „Auch der ist weg. Vielleicht, weil ich geschwitzt habe. Faß mich einmal an, Schwager, dann wirst du es merken." Lweganwa nahm ihm die Decke vom Kopf und fand, daß Myombekere schweißgebadet war. Als er ihn befühlte, stellte er fest, daß das Fieber tatsächlich zurückgegangen war.

Kurz darauf kam auch schon Bugonoka mit einem Tongefäß voll heißen Wassers. Sie setzte es neben Lweganwas Hütte ab und trat hinein zu ihrem Mann, während Lweganwa hinausging, um das Nachtfeuer im Hof zu entfachen. Bugonoka tastete Kopf, Hals und Brustkorb ihres Mannes ab, um zu prüfen, ob er Fieber hätte. „Hast du noch Kopfschmerzen?" fragte sie ihn mit sanfter Stimme. Myombekere entgegnete ihr: „Die Schmerzen lassen allmählich nach. Wenn es so weitergeht, werde ich bald wieder gesund sein. Ich fröstele auch nicht mehr." Bugonoka forschte weiter: „Hast du geschwitzt?" Myombekere bejahte es: „Der Schwager hat mich gerade geweckt und festgestellt, daß das Fieber sinkt. Ich selbst merke, daß ich heftig geschwitzt habe." Bugonoka verließ die Hütte und trug den Tontopf mit dem heißen Wasser hinter das Haus. Sie holte die Türmatte, die auch als Badeunterlage diente, und forderte ihren Mann auf, ein Bad zu nehmen. Myombekere stand auf, begab sich hinter das Haus auf die Türmatte und setzte sich. Seine Frau übergoß ihn mit heißem Wasser aus dem Tongefäß, während er sich wusch. Dann holte sie Blätter und rieb ihn kräftig damit ab. Nach dem Baden zog er sich an und stellte sich im Hof an das Nachtfeuer. Seine Frau brachte ihm einen Stuhl, und er setzte sich. Sein Schwiegervater und sein Schwager hatten bereits Platz genommen. Bugonoka räumte hinter dem Haus die Badesachen fort und gesellte sich dann zu ihrer Mutter.

Als Lweganwa merkte, daß sich die kleinen Kuhfliegen, die im Kerewe ‚embara‘ genannt werden, zur Ruhe begeben hatten, rief er seine Schwester: „Bugonoka, bringe Wasser, damit wir die Kühe melken können!" Bugonoka stand sofort auf und schöpfte Wasser in ein hölzernes Waschgefäß. Lweganwa erhob sich, um seine Hände vor dem Melken zu waschen. Währenddessen band Bugonoka ein Kalb los und holte das Melkgefäß herbei. Lweganwa nahm einen Strick und fesselte damit die Hinterbeine der ersten Kuh. Dann ließ er das Kalb ansaugen. Als er spürte, daß die Kuh zum Melken bereit war, gab er seiner Schwester ein Zeichen, ihm den Melknapf zu reichen. Das Kalb zog er am Vorderbein vom Euter der Kuh weg und schob es vor ihr Maul, damit sie es mit ihrer Zunge in aller Ruhe sauberlecken konnte. Während er melkte, pfiff er vor sich hin, um die Kuh zu beruhigen. Nach dem Melken wies er Bugonoka an, das Kalb wieder trinken zu lassen. Bugonoka führte das Kalb an das Euter der Kuh zurück und nahm das Melkgefäß entgegen. Sie trug die Milch ins Haupthaus und goß sie in einen Behälter, der auf Kerewe ‚olwabya' heißt. Das Melkgefäß brachte sie zu Lweganwa zurück.

Als nächstes war eine völlig schwarze Kuh an der Reihe. Sie gab jeden Tag vier Melknäpfe voll Milch, je zwei am Morgen und am Abend. Lweganwa füllte das Melkgefäß jedesmal randvoll. Aus Erfahrung wußte er, daß dabei für das Kalb noch genügend Milch übrigblieb. Bugonoka trug auch die Milch der schwarzen Kuh ins Haus. Dabei erinnerte sie ihre Mutter daran, den Hirsebrei für das Abendessen aufs Feuer zu setzen. Da sie etwas länger im Hause verweilte, rief Lweganwa voller Ungeduld: „Wo bleibst du? Binde sofort das Kalb von Mayenze (Name der dritten Kuh) los!" Mit tiefem Brummen lockte Mayenze bereits ihr Kalb. Lweganwa versuchte, sie durch Pfeifen abzulenken. Da Bugonoka nicht schnell genug kam, um sich um das Kalb zu kümmern, fuhr er sie an: „Wenn du das Kalb nicht losbinden willst, verschwinde ich. Dann kannst du die Kühe alleine melken!" Bugonoka erschien augenblicklich und band das Kalb von Mayenze los, das sofort zur Mutterkuh lief, um zu trinken. Ärgerlich wegen Bugonokas Trödelei schimpfte Lweganwa vor sich hin: „Die Milch könnt ihr wohl trinken, aber um das Melken kümmert ihr euch nicht. Ihr habt ja keine Ahnung, wie schwierig Melken ist und welche Anstrengung es erfordert, sich dabei unter das Euter der Kuh zu hocken. Bugonoka, gib mir sofort das Melkgefäß dort, damit ich weitermelken kann. Später könnt ihr euch Zeit nehmen." Bugonoka reichte ihm das Gefäß und schob das Kalb der Kuh vor das Maul. Da Mayenze ihr Kalb schon vor einiger Zeit geworfen hatte, floß ihre Milch nicht mehr so reichlich. Der Melker hielt sich daher auch nicht lange an ihrem Euter auf und reichte Bugonoka alsbald das Melkgefäß zurück, obwohl es nur halbvoll war. Bugonoka band nun schnell das Kalb der braunen, das heißt der vierten Kuh, los. Sie wollte nicht noch einmal von ihrem Bruder gescholten werden. Erst danach brachte sie die Milch von Mayenze ins Haus.

Wenige Augenblicke später, als sie Lweganwa das Melkgefäß zurückgeben wollte, ließ dieser sie erst eine Weile damit stehen, ehe er es ihr abnahm. Bugonoka drängte wieder das Kalb zum Maul der Kuh. Während sie es dort festhielt, krempelte sie ihr Gewand bis zu den Oberschenkeln auf. Die braune Kuh hatte ein pralles Euter mit Zitzen, die sich ganz steif anfühlten. Beim Melken bildete sich erstaunlich viel Schaum, und der Strahl brauste so stark, daß man ihn noch in einiger Entfernung hören konnte. Diese Kuh gab soviel Milch, daß man das Melkgefäß damit anderthalbmal hätte füllen können. Lweganwa aber melkte ihr nur einen Teil der Milch ab, um für das Kalb, das noch zu jung war für pflanzliche Nahrung, genügend übrigzulassen. Eilig trug Bugonoka die Milch zum Haus. Auf dem Weg dahin schüttete sie den Katzen ein wenig in eine Tonscherbe. Sie schleckten sofort alles auf, so daß Bugonoka ihnen die Scherbe noch ein zweites Mal füllte. Den Rest aus dem Melkgefäß goß sie in den Milchkrug. Dann nahm sie die Kälber von den Kühen fort und pflockte sie wieder an. Sie sollten nicht zuviel Milch trinken, um keinen Durchfall zu bekommen.

Im Haus kochte schon das Wasser für den Hirsebrei. Bugonoka gab Hirsemehl in den Tontopf und rührte den Brei an. Dann nahm sie den Topf vom Feuer und teilte den fertigen Kloß in mehrere Portionen auf. Die Portion für die Frauen legte sie in einen kleinen Korb. Auch der Vater bekam eine eigene Portion, denn es ist bei den Kerewe nicht üblich, daß man zusammen mit seinem Schwiegersohn ißt. Die letzte Portion war für ihren Mann und Lweganwa bestimmt. Sie glättete die Breiklöße und schichtete sie kegelförmig auf. Danach säuberte sie sorgfältig Kochtopf und Rührlöffel. Das Wasser, das die Mutter inzwischen erhitzt hatte, brachte sie den Männern zum Händewaschen nach draußen.

Der Hirsekloß war serviert, als Lweganwa Flußpferdfleisch verteilte.

Er legte ein großes, schieres Stück davon auf einen Teller. Dann begannen sie zu essen. Etwas später tischte Lweganwa auch den embete-Fisch auf. Er stellte die Schüssel seinem Schwager zu Füßen und ermunterte ihn: „Schwager, nimm und koste!" – „Was für ein Fisch ist das?", fragte Myombekere. – „Ein embete-Fisch. Ein Fischer vom See schenkte ihn mir, als ich nach meinen Reusen sah." Myombekere sagte: „Ich bin immer noch satt vom Mittagessen. Mein Bauch ist aufgebläht. Es soll nicht dazu kommen, daß ich am Ende platze und sterbe." Lweganwa erwiderte: „Ach, eure Bäuche sind doch zu schlapp. Ihr tätet besser daran, nur Fisch zu essen."

Myombekere blieb am Eßplatz sitzen, bis auch der Schwiegervater und der Schwager die Mahlzeit beendet hatten, dann erst wusch er sich die Hände. Es ziemt sich auch für einen Gast nicht, sich die Hände zu waschen oder gar den Eßplatz zu verlassen, ehe die Mitessenden fertig sind. Wer so etwas tut, dem wirft man Respektlosigkeit gegenüber seinen Mitmenschen vor.

Nachdem auch Schwiegervater Namwero gesättigt war, stellte Lweganwa das Eßgeschirr zusammen und rief zum Abräumen seine Schwester. Namwero wies sie an: „Stelle das Geschirr schnell an seinen Platz. Dann zünde in Lweganwas Hütte ein Feuer an, damit ihr schlafen gehen könnt. Der Schwiegersohn braucht heute nacht einen trokkenen und warmen Ort."

Sie redeten noch über dies und das und sahen Bugonoka zu, wie sie glühende Kohlen auf etwas trockenem Gras und Feuerholz vorübertrug, um in Lweganwas Hütte ein Feuer zu entfachen. Als sie sich dem Haus näherte, setzten die Kohlen das Gras in ihrer Hand plötzlich in Brand. Sie warf alles zu Boden und trat das Feuer aus. Dann sammelte sie die noch glühenden Kohlen wieder ein und trug sie schnell mit dem Brennholz in die Hütte, wo sie das Feuer pustend zur Flamme entfachte. Als es richtig brannte, bereitete sie den Schlafplatz vor. Sie schüttelte die Schlafdecke auf und legte sie auf Lweganwas Bett. Dann ging sie nach draußen und rief ihren Mann: „Steh auf und komm in die Hütte!"

Myombekebere erhob sich und wünschte Schwiegereltern und Schwager eine gute Nacht. Bugonoka trug ihm den Stuhl voran. An einer Stelle, an der ein dicker Stein im Wege lag, warnte Bugonoka ihren

Mann wegen der Dunkelheit: „Achtung, ein Stein! Nicht, daß du darüber stolperst und deine Zehen verletzt!" Myombekere erwiderte: „Aber ich kann ihn doch sehen!" Worauf Bugonoka ausrief: „Tatsächlich! Also wenn man achtlos darüber hinwegeilt, kann man sich ganz schön die Füße daran verletzen. Ei, er liegt wirklich mitten im Weg." Im Haus fachte sie das Feuer noch einmal zu heller Flamme an, damit sie Licht beim Zubettgehen hatten. Er fragte sie: „Wo schläft der Schwager?" Bugonoka antwortete: „Er ist noch jung. Manchmal geht er zu seinen Altersgenossen in der Nachbarschaft und übernachtet bei ihnen in der Junggesellenhütte. Außerdem ist für heute abend ein Fest im Gehöft von Kabigo angekündigt worden. Er wird wohl schon dorthin gegangen sein. Brauchst du ihn oder willst du ihn sprechen?" Myombekere entgegnete schnell: „Ach nein, ich frage nur so aus Neugier. Aber eigentlich hätte ich ihm doch gerne noch etwas gesagt." Bugonoka fragte weiter: „Was willst du ihm denn sagen?" Er erwiderte: „Er sollte mich eigentlich nach draußen begleiten, damit ich austreten kann. In meinem Bauch wühlen heftig die Würmer. Wenn ich so zu Bett gehe, kann ich nicht ruhig einschlafen." Bugonoka schlug vor: „Laß mich eine Hacke holen. Da das Hoftor schon geschlossen ist, können wir nicht nach draußen zur Latrine gehen. Meinem Vater gefällt es gar nicht, wenn sich jemand noch einmal nach draußen begibt, nachdem das Hoftor schon geschlossen wurde. Ich werde dir hinter der Hütte ein Loch graben, damit du dort deine Notdurft verrichten kannst."

Auf dem Weg zur Hütte ihrer Eltern dachte sich Bugonoka eine Ausrede aus, um an die Hacke zu kommen, denn ihre Eltern hatten die Tür schon geschlossen. Vor der Hütte der Eltern rief sie laut: „Darf man nähertreten?" Da die Eltern sich laut unterhielten, hörten sie ihre Frage nicht. Darum rief sie ihre Cousine Barongo. Die fragte erstaunt: „Wer ruft mich?" Sie darauf: „Ich bin es. Gib mir eine Hacke. Die Würmer stören mich. Ich muß mal austreten." Sie schämte sich zuzugeben, daß eigentlich ihr Mann aufs Klo mußte. Da mehrere Hacken aufeinandergestapelt waren, brach der ganze Stapel krachend zusammen, als Barongo eine herausnahm und ihr gab. Die Mutter, die es bemerkte, sagte dazu: „Behalte die Hacke über Nacht bei dir! Du mußt sie nicht wieder zurückbringen. Wir wollen jetzt schlafen. Außerdem hast du sie vielleicht noch einmal nötig, wenn die Würmer dir weiter zu schaffen machen." – „Ja, Mama!", antwortete die Tochter.

An der Tür zur Junggesellenhütte rief Bugonoka mit Anstand und Respekt ihren Mann: „Komm und begleite mich nach hinten, damit ich austreten kann. Die Würmer plagen mich, und ich habe Angst, in der Dunkelheit allein aufs Klo zu gehen!" Myombekere kam sofort heraus, um seiner Frau hinter das Haus zu folgen. Dort grub sie mit der Hacke ein kleines Loch als notdürftige Latrine. Er hockte sich darüber, um sich zu erleichtern, während Bugonoka zur nahen Hecke ging, um weiche Blätter abzupflücken, mit denen er sich abputzen konnte. Nachdem ihr Mann fertig war, scharrte sie mit der Hacke das Loch schnell wieder zu. Dann kehrten sie zusammen ins Haus zurück.

Das Feuer in der Hütte brannte noch. Sie hielten ihre Füße dagegen, damit der feuchte Lehm daran trocknen und später abgewischt werden konnte. Schließlich zog Myombekere sein Gewand aus, übergab es seiner Frau, stieg auf das Bett und legte sich hin. Bugonoka hängte sein Gewand an die Trennwand im Innern der Hütte. Dann deckte sie ihn mit ihrem eigenen Festtagsgewand aus weichem Leder zu. An den Bändern, die sie um ihre Fußknöchel trug, klebte immer noch feuchter Lehm. Sie ging deshalb nochmals zum Feuer, um ihre Füße richtig zu trocknen. Sie tat alles, um sauber zu werden. So verhinderte sie, daß sich der Sand später im Bett verteilte und sie dort störte. Nach dem Trocknen ordnete sie die Bänder an den Fußknöcheln und löschte das offene Feuer, indem sie das Feuerholz herausnahm und die brennenden Enden in den Sand steckte. Nun konnte die Hütte während der Nacht kein Feuer fangen. Die noch glühenden Holzkohlen scharrte sie zusammen. Dann zog auch sie ihr Gewand aus und hängte es an der Innenwand auf. Sie streifte ihre Fußsohlen mit einem Holzscheit ab, um sie von Erde zu befreien. Schließlich stieg sie auf das Bett und rutschte zu der Seite hin, auf der die Frauen schlafen. Sie schlüpfte unter die Zudecke ihres Mannes und streckte sich neben ihm aus. Nach einer Weile sagte sie zu ihm: „Rück ein wenig zur Seite! Ich liege nicht richtig. Oder möchtest du, daß wir uns hier drängeln?" Er antwortete: „Es könnte ja sein, daß es gar nicht anders geht. Das Bett ist schließlich nur für eine Person gedacht, die noch nicht verheiratet ist." Bugonoka wandte ein: „Auch wenn Lweganwa noch nicht verheiratet ist, sollte er sich deswegen mit einem schmalen Bett begnügen? Wenn er mal eine Geliebte mitbringt, müssen sie dann nicht auch zu zweit in dem Bett schlafen?" – „Wenn es so ist", gab er zu, „hast du ja recht." – Sie fuhr fort: „Aber davon einmal abgesehen, bringt er auch oft nachts junge Männer von einer Feier mit nach Hause. Sind die etwa keine Menschen?" Myombekere stimmte ihr zu: „Sicherlich, auch sie sind Menschen. Meinst du, daß sich diese Männer in einem Bett zusammendrängen?" Bugonoka blieb immer noch bei dem Thema: „Und wir Frauen, warum sollten wir auf engem Raum zusammenrücken?" – „Dafür gibt es viele Gründe", gab er zur Antwort. – „Und die wären zum Beispiel?" wollte sie wissen. – Myombekere zählte auf: „Es könnte an eurer Fettleibigkeit liegen oder an dem Schmuck, den ihr tragt, so zum Beispiel an der dikken Perlenschnur um die Hüfte, den Bändern an Armen und Beinen, an den Kupferringen um Arme und Hals und an Ähnlichem mehr. Das alles führt dazu, daß euch der Platz im Bett eng wird." – „Und was tragen die Männer alles?" Bugonoka lachte. Dann redeten sie über alle möglichen Dinge, die ihnen in den Sinn kamen.

Erst sehr viel später kam Myombekere auch auf seine Unannehmlichkeiten zu sprechen. Er erzählte ihr, in welche Lage er geraten war, seit sie ihn verlassen hatte. Seinen Kummer, daß er allein schlafen mußte, vertraute er ihr an: „Ich habe die Erfahrung gemacht, daß ein Haus, das man allein bewohnt, wie ein einsamer Wald ist. Ein Haus ist wirklich nur dann vollständig, wenn man zu zweit darin wohnt. Geht einer von beiden für längere Zeit woanders hin, wird es dem anderen vor allem nachts zum einsamen Wald. Es ist sehr quälend, wenn man allein zu Bett geht, wenn man niemanden hat, mit dem man sich unterhalten kann. Man wird nachdenklich und traurig und kann nicht einschlafen. Rauchen hilft da auch nicht. Deswegen, Frau, verweigere dich mir nicht länger! Wir Männer haben viele Schwierigkeiten zu bewältigen. Wenn man verheiratet ist, kann man die Trennung von der Frau nur schlecht ertragen. Das ist wirklich das Schlimmste. Der Schwiegervater hat zur Wiedergutmachung meiner und meiner Verwandten Fehler Bananenbier verlangt. Vielleicht meint er es gar nicht ernst. Es kann ja sein, daß ich das Bier herbringe und er dich unter dem Vorwand, ich hätte mir noch mehr zuschulden kommen lassen, weiter hier festhält." Bugonoka fragte: „Was denn noch? Er hat doch selbst alle Gründe angeführt. Ist er nicht ein erwachsener Mensch? So ein Verhalten traue ich ihm nicht zu." Myombekere erwiderte: „Frau, vielleicht hast du recht. Aber was ist, wenn er die Vereinbarung doch nicht einhält?" Sie beruhigte ihn: „Das wird auf keinen Fall eintreten. Seit Lweganwa von der Jagdreise zurückkehrte und die Eltern fragte, warum ich hier und nicht bei meinem Mann sei, hat er davon gesprochen, Bier als Wiedergutmachung einzufordern. Wie könnte er jetzt andere Gründe als damals anführen, mich hierzu behalten?" Myombekere sagte: „Nun, wir werden es ja erleben. Ich besitze zwar keine einzige Bananenstaude, aber das macht nichts. Ich werde zu denen gehen, die welche haben, und sie anbetteln, indem ich ihnen meine Einsamkeit und mein Leid klage. Sie sollen mir wenigstens ein Bananenbüschel geben. So werde ich wohl genug Bananen zusammenbringen, um die verlangte Anzahl von Krügen mit Bananenbier brauen zu können. Wenn ich nichts unternehme und die Dinge so laufen lasse, werden die Leute mich bald verspotten und mir nachsagen, ich sei kein vollwertiger Mann, sondern noch ein Jüngling." Gegen Ende ihres Gesprächs kam der Gefährte des Todes, der Schlaf, und verschloß ihnen Augen und Mund. Sie wurden still, denn den Schlaf kann letztlich keiner aufhalten!

Beim ersten Hahnenschrei erwachte Myombekere schon wieder. Er weckte seine Frau und sagte ihr: „Ich möchte jetzt nach Hause aufbrechen. Die Hähne haben schon gekräht." Bugonoka hielt ihn zurück: „Warte doch, bis es Tag wird. Es könnte ja sein, daß es wie gestern wieder regnet. Außerdem sind die Bewohner dieser Gegend feindselig." Myombekere ließ sich von ihr überreden. Er zog die Lederdecke über sein Gesicht und schlief weiter.

Bei Anbruch der Morgendämmerung stand Bugonoka auf und ging zur Hütte der Eltern, wo sie um Einlaß bat. Sie kniete neben der Tür nieder und begrüßte Vater und Mutter. Dann ergriff sie ein Tongefäß und ging mit ihrer Cousine Barongo zum See, um Wasser zu schöpfen. Als die Vögel zu singen begannen, waren die Frauen schon längst am See. Zunächst badeten sie und rieben ihre Zähne mit feinem Ufersand ab, um dem Mundgeruch vorzubeugen. Dann stiegen sie aus dem Wasser und kleideten sich in ihre Ledergewänder. Schließlich füllten sie die mitgebrachten Tonkrüge voll Wasser und trugen sie auf dem Kopf zum Gehöft zurück.

Zu Hause gossen sie das Wasser in ein großes Tongefäß. Bugonoka suchte zwischen den Kochsteinen nach glühenden Kohlen, um daraus ein neues Feuer zu entfachen, aber sie fand keine. „Was suchst du?" fragte die Mutter. Als Bugonoka ihr antwortete, daß das Feuer im Herd völlig erloschen sei, erhielt sie den Rat: „Schau doch beim Feuer im Hof nach. Oder ist dort auch keine Glut mehr?" Bugonoka erwiderte, sie sei noch nicht dort gewesen. Namwero, ihr Vater, erkundigte sich: „Sieht es heute nach Regen aus?" Worauf ihm Bugonoka erwiderte: „Am See war der Himmel noch voller Wolken, die aber allmählich verschwinden. Ich glaube, heute wird es nicht regnen." Bugonoka sammelte am Hirsespeicher etwas Gras, um glühende Kohlen darauf tragen zu können. Dann ging sie zum Hoffeuer, wo sie tatsächlich noch Glut fand. Sie nahm davon ein wenig mit, raffte Brennholz zusammen und entfachte zwischen den Herdsteinen ein neues Feuer. Dann langte sie über sich in das Vorratsnetz, das zum Schutz gegen Insekten wie eine Hängematte aus dicken Seilen zwischen zwei Holzpfählen gespannt war, und ergriff einen Tontopf. Aufmerksam prüfte sie seine Sauberkeit und füllte, bevor sie ihn auf das Feuer setzte, mit einem Schöpflöffel etwas Wasser hinein. An ihre jüngere Cousine richtete sie die Worte: „Komm her, Barongo, und paß auf das Feuer auf. Ich will meinem Mann in der Zwischenzeit Wasser zum Zähneputzen bringen. Dann möchte ich gleich mit dem Kochen anfangen, damit er bald nach Hause aufbrechen kann. Eigentlich wollte er schon beim ersten Hahnenschrei losgehen, aber ich habe ihn daran gehindert, weil ich nicht wollte, daß er wieder vom Regen durchnäßt wird und erneut erkrankt." Der Vater unterbrach sie: „Sag mal, haben die Kopfschmerzen deines Mannes nachgelassen? Wie steht es mit dem Schüttelfrost?" – „Beides ist verschwunden", berichtete ihm die Tochter. Dann erhob sie sich eilig und brachte ihrem Mann Wasser, damit er sich das Gesicht waschen und die Zähne putzen konnte. Als Bugonoka fortgegangen war, stand auch die Mutter aus dem Bett auf und ergriff als erstes eine Kalebasse, um die gesäuerte Milch durchzuschütteln.

Bugonoka weckte ihren Mann. Der legte sein Fellkleid an und ging hinter das Haus, um auszutreten. Von dort machte er sich auf, die Leute im Gehöft des Schwiegervaters zu begrüßen. Zuerst wünschte er dem Gehöftherrn einen guten Morgen. Er blieb voll Ehrerbietung in der Nähe seiner Hüttentür stehen und sagte: „Kampire bwachasugu mineka tatazara, mwanagiramo? Wie geht es Euch, Vater? Habt Ihr die Nacht gut verbracht?" Worauf der Schwiegervater antwortete: „Bawana tata, twanagira; omutwe ogwo gwasikiramo n'embeho egyo? – Uns geht es gut, mein Sohn! Was machen deine Kopfschmerzen? Hat das Frösteln nachgelassen?" Myombekere antwortet ihm: „Mir geht es wieder besser. Ich habe kein Fieber mehr." Dann begrüßte er auch seine Schwiegermutter: „Mwanagiramo, mayo? Wie habt Ihr die Nacht verbracht, Mutter?" Sie antwortete: „Twanagira tata, iwe wayehulira amagingo ago? Uns geht es gut, mein Sohn. Wie fühlst du dich?" Myombekere antwortete: „Nayehulira, mayo! Mir geht es besser, Mutter!" Zum Schluß begrüßte er auch Barongo, die Cousine seiner Frau: „Nkusura, mulamu? Wie geht es dir, Schwägerin?" Barongo erwiderte: „Nkusura! Es geht mir gut!" Er fragte noch einmal: „Nkusura chombeka? Wie geht es dir, Erbauerin?" Sie erwiderte abermals: „Mir geht es gut!" Er fuhr fort: „Nkusura wetu? Wie geht es dir, Herrin?" Und abermals erwiderte sie: „Mir geht es gut, Schwager!" Trotzdem fuhr er fort: „Nkusura machwanta garunga omugobe? Wie geht es dir, mit deren Speichel das Gemüse gewürzt wird?" Sie beendete die Begrüßung, indem sie sagte: „Nkusura wabo! Mir geht es wirklich gut!" Darauf brach sie in lautes Gelächter aus.

Myombekere kehrte in die Junggesellenhütte zu seiner Frau zurück. Sie stellte ihm einen Stuhl hin, auf den er sich setzte. Dann brachte sie ihm das hölzerne Waschgefäß, und er begann sich zu waschen. Kniend reichte sie ihm ein Holzstäbchen, mit dem er sich den Schmutz unter den Nägeln entfernen konnte. Dann goß sie langsam Wasser in seine rechte Handfläche. Er wusch sich damit das Gesicht und entfernte mit dem kleinen Finger den Schlaf aus seinen Augen. Danach wusch er sich die Füße. Seine Frau schüttete das schmutzige Wasser fort, stellte das leere Waschgefäß zum Trocknen auf den Kopf und ging in die Küche, um das Frühstück anzurichten. Auf dem Wege dorthin begegnete sie Lweganwa, der gerade heimkam. Er hatte die Nacht in der Nachbarschaft verbracht.

Lweganwa begrüßte seinen Schwager. Nachdem sie sich ein wenig unterhalten hatten, sagte er: „Warte einen Augenblick. Ich möchte eben meinen Eltern einen guten Morgen wünschen. Gleich komme ich wieder zu dir, so daß wir weiter reden können." Er begrüßte seine Eltern und auch seine Schwester, die ihn aufforderte: „Geh in deine Hütte und leiste deinem Schwager beim Essen fröhliche Gesellschaft!" Lweganwa gesellte sich zu Myombekere, und Bugonoka brachte sogleich das Frühstück. Mit dem gebotenen Respekt servierte sie Hirseklöße und Flußpferdfleisch. Lweganwa bat: „Bring mir auch etwas embete-Fisch! Oder hast du ihn etwa nicht aufgewärmt?" Bugonoka erwiderte: „Es wird gerade gemacht." Während sie das Frühstück einnahmen, fragte Myombekere seinen Schwager: „Warum überläßt du mir das ganze Fleisch? Ich habe dich nichts davon nehmen sehen." Lweganwa antwortete: „Ach, ich habe darauf keinen Hunger mehr, weil ich während der Jagd soviel davon gegessen habe. Ich esse es zwar gelegentlich noch, aber wenn es eine andere Beilage gibt wie zum Beispiel Fisch, dann rühre ich das Fleisch nicht an. Komm, Schwager, koste mal von dem Fisch. Gestern abend hast du nichts davon gegessen, weil du schon satt warst." Myombekere streckte seine Hand aus und steckte ein Stück ohne Gräten in seinen Mund. Ei, in der Tat, der Fisch schmeckte ausgezeichnet.

Als die Männer gesättigt waren, räumte Bugonoka das Eßgeschirr beiseite und brachte ihnen warmes Wasser zum Händewaschen. Dann kam sie mit einer Kalebasse voll gesäuerter Milch. Sie kniete nieder und bot zuerst ihrem Mann davon an. Er setzte sie an den Mund und trank daraus. Als er das Gefäß seinem Schwager weiterreichen wollte, widersprach Bugonoka: „Nein! Trink noch mehr, damit du Kraft für den langen Heimweg bekommst!" Lweganwa pflichtete seiner Schwester bei: „Ja, Schwager, trink weiter! Oder schmeckt dir die gesäuerte Milch nicht, hat man sie etwa nicht gehörig durchgeschüttelt?" Myombekere trank hastig weiter, aber er schaffte es nicht, den großen Napf zu leeren. So gab er ihn doch seinem Schwager weiter: „Ich habe genug getrunken. Ist es vielleicht gut, soviel zu sich zu nehmen, daß die Würmer schließlich keinen Platz mehr im Magen haben, sich zu bewegen?" Nachdem auch Lweganwa sich satt getrunken hatte, stellte er fest: „Wahrhaftig, Schwager, so ein reichliches Essen eignet sich mehr für Flußpferdjäger. Man kann sich kaum vorstellen, welche Mengen ein Flußpferdjäger bewältigen kann. Was das Essen anbelangt, so übertrifft sie im Kerewe-Land niemand." Myombekere wartete ein wenig, bis seine Hände trocken waren, dann nahm er seinen Tabak hervor und begann zu rauchen. Nach einer Weile bat er seinen Schwager, ihm die Waffen zu holen.

Lweganwa ging in das Haus der Eltern, die ihn fragten: „Was willst du?" Er antwortete: „Euer Schwiegersohn möchte aufbrechen." Da sagte der Vater: „Pack ihm als Abschiedsgeschenk sechs Stücke Flußpferdfleisch ohne Knochen in einen Korb. Die soll er sich zu Hause kochen lassen." Die Mutter stimmte zu und meinte, er solle den Korb zurückbringen, wenn er demnächst wieder vorbeikäme. Lweganwa trennte darauf ein Blatt von einer Bananenstaude ab und gab es Bugonoka, die damit den Korb auslegte, bevor sie das Fleisch hineinpackte. Sie fügte sogar ein siebtes Stück hinzu, nahm noch ein weiteres Blatt und deckte den Korb damit zu. Lweganwa brachte einen Tragestock für den Korb. Dann traten sie alle aus der Hütte.

Myombekere verabschiedete sich von Schwiegervater und Schwiegermutter. Sie antworteten wie aus einem Munde: „Komm gut heim! Grüße alle, die in deinem Gehöft sind!" Er bedankte sich und brach auf, begleitet von Lweganwa, seiner Frau und deren Cousine Barongo. Lweganwa ging voran und trug die Waffen seines Schwagers. Ihm folgte Barongo, die den Korb mit dem Fleisch trug. Nach einer Weile übergab Lweganwa den Speer seiner Schwester und sagte: „Trag du ihn, falls ihr noch weiter mitgehen wollt." Und zu seinem Schwager sprach er: „Ich muß jetzt umkehren! Komm gut heim und grüße alle in deinem Gehöft!" Myombekere erwiderte: „Auf Wiedersehen, Schwager! Gehab dich wohl!"

Nachdem Lweganwa sich schon eine Weile auf dem Rückweg befand, fiel ihm ein, daß er vergessen hatte, seinem Schwager zu sagen, er sollte den Korb bald wieder zurückbringen. Also wandte er sich um und lief hinter ihm her mit den Rufen: „He Schwager, he Schwager!" Als erste hörte ihn Bugonoka, die ihren Mann darauf aufmerksam machte: „Dein Schwager ruft dich." Myombekere blieb stehen und rief ihm zu: „Was ist los?" Lweganwa rief zurück: „Vergiß nicht, den Korb bald zurückzubringen!" Myombekere gab ein Zeichen, daß er verstanden hatte und setzte seinen Weg fort, wobei er seine Frau fragte: „Warum soll ich seinen Korb so schnell zurückbringen? Will er etwa wieder auf Flußpferdjagd gehen oder was ist los?" Bugonoka entgegnete ihm:

„Vielleicht möchte er den Korb schnell zurückhaben, weil er ihn oft zum Fischfangen verwendet. Nein, an die Jagd denkt er im Augenblick nicht. Schließlich soll ja bald seine Verlobung stattfinden. Die Eltern haben den Sippenältesten seiner zukünftigen Verlobten schon einen Antrag gemacht und nur darauf gewartet, daß Lweganwa von seiner Jagdpartie zurückkehrte. Ich denke, mein Vater wird noch heute zu ihnen gehen und sie bitten, ihm mitzuteilen, ob sie ihre Tochter Lweganwa geben wollen." Nach diesen Worten nahmen sie voneinander Abschied. Bugonoka sagte: „Leb wohl, komm gut heim. Iß stets nur die Hälfte und bewahre die andere Hälfte für mich auf." Er erwiderte: „Jawohl! Lebe auch du wohl! Iß stets nur die Hälfte und bewahre die andere Hälfte für mich auf!" Worauf beide in fröhliches Gelächter ausbrachen.

Auch Barongo verabschiedete sich von ihm, wobei sie scherzte: „Nimm deine Sachen, Schwager, komm gut heim und grüß mir deine Bettdecke!" „Du beleidigst mich, Schwägerin", erwiderte Myombekere, worauf sie zurückfragte: „Wieso beleidige ich dich? Vielleicht hast du nochmal geheiratet, und ich versäumte nur, dir aufzutragen, daß du deine neue Frau grüßen sollst?" Myombekere rief aus: „Geheiratet? Werden denn die Frauen hierzulande wie Fische in einem Korb gefangen?" Sie darauf: „Bist du etwa kein Kerewe-Mann?" – „Ja, natürlich bin ich ein Kerewe-Mann! Warum fragst du?" – „Nun, ihr Kerewe habt doch eine Redensart, wonach Frauen wie Fische sind, die man in einem Korb fängt, oder?" Darauf begannen sie alle drei ausgelassen zu lachen. Barongo fügte erklärend hinzu: „Dies sind Scherze unter Schwägern. Komm bald mit dem Bier zurück, damit wir uns damit begießen und alle unsere Sorgen vergessen!" Myombekere erkundigte sich: „Wann gedenkst du, zu deinem Mann zurückzukehren?" – Sie erwiderte ihm: „Ich warte nur noch darauf, etwas Näheres über Lweganwas Verlobung zu erfahren, um die Neuigkeit daheim erzählen zu können. Wenn die Hochzeit stattfindet, hoffe ich, wieder hier zu sein." Myombekere trug ihr viele Grüße an ihren Mann auf. Endlich trennten sie sich. Die beiden Frauen kehrten in das Gehöft zurück, während Myombekere sich auf den Heimweg machte.

KAPITEL 7

Myombekere bereitet Bananenbier zu, um seine Frau auszulösen

Am Nachmittag traf Myombekere in seinem Gehöft ein. Seine Nichte war gerade damit beschäftigt, den Kälbern Wasser zu geben. Als sie ihren Onkel erblickte, legte sie augenblicklich die Kalebassen nieder, mit denen sie die Tiere getränkt hatte. Sie ging ihm entgegen, nahm seine Waffen in Empfang und geleitete ihn so ins Gehöft. Der Knabe Kagufwa holte einen Stuhl und stellte ihn unter einen Baum. Myombekere ließ sich darauf nieder. Dann begrüßten sie einander. Die Nichte kniete respektvoll nieder und sagte: „Shikamoo, mjomba! Ich ergreife Eure Füße, Onkel. Wie habt Ihr die Nacht verbracht? Was macht Bugonoka und wie geht es den Schwiegereltern? Ist Euer Schwager schon von seiner Jagdunternehmung zurück?" Myombekere antwortete ihr: „Marahaba, mwanangu! Vielen Dank, mein Kind. Wir haben eine angenehme Nacht verbracht. Bugonoka geht es gut. Sie läßt alle grüßen. Auch die Schwiegereltern haben mir Grüße für euch aufgetragen. Ach ja, Lweganwa ist zurück, aber erst seit kurzem. Und was gibt es hier Neues?" Seine Nichte antwortete kurz: „Nur Gutes!" Dann fragte sie weiter: „Warum hast du Bugonoka nicht mitgebracht? Wird sie immer noch von ihren Eltern zurückgehalten?" Myombekere bestätigte es und fügte hinzu: „Aber sie haben mir diesmal Hoffnung gemacht. Der Schwiegervater hat mir sechs Tonkrüge voll Bananenbier als Buße für mein falsches Verhalten und die Fehler meiner Verwandten auferlegt. Ich stehe jetzt vor der Schwierigkeit, wie ich genügend Bananen finden soll. Die Besitzer von Bananenhainen werden mir ohne Gegenleistung nichts geben. Ich müßte ihnen wohl diesen Ziegenbock hier im Austausch anbieten. Was soll ich Armer sonst tun?" – „Ja, es stimmt", pflichtete ihm traurig die Nichte bei. „Hierzulande hilft einem immer nur das, was man selbst zu eigen hat. Nur Besitz vermag einen aus einer schwierigen Lage zu retten, nicht wahr? So sagt es auch das Sprichwort: ,Enkoba z'embogo, nizo zigiha mu buhya – Dein Besitz ist es, der dich aus einer Gefahr errettet.' Außerdem sagten unsere Vorväter: ,Die Frauen veranlassen die Männer, ihr Hab und Gut zu verschleudern.' Aber wenn du keine Frau hast, was nützt dir dann all dein Hab und Gut? Wer wird dir allein deswegen Anerkennung zollen? Dein Reichtum bleibt sinnlos. Darum ist es besser, Hab und Gut wegzugeben, wenn man dafür eine Frau bekommt, mit der man eine Familie gründen kann. Das ist die Tugend aller Männer. Auch wenn Gott dich nicht wie die anderen mit einem Kind segnet, muß deine Ehe nicht von kurzer Dauer sein. Ihr könnt doch zusammen ein langes, friedliches Leben genießen. Und wenn Verwandte euch besuchen, könnt ihr sie bewirten, sei es auch nur mit einem Schöpflöffel voll Wasser gegen den Durst. Es gilt als sehr unehrenhaft, wenn ein erwachsener Mann ohne Frau bleibt."

Am nächsten Morgen band Myombekere seinem Ziegenbock einen Strick um den Hals und führte ihn aus dem Gehöft, um ihn gegen Bananen einzutauschen. Im ersten Gehöft, das an seinem Wege lag, traf er nur die Frau des Hofherrn an. Sie begrüßten einander und sie bot ihm einen Stuhl an, den er aber ablehnte: „Ich möchte nicht lange bleiben, weil ich unterwegs bin, den Ziegenbock gegen Bananen einzutauschen. Ist der Hofherr anwesend?" Sie antwortete: „Er hat sich auf das Festland begeben, weil seine Schwester schwer erkrankt ist. Er ist schon drei Tage fort, und wir machen uns große Sorgen. Stell dir nur vor, wir Frauen sind ganz allein im Gehöft! Wir wissen nicht, ob er seine Schwester noch lebend angetroffen hat. Vielleicht leidet sie noch. Aber auch wenn er hier wäre, hätte er nicht genug Bananen, die er gegen den Ziegenbock tauschen könnte. Erst kürzlich hat er die meisten Stauden geerntet. Wahrscheinlich wirst du woanders erfolgreicher sein. Versuch es in anderen Gehöften!" Myombekere verließ also den Hof. Dabei mußte er den Ziegenbock heftig am Seil hinter sich herziehen. Als sich das Tier vollends sperrte, hob er ihn einfach auf die Schultern. So konnte er schneller voranschreiten. Beim Tragen kam ihm der Gedanke, was er wohl tun sollte, wenn er keine Bananen auftreiben könnte. Er steckte voll böser Ahnungen, daß ihm etwas Schlimmes zustoßen würde.

Schließlich gelangte er an ein Gehöft, in dem alle Bewohner, auch der Hofherr, anwesend waren. Man bot ihm einen Stuhl an. Er setzte sich und sagte: „Ich möchte diesen Ziegenbock gegen Bananen eintauschen." Die Anwesenden betrachteten den Ziegenbock lange von allen Seiten, dann bedrängten sie den Hofherrn: „Kauf die Ziege! Du hast genug Bananen. Sie ist dick und gesund. Und ihr Fell hat eine schöne Zeichnung. Wenn deine Frau das Fell trägt, wird sie in den Augen der Leute sehr anziehend erscheinen." Der Hofherr erwiderte: „Vielleicht hält uns Myombekere nur zum Narren und will die Ziege in Wirklichkeit seinem Freunde Nkwesi bringen." Myombekere versicherte: „Nein, ich bringe sie nicht zu Nkwesi. Ich möchte sie wirklich bei euch gegen Bananen eintauschen." Da ging der Hofherr schnell in sein Haus und holte ein Buschmesser heraus. Sodann forderte er den Eigentümer der Ziege und alle Anwesenden auf, ihm zum Bananenhain zu folgen.

Dort zählten sie zunächst die Fruchtstände, die noch an den Stauden hingen. Es waren mehr als sechzig, die sich für die Herstellung von Bier eigneten. Dann begannen sie über den Gegenwert für den Ziegenbock zu feilschen. Die Anwesenden meinten, daß Myombekeres Ziege in Anbetracht ihrer Schönheit und Gesundheit wohl zwanzig Fruchtstände wert sei. Der Hofherr sagte zu Myombekere: „Ja, ich bin damit einverstanden. Ich füge sogar noch fünf Fruchtstände hinzu, denn ich möchte den Ziegenbock zur Verlobung meines jüngsten Bruders, des letzten Kindes meiner Mutter, verwenden. Unser Vater starb, als der Bruder noch nicht geboren war. Daher richte ich die Verlobung für ihn aus. Der Ziegenbock soll ein Teil des Brautgutes sein." Myombekere stimmte dem Handel zu. Man reichte ihm das Buschmesser, und er schnitt sich die Fruchtstände von den Bananenstauden selbst ab, bis die ausgehandelte Zahl erreicht war. Dann nahmen die Leute den Ziegenbock an sich, der nun ihnen gehörte.

Myombekere legte anschließend die Fruchtstände zu einem Stapel zusammen und ging eilends zu seinem Freund Nkwesi, der in derselben Gegend wohnte.

Die Freunde begrüßten einander. Myombekere erzählte Nkwesi von seinem Bittgang zu den Schwiegereltern und von der Auflage des Schwiegervaters, sechs Krüge mit Bananenbier als Buße beizubringen. Er berichtete seinem Freund auch, daß er im Gehöft des Nachbarn Bituro seinen Ziegenbock bereits gegen fünfundzwanzig Fruchtstände eingetauscht hatte. Er bat Nkwesi, ihm mit weiteren Bananen zu helfen, da er nicht glaubte, daß die eingetauschten Früchte bereits ausreichten, um daraus sechs Krüge Bier zu brauen. Nkwesi beruhigte ihn: „Mach dir nur keine Sorgen. Wenn dein Schwiegervater nicht mehr als sechs Krüge Bier verlangt hat, werden wir es schon auftreiben, mein Bruder. Wir haben hier reichlich Bananenstauden." Als Myombekere das hörte, fiel ihm ein Stein vom Herzen. Sein ganzer Körper entspannte sich vor Freude, und er lächelte.

Nkwesi führte ihn zu den Bananenstauden. Sie zählten zunächst fünfundzwanzig Fruchtstände, die so reif waren, daß sie geschnitten werden konnten. Als sie um den frisch gejäteten Bananenhain herumgingen, fanden sie jedoch noch weitere drei Fruchtstände. Nkwesi sagte zu Myombekere: „Auch wenn ich einmal nicht da sein sollte, kannst du jederzeit die besichtigten Fruchtstände abschneiden und zum Nachreifen eingraben." Myombekere bedankte sich mit übergroßer Freude: „Danke sehr, mein Freund. Du hast mir einen großen Gefallen getan. Welcher Feind sollte unsere Freundschaft jemals zerstören können?" Nkwesi lachte über diese Worte so sehr, daß ihm beinahe die Rippen barsten. Myombekere vergewisserte sich noch einmal: „Ich kann also jederzeit kommen? Heute würde es mir eigentlich am besten passen, denn ich habe die Fruchtstände, die ich als Gegenwert für meinen Ziegenbock erhielt, auch schon abgeschnitten. Die zum Bierbrauen bestimmten Bananen sollten alle am selben Tag geschnitten werden, damit sie nicht unterschiedlich reifen. Auch möchte ich sie alle zusammen zum Nachreifen eingraben. Laß mich schnell ein Buschmesser aus dem Haus holen." Nkwesi hinderte ihn daran und sagte: „Bleib hier und laß mich das Messer holen! Eigentlich hätte ich die Frauen aufgefordert, es uns zu bringen. Aber im Augenblick sind sie alle mit Kochen beschäftigt. Wir wollen sie dabei nicht stören."

Nkwesi holte das Buschmesser selbst. Dann begannen sie, die Fruchtstände von den Bananenstauden abzuschneiden. Sie trugen sie zu einer Grube, die eigens zum Nachreifen von Bananen bestimmt war. Myombekere wollte schon jetzt alles für das Nachreifen am nächsten Tag vorbereiten; darum sammelte er Bananenblätter und trug sie dorthin. Kaum war er damit fertig, riefen die Frauen die beiden Männer zum Essen ins Gehöft.

Nach dem Essen bat Myombekere die vier Frauen Nkwesis und die drei jungen Männer auf dem Hof, ihm zu helfen, die Bananen, die er gegen den Ziegenbock eingetauscht hatte, vom Nachbarn herzuholen. Sie erklärten sich gern dazu bereit: „Du brauchst uns nicht zu bitten. Schwager, wer lehnt schon etwas ab, von dem er doch selbst einen Nutzen hat? Also gehen wir! Sind es viele Bananen?" Myombekere beruhigte sie: „Nur fünfundzwanzig Fruchtstände." Nkwesis Frauen wunderten sich: „Mehr nicht? Werdet ihr Männer und unsere drei Söhne nicht alle Bananen aufessen und wir gehen leer aus?" Myombekere drängte sie: „Steht doch auf, Mabibi! Ihr Frauen, helft mir aus meiner Notlage! Vielleicht werde ich euch eines Tages auch einen kleinen Gefallen erweisen können." Darauf erhoben sich alle. Nkwesi suchte die Tragestangen zusammen, die von je zwei Leuten auf die Schulter genommen werden, während die Last in der Mitte dazwischen hängt. Er fand zwei Stangen. Eine gab er seinen beiden älteren Söhnen, die andere nahm er selbst zusammen mit Myombekere. So machten sie sich auf den Weg.

Die Fruchtstände der Bananen waren sehr schwer. Für den Jüngsten der Söhne, einen kleinen Knaben, und die Frauen wurden leichtere Fruchtstände ausgesucht. Sie setzten sich die Lasten auf den Kopf. Zwischen Last und Kopf legten sie einen ringförmigen Untersatz aus trockenem Gras. Die beiden jungen Männer hängten sechs Fruchtstände an ihren Tragestock. Als sie damit bei der Grube zum Nachreifen ankamen, schwitzten sie stark und waren völlig erschöpft. Mykombekere und Nkwesi trugen noch mehr Lasten. Als man die Fruchtstände nach dem ersten Gang zählte, waren es fünfzehn. Beim zweiten Gang blieben also noch zehn zu tragen. Die jungen Männer nahmen diesmal nur zwei Fruchtstände an ihre Tragestange. Myombekere und Nkwesi trugen drei, und der Rest wurde auf den kleinen Jungen und die vier Frauen verteilt.

Nach der Arbeit neckten ihn die Frauen: „Schwager, es sind noch einige Fruchtstände zurückgeblieben, nicht wahr? Laß uns hingehen, sie zu holen." Myombekere fragte sie: „Woher sollten sie wohl kommen?" Insgesamt hatte er nun dreiundfünfzig Fruchtstände. Er stieg in die Grube hinab und bat um eine kleine Hacke und einen Waschzuber, um die Grube zu säubern. Er sagte ihnen: „Über Nacht soll die

Grube austrocknen. Morgen früh will ich darin ein Feuer anzünden, damit sie ganz trocken wird, so daß ich am Nachmittag die Bananen zum Nachreifen darin eingraben kann." Die jungen Männer brachten ihm das gewünschte Werkzeug. Er machte die Grube sauber und ging dann nach Hause. Seine Freunde begleiteten ihn noch ein Stück auf dem Weg.

Am nächsten Tag aß Myombekere etwas in seinem Gehöft, dann machte er sich mit seinem Wanderstab auf den Weg zu Nkwesi. Um die Mittagszeit traf er bei ihm ein. Als sein Freund ihn von weitem erblickte, ging er ihm entgegen, um ihm nach Sitte des Landes den Wanderstab tragen zu helfen. Im Gehöft hieß er ihn willkommen und bot ihm einen Stuhl zum Sitzen an.

Als der Gast sich niedergelassen hatte, fragte Nkwesi seine Frauen: „Wie empfangt ihr diesen Gast? Gibt es nicht einige übriggebliebene Kartoffeln, die ihr ihm schnell zubereiten könnt?" „Wir bedenken es gerade gemeinsam", sagten die Frauen. Myombekere wehrte ab: „Ich komme von Zuhause, wo ich schon gegessen habe." Nkwesi wandte jedoch ein: „Ein Gast gilt solange nicht als gesättigt, als man ihn nicht in seinem Gehöft bewirtet hat." Die Lieblingsfrau des Hofherrn war die erste, die Myombekere Wasser zum Händewaschen brachte. Darauf reichte ihm die Schwägerin, so nannte er die Frauen seines Freundes, einen Schöpflöffel voll Wasser, damit er auch seinen Mund ausspülen konnte. Anschließend brachte sie ihm einige Kartoffeln und eine Kalebasse mit gesäuerter Milch. Auch die anderen Frauen brachten Kartoffeln, so daß ein großer Berg davon zusammenkam. Myombekere aß davon, bis er übersatt war. Vieles von dem Essen blieb jedoch übrig.

Nach der Mahlzeit bat Myombekere seinen Freund Nkwesi um flüssigen Schnupftabak. Es handelt sich um eine Mischung aus feingemahlenem Tabak und Soda, die man in eine kleine Kalebasse mit Wasser gibt und darin ziehen läßt. Der Benutzer steckt die Nase in den Sud und zieht davon etwas hoch. Nach einer Weile schneuzt er sich und bringt die Flüssigkeit, vermischt mit Nasenschleim, wieder hervor.

Man reichte Myomkebere also eine Kalebasse mit flüssigem Schnupftabak. Als er die Flüssigkeit in die Nase einzog, vergingen ihm fast die Sinne. Der Tabak war sehr stark, so daß er ganz benommen wurde. Er bat um Wasser, um wieder zu sich zu kommen. Erst nach einer Weile war er wieder Herr seiner Sinne.

Als Myombekere den Sonnenstand prüfte, sah er, daß es Zeit war, sich den Bananen zu widmen. Er fragte seinen Freund Nkwesi: „Ist es nicht Zeit, die Bananen zum Nachreifen einzugraben?" „Ja, es ist Zeit", bestätigte dieser. Die beiden Männer gingen darum schnell ins Haus, holten Buschmesser und glühende Kohlen sowie eine Hacke heraus und machten sich auf zum Bananenhain.

Dort sammelten sie zunächst trockene Blätter und warfen sie in die Grube zum Nachreifen der Bananen. Mit Hilfe der mitgebrachten Glut entfachten sie alsdann darin ein Feuer. Seine Flammen schlugen hoch über den Grubenrand hinaus. Dabei entstand ein Brausen, als wenn die Bienen schwärmten. Jedesmal wenn das Feuer in sich zusammen-fiel, gab Myombekere neue Blätter hinzu, bis sein Freund ihm sagte: „Das genügt. Das Feuer ist nun stark genug!" Myombekere wandte ein: „Laß mich, die Grube muß ganz trocken werden, damit die Bana-nen reifen können." Nkwesi sagte darauf: „Falls du mit dem Nachrei-fen von Bananen nicht genügend Erfahrung hast, laß mich meinen Sohn rufen, daß er es für dich tut. Er kann Bananen selbst dann zum Reifen bringen, wenn sie am selben Tag abgeschnitten wurden. Wenn es ihm nicht gelingt, dann ist überhaupt nichts zu machen." Nkwesi holte also seinen Sohn herbei und beauftragte ihn, für Myombekere die Bananen zum Nachreifen einzugraben. Myombekere blieb indes-sen an der Grube und löschte das Feuer. Dann richtete er einige Bana-nenschäfte zu, die als Träger über die Grube gelegt werden konnten, und schnitt Bananenblätter zum Abdecken.

Noch ehe er fertig war, kam Nkwesis Sohn. Er kleidete die Grube rundum mit Bananenblättern aus. Der junge Mann, nur mit einem Schamtuch bekleidet, arbeitete in der Grube, während Myombekere ihm von oben die Blätter anreichte. Nachdem die Grube in dieser Weise hergerichtet war, reichte Myombekere die Bananen-Fruchtstän-de hinunter, und der junge Mann schichtete sie fachmännisch darin auf. Er riet Myombekere, vor dem Anreichen die Vogelnester daraus zu entfernen. „Wenn man sie dort beläßt, sehen die reifen Bananen später nicht sehr einladend aus", fügte er als Erklärung hinzu. Nachdem sie alle Fruchtstände in der Grube aufgeschichtet hatten, deckten sie diese mit Bananenstauden und grünen Bananenblättern zu. Darüber häuften sie trockene Bananenblätter, die der junge Fachmann alsbald anzündete. Mit einem großen Bananenblatt fachte er unermüdlich das Feuer an, bis er schweißgebadet war. Erst als er sah, daß genügend Rauch in die Höhlung unter die Abdeckschicht gedrungen war, hörte er damit auf. Er ergriff eine Hacke und schüttete die Grube mit Erde zu, damit der Rauch nicht entweichen konnte. Das ist notwendig, um die Nachreifung in Gang zu setzen. Am Ende reichte ihm Myombekere einen Bananenschößling. Der Bierbrauer knickte ihn mehrfach, führte ihn zwischen den Beinen durch und setzte ihn auf die Grube. Dann sammelten sie ihr Werkzeug ein und kehrten zum Gehöft zurück.

Wer wissen möchte, weshalb Nkwesis Sohn einen Bananenschößling auf die Grube pflanzte, kann ruhig danach fragen. Die einfache Antwort lautet: „Es handelt sich um ein Ahnenopfer, damit die Bananen besser reifen können."

Im Gehöft bat Myombekere um seinen Wanderstab. Er verabschiedete sich von den Frauen, die er Schwägerinnen nannte, und machte sich auf den Weg. Nkwesi begleitete ihn ein Stück, wobei er ihm den Wanderstab trug. Schließlich sagte er ihm: „Nimm deinen Stab und beeil dich, daß du nicht in die Dunkelheit gerätst!" Da nahm Myombekere von ihm Abschied und ging seiner Wege.

Die Bananen blieben zwei Tage in der Grube. Am dritten Tag ging Nkwesi hin und deckte die Grube ab, damit Luft und Sonne an die Bananen gelangen konnten. Am vierten Tag fand sich auch Myombekere an der Grube ein. Er rupfte eine Menge Gras zum Keltern der Bananen aus. Früh am Morgen des fünften Tages stand er schon mit dem ersten Hahnenschrei auf und sammelte sein Werkzeug, insbesondere die Tontöpfe, die er bei den Nachbarn zusammengeborgt hatte. Es war der Tag, an dem die Bananen gekeltert werden sollten. Er nahm auch genügend Hirsemehl mit, denn dieses muß unter den Bananensaft gemischt werden.

Als diejenigen, die ihm beim Keltern helfen sollten, an der Grube eintrafen, hatte Myombekere bereits alle Bananen herausgenommen und damit begonnen, sie in einem Einbaum, der als Bottich zum Keltern diente, zu stampfen. Sie halfen ihm, die Bananenblätter, die er über die Früchte gebreitet hatte, zu wenden, dann stampfte er noch eine Weile alleine weiter. Schließlich stieg er aus dem Bottich. Gemeinsam errichteten sie in dem Einbaum ein Gestell aus mattenartig verknüpften Blattrippen, auf das sich die sechs Kelterer stellten. Myombekere teilte jedem von ihnen je eine Portion der auszupressenden Früchte zu, die er zu Kugeln geformt hatte. Während sie diese mit den Füßen auspreßten, bereitete Myombekere weitere Portionen für sie vor. Sie kamen mit der Arbeit gut voran. Myombekere ließ nicht alle Bananen keltern. Einen Fruchtstand behielt er zurück. Dieser war ausschließlich für die Kelterer bestimmt, damit sie nicht von dem Bier für den Schwiegervater naschten.

Mitten in der Arbeit griff sie ein Bienenschwarm an. Die Männer wurden in die Füße gestochen. Oh, je! Myombekere rannte schnell in Nkwesis Gehöft und holte Feuerglut. Damit entfachten sie rings um den Einbaum ein Feuer. Myombekere gab Zweige und Blätter hinein, so daß der Rauch die Bienen vertrieb. Den Arbeitern trieften davon Augen und Nasen.

Irgendwann brachten Nkwesis Frauen etwas zu essen: Kartoffeln, Maniok und gesäuerte Milch. Zum Essen stiegen die Kelterer vom Mattengeflecht, auf dem sie gestampft hatten, herunter. Sie baten Myombekere: „Gib uns etwas Bananensaft. Gesäuerte Milch schmeckt zwar sehr gut zu Kartoffeln, aber Bananensaft schmeckt noch besser." Myombekere dachte bei sich: „Wenn ich ihnen das verweigere, werden sie mich schelten. Und wer weiß, ob ich nicht morgen oder übermorgen wieder in Not gerate und auf ihre Hilfe angewiesen bin. Also, was macht es schon, ich gebe ihnen, was sie verlangen. Außerdem sagt ein Sprichwort: ‚Wer arbeitet, soll auch essen!'" Er nahm ein Schöpfgefäß und schöpfte ihnen damit reichlich Bananensaft. Er füllte sogar noch ein weiteres Schöpfgefäß und gab es dem Sohn Nkwesis für die Frauen des Gehöfts.

Nach der Mahlzeit schlugen die Kelterer Myombekere vor, den bereits ausgepreßten Bananensaft aus dem Bottich in Tongefäße umzufüllen. Es wurden sechs Tongefäße damit voll. Währenddessen verschnauften die Kelterer noch etwas. Einige traten aus, um dem Völlegefühl entgegenzuwirken. Andere rauchten oder schnupften Tabak. Danach stiegen sie wieder in den Einbaum auf die Kelterermatte und setzten ihre Tätigkeit fort, während Myombekere ihnen die Bananen, die sie auspressen sollten, in Portionen vorlegte. Am späten Nachmittag hatten sie ihre Arbeit beendet. Der Bananensaft füllte nun dreizehn Tongefäße und eine Kalebasse. Myombekere war außer sich vor Freude. Jetzt mußte der Saft nur noch in Gärung übergehen.

Die Kelterer meinten: „Wenn man viel Bier gewinnen will, sollte man nicht zuviele reife Bananen oder Bananensaft weggeben. Alles, was man weggibt, verringert die Biermenge. Heute haben wir selbst gesehen, daß es so ist." Im Haus der liebenswürdigen Hauptfrau Nkwesis füllten sie den Bananensaft aus den Tongefäßen in einen Gärbottich und mischten etwa die gleiche Menge Hirse und Hefe bei. Danach traten sie den Heimweg an.

Myombekere blieb noch im Haus zurück. Er deckte den Gärbottich, der aus dem Holz des muzungule-Baums in Form eines Einbaums geschnitzt war, mit Bananenblättern zu und trug die leeren kugelförmigen Tongefäße zum Austrocknen hinter das Haus, damit sie keinen üblen Geruch annähmen.

Die Maische begann sehr schnell zu gären. Plötzlich bildete sich Schaum, der sich überall im Bottich ausbreitete. Als Myombekere sah, wie schnell der Gärprozeß ablief, entschloß er sich, bei Nkwesi zu übernachten. Er wollte seinem Freund nicht allein die Arbeit des Bierschöpfens überlassen. Wenn er nun nach Hause ginge, müßte er schon am nächsten Tag wiederkommen, um das Bier zu schöpfen. Außerdem bedachte er, wenn er bis zum Abschluß des Gärprozesses bliebe, könnte er seine Schwiegereltern am schnellsten davon benachrichtigen, daß das Bier gebraut sei.

Sofort nach dem Abendessen legte sich jedermann schlafen. In der Nacht breitete sich ein herrlicher Biergeruch im ganzen Gehöft aus. Am nächsten Morgen weckte Nkwesi seinen Freund, indem er ihn dreimal beim Namen rief: „Myombekere, Myombekere, Myombekere!" Dieser antwortete: „Na'am, ja!" „Steh auf, laß uns nach dem Bier sehen! Es muß schon vergoren sein. Wie könnte sich sonst ein solcher Duft im Gehöft verbreiten?" Sie standen auf und machten ein Feuer. Obwohl sie vor kurzem erst noch das unfertige Gebräu umgerührt hatten, nahm Nkwesi einen Trinkhalm, steckte ihn in den Gärbottich und kostete das Bier. Darauf sagte er: „Es kann noch etwas weitergären!" Also legten sie sich wieder zum Schlafen hin.

Schon vor dem ersten Hahnenschrei standen sie abermals auf. Der Biergeruch war jetzt noch stärker geworden. Sie fachten das Feuer an, und Nkwesi schöpfte in einer kleinen Kalebasse etwas Bier. Er kostete und sagte: „Donnerwetter! Dieses Bier ist so gut, daß man es zum Kauf eines Rindes verwenden könnte." Er übergab Myombekere die Schöpfkelle zum Probieren. Er meinte: „Ja, du hast recht. Das Bier ist fertiggegoren."

Myombekere ging nun zur Junggesellenhütte und weckte Nkwesis Söhne. Sie sollten ihm bei der Arbeit helfen.

Auf dem Rückweg zum Gärbottich holte er hinter der Hütte die Tongefäße hervor und sammelte hartes Gras. Man steckt dies in die ausgehöhlte Frucht eines Affenbrotbaums und läßt das Bier, wenn man es aus dem Gärbottich umfüllt, hindurchlaufen, um so Verunreinigungen herauszufiltern. Sonst könnte das Bier in den Tongefäßen später verderben oder unansehnlich werden.

Noch schläfrig kamen Nkwesis Söhne aus ihrer Hütte und setzten sich zunächst einmal zum Aufwärmen ans Feuer. Ihr Vater schimpfte sie deswegen aus: „Ihr seid wohl verrückt geworden! Meint ihr, wir hätten euch rausgerufen, damit ihr euch am Feuer wärmt? Holt sofort die Tonkrüge herbei, damit wir das Bier schöpfen können!" Die Jungen gingen folgsam nach draußen und holten das Verlangte herein. Dann warteten sie, bis die Krüge gefüllt waren, und trugen sie in den Mittelraum der Hütte, wo sie sie ordentlich aufstellten. Einer der Söhne hatte die Aufgabe, die Gefäße mit omusaga-Kraut abzudecken um zu verhindern, daß das Bier überschäumte. Myombekere selbst hielt eine Fackel in der Hand und leuchtete den anderen bei der Arbeit. Von Zeit zu Zeit reichte er Nkwesi, der mit dem Bierschöpfen befaßt war, weiteres Gras, um den Filter zu erneuern.

Nachdem Nkwesi schon zehn Tonkrüge mit Bier gefüllt hatte, lud Myombekere seine sogenannten Schwägerinnen, die Frauen seines Freundes, ein, von der ungefilterten Maische zu trinken. Nkwesi goß etwas Maische in die Kalebassen, aus denen normalerweise Bier getrunken wird, und reichte es ihnen. Sie alle tranken. Nach einer Weile bat Myombekere: „Laßt mich auch einmal kosten. Ich möchte gerne prüfen, wie das Holz des Gärbottichs den Geschmack des Bieres angereichert hat, denn wenn man gutes Bier braut, ist es nur recht, daß man auch etwas davon zu sich nimmt." Die Schwägerinnen waren einverstanden und meinten: „Es kann ja sein, daß sie dir deine Frau trotz des Bieres nicht zurückgeben. In diesem Fall hast du wenigstens selbst etwas davon gehabt. Also sag Nkwesi, er soll dir etwas einschenken!" Nkwesi beeilte sich hinzuzufügen: „Das findet meinen Beifall. Wer dieses starke Bier morgen trinkt, wird dich mit den Worten rühmen: ‚Der Hund, der dieses Bier gebraut hat, ist ein verdammt guter Bierbrauer!'" Myombekere war mit seinem Freund darüber ganz einer Meinung.

Nkwesi goß auch das restliche Bier in Tonkrüge. Er konnte noch zwei weitere Krüge bis zum Rande füllen, dann war alles Bier umgefüllt. Insgesamt besaßen sie jetzt zwölf Krüge und ein großes Kürbisgefäß mit Bier, dazu einen dreizehnten Tonkrug mit Maische. Nkwesi sagte: „Wie gut, daß du beim Schöpfen des Bieres dabei warst. Sonst hättest du dich vielleicht gefragt, ob wir ein Biergefäß verstecken, wo doch der Bananensaft noch dreizehn Krüge ergab." Myombekere mußte ihm beipflichten. Da krähte der Hahn zum ersten Mal, und sie sagten: „Prahle nicht so, denn du hast erst gekräht, nachdem wir mit der Arbeit schon fertig waren!"

Die Schwägerinnen fragten Myombekere: „Es tagt schon, wie soll es weitergehen?" „Ihr kennt euch ja gut in den Zeitabschnitten der Nacht aus", antwortete er. Dann bat er sie um ein Kürbisgefäß, damit er seiner Nichte und dem Jungen auf seinem Hof etwas Maische mitbringen könne. Während Nkwesi das Gefäß füllte, klagten sie: „Nimm uns nicht das ganze Bier weg und laß uns nicht mit den Resten der ausgepreßten Bananen zurück, als ob wir Eidechsen wären, die sich davon ernähren! Haben wir dir nicht tragen geholfen, ohne daß sich deine Nichte daran beteiligt hätte? Sind wir etwa keine Menschen?" Als Myombekere diese Rede hörte, forderte er Nkwesi auf: „Gieße den Inhalt des Kürbisgefäßes wieder in den Gärbottich zurück und verrühre alles gut mit den Resten der Maische. Es ist besser, wenn die Frauen schöpfen. Oh, wir haben wirklich einen Fehler gemacht, denn im Kerewe-Land war es stets eine Aufgabe der Frauen, die Maische zu verteilen." Während Nkwesi zur Seite trat, nahm seine Lieblingsfrau den Schöpflöffel in die Hand, denn sie war stets die Schnellste in allen Arbeiten. Sie ergriff das Kürbisgefäß, das ihr Myombekere reichte, und füllte es mit Maische. Unmittelbar danach verabschiedete sich Myombekere von ihnen: „Laßt mich diese Maische meinen Leuten im Gehöft vorbeibringen! Anschließend will ich gleich meine Schwiegereltern aufsuchen und sie benachrichtigen, daß das Bier fertig ist. Wenn ich nicht meinen Leuten diese Maische vorbeibringen und noch den Korb meines Schwagers von zu Hause holen müßte, dann ginge ich geradewegs zu meinen Schwiegereltern." Die Schwägerinnen erwiderten ihm: „Es ist doch klar, daß du nochmal zu Hause vorbeigehen mußt, schon allein um dort nach dem Rechten zu sehen. Es könnte ja sein, daß einer deiner Leute inzwischen krank geworden ist. Nun, unser Schwager hat es wohl nur deswegen so eilig, weil er Sehnsucht nach seiner Frau hat, die schon solange bei ihren Eltern festgehalten wird!"

Als Myombekere zu seinem Gehöft kam, schliefen seine Leute noch. Er weckte sie. Kagufwa öffnete ihm das Hoftor. Im Haus gab er ihnen das Kürbisgefäß mit Maische. Dann suchte er nach dem Korb seines Schwagers und nach einem Regenumhang. Bevor er sich auf den Weg machte, wies er Kagufwa an: „Geh zu diesem und jenem und sag ihnen, sie sollen am Nachmittag hierherkommen. Treffen sie vor meiner Rückkehr ein, biete ihnen Stühle an und bitte sie, auf mich zu warten. Ich werde nicht lange wegbleiben, sondern meinen Schwiegereltern nur mitteilen, daß ich ihnen morgen das verlangte Bier bringe. Falls sie mich zum Mittagessen einladen, werde ich die Einladung ablehnen und mich sofort auf den Rückweg begeben. Also sag meinen Besuchern, sie sollen auf mich warten!" Seiner Nichte trug Myombekere auf: „Fülle aus dem Speicher einen Korb mit Hirsekörnern, reinige sie von Spreu und Sand. Dann trage sie zu den Frauen von nebenan und bitte sie, die Körner zu stampfen. Und stampfe du selbst soviel wie möglich!" Nachdem Myombekere diese Anweisungen gegeben hatte, schulterte er seinen Speer, legte den Regenumhang über den Kopf, nahm den Korb an die Hand und machte sich auf den Weg zu seinen Schwiegereltern.

Als die Hähne zum zweiten Mal krähten, war er schon in der Gegend, wo er sich auf seiner letzten Reise vor dem Regen untergestellt hatte. Und bei Sonnenaufgang stand er vor dem Gehöft der Schwiegereltern. Das Hoftor war noch verschlossen. Seine Frau war jedoch schon aufgestanden und damit beschäftigt, gesäuerte Milch zu schütteln. Am Hoftor bat er um Einlaß: „Hodi, macht mir auf!" Bugonoka erkannte die Stimme ihres Mannes und kam schnell, ihm zu öffnen. Er trat ein, und sie nahm seine Waffen in Empfang. Sie lachte, als sie ihn genauer betrachtete, und sagte: „Heute hast du ja einen Regenumhang dabei!" Er erwiderte: „Ja, die Wolken haben mir Angst gemacht. Ich fürchtete, es könnte wie beim letzten Mal regnen." Bugonoka führte ihn sofort zur Hütte ihrer Eltern, wo er sich auf einen angebotenen Stuhl setzte.

Bei genauerem Umhersehen gewahrte er viele Frauen, die dort schliefen. Auch bemerkte er, daß der ganze Boden des Hauses mit Blättern ausgelegt war wie für eine Hochzeit. Erstaunt fragte er sich, ob tatsächlich eine Hochzeitsfeier stattfinden sollte. Zunächst aber grüßte er in Richtung auf den Raum des Schwiegervaters: „Guten Morgen, wie geht es Euch, Vater?" Der Schwiegervater erwiderte den Gruß: „Uns geht es gut, mein Kind!" Dann begrüßte Myombekere seine Schwiegermutter: „Wie habt Ihr geschlafen, Mutter?" Auch sie antwortete: „Uns geht es gut, mein Kind!" Damit war der Austausch von Begrüßungsworten schon zu Ende. Erst jetzt begrüßte Bugonoka ihren Mann richtig und fragte ihn: „Wann bist du von zu Hause aufgebrochen, da du schon so früh hier eintriffst?" Myombekere antwortete ihr: „Gleich nach dem ersten Hahnenschrei." Manche der Schläferinnen im Hause hatten die Decke vom Gesicht gezogen, um einen Blick auf Bugonokas Mann zu werfen, den sie noch nicht persönlich kannten. Bugonoka erklärte ihrem Mann: „Da hinten im Zimmer schlafen noch drei Tanten von mir. Willst du ihnen nicht auch einen guten Morgen wünschen?" Er grüßte sie, und sie erwiderten gemeinsam seinen Gruß. Im Hinterzimmer sprang Barongo, seine angeheiratete Cousine, temperamentvoll auf die Beine und fragte kichernd: „Ist dort nicht jemand im Vorraum, dessen Stimme der meines Schwagers, das heißt dem Mann von Bugonoka, ähnelt? Laßt mich schnell aufstehen, damit sich nicht vor mir jemand an seine Brust wirft." Alle lachten und sagten: „Barongo ist doch ein rechter Spaßvogel!" Tatsächlich schritt Barongo graziös auf ihren Schwager zu, stellte sich zwischen seine Beine, streckte ihre wohlgeformten Hände nach ihm aus und umarmte ihn, wobei sie ihn freudig und liebevoll begrüßte: „Guten Morgen, Schwager! Sei viel gegrüßt, du Liebling der ganzen Welt!" Myombekere erwiderte ihren Gruß: „Mir geht es sehr gut, Schwägerin! Mir geht es sehr gut, Erbauerin! Mir geht es sehr gut, Dachdeckerin!" Danach kamen alle seine Schwägerinnen, die Bugonoka Großmutter, Tante und anderes mehr nannte, um ihn zu begrüßen. Bugonoka sagte: „Es sind auch noch fünf Tanten väterlicherseits hier, begrüße auch sie!" Myombekere entbot ihnen respektvoll seinen Gruß, und sie grüßten zurück.

Nun gestand Myombekere seiner Frau: „Ich bin verwirrt." Auf ihre Frage nach dem Grund fuhr er fort: „Weil ich hier so viele Personen sehe. Ist jemand erkrankt oder was ist sonst los?" Sie erklärte ihm: „Dein Schwager Lweganwa hat geheiratet. Heute werden wir mit all unseren Verwandten und den jungen Leuten das Hochzeitspaar auf dem Weg zu den Eltern der Braut begleiten. Morgen werden wir die üblichen Hochzeitsgaben überreichen." – „Ach, so ist das also. Das beruhigt mich", sagte Myombekere. Dann erhob er sich, seinen Schwager zu suchen. Er traf ihn draußen, als er gerade die Runde machte, um seinen Eltern und all deren Gästen guten Morgen zu sagen. Lweganwa führte seinen Schwager sofort in seine Hütte und bot ihm einen Stuhl an. Sie begrüßten einander und erzählten einander, was es seit ihrem letzten Zusammentreffen Neues gab. Lweganwa fragte seinen Schwager: „Wo hast du die Nacht verbracht, daß du schon so früh hierhergekommen bist?" – „Ich komme von zu Hause. Dort bin ich vor dem zweiten Hahnenschrei aufgebrochen", versicherte Myombekere. Lweganwa meinte dazu: „Die Hähne müssen vom Mondlicht verleitet worden sein, besonders früh zu krähen." – „Kann sein", erwiderte Myombekere, „aber zu diesem Zeitpunkt bin ich wirklich von daheim losgegangen."

Die Schwägerinnen gingen nach der Begrüßung Myombekeres mit Tongefäßen und Kalebassen zum See, um Wasser zu holen. Bugonoka blieb zu Hause und bereitete das Essen für die Brautleute und ihren Mann vor. Myombekere unterhielt sich mit Lweganwa über die verschiedensten Dinge und wartete darauf, daß sein Schwiegervater aus der Hütte kommen würde, um sich in der Sonne aufzuwärmen. Er wollte ihm dann mitteilen, weshalb er erneut gekommen war.

Schon bald kehrten die Frauen vom See zurück. Sie trugen die Wasserkrüge freihändig auf dem Kopf. Die einen hatten die Schöpfgefäße oben auf die Wasserkrüge gestellt, die anderen trugen sie unter dem Arm.

Als der Schwiegervater Namwero endlich mit seinem Stuhl die

Hütte verließ, um sich in der Sonne aufzuwärmen, ging Myombekere gleich zu ihm hin. Er setzte sich neben ihn, sagte aber der Sitte gemäß zunächst kein Wort, um so seinem Schwiegervater Respekt zu erweisen. Erst nach einer Weile erzählte er ihm, was ihn hergebracht hatte: „Hier bin ich nun, mein Schwiegervater, um dir, dem Herrn der Herren, mitzuteilen, daß ich die Dinge, die du mich geschickt hattest zu suchen, gefunden habe. Heute ist es noch Jungbier. Morgen wird es Starkbier sein. Ich teile dir dieses mit, damit du dich nicht über unerwarteten Besuch fremder Leute wunderst und fragst, warum sie hergekommen seien, ohne dich vorher zu benachrichtigen." – „Es ist sehr gut, daß du die Sachen gefunden hast", erwiderte Namwero. „Bring sie morgen hierher! Wenn du am frühen Morgen eintriffst, wirst du uns auf jeden Fall zu Hause vorfinden. Wie du sehen kannst, habe ich hier einige Trinker versammelt." In diesem Augenblick hörten sie, wie Bugonoka ihren Bruder Lweganwa aufforderte, seinen Schwager zum Essen in die Hütte zu holen.

Der Braut, den Schwägerinnen der Brautmutter und dem kleinen Mädchen, das Brautjungfer war, wurde die Mahlzeit in derselben Hütte, allerdings im Hinterzimmer, aufgetischt. Im Vorraum bekamen Lweganwa und Myombekere ihren Anteil vom Hirsekloß zusammen mit leicht geräuchertem endembwe-Fisch und ein wenig Fleisch von dem Hochzeitsrind serviert. Während des Essens fragte Myombekere seinen Schwager: „Du hast diese Hochzeit wirklich sehr gut vorbereitet. Wo hast du in so kurzer Zeit nur so große Fische aufgetrieben?" Lweganwa erwiderte: „Für uns arme Leute ist der letzte Zufluchtsort immer der See. Falls dir der Geist des Sees, Mugasa, wohlgesonnen ist, wird er dich mit Erfolg segnen. Um die Wahrheit zu sagen, ich habe die Fische selbst im See gefangen. Mugasa war mir gnädig, so daß ich für den Fang nur zwei Tage brauchte. Diese Fische eignen sich vorzüglich als Beilage für ein Hochzeitsessen." Nach dem Mahl fragte Lweganwa Myombekere, ob er seinen Korb zurückgebracht habe. Myombekere antwortete ihm: „Ja, als deine Schwester mir das Hoftor öffnete, hat sie ihn zusammen mit meinen Waffen entgegengenommen."

Nach dem Essen ruhte sich Myombekere ein wenig aus, dann äußerte er, daß er nach Hause zurückgehen wolle. Man brachte ihm seine Waffen und geleitete ihn noch ein Stück auf dem Heimweg.

Zu Hause fand er die Leute, nach denen er geschickt hatte, schon versammelt. Sie begrüßten einander. Dann bat Myombekere sie, das Versöhnungs-Bier mit ihm zusammen von Nkwesi zu seinen Schwiegereltern zu tragen. Sie erklärten sich alle dazu bereit: „Wir helfen dir gerne dabei, deine Frau auf dein Gehöft zurückzuholen. Wann gehen wir los?" Myombekere antwortete: „Sehr bald! Wir wollen das Bier in mein Gehöft bringen, hier übernachten und mit dem ersten Hahnenschrei aufbrechen. Mein Schwiegervater hat mir aufgetragen, es am frühen Morgen bei ihm abzuliefern." Als seine Nichte ihm etwas zu essen bringen wollte, lehnte er ab: „Ich habe jetzt keine Lust, denn wo ich zu Besuch war, hatten sie schon gekocht. Ich habe mit meinem Schwager gegessen. Es fand dort gerade eine Hochzeitsfeier statt. Lweganwa hat vor kurzem geheiratet. Man hatte einen großen Stier geschlachtet, und so gab es Essen in Hülle und Fülle: Fisch oder Fleisch, wonach dich auch immer gelüstete. Ich glaube, ich habe soviel gegessen, daß ich jetzt keinen Hunger mehr habe." Seine Nichte staunte: „Ja, kann denn zuviel Essen die Eingeweidewürmer völlig verdrängen? Vielleicht solltest du ruhig zugeben, daß dir mein Essen nicht schmeckt!"

Bald darauf erhoben sich Myombekere und seine sieben Helfer zusammen mit Kagufwa. Sie machten sich auf den Weg zu Nkwesi, um dort die Tonkrüge mit Bier abzuholen. Bevor sie aber aufbrachen, gab Myombekere seiner Nichte noch einige Anweisungen: „Vielleicht bleiben wir etwas länger fort. Paß daher gut auf die Rinder auf, wenn der Hirte sie von der Weide zurückbringt. Wenn er kommt, übernimm sie sofort, damit sie nicht ohne Aufsicht umherlaufen und die Feldfrüchte der Nachbarn fressen. Ich möchte nicht, daß man uns deswegen wieder zur Verantwortung zieht. Kagufwa geht diesmal mit uns. Er soll tragen helfen." Die Nichte antwortete nur: „Ndiyo, mjomba! – Jawohl, Onkel!"

Da Leuten, die zusammen unterwegs sind, immer etwas zum Schwätzen einfällt, unterhielten sich die Helfer auf dem Wege zu Nkwesis Gehöft damit, Myombekere wegen seiner Einsamkeit zu trösten. Sie sprachen darüber, wie häufig es vorkommt, daß Eltern ihre Töchter verheiraten, die Mitgift von den Schwiegersöhnen entgegennehmen und die Töchter dennoch bei sich behalten. „Du hörst die Leute erzählen, daß dieser oder jener geheiratet hat. Und nach einem

Jahr reden sie darüber, daß die Braut wieder zu ihren Eltern gegangen ist. Manchmal geht sie für immer zu ihren Eltern zurück, ohne daß ein Grund für die Trennung erkennbar wäre. Begibt sich der junge Mann dann zu den Schwiegereltern, um seine Frau zurückzuholen, muß er feststellen, daß sie in der Zwischenzeit viele Lügengeschichten über ihn verbreitet hat, alles nur mit dem Ziel, ihn loszuwerden. Den Eltern kommt es dabei gar nicht in den Sinn, daß sie ihren Mann verleumden könnte. Im Gegenteil, sie schenken nur den Redereien ihrer Tochter Glauben. Sie werden ihn für einen Bösewicht halten und ihm vorwerfen, er habe ihre Tochter schlecht behandelt. Falls sie ihm ihre Tochter überhaupt wiedergeben wollen, gelingt es ihnen meist, ihm eine Schuld einzureden, die er nur durch Zahlung von Bier oder einer Ziege wiedergutmachen kann." Sie sprachen ferner davon, daß es Schwiegersöhne gibt, die sich nur mit ihren Schwiegervätern, nicht aber mit den Schwiegermüttern oder Schwägerinnen gut verstehen. Das sei hierzulande in der Mehrheit aller Fälle so. Deswegen gebe es soviele Ehestreitigkeiten. Als sie sich Nkwesis Gehöft kurz vor Sonnenuntergang näherten, hörten sie endlich auf zu schwätzen.

Sie betraten das Gehöft, und Myombekere rief nach Nkwesi. Dieser trat alsbald vor sein Haus, um die Gäste zu empfangen. Er befahl seinen Frauen, ihnen Stühle zu bringen. Die Gäste setzten sich, und Nkwesi begrüßte sie und tauschte Neuigkeiten mit ihnen aus.

Danach gingen Myombekere und Nkwesi in die Hütte, in der sich das Bier befand. Die draußen geblieben waren, hörten leises Gerede, konnten aber nicht verstehen, um was es ging. Da man auch das Bier, das sie tragen sollten, nicht herausbrachte, wurden sie ungeduldig und riefen: „Myombekere, wir haben es eilig, wieder nach Hause zu kommen. Es wird bald dunkel." Er rief zurück: „Wir sind gleich fertig. Aber kommt doch selbst hinein und schaut, was es hier gibt!"

In der Vorhalle schlug ihnen ein starker Biergeruch entgegen. Sie bemerkten, daß sich Myombekere und Nkwesi besprachen, wieviele Krüge Bier im Hause verbleiben und wieviele an andere Leute verteilt werden sollten, beispielsweise an die Kelterer oder an den Dorfvorsteher. Auch Nkwesis Frauen sollten einen Krug Bier bekommen. Die Kelterer wählten sich einen Krug aus und trugen ihn in das hintere Gemach der Hütte. Auch für Nkwesi suchten sie ein besonders großes

Gefäß aus. Bei dem Gefäß für den Dorfvorsteher zögerten sie etwas. Myombekere meinte zu Nkwesi: „Mein Freund, denkst du nicht, daß für den Jumben ein Viertelmaß Bier genügen könnte und er damit zufrieden wäre?" Als jenes Viertelmaß gebracht wurde, waren alle der Meinung, daß es ausreichend sei: „Ein vernünftiger Jumbe wird es nicht zurückweisen und stattdessen einen ganzen Krug verlangen. Schließlich stammt das Bier ja nicht vom Eigentümer des Bananenhains, sondern nur vom Käufer der Bananen." Sie gossen das Viertelmaß aus einem großen Tonkrug voll. Und siehe, der Tonkrug blieb mehr als halbvoll. Dann brachte man Myombekere einen kleinen Waschzuber. Er füllte ihn mit Bier und reichte ihn seinen Gefährten, die mit ihm gekommen waren. Sie tranken und fanden, daß das Bier sehr gut schmeckte und kein Aufstoßen verursachte.

Während sie noch tranken, ei, da hörten sie plötzlich den Dorfvorsteher mit einem Mitglied der Königsfamilie vor dem Hoftor, die mit dröhnender Stimme riefen: „Muka munu, mutuhe amarwa raba gahire, itwe tunwe! – Laßt uns ein und gebt uns schnell von dem Bier, falls es schon gut ist, damit wir es trinken!" Myombekere kratzte sich verlegen am Kopf. Er fürchtete, nun müsse er dem Begleiter des Dorfvorstehers noch einen weiteren Krug Bier abgeben. Der Ausweg, einfach etwas Bier in ein kleineres Gefäß zu gießen und es dem Begleiter des Jumben anzubieten, fiel ihm nicht ein. Deswegen sagte er zu Nkwesi: „Geleite die Gäste in den Hof. Wir werden ihnen dort Bier reichen."

Draußen sahen sie, daß eine ganze Reihe von Männern mit dem Dorfvorsteher gekommen waren. Sie überreichten dem Jumben das Viertelmaß, das man für ihn zur Seite gestellt hatte. Dem Mitglied der Königsfamilie aber gaben sie einen ganzen Krug voll Bier. Während die Gäste in Nkwesis Gehöft das ihnen angebotene Bier tranken, nahmen Myombekere und seine Begleiter die noch übrigen acht Tonkrüge und eine Kalebasse mit Bier, setzten sie auf ihre Köpfe und trugen sie zum Gehöft Myombekeres.

Sie trafen dort ein, als die Rinder sich schon zum Schlafen niedergelegt hatten. Im Gehöft setzten sie ihre Lasten ab, und Myombekere ging in den Vorratsraum, um alles zur Lagerung der Krüge vorzubereiten. Dann bat er die Helfer, die Behälter hineinzutragen, während seine Nichte ihnen leuchtete.

Sie waren gerade damit fertig, da traf noch eine Besucherin ein, eine alte Frau, die Myombekere seine Großmutter nannte. Sie war eigentlich die Schwester der leiblichen Mutter seines Vaters. Er begrüßte sie freundlich und ließ sich von ihr erzählen, was sich seit ihrer letzten Begegnung so alles ereignet hatte.

Nachdem die Leute zu Abend gegessen hatten, zeigte ihnen Myombekere ihre Schlafplätze. Wegen der für den nächsten Tag geplanten Reise gingen sie alsbald zur Ruhe.

Myombekere überbringt seinen Schwiegereltern das als Buße auferlegte Bananenbier

Beim ersten Hahnenschrei standen Myombekere und seine Helfer auf. Myombekere ging sogleich zu seinem Nachbarn Kanwaketa und bat ihn, seiner unverheirateten Tochter zu gestatten, ihn und seine Nichte auf dem Weg zu den Schwiegereltern zu begleiten, denn nach alter Sitte benötigte er zum Überbringen des Buß-Bieres zwei Frauen.

Als er mit Kanwaketas Tochter zu seinem Gehöft zurückkehrte, wies er die Nichte sogleich an, einen Krug mit Bier nach draußen auf den Hof zu bringen, um ihn dort in eine Engunda, ein kleine Kalebasse, umzufüllen. „So ist es leichter zu tragen, denn der Weg ist lang", sagte er. Die Nichte trug das Bier herbei, und sie füllten es gemeinsam in die kleinere Engunda um. Als diese randvoll war, befand sich in dem großen Gefäß immer noch eine beachtliche Menge Bier. Myombekere füllte darum noch einen Flaschenkürbis damit. Die Kalebassen hatte seine Frau Bugonoka vor einiger Zeit angebaut und dazu gesagt: „Wir wollen sie aufbewahren. Ein Armer schlachtet nicht selbst; er lebt von dem, was andere fortwerfen. Vielleicht bekommt jemand von uns einmal Bier angeboten, dann kann er es daraus trinken. Sagten doch unsere Vorväter: ‚omutere guli aho, tigubura mumamizi – Wenn ein Fell zum Schlafen vorhanden ist, dann gibt es bestimmt auch jemanden, der darauf schläft.'"

Nach dem Umfüllen rief Myombekere die Bierträger herbei. Sie kamen nach draußen und tranken ein wenig von dem Bier. Es war der Ihara-Tag, das heißt der zweite Tag nach dem Bierbrauen, an welchem Bananenbier sehr stark zu werden pflegt. Und in der Tat, als sie es tranken, spürten sie alsbald, wie stark es war! Danach holten sie die sieben Tonkrüge und eine achte Kalebasse mit Bier aus dem Haus. Den größten Tonkrug mit Bier ließ Myombekere im Gehöft zurück, um den Helfern bei der Rückkehr von den Schwiegereltern etwas anbieten zu können. Sie setzten sich die Biergefäße auf den Kopf. Jeder Mann nahm einen Krug. Die beiden Frauen sollten abwechselnd den Flaschenkürbis tragen. Er wird ‚engunda y'obukanza bwa ninazara' genannt, das bedeutet: ‚Flaschenkürbis mit dem Anteil für die Schwiegermutter'.

Noch vor dem Morgengrauen brachen sie vom Gehöft Myombekeres auf. Er selbst ging voran. Das Gehen bereitete ihnen allen große Mühe, da sie noch schlaftrunken waren. Außerdem herrschte schwarze Finsternis. So taumelten sie daher. Manchmal gerieten sie vom Weg ab oder stolperten über Löcher und Steine. Nach einiger Zeit, es kam ihnen unendlich lange vor, erschien der Mond, und sie hätten eigentlich besser voranschreiten können. Jetzt machte ihnen jedoch das Bier, das sie vorher zu Hause getrunken hatten, schwer zu schaffen.

Unter den Männern, die die Bierkrüge trugen, befand sich jemand namens Nakutuga. Dieser hinkte, weil eins seiner Beine infolge einer Geschwulst am Hüftknochen verkrüppelt war. Nakutuga kam nur mühsam voran. Als er seine Gefährten daherschwanken sah, sagte er: „Lo, wenn ihr Gesunden schon Schwierigkeiten beim Laufen habt, wie soll ich Lahmer erst vorankommen, ohne daß mein Bein zwischen Stock und Stein verlorengeht?" Lautes Gelächter folgte seinen Worten, worauf er nachsetzte: „Ihr könnt mir ruhig widersprechen, aber ich meine, wir sollten dankbar sein, wenn wir heil ankommen."

Nach einer ganzen Weile krähten wieder die Hähne. Es dämmerte allmählich, und die Vögel ließen ihren Morgengesang hören. Schließlich war es so hell, daß die Wanderer ihre eigenen Beine und Füße richtig sehen konnten. Sie trafen nun auch auf andere Wanderer. Manche waren unterwegs, um eine Frau zu suchen, manche gingen zum Fischfang oder einer anderen Beschäftigung nach.

Als sie in die Gegend kamen, wo Myombekeres Schwiegereltern wohnten, schlugen einige von ihnen vor, erst einmal auszuruhen. Myombekere war jedoch dagegen: „Haltet noch ein wenig aus, bis wir an den Fluß kommen. Dort können wir eine Rast einlegen und uns waschen!" Alle waren mit dem Vorschlag einverstanden: „Ja, das Bad wird uns wieder munter machen." Als sie den Fluß erreichten, setzten sie ihre Krüge ab. Obenauf legten sie die Grasuntersätze, die man als Polster benutzt, wenn man Lasten auf dem Kopf trägt. Einige Träger hatten Strohhalme durch die Abdeckung der Tongefäße gesteckt. Nachdem sie ihre Lasten abgesetzt hatten, knieten sie sich davor nieder und begannen, damit Bier zu saugen. Als Myombekere dies sah, verbot er es ihnen auf der Stelle: „Laßt das, Genossen! Leert nicht die Krüge halb aus. Sonst werden wir von den Leuten, denen wir das Bier bringen wollen, noch abgewiesen, und alles war umsonst!" Die Gefährten gehorchten sofort seinen Anweisungen, zogen die Strohhalme aus den Gefäßen und warfen sie weit weg ins Gebüsch.

Beim Baden im Fluß trennten sich die Männer von den beiden Frauen. Die Männer badeten an einer seichten Stelle flußaufwärts, die Frauen an einer ähnlichen Stelle flußabwärts. Als die Männer mit dem Baden fertig waren und sich langsam abtrockneten, ihre Kleider also noch nicht wieder angelegt hatten, hörten sie auf einmal die Frauen schreien: „Wo, mutuzune! Ensato yatumara! – He, Hilfe! Eine Pythonschlange will uns töten!" Die Männer rafften ihre Kleider auf und rannten schnell zu der Stelle. Erst als sie bei den Frauen waren, zogen sie sich an. „Was ist denn los? Warum habt ihr so laut geschrien?" – „Schaut auf das Wasser! Da, die Python dort! Wie groß sie ist!" Keiner der Männer hatte je eine größere Schlange gesehen. Sie bezweifelten daher, daß es eine Python wäre: „Es ist eine andere Schlange, vielleicht sogar eine omugoye-Schlange, die ganze Rinder verschlingen kann!" Als sich die Nichte Myombekeres beruhigt und zu zittern aufgehört hatte, erzählte sie den Männern: „Gleich nachdem wir hierher kamen, sind wir ins Wasser gegangen und haben gebadet. Meine Gefährtin ist als erste aus dem Wasser gestiegen, während ich noch alleine darin blieb. Plötzlich bemerkte ich, wie das Schilf vor mir heftig schwankte. Ich sah, wie sich etwas darin bewegte. Und als ich genauer hinblickte, erkannte ich, daß es eine Pythonschlange war, die mich verschlingen wollte. Da sagte mir mein Gefühl, ich müßte um Hilfe schreien. Um ehrlich zu sein, ich war völlig durcheinander. Irgendwie bin ich dann doch ans Ufer gekommen, und meine Gefährtin hat mir die Kleider angezogen. Ich habe nur gezittert. Wie ich aus dem Wasser gekommen bin, weiß ich nicht mehr!" Myombekere und seine Gehilfen sahen, daß der Fluß an dieser Stelle mit Gräsern und Buschwerk zugewachsen war. Das konnte nur Gefahr bedeuten. Gegen die Schlange vermochten sie nichts auszurichten, denn es ist ein strenges Tabu, eine Python zu töten. Sie kehrten daher zu den Tongefäßen mit Bier zurück. Zu diesem Zeitpunkt war die Sonne bereits durch den Morgendunst gedrungen und strahlte warm vom Himmel.

Ehe sie sich wieder auf den Weg zu den Schwiegereltern machten, fragten die Männer Myombekere: „In welches Gehöft tragen wir eigentlich dieses Geschenk? Müssen wir noch weit laufen?" Myombekere beruhigte sie: „Es ist nicht mehr weit. Wenn wir den Hügel dort hinter uns gebracht haben, werden wir am Horizont eine Gruppe von Wolfsmilch-Bäumen erkennen. Genau dort liegt das Gehöft meiner Schwiegereltern." Sie hoben also die Lasten wieder auf und zogen weiter. Die einen trugen die Tongefäße auf der Schulter, die anderen auf dem Kopf. Die beiden Frauen schleppten abwechselnd die Kalebasse. Myombekere ging an die Spitze, um die Gruppe zu führen. Dabei bemerkte Nakutuga: „Habe ich es euch nicht vorhergesagt, daß diese Reise gefährlich ist? Männer, wir sollten dankbar sein, wenn wir heil ankommen. Ihr habt meine Worte auf die leichte Schulter genommen. Wäre die Nichte Myombekeres eben nicht beinahe umgekommen? Hätte die große Pythonschlange sie gefaßt, welche Rettung hätte es dann noch gegeben?" Die Gefährten waren ganz seiner Meinung: „Du hast recht, Nakutuga; wäre sie gefaßt worden, hätte es keine Rettung für sie gegeben und sie hätte bestimmt den Tod gefunden."

Nahe dem Gehöft der Schwiegereltern wurden sie von einem kleinen Kind erkannt. Es lief zum Schwiegervater Namwero und berichtete ihm, es habe viele Menschen mit Biergefäßen gesehen, die sich auf das Gehöft zubewegten. Allmählich bemerkten auch die übrigen Bewohner des Gehöfts, daß sich Gäste näherten. Die Männer gingen hinaus, diese Gäste willkommen zu heißen und ihre Waffen und Lasten entgegenzunehmen. Die Frauen beeilten sich, Stühle für die Ankömmlinge zusammenzutragen. Da es im Gehöft Namweros nicht genügend Sitzgelegenheiten für alle gab, gingen sie in die Nachbarschaft, um dort noch welche zu borgen.

Nach der ersten Begrüßung forderte Myombekere seine Weggefährten auf, mit ihm zum Schwiegervater zu gehen, um ihm einen guten Morgen zu wünschen. Sie fanden ihn im Schatten eines Getreidespeichers mit einigen anderen Männern beim Brettspiel sitzen. Danach begrüßten sie auch die Schwiegermutter, die sich mit einigen ihrer

Kinder im Hause aufhielt. Erst nach der Begrüßung ließen sie sich im Schatten auf den bereitgestellten Stühlen nieder. Sie unterhielten sich leise zu zweit oder zu dritt. Schließlich fragte einer von ihnen Myombekere: „Wieso bleiben wir unter uns allein? Wo ist unsere Frau Bugonoka?" Myombekere antwortete: „Vielleicht ist sie über Nacht bei den zukünftigen Schwiegereltern ihres Bruders geblieben, wohin sie gestern mit anderen gegangen ist. Heute soll dort die Hochzeit gefeiert werden. Vielleicht ist sie aber auch von den Geistern verschleppt worden, wer weiß?" Darüber mußten seine Gefährten herzlich lachen. Sie boten einander Tabak an, den sie aber nur schnupften oder kauten. Ihn im Gehöft eines anderen zu rauchen, wäre als ein Verstoß gegen die guten Sitten angesehen worden.

Nach einer Weile hörte man Namwero seine Frau fragen: „Ist Bugonoka noch nicht zurückgekommen?" – „Nein, nein!" – „Und ihre Cousine Barongo?" – „Sie ist mit Bugonoka dort, wo du sie hingeschickt hast." Namwero verwunderte sich: „Bis jetzt sind sie noch nicht wieder hier, obwohl es doch ganz nahe ist?! Kasaka, mach dich auf den Weg und laufe schnell zu ihnen! Ich spucke jetzt hier auf den Boden. Wenn du nicht zurück bist, ehe die Spucke getrocknet ist, bekommst du noch mehr Prügel als die beiden anderen, nach denen ich dich schicke." Das Mädchen Kasaka lief geschwind davon. Da sie noch keine Schmuckbänder um die Knöchel trug, rannte sie so schnell, daß man schon dabei gewesen sein muß, um dies ermessen zu können. Schon kurz darauf kam sie mit Bugonoka und Barongo zurück. Namwero schimpfte sie aus: „Was habt ihr getrieben? Wieso habt ihr solange gebraucht?" Bugonoka antwortete ihm: „Zunächst haben wir beim Nachbarn niemanden angetroffen. Der Hausherr war schon zum See gegangen, um mit der olubigo-Falle Fische zu fangen."

Die olubigo-Falle besteht aus einem Zaun, verfertigt aus Schilf, das nahe am Ufer wächst. Für die Fische, die sich darin verirren, gibt es kein Entrinnen.

„Erst als der Nachbar zurückkam, konnte ich ihm deine Botschaft ausrichten. Er nahm sofort einen Stock, öffnete damit den Vorratsspeicher und holte mir lunzebe-Salz heraus. Als er es gerade in Bananenblätter einwickelte, kam Kasaka und sagte uns, der Großvater fordere uns auf, schnellstens nach Hause zurückzukehren, weil Gäste gekommen seien. Der Hausherr schnitt noch dieses Stück kambare-Fisch für dich ab. Danach sind wir sofort zurückgekehrt." Der Vater beruhigte sich schnell: „Ich bin sehr dankbar dafür, daß er so freigiebig ist und mir diesen fetten Fisch zukommen läßt, der nur von den Männern geschätzt wird. Wenn es sonst keine Beilage gibt, mahlen die Frauen Hirse und bereiten das Essen mit dem Fisch, essen selbst aber nur von dem Hirsekloß, wobei sie sich über die fehlende Beilage beklagen." Auf diese Rede hin brachen alle in Gelächter aus, besonders die Frauen.

Bugonoka trug Fisch und Salz zu ihrer Mutter, dann begab sie sich zu ihrem Mann und seinen Gefährten, um ihnen einen guten Morgen zu wünschen. Danach ging sie hinüber zur Nichte ihres Mannes und der Tochter des Nachbarn, die mit ihr war, begrüßte sie und geleitete sie in das Haus ihrer Mutter. Ihre Stühle nahmen sie dorthin mit.

Namwero erhob sich vom Brettspiel und rief seine Frau und seine Tochter hinter das Haus, um mit ihnen zu beraten, wie sie die Gäste bewirten sollten. Zunächst fragte er seine Frau, wieviele Krüge Bier der Schwiegersohn mitgebracht habe. Sie fragte zurück: „Ei, kennst du nicht die Menge? Wieviele Tongefäße mit Bier sollte er denn bringen?" Er darauf: „Ich habe sechs von ihm verlangt." – Worauf sie antwortete: „Wenn ich mich nicht irre, habe ich sieben Tongefäße und einen Flaschenkürbis gesehen." Bugonoka ergänzte: „Ich habe die Leute gezählt. Es sind sechs Männer, und mein Mann ist der siebte. Außerdem sind zwei Frauen dabei, sie haben wahrscheinlich abwechselnd die Kalebasse getragen, von der die Mutter berichtet hat." Namwero sagte ihnen: „Ich habe euch hinter das Haus gerufen, um mit euch über die Beilage zu beraten, die wir für den Schwiegersohn und seine Gesellschaft kochen wollen. Die Beilage zu unserem Essen ist ja wohl fertig. Aber sie eignet sich nicht dazu, unserem Schwiegersohn und seinen Helfern vorgesetzt zu werden. Sie ist zu ärmlich, und das würde gegen die Sitte verstoßen. Frau, ist es nicht besser, daß wir ihnen jenen fetten Ziegenbock dort zum Geschenk machen?" Nkwanzi stimmte ihm zu. Namwero fuhr darauf fort: „Beeilt euch mit dem Kochen, damit die Gäste bald etwas zu essen bekommen! Und du Bugonoka, bereite dich darauf vor, daß du heute noch zu deinem Mann zurückkehrst. Er wird dich hier nicht zurücklassen, sondern mitnehmen wollen. Selbst wenn dein Bruder Lweganwa noch nicht von seinen Schwiegereltern zurück sein sollte, mußt du gehen. Du kannst hier nicht auf ihn warten. Schließlich ist seine Heirat ja nun vollzogen. Es gibt also keine weiteren Schwierigkeiten mehr. Das ist alles, was ich euch zu sagen habe." Nkwanzi erwiderte ihm: „Was bleibt uns denn jetzt noch zu tun? Ist das Mehl nicht fertig, und das Rindfleisch nicht ordentlich gekocht? Sogar das Mehl, das Bugonoka mitnehmen soll, steht bereit. Eigentlich warten wir nur auf dich, daß du dich beeilst und den Ziegenbock, von dem du gesprochen hast, schlachtest und abhäutest. Allein darauf warten wir." Nach diesem Gespräch begaben sie sich wieder auf den Vorplatz des Gehöftes.

Unmittelbar darauf rief Namwero seinen Gefährten vom Brettspiel mit fröhlicher Stimme zu: „Ich brauche drei oder vier Mann." Als sie zu ihm eilten, schickte er sie, den Ziegenbock loszubinden. Sie sollten ihn seinem Schwiegersohn und dessen Gefährten als Geschenk vorführen, um ihn anschließend zu schlachten. Ein kräftiger junger Mann trat hervor, holte den Ziegenbock und brachte ihn zu den Gästen. Dort sprach er: „Muboneke bakwelima, omukubi gwanu ngugu, mwagutonwa isozara – Nehmt ihn hin, ihr Schwiegerleute, dies ist zu eurer Mahlzeit eine Beilage, die euch euer Schwiegervater schenkt." Myombekere und seine Gefährten erwiderten darauf: „Ach, wir sind allein schon wegen der Rückgabe unserer Frau sehr glücklich. Der Schwiegervater behandelt uns sehr großzügig. Herzlichen Dank!" Der junge Mann übergab den Schwiegerleuten den Ziegenbock, der keinen Laut von sich gab. Der junge Mann hatte ihm die Kehle zugedrückt und den Kopf nach hinten gedreht, so daß das Maul, das er mit den Fingern zupreßte, auf den Rücken zeigte. Mit der ganzen Kraft, die er aufzubringen vermochte, versetzte der Jungmann dem Ziegenbock einen Fußtritt in den Bauch und schleppte ihn zum Schlachtplatz. Der Bock war bereits tot und sein Körper erstarrt wie ein Stück Brennholz, als sie den Schlachtplatz erreichten. Die Gefährten des jungen Mannes kamen eilig herbei, um den Bock zu schächten. Das heißt, sie schlitzten das Tier mit einem scharfen Messer von der Kehle über die Brust bis zum Unterbauch auf, während es auf dem Rücken lag. Dann häuteten sie es ab, schnitten ihm den Bauch auf und entfernten die Innereien. Als sie einen Teil des Fleisches roh essen wollten, hinderte sie Namwero daran: „Ihr sollt die Leber und den Magen nicht als obubisi-Fleisch aufessen, denn wir haben unserem Schwiegersohn und seinen Gefährten den ganzen Ziegenbock als Beilage zur Mahlzeit geschenkt. Auch sollt ihr das Tier sorgfältig abhäuten genau nach der Sitte der Kerewe. Unser Schwiegersohn wird nämlich die Haut mitnehmen. Sie soll der Beleg für die Zahlung seiner Buße sein. Er könnte damit vor den Leuten etwa folgendermaßen prahlen: ‚Anläßlich der Bußzahlung für meine Frau Bugonoka schenkte mir mein Schwiegervater eine Ziege. Dies ist ihr Fell.'" Die Häuter erklärten sich einverstanden: „Hier sind Magen und Leber des Tieres. Wir haben nichts davon gegessen. Und hier ist auch das Fell. Es ist ohne jeden Makel. Wir haben es auf Kerewe-Art abgezogen." Namwero nahm die Ziegenhaut in die Hand, prüfte sie sorgfältig und fand, daß sie so abgezogen war, wie es die Kerewe schätzen.

Auf Felle, insbesondere auf solche, die dazu bestimmt waren, von Frauen getragen zu werden, legte man früher großen Wert. Die Ecken des Fells wurden noch im feuchten Zustand verziert, und diese Verzierung nannte man ‚ebilebwe'.

Erst als Namwero geprüft hatte, daß alles seine Ordnung hatte, setzte er sich wieder hin. Er gestattete den Männern, vom Magen und von der Leber kleine Stückchen abzuschneiden und diese roh zu verzehren, denn bei den Kerewe sagt man: ‚obubisi bwita abaseza – Rohes Fleisch tötet den Mann.' Der Sinn ist, daß es bei Männern wie bei einem Raubtier eine große Gier weckt, die sie alle Selbstkontrolle vergessen läßt. Mit großem Vergnügen verzehrten sie das rohe Fleisch, auf das sie zur Anregung des Appetits noch etwas Galle träufelten. Danach forderte Namwero sie auf, das Rippenfleisch zu rösten und mit lunzebe-Salz zu bestreuen. Dies sollte Myombekere und den Männern, die mit ihm gekommen waren, angeboten werden, damit sie es noch vor dem Hirsekloß und den Kartoffeln als Appetitanreger essen konnten. Derjenige, welcher die Aufgabe übernommen hatte, das Rippenfleisch zu rösten, rief Bugonoka zu, sie solle ihm einen olunanga-Teller – das ist ein großer Holzteller – zusammen mit lunzebe-Salz zum Würzen des Fleisches bringen. Bugonoka brachte die verlangten Dinge augenblicklich herbei. Als das Fleisch gar war, legte es der Mann, der es geröstet hatte, auf den olunanga-Teller, ohne selbst auch nur ein bißchen davon zu kosten. Oben hinein steckte er ein Messer. So servierte er den Gästen das Rippenfleisch. Er war bereits wieder auf dem Weg zu den Fleischtöpfen, als ihm die Gäste nachriefen: „He Bwana, komm noch mal zurück!" Er kam, und sie schnitten ihm ein Stück von dem vorgelegten Fleisch ab. Danach ging er wieder an seinen Arbeitsplatz und machte sich daran, das übrige Fleisch von den Knochen abzulösen.

Nachdem die Gesellschaft des Schwiegersohns die Mahlzeit beendet hatte, räumten die Köchinnen das Geschirr weg. Namwero erteilte nun denen, die die Ziege geschlachtet hatten, die Anweisung, das übrige Fleisch außer einem Hinterlauf in Stücke zu schneiden. Auf sein Geheiß wurde der Lauf in das Ziegenfell eingewickelt, das sein Schwiegersohn später mitnehmen sollte. Man wusch das übrige Fleisch einschließlich der Innereien und legte alles in einen großen Tonkessel. Als das Fleisch einmal vollständig gewendet und mit dem lunzebe-Salz, das Bugonoka vom Nachbarn geholt hatte, gewürzt worden war, wies man die Frauen an, die Tontöpfe zum Kochen der Hirse aufs Feuer zu setzen. Die Frauen machten sich sofort an ihre herkömmliche Beschäftigung, wobei manche mit ihren Töpfen zu den Nachbarn auswichen, damit es schneller ging.

Namwero schickte indessen seine Enkelin Kasaka zu dem Nachbarn, der ihm den kambare-Fisch geschenkt hatte, um ihn einzuladen. Das Mädchen machte sich eilig auf den Weg. Dem Nachbarn richtete sie aus: „Höre, mein Großvater schickt mich zu dir. Höre, steh auf und komm sofort mit mir!" Erstaunt fragte der Nachbar: „Haben die Gäste etwa ein Biergeschenk mitgebracht?" Das kleine Mädchen lachte nur, senkte den Kopf und drehte sein Gesicht verschämt zur Hauswand, wie es alle Frauen im Kereweland tun. Dann drängte sie ihn: „Steh auf und laß uns gehen, damit sie uns nicht ausschimpfen und mich fragen, wieso ich mich verspätet habe. Der Großvater wird schon wissen, warum er dich rufen läßt. Ich selbst habe keine Ahnung!" Nun gut, der Nachbar stand auf, und beide gingen zusammen los.

Als sie eintrafen, war der erste Topf mit Hirsebrei fast gar. Kurz darauf nahmen die Köchinnen ihn vom Feuer. Auch die Frauen, die bei den Nachbarn gekocht hatten, kamen alsbald mit ihren Töpfen zurück. Sie beeilten sich, das Essen für die Gäste auszuteilen. Sie nahmen geflochtene masonzo-Gefäße, füllten sie randvoll mit Hirseklößen und setzten sie mitten in die Runde der Gäste. Dann wurden aus dem Haus der Schwiegermutter zwei Töpfe mit Beilagen gebracht. Einer davon war nur für den Schwiegersohn bestimmt. Man setzte ihn darum in seiner Nähe ab. Darin befand sich ein Stück kambare-Fisch, nach Art der Kerewe gut gewürzt und in flüssiger Butter schwimmend. Der zweite Topf enthielt weich gestampftes Fleisch. Es war so zart, daß sogar jemand ohne vollständiges Gebiß es mühelos beißen konnte. Zum Schluß brachten die Köchinnen einen großen Tontopf mit Ziegenfleisch, den sie zusammen mit einigen Holzschalen, ‚enanga‘ genannt, ebenfalls mitten unter die Gäste stellten.

Eine aus der Reihe derer, die die Gäste bedienten, sagte: „Iitwe niho twabonera Bakwelima! – Ihr Schwiegerleute, nehmt diese unsere Gabe entgegen!" Worauf die Gäste antworteten: „Ach Schwiegervater, wir sind allein schon wegen der Rückgabe unserer Frau sehr glücklich!"

Es gab wahrhaftig Essen in Hülle und Fülle. Und wer die vollen Schüsseln gesehen hat, wundert sich noch heute.

Als die Gäste unter sich waren, forderten sie Nakutuga auf, das Essen zu verteilen. Er erhob sich und verteilte zunächst das viele Ziegenfleisch in ihre ausgestreckten Hände. Dann füllte er den Inhalt der beiden Töpfe, die aus dem Hause der Schwiegermutter gebracht worden waren, in die Holzschalen. Davon konnte sich jeder nach Belieben selbst nehmen. Die Männer aßen vor allem das Fleisch, so daß der meiste Hirsebrei in den masonzo-Schalen übrigblieb. Aber selbst das Ziegenfleisch konnten sie nicht vollständig aufessen. Auch davon war am Ende noch reichlich vorhanden. Allein die Beilage, die die Schwiegermutter für Myombekere zubereitet hatte, wurde ganz und gar verspeist. Sogar die Fettsoße tranken sie auf. Dabei sprachen sie: „Also der Magen ist doch ein rechter Bastard. Als wir hungrig waren, haben wir da nicht gedacht, wir würden das Essen, sobald man es uns vorlegte, auf einmal verschlingen? Aber wie schnell sind wir doch satt geworden! Deswegen haben die Altvorderen auch gesagt: ‚Der Bauch ist nur dazu geeignet, Kinder zu zeugen, die man zu allerlei Diensten gebrauchen kann. Im übrigen ist der Bauch undankbar.‘ Das bedeutet ja wohl: Du kannst den Bauch jetzt sättigen, aber nach kurzer Zeit schon drängt er dich, eine große Sache wie eine Ziege oder ein Rind zu stehlen. Und wenn du ein solches Tier stiehlst, kannst du nicht einmal soviel davon essen, daß es vollständig in deinen Bauch kommt. Wahrlich der Bauch kann die Leute nur belästigen. Er ist durch und durch undankbar."

Nachdem die Gäste fertig gegessen hatten, ging der Schwiegervater Namwero ins Haus und forderte Bugonoka auf, die Stühle für die beiden Frauen, die mit den Schwiegerleuten gekommen waren, nach draußen zu bringen, damit sie bei den anderen sitzen konnten. Bugonoka tat, wie ihr geheißen, und trug die Stühle dorthin, wo ihr Mann mit seinen Gefährten saß. Dann rief Namwero zwei seiner eigenen Leute ins Haus und gab ihnen zwei von den Tontöpfen mit Bier: „Du, nimm dieses Gefäß und trage es zu den Schwiegerleuten! Und du, nimm das andere Gefäß und trage es zu unseren Leuten, damit die Männer Bier trinken können." Und zu den Frauen im Haus sagte er: „Nehmt jenen Flaschenkürbis mit Bier und trinkt ihn aus. Das soll euch zunächst genügen! Mit dem übrigen Bier warten wir, bis die anderen, die zur Hochzeit des Sohnes gegangen sind, wiedergekommen sind. Es macht nichts, wenn es darüber Abend wird. Im Augenblick kommt es nur darauf an, die Gäste zufriedenzustellen." Die Frauen im Haus waren damit einverstanden: „So wie du es machst, ist es gut. Auf diese Weise können die Gäste, die von weither gekommen sind, noch bei Tageslicht zu ihren Gehöften zurückkehren."

Nakutuga teilte auch das Bier an Myombekeres Leute aus. Obwohl er hinkte, war er dabei recht flink und geschickt. Er öffnete zunächst den Verschluß des Tontopfes. Dann schöpfte er gemäß einem alten Brauch der Kerewe mit einem Löffel etwas Bier und überreichte es Bugonoka, damit sie es ihrer Mutter brächte. Diese Handlung bedeutet, das Bier ‚vom Zauber zu befreien'. Früher haben böse Menschen häufig das Bier vergiftet, um andere heimlich zu töten. Daher kommt es, daß du Bier, das du einem Kerewe-Mann anbietest, bis auf den heutigen Tag zuvor selbst vorkosten mußt. Bugonoka nahm den Schöpflöffel mit Bier ehrfürchtig entgegen, indem sie dabei niederkniete. Auch vor der Mutter kniete sie nieder, als sie ihr das Bier mit weit ausgestrecktem Arm reichte. Die Mutter wies es zunächst zurück und befahl ihr: „Trink du zuerst davon, dann gib es mir!" Bugonoka gehorchte, nahm einen Schluck und reichte es dann der Mutter weiter, wobei sie sagte: „Nimm das ‚Entzauberungsbier' entgegen, das die Schwiegerleute für dich bestimmt haben!" Die Mutter trank ein wenig und gab den Rest an die übrigen Frauen im Haus weiter. Als der Schöpflöffel geleert war, gab man ihn Bugonoka. Sie trug ihn zu ihrem Mann und seinen Gefährten zurück. Man hatte ihr befohlen, mit jenen Männern zusammen Bier zu trinken.

Nakutuga nahm das Schöpfgefäß von ihr entgegen und schenkte zuerst dem Schwiegersohn des Gehöfts, Myombekere, Bier ein. Dazu füllte er das Schöpfgefäß randvoll, hob es hoch und überreichte es ihm mit beiden Händen. Um kein Bier darauf zu verschütten, schlug Myombekere seinen Fellumhang beiseite. Dann nahm er das Gefäß entgegen und trank, wobei er die Augen starr auf das Bier richtete. Nachdem er das Gefäß halb geleert hatte, reichte er es an seine Frau weiter. Sie nahm es freudig entgegen und trank ebenfalls, wobei sie laut in das Gefäß ausatmete. Danach reichte sie das Gefäß an die Frauen in der Runde weiter.

Als die Gefährten Myombekeres sahen, daß er das Bier zuerst seiner Frau weiterreichte, sagten sie: „Ei, sie ist ihm also mehr wert als wir. Warum hätte er sonst seiner Frau das Bier zuerst gereicht, obwohl sie viel weiter von ihm wegsitzt als wir. Also, Bugonoka, merke dir ab heute gut, daß dein Mann dich sehr lieb hat. Du kannst seine Liebe nur zerstören, wenn du darauf beharrst, jetzt noch weiter bei deinen Eltern zu bleiben. Dein Mann liebt dich wirklich sehr." Nach dieser Rede brachen alle in lautes Gelächter aus, und Bugonoka fragte sie: „Nun, ihr Männer hier, seid ihr etwa nicht verheiratet und liebt eure Frauen nicht ebenso sehr? Wenn ihr sie nicht liebtet, warum hättet ihr sie dann geheiratet?" Die Männer beeilten sich zu versichern: „Wir sind in der Tat verheiratet und lieben unsere Frauen auch über alle Maßen dafür, daß sie für uns kochen und wir mit ihnen essen. Aber wenn sie uns verlassen, um so lange wie du bei ihren eigenen Leuten zu verweilen, nimmt unsere Liebe ab. Ein Mann heiratet nun mal, damit er mit seiner Frau zusammen sein kann, um ihre körperliche Nähe zu spüren. So sind wir eben geschaffen." Bugonoka erwiderte: „Wenn eure Frauen aus einem triftigen Grund zu ihren Eltern gehen, werdet ihr sie dann verstoßen? Erst heute habe ich richtig verstanden, wie ihr seid." – „Dann werden wir sie natürlich nicht verstoßen", entgegneten die Männer. „Aber wie sagten doch die Vorväter? Meinten sie nicht:

‚Wenn ein zuverlässiger Jagdhund sich von seinem Herrn trennt, wird er nutzlos?'" Bugonoka bestätigte: „Das stimmt! Aber was macht man, wenn man keinen Frieden im Gehöft des Mannes findet?" Die Männer antworteten ihr: „Auch wenn du dort keinen Frieden hast, mußt du doch bei deinem Mann bleiben. Welchen Frieden kannst du schon finden, wenn du zu deinen Eltern zurückkehrst? Selbst wenn du krank bist, mußt du bei deinem Mann bleiben. Es ist dann seine Pflicht, dich zu einem Wahrsager zu bringen, um die Ursache deiner Krankheit herausfinden zu lassen. Du wirst schließlich gesund werden, aber es ist wichtig, daß ihr, dein Mann und du, zusammenbleibt."
Danach wechselten sie das Thema und redeten über Dinge, die man gewöhnlich beim Biertrinken bespricht. Nakutuga teilte weiterhin das Bier aus. Ausnahmslos bekam jeder davon, auch die drei Frauen. Wer am Gehöft vorbeiging, wurde von dem Stimmengewirr der Biertrinker angelockt und setzte sich dazu, um auch etwas abzubekommen. Auf diese Weise wurden die zwei Tongefäße schnell bis auf den Grund leer. Die zuletzt Gekommenen waren so gierig, daß sie den schon länger Anwesenden das Trinkgefäß vom Munde rissen, ohne lange darauf zu warten, bis sie an die Reihe kamen. Es trafen noch viele ein, als die Biertöpfe schon längst leer waren.

Bugonoka ging ins Haus zu ihrer Mutter, um ihre Sachen für die Reise zu packen. Als sie näherkam, bemerkte die Mutter: „Oh, heute hat Bugonoka aber einen schweren Schritt, wie man hören kann! Vielleicht hat das Bier ihr zugesetzt? Ich habe sie noch nie so fröhlich gesehen. Wahrhaftig, das Bier des Schwiegersohns ist sehr gut. Man spürt es im ganzen Körper!" Die übrigen Frauen beim Haus bestätigten dies: „Ja, das Bier ist ausgezeichnet. Man könnte ein Rind dafür kaufen." Bugonoka ging in den Schlafraum und rief von dort nach ihrer Mutter. Als sie kam und nach dem Grund fragte, sagte Bugonoka ihr: „Ich würde gerne Fleisch und Mehl von hier mitnehmen. Wo sollte ich heute, wenn ich zu mir nach Hause komme, noch Gemüse ernten können?" Die Mutter rief den Vater herbei und schlug ihm vor: „Gib deiner Tochter Fleisch mit auf die Reise. Die Sonne steht schon hoch am Himmel. Es ist Zeit, daß sie mit den anderen aufbricht, damit sie noch im Hellen heimkommt." Namwero war einverstanden. Er tastete in dem dunklen Raum umher und fragte schließlich seine Frau, ob sie nicht sein Buschmesser gesehen habe. Diese meinte nach einigem Nachdenken, daß es zuletzt auf der Kleidertruhe gelegen habe. „Laß mich danach suchen", bat sie. Und nach einigem Umhertasten konnte sie es ihm tatsächlich geben. Er ging zum Rauchfang. Dort fragte er nach Bugonoka, obwohl sie unmittelbar in seiner Nähe stand. Seine Frau antwortete ihm im Spaß: „Ei, Namwero, hast du etwa zuviel getrunken?" Er ging darauf ein: „Es kann Wasser oder auch Bier gewesen sein." Darauf mußten Frau und Tochter lachen, und die Frau sagte: „Dazu fällt mir nichts mehr ein. Als du mich nach deinem Buschmesser fragtest, stand unsere Tochter doch gleich neben mir. Hast du sie denn nicht bemerkt?" Namwero erwiderte: „Schon gut, sag ihr, sie soll mir einen flachen Korb bringen, den man sonst zum Worfeln von Getreide benutzt." Bugonoka brachte ihm geschwind einen solchen Korb zum Rauchfang. Der Vater schnitt reichlich vom geräucherten Schinken ab und warf es mit dumpfem Geräusch auf den Worfelkorb. Auch fügte er Rippenfleisch und Innereien hinzu. Dann ging er nach draußen. Nkwanzi rief sofort Barongo herbei und beauftragte sie: „Bring mir grüne Bananenblätter, um das Mehl zuzudecken, und trockene Blätter, um das Fleisch einzuwickeln." Barongo brauchte nicht lange, die Bananenblätter zu holen. Sie trocknete die grünen Blätter ganz schnell am Feuer und gab sie ihrer Tante Nkwanzi, die sehr geschickt im Verpacken war. Bald hatte sie soviel Mehl zu einer einzigen Last verschnürt, daß Bugonoka diese nicht mehr alleine vom Boden heben konnte. Das Fleisch wurde in einem länglichen Korb aus Rietgras verstaut. Danach wies die Mutter Barongo an: „Bring mir eine Schöpfkelle für Öl und einen Tontopf, damit ich Bugonoka Fett zum Würzen des Fleisches mitgeben kann." Barongo konnte der Tante alles sofort anreichen, da es dicht daneben lag. Das Ölgefäß war so groß, daß der gesamte Vorrat der Mutter hineinpaßte und noch Platz darin übrigblieb. Nkwanzi erinnerte Bugonoka daran, ihre neuen Kleider aus Rinderhaut und Ziegenfell mitzunehmen: „Habe ich sie dir nicht gestern erst zurecht gemacht und mit frischem Parfüm versehen?" Bugonka holte die Kleidertruhe aus Baumrinde herbei und nahm ihre zwei Gewänder heraus. Eins davon legte sie an. Sofort verbreitete sich der Duft des Parfüms im ganzen Hause. Die Mutter brachte ihr noch Öl, damit sie ihre Haut damit einreiben konnte. Während sie so beschäftigt waren, hörten sie draußen Namwero fragen, was sie noch solange im Hause zu tun hätten. Sie antworteten ihm, daß sie fertig seien und forderten ihn auf: „Hole die Waffen für den Schwiegersohn und seine Leute, damit sie beizeiten auf den Weg kommen." Die Mutter lud Bugonoka ein, noch schnell mit dem Strohhalm etwas Bier aus den Tontöpfen zu saugen, um sich so für den Heimweg zu stärken. Diese aber lehnte ab: „Ach, laß nur, Mutter, lieber nicht. Wenn ich Bier trinke, kann ich vielleicht nicht so gut laufen. Ihr könnt später mit Lwegana davon trinken. Wenn er kommt, wird er sehr durstig sein. Bekanntlich trinkt er gern Bier. Ich glaube, er wird großen Durst mitbringen."

Man brachte die Waffen der Gäste heraus. Namwero vertrieb inzwischen alle, die sich wegen des Bieres auf den Hof geschlichen hatten: „Ihr alle, die ihr nur zum Biertrinken hergekommen seid, verlaßt sofort das Gehöft! Das Bier ist ausgetrunken! Mein Schwiegersohn hat mir zwei Tonkrüge und eine Kalebasse voll Bier mitgebracht, um meine Verzeihung zu erbitten. Ich geleite jetzt meinen Schwiegersohn ein Stück auf seinem Rückweg. Wenn ich zurückkomme und jemanden antreffe, der sich so aufführt, als habe er selbst dieses Gehöft erbaut, kann er was erleben!" Da wurden die Leute, die bisher alle durcheinander gesprochen hatten, ganz still. Keiner getraute sich, noch länger im Gehöft zu bleiben. Namwero folgte der Reisegesellschaft seines Schwiegersohns und trug die Ziegenhaut, in die Fleisch eingewickelt war. An einer Wegekreuzung sagte er: „Nehmt jetzt eure Waffen in Empfang. Ich will umkehren, damit ich vor Sonnenuntergang noch baden kann. Deine Frau gebe ich dir hiermit zurück. Gehabt euch wohl und macht keine Schwierigkeiten mehr! Wohnt zusammen in Frieden auf eurem Gehöft, und Gott bewahre euch vor allem Übel! Auch unfruchtbare Frauen können verheiratet sein. Wenn Gott deiner Frau die Gabe, Kinder zu gebären, versagt hat, kannst du doch in Würde mit ihr leben." Myombekere verabschiedete sich vom Schwiegervater, und jener wünschte ihm eine gute Reise. Auch die Gefährten nahmen nacheinander Abschied. Ihnen allen gab er seine guten Wünsche mit auf den Weg: „Gehabt euch alle wohl und kommt gesund an!" Myombekere und seine Leute gingen langsam voran, denn Bugonoka war noch weit hinter ihnen zusammen mit ihrer Mutter und einigen anderen Frauen, die sie ein Stück Wegs begleiteten.

Nkwanzi ermahnte ihre Tochter, nicht nachlässig zu sein und sich im Hause ihres Mannes richtig zu verhalten: „Also, du kehrst nun in dein eigenes Heim zurück. Betätige nach Kräften die Hacke auf dem Felde! Und wenn du deine Schwägerinnen, die dich wegen deiner Unfruchtbarkeit gescholten haben, kommen siehst und du gerade etwas Beikost oder Gemüse im Hause hast, koche ihnen schnell einen Hirsebrei dazu, denn schon unsere Vorväter pflegten zu sagen: ‚embwa tiziba ibili! – Vergelte Böses mit Gutem!'"

Kurz darauf kam ihnen der Vater entgegen. Bugonoka kniete vor ihm nieder und sagte: „Gehabt Euch wohl, Vater. Bleibt gesund!" Und er antwortete ihr: „Gehab dich wohl und komm gesund an!" Auch die beiden Frauen, die zu Myombekeres Reisegesellschaft gehörten, verabschiedeten sich in dieser Weise von Namwero. Die Frauen gingen noch ein Stück weiter, und als sie in Sichtweite von Myombekere kamen, blieb die Mutter stehen und verabschiedete sich von Bugonoka und den beiden anderen Frauen. Myombekere rief von ferne: „Lebt wohl, Mutter!" Seine Gefährten taten es ihm gleich. Und sie rief ihnen allen mit lauter Stimme zu: „Ja, meine Kinder, geht nun und kommt wohlbehalten bei euch an!"

Die Cousinen, unter ihnen Barongo, gingen noch ein Stück weiter, bis sie auf die Gruppe der Männer trafen. Dann verabschiedeten auch sie sich: „Nehmt nun eure Sachen. Wir haben euch jetzt lange genug begleitet. Wir wollen euch nicht aufhalten, damit ihr nicht in die Dunkelheit kommt. Die Sonne steht schon hoch am Himmel. Und wenn ihr zu Hause ankommt, wird sie bereits untergegangen sein." Myombekere meinte darauf: „Bei diesem Sonnenstand könnten wir ohne die Begleitung von Frauen noch rechtzeitig vor der Dunkelheit zu Hause eintreffen. So aber weiß ich nicht, ob es uns gelingt. Vielleicht kommen wir erst an, wenn sich die Rinder schon zum Schlafen niedergelegt haben, meine Schwägerinnen." Barongo, welche bisher die Last mit dem Mehl getragen hatte, trat nahe an Myombekeres Nichte heran und sagte: „Nehmt nun eure Sachen und entscheidet selbst, wer was trägt!" Da nahm die Nichte das Bündel und ließ es sich von den anderen auf den Kopf setzen. Während sie noch den Tragring aus Stroh auf ihrem Kopf zurechtrückte und mit dem Hals ins Gleichgewicht zu bringen versuchte, ging plötzlich Nakutuga auf sie zu und riß ihr das

Bündel vom Kopf. Er setzte es sich selbst auf und befahl ihr, ihm den Tragring unterzulegen: „Beeilt euch, denn die Last drückt schwer auf meine Glatze! Ich werde schon mal vorangehen, während ihr euch noch unterhaltet." Barongo und ihre Begleiterinnen mußten darüber lachen. Er schaute sich aber nicht weiter nach ihnen um und verabschiedete sich auch nicht von ihnen, sondern humpelte eilig hinter den anderen Männern her. Nachdem Nakutuga ein Stück entfernt war, fragte Barongo: „Leute, ist dieser Mann nur böse oder verrückt? Was könnte ihn wohl geärgert haben?" Myombekere erklärte ihnen: „Nein, er ist weder böse noch verrückt. Auch hat ihn nichts geärgert, wie ihr vermutet. Es ist nur seine Art, sich schnell an eine Arbeit zu machen. In Wahrheit will er nicht, daß wir durch diese Last daran gehindert werden, schnell vorwärts zu gehen und deswegen erst nach Sonnenuntergang ankommen. Das ist alles."

Nachdem sich Barongo von Bugonoka verabschiedet hatte, ging sie zu Myombekere. Sie faßte ihn an den Schultern: „Was sagst du nun, Schwager? Habe ich dir nicht das letzte Mal gesagt, du solltest uns das Bier schnell bringen, damit wir uns erfrischen und unseren Kummer vergessen könnten? Außerdem sagte ich dir vorher, du werdest mit deiner Frau noch am selben Tage, an dem du das Bier gebracht hättest, zu dir zurückkehren können. Habe ich nun recht behalten?" Myombekere bestätigte ihr: „Ja, in der Tat, du hast recht gehabt. Unsere Vorväter sagten: ‚Wenn ein Kind wahr spricht und verrät, was am Abend im Hause heimlich gegessen wurde, dann geben es auch die Erwachsenen zu und reden nur noch die lautere Wahrheit.'" Barongo wollte aber noch nicht von ihrem Schwager ablassen und sprach daher weiter: „Sieh dir diejenige an, die du heute mitnimmst. Sieh, wie sie ihre Haut mit Öl eingerieben hat und wie wohlgenährt sie ist. Siehst du, wie schön ihr das Gewand aus Rinderhaut steht? Da ihr Männer alle verrückt seid, weh dir, wenn du meine Cousine zu Hause in einer üblen Laune schlägst oder sie einsperrst wie eine Diebin! Wenn ich euch besuche und feststelle, daß du sie wie einen Hund behandelst, dann, Schwager, werde ich sie dir endgültig wegnehmen und hierher zurückbringen, damit sie von einem anderen geheiratet werden kann." Myombekere erwiderte: „Nein, Schwägerin, so nicht! Aber kann es denn nicht vorkommen, daß diejenigen, die zusammenleben, mal miteinander in

Streit geraten? Deswegen kannst du mir doch nicht die Frau wegnehmen wollen, als ob ich der einzige im Lande wäre, der so etwas tut. Alle machen es so. Zankst du dich etwa niemals mit deinem Mann?" – „Doch, wir streiten uns schon. Deswegen habe ich ja auch vorhin gesagt, daß fast alle Männer verrückt sind. Und wenn ihr nicht verrückt wäret, wie könntet ihr dann die Töchter anderer grundlos verletzen und mit Stöcken schlagen, als ob sie ein lebloser Gegenstand wären! Irgendwie verrückt sind wir alle, Schwager. Das trifft nicht nur auf einzelne zu. Es gibt aber zwei Sorten von Verrückten: Die einen erkennt man nicht, weil sie ordentliche Kleider tragen. Ihre Worte und Taten verraten jedoch ihren Wahnsinn. Sie bilden die Mehrheit. Die zweite Sorte von Verrückten wirft die Kleider von sich, geht splitternackt umher und redet Blödsinn. Deswegen erkennt man sie leicht, obschon sie eine Minderheit darstellen. In diesem Sinne, Schwager, gehab dich wohl!" Sie verabschiedeten sich alle voneinander, und Myombekeres Leute übernahmen die Lasten. Dann trennten sie sich endlich: Die einen machten sich auf den Weg in ihre Heimat, die anderen kehrten ins Gehöft zurück.

Da die Gefährten Mymbekeres viel Bier getrunken hatten, gerieten sie bald in die Stimmung, nach Art der Hochzeiter ein Lied anzustimmen:

Yahoo! Hooyee!

Wir bringen die Braut mit.
Wir haben sie nicht zurückgelassen, yee!

Yahoo! Hooyee! (Refrain, von allen gesungen)

Das ist die Braut,
Sie ist ganz mit Fett eingesalbt, yee!

Yahoo! Hooyee!

Die Frauen trillerten dazu mit der Zunge. Jedesmal wenn sie sich einem Gehöft näherten, fingen sie wieder an, dieses Lied zu singen.

Auch die Frauen machten mit. Als letzter wurde Myombekere von der guten Laune angesteckt. Sie lachten die ganze Zeit.

Seit Nakutuga die Last mit dem Mehl auf sich genommen hatte, war er ihren Augen entschwunden. Jedes Mal, wenn sie jemanden vor sich hergehen sahen, dachten sie, es sei Nakutuga. Aber wenn sie näher herankamen, erkannten sie, daß sie sich geirrt hatten. Sie strengten sich an, ihn durch schnellere Schritte einzuholen. Er aber war nirgends mehr zu sehen.

Unterwegs trafen sie Lweganwa, den Bruder Bugonokas, auf dem Rückweg von seiner Hochzeit. Er wurde nur von seiner Frau und einer Brautjungfer begleitet. Sie begrüßten einander, und Bugonoka lupfte zum Spaß den Schleier vor dem Gesicht ihrer neuen Schwägerin, so als ob sie ihn ihr entreißen wollte. Da sahen sie alle das Gesicht der jungen Frau Lweganwas und sagten bewundernd: „Lweganwa hat wahrlich eine Schönheit zur Frau genommen!" Als Myombekeres Leute Lweganwa fragten, ob er ihren Gefährten mit der großen Last auf dem Kopf getroffen habe, bestätigte er dies: „Ja, wir haben ihn im Fluß baden sehen. Es ist jemand, der hinkt, nicht wahr?"

Myombekeres Gruppe ging daraufhin noch schneller. Die Leute wollten sich mit eigenen Augen davon überzeugen, daß sie sich keine Sorgen um ihren Gefährten zu machen brauchten. Schließlich hatten sie am Morgen an eben diesem Fluß die gefährliche Situation mit der Pythonschlange erlebt. Am Fluß trafen sie tatsächlich auf Nakutuga, der sich im Schatten eines omugege-Baums ausruhte. „Du hast uns Sorgen gemacht, Nakutuga. Bis hierher bist du also gegangen!" – „Wieso habe ich euch Sorgen gemacht?" Und sie erklärten ihm: „Wir dachten schon, du seist unterwegs irgendwo in ein Gebüsch gegangen, um deine Notdurft zu verrichten und wir wären an dir vorbeigelaufen." Nakutuga erwiderte: „Habe ich euch nicht gesagt, gebt mir das Bündel und laß mich vorausgehen, falls ihr euch unterwegs noch unterhalten wolltet? Wäret ihr mit mir gekommen, wären wir dann nicht schon weiter? Ich bin schon lange hier. Hört mal zu, ich habe gebadet, meine Notdurft verrichtet und sogar noch etwas geschlafen. Als ich euer Lied hörte, bin ich aufgewacht. Eigentlich wollte ich mich sofort wieder auf den Weg machen, aber mein Gewissen hat mir geraten, auf euch zu warten, damit wir gemeinsam weiterwandern können." Die

Gefährten fragten ihn tadelnd: „Nakutunga, hast du denn keine Angst? Erst heute ist uns hier bei Sonnenaufgang eine ungewöhnlich große Python begegnet. Wie konntest du nur allein in diesem Fluß baden? Du bist sehr mutig, deswegen kann dich keiner verachten." Nakutuga erwiderte: „Glaubt ihr, daß seit heute morgen keiner außer uns im Fluß gebadet hat? Meiner Meinung nach ist es sinnlos, sich zu fürchten. Wenn Gott will, daß du stirbst, wird dir all deine Vorsicht nichts nützen. Du wirst augenblicklich sterben und kannst, auch wenn du vorsichtig bist, nicht eine Sekunde länger leben." – „Wir müssen zugeben, daß du recht hast. Deine Worte sind äußerst klug. Aber es gibt ein Sprichwort unserer Vorväter, das besagt: ‚Der Herrgott schützt dich, und du beschützt dich selbst.' Wozu trägst du denn das Amulett, Nakutunga?" – „Wenn ihr es wissen wollt, sage ich es euch gern. Ein Heiler hat es mir gegeben, um mich in Zukunft vor der Krankheit zu schützen, die mir damals das Hinken eingebracht hat." Und die Gefährten fragten weiter: „Ja und? Ist das etwa kein Selbstschutz? Wenn nicht, wo fängt dann der Selbstschutz an?" Worauf alle in Gelächter ausbrachen.

Sie schickten die Frauen voraus und entledigten sich ihrer Kleider, um nackt ins Wasser zu springen. „Laßt uns erst baden. Das wird das Völlegefühl beseitigen! Danach können wir um so leichter weiterwandern!" Einer von ihnen meinte: „Diese Völle hat mir stechende Schmerzen im Bauch verursacht. Ich habe zwar mit euch gemeinsam gesungen, aber eigentlich war ich erschöpft. Nun, da ich ins Wasser gesprungen bin, sind die Schmerzen wie weggeblasen. Wenn man sich so überhastet mit Essen vollstopft, wie wir es getan haben, verursacht es einem hinterher Beschwerden und man ärgert sich nur noch. Jetzt habe ich schon wieder Hunger und könnte so richtig viel essen." Ein anderer aus der Gruppe fragte ihn: „Soll ich dir den Grund nennen, warum sich die Leute nicht überessen, wenn sie zu Besuch sind?" – „Ja, sage ihn mir, mein Freund!" – „Es ist ihre Scham!" – „Wieso soll man sich beim Essen schämen können?" – „Ei, du verstehst nicht, was ich mit Scham beim Essen sagen will?" Er lachte aus vollem Halse. „Tu nicht so wie ein Kind! Wenn du irgendwo zu Besuch bist, kannst du dann schicklicherweise unmittelbar nach dem Essen sagen, daß du jetzt aufs Klo gehen möchtest? Oder willst du lieber in Anwesenheit der anderen furzen müssen? – puuup! Da müßte man sich doch schämen oder nicht?" Die anderen lachten und bestätigten ihm: „Das ist in der Tat der Grund, warum wir uns mit dem Essen zurückhalten, wenn wir zu Besuch sind, und dort weniger essen als zu Hause."

Nach dem Baden nahmen sie ihre Kleider und Waffen in die Hand und rannten nackt hinter den Frauen her, bis das Wasser an ihren Körpern getrocknet war. Noch ehe sie die Frauen erreichten, kleideten sie sich wieder an. Dann halfen sie den Frauen, die Lasten zu tragen, die ihnen von Myombekeres Schwiegereltern mitgegeben worden waren. Dabei schritten sie kräftig aus. Unterwegs zeigte Myombekere seiner Frau das Gehöft, in dem er sich bei seiner ersten Reise vor dem großen Regen untergestellt hatte. Bugonoka wollte es ganz genau ansehen und fragte nochmal nach, welches Gehöft es sei. Myombekere zeigte mit dem Finger darauf und erläuterte ihr: „Es war dort drüben, wo die vielen Wolfsmilchgewächse stehen. Folge doch der Richtung meines Fingers! Siehst du, dort wohnt ein großer Regenmacher." Nachdem Bugonoka die Bäume gesehen hatte, sagte sie nur: „Dort also war es!" Die Gefährten wollten aber Näheres wissen. Myombekere erzählte ihnen daher: „Dort drüben wohnt ein Regenmacher. Ich habe ihn vor einiger Zeit selbst beobachtet, als ich mich dort vor dem Regen unterstellte. Es fällt mir schwer zu erzählen, was ich gesehen habe, und ich möchte nicht als Lügner bezeichnet werden. Aber bis an mein Lebensende werde ich das Erlebnis nicht vergessen. Laßt uns lieber über etwas anderes reden! Lauft schneller, Männer! Bald sind wir am Ziel! Da wir bei diesem Sonnenstand das Wäldchen hier erreicht haben, werden wir noch vor Einbruch der Dunkelheit zu Hause eintreffen." Der Vorsänger stimmte wieder sein Lied an, und die anderen antworteten wie zuvor mit dem Refrain.

Kurz vor Sonnenuntergang trafen sie singend im Gehöft Myombekeres ein. Es war die Zeit, wo die Rinder von der Weide getrieben werden, wo die Frauen die gesäuerte Milch schütteln, ebibabi-Zweige zum Säubern der Melkgefäße schneiden und die Kälber zum Säugen losbinden. Da zogen sie mit ihrem Hochzeitslied in das Gehöft ein.

KAPITEL 9

Bugonoka kehrt zu Myombekere zurück

Als die Männer und Frauen der Nachbarschaft das Singen in Myombekeres Gehöft hörten, stürzten sie alle herbei, um zu sehen, ob Myombekere seine Schwierigkeiten überwunden hatte. Sie staunten nicht schlecht: „Ei, ist das nicht Bugonoka?" Sie fragten sich untereinander: „Ist das nun Bugonoka oder vielleicht eine andere Frau? Wenn es Bugonoka ist, seit wann ist sie so dick?" Die Weggefährten klärten sie auf: „Es ist tatsächlich Bugonoka, denn wir haben sie hergebracht." Nachdem die Leute genug gestaunt hatten, gingen sie in ihre Gehöfte zurück, und es blieben nur diejenigen zurück, die Myombekere geholfen hatten, das Bier zu seinen Schwiegereltern zu tragen.

Myombekere machte sich daran, das im Ziegenfell mitgebrachte Fleisch in kleine Stücke zu schneiden. Anschließend gab er es zum Kochen der alten Frau, die während seiner Abwesenheit zum Einhüten auf dem Gehöft zurückgeblieben war.

Der Junge Kagufwa holte inzwischen die Rinder ins Gehege. Nachdem die Stechfliegen, die Rinder und Menschen abends beim Melken belästigen, ruhiger geworden waren, forderte er das Mädchen auf, ihm Wasser zu bringen. Er wollte sich vor dem Melken die Hände waschen. Dann melkte er alle Kühe.

Als die alte Frau bemerkte, daß das Wasser im Topf kochte, wies sie Myombekeres Nichte an, den Hirsebrei zuzubereiten. Nachdem das Essen gar war, wurde es sogleich aufgetischt. Da viele Männer daran teilnahmen, war es auch schnell aufgegessen. Der Junge rief schon bald die Frauen aus dem Haus herbei, sie sollten das Geschirr abräumen. Bugonoka aß an diesem Abend nichts, so brachte sie selbst den Männern warmes Wasser zum Händewaschen und räumte das Geschirr weg.

Seit urdenklichen Zeiten befolgen alle Frauen die Sitte, nichts zu essen, wenn sie von ihren Eltern oder Verwandten ins eheliche Gehöft zurückkehren. Vielleicht kommt dieser Brauch daher, daß sie meistens erst am Abend bei sich zu Hause eintreffen. Genau weiß ich es aber nicht.

Nach dem Essen holte Myombekere seinen Nachbarn Kanwaketa und dessen Frau samt der beiden großen Söhne auf sein Gehöft. Jener hatte ihm bekanntlich seine Tochter als Begleitung zu den Schwiegereltern mitgegeben. Auf Kanwaketas Gehöft blieben nur die kleinen Kinder mit einer Großmutter, die schon alt und gebrechlich war, zurück. Myombekere warf trockenes Schilfgras und einige Holzscheite in das Feuer auf dem Vorplatz. Vorher war es dunkel gewesen, dadurch wurde es nun auf einmal ganz hell.

Nachdem die Holzscheite richtig angebrannt waren, schickte Myombekere zwei Männer ins Haus und ließ sie einen großen Tontopf mit Bier heraustragen. Als die Leute am Feuer das sahen, klatschen sie voller Freude in die Hände und bedankten sich auf Kerewe mit den Worten: „Kampire, kampire, kampire!" Es wurde viel gelacht, und alle waren ausgelassen und fröhlich. Jemand machte mit der Ferse seines rechten Fußes eine kleine Vertiefung in den Sandboden und rief: „Stellt das Tongefäß nur hierhin, ihr Männer!" Myombekere beauftragte den Knaben Kagufwa, das Bier an die Leute auszuteilen. Kagufwa deckte darauf den Tonkrug ab und nahm die Schöpfkelle und eine hölzerne Trinkkalebasse, die Myombekere von Kanwaketas Gehöft mitgebracht hatte, in die Hand.

Bugonoka schickte die Nichte Myombekeres ins Haus: „Ich glaube, es gibt dort eine Kalebasse, in welche wir unseren oburogo-Anteil am Bier – ursprünglich die Probe der Frauen, um zu verhindern, daß das Getränk die Männer verzaubern oder vergiften könnte – abfüllen lassen." Das Mädchen fand das Gefäß, säuberte es und brachte es dem Verteiler des Bieres. Dieser goß es voll und übergab es den Frauen als ihr Entzauberungsbier. Zuerst wurde es der alten Frau gereicht, die während Myombekeres Abwesenheit als Aufseherin auf dem Gehöft zurückgeblieben war. Sie kostete ein wenig und gab es dann an die anderen Frauen weiter. Alle tranken nacheinander davon.

Erst danach schöpfte der Austeiler des Bieres jedem erwachsenen Mann, einem nach dem anderen, das Trinkgefäß randvoll. Ein jeder trank es bis auf den Grund aus. Bei der zweiten Runde wurden auch die jungen Männer bedacht. Erst am Ende gönnte sich der Austeiler selbst eine Portion Bier. Sie war nicht allzu groß bemessen, weil er Angst hatte, betrunken zu werden und sich dann unziemlich vor den Erwachsenen aufzuführen. Nachdem alle getrunken hatten, machten sie erst einmal eine Pause.

Nach einer Weile ließen sich die Frauen vernehmen: „Wieso teilt ihr uns bloß eine kleine Bierprobe zu, um den Zauber zu lösen? Kann nicht jede von uns einen echten Anteil bekommen?" Erst da dachten die Männer auch an sie: „Die Frauen haben ja recht! Gebt jeder ihren Teil in die Trinkkalebasse! Auch sie sollen richtig trinken! Laßt sie nicht nur mit der Nase genießen und dabei den Mund vergessen!" Der Austeiler folgte diesen Worten, und jede Frau bekam ihren Anteil.

„Mein Kind, schenk den Leuten reichlich ein", forderte Myombekere den Austeiler auf, „damit sie viel trinken. Sie sollen nicht nur so vor sich hinsüffeln, als ob sie keinen Anteil an der Arbeit hätten, die hinter uns liegt. Hätten diese Leute sich geweigert, mir zu helfen, wer hätte mir dann geholfen? Da wir keinen Mangel leiden, haben sie es verdient, an unserem Überfluß teilzuhaben. Genau das meinten unsere Vorväter, wenn sie sagten: ‚Du mußt das Kind des anderen, das du beauftragst, dir Hirse aus dem Speicher zu holen, angemessen belohnen.' Einem Menschen gegenüber, der dir auf deine Bitten hin selbstlose Hilfe gewährt, mußt du dich sehr dankbar erweisen." Der Austeiler fuhr eifrig fort, jedem sein Bier einzuschenken. Auch den Frauen goß er immer wieder ein.

Als sie alle noch nüchtern waren, führten sie eine vernünftige Unterhaltung. Sie konnten einander gut verstehen, weil immer nur einer redete, während die anderen ihm zuhörten. So sprachen sie über viele Dinge: Über die toten und die noch lebenden Herrscher, über ihr eigenes Wohngebiet und das der anderen, über Kriege und wie man jagdbare Tiere mit Pfeil und Bogen am besten erlegen kann, wie man besonders wilde Tiere meidet oder tötet, über das Heiraten und die Liebe, über Schwangerschaft, Geburt und Unfruchtbarkeit, über den Reichtum mancher Leute an Haustieren und anderen Sachen, über die Laster und Sitten der anderen undsoweiter. Man kann gar nicht alles aufzählen, was die Leute so beim Bier besprechen. Nachdem jedoch das Bier seine Wirkung in ihren Köpfen zu entfalten begann, fingen sie an zu lärmen und Blödsinn zu reden. Sie teilten sich in kleine

Gesprächsgruppen auf. Die Jungen sonderten sich ab, und so auch die Frauen. Am Ende redeten alle durcheinander. Keiner hörte mehr auf den anderen. Hinzu kam, daß einige unter ihnen ständig austreten mußten. Der Abend schritt immer mehr voran, und es kam die Zeit, in der Hyänen, Stachelschweine und andere Nachttiere herumstreunen. Da erhob Myombekere seine Stimme: „Hört mal alle zu! Bier haben wir in Hülle und Fülle, aber es fehlt uns der Begleiter des Bieres." – „Wer ist das?" fragten die Leute. – „Enanga, eine Laute!" sagte er schnell. – „Das haben wir uns im Stillen auch schon gedacht, aber wir wollten es nicht äußern, weil wir nicht wußten, ob es dir heute angenehm wäre." – „Warum nicht", erwiderte Myombekere, „schließlich haben wir ja keinen Trauerfall. Aber selbst dann wäre heute ein Tag, an dem man die Trauer unterdrückt. Wie ihr wißt, vermag Bier Kinder, Erwachsene und selbst Alte zum Umherspringen und Tanzen zu verleiten!" – „Ja, das ist richtig", stimmten alle zu. „Bringt eine Laute, damit wir uns von ihrer Musik anregen lassen!" Kanwaketas Söhne machten sich eilig auf, ein solches Instrument aus ihrem Gehöft zu holen. Myombekere ließ inzwischen durch seine Nichte einen neuen, noch unberußten Tontopf aufstellen. Er sollte der Laute als Resonanzkörper dienen. Die Söhne Kanwaketas brachten eine vollständig bespannte Laute und gaben sie Myombekere, weil er sich mit dem Spielen der alten Saiteninstrumente auskannte. Auch galt er als ein begabter Textdichter von Lautenliedern. Er kannte alle Lautenmelodien und hatte eine sehr angenehme Singstimme, welche die Leute gerne hörten. Wenn er sang, war seine Stimme stets im Einklang mit der Melodie der Laute, die er geschickt zu zupfen wußte.

Myombekere begann seinen Vortrag mit dem Klagelied einer Frau von einst über den Tod ihres Mannes. Diese Frau, die kinderlos geblieben war, hatte ihren Mann sehr geliebt und verehrt. Als Myombekere ihre Trauer über den Verlust des Mannes mit seiner Stimme nachahmte, wurden die Leute auf einmal nüchtern, stellten ihr Lärmen ein und hörten ihm andächtig zu. Myombekere selbst bereitete es Freude, die Laute zu spielen und dazu zu singen. Zwischen den einzelnen Strophen summte er laut die Melodie, die er mit den Fingern zupfte. Dann unterbrach er das Klagelied und trug ein Lied über die Untaten des Königs Lukonge vor:

Salala ni izoba
Lukwasilwandalira,
ninkugambira nti:
Okuleta esalala.

Das bedeutet:

Verdorben ist die Sonne.
Vor dem Fluch des Herrschers Lukonge
habe ich dich gewarnt:
du wirst Verderben bringen!

Da begannen die Frauen zu trillern: ililililili. Als Myombekere das
hörte, fuhr er wieder mit seinem ersten Lied fort. Er trug nun vor, wie
die arme kinderlose Frau die ganze Nacht allein bei der Leiche ihres
Mannes die Totenwache hielt und bei ihm klagte und seine Taten
rühmte, bis er am folgenden Tage zu Grabe getragen wurde. Er sang
davon, wie sie vier Tag lang nach der Beerdigung die Totenklage hielt.
Kopf und Leib hatte sie zum Zeichen der Trauer mit schwarzen Schnüren aus Bananenbast umschlungen. Tag und Nacht weinte und klagte
sie einsam im Gedenken an ihren verstorbenen Mann. Myombekere
sang davon, wie jene Frau am fünften Tag der Trauer nach Sitte der
Kerewe zum Fluß ging, um sich zu reinigen und den Todesfluch von
sich zu waschen, wie sie ziellos mit ihren Armen im Fluß ruderte und
sich immer wieder in großem Leid an den Kopf faßte. Vielleicht, daß
ihr Mann doch noch irgendwo zu finden sei. Dann erzählte er, wie die
Teilnehmer an der Totenklage, die von der übergroßen Trauer dieser
Witwe berührt waren, sie mit Worten zu trösten versuchten: ‚Beruhige
dich, Mama, von solcher Pein bleibt keiner auf Erden verschont, auch
du nicht!' Und Myombekere berichtete, daß die Frau wiederum in lautes Weinen ausbrach und zu den Verwandten ihres Mannes sagte:
‚Kommt und zählt euer Erbe, das euch der Verstorbene hinterlassen
hat! Nicht, daß ihr später sagt, ich hätte etwas vor euch verborgen. Ich
bin nur eine unfruchtbare Kuh, die für die Gäste geschlachtet wird.
Wie werde ich dereinst sterben? Ich, die ich keine Sippe und keine
Familie habe! Bei wem soll ich Zuflucht suchen und wer wird mich in

sein Gehöft aufnehmen? Es ist besser, daß ich im Wald umkomme. Dort gibt es keine Menschen, die mich verlachen!'

Als die Zuhörer noch ihren traurigen Gedanken über das Schicksal jener kinderlosen Witwe nachhingen, rief Myombekere laut nach seiner Frau: „Bugonoka yee!" Und sie antwortete: „Be! Tuishi pamoja, mume wangu – Laß uns zusammenbleiben, mein Gatte!" Sie erhob sich freudig und ergriff die Hand ihres Mannes, während sie über das ganze Gesicht strahlte und mit der Zunge trillerte – ililili! „Bleib stets gesund, mein Mann!" – Worauf er erwiderte: „Gott schenke uns ein angenehmes und langes Leben, mein Liebling!"

Danach begann er auf der Laute ein anderes Lied zu spielen, wozu er wieder seine angenehme Stimme erklingen ließ. Man nannte das Lied Amalende. Es handelte vom Lob der schönen Frauen; von solchen, die noch lebten, und anderen, die schon gestorben waren. Bei den Leuten war es äußerst beliebt, weswegen die Zuhörer in die Hände klatschten, als er es anstimmte. Myombekere besang bis zum Ende des Liedes alle anwesenden Frauen. Dann schien es so, als wollte er aufhören zu spielen. Die Leute bedrängten ihn und riefen: „Gebt ihm Bier, damit er weiter die Laute für uns spielt. Und wenn er Schnupftabak haben möchte, so gebt ihm welchen. Ehe wir diese Festgabe nicht bis zur Neige ausgekostet haben, können wir nicht nach Hause gehen." Der Austeiler des Bieres gab daraufhin Myombekere einen vollen Becher. Dieser trank ein wenig davon und reichte ihn dann an seine Frau Bugonoka weiter. Danach gab er ihn der Tochter Kanwaketas und zum Schluß der alten Frau, die während seiner Abwesenheit bei ihm auf dem Hof die Aufsicht geführt hatte. Sie alle tranken aus dem Becher und leerten ihn.

Da bemerkte die Frau Kanwaketas: „Einige unter uns haben es doch wirklich gut! Sie haben Männer, die ihnen Bier ausschenken. Aber, meine Gefährtinnen, wo finde ich einen solchen Mann?" Nach diesen Worten stand sie auf, um auszutreten. Als sie in die Runde zurückkehrte, lachten die Frauen. Worauf sie sagte: „Lacht ihr über mich, so als ob ich mich vollgepinkelt hätte? Treibt nicht solche Scherze mit mir!" Die Frauen beruhigten sie: „Keinesfalls, wir lachen nur über deine Worte, die du sprachst, bevor du dich erleichtern gingst, weil du gesagt hast, du habest keinen Mann. Nun, ist Kanwaketa nicht hier? Bitte ihn doch, daß er dir zu trinken gebe!" Darauf schwiegen sie still.

Nachdem wieder Ruhe eingekehrt war, schöpfte der Bierausteiler eine weitere Runde. Zunächst bot er das Trinkgefäß Myombekere an, das nächste aber gab er Kanwaketa. Dieser trank einen Schluck und atmete kräftig aus. Dann füllte er eine Trinkkalebasse mit Bier und reichte sie seiner Frau mit den Worten: „Nimm sie hin, meine Frau, denn du bist die Erbauerin des Gehöfts und die Bedeckerin seines Daches." Alle Anwesenden lachten darauf.

Er nannte seine Frau eine ‚Erbauerin des Gehöfts', weil sie ihm zwei Knaben geschenkt hatte, die bereits unter ihnen saßen und Bier tranken. Und die Bezeichnung ‚Bedeckerin des Daches' gab er ihr wegen der Geburt der Tochter, die Myombekere zu den Schwiegereltern begleitet hatte.

Kanwaketas Frau dankte, als sie das Bier entgegennahm: „Danke sehr, mein Mann, jetzt bin ich glücklich!" Die übrigen Frauen bemerkten dazu: „Kanwaketa wollte wie ein kinderloser Mann alleine trinken. Loo! Er wollte dir das Getränk vorenthalten, als wenn du nicht hier wärst!"

Weil sie häufig Bier trank, kannte Kanwaketas Frau alle Bezeichnungen für die Trinkgefäße im Lande. Darum fragten ihre Gefährtinnen sie danach. Die Frau Kanwaketas wich jedoch aus: „Ja, es stimmt, jedes Biergefäß hat seinen eigenen Namen auf dieser Insel." Die anderen Frauen drangen in sie: „Und wie lauten sie?" Worauf sie unmißverständlich antwortete: „Krüge, die niemals ohne Bier sind, heißen ‚nantagalala' – d. h. ‚ich möchte meine Ruhe haben'." Sie mußten alle lachen, und als sie sich wieder beruhigten, gab der Bierausteiler jeder Frau eine weitere Portion. Da waren sie endlich alle zufrieden.

Myombekere fragte in die Runde, welches Lied sie nun von ihm hören wollten. Einige wollten nur irgendeine Melodie hören, die Myombekere in den Sinn käme, zu der man gehörig tanzen und mit den Schultern nicken könne. Andere meinten: „Spiel für uns doch Nakasense, das gefällt uns besonders!" Er aber dachte lange nach, welches Lied ihm in den Sinn käme. Zunächst einmal stimmte er die Saiten, die durch die Nachtfeuchtigkeit ihre Spannung verloren hatten. Dazu mußte er sie vorher am Feuer trocknen.

Nachdem er die Laute sorgfältig gestimmt hatte, steckte er ein Ende davon des besseren Klangs wegen in den Tontopf und forderte die

Leute auf zu schweigen. Als es ruhig geworden war, fing er an, auf der Laute zu klimpern und nach einer Melodie zu suchen. Schließlich kam ihm eine in den Sinn. Er griff stärker in die Saiten und summte dazu, bis ihm das Lied wieder ganz ins Gedächtnis zurückkehrte. Es hieß Nakulinga und handelte von den Taten eines Menschen dieses Namens, der einst großes Unheil über die Insel Kerewe gebracht hatte. Myombekere bat die Leute nochmals um Ruhe, dann fing er an zu singen:

Ole wake Nakulinga, jama!
Das Schicksal von Nakulinga, Leute!

Ole wake Nakulinga, jama!
Das Schicksal von Nakulinga, Leute!

Jitu la Bururi, jama!
Der Riese von Bururi, Leute!

Jitu la Bururi, jama!
Der Riese von Bururi, Leute!

Kaleta na Mazungu, jama!
Er wurde von Weißen gebracht, Leute!

Mazungu ya Ulaya, jama!
Von Weißen aus Europa, Leute!

Mazungu hayana Rafiki!
Die Europäer haben keine Freunde!

Urafiki wao ni Fimbo!
Ihre Freundschaft ist der Stock!

An dieser Stelle fingen die Frauen an zu trillern: keye, keye, keye. Auch die Männer wurden von der Melodie und dem Vortrag Myombekeres ergriffen. Einige standen auf, banden ihre Gewänder um die Taillen fest zusammen und begannen, jeweils zu zweit, zu tanzen. Diejenigen, die sitzen geblieben waren, feuerten sie mit den Worten an: „Klatscht in eure Hände aus Freude über unsere Nähe und guckt vom Schilfrohr ab, wie man die Schultern richtig zum Tanze bewegt." Da zerriß lautes Klatschen die Luft im Takt mit der Laute und dem Sänger. Die Tänzer bewegten kraftvoll ihre Schultern und bogen ihre Körper, als wenn sie ohne Eingeweide wären. Dazu jubilierten die Frauen: keye, keye, keye! Als die Frauen sahen, wie die Tänzer ihre Schultern und Körper bewegten, als ob sie keine Knochen hätten, trillerten und jubilierten sie noch lauter. Und verstohlen entfernten sie den Schmuck von ihren Armen und Beinen, um einen Tänzer ihrer Wahl umtanzen zu können. Eine nach der anderen stand auf, ging zur Tanzfläche und ahmte die Bewegungen der Tänzer nach, wobei sie sich tanzend auf den Mann ihrer Wahl zubewegte. Wenn sie ihn erreichte, fing sie an zu trillern und um ihn herumzutanzen, so oft es ihr beliebte.

Die ersten beiden Tänzer, die müde wurden, gingen zum Bierverteiler und baten ihn: „Junger Mann, gib uns Bier zu trinken. Wir haben so viel getanzt, daß von dem früheren Bier nichts mehr im Bauch ist." Der Junge goß ihnen darauf ein Trinkgefäß randvoll und forderte sie auf, zu zweit daraus zu trinken. Als die anderen Tänzer das sahen, wollten sie alle etwas zu trinken haben. Der Bierverteiler schöpfte darauf allen eine neue Runde und gab auch den Frauen und Myombekere etwas.

Die Tänzer hatten zu tanzen aufgehört, weil sie selbst müde waren und weil sie auch Myombekere Gelegenheit geben wollten, seine Finger auszuruhen. Bevor es jedoch dazu kam und Myombekere seine Melodie beendet hatte, bedrängten die Frauen die drei Knaben auf dem Gehöft, nämlich den Bierverteiler und die beiden Söhne von Kanwaketa: „Kommt, erhebt euch und zeigt uns, wie ihr tanzt!" Die Jungen standen tatsächlich auf und gingen zum Tanzplatz, wo die Männer saßen. Dabei schwankten sie, als ob sie jeden Augenblick umfallen würden. Als dies die erwachsenen Männer sahen, spotteten sie: „Ei, die Jungen sind ja völlig betrunken. Das wird ein schöner Tanz werden!" Die Knaben baten Myombekere, für sie noch einmal die Nakasense-Melodie auf der Laute zu spielen. Dazu wollten sie tanzen. Als es wieder ruhig geworden war, begann Myombekere diese Melodie auf der Laute zu zupfen.

Leser, du fragst, was Nakasense bedeutet? Warte, ich will es dir erklären: Nakasense ist der Name einer Frau, die vor langer Zeit lebte. Sie hatte eine überaus schöne Figur, und ihr Gesicht war noch schöner. Dazu besaß sie einen guten Charakter. Sie kleidete sich in hübsche Gewänder aus Leder und war im ganzen Kerewe-Land bekannt. Um sie zu preisen, schlug man überall auf der Insel die Saiteninstrumente.

Zunächst spielte Myombekere nur die Melodie und summte leise dazu, ohne die Worte deutlich auszusprechen. Dann aber wurde er lauter und sang alles, was er zum Ruhme Nakasenses wußte:

> Du meine Nakasense!
> Oh, berühmte Nakasense!
>
> Dein Gang ist wunderschön!
> Oh, berühmte Nakasense!
>
> Wenn du badest, ist das wunderschön!
> Oh berühmte Nakasense!
>
> Du meine Nakasense!
> Wenn du Gäste empfängst, ist das wunderschön!
>
> Sie beschreitet den Weg des Meeres!
> Oh, berühmte Nakasense!
>
> Sie ist mein Gast!
> Welches Gastgeschenk soll ich ihr geben?
>
> Sie kommt gutgekleidet!
> Oh, berühmte Nakasense!
>
> Wenn wir zu zweit baden, ist das wunderschön!
> Hochgepriesene Nakasense!

Als Myombekere seine Stimme senkte und nur noch „Du Sense, Sense, Sense, Sense, Sense" sang, sah man die drei jungen Männer so aufeinander abgestimmte Bewegungen machen, als ob nur eine einzige Person tanzte. Ihre Körper bogen sich so geschmeidig, als seien sie ohne Knochen. Die Leute klatschten laut Beifall: pua pua pua, kabatu pua! Die Jungen hatten einander ihre Körper zugewandt. Wenn man sie so sah, konnte man denken, sie zerfielen gleich in zwei Teile. Sie bogen sich wie Wespen, und unter den anderen war keiner, der sie durch anmutigere Bewegungen hätte überbieten können. Die Zuschauer hatten ihre Freude an dem Tanz und forderten sie auf, auch ihre Rücken zu zeigen. Da drehten sich die Jungen blitzschnell um und zeigten, wie kunstvoll sie mit den Schultern rucken konnten. Die Leute klatschten noch lauter Beifall, während Myombekere seine Stimme gewaltig erklingen ließ und die Frauen ihre Jubelrufe ausstießen. Schließlich waren die Knaben erschöpft und kehrten zu ihrem Sitzplatz zurück. Sie bekamen reichlich Bier eingeschenkt, und ein jeder von ihnen leerte das Trinkgefäß bis auf den Grund.

Myombekere bekam am Ende auch Lust zu tanzen. Er hörte auf, Laute zu spielen und gab das Instrument an Kanwaketa weiter. Als Bugonoka sah, daß ihr Mann Anstalten machte zu tanzen, ging sie ins Haus und wechselte schnell ihr Gewand aus schwerem Rindsleder gegen ein Kleid aus leichterem Ziegenleder aus. Bei ihrer Rückkehr auf den Tanzplatz wartete ihr Mann noch, daß Kanwaketa anfangen würde, die Laute zu zupfen. Auch er war im Lautenspiel erfahren und wußte, die Melodien nach Art der Altvordern vorzutragen. Nach einem kleinen Vorspiel wählte er ein altes Tanzlied, das Ekikuri hieß. Es handelte sich dabei um ein Preislied auf die unverheirateten Frauen, die früher auf ihren Wegen über Land Amasahunga, d. h. Bambusflöten, mit sich führten, auf denen sie alle möglichen Melodien spielten, die ihnen gerade in den Sinn kamen. In der Trockenzeit pflegten sie früher vor allem kiburi-Melodien zu spielen. Kanwaketa fing recht leise zu spielen an, so daß die Leute murrten: „Warum müssen wir ohne Musik klatschen? Sing lauter, damit die Leute tanzen können, wenn ihnen danach ist!" Es schien so, daß sie ihr Ziel erreicht hätten, denn Kanwaketa sang mit lauter Stimme:

Der selbstsüchtige Mann, oh Mutter,
hat mir meine Kinder genommen!

Der verrückte Mann, oh Mutter,
hat mir Fußtritte gegeben!

Hätte ich das vorher gewußt, oh Mutter,
hätte ich mich von ihm nicht heiraten lassen!

Es ist besser, daß ich die Kinder zurücklasse
und zu meinen Eltern heimkehre!

Der Geruch alter Leute, oh Mutter,
er ist ranzig!

Und die Leiber alter Leute, oh Mutter,
sie gleichen den Echsen.

Mit einem Alten zu schlafen, oh Mutter,
gleicht dem Schlaf mit einem Krokodil!

Der Geruch aus der Achselhöhle eines Alten, oh Mutter,
brennt wie Feuer in der Nase!

Nach diesem Lied erhielt Kanwaketa viel Beifall: pwa, pwa, pwa! Myombekere straffte seinen Bauch, als ob er keine Därme darin hätte, und bewegte seinen Oberkörper unabhängig von den Bewegungen der Taille. So eröffnete er seinen Tanz. Und als er die Melodie der Laute richtig im Kopf hatte, bewegte er auch seine Schultern mit kraftvollen, rollenden Bewegungen, während die Frauen ihre gellenden Jubelrufe ausstießen. Bugonoka hatte ihren eigenen Tanzstil. Sehr elegant bewegte sie ihre Füße in Kreuz- und Querschritten. Sie war überaus gelenkig und übertraf Myombekere noch bei den Schüttelbewegungen der Schultern. Die Leute feuerten sie an: „Heute wetteifern eine Frau und ein Mann miteinander. Wir wollen sehen, wer von beiden Sieger wird." Im Gehöft des ehrenwerten Bwana Myombekere traten schließlich alle Anwesenden mit Ausnahme der alten Frau, die körperlich dazu nicht mehr in der Lage war, auf die Tanzfläche und begannen zu tanzen. Aber auch die Alte klatschte in die Hände und stieß den Freudentriller aus, während sie von ihrem Platz aus den Tanzenden zusah. Ich würde sogar sagen, daß sie Kopf und Schultern genauso wie die anderen im Rhythmus bewegte.

Nach dem Tanz tranken die Leute wieder Bier und sagten zu Myombekere: „Also Bwana, wir haben großen Hunger. Sag Bugonoka, sie soll uns etwas kochen. Wenn das jetzt nicht geht, sag ihr, sie soll uns das Fleisch bringen, das wir von den Schwiegereltern hierhergetragen haben. Wir können es gut hier am Feuer rösten." Myombekere fragte seine Frau: „Hast du gehört, was die Männer gesagt haben?" – Und als sie es bejahte, trug er ihr auf, das Fleisch zu bringen: „Ich habe die Leute hier so gern wie meine eigenen Verwandten. Sie sollen zu essen bekommen. Hole etwas! Morgen können wir ein weiteres Tier für sie schlachten. Wozu halten wir kinderlose Menschen sonst unsere Tiere?" Bugonoka eilte ins Haus und kehrte alsbald mit einem Rippenstück und mit knochenlosem Fleisch zurück. Die Leute warfen es ins Feuer, um es in der Asche zu rösten. Auf diese Weise erhofften sie schneller ihren Hunger zu stillen. Es blieb nur ganz kurz im Feuer, dann zogen sie es schon wieder heraus und verteilten es unter sich. Nach dem Essen dankten sie dem Hofherrn: „Myombekere, du hast es wahrlich verdient verheiratet zu sein. Heute haben wir uns bei dir rundum sattessen können. Sieh, von deinen Schwiegereltern sind wir schon mit vollen Bäuchen weggegangen. Und nun haben wir bei dir schon wieder gegessen. Dazu trinkt jeder so viel Bier, wie er nur mag. Was könntest du noch für uns tun? Wenn du uns hochheben wolltest, wären wir inzwischen zu schwer für dich geworden. Also, wir alle bedanken uns ganz herzlich bei dir. Unserer Meinung nach könnte nur ein Hexer noch undankbar sein." Kurz bevor sie ihre Dankesrede beendet hatten, da, – kokoleke – schrie der Hahn bereits zum ersten Mal. „Misch dich nicht ein, ehe wir fertig sind", sagten die Gäste, und die Männer bedrängten den Austeiler des Bieres: „Gib uns Bier, wir haben immer noch nicht genug getrunken!" Mittlerweile bekam so mancher Schwierigkeiten mit dem Magen. Er setzte das Trinkgefäß ab und ging hinter das Haus, als ob er mal austreten wollte. Dort erbrach er sich und kehrte dann an seinen Platz zurück. Dabei sang der eine oder andere ein Säuferlied wie etwa das folgende:

Leute, oh Leute, wir haben getrunken!
Zuerst haben wir es euch Erdgeistern vorenthalten!

Du König, du geliebte Biene, Zeitvertreib!
(Preisnamen des Königs)

Der du für viel Unterhaltung sorgst, gib uns Regen!
Du König, du großer Stier!

Der du drohtest, daß mancher sich fürchtete!

Du König, du Herr über die Fruchtbarkeit der Bananen!
Der du sie reifen ließt, sei gepriesen!

Einige Gäste legten sich einfach auf die Erde. Sie hatten zuviel Bier getrunken, und es war ihnen in den Kopf gestiegen. Zuerst konnten sie
deswegen nicht schlafen und lärmten herum, wobei sie pausenlos
rauchten. Schließlich fielen sie hilflos um und schliefen endlich ein.

Der Austeiler hob das Biergefäß in die Höhe und goß den Rest in
ein Trinkgefäß um. Das setzte er zu Füßen der alten Männer ab, damit
die Schwebestoffe im Bier auf den Grund sinken konnten. Darauf
brachte er das leere Biergefäß hinter das Haus und begab sich gleich
anschließend ins Haus, um sich dort im großen Empfangsraum schlafen zu legen.

Als die alten Männer sahen, daß sich die Verunreinigungen im Bier
abgesetzt hatten, hoben sie das Trinkgefäß und ließen es zum letzten
Mal kreisen. Sie versuchten sogar, die Schlafenden zu wecken. Was
ihnen aber nicht gelang. Einige der Schläfer schnarchten laut. Manchmal hielten sie dabei den Atem an, als wollten sie ersticken.

Kanwaketas Frau forderte ihren Mann auf, nach Hause mitzukommen: „Steh auf! Laß uns nach Hause gehen!" Sie versuchten, auch ihre
Söhne zu wecken, die bereits auf dem Boden eingeschlafen waren.
Einer rollte sich auf seinem Erbrochenen hin und her und war nicht
wach zu bekommen. Da sagte Kanwaketa zu seiner Frau: „Laß ihn liegen, es ist nicht ungewöhnlich, daß ein Stier die Nacht außerhalb des
Geheges verbringt!" Mit dem anderen Sohn wankten sie in ihr Gehöft

zurück. Ein paar Mal kamen sie vom Weg ab und gerieten in die Büsche. Auch fielen sie mehrfach hin und mußten sich wieder hochrappeln, bis sie endlich zu Hause ankamen.

Sofern sie überhaupt in der Lage waren, noch ins Bett zu steigen, hätten sie mich benachrichtigen sollen, damit ich ihnen mein Beileid für den beschwerlichen Heimweg hätte ausdrücken können. Nicht wahr, meine Leser? Wo die unverheiratete Tochter Kanwaketas schlief, ist übrigens unbekannt geblieben.

In dieser Nacht mußte Myombekere das Hoftor unverschlossen lassen. Er torkelte so, daß er sich nicht mehr auf den Beinen halten konnte. Und Bugonoka ging es nicht viel besser. Sie legten sich im Haus nieder und schliefen sofort ein, ohne zu merken, daß sie sich nicht einmal zugedeckt hatten.

Am nächsten Morgen stand die alte Frau als erste auf, um draußen ihre Notdurft zu verrichten. Sie sah, daß die Tür offenstand und ging nach draußen. Dort erblickte sie überall Erbrochenes und Unrat, den die Betrunkenen hinterlassen hatten. Sie war erschrocken und erstaunt zugleich. Auf dem Vorplatz, wo die Leute am Feuer getrunken hatten, sah sie niemanden mehr. Die Schläfer hatten sich davon gemacht. Und als sie in Richtung des Hoftores schaute, kam gerade die Nichte Myombekeres zusammen mit Kanwaketas Tochter hereingeschlichen. Die alte Frau wollte sie als Gäste begrüßen, aber die beiden unterbrachen sie mit den Worten: „Du willst uns so begrüßen, als ob wir außerhalb des Gehöfts übernachtet hätten. Dem ist nicht so. Wir waren nur draußen auf der Toilette." – „So verhält sich das also", erwiderte die Alte und ging zurück ins Haus, um Bugonoka zu wecken.

Bugonoka stand auf und nahm eine Kalebasse, um am See Wasser zu schöpfen. Mit ihr gingen Kanwaketas Tochter und Myombekeres Nichte.

Während ihrer Abwesenheit stand auch Myombekere auf. Als er nach draußen kam und das Erbrochene sah, war er ärgerlich über die Verschmutzung seines Gehöfts. Unverzüglich ging er ins Haus, um eine Hacke zu holen. Als er damit wieder nach draußen trat, kamen Bugonoka und ihre Gefährtinnen gerade vom Wasserholen zurück. „Warum willst du so früh am Morgen schon aufs Feld", fragte sie ihn, „warst du heute Nacht nicht völlig betrunken?" Myombekere erklärte ihr: „Ich will nur das Erbrochene und den Unrat untergraben, den uns die Säufer hinterlassen haben. Hier stinkt es ja so wie auf der Latrine zur Regenzeit!" Bugonoka erwiderte: „Unsere Gäste haben zu viel getrunken und geröstetes Fleisch im Übermaß gegessen. Wie kann man nur in einen Magen so viel hineinstopfen, als ob er ein Abfalleimer wäre. Muß er sich am Ende nicht dagegen wehren? Ihr Hunger gleicht der Freßlust des Mukingira, jenes Vielfraßes von einst, von dem es im Liedchen heißt:

Vielfraß Mukingira, Kind des Lyamonde-Sees!
Mukingira aus Lyegoba, Kind des Lyamonde-Sees!
Der alles Honigbier am See trinkt, Vielfraß Mukingira!
mbete-Fisch und mbozu-Fisch, Vielfraß Mukingira!
Verschlinger von Fleisch und nfuru-Fisch,
Vielfraß Mukingira!
Vielfraß Mukingira, Kind des Lyamonde-Sees!"

Nach dem Lied brachen Myombekere und die anderen Frauen in fröhliches Gelächter aus. Als sie sich beruhigt hatten, meinte die alte Frau: „Ihr denkt wohl, daß es sich nur um eine erdachte Geschichte ohne wahren Kern handelt, daß es einen solchen Menschen nie gegeben hat. In unserer Kindheit hat man noch nicht davon gesprochen. Erst zu der Zeit, als unsere Brüste zu wachsen begannen, erfuhren wir, daß es auf den Irugwa-Inseln tatsächlich einen solchen Mann gab. Eigentlich lebte er auf der Insel Lyegoba. Er war ein erstaunlicher Vielfraß. Wieviel er auch immer aß, er wurde niemals satt. Die Leute kochten für ihn viele Töpfe voll mit verschiedenen Fisch- und Fleischarten, dazu Hirseklöße in Mengen. Wenn sie ihm die Speisen vorgelegt hatten, dauerte es gar nicht lange, bis er alles aufgegessen hatte. Der Ruf von seiner Freßlust verbreitete sich durch das Lied, das uns Bugonoka gerade gesungen hat, bald im ganzen Kerewe-Land. Also denkt keinesfalls, daß das Lied nicht einen wahren Hintergrund hätte! Mukingira hat tatsächlich gelebt. Er war ein Mensch wie wir. Erst nach seinem Tod glaubte man, daß er ein Fabelwesen sei. Das stimmt aber nicht!" Bugonoka erwiderte darauf: „Nun, die Berichte unserer Vorväter widersprechen sich aber zum Teil. Als ich noch unverheiratet, aber schon erwachsen war, kam eines Tages ein alter Mann, gestützt auf seinen Stock, zu uns ins Gehöft. Er wurde Namugambage genannt, was soviel bedeutet wie ‚Jemand, der nur Unsinn erzählt‘. Die Leute verwendeten diese Bezeichnung, als ob es sein richtiger Name sei. Er kannte sich jedoch in vielen Dingen aus und gab den Leuten viele vernünftige Ratschläge und Auskünfte. Ihn befragten die Frauen nach Mukingira, und er erzählte ebenfalls, daß es ihn tatsächlich gegeben habe. Er soll auch nach diesem Bericht in Irugwa gewohnt haben. Allerdings ging es bei ihm nicht nur um Gefräßigkeit oder Trunksucht, wie das Lied besagt. In Wirklichkeit beging er Taten, die man lieber vor den anderen nicht erwähnt. Wenn er nämlich Bier getrunken hatte, rannte er jeder Frau hinterher, ob sie nun hellhäutig oder dunkelhäutig war, und nahm sie mit Gewalt. Er verging sich sogar an seinen eigenen Töchtern und Schwestern. Manchmal verlor er völlig den Verstand und trieb es mit den Tieren. Das war der eigentliche Grund, warum er im ganzen Kerewe-Land bekannt wurde und warum man Spottlieder auf ihn sang.“ Myombekere zeigte sich über den Bericht erschrocken: „Nein, sowas! Er muß total verrückt gewesen sein. Biertrinken allein genügte ihm wohl nicht. Wie kann ein vernünftiger Mensch nur so etwas tun! Es wäre dann ja noch besser, er würde Haschisch rauchen!“

Nachdem Myombekere das Gehöft vom Unrat der Trinker gereinigt hatte, legte er sich wieder ins Bett um auszuruhen. Er litt an diesem Tag unter einem ständigen Hungergefühl. Jemand, der schon mal die ganze Nacht hinurch Alkohol getrunken hat, kennt dies ja.

Bugonoka ging indessen erneut zum See, um Wasser zu holen. Zuvor füllte sie jedoch einen Topf mit Fleisch und ließ ihn der alten Frau und der Nichte zum Kochen zurück. Danach säuberte sie erst einmal das ganze Haus. Sie legte auf Sauberkeit großen Wert. Schmutz konnte sie gar nicht leiden. Das Haus war völlig verdreckt und keinesfalls in dem Zustand, in dem sie es verlassen hatte, als sie zu ihren Eltern ging. Jede verheiratete Frau, die viele Tage abwesend war, kennt dies. Bei der Rückkehr findet sie ihr Haus gewöhnlich in einem schlimmen Zustand vor. Auf Bugonoka traf dies besonders zu, weil sie so lange bei ihren Eltern verweilt hatte.

KAPITEL 10

Bugonoka richtet sich wieder zu Hause ein

Als Myombekere auf dem Bette lag, faßte er den Plan, jemanden zu suchen, der das ihm vom Schwiegervater geschenkte Ziegenfell fachgerecht bearbeiten könne. Nachdem er einen Einfall hatte, rief er nach
dem Knaben Kagufwa und trug ihm auf, Bwana Gwaleba zu holen:
„Sag ihm, Myombekere lasse ihn rufen! Wenn du ihn antriffst, bring
ihn gleich mit!" Kagufwa war inzwischen wieder nüchtern geworden.
Nur seine Augen waren blutunterlaufen. Der Junge freute sich über
den Auftrag, denn er hatte selbst schon daran gedacht, zum See, wo
auch Gwaleba wohnte, zu gehen, um dort ein Bad zu nehmen. Er eilte
los und fand Gwaleba tatsächlich daheim an, worauf er ihm Myombekeres Botschaft übermittelte. Gwaleba war einverstanden, zu Myombekere zu gehen und wollte sofort aufbrechen. Kagufwa bat ihn aber,
noch ein wenig zu warten, bis er im See gebadet habe. Er werde sogleich ins Wasser springen und sich nicht lange dort aufhalten. Gwaleba sagte: „Geh nur und komm schnell wieder, damit wir bald losgehen
können. Ich werde inzwischen im Pferch die Pflöcke zum Anbinden
der Rinder wieder herrichten. Die Tiere haben sie in der Nacht umge-
worfen, als sie miteinander kämpften."

Unterdessen kehrte Bugonoka den Schmutz in ihrem Hause zusammen und schaffte ihn hinaus auf den Abfallhaufen. Dann setzte sie das
Korbsieb auf den Mahlstein, um Hirsemehl zu mahlen. In diesem Augenblick wurde sie von der Alten zum Feuer gerufen: „Schau mal in
den Topf. Ich glaube, er enthält zu wenig Wasser." Bugonoka schaute
hinein, indem sie den Topf ein wenig neigte, und stellte fest: „Großmutter, erschreck mich nicht! Warum sollte das Wasser für die Zubereitung der Soße nicht reichen? Laß uns jetzt den Topf für die Hirse
aufs Feuer setzen, damit wir noch etwas anderes tun können."

Die Nichte Myombekeres war derweil damit beschäftigt, die gesäuerte Milch zu schütteln und sie in Trinkkalebassen umzufüllen. Zu-

vor hatte sie diese mit einem aromatisch duftenden Rauch ausgeräuchert.

Myombekere lag noch immer auf dem Bett, als Kagufwa mit Gwaleba eintraf. Die Männer begrüßten einander, dann fragte Gwaleba: „Myombekere, fühlst du dich etwa nicht wohl, daß du mich an deinem Bett empfängst?" Myombekere lachte schallend: „Mir geht es eigentlich ganz gut. Ich ruhe mich nur ein wenig aus." – Gwaleba darauf: „Warst du etwa auch auf der Feier, auf der die Frauen so weithin hörbar getrillert und gejubelt haben? Auf welchem Gehöft fand sie eigentlich statt?" – „Bei uns", erwiderte Myombekere. „Nach Zahlung einer Buße in Form von Bier habe ich gestern meine Frau bei den Schwiegereltern ausgelöst und auf meinen Hof zurückgeführt. Ich habe mir gedacht, daß meine Freunde, die mir geholfen haben, das Bier zu brauen und zu den Schwiegereltern zu tragen, wohl wußten, daß ein ganzer Tontopf mit Bier in meinem Hause zurückgeblieben war und daß ich dieses mit meiner Frau unmöglich allein trinken konnte. Deshalb habe ich sie nach der Rückkehr zum Trinken eingeladen. Später haben sich noch andere zu uns gesellt. Dabei ist es sehr laut hergegangen." – „Nun ja, wir haben in der Nachbarschaft lautes Klatschen und Jubeln gehört und uns gedacht, irgendwer muß wohlschmeckendes Bier anzubieten haben. Die Leute sind so fröhlich und unbeschwert. Also hier war das! So, du hast Bugonoka zurückgeholt!" Myombekere erwiderte: „Ja, sie ist im Schlafraum. Hast du die Stimmen nicht erkannt, die dich bei deiner Ankunft aus dem Inneren des Hauses begrüßt haben? Kannst du dich an Bugonokas Stimme nicht mehr erinnern?" Gwaleba mußte zugeben: „Tatsächlich habe ich nur die Stimme deiner Nichte erkannt. Bei den anderen Stimmen dachte ich, daß es sich um Gäste handelte." Myombekere kam nun auf sein eigentliches Anliegen zu sprechen: „Ich habe dich gerufen, damit du ein Ziegenfell für mich fachgerecht bearbeitest. Der Schwiegervater hat für uns einen Ziegenbock geschlachtet und mir dessen Fell geschenkt. Ich habe dich hergebeten in der Hoffnung, daß ich deine Dienste in Anspruch nehmen kann. Wir verstehen nicht viel von der Bearbeitung eines Fells. Du aber bist ein Meister darin. Ich will mich ganz auf dich und deine Handfertigkeit verlassen."

Gwaleba war in der Tat ein sehr erfahrener Bearbeiter von Fellen. Er hatte schon für die Frauen des Königs Leoparden- und Löwenfelle bearbeitet und war darum im ganzen Land bekannt. Zum Abschaben der Haare auf den Rinder- und Ziegenfellen benutzte er ganz zartes Leder, das man aus dem Fell auf der Stirn und an den Hinterbeinen von Rindern gewinnt. Es wird ,ensyomoro' bzw. ,ebikoba' genannt. Die Bewohner der umliegenden Gehöfte bewahrten diese Fellstücke für ihn eigens auf. Unsere Altvorderen pflegten in diesem Zusammenhang zu sagen: ,Das Kind des Abschürfers von Fellen pflegt als Beilage zur Mahlzeit ensyomoro- und ebikoba-Leder zu essen, während sein Vater noch lebt.'

Während sie sich so miteinander unterhielten, brachte Bugonoka warmes Wasser zum Händewaschen, und Kagufwa trug das Waschfäßchen herbei. Als er es zu den Füßen der beiden Männer absetzen wollte, sagte Myombekere zu Gwaleba: „Nein, mein Freund, steh auf und laß uns draußen essen. Wir wollen nicht wie die Geizhälse im Hause speisen." Sie gingen nach draußen und setzten sich unter einen Baum. Dorthin brachte ihnen Bugonoka das Essen. Gwaleba betrachtete sie und bemerkte zu ihr: „Wahrscheinlich liebt dich Myombekere deswegen so sehr, weil du ihm immer ein Frühstück bereitest. Ei, was siehst du gut aus. Du bist dicker geworden. Womit haben dich deine Eltern nur gefüttert, daß du jetzt einem Flußpferd gleichst?" – Bugonoka lächelte geschmeichelt und erwiderte: „Womit sollen sie mich schon gefüttert haben? Es gab nur Spinat und emituli-Würmer, die man sonst als Fischköder benutzt! Aber vielleicht hat mein Körper sie besonders gern gemocht." – „Führ mich bloß nicht hinters Licht", scherzte Gwaleba. „Denk an die alte Volksweisheit: ,Wird der Busch nur deswegen dichter, weil es regnet?'" – Bugonoka antwortete: „Ja, das haben die Altvorderen in der Tat so gesagt. Aber wenn der Körper nicht darauf anspricht, dann ist es gleichgültig, welche Leckerbissen man ihm anbietet."

Als sie gerade mit dem Essen beginnen wollten, hörten sie die Stimme eines Fremden vom Hoftor her rufen: „Darf ich in dieses Gehöft eintreten?" Myombekere gestattete dies: „Na'am – ja!" Und der Fremde fragte weiter: „Seid ihr zu Hause?" Myombekere bejahte auch dies. Da kam der fremde Gast in gebückter Haltung näher, indem er seine Waffen mit beiden Händen vor sich hielt. Myombekere bat die Frauen im Haus, einen weiteren Stuhl herauszubringen. Dann hieß er den Besucher willkommen: „Tritt ein, Fremder! Wir sind gerade im Begriff, einen Krieg gegen das Essen zu führen. Mach mit!" Der Fremde zierte sich nicht lange und setzte sich zu ihnen. Seine Waffen reichte er derjenigen, die ihm den Stuhl brachte. Und sie trug sie ins Haus.

Zu jener Zeit war es bei den Kerewe Sitte, während des Essens keine Grußformeln auszutauschen. Gastgeber und Gast warteten darum damit, bis sie das Essen beendet hatten.

In ihrer Vorwitzigkeit schauten die Frauen aus dem Haus, um sehen, wer gekommen sei. „Vielleicht ist es dein Verlobter", neckten sie die Nichte. Diese stritt es sofort ab: „Ich habe ihn noch nie zuvor gesehen. Falls er auf Brautschau ist, sehe ich ihn heute zum ersten Mal."

Erst nachdem die Männer mit dem Essen fertig waren und ihre Hände gewaschen hatten, begrüßten sie einander. Da der Fremde von weither kam, gebrauchten sie dabei folgende Begrüßungsformeln: „Habari ya siku nyingi, Mabwana! – Was hat sich in den vielen Tagen, in denen wir uns nicht gesehen haben, ereignet, Mabwana?" Darauf erwiderten Myombekere und Gwaleba gemeinsam: „Hatujambo! – Uns geht es gut!" Kagufwa begrüßte den Gast mit den Worten: „Kampire sumalama! – Bitte, nimm meinen Gruß entgegen!" Worauf dieser erwiderte: „Tangunu! – Danke, mein Kind!" Darauf fragte Myombekere den Unbekannten: „Woher stammst du?" – „Von den Bweni-Inseln." – „Und von wo genau?" – „Jetzt wohne ich auf der Insel Songe." – „Und wie heißt du?", fragte Myombekere weiter. – „Nun, hm, ich heiße Mpazi, d. h. Ameise!" Als die Frauen diesen Namen hörten, begannen sie zu lachen und sagten untereinander: „Offenbar fehlt es den Bewohnern jener Inseln an Namen, so daß sie auf die Bezeichnungen von Insekten ausweichen müssen." Bugonoka antwortete der Frau, die diese Bemerkung gemacht hatte: „Ei, du Kind, hast du noch nie gehört, daß einige Leute bei uns im Lande Insektennamen tragen?" – „Ja", sagte die andere, „ich habe das schon einmal gehört. Na und?"

Nachdem der Gast nach Herkunft und Namen befragt worden war, gab man ihm Gelegenheit, den Grund seines Kommens zu erklären. Er sagte darauf: „Fragen kann niemals ein Zeichen von Dummheit sein, Mabwana! Nun, ich bin auf Brautschau. Zunächst habe ich in Bweni nach einer Frau gesucht. Von dort hat man mich hierher geschickt zu einem Herrn, der angeblich erst vor kurzem hierhergezogen ist. Er soll Nawanchuma heißen. Wißt ihr, wo er wohnt?" Myombeke-re bejahte dies: „Er wohnt dort hinten. Steh auf! Ich will dir den Weg zeigen." Die Frauen forderte er auf, die Waffen des Gastes zu bringen, dann begleitete er ihn ein Stück zum Tor hinaus bis zu einer Wegekreuzung. Dort überreichte er ihm seine Waffen und sagte: „Folge diesem Weg, bis du zu einem Gatter kommst, das die Rinder daran hindern soll, auf die Acker zu gehen und die Ernte zu zerstören. Wenn du über dieses Gatter kletterst, wirst du alsbald das Gehöft von Nawanchuma vor dir sehen."

Nachdem Myombekere nach Hause zurückgekehrt war, beauftragte er Kagufwa, das Ziegenfell zu bringen. Er holte währenddessen oluguzyo-Gras, das man zum Bedecken von Getreidespeichern verwendet. Er hatte es zum Trocknen auf einem Busch ausgebreitet. Von Kanwaketas Gehöft wurde ein großes Bündel mit Holzpflöcken gebracht, genug um selbst ein großes Ziegenfell zu spannen.

Gwaleba begann nun damit, das Fell auf dem Boden auszuspannen. Man gab ihm eine Aale aus Eisen, um damit am Fellrand Löcher anzubringen, durch die Pflöcke zum Spannen des Fells getrieben wurden. Bis zum Schluß verrichtete Gwaleba seine Arbeit mit Umsicht und Erfahrung.

Danach sandte Myombekere den Knaben Kagufwa hinüber zu Kanwaketa: „Lauf und sag ihm, er möge schnell mal mit seiner Axt herkommen!" Kagufwa lief los und kurz darauf traf Kanwaketa mit geschulterter Axt auf dem Hof von Myombekere ein. Dieser empfing ihn mit den Worten: „Heute habe ich Hunger auf Beikost. Das Bier der vergangenen Nacht macht uns zu schaffen, indem wir jetzt einen richtigen Heißhunger haben. Die Münder sind trocken. Ich nehme an, daß ich nicht allein dieses Gefühl habe." Gwaleba und Kanwaketa waren Gott für diese Worte dankbar und fühlten sich vom Glück bevorzugt.

Mittlerweise war Bugonoka ins Haus zur ekitwaro-Truhe gegangen, wo sie ihren Schmuck aufbewahrte. Sie nahm Perlenschnüre, die um die Hüfte getragen wurden, daraus hervor. Während ihrer langen Abwesenheit waren diese völlig verkrustet, und das Öl, mit dem sie eingerieben waren, strömte einen ranzigen Geruch aus. Offenbar war die Truhe seit langer Zeit nicht mehr geöffnet worden. Bugonoka besaß zwölf solcher Perlenschnüre, von denen sie abwechselnd sechs gleichzeitig trug. Wenn sich die Läuse darin eingenistet hatten und sie allzu sehr quälten, wechselte sie die Perlengürtel einfach aus. Die sechs Schnüre in der Truhe waren säuberlich mit einem Lianenseil zusammengebunden, wie es seit urdenklichen Zeiten bei den Kerewe benutzt wird. Bugonoka hatte sie an dem Tage, als sie von ihren Eltern abgeholt wurde, hineingelegt und gegen sechs frische Schnüre ausgewechselt, die sie zu den Eltern mitnahm.

Bugonokas zwölf Perlengürtel waren von unterschiedlicher Farbe: Je vier waren rot und weiß, vier hatten die Farbe junger Blätter. Wenn man sie zusammenzählt, macht das zwölf – oder? Ja richtig, zwölf!

Bugonoka nahm die Schnüre aus der Truhe, um sie mit dem ersten morgendlichen Urin der Rinder zu säubern. Nach der Reinigung wollte sie sie gegen die Schnüre eintauschen, die sie seit ihrem Weggang zu den Eltern um die Hüften getragen hatte. Die anderen Frauen im Hause halfen ihr dabei, die Gürtel zu reinigen, Baumwollfäden zu zwirnen und die Perlen neu aufzufädeln.

Nach dieser Arbeit ging Bugonoka daran, das Bettgestell auseinanderzunehmen, weil sich in den Fugen Ungeziefer angesammelt hatte. Um es genauer zu sagen: es saßen Wanzen darin. Dann machte sie sich auf, am See Wasser zu holen zum Säubern der ledernen Schlafdecke und Wasser für das Bad ihres Mannes. Sie mußte zweimal gehen.

Als sie das erste Mal wieder am Gehöft anlangte, hatte Kagufwa die Rinder schon auf die Weide getrieben. Im Gehege muhte jedoch einsam ein junger Stier. Er war mayenze-farbig, d. h. er hatte ein braunes Fell, mit weißen Stellen durchsetzt. Bugonoka nahm den Wasserkrug vom Kopf und neckte ihren Mann, indem sie ihn etwas fragte, das in seine Zuständigkeit fiel: „Ei, wie kommt es, daß dieser Stier noch im Rinderpferch muht? Sollte er nicht mit den anderen Tieren auf der Weide sein?" Myombekere antwortete ihr im Scherz: „Wir haben ihn heute eingesperrt. Laß ihn nur muhen, denn gestern hat er zuviel Gras gefressen, das dem Buschgeist Karungu gehört." Bugonoka erwiderte darauf: „Aber wir Menschen trinken doch jeden Tag das Wasser des Seegeistes Mugasa. Niemand würde uns daran hindern, heute dieses Wasser zu trinken mit der Begründung, daß wir gestern zuviel davon getrunken haben." Myombekere machte sich weiter lustig über sie: „Ach, meine Frau, du bist doch noch ein Kind! Hast du noch nie erlebt, daß man uns an einem bestimmten Tag gehindert hat zu essen oder zu trinken?" Bugonoka lachte aus vollem Halse: „Das habe ich noch nie erlebt. Dieses Rind wird grundlos gequält, indem es nicht mit den anderen Rindern auf die Weide gehen darf. Es kann nicht mit euch reden und euch sagen, was es fühlt. Sonst würdet ihr es nicht quälen." Myombekere fragte sie: „Nun, wem gehört eigentlich das Rind, das da im Gehege muht?" Bugonoka beeilte sich mit der Antwort: „Es ist ausschließlich die Frucht deiner Arbeit und kommt nur dir zu!" Er sprach weiter: „Es ist erstaunlich, daß du das weißt, meine Frau. Ich möchte aber noch von dir wissen, wem wir in diesem Gehöft gehören." Bugonoka zögerte nicht mit einer Antwort: „Wir sind die Geschöpfe Gottes und gehören ihm allein." Myombekere fuhr fort: „Ja, meine Frau, das hast du richtig begriffen. Es stimmt! Nun, wie soll ich es dir weiter erklären? Siehe, an einem bestimmten Tag wirst du erleben, daß Gott mich hindert zu essen und zu trinken, weil ich sein Eigentum bin. Wirst du dann nicht alleine zurückbleiben?" Sie antwortete: „So verhält es sich also. Nun, so etwas habe ich in der Tat schon erlebt und erlebe es eigentlich jeden Tag." Als Bugonoka sich den Wasserkrug auf den Kopf setzte, um erneut zum See zu gehen, bat Myombekere sie: „Gib uns zuvor einen Topf, in dem wir Rinderblut zum Färben deiner Flechtarbeiten aufbewahren können. Oder brauchst du es gar nicht mehr?" Bugonoka antwortete: „Es ist gut, daß du mich daran erinnerst. Ich bin sehr darauf erpicht. Warum sollte ich es nicht mehr brauchen? Habe ich etwa inzwischen aufgehört, Schalen zu flechten?" Myombekere erwiderte: „Die Frage ist mir nur in den Sinn gekommen, weil ich ja nicht wissen kann, wie du jetzt darüber denkst." Bugonoka nahm den Wasserkrug wieder vom Kopf und holte aus dem Haus ein Tongefäß, das sie neben die Tür setzte. Dabei sagte sie: „Fülle das Rinderblut, das du mir versprochen hast, da hinein!" Dann verließ sie das Gehöft, um Wasser zu holen.

Vor dem Tor traf sie auf Kagufwa, der zusammen mit einem Sohn Kanwaketas die Rinder dem Hirten auf der Weide übergeben hatte. Die jungen Männer kamen ihr entgegen, während sie in umgekehrter Richtung zum See ging.

Im Gehöft trafen die Jungen Myombekere mit einem Strick in der Hand an. Damit wollte er gerade die Hinterbeine des Stieres zusam-

menbinden. Gwaleba und Kanwaketa standen am Gatter des Rinder-
geheges und hatten etwas Angst. Nachdem es Myombekere gelungen
war, das Seil um die Hinterbeine des Tieres zu schlingen, forderte er die
Männer auf, eine Stange aus dem Gatter zu ziehen und schnell beiseite
zu springen, damit der Stier an ihnen vorbeilaufen könne. Dann zog
Myombekere die Schlinge um die Hinterbeine fest zu. Der Stier war
stark und stets bereit, die Leute auf seine Hörner zu nehmen. Jetzt
kämpfte er mit aller Kraft, um sich von der Fessel zu befreien.

Ich werde dir, Leser, aber nicht alle Einzelheiten darüber berichten,
weil ich mir vorstelle, daß du selbst schon ein Rind auf diese Weise aus
dem Pferch geholt hast und weißt, wie mühsam es ist, das Tier an dem
Dornengestrüpp, mit dem das Rindergehege umgeben ist, vorbeizu-
führen. Der Stier zog Myombekere, der den Strick mit beiden Händen
festhielt, hinter sich her. Myombekere fiel schließlich nieder auf den
Dung. Auch wenn das Seil in seine Finger schnitt, hielt er es weiter
eisern fest. Wäre ihm Kanwaketa nicht gleich beigesprungen, um ihm
beim Aufstehen zu helfen, hätte das Tier ihn auf dem Dung umherge-
schleift, und er hätte sich an den Pflöcken im Gehege böse verletzen
können. An diesem Tage war der Stier glücklicherweise nicht besonders angriffslustig. Als er sich ein wenig erholt hatte, zog er die beiden
Männer, die weiter den Strick gefaßt hielten, hinter sich her. Am Tor
bemerkte er Gwaleba, der dort mit der Axt in der Hand auf ihn lauerte.
Er visierte den Mann an und senkte den Kopf, um ihn auf die Hörner
zu nehmen. Gwaleba aber war schneller und schlug ihm in diesem Augenblick mit aller Gewalt die Axt in den Kopf – pah! Der Stier fiel zu
Boden und brüllte laut – booo! Nun begann Gwaleba sofort, sich selbst
zu loben: „Ich kleiner Mann, so klein wie ein Hammer, habe dich zu
Boden gestreckt! Frag mich nicht, wie!" Die Frauen, die von der Haustür aus zuschauten und das Rind mit der Axt im Kopf zu Boden fallen
sahen, drückten laut ihre Freude aus: „Ei, er hat ihn getötet! Der Stier
ist mit der Axt im Kopf umgefallen, als ob sie an ihm festgewachsen
sei!" Es stellte sich aber heraus, daß Gwaleba das Tier nur aus Angst
mit der Axt geschlagen hatte. Als er so prahlte, dachte er noch, die Axt
sei dem Stier geradewegs ins Gehirn gedrungen. In Wirklichkeit hatte
der Schlag aber nur ein Horn gespalten und ein Ohr verletzt. Plötzlich
stand der Stier wieder auf und schüttelte seinen Kopf, so daß die Axt

weit wegflog. Die Männer hielten immer noch den Strick an seinen Hinterbeinen gefaßt. Gwaleba, so klein wie ein Hammer, rannte zu der Axt und nahm sie schnell wieder auf. Als er sah, daß sie unbeschädigt war, wollte er weiter mit dem Tier kämpfen. Mittlerweile waren Myombekere und Kanwaketa weiter im Pferch herumgeschleppt worden. Um das Seil an einem Pflock befestigen zu können, riefen sie keuchend die beiden Jungen zu Hilfe. Gwaleba lief in diesem Augenblick hinter dem Stier her, wobei er die Axt mit beiden Händen hochhielt. Die anderen riefen: „Heute werden wir Zeugen eines Kampfes zwischen zwei Männern sein." Gwaleba lief ohne Zögern auf den Stier zu. Als dieser den Mann, klein wie ein Hammer, bemerkte, wandte er sich ihm wütend zu, um ihn auf das verbliebene Horn zu spießen. Gwaleba mit seiner kampfbereiten Axt gab ihm aber keine Gelegenheit mehr dazu. Er schlug kräftig zu und traf ihn diesmal besser am Kopf – pah! Schnell sprang Gwaleba zur Seite, während das Tier mit einem dumpfen Geräusch umfiel. Er hatte genau das Gehirn getroffen. Der Stier wurde plötzlich starr wie ein Stück Brennholz und rührte sich nicht mehr. Die Männer schleppten ihn auf die Grasfläche und enthäuteten ihn behende.

Als Bugonoka vom Wasserholen zurückkam, sah sie die Spuren des Kampfes mit dem Stier. Sie benutzte deshalb nicht das Haupttor, sondern ging durch einen Hintereingang ins Haus.

Die Männer trennten nach dem Abhäuten die Beine des Tiers ab und schnitten aus jedem etwas Fleisch heraus, das unter alle Helfer als Entgelt für ihre Mitarbeit verteilt wurde. Danach ergriff Myombekere ein Vorderbein und forderte sie auf, alles Fleisch vom Knochen abzutrennen. Hiervon gab er jedem der beiden Abhäuter, Gwaleba und Kagufwa, ein großes Stück. Zusätzlich erhielten sie Rippenfleisch. Der Rest des Rippenfleisches wurde vollständig unter die Nachbarn aufgeteilt. Myombekere bat seine Gefährten, ihm zu helfen, das übrige Fleisch ins Haus zu tragen, dorthin, wo er es lagern wollte. Danach wollten die Helfer weggehen, aber Myombekere forderte sie auf: „Bleibt doch noch hier, bis das Fleisch geröstet ist und wir zusammen davon gegessen haben! Warum habt ihr es so eilig?" Sie antworteten ihm: „Wir wollen unseren Anteil rechtzeitig zu unseren Frauen bringen, damit sie es noch vor Sonnenuntergang zubereiten können. Wir wollen es nicht roh essen müssen, so als ob wir erst am Abend geschlachtet hätten." Als aber Myombekere seine Einladung wiederholte, blieben sie doch. Er erhob sich sofort und steckte Fleischstücke auf einen Spieß. Nachdem er das Fleisch auch noch gehörig mit lunzebe-Salz gewürzt hatte, gab er den Spieß zum Rösten am offenen Feuer an Kagufwa weiter.

Schon nach kurzer Zeit riefen die Männer dem Jungen zu: „Bring uns endlich das Fleisch oder willst du es so weich rösten, als ob es von Frauen gegessen werden sollte? Das Fleisch ist für die Männer bestimmt! Wo hast du je gesehen, daß man Fleisch solange grillt, bis es vom Spieß in die Asche fällt? Wir Männer essen doch gerne halbgares Fleisch. Das schmeckt gut. Loo, willst du das Fleisch verderben, so daß wir Bauchschmerzen davon bekommen?" Als der Junge die Männer so reden hörte, nahm er das Fleisch eilig vom Feuer, legte es auf einen großen Holzteller und brachte es ihnen zum Essen.

Nachdem sie das geröstete Fleisch verzehrt hatten, erhoben sich die Helfer und nahmen Abschied: „Noch steht die Sonne hoch am Himmel, also auf Wiedersehen! Oder werden wir uns nicht wiedersehen?" Die Frauen grüßten zurück: „Gewiß werden wir das, Mabwana! Grüßt eure Frauen zu Hause!" Auch Myombekere verabschiedete sie: „Ihr Männer, auf Wiedersehen! Ich werde euch heute nicht ein Stück heimbegleiten können, denn auch ich habe noch viel zu tun." Sie antworteten: „Ja, bleibe bei deiner Arbeit, denn wenn man wie wir ein Rind schlachten konnte, muß man sich hinterher Gedanken machen, mit wem man das Fleisch teilen will. Als wir noch mit dem angriffslustigen Tier kämpften, war es so schwer wie ein Flußpferd. Nach dem Abhäuten und Zerlegen ist es schon deutlich kleiner geworden. Diejenigen, mit denen du später das Fleisch teilen wirst, werden uns Abhäuter schelten und sagen, wir hätten die besten und fettesten Stücke bekommen." Myombekere erwiderte darauf: „Das stimmt gewiß!"

Nachdem die Männer gegangen waren, bereitete er die Stangen vor, auf denen er einen Teil des Fleisches zu räuchern gedachte. Einen anderen Teil legte er beiseite, um es am nächsten Morgen seinem besten Freund Nkwesi zu bringen, der ihm mit den Bananen für das Bußbier ausgeholfen hatte.

Am nächsten Morgen stand Myombekere schon ganz früh auf und überbrachte Nkwesi das Fleisch. Dieser fragte ihn: „Hast du Bugonoka wieder zurückgeholt?" Seine Antwort nahmen Nkwesis Frauen, die er Schwägerinnen nannte, zum Anlaß, um mit ihm zu scherzen: „Ei sieh, deswegen kam es uns am Tage, als ihr das Bier bei uns gebraut habt, so vor, als wenn du auf Wolken gingest." Er antwortete ihnen: „Ihr habt sicher schon mal die Geschichte von dem schlauen Hasen gehört, der sein Bündel aus lauter Wunschdenken verlor." Worauf sie alle lachen mußten.

Nach kurzer Unterhaltung bat Myombekere seinen Freund Nkwesi, ihm seinen Wanderstab und den Korb, in dem er das Fleisch gebracht hatte, wieder zu reichen: „Laß mich nach Hause gehen, denn dort wartet viel Arbeit auf mich!" Die Frauen wollten ihn noch zum Mittagessen dabehalten. Er aber lehnte ab. Nkwesi brachte ihm darauf Stock und Korb und begleitete ihn noch ein Stück auf dem Weg.

Zu Hause wurde er von Bugonoka begrüßt: „Poleni na safari, mume wangu! – Mein Mitleid wegen der Reise, mein Gatte! Hast du alle wohlauf angetroffen?" Myombekere bejahte dies und fuhr fort: „Sie alle haben mir Grüße an dich aufgetragen."

Danach machte sich Myombekere daran, für diejenigen, die ihm beim Tragen des Bieres geholfen hatten, Fleisch auszusuchen. Er legte die einzelnen Portionen in einen großen Korb und trug Kagufwa auf, sie zu den Gehöften der Gefährten zu bringen.

Bei seiner Rückkehr sagte Kagufwa zu Myombekere: „Die Leute, zu denen du mich geschickt hast, haben mir Grüße an dich aufgetragen. Sie haben sich alle über das Geschenk, das du ihnen zugedacht hast, riesig gefreut und mich beauftragt, dir in ihrem Namen für das Fleisch zu danken."

KAPITEL II

Bugonoka baut Kartoffeln an,
Myombekere pflanzt Bananen

Bugonoka hatte den Rat, den ihr ihre Mutter beim Abschied gegeben hatte, nicht vergessen. Als sie eines Tages über dem Ausbessern von Perlenschnüren saß und mit ihrem Mann über dies und das sprach, bat sie ihn: „Fertige mir eine Hacke zum Anbauen von Kartoffeln an! Dieses Jahr ist nicht dazu geeignet, Hirse zu ziehen. Da das ohnehin nur Verluste bringt, werde ich mich gar nicht erst damit abrackern. Hingegen ist matembele, d. h. Kartoffelsaatgut, ausreichend vorhanden." Myombekere antwortete ihr: „Ein Blatt für die Hacke und einen Stiel dazu habe ich im Hause. Ich werde sie dir zusammenfügen. Was allerdings fehlt, ist ein gutes Buschmesser. Ich habe nur eins mit einem gespaltenen Griff. Ich muß es erst noch ausbessern." Myombekere ging kurz darauf ins Haus und holte ein Stück Hartholz aus dem Rauchfang neben dem Herd. Dann nahm er aus dem Werkzeugkasten einige Geräte zum Brennen von Löchern und forderte seine Frau auf, diese Dinge zusammen mit etwas glühender Holzkohle nach draußen auf den Vorplatz zu tragen. Bugonoka brachte ihm alles, wie verlangt, und kehrte dann an ihre Arbeit zurück, während Myombekere sich anschickte, ein Feuer zu entfachen. Als sich genügend Glut gebildet hatte, steckte er das Werkzeug zum Löcherbrennen hinein. Er fächelte das Feuer mit einer alten enketo-Sandale aus Stroh, wie man sie früher trug. Und als er sah, daß die Geräte glühend rot waren, nahm er sie nacheinander aus der Glut und brannte damit ein Loch in den Hackenstiel. Die schon benutzten Brenneisen steckte er mit der heißen Seite in den Sand, so daß nur noch das Griffende herausragte. Danach legte er auch das Blatt der Hacke ins Feuer, das er mit der enketo-Sandale wieder heftig anfachte. Als das Eisen rot glühte, nahm er es heraus und steckte es mit seinem schmalen Ende schnell, bevor es sich wieder abkühlen konnte, in das vorbereitete Loch im Hackenstiel. Und es brannte sich tief darin ein. Myombekere half nach, indem er das Blatt mit einem Holzkeil im Boden befestigte und mit einem hölzernen Hammer auf das andere Ende des Stiels schlug: tututututu! Dabei stieg viel Rauch auf. Als das Eisen sich etwas abgekühlt hatte, sagte er sich, daß es besser sei, mit dem Hämmern aufzuhören und das Hackenblatt aus dem Stiel herauszunehmen, um diesen nicht zu spalten. Das spitze Ende des Blattes hatte den Stiel bereits ein wenig durchdrungen. Er entschied sich aber, das Eisen wieder im Feuer zu erhitzen und das Verfahren noch einmal zu wiederholen, wobei er das weißglühende Hackenblatt mit Hilfe eines Stücks Leder anfaßte. Danach prüfte er den Sitz des Hackenblatts im Stil und wiederholte den Arbeitsvorgang noch ein drittes Mal. Schließlich ragte das spitze Ende des Hackenblatts soweit durch den Stil, daß das breite Ende fast das Holz berührte. Er stand auf und versuchte, damit den Boden zu bearbeiten. Dreimal schlug er die Hacke mit der ganzen Kraft, die ihm Gott gegeben hatte, in den Boden ein. Dann rief er Bugonoka zu: „Bring mir schnell Wasser und das Olusabuzyo, d. h. den hölzernen Waschtrog!" Sie brachte beides und übergab es ihm in knieender Haltung. Mit einer Schöpfkelle goß nun Myombekere Wasser über die Verbindung zwischen Stiel und Hackenblatt, wobei er das Wasser mit dem Olusabuzyo wieder einfing. Bei diesem Arbeitsgang entstand viel Dampf und ein Geräusch, das so klang wie: tokotoko und fuofuofuo! Nun nahm er das Blatt wieder aus dem Stiel, bog das spitze Ende mit dem Hammer etwas um und steckte das Eisen in den Sand, damit es vollständig abkühlen konnte. Den Stiel übergoß er zum Abkühlen nochmals mit Wasser. Danach steckte er beide Teile wieder zusammen und versuchte erneut den Boden mit der Hacke zu bearbeiten. Diesmal befand er, daß sich das Werkzeug für die Landarbeit gut eignete. Er sagte daher zu Bugonoka: „Frau, ich bin mit der Arbeit fertig. Die Hacke fühlt sich so an, als ob das Blatt schon lange Zeit mit dem Stiel vereinigt sei. Komm und wirf einen Blick darauf!" Und als Bugonoka sie begutachtet hatte, sprach er weiter: „Nimm sie mal in die Hand und überzeug dich selbst, damit du hinterher nicht sagen kannst, du hättest deshalb keine Kartoffeln angebaut, weil dein Mann sich weigerte, dir eine Hacke für die Feldarbeit zu geben. So verleumden doch die Frauen ihre Männer, nicht wahr?" Bugonoka fühlte sich durch seine Worte verletzt und sagte: „Ei, Myombekere, was bist du doch für ein merkwürdiger Mensch! Auch wenn wir Frauen so sind, wie wir sind, warum sollte ich dich eines Fehlers beschuldigen, den du nicht begangen hast? Es ist undenkbar, daß eine Frau so ihren Mann verleumdet!" Myombekere erwiderte darauf: „Was heißt hier undenkbar? Du wirst doch nicht leugnen können, daß es faule Frauen gibt, die ziellos durch die Gegend streunen und Unsinn über ihre Männer erzählen. So behaupten sie etwa, daß sie keine Felder bestellen können, weil ihre Männer ihnen keine Ackergeräte zur Verfügung stellen. Dabei ist ihre Faulheit der alleinige Grund ihrer Untätigkeit." Als Bugonoka dem widersprach, nannte Myombekere ihr handfeste Beispiele: „Kann man etwa sagen, daß Nkaranis Frau, die Nakyenga heißt und von der Ababogo-Sippe abstammt, von ihrem Mann kein Ackergerät bekommt? Oder was ist mit Bandihos Frau, die Netoga heißt und von der Bahimba-Sippe abstammt? Und wie verhält es sich schließlich mit Mpongano, der Witwe von Kayobyo? Sind beide nicht verrückt, wenn sie behaupten, sie können kein Feld bestellen, weil ihre Männer ihnen keine Kleidung oder keine Hacken geben? Die Frau des verstorbenen Kayobyo erzählt so schlimme Dinge über ihren Mann, daß ich mich schäme, sie beim Namen zu nennen." Bugonoka schwieg zu dieser Rede und versuchte währenddessen, mit der Hacke den Boden zu bearbeiten. Als sie sah, wie gut es ging, lobte sie Myombekere: „Mein Mann, du hast eine sehr gute Arbeit geleistet, mir diese Hacke anzufertigen. Ein altes Sprichwort sagt: ‚Die Hacke ist wichtiger als der Bauer.'"

Noch am selben Tag ging Myombekere in den Busch, um Holz zu schneiden und daraus einen neuen Griff für das Buschmesser zu verfertigen. Er kam mit einem Stück omukonyo-Holz zurück, das er zu Hause noch weiter bearbeitete. Dann holte er die Klinge des Buschmessers, erwärmte sie im Feuer und brannte sie in den Griff ein. Er schärfte sie anschließend dermaßen, daß eine Fliege Angst haben mußte, sich darauf niederzulassen. Als alles fertig war, trug er das Buschmesser ins Haus und steckte es in die Schilfrohrwand. Für den nächsten Tag nahm er sich vor, ein Stück Land zu roden.

Bei Anbruch des neuen Tages stand er auf. Und als der Tau etwas abgetrocknet war, schulterte er sein Buschmesser zusammen mit einem enkokobyo-Korb, der zum Einsammeln von Blättern bestimmt war.

Huyoo! Er ging geradewegs zu seinem Acker am See, um ihn vom Unkraut zu befreien.

Es kostete ihn einige Anstrengung, der vielen Pflanzen und Sträucher auf dem Acker Herr zu werden, ohne zu verzagen. Wenn das Messer stumpf wurde, schärfte er es wieder. Er schwitzte und arbeitete unermüdlich bis zum Mittag. Da unterbrach er die Arbeit, um ein wenig zu essen. Danach schärfte er das Messer und fuhr mit viel Freude an der Arbeit fort, den Acker zu roden. Kurz vor Sonnenuntergang hörte er auf, indem er bei sich dachte, daß es nicht gut sei, in der Dunkelheit zu arbeiten. Sonst würden die Leute ihm noch nachsagen, er arbeite mit den Geistern zusammen. Er nahm sein Werkzeug und verließ das Feld. Unterwegs kam er an einer Viehtränke vorbei. Kurz entschlossen zog er sich aus und badete erst einmal. Dann setzte er seinen Heimweg fort. Unmittelbar nach dem Abendessen fiel er todmüde ins Bett.

Am nächsten Morgen, als die Vögel gerade zu singen anfingen, hörte man vom Hoftor her eine Stimme um Einlaß bitten: „Hodi, hodi, hodi!" Bugonoka, die schon aufgestanden war und im Hauptraum des Hauses gesäuerte Milch schüttelte, hörte als erste die Stimme und machte Myombekere darauf aufmerksam. Er fragte laut: „Wer ruft da?" Worauf die Stimme antwortete: „Ich bin es, macht mir auf!" Myombekere öffnete das Hoftor, und der Rufer trat ein. Myombekere erkannte den Bräutigam seiner Nichte. Er nahm seinen Bogen entgegen und hieß ihn willkommen. Danach lud er ihn ins Haus ein. Der zukünftige Schwiegersohn zögerte, weil er sich an die Sitten der Kerewe halten und der zukünftigen Schwiegermutter seine Ehrerbietung erweisen wollte. Darum sagte er: „Mein Schwiegervater, es ist vielleicht besser, daß ich hier draußen bleibe." Myombekere forderte seine Nichte auf, dem Gast einen Stuhl herauszubringen. Nachdem er Platz genommen und eine Weile verschnauft hatte, fragte er Myombekere: „Sag mir, ist die Schwiegermutter schon auf den Hof zurückgekehrt?" Myombekere bestätigte dies und sagte: „Sie befindet sich im Haus und gießt gerade Milch in die ebizanda-Schalen." Der Gast erhob sich darauf und ging gemessenen Schrittes auf das Haus zu, um Bugonoka zu begrüßen. An der Tür stellte er sich seitlich zur Wand auf und erhob seine Stimme zum Gruß: „Guten Morgen, Mama!" Da Bugonoka nicht gehört hatte, machte die Nichte sie darauf aufmerksam: „Dein

Schwiegersohn, das heißt derjenige, der um meine Hand anhält, steht verdeckt neben der Tür und will dich begrüßen." Da rief der Bräutigam auch schon zum zweiten Mal: „Guten Morgen, Mama!" Nun erwiderte Bugonoka den Gruß des zukünftigen Schwiegersohns mit den Worten: „Mir geht es gut, mein Kind!" Sie tauschten die Neuigkeiten der letzten Zeit aus. Dann ging der Bräutigam zurück zu Myombekere, um ihm seinen Heiratswunsch mitzuteilen. Die Nichte hatte ihm nämlich nahegelegt, bei allen Verwandten väterlicher- und mütterlicherseits um ihre Hand anzuhalten. Er war schon einmal zu diesem Zweck zu Myombekere gekommen, hatte ihn aber nicht angetroffen, weil er wegen der Schwierigkeiten mit seiner Frau häufig nicht zu Hause war. Der Bräutigam sagte zu Myombekere: „Schwiegervater, ich bitte dich inständig mir zu verzeihen, daß ich um die Hand deiner Nichte, die hier für dich kocht, anhalte. Ich war schon einmal hier, habe dich aber nicht angetroffen. Nur deine Nichte war da und sagte mir, sie wisse nicht, wohin du gegangen seist. Neulich war ich bei den Eltern deiner Nichte, um zu erfragen, welche Entscheidung sie bezüglich meines Heiratsantrags getroffen haben. Sie drängten mich, unbedingt auch dich, ihren Onkel, um dein Einverständnis zu der Heirat zu bitten. Außerdem trugen sie mir auf, deine Nichte solle morgen zu ihren Eltern kommen, die dann die Angelegenheit mit ihr beraten wollen. Sie sagten, sie hätten nichts vorzubringen, was die Heirat aufhalten könnte. Dies ist also der Zweck meines Kommens. Schwiegervater, außerdem bitte ich dich um Entschuldigung dafür, daß ich dir kein wertvolles Geschenk mitgebracht habe." Myombekere antwortete: „Auch ich habe gegen die Heirat eigentlich nichts einzuwenden. Nur möchte ich zuvor zwei Hackenstiele von dir haben. Wenn du sie bringst, sollst du die Frau zur Heirat bekommen. Im übrigen bin ich damit einverstanden, daß meine Nichte morgen zu ihren Eltern geht, um die Sache mit ihnen zu beraten. Es ist nicht gut, eine Tochter zu Hause zurückzuhalten. Seit urdenklichen Zeiten ist es ihre Aufgabe, das Gehöft eines anderen aufzubauen und dazu den Hof ihrer Eltern zu verlassen." Nach diesem Gespräch bat der Bräutigam um seine Waffen. Er wollte schnellstens in sein Gehöft zurückkehren, wo noch viel Arbeit auf ihn wartete. Myombekere rief seine Nichte herbei: „Der Gast möchte aufbrechen. Bringe ihm seine Waffen!" Der Bräutigam verabschiedete sich von Myombekere und Bugonoka, während die Nichte ihn ein Stück des Wegs begleitete.

Sie schritten langsam voran, während sie ihre zukünftigen Pläne besprachen. Schließlich blieben sie stehen, bis ihnen vom Stehen die Beine schmerzten. Dann setzten sie sich. Der Bräutigam richtete seiner zukünftigen Frau aus, daß ihre Eltern sie am folgenden Tag bei sich sehen wollten. Sie war damit einverstanden, bei Anbruch des nächsten Tages das Gehöft der Eltern aufzusuchen und bis zur Heirat dort zu bleiben. Nachdem sie alles besprochen hatten, überreichte sie ihm seine Waffen, die sie bis zu diesem Augenblick getragen hatte. Sie verabschiedeten sich voneinander, und er ging heim, während sie in das Gehöft ihres Onkels zurückkehrte. Dort traf sie auf Myombekere, der gerade das Buschmesser geschärft hatte. Sie hatte der Tante versprochen, mit ihr zusammen den Teil des Feldes zu bestellen, den Myombekere am Vortag gerodet hatte.

Myombekere machte sich nach der Rückkehr seiner Nichte alsbald zum Feld auf und begann, das abgeschnittene Strauchwerk und Gras beiseite zu räumen. Noch ehe er alles am Feldrand aufgehäuft hatte, sah er schon die drei Frauen aus seinem Gehöft kommen, das heißt: die alte Frau, seine Nichte und Bugonoka. Letztere trug einen Korb mit Saatkartoffeln auf ihrem Kopf. Myombekere strengte sich gewaltig an, Unkraut und Sträucher zu entfernen. Dazu hatte er sein Ledergewand geschürzt und nach der Art der Männer mit einem Lederriemen um die Hüften festgebunden. Die Frauen schauten ihm eine Zeitlang zu. Dann setzte Bugonoka ihren Korb mit Saatkartoffeln ab und fragte ihn: „Sollen wir an dieser Stelle oder woanders mit der Feldbestellung anfangen?" Myombekere antwortete ihr: „Siehst du nicht, daß ich dahinten die Sträucher und das Gras entfernt habe? Wo willst du sonst mit der Arbeit anfangen? Du siehst doch, daß die Seite da drüben gerodet ist. Wenn ihr wirklich vorhabt, das Feld zu bestellen, dann fangt endlich mit der Arbeit an!"

Bugonoka begann darauf, wie vier Frauen auf einmal das Feld zu bearbeiten, wobei sie die Hacke benutzte, die ihr Myombekere am Tag zuvor gemacht hatte. Die beiden anderen Frauen schauten zu. Sie grunzte: „N!" Myombekere, der das hörte, fragte sie: „Was heißt hier ‚N'? Führe die Hacke mit aller Kraft, zu der eine Frau fähig ist. Gehe diesen Acker an, damit bald alle alten Wurzelstöcke im Boden verschwunden sind und du ein neues Stück Feld in Angriff nehmen kannst!" Wegen dieser kriegerischen Worte mußten alle aus vollem Halse lachen.

Bugonoka hatte eine neue Hacke, während ihre Helferinnen alte Hacken benutzten. Aber trotzdem waren diese noch zur Feldarbeit tauglich, nicht verbogen oder stumpf wie jene alten Hacken, die nur die Kräfte der Leute erschöpfen. Wenn Vorübergehende jemanden auf dem Felde sehen, der mit einer stumpfen Hacke arbeiten muß, sagen sie ihm zur Aufmunterung: „An die Arbeit!" Darauf antwortet man gewöhnlich: „Aber wir arbeiten doch schon genug! Es strengt uns sehr an!" Und wenn du dir die Hacken, die sie benutzen, genauer ansiehst, wirst du ihnen voll Überzeugung zurufen: „Ja, in der Tat, es muß euch sehr anstrengen!"

Nachdem das Feld von Wurzelstöcken befreit war, beschäftigten sich die drei Frauen damit, Furchen zu ziehen. Jede von ihnen zog ihre eigene Furche und legte das Saatgut darin aus.

Myombekere hatte inzwischen weiter gerodet, nachdem er das tags zuvor geschnittene Strauchwerk am Rande des Feldes aufgehäuft hatte. Schließlich atmete er erschöpft aus: „Yehuu!" Als die Frauen zu ihm hinblickten, sahen sie, daß er mit der Arbeit fertig war. Bugonoka sagte ihm: „Alle Achtung, du bist schon fertig!" – „Ja", erwiderte er, „aber ich habe mir eine Verletzung zugezogen, meine Frau!" Darauf fragten ihn die drei Frauen wie mit einer Stimme: „Wo bist du verletzt?" – „Am Auge. Ich weiß nicht, welches Insekt mir hineingeflogen ist. Ich habe versucht, es mit den Fingern herauszureiben, aber vergeblich." Die Alte meinte: „Vielleicht ist ihm eine akanalira-Fliege hineingeraten." – „Wieso sollte es gerade eine anakalira-Fliege sein, wenn doch die Sonne noch hoch am Himmel steht", fragten die beiden anderen Frauen. „Wir dachten, diese Fliege ist nur abends unterwegs." Die Alte blieb bei ihrer Meinung und sagte: „Wollt ihr etwa bestreiten, daß dieses Insekt im dichten Gestrüpp des Seeufers vorkommt? Auch am hellichten Tag kann es unglücklicherweise ins Auge fliegen, wenn es etwa von einem Feind, wie zum Beispiel einem Hexer, geschickt wird. Ihr habt ja keine Ahnung davon, weil ihr Hexerei oder Magie nie selbst erlebt habt."

Nach diesem Gespräch lief Myombekere nach Hause und holte

Glut. Damit zündete er das gerodete Strauchwerk an. Es entstand ein gewaltiges Feuer, das wegen des feuchten Brennmaterials heftig qualmte und zischte: puh!

Als die mit der Feldarbeit Beschäftigten nach oben schauten, bemerkten sie, daß die Sonne im Zenit stand. Myombekere forderte sie auf: „Kommt, laßt uns nach Hause gehen. Mir knurrt der Magen ganz entsetzlich. Loo, wollt ihr etwa heute fasten? Meine Arbeit geht schnell von der Hand, trägt jedoch keine Früchte. Eure Arbeit hingegen ist gesegnet, weil ihr dadurch zugleich die Kartoffeln befruchtet. Im übrigen sagt ein altes Sprichwort ja auch: ‚Die Hacke lügt niemals, aber das Buschmesser lügt.' Das heißt: Ob und wieviel mit der Hacke gearbeitet wurde, kann hinterher jeder an den Feldfrüchten erkennen. Das Ausmaß der Arbeit mit dem Buschmesser ist dagegen nur den Worten dessen zu entnehmen, der damit gearbeitet hat."

Die ackernden Frauen baten Myombekere, noch solange zu warten, bis jede von ihnen die gerade angefangene Furche beendet hätte. Dann wollten sie mit ihm zusammen nach Hause gehen und ihre Arbeit später wieder aufnehmen. Bevor sie zum Gehöft aufbrachen, ließen sie ihren Blick über die bereits bepflanzten Furchen schweifen und stellten befriedigt fest: „Wir haben wirklich einen guten Anfang gemacht!"

Nach dem Mittagessen setzten sie die Feldarbeit fort, zumal ihnen die Nichte gesagt hatte, daß sie am Morgen des folgenden Tags zu ihren Eltern gehen werde. Außerdem war das Abendessen schon vorbereitet. Das Hirsemehl stand zum Kochen bereit, und die Fleischbeilage mußte nur noch aufgewärmt werden. Bugonoka brauchte sich deswegen also keine Sorgen mehr zu machen.

Myombekere blieb allein im Gehöft zurück. Er streckte sich wegen der Schmerzen in seinem Auge auf dem Bett aus und ruhte ein wenig. Sein Anteil an der Feldarbeit war das Roden, und damit war er fertig. Das Pflanzen von Kartoffeln war Frauenarbeit und den Männern nicht erlaubt. Für einen Mann wäre es eine große Schande, daran teilzunehmen. Was sollte er in der Zwischenzeit tun? Als er am Sonnenstand ablas, daß es Zeit zum Baden sei, stieg er vom Bett und begab sich zum See, um dort ein Bad zu nehmen.

Danach prüfte er, was die Feldarbeiterinnen inzwischen geschafft hatten. Er fand, daß es sehr viel war und er mit dem Ergebnis ihrer Tätigkeit zufrieden sein konnte. Nachdem er sie wegen der Schwere ihrer Arbeit bedauert hatte, lobte er sie sehr und dankte ihnen. Der Boden war ziemlich feucht; was zwar für das Wachstum der Kartoffeln gut war, seine Bearbeitung jedoch erschwerte. Als die Frauen ihn ansahen, bemerkten sie, daß sein Auge tränte und Schleim absonderte. Sie sagten darauf: „Loo, dieses Auge wird noch einigen Ärger verursachen. Die Arbeit, die jemand verrichtet, verletzt ihn auch."

In der darauffolgenden Nacht schlief Myombekere schlecht, denn sein Auge schmerzte ihn sehr. Am Morgen brachte ihn Bugonoka daher zur Frau Kanwaketas. Diese behandelte gewöhnlich die Augenkrankheiten in der Gegend und war darin sehr erfahren. Sie schaute sich das kranke Auge genau an und kam zu dem Schluß, daß es sich in der Tat um die emambo-Krankheit, eine durch eingedrungene Insekten verursachte Reizung, handelte. Sie pflückte schnell eine bestimmte Heilpflanze und quetschte sie so aus, daß der Saft ins Auge träufelte. Eine weitere Pflanze gab sie ihnen mit der Anweisung: „Wenn ihr zu Hause seid, sollst du, Bugonoka, ihm nochmals Saft ins Auge träufeln. Myombekere soll bis zum Sonnenuntergang im Bett bleiben. Dann wird die Reizung verschwunden sein. Es kommt darauf an, daß er sofort ins Bett geht und die Augen geschlossen hält. Dann wird er schon nach kurzer Zeit Linderung verspüren."

Myombekere und Bugonoka verhielten sich so, wie Kanwaketas Frau es ihnen gesagt hatte. Myombekere schlief schnell ein und als er wieder aufwachte, waren die Schmerzen bereits völlig verschwunden. Er erhob sich fröhlich und erleichtert, als sei er niemals krank gewesen.

Seine Nichte war doch noch nicht zu ihren Eltern aufgebrochen. Sie wollte den Onkel nicht krank zurücklassen. Nachdem er wieder gesundet war, bereitete sie sich sogleich auf ihre Abreise vor. Der Onkel war damit einverstanden und sagte: „Ich dachte, du seist schon lange fort und wundere mich, dich hier noch zu sehen." Worauf sie antwortete: „Onkel, wie hätte ich einfach ohne Abschied von dir weggehen können? Außerdem habe ich mir gedacht, daß ich dich nicht verlassen dürfte, solange du so große Schmerzen hattest. Ich wollte meinen Eltern auch berichten können, wie sich die Krankheit entwickelte. Ich kann doch meinen Onkel nicht einfach krank zurücklassen, so als ob ich nicht mit ihm verwandt wäre!"

Bugonoka suchte einige Sachen zusammen, die ihr zum Abschied geschenkt werden sollten. Sie füllte ein sonzo-Gefäß mit Hirsemehl und eine grüne Kürbisflasche, ‚isorogoto' genannt, mit Butterschmalz. Myombekere holte aus dem Rauchfang drei große Fleischstücke, verpackte sie gut und legte sie in einen Korb, den er ihr überreichte. Sie kniete vor ihm nieder, um Abschied zu nehmen: „Auf Wiedersehen, Onkel! Bleib gesund!" Er erwiderte: „Grüß meinen Schwager, deinen Vater und Mbonabibi, deine Mutter, sowie alle deine Geschwister von mir!" – „Das werde ich tun!", sagte sie und ging davon.

Die Frauen des Gehöfts begleiteten sie noch ein Stück des Wegs. Bugonoka trug das Bündel mit dem Mehl und dem Butterschmalz, während die Alte sich den Korb mit dem Fleisch aufgeladen hatte. In der Steppe hielten sie an und setzten die Lasten auf der Erde ab. Dann packten sie alles zusammen. Zuunterst kam der Fleischkorb. Darauf setzten sie das Gefäß mit Butterschmalz, das ihnen stabil genug schien. Sie hoben der Nichte die Last auf den Kopf und hängten ihr zum Schluß die Kürbisflasche mit Butterfett an den Arm. Dann verabschiedeten sie sich voneinander. Die Nichte machte sich auf den Weg zu ihren Eltern, während die beiden anderen Frauen zum Gehöft zurückkehrten.

Dort wartete Kagufwa schon mit dem Melken auf sie. Bugonoka brachte ihm Wasser zum Händewaschen. Er säuberte seine Hände und melkte alle Kühe. Bugonoka bereitete alsbald das Essen vor, das sie in einem Tontopf auf die Herdsteine stellte. Zu Kagufwa sagte sie: „Ich habe einen omuzubo-Topf mit Speisen auf den Herd gestellt und schon Wasser zugegeben. Wenn der Sonnenstand dir anzeigt, daß es Zeit ist zum Kochen, zünde das Feuer darunter an und koch die Speisen. Wir wollen inzwischen auf dem Feld weiterarbeiten."

Myombekere blieb im Gehöft und reparierte den Rinderpferch, den die Tiere in der Nacht zuvor beschädigt hatten.

Auf dem Feld des Nachbarn schnitten Bugonoka und die Alte erst einmal Kartoffelsetzlinge für ihre Aussaat, wie ihnen der Nachbar gestattet hatte. Sie waren erst kurze Zeit wieder bei der Arbeit, da geriet Bugonoka an eine Kartoffelstaude, die sich trotz aller Anstrengung nicht herausziehen ließ. Sie beugte sich über die Pflanze und als sie genauer hinschaute, bemerkte sie eine große Puffotter darin. Bugonoka sprang mit einem Satz beiseite und rief mit zitternder Stimme: „Loo, weh mir, Mama, ich sterbe!" Die Alte schreckte von ihrer Arbeit hoch und fragte: „Bibi, was ist dir zugestoßen?" Bugonoka erzählte ihr, daß sie beinahe eine Puffotter angefaßt hätte. Die Alte kam eilig herbeigelaufen, wobei sie gar nicht merkte, wie sie einige der Kartoffelstauden fallen ließ, die sie unter dem Arm geklemmt hielt. „Wo ist denn die Riesenschlange", fragte sie. Vor Angst zitternd zeigte Bugonoka mit dem Finger auf die Stelle: „Da liegt sie doch!" Die Alte schaute mit ihren altersschwachen Augen in die angegebene Richtung, konnte aber zunächst nichts erkennen. Bei längerem Hinsehen erblickte sie dann doch noch die große Puffotter, die dort regungslos lag.

Nachdem die Frauen ihre Angst etwas überwunden hatten, liefen sie davon und ließen sogar einige der bereits abgeschnittenen Setzlinge zurück. Offenbar dachten sie, daß überall Puffottern seien. Als sie in offenes Gelände kamen, fragte die Alte: „Was für eine Staude wolltest du denn gerade herausziehen, als die Schlange auftauchte?" Bugonoka erklärte es ihr. Sie gingen geradewegs zu ihrem eigenen Feld, denn die Setzlinge, die sie vorher abgeschnitten hatten, reichten eigentlich noch für die Arbeitszeit des folgenden Tages aus.

Kurze Zeit, nachdem sie die Arbeit auf ihrem Acker wieder aufgenommen hatten, kam Myombekere. Er trug mit der linken Hand eine Tonscherbe, auf der sich etwas glühende Holzkohle befand. Über die rechte Schulter hatte er einen Korb zum Aufsammeln von Gras und ein Buschmesser gehängt. „Ihr Feldarbeiterinnen, was macht die Arbeit?", fragte er sie beim Näherkommen. Sie antworteten: „Wir sind dabei, aber beinahe wären wir umgekommen." – „Oh, wie hätte das geschehen können?", fragte er. Bugonoka berichtete ihm: „Wir schnitten gerade Setzlinge ab, als ich eine große Puffotter erblickte. Ich hätte sie aus Versehen beinahe angefaßt. Ich dachte, es sei mein Tod. Hätte mich die Puffotter gebissen, in welchem Zustand befände ich mich jetzt wohl?" Myombekere machten die Worte seiner Frau sehr besorgt und er sagte: „Jetzt wärest du wahrscheinlich schon tot, du hättest nicht überleben können! Das tut mir leid. Mehr fällt mir im Augenblick nicht dazu ein. Oder doch! Vielleicht ist die Schlange noch da?" Bugonoka fragte: „Und wenn sie noch da wäre, was wolltest du dann gegen sie tun?" – „Ich will sie natürlich töten", antwortete er ohne Zögern.

Bugonoka griff ihn sofort an: „Bist du verrückt? Willst du wirklich eine Schlange töten? Wie kann ein erwachsener Mensch nur so etwas sagen! Oder willst du vielleicht die Schlange töten, weil du kinderlos bist?" Myombekere verteidigte sich: „Wärest du jetzt nicht tot, wenn sie dich gebissen hätte?" – „Ja", sagte sie, „das stimmt. Aber wenn die Schlange mich auch getötet hätte, ist das kein Grund, sie zu töten. Hast du keine Angst, dadurch ein Unglück auf dich zu ziehen?" Die Alte fügte noch hinzu: „Das stimmt! Wer Schlangen tötet, wird unweigerlich von einem Unglück heimgesucht. Laß dich nicht verleiten, eine Python zu töten, als wenn sie etwas wäre, das du ohne Folgen zerstören kannst. Schweigen wir jetzt lieber davon! Wer von uns beiden würde dir überhaupt die Stelle zeigen, wo uns die Schlange begegnet ist, um auch auf sich Unheil zu ziehen?" Als Myombekere merkte, daß er in die Enge getrieben war, sagte er: „Ich habe das nur im Scherz so gesagt. Im Ernst würde ich niemals die überkommenen Gesetze brechen wollen." Nach dieser Herausforderung machte sich Myombekere an seine Arbeit. Er häufte auch das restliche Strauchwerk, das er tags zuvor, bevor ihn das Mißgeschick mit dem Auge traf, gerodet hatte, noch zusammen und setzte es mit Hilfe der mitgebrachten Glut in Brand. Nach kurzer Zeit war alles erledigt. Er ging zu Bugonoka und sagte: „Bibi, ich bin mit meiner Arbeit fertig! Jetzt hast nur noch du zu tun." Bugonoka erwiderte: „Ja, das stimmt! Wir wollen sehen, was Gott mit uns vorhat. Wenn er uns Gesundheit schenkt, werden wir das ganze Feld bestellen. Falls nicht, werden wir eben hinter unseren Mitmenschen zurückbleiben." Als sie zum Himmel blickten, sahen sie, daß es Zeit zum Mittagessen war. Nach dem Essen setzten Bugonoka und die Alte die Feldarbeit bis zum Abend fort.

Die folgenden Tage strengten sich die beiden Frauen sehr an, die Feldarbeit voranzubringen. Bugonoka stand meistens sehr früh auf, wenn ihr Mann noch schlief. Beim ersten Singen der Vögel nahm sie ihren Tonkrug und ging zum See, um Wasser zu holen. Die Hirse hatte sie zu diesem Zeitpunkt meist schon gemahlen. Bei ihrer Rückkehr pflegte auch ihr Mann aufzustehen. Sie reichte ihm Wasser zum Waschen seines Körpers und zum Ausspülen des Mundes. Danach reinigte er die Zähne, indem er auf einem ausgefransten Stöckchen kaute. Falls vom Vortag Gemüse oder Fleischbeilage übrig geblieben war, bereitete sie ihm daraus einen sogenannten Ikingo, d. h. Imbiß. Sie schüttelte gehörig die gesäuerte Milch und füllte sie in verschiedene Gefäße um. Dann ergriff sie ihre Hacke und ging auf das Feld.

Insgesamt legte sie vier Kartoffeläcker an, davon drei alleine. Die alte Frau war nach dem Bepflanzen des ersten Feldes zu ihren eigenen Feldern zurückgekehrt, auf denen sie Hirse anbaute. Auf dem Gehöft von Myombekere hatte sie ja eigentlich nur als Besucherin geweilt.

Als die Hirsebauern ihre Ernte eingebracht hatten, nahm Myombekere einen schwarzen Stier aus dem Gehege. Es handelte sich um ein großes Tier, das man normalerweise für Trauerfeiern aufbewahrt. Jener Stier hatte zwei Höcker. Myombekere nannte ihn Charokoba, d. h. ,Glückliche Herrschaft'. Nun, er wurde geschlachtet, um gegen sein Fleisch Hirse einzutauschen.

Der Handel ging so vonstatten: Der Verkäufer schnitt ein Stück Fleisch ohne Knochen zurecht, sagen wir von der Größe einer Handfläche. Dafür ließ er sich eine Kalebasse mit Hirse füllen. Wenn diese randvoll war, warf er das Fleisch in den Korb des Käufers. Wer mehr Hirse bot, bekam entsprechend mehr Fleisch.

Für den Verkauf seines Fleisches stellte Myombekere einen gerissenen Mann namens Mpuyangani an. Aus dessen Schlauheit zog er großen Nutzen. Dieser Mann pflegte den Käufern allerlei zu erzählen, so daß sie abgelenkt wurden und nicht bemerkten, wie sie zu viel Hirse in die Kalebasse füllten. Noch ehe sie es gewahr wurden, hatte Mpuyangani die Hirse schon in das Sammelgefäß ausgeleert. Außerdem beredete er die Leute, noch mehr Hirse zu bringen, indem er ihnen vorgaukelte, daß der für den Verkauf bestimmte Fleischvorrat bald zu Ende ginge, weil auch der Eigentümer für sich selbst etwas davon haben wolle. Anderen sagte er: „Jedes Jahr erleben wir einen großen Mangel an Gemüse und Fleisch, die als Beilage für den Hirsebrei in Betracht kommen. Wer Hirseklöße ißt, kennt diese Not und weiß, daß seine Nahrung ohne Beilage nicht schmeckt." Aufgrund solcher Reden drängelten sich die Leute, um Hirse gegen das sehr beliebte fette Fleisch des schwarzen Stieres einzutauschen. Durch ihr Drängeln wurde eine Menge Hirse verschüttet, die auf den Boden fiel. Um auch sie einzuheimsen, hatte der schlaue Mpuyangani eine Rinderhaut auf der Erde ausgebreitet. Durch diesen Trick und dadurch, daß er den

Leuten kleinere Fleischstücke gab, als ihnen an sich zustand, erzielte er einen gewaltigen Überschuß an Hirse. Schon nach kurzer Zeit war alles Fleisch verkauft. Als er schon längst kein Fleisch mehr hatte, kamen noch viele, die unverrichteter Dinge mit ihrer Hirse wieder nach Hause gehen mußten. Myombekere entlohnte den Fleischverkäufer Mpuyungani mit einer großen Kalebasse voll Hirse, einem großen Stück Fleisch und zusätzlich mit verschiedenen Innereien. Mpuyugani ging mit seinem Arbeitslohn nach Hause und erfreute sich daran zusammen mit seiner Frau und seinen Kindern. Auch tröstete er sich mit diesen Gaben über die Tatsache hinweg, daß die Leute hinter ihm herredeten, er habe ihnen für ihre Hirse zu wenig Fleisch gegeben.

Als Bugonoka noch dabei war, Kartoffeln zu pflanzen, befaßte sich Myombekere mit einer sehr schweißtreibenden Arbeit am Haus. Er legte nämlich am Rande des Gehöfts eine Bananenpflanzung an. Dafür hatte er sechs verschiedene Gründe:

Erstens dachte er bei sich, daß derjenige, welcher Bananen zur Herstellung von Bier anbaut, von den Herrschern des Landes, d. h. vom König, Dorfvorsteher und von anderen Würdenträgern, höher geachtet wird als andere Menschen.

Zweitens hatte er festgestellt, daß der Besitzer von Bananenstauden auch bei den übrigen Leuten ein höheres Ansehen genoß entsprechend dem althergebrachten Sprichwort: ‚Wenn man ein Herr sein will, muß man Bananen anbauen.‘

Drittens hatte er es selbst erfahren, wie derjenige, der Bananen besitzt, das Eigentum eines anderen erwerben kann. Schließlich hatte er ja selbst einen fetten Ziegenbock für 25 Fruchtstände hingeben müssen, als er das Bußbier für den Schwiegervater benötigte, und es gab viele ähnliche Fälle.

Viertens hatte er gesehen, daß man als Eigentümer von Bananen in der Lage war, angesehene Leute auf sein Gehöft zu laden, auch wenn man sonst einen Makel wie etwa Kinderlosigkeit hatte.

Fünftens wußte er, daß hierzulande viele Zeremonien und Gemeinschaftsaufgaben mit Bier besser durchgeführt werden können wie zum Beispiel Hochzeiten, Erntefeiern, Hausbau, Dachdecken, Feldarbeiten oder Bootsbau.

Sechstens hatte er schließlich festgestellt, daß ein Besitzer von Bananenstauden durch den Verkauf ihrer Früchte mehr Einkünfte erzielen konnte als andere Hofbesitzer.

Myombekere lief zunächst weit umher, um Bananenstecklinge zu besorgen. Ohne jegliche Hilfe pflanzte er an den Grenzen seines Gehöfts dann zweihundert Stecklinge. Da es die Leute nicht gerne sehen, daß jemand eine solche Arbeit ganz allein verrichtet, nahmen sie es nicht schweigend hin. Jeder, der ihn unterwegs traf, versäumte nicht, ihn zu fragen: „Wozu brauchst du all diese Bananenstecklinge, Myombekere? Willst du etwa einen Bananenhain anpflanzen?" Er antwortete dann jedesmal: „Ich möchte sie nur um das Haus herum pflanzen, damit meine Frau Blätter zum Zudecken der Töpfe davon abschneiden kann. Auch denke ich, daß ein Windschutz ihr das Kochen erleichtern würde." Ständig befragten sie ihn und schließlich folgten sie ihm sogar bis zu der Stelle nach, wo er die Stauden anpflanzte. Keiner versäumte es, einen Kommentar abzugeben: „Ei, hier wachsen ja auf einmal Bananen. Sie werden sicherlich gut gedeihen, da der Boden fruchtbar ist. Pflanze nur weiter bis hinter den Termitenhügel, falls dir das Land dort auch noch gehört! Besonders hier, wo das engoro-Gras wächst, ist der Boden gut für Bananen. Hier gedeihen Bananenstauden so gewaltig, daß sie von zwei Männern getragen werden müssen." Myombekere war über dieses Verhalten verwundert und dachte bei sich: „Was haben sie nur? Ist es denn so schwer, jemanden, der in aller Ruhe seiner Arbeit nachgeht, nach dem Austausch der üblichen Grußformeln nicht weiter zu stören? Sie loben meine Arbeit, wenn ich dabei bin. Aber hinter meinem Rücken reden sie darüber und schmähen mich. Was soll ich dagegen tun? Es macht mich krank. Diejenigen, die mir bis hierher folgen, wo ich arbeite, verhalten sich ganz so, wie das Sprichwort sagt: ‚Nkulumbilire ensohera y'Egundu. – Diese Leute folgen mir wie die Fliegen im Egundu-Gebiet.' Sollten sie dir noch oft auf dem Wege begegnen, wenn du gerade Bananenstecklinge auf dem Kopf trägst, werden sie dich solange befragen, bis du keine Antwort mehr weißt. Sie wollen alles wissen, als ob du hierzulande der erste seist, der Bananen anbaut. Ich wollte meine Arbeit eigentlich ganz allein und in aller Ruhe verrichten. Aber viele tun so, als ob sie mitarbeiten. Gehe ich raus aufs Feld, bin ich wirklich allein. Komme ich nach Hause, warten sie schon auf mich. Da gibt es eine besondere Sorte von ungebetenen

Teilnehmern. Noch ehe ich das erste Loch für einen Steckling graben kann, schalten sie ihre Mundwerke ein und fangen damit an zu arbeiten: fyefyefyefyefye – fertig! Dann gibt es aber noch eine zweite Sorte. Sie tragen das Feld in ihrem Mund. Darauf bringen sie die größten Bananen-Fruchtstände hervor, so daß sie von zwei Männern getragen werden müssen. Noch ehe ich das zweite Loch für meine Stecklinge gegraben habe, sind ihre Bananen schon reif, geerntet und zu Bier verarbeitet. Und während ich noch pflanze, haben sie das Bier schon getrunken und dazu ihre Säuferlieder gegrölt. Nein sowas!" Um sie zum Schweigen zu bringen, gab Myombekere jedem, der ihm beim Pflanzen Ratschläge erteilen wollte, zur Antwort: „Die Bananen hier haben meine Vorgänger auf dem Gehöft angepflanzt. Ich entferne nur das Unkraut daraus. Wenn diese Arbeit nicht getan wird, erledigt sie sich auch nicht von selbst. Die Leute tragen das, was sie haben. Wenn sie nichts haben, können sie auch nichts tragen. Wenn du einem Hund sagst: ‚Tschi, faß‘, dann wird er schnappen, was er gerade vor sich sieht. Um deine Arbeit zu erledigen, mußt du dich ihr täglich widmen! Was macht die Arbeit? – Sie hört niemals auf, mein Freund!" Dies waren die Worte, die er jedermann offen sagte, aber seine wahren Gründe, weshalb er die Bananenpflanzung anlegte, behielt er für sich.

Myombekere versucht die Unfruchtbarkeit seiner Frau mit Hilfe eines Heilers zu überwinden

Eines Abends, als sie nach der Feldarbeit gemeinsam im Bette lagen, räusperte sich Myombekere, als ob er etwas sagen wolle. Aber er schaffte es nicht und hustete nur. Mit dem Husten schluckte er hinunter, was er eigentlich auf der Seele hatte. Er gähnte, ohne dabei seine Hand oder die gemeinsame Schlafdecke vor den Mund zu halten. Nein sowas! Loo, was sollte das bedeuten? Bugonoka lächelte erst ein wenig darüber, dann wollte sie in lautes Gelächter ausbrechen. Eine innere Stimme riet ihr jedoch zu warten, bis er ausgegähnt hatte. Sie konnte ihm ja auch dann noch ihre Bemerkungen über sein Verhalten mitteilen. Schließlich war er ja nicht im Begriff fortzulaufen! Als sie feststellte, daß er weiter schwieg und dabei mit den Zähnen knirschte, ständig hüstelte und schlucken mußte, fragte sie ihn schließlich, was ihn bedrückte: „Zunächst hast du kräftig geschluckt und dann hast du ausdauernd gegähnt. Eh Bwana, erst wollte ich kräftig loslachen, aber dann mahnte mich eine innere Stimme, es nicht zu tun. Ich sagte mir, auf der Welt gibt es vielerlei Krankheiten. Vielleicht leidet dein Gefährte an etwas, das ihn zu so einem Verhalten zwingt. Es ist besser, du fragst ihn später, wenn es ihm wieder besser geht." Myombekere mußte nun seinerseits lauthals lachen: ha, ha, ha, ha! Bugonoka fiel mit ein, und so lachten sie gemeinsam, bis ihnen die Rippen weh taten. Myombekere lief dabei der Speichel aus dem Mund bis auf das Kopfkissen. Hätte Bugonoka ihn nicht abgewischt, hätte er auf einer nassen Unterlage schlafen müssen. Ihr traten dafür die Tränen aus den Augen und benetzten ihre Seite der Schlafdecke, ohne daß sie etwas dagegen tun konnte. Nachdem sie ausgelacht hatten, sagte Myombekere: „Morgen werde ich mich noch vor Tagesanbruch zum Heiler auf den Weg machen, um ihm zu sagen, daß du zurückgekehrt bist. Während du bei deinen Eltern warst, habe ich ihn schon zweimal aufgesucht. Er hat mich jedesmal aufgefordert bis zu deiner Rückkehr zu warten. Falls er uns jetzt etwas mitzuteilen hat, werde ich dich davon unterrichten. Ist es etwa nicht recht, sich in dieser Welt um Nachkommenschaft zu kümmern?" Bugonoka stimmte ihm zu: "Wer will schon ohne Kinder sein. Insbesondere wir Frauen wünschen uns Kinder. Wenn ich daran denke, kinderlos zu sterben, ohne jemanden, der meine Leiche zu Grabe trägt, also wie ein Hund, der von wilden Tieren gefressen wird, dann packt mich Verzweiflung. Aber die Seele ist etwas Kostbares, deswegen kann man sich nicht selbst den Hals zudrücken. Der Wert der Seele hindert einen daran, Selbstmord zu begehen, so daß wir warten, bis die Stunde des Todes von selbst gekommen ist." Myombekere antwortete ihr: "So etwas kommt vor, meine Frau. Kennst du etwa keine anderen Leute hierzulande, die kinderlos sind?" Sie erwiderte: "Das sagst du nur, weil du ein Mann bist. Du kannst immer noch mit einer anderen Frau Kinder zeugen. Aber woher soll ich welche bekommen? Es stimmt: gelegentlich begegne ich unfruchtbaren Frauen. Aber sie haben alle schon einmal versucht, mit Hilfe von Heilern davon loszukommen. Ei Bwana, wie kannst du wissen, daß du wirklich unfruchtbar bist, solange du es nicht mit einer anderen Frau versucht hast?" Danach sprachen sie weiter über ihr vornehmliches Ziel, wie Bugonoka mit Hilfe eines Heilers ihre Kinderlosigkeit überwinden könnte. Sollten sie bei dem einen Heiler keinen Erfolg haben, wollten sie zu einem anderen gehen. Und so fort, bis sie es mit allen Heilern des Kerewe-Landes versucht hätten. Sie waren sogar bereit, deswegen ins Ausland zu gehen. Wenn die Leute sagen sollten, da und da wohnt ein Arzt, der wegen seiner Erfolge bei der Heilung von Unfruchtbarkeit berühmt ist, dann wollten sie sich dorthin begeben. Über diesem Gespräch schliefen sie schließlich ein.

Am nächsten Morgen ging Myombekere zum Heiler Kibuguma, um ihm mitzuteilen, daß Bugonoka nun wieder zu Hause sei. Er traf ihn dabei an, wie er seinen Patienten Medizin austeilte. Unter seinen Patienten befanden sich Leprakranke, Epileptiker, Geisteskranke und Menschen, denen er wahrsagen sollte. Sie erhielten Heilmittel zur Einnahme und für Waschungen. Einige hatten starkes Fieber. Andere litten unter Blutarmut, und wiederum andere waren wegen einer Fruchtbarkeitsmedizin gekommen. Manch einer wünschte ein Amulett, um böse Geister oder schwarze Magie damit abzuwenden. Es waren sehr viele Leute anwesend. Als der Heiler alle behandelt hatte, konnte auch Myombekere sein Anliegen vortragen. Kibuguma sagte ihm, er solle mit Bugonoka in drei Tagen zu ihm kommen. Dann wolle er mit der Behandlung anfangen. Myombekere verabschiedete sich und entfernte sich. Als er schon eine Weile heimwärts gegangen war, kam jemand hinter ihm hergelaufen. Kibuguma hatte ihn geschickt, um Myombekere zurückzuholen. Er wollte ihm noch einige Anweisungen geben. Als er wieder bei Kibuguma eintraf, fragte Myombekere ihn zunächst, ob er ihn tatsächlich zurückgerufen habe. Dieser bestätigte es und gab ihm die Anweisung: „Wenn du mit deiner Frau zu mir kommst, bringe Brennmaterial mit, das alles von derselben Sorte Holz ist. Damit will ich eure Medizin kochen. Bring auch einen bisher noch unbenutzten Tontopf mit." Daraufhin verabschiedete sich Myombekere zum zweiten Mal und kehrte in sein Gehöft zurück.

Zu Hause bot ihm Bugonoka zunächst Kartoffeln und eine kleine Kalebasse mit gesäuerter Milch an. Er aß und, nachdem er gesättigt war, fragte ihn Bugonoka: „Meine Anteilnahme wegen des Ungemachs der Reise! Hast du den Heiler angetroffen? Was hat er gesagt?" Myombekere antwortete: „Er war tatsächlich zu Hause und hatte viele Patienten. Zunächst trug er mir Grüße an dich auf, dann bestellte er uns in drei Tagen zu sich. Du sollst ein Bündel mit Brennholz, das alles von derselben Sorte ist, mitbringen. Außerdem möchte er einen neuen Topf haben, in dem noch nie etwas gekocht wurde." Bugonoka wunderte sich: „Er hat Grüße an mich bestellt, aber kennt er mich denn?" Myombekere erklärte ihr: „Denkst du, daß die Leute nur an jemanden Grüße bestellen, den sie kennen? Ich denke, es ist durchaus üblich, jeden, den man unterwegs trifft und mit dem man Grußformeln austauscht, auch nach seinen persönlichen Verhältnissen zu befragen. Wenn er ein verheirateter Mann ist, kannst du Grüße an seine Frau bestellen, und bei einer verheirateten Frau bestellst du Grüße an ihren Mann." Bugonoka bestätigte: „Ja, du hast recht, genau so ist es!"

Sie zählten den zweiten Tag. Da ging Myombekere früh am Morgen in den Busch und holte den Stamm eines munazi-Baums, nicht zu verwechseln mit der Kokospalme, die im Swahili denselben Namen trägt. Nach dem Frühstück nahm er ein Beil und spaltete damit den Stamm auf. So entstand Brennholz ein und derselben Art. Er umwickelte alles mit einem Strick, so daß es von seiner Frau leicht getragen werden konnte. Am Abend desselben Tages gingen sie zeitig ins Bett. Da sie am nächsten Morgen früh zum Heiler aufbrechen wollten, schliefen sie sofort ein.

Schon vor Tagesanbruch stand Bugonoka auf und schüttelte als erstes die gesäuerte Milch. Dann weckte sie das Mädchen, das ihr bei der Arbeit half, und sagte zu ihr: „In diesem Korb befindet sich etwas zum Kochen. Wenn du am Sonnenstand siehst, daß es Zeit zum Kochen ist, schäle die Kartoffeln, wasche sie und setze sie aufs Feuer. Hier ist auch etwas gesäuerte Milch für dich, falls wir nicht rechtzeitig zurück sind." Nach diesen Anweisungen nahmen sie das Bündel Brennholz, den neuen Tontopf und das Entgelt für den Heiler. Dann brachen sie auf.

Schon bei Sonnenaufgang trafen sie beim Heiler ein. Nach der Begrüßung verschnauften sie eine Weile, dann wollte Kibuguma mit der Behandlung anfangen. Er schickte Bugonoka mit dem Brennholz und dem Tontopf ins Haus. Dort warf er das Heilkraut, das er mit einem Breitbeil abgeschnitten hatte, in den Topf und gab etwas Wasser hinzu, bis das Kraut ganz bedeckt war. Dann forderte er Bugonoka auf, den Topf auf die Herdsteine zu setzen und die Kräuter zu kochen. Als die Medizin auf dem Feuer brodelte, wies er Bugonoka an, den Topf vom Feuer zu nehmen und in den Hauptraum des Hauses zu tragen. Dorthin rief er auch Myombekere. Kibuguma hatte den Sud deswegen in den Hauptraum tragen lassen, weil er sehen wollte, ob eine Fliege hineinfiel. Wäre dies geschehen, hätte der Mensch, der ihn gekocht hatte, bestimmt in wenigen Tagen sterben müssen. Aus dem Gegenteil konnte der Heiler ersehen, daß der betreffende Mensch noch viele Tage zu leben hätte. Kibuguma freute sich sehr, als in den Sud, den Bugonoka bereitet hatte, keine Fliege fiel. Er sagte: „Diese Frau hat großes Glück. Ihre Zukunft sieht günstig aus. Ich weiß sogar, warum ihre Kinder stets gestorben sind. Sie hat einen Wurm im Leib, der ‚enzoka y'ihuzi' heißt. Es gibt keinen anderen Grund wie etwa verärgerte Ahnengeister, denen zu opfern ihr vergessen hättet. An dir, Myombekere, haben die Geister nichts auszusetzen. Im Bauch der Frau habe ich zwei Leibesfrüchte gesehen. Die erste ist ein Sohn, die zweite eine Tochter. Bugonoka wird also zunächst einen Sohn gebären, danach eine Tochter."

Die beiden glaubten alles, was der Heiler ihnen wahrsagte. Deswegen ermunterten sie ihn auch: „Sag uns mehr" oder „Bring Licht in unsere Zukunft, oh Heiler!" In ihrem Inneren aber waren sie froh über ihre glückliche Zukunft. Vor allem Bugonoka strahlte über das ganze Gesicht. Zwischendrin kamen ihr zwar leise Zweifel, daß es der Heiler nicht ernst meinen könne, dann aber beruhigte sie sich wieder und war bereit zu warten, was die Sonne an den Tag bringen würde.

Nachdem Kibuguma wahrgesagt hatte, rief er seine Frau aus dem Schlafraum: „Weroba, komm und wasch deine Genossin!" Bugonoka und Weroba gingen mit dem Tontopf, in dem sich die Heilkräuter befanden, zu einer Weggabelung. Dort forderte Weroba Bugonoka auf, sich auszuziehen. Bugonoka kauerte sich nackt mitten auf die Weggabelung, und Weroba wusch sie vom Kopf bis zu den Füßen mit dem Sud aus dem Topf. Danach zog sich Bugonoka schnell wieder an, und Weroba goß den Rest der Brühe auf die Stelle, wo zuvor Bugonoka gewaschen worden war. Im Gehöft sagte Kibuguma zu seiner Frau: „Nimm diesen Topf. Er gehört jetzt dir. Für Myombekere und Bugonoka ist er tabu geworden." Weroba nahm darauf den Topf an sich und stellte ihn zu ihren anderen Töpfen. Myombekere übergab Kibuguma das Entgelt für die Behandlung und sagte zu ihm: „Ab heute betrachten wir dich als unseren Heiler, denn du hast erkannt, warum wir bisher kinderlos geblieben sind. Gib uns bitte eine Medizin, die wir zu Hause einnehmen können!" Kibuguma wollte die Bitte erfüllen und schickte darum seine kleine Tochter Bazaraki in den Busch, ein bestimmtes Heilkraut zu suchen. Sie war trotz ihres jugendlichen Alters schon in die Heilkunst eingeweiht und erledigte alle Aufträge ihres Vaters, ohne einen Fehler zu machen.

Bazaraki nahm das Breitbeil zum Abschaben von Baumrinde und ging sofort in den Busch. An dem ihr bezeichneten Baum schabte sie kleine Rindenstückchen ab, die sie in einem Gefäß auffing, das sie mit der linken Hand hielt. Sie sonderte die Rindenstücke, die mit der Außenseite nach oben in den Topf gefallen waren, aus und warf sie, der Weisung ihres Vaters gemäß, schnell fort. Die anderen, die mit der Innenseite nach oben in den Topf gefallen waren, bewahrte sie, denn sie waren ein geeignetes Mittel gegen Unfruchtbarkeit. Auf dem Rückweg pflückte sie noch einige Bananenblätter zum Verpacken der Medizin.

Im Gehöft prüfte der Vater zunächst das Heilmittel. Dann ließ er es durch seine Tochter einpacken und übergab es seinen Patienten. Zu Bugonoka sagte er: „Wenn du nach Hause kommst, lege die Hälfte der Medizin in eine ausgehöhlte Kürbisfrucht, die weder sauer noch bitter ist. Die andere Hälfte lege zum Trocknen in die Sonne! Das Mittel im Kürbis bedecke randvoll mit Wasser. Davon sollst du zweimal täglich trinken, morgens kurz vor Sonnenaufgang und abends kurz nach Sonnenuntergang. Zum Trinken sollst du dich in die Tür hocken und nach Osten schauen. Wenn du merkst, daß das Heilmittel seine Kraft verliert, gieße es dort aus, wo die Menschen üblicherweise ihr großes Geschäft verrichten. Ist die Medizin aufgebraucht, komm eilends zu mir und hol dir neue. Wenn du krank bist, kann sie auch dein Mann für dich holen. Das macht nichts. Ihr dürft unter keinen Umständen mit anderen außerhalb der Ehe Verkehr haben. Sonst wird das Mittel wirkungslos. Ihr seid beide noch jung. Wenn ihr nicht auf Seitensprünge verzichten könnt, dann sagt es mir aufrichtig, damit ich meine Medizin nicht verschwende. Falls ihr jetzt noch kein Kind zeugen wollt, brauche ich euch die Medizin ebenfalls nicht zu geben, hört ihr?" Myombekere und Bugonoka antworteten ihm sogleich: „Wer will hierzulande denn keine Kinder zeugen? Es ist ein Unglück, wenn man keine Kinder bekommt. Von der Unfruchtbarkeit wollen wir ja gerade befreit werden. Wir bitten dich daher inständig, uns das Mittel zu geben. Die Bedingungen kennen wir nun. Was sollte uns außer unserer Not sonst zu dir getrieben haben? Bis heute haben wir kein lebendes Kind gezeugt. Verständige Leute wie wir werden sich kaum der Lust mit anderen hingeben. Wozu soll das nützen?" Als sie sich nach dieser Rede verabschieden wollten, sagte Kibuguma zu Bugonoka: „Ich habe noch vergessen dir zu sagen, daß du den Teil des Heilmittels aus der grünen Kalebasse nach jedem Trinken neben deinem Bett abstellen sollst, dort, wo dein Kopf liegt. Außerdem wäre es gut, wenn ein Mädchen, das noch keine Regel hatte, dir jedesmal den Trank reichen könnte." Myombekere und Bugonoka versicherten ihm, daß sie zu Hause genau ein solches Mädchen hätten. Er fügte seinen Anweisungen deswegen noch hinzu: „Sag diesem Mädchen, daß es mit dem Gesicht nach Westen blickt, wenn es dir die Medizin reicht. Ihr müßt euch dabei die Rücken so zukehren, daß sie sich bei der Einnahme berühren. Nach dem Trinken soll das Mädchen die Kalebasse wieder an den Platz neben dem Bett stellen." Danach verabschiedeten sie sich endlich von Kibuguma und seiner Frau Weroba und kehrten in ihr eigenes Gehöft zurück.

Zu Hause setzte Bugonoka die Medizin genau nach Anweisung des Heilers in einer grünen Kalebasse an. Dann rief sie ihr Hausmädchen herbei, das ebenfalls Bazaraki hieß, ließ sie das Gefäß nehmen und ihr damit ins Schlafzimmer folgen. Dort wies sie das Kind an, im Boden an der Seite, wo ihr Kopf zu liegen pflegte, eine kleine Vertiefung zu graben und das Gefäß mit der Medizin dort hineinzustellen. Nach Sonnenuntergang rief Bugonoka das Mädchen Bazaraki und erklärte ihr genau, wie sie ihr in Zukunft die Medizin reichen müsse. Nun stand sie an der Tür bereit, während Bazaraki sich rückwärts auf sie zubewegte, bis sich die Rücken beider berührten. Bugonoka trank die Medizin, und das Mädchen wollte sie wieder an ihren Platz im Schlafzimmer stellen. Da es dort schon dunkel war, rief sie Bugonoka zu: „Erhell mir den Platz, damit ich sehen kann, wohin ich die Kalebasse stellen muß!" Bugonoka kam mit einer Fackel und als sie sah, daß das Mädchen das Gefäß mit der Medizin zudecken wollte, schimpfte sie: „Du Dummkopf, decke die Kalebasse nicht zu! Wo hast du je gesehen, daß man Heilmittel zudeckt? Willst du mich verhexen oder bist du wahnsinnig? Mach das nie wieder!" Myombekere, der das Gespräch von der Tür aus mitbekommen hatte, sagte darauf zu Bugonoka: „Ich sage dir ja ständig, daß dieses Kind ein Schwachkopf ist, aber du willst es nicht wahrhaben. Nun, wer von uns beiden hat recht? Dieses Mädchen ist ganz anders als die Tochter von Kibuguma. Jene konnte alle Aufgaben, die ihr vom Vater aufgetragen wurden, richtig erfüllen. Ei, dieses kleine Monster ist genauso wie seine Mutter!"

Am folgenden Tag weckte Bugonoka das Mädchen Bazaraki schon vor Tagesanbruch und ließ sich die Medizin von ihr reichen. Danach verfuhren sie jeden Morgen und Abend so, wie der Heiler es vorgeschrieben hatte.

Als die Medizin aufgebraucht war, ging Bugonoka allein zu Kibuguma, um neue zu holen. In einer kleinen Kalebasse nahm sie etwas Hirse mit. Myombekere mußte zu Hause bleiben, weil er an der Reihe war, seine und der Nachbarn Rinder auf die Weide zu treiben.

Im Gehöft Kibugumas wurde Bugonoka von Weroba in Empfang genommen. Sie übergab ihr die mitgebrachte Hirse als Geschenk. Weroba brachte ihr einen Stuhl nach draußen, und sie setzte sich zu den anderen Patienten in die Morgensonne. Als Kibuguma sie begrüßte, fragte er nach dem Befinden von Myombekere. Bugonoka antwortete ihm: „Es geht ihm gut. Wir wären zusammen zu dir gekommen, wenn er nicht an der Reihe wäre, die Rinder auf die Weide zu treiben." Kibuguma fragte sie nun: „An wieviel Tagen hintereinander treibt man denn bei euch die Rinder auf die Weide, wenn man an der Reihe ist?" Als Bugonoka ihm sagte, daß es an zwei Tagen hintereinander sei, stellte er fest, daß man es bei ihnen nicht anders machte. Die übrigen Patienten bestätigten diesen Brauch und fügten hinzu: „Nur in den Dörfern, wo es wenig Gehöfte mit Rinderhaltung gibt, dauert eine Weideperiode drei oder vier Tage. Die meisten von uns im Kereweland brauchen aber nur zwei Tage hintereinander die Rinder auf die Weide zu treiben. Wenn man vier Tage lang zur Weide gehen muß, ist das fast schon so, als ob man auf einem Einödhof lebte. Man nimmt den muffigen Waldgeruch an, und die Hitze des Tages macht einem allmählich immer mehr zu schaffen." Bugonoka bat den Heiler um weitere Medizin. Der ging ins Haus und brachte ihr ein anderes Heilmittel. Er steckte es in eine kleine Kalebasse und sagte ihr: „Diese Medizin ist nicht wie die erste. Sie soll deine Wurmkrankheit heilen, die bewirkt, daß deine Kinder noch im Mutterleib sterben. Nimm davon soviel, wie in das alte Medizingefäß paßt. Das Mittel wird zusammen mit Hirsebrei eingenommen. Das Mädchen soll den Brei zusammen mit der Medizin für dich anrühren. Wenn sie sieht, daß der Brei kocht, soll sie ihn vom Feuer nehmen, und du sollst ihn aus einem enkomyo-Gefäß, mit dem man sonst Wasser aus dem See schöpft, trinken. Die anderen Vorschriften sind dieselben wie bei der ersten Medizin. Wenn du deine Monatsblutung hast, komm und benachrichtige mich sofort, auch wenn die Medizin noch nicht aufgebraucht ist, damit ich dir dann eine noch andere Medizin geben kann." Beim Abschied sagte Kibuguma ihr: „Grüß mir Myombekere und sag ihm, daß ich keinen Tabak mehr habe."

Weroba nahm die Medizin und geleitete Bugonoka auf den Weg vor das Gehöft. Dort sagte sie ihr: „Nun trag deine Medizin selbst. Ich muß wieder nach Hause, weil ich noch andere Gäste habe. Vorher will ich dir aber ein Geheimnis anvertrauen. Also, nimm dieses Heilmittel unbeirrt ein. Wir haben gestern abend über dich gesprochen. Mein Mann verordnet diese Medizin nicht jeder Patientin so schnell wie dir. Er hätte es auch wahrscheinlich in deinem Fall nicht getan, wenn deine Aussichten nicht so günstig wären. Ich habe noch nie erlebt, daß mein Mann jemanden erfolglos gegen Unfruchtbarkeit behandelt hat. Dein Fall ist ziemlich leicht, weil du schon mal geboren hast. Nur, daß die Kinder nicht lebensfähig waren. Habe also Vertrauen zu meinem Mann und nimm dieses Heilmittel unbeirrt ein, was auch immer geschieht. Wenn Gott deinen Leib erst gesegnet hat, können wir in aller Ruhe darüber sprechen. Komm gut zu Hause an und bestelle deinem Mann meine Grüße!"

Unterwegs dachte Bugonoka über alles nach, was ihr Weroba gesagt hatte. Dabei führte sie Selbstgespräche wie eine Verrückte. Zu Hause stellte sie fest, daß Myombekere mit Kagufwa schon zur Weide gegangen war. Bei dem Mädchen hatte er die Botschaft hinterlassen, Bugonoka solle ihnen das Essen um die Mittagszeit zu einer Weide in der Nähe von Ntambas Gehöft bringen und auch nicht vergessen, ihm seine Sandalen nachzutragen. Er werde nachmittags in ein Gebiet kommen, das voller Dornen sei. Bugonoka machte sich sofort an die Arbeit, für die beiden Viehhüter das Mittagessen zu kochen. Vorher zog sie ihr gutes Reisegewand aus und vertauschte es gegen ihre Arbeitskleidung. Dann ging sie nach draußen, um trockenes Gras zum Anzünden des Herdfeuers und Glut vom Feuer im Rindergehege zu holen. Als sie mit den Händen im Herd die alte Asche beiseiteräumen wollte, schrie sie plötzlich „au!" – „Was ist los", fragte das Mädchen. – „Ich habe mich verbrannt", erwiderte Bugonoka, „weil ich dachte, im Herd sei keine Glut mehr. Sie ist aber noch reichlich vorhanden." Als Bugonoka in den Herd pustete, entflammte sich das Feuer wieder. Sie prüfte, ob irgendwelche Insekten in die Töpfe gelangt waren und setzte sie aufs Feuer. Zur gleichen Zeit mahlte das Mädchen die Hirse, unter welche die neue Medizin gemischt werden sollte. Als sie damit fertig war, reichte sie das Mehl Bugonoka, die es einstweilen wegstellte. Sie mußte zunächst den Hirsebrei für die anderen kochen. Dazu wusch sie sich die Hände, denn es ließ sich nicht vermeiden, daß sie beim Formen der Klöße den Brei mit ihren Fingern anfaßte.

In weniger Zeit, als ich gebraucht habe, um all diese Vorgänge zu beschreiben, hatte Bugonoka den Hirsebrei für die beiden Viehhüter schon fertig. Sie nahm ihn vom Feuer und häufte ihn auf eine Kalebassenschale. Den Brei für die Frauen füllte sie für später in ein anderes Gefäß. Der uralten Sitte gemäß mußten erst die Männer speisen, ehe die Frauen essen durften. Nachdem alles fertig war, rief Bugonoka das Mädchen herbei, ihr beim Tragen von Speisen und Geschirr für die Männer zu helfen. Bugonoka trug die Sandalen ihres Mannes, außerdem den Tontopf mit der Fleischbeilage, die Kalebassenschale mit Hirseklößen und ein Kürbisgefäß mit Wasser. Das Mädchen trug eine große Kalebasse mit gesäuerter Milch für Myombekere und eine zweite Kalebasse für Kagufwa. So machten sich beide auf den Weg in die Gegend, wo Ntamba wohnte.

Sie trafen die beiden Männer im Schatten eines großen Baumes. Alle Rinder hatten sich um sie herum gelagert um zu ruhen. Die Frauen breiteten die Speisen aus, und die Männer aßen. Erst als das Eßgeschirr beiseite geräumt war, sagte Myombekere zu Bugonoka: „Pole na safari yako – meine Anteilnahme wegen der Mühsal der Reise. Hast du den Heiler angetroffen? Hat er dir eine Medizin gegeben?" Bugonoka erwiderte ihm: „Ich habe ihn persönlich angetroffen. Er hat mir eine Medizin gegeben, die anders ist als die vorherige. Heute abend werde ich dir erzählen, was mir Kibugumas Frau außerdem noch gesagt hat." Danach sammelten Bugonoka und das Mädchen das Eßgeschirr ein und begaben sich auf den Heimweg. Als sie noch in Hörweite waren, kam ein Mann vorbei, der Myombekere grüßte: „Pole na uchungaji, meine Anteilnahme wegen des Weidens, Bwana!" Myombekere antwortete ihm scherzend: „Wir fahren mit dieser Tätigkeit unverdrossen fort, auch wenn die Rinder sich am Gras sattfressen, während wir Hunger haben." Bugonoka und das Mädchen mußten über diese Grußantwort lachen.

Als die Sonne sich senkte, führten Myombekere und Kagufwa die Rinder von der Weide. Die Eigentümer nahmen ihre Tiere in Empfang; mit dem Rest der Herde kehrte Myombekere in sein eigenes Gehöft zurück. Nach dem Melken und Abendessen drängte Myombekere seine Frau: „Mache das Bett zurecht. Ich will schlafen." Da er den ganzen Tag hinter den Tieren hatte herlaufen müssen, war er rechtschaffen müde. Bugonoka säuberte die Schlafdecke aus Leder, und Myombekere stieg sofort ins Bett. Bugonoka räumte nur noch das Eßgeschirr weg, dann folgte sie ihm. Myombekere fragte sie sofort, was ihr die Frau des Heilers denn Wichtiges gesagt habe. Bugonoka berichtete ihm darauf alles der Reihe nach, was sich bei Kibuguma zugetragen und welches Geheimnis ihr Weroba anvertraut hatte, nämlich, daß sie das Heilmittel unbeirrt einnehmen solle. Und sie erzählte weiter: „Ich habe lange darüber nachgedacht, was Weroba eigentlich sagen wollte, als sie mir in Form eines Geheimnisses anvertraute, was mir ihr Mann ohnehin schon gesagt hatte. Was heißt ‚unbeirrt einnehmen‘? Ich habe es nicht begriffen und wollte schon zu Kibuguma zurückkehren, um ihn nochmals zu befragen. Eine innere Stimme hielt mich jedoch davon ab. Außerdem wollte ich dich und Kagufwa nicht mit dem Essen warten lassen. Ich sagte mir, zu Hause könnte ich alles in Ruhe mit dir besprechen." Myombekere erwiderte darauf: „Es sind also die Worte Werobas, du solltest die Medizin unbeirrt nehmen, die dich unsicher gemacht haben?" Bugonoka stimmte zu: „Ja, so ist es! Schließlich sollen hierzulande ja schon Leute durch die Einnahme von Medizin gestorben sein. Aber selbst wenn man nicht davon stirbt, kann man von einer Medizin für immer entstellt werden. Aus dieser Furcht heraus sage ich dir dies alles, mein Mann. Wenn man zu zweit lebt, besteht eine enge Bindung, die es einem ermöglicht, schwierige Dinge besser zu erkennen, getreu der alten Spruchweisheit: ‚Einer allein kann sich nicht unterhalten. Zwei verstehen sich. Drei stellen einander nach, und vier entwickeln gemeinsam viel Böses.'" Myombekere beruhigte sie: „Meiner Meinung nach wollte dir Weroba nur sagen, du solltest die Medizin regelmäßig einnehmen, das heißt auch nicht einen einzigen Tag damit aussetzen. Wie kannst du nur Zweifel bekommen, wo du doch alles vom Heiler selbst gehört hast? Wäre ich allein dorthin gegangen und hätte dir die Verordnung überbracht, dann hättest du dir noch mehr Gedanken gemacht als jetzt schon, wo du alles aus erster Hand weißt. Sag mal, hast du das Heilmittel denn heute schon eingenommen?" Bugonoka bestätigte dies. Myombekere aber war skeptisch: „Ehee, vielleicht stimmt es ja, vielleicht aber auch nicht! Hast du es wirklich in aller Ruhe eingenommen bei all deinen Hintergedanken?" Bugonoka erwiderte: „Ich habe es wirklich eingenommen. Laß deine Zweifel! Wenn Bazaraki noch wach wäre, könnte sie dir alles bestätigen. Sie hat nämlich die Medizin angerührt." Myombekere glaubte ihr nur halb: „Na gut, wenn es uns vergönnt ist aufzuwachen, werden wir morgen weitersehen." Mit diesen Worten schlief er ein, denn er war von der Tagesarbeit sehr müde.

Am nächsten Morgen fragte er tatsächlich Bazaraki aus. Und als sie ihm alles so bestätigte, wie Bugonoka es ihm gesagt hatte, erwiderte er: „Es war also tatsächlich so. Ich dachte gestern abend, sie hätte mir nur Lügen erzählt." Bugonoka sagte dazu: „Laß mich dir alles zeigen!" Sie holte die Kalebasse mit dem Rest der Medizin und rief das Mädchen, damit sie ihm zeigen sollte, wieviel Medizin sie dem Gefäß tagszuvor entnommen hatte. Myombekere betrachtete alles sorgfältig und sagte dann: „Nun gestehe ich zu, daß du die Wahrheit gesagt hast. Hätte ich es nicht mit eigenen Augen gesehen, hätte ich immer noch meine Zweifel." Anschließend beauftragte Bugonoka das Mädchen, ihr die Dosis für den Morgen anzurühren und vor Myombekeres Augen nahm sie den Trank zu sich.

Danach strengte sie sich mächtig an, das Frühstück für die Hüter zu bereiten. Weil die Sonne inzwischen aufgegangen war, beeilten sich ihre Leute, die Rinder aus dem Gehege zu lassen. Wer seine Rinder nicht rechtzeitig herausläßt, wird von den Genossen der Weidegemeinschaft übergangen. Sollte er sich verspäten, würde ungefragt ein anderer für ihn einspringen und er müßte warten, bis er mal wieder an der Reihe wäre. Myombekere und Kagufwa beeilten sich also, die Rinder sofort nach dem Frühstück auf die Weide zu führen. Am Wegesrand warteten die Leute schon mit ihren Rindern auf sie. Man übergab ihnen die Tiere mit den Worten: „Myombekere, übernimm unsere Rinder! Wir überlassen sie dir in unversehrtem Zustand. Sollte dir eins entlaufen und verlorengehen, bist du dafür verantwortlich. Auch wenn eins von wilden Tieren gefressen werden sollte, wisse, daß du haftbar bist, denn heute bist du an der Reihe, die Tiere zur Weide zu führen." Myombekere erwiderte diese Ermahnungen mit den Worten: „Gott schütze mich vor solchen Zwischenfällen! Ihr Männer, es gibt keinen vollständigen Schutz vor Unfällen. Das betrifft auch die Rinder. Deswegen wiederhole ich es nochmals: Gott schütze mich vor solchen Zwischenfällen, ihr Kinder, die ihr von rechtmäßigen Eltern abstammt!"

Er drängte Kagufwa, die Rinder schnell auf die Weide zu treiben, solange es noch früh wäre. Nachmittags wollten sie die Tiere zur Tränke am See führen. An diesem Tage weideten sie die Tiere an einem anderen Ort, also nicht in der Nähe des Gehöfts von Ntamba.

Nun, da Weidegefährten genauso viel reden wie die Holzfäller im Wald, gäbe es viel zu erzählen. Wir wollen aber nicht klatschen, damit man uns nicht zur Strafe zu den Ameisen sperrt. Laß uns lieber von Bugonoka berichten!

Nachdem die Männer mit den Tieren auf die Weide gezogen waren, begann sie die Hirse zu reinigen, denn die gekaufte Hirse war stark mit Sand und Insekten verschmutzt. Sie rieb die Hirsekörner mit Blättern vom entobotobo-Baum ein, um die Insekten, die die Körner anfressen und zum Faulen bringen, daraus zu entfernen. Dann holte sie eine Worfelschale aus dem Haus, um Sand und Spreu aus der Hirse zu schütteln. Die gesäuberte Hirse lagerte sie einstweilen im Haus, da sie das Getreide normalerweise nur vor Tagesanbruch mahlte, denn auf Helligkeit kam es dabei nicht an. Jetzt waren andere Arbeiten wichtiger.

Sie schickte Bazaraki zur Frau Kanwaketas, um bei ihr getrocknete Maniokschnipsel zu leihen, die sie mit den Hirsekörnern vermischen wollte. „Sag ihr, daß meine Schnipsel noch im Speicher liegen. Ich werde sie gleich hervorholen und in der Sonne trocknen. Morgen können wir ihr dann die geliehene Menge zurückgeben." Während Bazaraki unterwegs war, setzte sich Bugonoka an die Haustür und flocht eine Korbschale.

Nach einiger Zeit kam Bazaraki mit einem Korb, randvoll mit Maniokschnipseln gefüllt, zurück. Sie kniete nieder und überreichte den Korb Bugonoka. Darauf unterbrach sie ihre Flechtarbeit und prüfte mit den Fingern, ob die Schnipsel auch trocken genug wären. Da das ihrer Meinung nach nicht der Fall war, schickte sie Bazaraki ins Haus, flache Korbschalen zu holen, um darin die Maniokschnipsel in der Sonne auszubreiten. Erst danach fragte sie das Mädchen: „Warum bist du solange fortgeblieben. War Kanwaketas Frau etwa nicht zu Hause?" – „Doch", erwiderte das Mädchen, „sie war zu Hause, aber sie beschäftigte sich gerade damit, die Schlafdecke auszubessern. Es hatte sich ein Stück aus der Randverzierung gelöst. Als ich kam, war sie dabei, einen entsprechenden Flicken aus einem Stück Leder auszuschneiden."

Am frühen Nachmittag beendete Bugonoka ihre Flechtarbeit und trug sie ins Haus. Dort setzte sie sie zwischen den beiden Stützpfeilern ab, die auf Kerewe seit alters her ‚embagabagyo' genannt werden. Die Werkzeuge zum Flechten hingegen legte sie ordentlich neben den Mahlstein. Dann ergriff sie einen Tonkrug, um Badewasser vom See zu holen. Bazaraki begleitete sie dabei mit einer Kalebasse. Nach dem Wasserholen trug Bugonoka die Maniokschnipsel ins Haus. Sie zerkleinerte sie dort mit einem Stein und mischte sie unter die Hirse, mit der zusammen sie anderntags noch vor Sonnenaufgang gemahlen werden sollten. Anschließend gab sie Bazaraki den Auftrag, die Kälber loszubinden und das Geschirr zum Schütteln der gesäuerten Milch bereitzustellen.

Gegen Abend setzte sie einen Topf aufs Feuer und machte vorsorglich Wasser heiß. Sie wollte ihren Mann nach der schweren Arbeit auf der Weide keinesfalls mit dem Essen warten lassen. Es geschah selten auf dem Gehöft, daß eine Mahlzeit verspätet eingenommen wurde, und dann gab es immer einen triftigen Grund. Myombekere aß meistens bei sich zu Hause. Die Leute redeten daher schon über ihn: „Myombekere möchte abends nicht bei anderen Leuten essen. Hat er vielleicht Angst, verhext zu werden? Er ißt nicht mal etwas, wenn man ihn zum Bier einlädt. Er sagt dann immer zu seiner Entschuldigung, daß er nicht wegen zweierlei gekommen sei, und besteht darauf, nur Bier zu trinken. Vielleicht ist er auch nur geizig und will sein eigenes Essen nicht mit anderen teilen!" Zu jener Zeit hatten viele Leute Angst davor bei anderen zu essen, um nicht verhext oder vergiftet zu werden. Sie wollten auch nicht als jemand bezeichnet werden, der es darauf anlegt, bei anderen zu essen.

Bei der Rückkehr von der Weide brachte Myombekere einen Baumstamm mit, um daraus Brennholz zu hacken. Das gehörte damals zu den Aufgaben eines Mannes. Als Bugonoka sah, daß ihr Mann eine so schwere Last trug, stand sie schnell auf, um seine Waffen in Empfang zu nehmen. Er setzte sich gleich und bat um Wasser. Bugonoka reichte es ihm und brachte auch Kartoffeln und gesäuerte Milch zum Abendessen. Danach gingen sie sofort zu Bett und schliefen durch bis zum anderen Morgen.

Wie es ihre Gewohnheit war, stand Bugonoka schon früh auf, um als erstes die gesäuerte Milch zu schütteln. Dann ging sie mit einer Tonscherbe nach draußen, um Glut vom Feuer im Hof zu holen. Dabei hörte sie vom Rinderpferch her das ununterbrochene Muhen einer Kuh. Und als sie nach der Ursache sah, fand sie, daß eine der Kühe gekalbt hatte. Sofort unterrichtete sie ihren Mann davon: „Myombekere, steh auf und schau selbst nach! Eine deiner Kühe hat soeben ein Kalb geworfen!" Noch vom Bett aus fragte er zurück: „Welche Kuh hat gekalbt?" – „Die aschfarbene!" – „Was für ein Kalb hat sie geworfen?" – „Das weiß ich nicht, da ich es nur von Ferne gesehen habe, als ich gerade einen Feuerbrand zum Räuchern der Milchgefäße holen wollte." Da stand Myombekere auf und ging selbst zum Pferch. Er nahm die Dornenreiser beiseite, die den Eingang versperrten, und fand richtig die graue Kuh, die ihr soeben geworfenes Kalb sauberleckte. Myombekere beugte sich über das am Boden liegende Kalb und stellte fest, daß es männlich war. Sein Fell war schwarz-weiß gefleckt. Er verkündete darauf Bugonoka: „Sie hat nur ein Bullenkalb geworfen!" Worauf ihm Bugonoka antwortete: „Ei, ein Bullenkalb ist auch ein Rind. Nimm an, womit dich Lyangombe, der Geist des Buschlandes, gesegnet hat! Was bleibt dir schon anderes übrig?" Myombekere gab zu: „Ja, das stimmt! Aber trotzdem ist es nicht gut! Ich hatte schon gehofft, daß die Kuh, nachdem sie zuerst ein weibliches und danach ein männliches Kalb geworfen hatte, diesmal wieder ein weibliches Kalb werfen würde. Loo, mit dieser Kuh erziele ich keinen besonderen Gewinn. Wie soll eine Herde wachsen, wenn immer nur Bullenkälber geboren werden?" Bugonoka hielt dagegen: „Aber hierzulande sind Bullen doch auch ganz nützlich. Man kann sie als Zahlungsmittel gebrauchen, zum Beispiel, wenn eine Mitgift fällig ist oder Schulden abgetragen werden müssen. Sieh, als du den Bullen Chakokoba geschlachtet und sein Fleisch verkauft hattest, waren auf einmal all deine wirtschaftlichen Schwierigkeiten beseitigt!" Myombekere sah dies ein: „Das ist alles richtig, meine Frau. Was können wir schon machen? Wir müssen das, was Gott uns schenkt, mit beiden Händen annehmen." Myombekere trug das neugeborene Kalb auf seinen Armen zur Grasfläche vor dem Haus. Dort legte er es nieder. Die Mutter folgte ihm auf dem Schritt, wobei sie ständig muhte. Auf dem Gras fuhr sie fort, ihr Kalb sauber zu lecken. Myombekere bat seine Frau um Wasser, damit er Blut und Schleim von der Berührung mit dem Kalb von sich abwaschen könne. Sie brachte es ihm und goß es in einen ausgehöhlten Stein, in dem er sich wusch.

Aus dem vom Vortag übrig gebliebenen Gemüse bereitete Bugonoka ihrem Mann einen kleinen Imbiß, auf Kerewe ‚ikingo‘ genannt. Danach nahm sie ihre Hacke, um den Kartoffelacker zu jäten. Myombekere ließ Kagufwa nachsehen, ob die Kuh, die gerade geworfen hatte, schon die Nachgeburt herausgebracht hätte: „Wenn das der Fall ist, nimm die Nachgeburt und wirf sie in den Busch, damit die Geier und Hyänen sie dort fressen können. Bring dann die Rinder zu dem, der heute mit Hüten an der Reihe ist!“ Der Junge hängte die Nachgeburt über einen Stock, den er schulterte. Kurz darauf fiel sie zu Boden. Myombekere brüllte ihn an: „Du Trottel, weißt du nicht einmal, wie man eine Nachgeburt richtig trägt? Du Dummkopf, gib mir den Stock! Ich will es dir zeigen! Sieh, wenn du sie so trägst, kann sie nicht herunterfallen, wie weit du auch damit gehen mußt. Nun nimm sie und bring sie schnell fort! Danach mußt du noch die Rinder zum Hirten führen und mir auf dem Rückweg mein Buschmesser von Kanwaketa mitbringen!“

Myombekere band die Kuh, die geworfen hatte, mit einem Seil an. Das neugeborene Kalb stand bereits wackelig auf seinen Beinen. Dann nahm er seine Hacke, um bei den Bananen Unkraut zu jäten.

Es war Regenzeit, wo das Unkraut besonders schnell wächst. Nachts regnete es meistens. Es stürmte auch oft. Im allgemeinen fiel auf der Kerewe-Insel viel Regen, so daß die Flüsse und Bäche niemals austrockneten. Das ganze Jahr über floß Wasser zum See. Deswegen legten die Bewohner in den Flüssen Fischfallen aus, mit denen sie ebigugu- und enkorobondo-Fische in großer Zahl fingen. Letztere werden von den Frauen nicht gegessen, weswegen das Sprichwort sagt: ‚Der enkorobondo-Fisch trinkt kein Flußwasser.‘ Dabei leben diese Fische immer im Fluß oder See. Wer hat schon Fische gesehen, die sich wie die Vögel in der Luft aufhalten?

Als Myombekere bei den Bananen tätig war, kamen Fremde auf sein Gehöft und fragten: „Ihr Kinder, wo ist Myombekere hingegangen?“ – „Er ist zum Jäten gegangen!“ – „Und wo jätet er?“ – „Bei den Bananen!“ – „Ist vielleicht die Frau des Hofherrn zu Hause?“ – „Nein, sie jätet den Kartoffelacker.“ So gingen die Fremden dorthin, wo Myombekere arbeitete. Als sie näherkamen, sagten sie zur Begrüßung: „Unseren Glückwunsch zu dem vielen Bier, Bwana!" Er entgegnete: „Eigentlich trinken wir nur Wasser!" Nachdem sie wie üblich Neuigkeiten ausgetauscht hatten, fragte Myombekere: „Welcher Wind treibt euch hierher?" Sie antworteten: „Der Südwind und der Ostwind. Wir sagten uns, laßt uns die Leute besuchen, bevor sie mit dem Pflanzen beginnen, und nach heiratsfähigen Töchtern bei ihnen Ausschau halten." – „Nun, habt ihr keinen Erfolg gehabt?" Die Fremden erwiderten: „Man hatte uns geraten, zum Gehöft deines Nachbarn zu gehen. Dort soll es angeblich eine unverheiratete Frau geben. Wir haben aber nur eine Greisin angetroffen, die uns berichtete, daß mit Ausnahme eines Sohnes, der am See nach den Reusen schaue, alle Bewohner des Gehöfts zu einem kranken Onkel gegangen seien, daß das Mädchen also die Nacht nicht im Gehöft verbracht habe." Myombekere sagte: „Also um Kanwaketas Tochter wollt ihr freien! Sie ist schon einmal geschieden. Vielleicht habt ihr ja mehr Kraft, sie bei euch zu halten." Die Fremden lächelten und sagten: „Du hast deine Bananen wahrlich fachmännisch gepflanzt! Der Boden ist gut. Gib nicht auf! Später wirst du Bier in Hülle und Fülle brauen können." Dann verabschiedeten sie sich: „Bwana, fahre so mit der Arbeit fort! Wir werden wiederkehren, wenn die junge Frau zum Gehöft ihrer Eltern zurückgekehrt ist." Myombekere entgegnete ihnen: „Na'am, tut das, denn unsere Altvorderen haben gesagt: ‚Wer etwas haben will, das unter dem Bett ist, muß sich schon bücken!'" – „Ndugu yetu, unser Bruder, so wird es wohl sein", erwiderten sie und gingen von dannen.

Als Myombekere Hunger verspürte, ging er ins Gehöft. Bugonoka wollte gerade den Jungen nach ihm schicken. Stattdessen gab sie nun dem Mädchen den Auftrag, die Hacke von ihrem Mann entgegenzunehmen. Dann teilte sie das Essen aus. Es gab Maniok und Bohnen.

Nach dem Essen brachte Myombekere die Kuh, die in der Frühe geworfen hatte, zur Tränke an den See. Er selbst benutzte auch die Gelegenheit zu einem Bade. Auf dem Rückweg traf er eine Frau namens Kasigwa, die ihn fragte, ob seine Kuh geworfen hätte. Er bejahte dies, und sie fuhr fort: „Als ich gestern an der Reihe war, die Rinder zu weiden, machte die Kuh einen unruhigen Eindruck. Ich dachte aber nicht, daß sie vor der Geburt stünde. Offenbar hatte sie aber da schon Wehen." –

Darauf er: „Ihr Gebärerinnen habt doch viele Schwierigkeiten!" – Kasigwa antwortete ihm: „Wehen bedeuten Schmerzen! Ich versichere dir, würden die Wehen mehr als zehn Tage oder noch länger dauern, würden wir keine lebenden Kinder mehr zur Welt bringen, sondern sie, vor Schmerzen sinnlos geworden, töten." – „Oh Schreck, sind Wehen so gefährlich?" fragte er zurück. – Kasigwa gab ihm folgende Erklärung: „Zu einer weiblichen Leibesfrucht gehören ihre ganz bestimmten Wehen, und eine männliche Leibesfrucht ruft eine andere Art Wehen hervor. Auch wenn man mehrmals geboren hat, kann man nicht sagen, daß man sich daran gewöhnt und deswegen keine Schmerzen mehr empfindet. Gott hat das sehr merkwürdig eingerichtet! Ihr Männer glaubt, daß Frauen aus Feigheit Angst vor dem Gebären haben und nicht weil es in Wirklichkeit so schwer ist." Nach diesem Gespräch ging Kasigwa zum See hinunter, um Wasser zu schöpfen, während Myombekere seine Kuh nach Hause trieb. Unterwegs dachte er bei sich, daß ihm diese Frau wirklich ein Geheimnis offenbart habe, von dem die Männer keine Ahnung hätten.

Im Gehöft traf er Gwaleba an. Nachdem sie einander begrüßt hatten, fragte Myombekere ihn: „Wie kommt es, daß wir uns solange nicht gesehen haben? Bist du verreist gewesen?" Er antwortete: „Ich bin zur Zeit nur noch zum Schlafen in meinem Gehöft. Tagsüber halte ich mich am Hof des Königs auf. Zwei Tage, nachdem ich dich letztes Mal besucht habe, kam ein Bote zu mir und teilte mir mit, der Omukama wolle mich sehen. Ich bekam Angst und dachte, wie viele Tage schon vergangen waren, seit ich die schönen Geschenke vom Königshof aufgebraucht hatte. Schnell nahm ich also meinen Lederumhang und begab mich zum König. Ich begrüßte ihn kniend, indem ich in die Hände klatschte. Dann hockte ich mich an die Seite. Nach einiger Zeit rief er mich vor sich: ‚Gwaleba!' Ich erschrak und antwortete: ‚Labeka – zu euren Diensten, Bwana!' Der Omukama sagte darauf: ‚Ich habe dich hergerufen, weil ich eine kleine Aufgabe für dich habe.' Mit größtem Respekt in der Stimme antwortete ich: ‚Ja, Bwana!' – ‚Kannst du sie erfüllen oder nicht?' Darauf ich: ‚Falls ich die nötigen Kenntnisse dafür habe, Herr aller Herren, werde ich sie erfüllen. Falls nicht, ehrenwerter Herr, mögest du einen anderen suchen, der es besser vermag.' Ich sah flüchtig, wie er seinem Diener Lwambicho ein Handzeichen gab. Dieser näherte sich dem Thron des Omukama und kniete dort nieder. Woraufder König ihm etwas ins Ohr flüsterte. Lwambicho stand auf und blickte suchend in die Runde, bis sein Blick auf den Boten Nsyana fiel, der mich zum Hof gerufen hatte. Nsyana kam auf mich zu und befahl mir aufzustehen. Ich war sehr beunruhigt, denn wie du weißt, schwirren um den Königshof viele Gerüchte von Drohungen, Belästigungen und Totschlag. Als wir die Hecke des Naruzwi erreicht hatten, das heißt die Hecke, die das königliche Schlafhaus umgibt, kam uns der Omukama selbst nach. Als ich den König so schnell auf mich zukommen sah, bin ich fast vor Angst gestorben, zumal als ich auf die beiden Diener Lwambicho und Nsyana blickte und daran dachte, welch große Totschläger sie sind. Den genauen Grund, warum ich zum König gerufen worden war, hatte man mir bis zu jenem Augenblick ja noch verschwiegen. Der König rief zwei weitere Diener herbei. Als ich hinter ihnen herlaufen wollte, wurde ich von einem anderen Diener daran gehindert: ‚Du hast hier gefälligst zu warten. Der Omukama hat nur seine zwei Diener gerufen!‘ Nun, ich wartete, während mir allerlei schlimme Gedanken durch den Kopf gingen. Mit einem Mal hörte ich aus dem Inneren des Schlafhauses dumpfe Geräusche: gunguru, gunguru, bogoto, bogoto. Dann war es ganz still. Wie sich später herausstellte, wurden diese Geräusche durch Tierhäute verursacht, die auf den Boden fielen. Als ich kaum noch stehen konnte vor Angst, rief man auch mich endlich ins Haus. Drinnen erblickte ich die Greisin Nabutuma. Sie ist die Aufseherin des naruzwi-Hauses und überwacht alles, was im Hause geschieht. Es ist ihre Aufgabe, das heilige Feuer zu hüten und die Abwehrmedizinen gegen Schadenszauber zu bewachen. Sie wacht über die Einhaltung der Traditionen und sitzt unmittelbar neben den persönlichen Waffen des Omukama. Sie wies mit der Hand in eine Ecke des Hauses und bedeutete mir, mich dorthin zu begeben. Ich schwitzte am ganzen Körper vor Angst. Offenbar gab es noch mehr Leute im Haus, die schweigend den Platz beleuchteten, an dem Lwambicho und Nsyana arbeiteten. Aus Furcht habe ich nicht genau erkannt, wieviele es waren. Ich ging also dorthin, wo Lwambicho und Nsyana arbeiteten. Kaum war ich dort, hörte ich die Greisin von der Tür her mit gewaltiger Stimme dem Omukama die Liste seiner Vorgänger aufsagen. Dann brach sie in Lobpreisungen aus:

Möge dir Sieg beschieden sein, du gesunder, tapferer Löwe!
Möge dir Sieg beschieden sein, du Sonne, unser Licht!
Möge dir Sieg beschieden sein, der du neue Kleider spendest!
Möge dir Sieg beschieden sein, der du allen, die nicht deine Feinde
    sind, Bier ausschenkst!
Möge dir großer Sieg beschieden sein, du Nachfahre von Golita!
Möge dir Sieg beschieden sein, du Nachfahre von Mihigo!
Möge dir Sieg beschieden sein, du Bestrafer aller, die deine Gesetze
    verletzen!
Möge dir Sieg beschieden sein, du Nachfahre von Bakama, Sohn
    eines Omukama!

Die Stimme der Alten war so gewaltig, daß sie damit jeden Mann übertraf. Es stimmt, Myombekere, die Leute haben dies immer richtig behauptet. Aber wenn man es noch nie selbst erfahren hat, denkt man, es sei übertrieben oder falsch.

Erst als ich bei den beiden Dienern stand, sah ich den Reichtum der Könige: überall Elefantenstoßzähne, Flußpferdzähne, Hörner vom Rhinozeros, Giraffenschwänze, Kuduschwänze, glänzende Messingreifen, dazu unzählige Felle von Löwen, Leoparden und Geparden. Ich sah viele Dinge, wovon ich nicht einmal die Bezeichnungen kenne. Wer das alles anschaut, dem gehen die Augen über. Schließlich sagte der König: ‚Nehmt drei Löwenfelle für ihn heraus! Er soll noch heute mit ihrer Bearbeitung anfangen! Ich werde ihm nach und nach weitere zum Aufspannen herausgeben lassen. Nach einer Ruhepause soll er dann nochmals zum Königshof kommen!‘

Als ich den Omukama so reden hörte, war ich endlich beruhigt. Aber vorher hatte ich schreckliche Angst. Erst gestern bin ich mit dem Aufspannen der Felle fertig geworden. Das also war meine Tätigkeit in der letzten Zeit. Deswegen haben wir uns solange nicht gesehen. Ich komme nun zu dir, weil ich einen Heißhunger auf ekirangi-Tabak habe." – Es handelt sich um einen Sud aus starkem Tabak in einer kleinen Kalebasse, den man in einer beliebigen Menge langsam in die Nasenlöcher träufelt. – „Von der Stunde, da ich zum König gerufen wurde, bis zum heutigen Tag habe ich keinen Tabak mehr bekommen."
Myombekere wies Bugonoka an, Gwaleba sofort die Kalebasse mit

ekirangi-Tabak zu holen, und sie tat es. Gwaleba goß sich langsam etwas Tabaksud erst in das eine, dann in das andere Nasenloch. Er spuckte aus und legte den Kopf ins Genick, so daß sein Kinn nach oben ragte. Seine Stimme klang nasal, als er sagte: „Das ist noch echter Tabak. Davon wird einem warm im Körper!" Myombekere fügte hinzu: „Ja, er ist nicht schlecht. Ich habe ihn gestern angesetzt. Als wir nach dem Essen ein wenig davon versuchten, war er so stark, daß wir ihn kaum in der Nase behalten konnten. Er machte uns ganz benommen, und wir mußten hinterher viel Wasser trinken. Ich habe eine Schöpfkelle randvoll mit Wasser auf einen Zug leergetrunken. Meine Frau ebenfalls." Während er das erzählte, fing Gwaleba an zu zittern und zu schwitzen. Mit einem dumpfen Geräusch – puu – fiel er zu Boden. Myombekere rief Bugonoka zu, sie solle schnell Wasser bringen: „Wir müssen Gwaleba damit überschütten. Der Tabak hat ihm die Sinne geraubt!" Bugonoka war sofort mit dem Wasser zur Stelle und übergoß Gwalebas Kopf, Arme und Beine. Nach kurzer Zeit kam er wieder zu sich und sagte: „Also der Tabak ist wirklich stark! Außerdem habe ich ihn zu gierig eingesogen, nachdem ich solange keinen Tabak mehr zu mir genommen hatte. Deine Worte habe ich nur noch verschwommen gehört." Myombekere sagte: „Es war ganz klein gestoßener Tabak, so wenig, daß man nicht einmal eine Hand damit füllen konnte. Ich habe ihn mir auf den Gehöften zusammengebettelt, die ich in letzter Zeit besucht habe." – „Ei, mein Bruder, wenn du noch einen kleinen Vorrat an Tabak hast, gib mir davon, damit auch ich mir zu Hause einen ekirangi-Sud aufgießen kann." Myombekere ging ins Haus und holte ein Paket, in welchem sich nur Tabakkrümel befanden, keine gerollten Blätter. Davon gab er Gwaleba die Menge, die gerade für eine ekirangi-Kalebasse ausreichte. Gwaleba verabschiedete sich kurze Zeit später und ging nach Hause.

Als er weg war, sagte Bugonoka: „Ich hatte schon Angst, er würde bei uns sterben und man hätte uns die Schuld dafür gegeben. Es wäre schon merkwürdig, wenn jemand wegen des Genusses von ekirangi-Tabak stürbe. Die Leute würden dann bestimmt behaupten, wir hätten ihn verhext." Myombekere pflichtete ihr bei: „Ja, das stimmt! Ich habe mir schon heimlich Vorwürfe gemacht, daß ich ihm überhaupt einen so starken ekirangi-Tabak angeboten habe. Wäre er hier gestorben, hätte man sicherlich Schadensersatz von uns verlangt. Trotzdem gilt, daß man mit solchem Tabak viel Geld verdienen kann, wenn man genügend davon anbaut. Aber unser Freund ist doch ein sehr merkwürdiger Mensch! Warum prahlt er ungefragt mit seinen Erlebnissen vom Königshof? Wenn sich seine Geschichten herumsprechen, kann eine Untersuchung eingeleitet werden, und die Diener des Omukama nehmen ihn fest. Es kann sogar soweit kommen, daß sie ihn töten, weil er die traditionellen Gesetze der Kerewe verletzt hat. Auch wenn man noch so einen großen Appetit auf ekirangi-Tabak hat, sollte man doch nicht ungefragt solche Lügengeschichten auftischen, als wenn man besessen wäre!" Bugonoka beruhigte ihn: „Wahrscheinlich hat Gwaleba sonst ähnliche Ansichten wie du. Hat er dir die Geheimnisse vom Königshof nicht vielleicht nur deswegen anvertraut, weil er dich für seinen Freund hält? Er würde es nicht wagen, anderen so etwas zu berichten. Aber laß uns jetzt davon schweigen, sonst bekommen noch andere die Geschichte mit!"

Als auch die neue Medizin aufgebraucht war, gingen die beiden zum Heiler Kibuguma. Es befanden sich an diesem Tag viele Patienten dort. Weroba gab ihnen daher Stühle und bat sie um Geduld. Nachdem Kibuguma noch einige Patienten behandelt hatte, sagte er zu Bugonoka: „Rück näher zu mir!" Sie nahm ihren Stuhl und setzte sich neben ihn, worauf er sagte: „Nun reich mir deine rechte Hand!" Sie streckte ihren rechten Arm aus mit dem Handrücken nach unten. Er beschaute sich aufmerksam ihre Handfläche und sagte: „Reich mir deinen linken Arm!" Nachdem er auch die linke Handfläche betrachtet hatte, lachte er unvermittelt und rief: „Myombekere, komm mal herüber!" Als dieser eilig näherrückte, sagte er zu ihm: „Das letzte Mal ist deine Frau allein zu mir gekommen, um eine weitere Menge von dem Heilmittel zu holen, das gestern abend zu Ende gegangen ist. Damals erzählte sie mir, du könntest nicht mitkommen, da du an der Reihe seist, die Rinder eures Wohnorts auf die Weide zu treiben. Ich gab ihr ein Mittel und erklärte ihr, sie solle es unverdrossen und regelmäßig einnehmen. Falls sie inzwischen ihre Monatsblutung bekäme, sollte sie sich sofort mit ihrem Mann bei mir einstellen, auch wenn das Mittel noch nicht aufgebraucht sei. Darauf seid ihr nun heute zu mir gekommen. Diese ihuzi-Wurmart, die ich früher bei ihr festgestellt habe, ist sehr hartnäckig. Heute habe ich nun bei deiner Frau eine weitere Entdeckung gemacht. Sie braucht keine Medizin mehr zu nehmen, muß aber ab sofort vier Talismane an der Hüfte tragen: je zwei am Bauch und am Rücken. Sie sollen mit einer Schnur aus getrockneter Sehne um den Leib befestigt werden. Die Sehne muß von einem sogenannten enkomerano-Rind stammen, das heißt von einem Rind, das durch einen einzigen Schlag am Kopf getötet wurde." Und zu Bogonoka gewandt fuhr er fort: „Wenn deine Monatsblutung vorüber ist, sollt ihr miteinander Geschlechtsverkehr haben. Danach werden die Blutungen ausbleiben, weil du schwanger sein wirst. Falls du nicht verhext bist, wirst du einen Sohn zur Welt bringen. Das ist alles, was ich im Augenblick erkenne." Und zu beiden sagte er: „Am fünften Tag nach dem Ende der Blutung müßt ihr wieder zu mir kommen. Wir werden dann weitersehen. Habt ihr verstanden?" Sie antworteten wie aus einem Munde: „Wir haben verstanden, Heiler!" Darauf rief Kibuguma seine Frau und bat sie, ihm einen bestimmten Zweig zum Abschaben von vier kleinen Amuletten zu bringen, dazu Sehnen der bereits beschriebenen Art und ein Schabemesser aus Metall. Als er alles in seinen Händen hielt, ließ er Bugonoka aus den Sehnen die Schnur zum Tragen der Amulette zwirnen. Er selbst fertigte unterdessen die vier Talismane an, fädelte sie geschickt auf die Schnur, die ihm von Bugonoka gereicht wurde, band diese zu einem Gürtel zusammen und reichte alles Bugonoka. Im Sitzen streifte sie die Gürtelschnur über Kopf und Schultern. Während die Männer zur Seite schauten, lockerte sie geschickt ihren Lederumhang, so daß der Gürtel mit den Talismanen auf ihre Hüften rutschte. Nachdem sie ihre Kleidung wieder geordnet hatte, verabschiedeten sich die beiden von Kibuguma und seiner Frau Weroba.

Unterwegs sprachen sie darüber, welchen Sinn die Schnur mit den Talismanen habe: „Nun, dieser Heiler hat uns die vier Amulette zur Behandlung unseres amakole-Leidens gegeben, das heißt dagegen, daß wir immerfort nur Kinder hervorbringen, die nach der Geburt sterben." Bugonoka meinte noch: „Der Heiler hat zwar nicht erwähnt, daß die Amulette gegen das amakole-Leiden sind, aber nach dem Brauchtum des Kerewe-Landes können sie eigentlich keine andere Aufgabe haben. So wird es wohl sein!"

Zu Hause ging jeder sofort wieder seiner gewohnten Tätigkeit nach. Bugonoka setzte sich neben die Haustür und flocht weiter ihre Korbschale, während Myombekere seine Hacke nahm und zu den Bananenstauden ging. Weil ihr Flechtarbeit auf Dauer Schmerzen im Genick, im Rücken und im Brustkorb verursachte und vorübergehend zu Sehstörungen führte, pflegte Bugonoka das Flechten nach einigen Tagen zu unterbrechen, um sich davon zu erholen. Aber auch dann blieb sie nicht müßig, sondern beschäftigte sich mit anderen Dingen.

Weil sie beide so fleißig waren, liebten sie einander sehr. Gäste, die auf Myombekeres Gehöft kamen, sei es nur für zwei Tage oder aber für einen ganzen Monat, meinten am Ende ihres Besuchs: „Die beiden haben offenbar niemals Streit miteinander, so wie ich es von mir zu Hause oder von anderen her kenne." Sicherlich gab es auch zwischen ihnen Unstimmigkeiten. Das liegt in der menschlichen Natur, wie schon unsere Vorväter sagten: ,Sachen, die sich ganz dicht einander annähern, berühren sich zwangsläufig.' Aber da sich die Liebe zwischen Myombekere und Bugonoka aufgrund von gegenseitigem Verstehen und Nachsicht ständig wieder aufrichtete, sah man bei ihnen keine finsteren Mienen oder lange Gesichter, noch nahm man feindseliges Schweigen wahr wie in anderen Gehöften, wo der Gast daran schon nach kurzer Zeit merkt, daß der Hofherr und seine Frau miteinander im Streit liegen.

Hätte der Gast nach den Ursachen des Streites geforscht, wäre er bald dahinter gekommen, daß es dort zwischen den Eheleuten vieles gibt, was sie vor anderen geheim halten. Die Bedeutung des Namens „Myombekere", d. h. „Grundordnung des Gehöfts" gibt uns den Schlüssel zum Verständnis dessen, was sich auf den Gehöften abspielt. Die Gehöfte weisen große Unterschiede auf, und jedes hat seine eigene Grundordnung, die von dem Gehöftherrn ausgeht. So ist es zum Beispiel denkbar, daß ein geiziger Gehöftherr nicht gerne mit anderen teilt oder nicht will, daß auch seine Frau Leckerbissen ißt. Wenn dieses Verhalten der anerkannten Grundordnung auf dem Gehöft entspricht, können Mann und Frau trotzdem friedlich miteinander leben. Oder ein anderes Beispiel: Jemand führt seinen Haushalt, indem er sich täglich laut schreiend mit Frauen und Kindern herumstreitet. Wenn das in seinem Gehöft als Grundordnung gilt, können seine Frauen und

Kinder trotzdem gesund und ohne Furcht leben. Noch ein anderer mehrt den Reichtum auf seinem Gehöft, indem er woanders stiehlt. Wenn er den Hof verläßt, weiß man nicht, wohin er geht. Kehrt er mit Fisch, Fleisch und anderen guten Sachen zurück, wird seine Frau sie mit beiden Händen von ihm entgegennehmen und ihre ganze von der Mutter erlernte Kochkunst aufwenden, um diese Sachen zuzubereiten. Und wenn sich die beiden satt daran gegessen haben, sind sie fröhlich. Das entspricht eben der Grundordnung, die vom Gehöftherrn ausgeht.

Schließlich haben aber auch die Frauen ihre Eigenheiten. So gibt es beispielsweise Frauen, die in der Gesellschaft anderer Frauen behaupten, keinen Hunger zu haben, und wenn du ihnen nach dem Wegräumen des Eßgeschirrs ins Haus folgtest, könntest du sie dabei ertappen, wie sie im Stehen hastig allerlei übriggebliebene Leckerbissen in den Mund schieben. Sie gehören zu jener Art Frauen, die nur das kocht, was ihnen selbst am besten schmeckt oder die während des Kochens ständig nascht. Solche Frauen stehen morgens noch vor den anderen auf und essen die Reste vom Vortag, so daß die anderen nichts zum Frühstück bekommen. Sie denken nicht an ihre Männer oder deren Hunger! Eine Frau mit schlechtem Charakter kocht in Abwesenheit ihres Mannes und ißt alles allein auf. Wenn er heimkommt, sagt sie ihm: „Es ist nichts Eßbares im Haus. Heute werden wir wohl ohne Abendessen zu Bett gehen müssen!" Oder sie wird sagen: „Als du den Hof verließest, dachte ich, du seist nur austreten gegangen, und fing an, das Fleisch zu kochen. Nachdem es gar war, setzte ich es vom Herd auf die Erde und ging dir nach um zu sehen, ob dir etwas zugestoßen sei. Als ich wiederkam, hatte ein großer Hund das ganze Fleisch aufgefressen. Fast wäre mein Topf dabei zerbrochen!" Wenn ein solches Verhalten der Grundordnung des Gehöfts entspricht, leben sie trotzdem friedlich miteinander.

Wir wollen nicht alle Untugenden aufzählen. Es könnte sonst peinlich werden. Ohnehin sind sie allen Verheirateten bekannt. Wenn jemand nur lange genug hier im Lande lebt, wird auch er davon erfahren. Bei der Heirat wird er sich an das, was er früher gerüchteweise gehört hat, erinnern und sagen: „Es stimmt tatsächlich, was ich als Kind oft habe erzählen hören. Nun erfahre ich es am eigenen Leibe.

Unsere Vorväter meinten dazu: ‚Das, worüber die Leute reden, ist entweder schon da oder es kommt noch.'"

An dem Tag, an dem die anerkannte Grundordnung zerbricht und sich die Eheleute trennen, kommen die Laster von Mann und Frau an die Öffentlichkeit! So wird er vielleicht sagen: „Früher liebte ich meine Frau Kasigwa, von der ich mich getrennt habe, über alle Maßen. Jetzt hat sie mir ein Unrecht zugefügt." Die Anwesenden werden ihn fragen: „Was für ein Unrecht ist es? Handelt es sich um Hexerei oder Diebstahl? Beides ist doch nicht so schlimm!" Der Mann wird ihnen antworten: „So sehe ich das auch." Und wenn sie weiter in ihn dringen, um zu erfahren, welches Unrecht ihm seine Frau denn angetan hat, wird er endlich die Fehler offenbaren, die ursprünglich von der Grundordnung gedeckt waren: „Sie macht ins Bett wie ein neugeborenes Kind und ist so faul, daß sie es nicht einmal fertig bringt sich zu kratzen! Loo, kann man mit einer solchen Frau wirklich verheiratet sein? So ein Makel läßt sich nicht ausgleichen, selbst wenn du reich genug wärest, um ihr jeden Tag eine neue Schlafdecke zu geben. Ihre Faulheit wird dich in große Not bringen, so daß du fast verhungerst." Eine andere Frau, die das mitanhört, wird vielleicht einwenden: „Aber du hast sie doch trotzdem die ganze Zeit lieb gehabt! Wenn das stimmt, würdest du sie nicht mit offenen Armen willkommen heißen, sollte sie heute auf deinen Hof zurückkehren?" Jener Mann aber wird erwidern: „Auch wenn euch der Gedanke zusagt, mir gefällt er gar nicht! Ich habe euch doch ihre Fehler enthüllt: Sie macht ins Bett und ist schlampig!" Und die Leute werden bestätigen: „Ja, das hast du uns schon gesagt!"

Auch eine Frau, die aus der ehelichen Gemeinschaft fortläuft, wird ihrem ehemaligen Mann keinen Respekt mehr zollen und offen über seine Ungeschicklichkeiten und Laster reden. Früher galten sie ihr als ein Geheimnis, das zu erwähnen sie sich geschämt hätte. Frage einmal eine Frau, die sich von ihrem Mann getrennt hat, warum sie nicht mehr bei ihm ist! Wenn du ihre Gefühle durch deine Fragen nicht allzu sehr aufwühlst, könnte sich folgendes Gespräch ergeben: Du fragst etwa: „Woran liegt es, daß du nicht mehr bei deinem Mann zu sehen bist?" Sie wird dann antworten: „Bei meinem Mann? Habe ich denn überhaupt einen Mann?" – „Nun, der soundso ist doch wohl dein

Mann oder? Ich denke ja, vielleicht ist er deswegen dein Mann, weil er dich geheiratet hat." Darauf wirst du höhnisches Gelächter ernten: „Hehee ju! Danach zu urteilen ist er tatsächlich mein Mann, aber er hat mich in übler Weise mißachtet! Jetzt bin auch ich der Sache überdrüssig. Selbst die Würmer in meinen Eingeweiden mögen ihn nicht, weil er mich so übel vor den Leuten bloßgestellt hat. Er ist mir zum Feind geworden! Wie konnte er meine Würde vor allen Leuten so verletzten, daß er mich der Hexerei beschuldigte! Weder mein Vater noch meine Mutter kann hexen. Wieso soll ausgerechnet ich eine Hexe sein? Er selbst ist ein Hexer, wie alle wissen. Sogar am Hof des Königs ist es bekannt. Als er um meine Hand anhielt, wurden meine Eltern vor ihm gewarnt: ,Was, in eine Familie mit Hexern wollt ihr eure Tochter zur Heirat geben? Wollt ihr sie mit den Geistern vermählen, um so zu Reichtum zu kommen, oder wollt ihr nur irgendwelchen Zauberstückchen beiwohnen?' Die Eltern gingen den Anschuldigungen nach und sie erfuhren, daß die Familie meines Mannes große Zauberer seien: ,Besonders die Mutter dessen, dem ihr eure Tochter zur Frau geben wollt, ist eine Hexe. Sie verbringt keine Nacht zu Hause. Die schwarze Magie liegt in der Familie seiner Mutter. Seine Großmutter wohnte mit ihrem Mann früher am Hofe des Königs. Eines Tages versuchte sie, die Frauen des Königs zu behexen. Dabei sprang sie splitternackt auf dem Vorplatz des Königsgehöfts herum! Wie ihr wißt, haben unsere Könige die Fähigkeit, alle bösen Dinge zu durchschauen. Selbst wenn sich ein Hexer in ein Tier verwandelt, kann ihn der Omukama entdecken und unschädlich machen. Als der König die Großmutter eures zukünftigen Schwiegersohns durchschaut hatte, schoß er einen hölzernen ekituli-Pfeil auf sie ab. Der Pfeil surrte – biii! Dann drang er in ihren Bauch und trat hinten am Rücken wieder aus. Eine Hexe oder einen Zauberer kann man nur mit Holzwaffen verletzen. Bei einer Waffe aus Metall würden sie nichts spüren. Nachdem der König sie richtig getroffen hatte, rühmte er sich in der Nacht und fluchte hinter der Hexe her: ›Laß mich in Zukunft in Ruhe, du Hündin! Komm ja nicht wieder splitternackt hierher, um meine Frauen zu behexen!‹ Die Hexe stürzte davon zum Haus ihres Mannes. Es war um die Zeit, als die Hähne zum ersten Mal krähten. Ihr Mann schlief wie ein Toter und bemerkte nichts. Der Hof des Omukama aber wurde kurz darauf von Unheil befallen. Erst starb ein Kind, dann fand noch ein Kind den Tod. Und als alle an der Trauerfeier für das zweite Kind teilnahmen, starb plötzlich sogar eine Frau des Omukama. Man befragte die Wahrsager, und dabei stellte sich die Schuld der Großmutter eures zukünftigen Schwiegersohns heraus. Sie wurde ergriffen und auf Befehl des Königs im Wald umgebracht. Die übrige Familie mußte das Gebiet des Königshofs verlassen. Die Mutter des zukünftigen Schwiegersohns war damals bereits im heiratsfähigen Alter. Auch der Vater dessen, dem ihr eure Tochter geben wollt, hat einen Makel. Man sagt, er verwandele die Seelen Verstorbener in Geister. Wenn ihr jetzt immer noch eure Tochter diesem Manne zur Frau geben wollt, könnt ihr hinterher nicht sagen, ihr hättet nichts gewußt.' Es kamen aber andere Leute, die meinen Eltern einreden konnten, daß alles nur Verleumdung und Mißgunst sei. So verheirateten sie mich mit dem Bewerber. Seither ist mein Ruf dahin, denn mit seiner Familie stimmt tatsächlich etwas nicht. Also hör einmal, mein Mann steigt nachts zu den Frauen anderer oder er öffnet ihnen die Tore zu seinem eigenen Gehöft. Er hat schon angefangen zu stehlen, als er noch von seiner Mutter auf dem Rücken getragen wurde. Er kann das Eigentum eines anderen einfach nicht liegen lassen, ohne es an sich zu nehmen. Oft geht er des Nachts an den See zu den Reusen der anderen, entnimmt ihnen die Fische, die sich darin verfangen haben, und trägt sie zu sich nach Hause. Ja, so etwas tut er! Selbst die Rinder und Ziegen der anderen sind vor ihm nicht sicher! Und dann muß man noch seine Trunksucht mit in Betracht ziehen. Wenn er trinkt, wird er wild wie ein Tier. Dann möchte er sogar mit seiner Mutter schlafen. Allen weiblichen Verwandten stellt er nach, ergreift sie und vergeht sich an ihnen. Ich kann gar nicht alle seine Laster aufzählen! Wenn er betrunken ist, merkt er nicht einmal, ob er einen Menschen oder ein Tier vor sich hat. Auch wenn er nicht betrunken ist, verprügelt er gerne die Frauen. Nun, ich kann diese schwere Last nicht mehr tragen! Ich werde sicherlich einen armen Mitmenschen finden, der bisher vergeblich eine Frau gesucht hat und mich heiratet. Auch daß ich meinem derzeitigen Mann bereits ein Kind geboren habe, fällt nicht ins Gewicht, ich werde bestimmt nochmal von einem anderen geheiratet! Hierzulande gibt es doch viele Geschwister, die von einer Mutter, aber von verschiedenen Vätern stammen, oder?"

Die Besucher, die zu Myombekere kamen, pflegten mit solchen Geschichten zu leben. Obwohl sie oft sogar mehrere Tage lang blieben, wurden sie jedoch niemals Zeuge eines Streites zwischen Myombekere und seiner Frau, wie das bei anderen Leuten sonst überall üblich ist. Es lag eben nur daran, daß die beiden einander liebten. Mit dieser Feststellung wären wir wieder am Anfang unserer Ausführungen über das eheliche Zusammenleben im Kerewe-Land angekommen.

KAPITEL 13

Eine Erzählung: Wie die Männer dazu kamen, mit den Frauen zusammenzuleben

Hört einmal zu! Ich will euch jetzt eine uralte Geschichte erzählen, damit ihr erfahrt, wie es dazu kam, daß Männer und Frauen sich begegneten, wie sie begannen zusammenzuleben und einander in ihrer Lebensweise anzugleichen. Also sperrt die Ohren gut auf!

Alle Männer, ob weiß, schwarz oder rot, lebten einst unter einem einzigen Omukama zusammen in einem Land, das nur ihnen vorbehalten war. Es war ein behagliches und fröhliches Land. Sie kochten damals noch für sich selbst. Was die Frauen angeht, so lebten sie in ihrem eigenen Land, dem eine Königin vorstand. Die Männer bauten Feldfrüchte an, von denen sie sich ausschließlich ernährten. Sie aßen niemals Fleisch, auch ihr König nicht. Bei den Frauen verhielt es sich genau umgekehrt. Sie verstanden nichts vom Ackerbau und aßen daher auch keine Feldfrüchte. Vielmehr waren sie gezwungen, sich von den wilden Tieren des Busches zu ernähren. Selbst ihre Königin aß nur Wildfleisch. Das erhielten sie mit Hilfe ihrer hundert Jagdhunde, die jeden Tag soviel Wild für sie erlegten, daß sie davon satt wurden.

Eines Tages beauftragte die Königin ihre Abazumakazi, die nicht nur ihre Dienerinnen, sondern gleichzeitig auch ihre Soldatinnen waren, dem König der Männer eine Botschaft zu überbringen: „Sagt ihm, ich hätte euch zu ihm geschickt, um mich zu erkundigen, ob es ihm und seinen Männern gut ginge. Laßt mich seine Antwort bald wissen!" Die Abazumakazi machten sich sogleich auf die fünfzehn Tage dauernde Reise. Für den Hin- und Rückweg nahmen sie ausreichend Nahrungsmittel mit. Während der Reise mußten sie jede Nacht ein anderes Lager aufschlagen. Am Zielort trafen sie, wie erwartet, den Omukama an und richteten ihm ihre Botschaft aus. Der König der Männer empfing sie freundlich und wies ihnen nach der Begrüßung eine Unterkunft zu.

Als die Männer den Frauen Feldfrüchte als Mahlzeit anboten, verweigerten sie solche Nahrung: „Bei uns besteht ein Meidungsgebot, keine Feldfrüchte zu essen", sagten sie. Der Omukama und seine Leute waren darüber äußerst erstaunt: „Wovon ernährt ihr euch denn stattdessen?" Sie erklärten ihnen, daß sie von Wildtieren aller Art lebten. Worauf ihnen der Omukama sagen mußte, daß diese Nahrung bei den Männern mit einem Speisetabu belegt sei: „Hier bei uns würde niemand dieses Meidungsgebot mißachten. Wie kommt ihr denn an das Fleisch der wilden Tiere?" – Die Frauen antworteten: „Bee, möge dir ein langes Leben beschieden sein! Unsere Königin besitzt an ihrem Hof hundert Hunde. Sie jagen die wilden Tiere für uns." Nun war das Land der Männer ständig den Angriffen von Wildschweinen ausgesetzt, die ihre Felder verwüsteten und die Ernte zerstörten. Darum freute sich der König über diese Auskunft und fragte sogleich: „Kann mir eure Königin die Hunde nicht leihweise überlassen, damit sie die Wildschweine, die unsere Felder verwüsten, ausrotten?" Die Frauen versicherten ihm: „Bee, möge dir ein angenehmes und fröhliches Leben beschieden sein! Unsere Königin wird deine Bitte wohl kaum ablehnen!" Der König erkundigte sich weiter: „Wieviele ihrer Hunde wird sie mir wohl ausleihen?" Die Gesandtinnen meinten, daß es wohl alle hundert wären. Darauf sagte der König: „Wenn ihr in euer Land zurückkehrt, werden euch einige meiner Männer begleiten." So geschah es.

Auch die Männer nahmen genügend Vorräte für die Hin- und Rückreise mit, und, nachdem sie fünfzehn Tage unterwegs waren, trafen sie am Hof der Königin ein. Er erschien ihnen erstaunlich groß und prächtig gebaut.

Die Königin saß auf ihrem Thron und nahm den Gruß der Männer entgegen. Dann traten die Gesandtinnen vor und berichteten, wie sie vom Omukama der Männer gut empfangen worden seien, daß man ihnen zur Übernachtung ein schönes, großes Haus angewiesen habe und daß sie sogar Feldfrüchte zum Essen vorgesetzt bekamen. Die Erwähnung des Wortes „Feldfrüchte" brachte die Königin zum Lachen. Die übrigen Leute fielen mit ein und lachten sich fast tot: – kuekuekuekue. Nachdem sie sich wieder beruhigt hatte, fragte sie ihre Gesandtinnen, wie Feldfrüchte aussehen. Eine von ihnen erhob sich und berichtete: „Möge dir alle Tage Glück und Wohlergehen beschieden sein! Einige Feldfrüchte gleichen den Wurzeln des omumara-Baums. Sie sind genau so rundlich und werden von den Männern ‚Kartoffeln‘ genannt. Andere ähneln mehr den Wurzeln des omuzungute-Baums. Die Männer bezeichnen sie als ‚Maniok‘. Dann gibt es noch ein eigenartiges Gras. Sie ernten dessen Früchte, zerschlagen und worfeln sie, daß die Spreu getrennt wird und nur die Körner übrigbleiben. Die Körner werden in großen Körben gelagert und später zwischen Steinen zu Mehl zerrieben. Dieses Mehl füllen sie zusammen mit Wasser in Tontöpfe, die sie aufs Feuer stellen. Sie kochen, indem sie mit einem geschnitzten Stück Holz darin herumrühren. Wenn alles Wasser verdampft und die Masse im Topf ganz starr geworden ist, wissen sie, daß die Speise gar ist. Sie formen sie zu einem Kloß wie aus Lehm und legen ihn in einen sonzo-Korb. Den Kloß nennen sie ‚Hirsekloß‘. Unsere Älteste, unsere Herrscherin, laß es dir doch vorführen, denn die Männer, die mit uns gekommen sind, haben diese Speisen als Wegzehrung bei sich.“ Die Frauen holten von den Männern die betreffenden Speisen und zeigten sie ihrer Königin und allen Anwesenden. Dazu sagten sie: „Trotz dieser Eßgewohnheiten bezeichnen wir sie als Menschen, da ihre Körper den unseren gleichen. Sie unterscheiden sich von uns nur dadurch, daß sie wie die Wildschweine pflanzliche Nahrung zu sich nehmen.“ Die Königin ließ die Männer rufen und fragte sie: „Stimmt es, daß man bei euch kein Fleisch ißt?“ Die Männer erwiderten wie mit einer Stimme: „Labeka Mfalme! – Jawohl Königin! Bei uns ist Fleischessen mit einem Speiseverbot belegt. Vielleicht rührt es daher, daß unsere Vorväter niemanden hatten, der die wilden Tiere für sie töten konnte, oh Königin!“ Die Frauen und ihre Königin waren über diese Auskunft höchst erstaunt.

Als die Königin den Männern durch ihre Dienerinnen einen Schlafplatz anweisen lassen wollte, trugen sie das Anliegen ihres Königs vor: „Unser Omukama hat uns beauftragt, wir sollen dich inständigst bitten, uns deine Jagdhunde auszuleihen, damit sie die wilden Tiere vernichten, die unsere Felder zu verwüsten pflegen. Er befahl uns für den Fall, daß du uns die Hunde gibst, auf dem schnellsten Weg zurückzukehren.“ Die Königin antwortete ihnen: „Ja, ihr müßt schon allein aus dem Grunde bald zurückkehren, weil ihr unsere Speisen nicht essen dürft. Geht für heute schlafen. Morgen sollen uns die Hunde viele

Tiere auf Vorrat töten. Übermorgen könnt ihr sie dann mitnehmen, um die Gefahr von euren Feldern abzuwenden. Ich möchte nicht, daß die Menschen bei euch am Ende noch verhungern." Nach dieser Rede der Königin verneigten sich die Männer in tiefem Respekt vor ihr und sprachen: „Bibi wa mabibi! – Frau aller Frauen! Möge es dir und deinem Reich stets wohlergehen! Du strahlende Sonne, es möge dir wohlergehen! Du Löwin, es möge dir wohlergehen! Ewiger Friede sei mit dir, Wohltäterin aller! Du edle Gastgeberin, die du allen gibst, die dich bitten, möge deine Herrschaft stets von Frieden und Ordnung begleitet sein!" Dann gingen sie schlafen.

Früh am Morgen des nächsten Tages ertönten die großen Signalhörner der Königin, und kurz darauf hörte man auch die Jagdhörner. Die Hunde bellten und jaulten, so daß es sich anhörte wie eine überlaute Totenklage: uwooo! uwooo! uwooo! wo! wo! bwo! Im Hof der Königin fanden sich alsbald viele Frauen ein. Als sich genug versammelt hatten, gab die Königin ihnen die Erlaubnis zur Jagd. Ho, ho! Sie brachen sofort mit den Hunden auf. Den ganzen Tag über blieb es still im Hof der Königin. Erst am Abend hörte man die Signal- und die Jagdhörner wieder erklingen. Die Schnauzen der Hunde waren blutverschmiert. Die Jägerinnen trugen auf ihren Schultern viele erlegte Tiere herbei, so daß davon im Hof des königlichen Anwesens ein großer Berg aufgeschüttet wurde. Die Männer staunten nicht schlecht darüber.

Später am Abend gingen die männlichen Gäste zur Königin, um sich mit ihr zu unterhalten. Die beiden Redegewandtesten unter ihnen, also Nkubitizi, der Anführer der Gesandtschaft, und noch ein anderer, auf die sich der Omukama bei Botengängen besonders gerne verließ, standen auf und näherten sich der Königin: „Wir erweisen dir großen Respekt, Königin aller Königinnen, und bitten dich um Erlaubnis, morgen früh abreisen zu dürfen. Außerdem, Königin aller Königinnen, möchten wir dich an die Bitte unseres Königs erinnern." Die Königin stellte sich dumm und fragte: „Nun, um was für eine Bitte handelt es sich denn? Offenbar habe ich sie vergessen. Erzählt mir ein wenig davon, damit ich mich wieder erinnere." Darauf trug man ihr die ganze Botschaft noch einmal vor. Sie erwiderte: „Ihr könnt morgen abreisen, aber steht ganz früh auf, wenn die Hähne zum ersten Mal krähen. Ich werde dann meine Frauen zu euch schicken. Sie werden alle hundert

Hunde für euch anleinen und euch ein Stück des Wegs begleiten. Ich gebe euch Jagdhörner mit; die müßt ihr blasen, wenn die Hunde jagen sollen. Außerdem gibt es einen wichtigen Befehl, der nur einmal ausgesprochen werden darf, wenn die Hunde ein bestimmtes Tier angreifen sollen. Er lautet ‚tschi-kamata‘. Wenn man ihn zwei- oder dreimal hintereinander ausspricht, werden die Hunde immer tiefer in den Wald hineinlaufen und schließlich auf Nimmerwiedersehen darin verschwinden. Dieser Befehl ist also von größter Bedeutung. Vergeßt ihn nicht und übermittelt ihn eurem König!" Nkubitizi und die anderen Gesandten erwiderten: „Wir erweisen dir unsere Ehrerbietung, Königin aller Königinnen, und schwören vor dir in aller Deutlichkeit: Wir werden den Befehl nicht vergessen, ehrwürdige Königin!" Darauf sagte die Königin: „Nehmt schon jetzt Abschied und geht rechtzeitig schlafen, damit ihr morgen beim Aufbruch ausgeschlafen seid." Die Männer verabschiedeten sich mit den Worten: „Möge dir immer Erfolg beschieden sein, du Lebendige. Schlafe friedlich, du hervorragende Baumeisterin! Segen und Erfolg seien stets mit dir, wenn du vor den Augen der Leute erscheinst!" Sie antwortete: „Mm, grüßt euren Omukama von mir!" Einstimmig ertönte es von Seiten der Gäste: „Hewala! Jawohl, du stets Mildtätige!" Mit unvergleichlicher Freude legten sie sich schlafen.

Als der Hahn zum ersten Mal krähte: keke-kokolikooo, kamen schon die Dienerinnen der Königin mit den Hunden. Die Männer standen schnell auf und packten ihre Sachen. Darunter befand sich auch Fleisch für die Hunde. Dann machten sie sich auf den Weg. Die Dienerinnen begleiteten sie noch eine Weile, übergaben ihnen schließlich die angeleinten Hunde und nahmen Abschied. Die Frauen kehrten in ihr Land zurück, die Männer zogen allein mit den Hunden weiter. Wenn immer sie ein Nachtlager aufschlugen, bereiteten sie erst ihr eigenes Essen. Danach erhielten die Hunde ihr Futter, das heißt das Fleisch, das ihnen die Königin für sie mitgegeben hatte. So ging es fünfzehn Tage lang, bis sie den Hof ihres Königs erreichten.

Die Diener des Königs hatten die Gesandten schon von Ferne ankommen sehen und den König davon unterrichtet. Der schickte ihnen einige Leute zum Empfang entgegen und ließ sofort ein großes Festmal für sie vorbereiten. Als sie am Königshof eintrafen, speisten sie erst einmal und fütterten an dem Platz, den ihnen der König angewiesen hatte, die Hunde. Bald darauf schickte der König schon nach ihnen, um mit ihnen zu sprechen. Sie überließen die Hunde sich selbst und gingen zum König. Dort knieten sie nieder und entboten ihm einer nach dem anderen ihren Gruß. Noch mehr Leute hatten sich beim König eingefunden. Sie sprachen gerade wieder über das Unheil, das die wilden Tiere über sie gebracht hatten, und über Mittel und Wege, die Tiere daran zu hindern, ihre Felder zu verwüsten. Der Omukama rief Nkubitizi, den Anführer der Gesandten, vor sich und bat ihn, von der Reise zu berichten. Dieser begann: „Labeka! Möge dir Glück beschieden sein, Bwana wa mabwana, du Herr aller Herren! Wir sind unversehrt hingekommen und unbeschadet auch wieder zurück. Bei den Nachtlagern tauchten keine Schwierigkeiten auf. Die Königin befindet sich wohlauf und läßt dir ihre Grüße ausrichten, oh König der Männer!" Der Omukama fragte weiter: „Geht es auch ihren Leuten gut?" Nkubitizi bejahte dies und erzählte, wie vortrefflich sie empfangen wurden: „Sie hat uns eine Unterkunft zugewiesen und ließ uns von den Speisen auftragen, die man in ihrem Lande ißt. Als wir genauer hinschauten, sahen wir, daß es ausschließlich Fleisch war! Wir wiesen die Speisen zurück und erklärten, daß es bei uns ein Speiseverbot gebe, Fleisch zu essen. Die Frauen, die mit der Königin zusammensaßen, waren darüber äußerst erstaunt, besonders als sie sahen, daß es einigen von uns übel davon wurde. Wir haben dir die Hunde mitgebracht, und zwar alle. Es sind genau die einhundert, von denen die Gesandtinnen berichtet haben. Wir konnten uns selbst davon überzeugen, daß es mehr nicht gibt. Am ersten Tag unseres Aufenthalts beobachteten wir, wie die Hunde zur Jagd geführt und am Abend große Mengen erlegter Tiere zum Hof der Königin gebracht wurden. Bei der Abendunterhaltung trugen wir der Herrscherin der Frauen dein Anliegen vor. Sie war bereit, dir ihre Hunde auszuleihen und erklärte uns, wie man sie zur Jagd führt und dabei Instrumente durch Blasen zum Klingen bringt. Ganz besonders schärfte sie uns den Befehl ‚tschikamata' ein, der die Hunde veranlaßt zu jagen. Man darf den Befehl niemals mehrfach hintereinander aussprechen. Mit dem ersten Hahnenschrei des nächsten Tages standen wir auf und machten uns mit den hundert Hunden und einigen Blasinstrumenten auf den Weg. Am sechzehnten Tag danach sind wir hier angekommen, ehrenwerter König!" Als er weiterreden wollte, unterbrach ihn der Omukama, worauf die anderen laut lachten. Nkubitizi glaubte sich verteidigen zu müssen: „Ich habe nichts erzählt, was sich nur in meinem Kopf ereignet hätte!" Die Hofleute beruhigten ihn: „Das ist auch nicht der Grund, weswegen wir gelacht haben. Als wir sahen, daß du vor dem Omukama weitererzählen wolltest, nachdem du schon einmal alles so ausführlich berichtet hattest, dachten wir, jetzt kommt deine wahre Natur zum Durchbruch. Deswegen haben wir gelacht."

Später forderte der König Nkubitizi auf, die Blasinstrumente vorzuführen, die man ihnen für die Jagd mitgegeben hatte. Nkubitizi erwies dem König gerne diesen Dienst. Er kniete vor ihm nieder und zeigte ihm die Hörner von allen Seiten. „Und wie bläst man die Instrumente?" fragte dieser schließlich. „Blas sie einmal für uns, damit wir den Klang hören und unsere Neugier befriedigt wird!". „Kumradhi, Mfalme wangu! Ich bitte um Entschuldigung, mein König, das geht auf keinen Fall! Wenn ich die Instrumente jetzt blase, ohne daß es Jagdzeit ist, werden die Hunde anfangen zu bellen und sich in alle Winde zerstreuen. Also verzeiht, mein König und ehrenwerte Anwesende, die Königin hat mir ausdrücklich eingeschärft, die Hörner nicht außerhalb der Jagd zu blasen!" Der König gab sich damit zufrieden und sagte: „Diese Königin hat mir einen großen Gefallen erwiesen. Was soll ich ihr schenken, um ihr Herz zu erfreuen? Ihr Hofleute, macht euch auf und unterrichtet alle Würdenträger im Lande, daß sie morgen mit ihren Untergebenen zum Königshof kommen sollen. Nicht einer soll fehlen! Morgen wollen wir versuchen, mit den Hunden das erste Mal zu jagen!"

Als der Omukama sich am anderen Morgen nach dem Aufstehen gewaschen hatte, trat er vor sein Schlafhaus, um zu sehen, ob sich seine Leute bereits versammelt hätten. Er erblickte aber nur Nkubitizi mit etwa zwanzig Gefährten. Worauf er ihn fragte: „Seid ihr die einzigen? Wo sind die anderen?" Nkubitizi antwortete ihm: „Möge dir stets Erfolg beschieden sein, oh König. Vielleicht befinden sich die anderen noch auf dem Weg hierher!" Der König wies seine Diener an, die emilango-Trommel zu schlagen. Ihr Klang glich einer Stimme, die ständig einlädt: „Hier ist es! Hier ist es, das Essen, das Essen!" Die unterwegs den Klang vernahmen, beeilten sich gewaltig. Und kurz darauf waren sie im Königshof so zahlreich versammelt wie die Milben auf den Hühnern. Der König trat nach draußen, und Nkubitizi wählte einige seiner Gefährten aus, um die Jagdhörner zu blasen. Es hörte sich an wie: hororrr, hororrr, hororrr, pyo, pyo! Die Hunde bellten und setzten sich auf die Hinterpfoten, die Schnauzen zum Himmel gereckt. Zusammen mit den Trommeln und dem Händeklatschen der Leute entstand ein großes Getöse. Alle, auch der Omukama, waren höchst ausgelassen und fröhlich. Nkubitizi lief rings um den Vorplatz und blies fortwährend sein Horn, als ob der Königshof ihm gehörte. Alle starrten ihn schließlich wegen seiner Ausgelassenheit an. Der König aber schenkte ihm weiter keine Beachtung, sondern gebot Ruhe. Und als es ganz still war, forderte er die Menge auf: „Ihr Männer, hört alle zu! Ich habe euch zu mir gerufen, um auf die wilden Tiere Jagd zu machen, die unsere Felder zerstören. Nun verhaltet euch wie wahre Männer und geht mit diesen Hunden, die mir die Königin der Frauen leihweise überlassen hat, auf die Jagd! Prägt euch aber scharf ein, daß die Hunde nur dann wilde Tiere angreifen, wenn man ihnen den Befehl ‚tschi-kamata' gibt. Dieses Wort darf keinesfalls mehrfach hintereinander ausgesprochen werden." Die Männer erwiderten im Chor: „Möge dir stets Erfolg und Wohlfahrt beschieden sein, oh König! Wir haben deine Rede vernommen. Sollte jemand unter uns das Wort mehrfach hintereinander gebrauchen, werden wir ihn dir nach der Jagd zuführen, und du magst ihn mit dem Tode bestrafen, oh König eines friedlichen und geordneten Landes!"

Danach brachen die Männer auf in den Wald. Nkubitizi und seine Gefährten liefen mit den angeleinten Hunden allen voran. Als sie im Wald wilde Tiere vor sich sahen, ließen sie die Hunde von der Leine und befahlen ihnen: ‚tschi-kamata!' Die Hunde verteilten sich im ganzen Wald und töteten alle Tiere der Wildnis. Diejenigen, die sich über der Erde befanden, wurden gleich auf der Stelle getötet. Die anderen, die in Höhlen lebten, wurden darin aufgestöbert und vernichtet. Als die Sonne schon tief am Himmel stand, war der Wald voller toter Tiere. Die Männer nahmen nur einige davon als Futter für die Hunde mit.

Nach ihrer Rückkehr erzählten sie dem Omukama, wie erfolgreich die Jagd verlaufen war. Der König wurde darüber sehr froh und sagte: „Wenn ihr gegessen habt, geleitet mich zum Wald, damit ich den

Erfolg mit eigenen Augen sehe und meine Sorgen endgültig loswerde!"
Nach dem Essen führte Nkubitizi mit einigen Dienern den König in
den Wald. So konnte er selbst die Berge erlegter Tiere sehen. Er war tief
beeindruckt und sagte: „Ihr Männer habt ganze Arbeit geleistet! Also
diese Hunde sind echte Jäger. Deswegen ist die Königin auch so auf sie
angewiesen. Das wird der Grund sein, warum die Frauen den Ackerbau aufgegeben haben und nur noch Fleisch essen, loo!"

Drei Tage später forderte der Omukama abermals alle seine Untertanen zu einer großen Jagd auf. Am nächsten Tag stellten sich fast alle
Männer bei ihm ein. Nur Greise und Kranke sowie die Köche des Königs blieben zurück.

Als der Morgentau getrocknet war, teilte Nkubitizi die Männer in
mehrere Gruppen ein. Dann wurden die Signalhörner geblasen und
die Hunde auf die Jagd geführt. Im Wald entstand ein fürchterliches
Getöse. Wer dabei war, wundert sich heute noch immer darüber. Man
forderte die Hunde auf: ‚tschi-kamata!' Sobald sie diesen Befehl hörten, sprangen sie die wilden Tiere an und vernichteten sie über und
unter der Erde. Da die Männer aber in so viele Gruppen eingeteilt worden waren und keiner wußte, was der andere tat, entstand ein großes
Durcheinander. Die Männer achteten gar nicht mehr auf das Verbot,
und so geschah es, daß die Hunde mehrmals hintereinander den Befehl „tschi-kamata" erhielten. Sie entfesselten die ganze Kraft ihrer
Beine und liefen tief und tiefer in den Wald hinein, wo sie für immer
verschwanden. Die Männer warteten auf ihre Rückkehr, jedoch vergeblich. Schließlich verließen sie den Wald.

Nkubitizi und seine Gefährten, die besser als die anderen wußten,
woran es lag, daß die Hunde verschwunden blieben, kehrten voller
Trauer zum Königshof zurück. Sie hatten Angst, daß der Omukama
sie töten würde. Aber nachdem es dem König klar wurde, daß viele
Männer gemeinsam für den Verlust der Hunde verantwortlich waren,
unternahm er nichts gegen sie. Stattdessen wurde auch er von tiefer
Trauer befallen.

Als die Königin wenige Tage später sah, daß der Fleischvorrat zur
Neige ging, rief sie alle ihre Frauen und verkündete ihnen: „Hört zu,
ihr Frauen! Es gibt eine Großzügigkeit, die selbstmörderisch ist! In
meiner Großzügigkeit habe ich alle meine Hunde an den König der

Männer ausgeliehen und angenommen, die Hunde alsbald zurückzubekommen. Das ist jedoch leider nicht der Fall. Bis heute sind sie nicht zurückgebracht worden. Dadurch wird es wahrscheinlich, daß uns der Feind ‚Hunger' heimsucht und am Ende sogar ausrottet. Ruht euch heute gut aus! Morgen kommt mit Reiseverpflegung hierher, dann wollen wir alle gemeinsam zu den Männern gehen und unsere Hunde zurückholen. Wenn wir nur eine Abordnung hinschickten, würden die Fleischvorräte hier bei uns noch vor ihrer Rückkehr aufgezehrt sein.

Am nächsten Morgen ließ die Königin die größte Trommel ihres Reiches schlagen. Sie trug den Namen Matwigacharo – das heißt ‚Ohren aller Untertanen'. Ihr Schall war im ganzen Land zu hören. Darauf versammelten sich alle Frauen am Hof der Königin. Schließlich trat die Königin selbst hervor. Sie war eine bildschöne Frau und hatte sich über und über mit kostbarem Geschmeide geschmückt. Ihre Armreifen, Halsreifen und Kniebänder glitzerten so sehr, daß das Licht der Sonne überstrahlt wurde. Die Frauen begannen sofort, Hörner und andere Musikinstrumente zu spielen, um die Königin zu erfreuen und ihre Macht zu verherrlichen. Während die einen jubelten und in die Hände klatschten, trugen die anderen einen Preisgesang vor:

Willkommen, du gutherzige Königin!
Willkommen, du Wisserin der Zukunft!
Willkommen, du Anspornerin deiner Leute!
Willkommen, du Friedenspenderin!

Die Königin hatte so schweren Schmuck angelegt, daß er von einer Person nur mit Mühe getragen werden konnte. Man hob sie daher vor dem Gehöft auf eine Sänfte, eine Art Ruhebett aus Büffelleder, das zwischen mehreren Stangen gespannt war. Die Sänfte konnte von vier Frauen gleichzeitig getragen werden, wobei die Griffe der Sänfte nicht auf den Schultern, sondern auf den Köpfen ruhten. In einer langen Karawane setzten sich die Frauen in Marsch.

Nachdem sie dreizehn Mal ein Nachtlager aufgeschlagen hatten, suchte die Königin zwanzig angesehene Frauen ihres Vertrauens aus und schickte sie voraus, um dem König ihr Kommen mit allen ihren Untertaninnen anzukündigen. Er sollte bei ihrem Nahen nicht irrtümlich annehmen, daß sich Feinde seinem Gebiet näherten. Die Gesandtinnen unterrichteten den König, wie ihnen befohlen worden war, und dieser traf Vorbereitungen zum Empfang der Gäste.

Am Tag ihrer mutmaßlichen Ankunft ließ der König frühmorgens die Trommeln schlagen. Ihr Klang war überall im Lande zu hören. Aus allen Gehöften strömten die Männer an den Königshof. Es bildete sich eine große Menschenmenge, von der viel Lärm ausging. Der Omukama gebot schließlich Schweigen und richtete folgende Worte an sein Volk: „Ich habe euch gerufen, damit ihr meine Freundin, die Königin der Frauen, freundschaftlich begrüßt. Sie war es, die mir ihre Hunde geliehen hat, die nun verschollen sind. Ihre Gesandtinnen, die mir ihre Ankunft ankündigten, sind schon gestern eingetroffen. Sie haben mir berichtet, daß die Königin von ihrem ganzen Volk begleitet wird. Die Frauen kommen in friedlicher Absicht. Dies habe ich euch mitzuteilen!"

Am Nachmittag hörte man von Ferne die Trommel der Königin erschallen. Kurz darauf sah man auch die Frauen der Vorhut am Horizont auftauchen. Es sah so aus, als ob Termiten zum Schwärmen aus der Erde kröchen. Loo! Der König der Männer ging sogleich in sein Schlafhaus, um seine königliche Tracht anzulegen. Danach befahl er den Männern, alle Trommeln zu schlagen. Ihr Schall zerriß die Luft. Schließlich erblickten sie die Königin, wie sie auf ihrer Sänfte, geformt wie ein Auslegerboot, getragen wurde. Viele Dienerinnen, die Musikinstrumente zu ihrer Unterhaltung spielten, umgaben sie. Ihr Schmuck funkelte stärker als das Sonnenlicht. Der König wollte ihr sofort zur Begrüßung entgegengehen und hatte schon ein Bein ausgestreckt, um den ersten Schritt zu tun. Ein Ratgeber aber meinte: „Nein, unser Ernährer, bleib ruhig sitzen! Wir wollen noch ein wenig warten und ihr dann alle gemeinsam entgegenziehen, um sie freundschaftlich willkommen zu heißen." Die Leute aber warteten nicht solange, sondern sprangen auf und stürzten ungeordnet los, den Ankommenden entgegen: kuu! Sie nahmen ihre Sachen in Empfang, um ihnen beim Tragen zu helfen: Schlafdecken, Korbschalen, Tontöpfe, Kalebassen, Stühle, Schöpfkellen, Strohringe zum Tragen von Lasten, die Wegzehrung und vieles andere mehr. Als sie auch die Sänfte der Königin tragen wollten, lehnten die Frauen dies ganz entschieden ab. Erst kurz vor der Umzäunung des Königshofes stieg die Königin von ihrer Sänfte herab und ging inmitten ihrer Begleiterinnen die letzten Schritte zu Fuß. Dabei konnten die Männer sehen, daß sie von überaus großer Schönheit war. Als sie sich dem Omukama näherte, bildeten die Menschen einen Korridor, durch den sie allein weiterschritt. Vor dem König kniete sie nieder und begrüßte ihn: „Amani iwe nawe, sahibu wangu! – Friede sei mit dir, mein Freund! – Habari ya masiku! – Guten Tag!" Der Omukama erwiderte ihren Gruß: „Amani iwe nawe pia! – Friede sei auch mit dir! – Rafiki yangu! – Meine Freundin!" Darauf erhob sich die Königin. Man brachte ihr einen Stuhl aus Teakholz, den die Frauen im Reisegepäck mitgeführt hatten, und sie setzte sich zur Rechten des Königs der Männer. Der König gebot den Trommlern, mit dem Schlagen aufzuhören. Nun ließen sich alle nieder mit Ausnahme derjenigen, die für Ruhe und Ordnung in der Versammlung zu sorgen hatten. Sie raunten miteinander, so daß es bei der großen Menschenmenge wie ein starkes Brummen klang. Der König pfiff darauf den Ordnern: tschuiijo! Sofort brachten sie die Leute zum Schweigen. Vor aller Ohren richtete darauf der König das Wort an die Königin: „Du Königin, meine Freundin, wir haben uns dir gegenüber schuldig gemacht. Deine hundert Hunde, um die ich dich gebeten hatte, damit sie uns gegen die Schädiger unserer Felder helfen sollten, sind heil bei uns eingetroffen. Schon einen Tag nach ihrer Ankunft haben wir sie im Wald jagen lassen. Sie haben die wilden Tiere in der Umgebung alle ausgerottet. Nach einer Ruhezeit von wenigen Tagen schickte ich die Hunde nochmals auf die Jagd, diesmal in die entfernteren Wälder. Es beteiligten sich viele Männer an der Jagd, so daß ein großes Durcheinander entstand und den Hunden der Befehl anzugreifen mehrfach hintereinander von verschiedenen Männern gegeben wurde. Seither sind sie im Wald verschwunden. Wir hatten gehofft, daß sie zu dir zurückgekehrt seien. Da das nicht so ist, sind wir für ihren Verlust verantwortlich." Die Königin sagte ihm, daß sie vergeblich auf die Rückgabe der Hunde gewartet habe. Die vorher angelegten Fleischvorräte seien langsam zu Ende gegangen. Um dem Hunger zu entgehen, habe sie sich mit allen ihren Frauen entschlossen, in sein Reich zu kommen und die Hunde zurückzuholen. Und sie fuhr fort: „Wir erkennen an, daß ihr den Schaden nicht vorsätzlich angerichtet habt. Wir sind auch nicht in kriegerischer Absicht gekommen. Wir wollten uns nur nach dem Verbleib der

Hunde erkundigen." Der König dankte ihr für ihre Rede und sagte: „Möge dir Erfolg beschieden sein, du Friedenskämpferin!" Dann beugte er sich ganz dicht an ihr Ohr, daß nur sie ihn verstehen konnte und fragte sie, wie sie sich angesichts des Speisetabus vorstelle, ihre Frauen zu ernähren. Die Königin, die eine kluge Frau war, dachte angestrengt nach. Dann wandte sie sich dem König zu und flüsterte ihm ins Ohr: „Meiner Meinung nach können wir nicht mehr in unser Reich zurückkehren. Wir konnten dort nur leben, weil wir die Hunde hatten. Alles andere mußt du nun entscheiden." Der König wandte sich darauf an die Menge: „Die Königin und ich haben gerade miteinander besprochen, daß die Frauen nicht mehr in ihr Reich zurückkehren können, weil die Hunde sie dort mit Nahrungsmitteln versorgten. Wie ihr Männer wißt, liegt die Verantwortung dafür, daß die Hunde abhanden kamen, bei uns. Die Gäste werden also auf immer bei uns bleiben müssen. Ich werde jedem von euch Männern eine Besucherin zuteilen. Daher habe ich euch in folgende vier Gruppen eingeteilt: das Königtum, die Königsdiener, die Boten und die übrigen Bewohner. Die Königin wird bei mir bleiben. Alle Frauen, die Dienerinnen der Königin sind, werden meinen Dienern zugeteilt. Alle Frauen, die Botinnen sind, werden meinen Boten zugewiesen, und die übrigen Frauen kommen auf die Gehöfte meiner Untertanen." Nkubitizi und seine Gefährten erhielten den Auftrag, die Verteilung vorzunehmen. Jede männliche Person bekam einen weiblichen Gast, auch der König.

Später ergriff der König abermals das Wort: „Ab heute haben wir alle Speisegebote vollständig abgeschafft. Wer Abscheu vor einer bestimmten Speise hat, soll nicht denken, daß das auf einem Tabu beruht. Und er soll auch nicht sagen, wenn ich dies oder jenes esse, dann werde ich erkranken oder mich gar in ein anderes Wesen verwandeln. Nein, so ist es nicht! Was in den Magen eines Menschen gelangt, bleibt schließlich nicht für ewig dort! Unsere Gäste sollen deswegen keine Abscheu vor den Feldfrüchten mehr hegen. Ihr Speisetabu wurde heute von dem Omukama abgeschafft!" Nachdem der König so geredet hatte, pries ihn die ganze Menschenmenge mit den Worten:

Mögest du immer Erfolg haben, du unser Ernährer!
Mögest du immer Erfolg haben, du Quelle der Klugheit!

Mögest du immer Erfolg haben, du Ermutiger unserer Herzen!
Schlaf in Frieden, du Erbauer unserer Gehöfte!

Dann gingen sie nach Hause, und jeder nahm seinen weiblichen Gast mit. In den Gehöften verbreiteten sich die sanften Stimmen der Frauen. Und es wohnten nun immer zwei Menschen in einem Gehöft: ein Mann und eine Frau. Wohin du seither auch gehen magst, du wirst keine dritte Art von Menschen finden außer diesen zweien: einem Mann und einer Frau.

Die Hunde leben seither wild im Wald. Bis auf den heutigen Tag heißen sie daher auf Swahili ‚mbwa-wa-mwitu‘, das heißt ‚Waldhunde‘. Erst sehr viel später kamen einige von ihnen zu den Menschen zurück, weil sie sich doch nicht ganz von ihnen zu trennen vermochten. Ihre Jagdfähigkeit ist nur noch mäßig entwickelt. Was die Menschen angeht, so wohnen sie seither zu zweit in einem Haus, als ein ‚yego‘ und als eine ‚yebe‘. Auch der Leser kennt die Bedeutung des alten Sprichworts, das wir als Moral der Geschichte zitieren: ‚Trockenes Gras nähert sich nicht freiwillig dem Feuer!‘ Das trockene Gras sind die Frauen, das Feuer die Männer.

Nach einiger Zeit wurde die Königin schwanger. Aber sie nicht allein! Alle Frauen wurden schwanger und gebaren entweder einen Sohn oder eine Tochter. Im ganzen Reich konnte man das Geschrei der Neugeborenen hören – ngalara, ngalara! Die Frauen aber faßten gemeinsam einen Entschluß, denn sie waren doch ärgerlich darüber, daß sie ihre Hunde im Wald verloren hatten: Das Fleisch wilder Tiere sollte hinfort nur noch von den Männern gegessen werden. Sie selbst pflegen seitdem Hirsebrei und andere Feldfrüchte zu essen. An Fleisch essen sie allein das vom Rind. Schaf- oder Ziegenfleisch lehnen sie jedoch im allgemeinen ab. Auch von den Fischen essen sie nur einige Arten. Schließlich haben sie das Gefühl, nur Gäste zu sein, nie überwunden. Wenn ein Kleinkind hinfällt, ganz gleich ob eine andere Frau zugegen ist oder nicht, vernimmst du von ihr die Worte: „Oh je, ich habe das Kind eines anderen fallen lassen!“ Auch wenn es sich um die leibliche Mutter handelt, wirst du sie sagen hören: „Loo, ich habe das Kind anderer verletzt, wo kann ich Zuflucht finden?“

Seither hat sich das friedliche Leben von einst allmählich immer mehr verschlechtert. Krankheit, Tod und all die übrigen Übel, die man beobachtet, sind erst mit dem Zusammenleben von Männern und Frauen in die Welt gekommen. Sie waren vorher völlig unbekannt. Wenn man früher alt wurde, häutete man sich einfach und bekam auf diese Weise wieder einen jugendlichen Körper. Die Übel entstanden erst, als Mann und Frau zusammenzogen. Die Männer prägten darauf das Sprichwort: ‚Ein Fremder hat das Nafuba-Land, das Land der Unsterblichkeit, zugrunde gerichtet.‘

Hexerei und Magie waren vor dem Zusammenziehen von Frauen und Männern unbekannt. Die Leute erlernten erst später, Gutes und Schlechtes voneinander zu unterscheiden. Seither sucht man Schutz vor dem Bösen und bringt dafür den Geistern Opfer. Auch trägt man mehr und mehr Amulette am Körper. Viele richten allerlei Kreaturen ab wie Krokodile und Schlangen, die sie anderen schicken, um Rache zu nehmen oder ihnen Böses anzutun. Damit verbreitete sich auch die Wahrsagerei. Das Geschäft der Kräuterdoktoren blüht. Jede Frau, ob weiß, rot oder schwarz, ist seither bestrebt, alle möglichen Wirkstoffe zu finden, einmal für ihren Körper, dann aber auch zum Einschmeicheln, weil sie immer noch das Gefühl hat, eine Fremde im Lande zu sein. Den eigenen Männern vertrauen sie nicht. Stattdessen gehen sie zum Heiler, um sich ein Mittel gegen Unfruchtbarkeit geben zu lassen oder eins, das beim Ehemann die Liebe wecken soll. Einige der Mittel sind so stark, daß sie den Leib des Mannes aufblähen, ihn impotent machen oder gar töten. Immer häufiger müssen die Wahrsager erkennen, daß das Ziel der Frauen nur darin besteht, ihre Männer umzubringen. Seither werfen die Männer den Frauen insgesamt vor, daß sie Hexen sind. In der Tat suchen die Frauen überall nach Zaubermitteln und reden bei jeder Gelegenheit, wenn sie unter sich sind, etwa beim Wasserschöpfen oder beim Baden, von nichts anderem als von Zauberei.

So ist das. Vielleicht habt ihr schon mal folgende Erzählung gehört: Es geht um jemanden, der dem Sinsa-Volk angehört. Der Erzählung nach ging dieser Mensch eines Tages im Wald spazieren. Dort traf er auf den Schädel eines Menschen, der schon vor langer Zeit gestorben war. Der Schädel war blank und hatte keine Haare. Da dieser Mensch nur sein eigenes Leben wertschätzte, tat er etwas sehr Verachtenswertes: Er nahm einen Stock und berührte damit den Schädel, so als ob er ihn umdrehen wollte, dabei sagte er: „Du kahler Schädel, aus welchem Grund bist du gestorben?" Da antwortete der Schädel plötzlich: „Ich bin umgebracht worden, weil ich so eine lügnerische Zunge hatte wie du." Dem Mann fiel vor lauter Staunen keine Antwort ein. Im Stillen aber dachte er sich: „Möglicherweise gehört dieser Schädel einem, der die Geheimnisse des Omukama verraten hat und deswegen gehängt worden ist." Da er glaubte, noch lange zu leben, erkannte er die Botschaft nicht, die ihm der Schädel hatte verkünden wollen: ‚Bald wirst auch du so aussehen wie ich.'

Die Feindseligkeiten unter den Menschen nahmen so arg zu, daß am Ende selbst die Heiler der Zauberei bezichtigt wurden. Und wenn sich heutzutage ein Mann mit seiner Frau streitet oder sich über sie ärgert und sie mit einem Stock schlagen will, dann hörst du ihn oft schreien: „Laß mich dich zu Tode prügeln, du Hündin! Wegen der Hunde kamst du ins Land. Mit wem bist du denn sonst hier verwandt?" Und dann hört man plötzlich das Geräusch von Schlägen: – hi, du!

Bis heute nennt jede verheiratete Frau das Gehöft, auf das sie einheiratet, ‚bei den anderen'. Sie verbringt ihr Leben in großer Bescheidenheit, ohne je etwas zu besitzen. Es wird nie dazu kommen, daß eine Frau im Lande herrscht, wie es damals zu den paradiesischen Zeiten gang und gäbe war. Sollte es eine Frau je schaffen, irgendetwas zu erringen, wird es nach kurzer Zeit doch das Eigentum eines Mannes.

Hier zum Abschluß noch eine alte Geschichte! Es gibt ein sehr kleines Vögelchen, das ‚enfunzi' heißt. Wenn du es wegen seiner roten Federn befragst, wird es antworten: „Wir bemalen uns mit der roten Farbe der Steine, zwischen denen wir leben." Außerdem gibt es noch einen anderen kleinen Vogel, der ‚ensoni' heißt. Wenn du ihn fragst, warum sein Schnabel länger sei als sein Körper, wird er dir antworten: „Wir ernähren uns von dem Saft des msosoni-Baums. Damit wir durch seine Dornen an den Saft kommen, hat man uns alle mit Saugröhrchen ausgestattet!" Ja, so hat jedes Geschöpf in dieser Welt seine eigenen Mittel mitbekommen, um in der Welt zu überleben!

KAPITEL 14

Bugonoka wird schwanger

Kehren wir zu dem zurück, was uns vorher beschäftigt hat, zu der Geschichte von Myombekere und seiner Frau Bugonoka!

Also, nachdem Bugonokas Monatsblutungen aufhörten, hatten sie Geschlechtsverkehr miteinander, ganz so wie der Heiler Kibuguma es ihnen verordnet hatte. Dabei trug Bugonoka die vier kleinen Amulette an ihrer Hüfte.

Am fünften Tag nach der Monatsblutung machten sich beide zum Heiler Kibuguma auf. Bei ihrer Ankunft war er gerade damit beschäftigt, jemandem die Zukunft zu deuten. An diesem Tage hatten sich besonders viele Patienten bei ihm eingefunden.

Weroba, die Frau des Heilers, war die erste, die Myombekere und Bugonoka bemerkte. Sie sagte es den anderen mit den Worten: „Da kommen noch mehr Gäste zu uns!" Die Anwesenden einschließlich des Heilers selbst schauten gespannt in Richtung des Hoftores, während sich Weroba erhob und den Gästen entgegenging. Sie nahm von Bugonoka als Geschenk eine sonzo-Kalebasse voll Hirse entgegen und trug diese schnell ins Haus. Sogleich kam sie mit zwei Stühlen wieder heraus und bot sie den Neuankömmlingen zum Sitzen an. Myombekere und Bugonoka ließen sich darauf nieder. Sie tauschten alsdann die üblichen Grußformeln mit Kibuguma, Weroba und den anderen Anwesenden aus. Danach blieben sie still an dem ihnen zugewiesenen Platz sitzen.

Kibuguma behandelte zunächst alle Patienten, die schon vor den beiden zu ihm gekommen waren. Dann ging er hinters Haus, um Wasser zu lassen. Als er sich wieder auf den Stuhl gesetzt hatte, den er gewöhnlich einnahm, wenn er Patienten beriet, wandte er sich Myombekere und Bugonoka zu: „Ihr habt mich also wieder aufgesucht. Bugonoka, komm doch mal zu mir herüber! Ich will dich jetzt untersuchen!" Bugonoka nahm ihren Stuhl, setzte ihn dicht neben den des

Heilers und ließ sich in respektvoller Haltung darauf nieder. Kibuguma forderte sie auf, ihm beide Handflächen entgegenzustrecken. Er ergriff zunächst die linke Handfläche und betrachtete sie aufmerksam. Danach ergriff er auch die rechte Hand, warf aber nur einen kurzen Blick darauf. „Komm noch näher an mich heran", sagte er zu Bugonoka. Dann ergriff er ihre linke Brust und betrachtete lange Zeit sorgfältig die Brustwarze. Schließlich sagte er ihr: „Steh auf, nimm deinen Stuhl und laß dich wieder neben deinem Mann nieder." Darauf wandte er sich dem Mann zu: „Myombekere!" – „Ja, Heiler!" – „Ich habe festgestellt, daß deine Frau schwanger ist. Außerdem habe ich festgestellt, daß sie kranke Brüste hat. Ich werde diese jetzt mit einer Tinktur gegen die amaterwa-Krankheit behandeln. Wenn man nichts dagegen unternimmt, kann das dem ungeborenen Leben sehr gefährlich werden. Außerdem werde ich euch ein anderes Mittel mitgeben. Damit muß deine Frau gewaschen werden, auf einer Weggabelung in der Nähe eures Gehöfts an zwei aufeinanderfolgenden Tagen in der Abenddämmerung, wenn man kaum noch sehen kann. Am dritten Tag soll dies jedoch vor Beginn der Morgendämmerung geschehen, noch ehe die Vögel anfangen zu singen. Sollte auf eurem Gehöft keine alte Frau sein, die Bugonoka waschen kann, dürft ihr dies auch durch ein Mädchen vornehmen lassen, das das Pubertätsalter noch nicht erreicht hat." Darauf schickte er seine Frau, Heilkräuter gegen die amaterwa-Krankheit zu sammeln. Mit den Kräutern rieb er Bugonoka an Schultern und Brüsten sowie an Kopf und Rücken sorgfältig ein. Ei, da fiel sehr viel Schmutz von ihrem Körper ab. Ihre Haut wurde feuerrot. Kibuguma fragte Myombekere: „Na, bist du jetzt von der Krankheit deiner Frau überzeugt?" Als Myombekere dies bejahte, ergänzte Kibuguma: „Das ist noch nicht alles. Du wirst noch mehr zu sehen bekommen!" Er nahm weitere Heilpflanzen in seine Hand und rieb Bugonoka damit nochmals Kopf, Genick, Schultern, Brüste und Rücken ein. Dann fragte er sie: „Was spürst du?" Sie antwortete: „Ich verspüre einen heftigen Juckreiz und möchte mich am liebsten überall kratzen." Kibuguma untersagte es ihr jedoch: „Versuche, dich nicht zu kratzen. Nach kurzer Zeit wird der Juckreiz vergehen." Tatsächlich hörte das Jucken bald danach auf. Stattdessen wurde ihr Körper weiß, und jedes ihrer Körperhaare verlor seine Farbe. Myombekere saß starr vor Stau-

nen da. Er konnte keinen Laut von sich geben. Schließlich sah Bugonokas Haut so aus, als habe man sie mit Asche bestreut. Sie wurde
schuppig wie jemand, der sich seit Tagen nicht gebadet hat. Kibuguma
fragte Myombekere: „Was siehst du nun? Habe ich dir nicht gesagt,
daß du noch mehr sehen wirst?" Myombekere entgegnete: „Deute uns
nur eine gute Zukunft! Du bist unser Heiler. Es ist immer besser, einen
Menschen zu heilen, da er Dankbarkeit kennt, statt ein Tier, das von
Dankbarkeit nichts weiß." Kibuguma rief seine Frau herbei und flüsterte ihr ins Ohr, sie solle ihm den Urin eines Rindes bringen, dessen
Fell fleckenlos schwarz sei. Weroba ging ins Haus und holte von dem
Urin, den sie am Morgen nach dem Waschen der Milchgefäße übrig-
behalten hatte. Kibuguma war aber mit der Menge nicht zufrieden
und schickte sie, noch mehr zu holen. Weroba brachte schnell eine
ganze Kalebasse herbei. Jetzt reichte die Menge, um den ganzen Körper damit zu säubern. Kibuguma forderte daher seine Frau nun auf,
Bugonoka hinter dem Haus in dem Urin zu baden. Die beiden Männer blieben währenddessen auf dem Vorplatz zurück und unterhielten
sich.

Nach einiger Zeit kamen Weroba und Bugonoka zurück. Loo! Als
Myombekere die Augen auf seine Frau richtete, war er vom Glanz ihrer
Haut überrascht. Der graue Belag, der ihren Körper zuvor bedeckt
hatte, war verschwunden! Er staunte sehr, schwieg aber still. Kibuguma
trieb jetzt seine Frau an, das Essen zuzubereiten, denn wie er wußte,
war sie eine säumige Köchin: „Sag mal, solltest du nicht ein paar Kartoffeln zusammensuchen, um unseren Hunger und den unserer Gäste
zu stillen? Ach, ich sollte den Hunger unserer Gäste nicht erwähnen,
sondern nur unseren eigenen, denn unsere Altvorderen sagten: ‚Wenn
ein Gast von der Milch einer Kuh trinkt, die gerade gekalbt hat, bewirkt er, daß ihr Milchfluß nicht mehr zum Stillstand kommt.' Das
heißt, wenn man einen Stein ins Rollen bringt, kann man ihn nicht
mehr aufhalten. Darum wollen wir einen Gast als jemanden ansehen,
der schon immer hier bei uns gewohnt hat." Weroba antwortete ihm:
„Ei, du übertriffst dich heute aber selbst! Ich habe meine Freundin
schon längst zum Essen eingeladen. Sie aber möchte so schnell wie
möglich heimkehren, weil sie die Pflegekinder allein zu Hause gelassen
hat. Eins der Kinder ist zudem erkrankt. Ich habe ihr schon gesagt, sie

soll hier auf mich warten, während ich Kartoffeln vom Feld hole, damit wir uns hernach noch unterhalten können. Sie hat aber dankend abgelehnt." Kibuguma versicherte sich bei Bugonoka: „Ach, ist das wirklich wahr?" Als sie bestätigte: „Ja, mein Heiler!", fuhr er fort: „Mir kommt es so vor, als ob ich nur den Schwanz der Sache zu fassen bekommen hätte und ihren Kopf erst noch ausfindig machen müßte. Warum ist Weroba nicht schon längst aufs Feld gegangen, um Kartoffeln auszugraben, so wie ich es ihr aufgetragen hatte? Offenbar sind die herkömmlichen Anstandsregeln auf den Höfen zusammen mit unseren Vätern gestorben. Früher wäre es nicht dazu gekommen, daß die Sonne bereits einen so hohen Stand erreicht, ohne daß ein Mann in seinem eigenen Gehöft etwas zu essen bekommt. Es ist gerade so, als ob man irgendwo unbekannt in der Fremde weilt! Ei, ei! Weroba, das ist kein gutes Benehmen!" Um die Angelegenheit etwas herunterzuspielen, warf Myombekere ein: „Das kommt doch auf allen Gehöften vor, auch bei uns. Was willst du dagegen tun? Weglaufen kannst du deswegen nicht! Ärgere dich doch nicht über deine Frau! Sie hat sehr viel zu tun. Es macht nichts, daß wir ein wenig hungern. Unsere Alten pflegten stets zu sagen: ‚Ein müßiger Gast soll ruhig etwas hungern.' Nun, wir sind müßige Gäste, darum können wir hungern." Kibuguma fuhr indessen mit seinen Klagen fort: „Könnte sich Weroba nicht vorher erkundigen, ob sie am nächsten Tag etwas Besonderes zu erledigen hat, und die Kartoffeln in einem solchen Fall schon am Nachmittag des Vortags ausgraben? Dann stände sie doch am nächsten Morgen im Haus zur Verfügung. Mein Freund Myombekere, ich sollte nicht weiter darüber reden. Als wir noch klein waren, haben wir bei unseren Eltern ein anderes Verhalten beobachtet. Ich habe es nie erlebt, daß mein Vater meine Mutter antreiben mußte, für ihn zu kochen, oder daß sie es gewagt hätte, seine Rede zu unterbrechen. So etwas hätte einen großen Streit verursacht. Deshalb hätte keine Frau so etwas zu tun gewagt."

Während sich Kibuguma gegenüber Myombekere in dieser Weise äußerte, hatten die Frauen im Haus ihre eigenen Gesprächsthemen. Sie flüsterten, so daß draußen nur „duduli, duduli" zu hören war. Als Kibuguma aufhörte zu reden, schwiegen auch die Frauen sofort still.

Kibuguma erhob sich und suchte im Haus die Medizin für Bugonoka. Er gab sie ihr mit den Worten: „Nimm dieses Mittel und laß dich damit auf einer Weggabelung an zwei aufeinanderfolgenden Tagen so waschen, wie ich es euch zuvor schon einmal gesagt habe. Beim Waschen mußt du mit ausgestreckten Beinen am Boden sitzen, wobei der Rücken gen Westen und das Gesicht gen Osten gekehrt sein soll. Laß dich heute und morgen kurz nach Einbruch der Nacht waschen! Steh übermorgen schon vor dem Singen der Vögel auf und laß dich wieder auf der Weggabelung waschen! Diesmal sollst du dabei aber andersherum sitzen. Die Medizin muß in einem noch grünen Flaschenkürbis mit frischem Wasser, das am selben Tage geschöpft wurde, angesetzt werden. Nehmt auf keinen Fall Wasser, das über Nacht im Haus gestanden hat. Und nehmt so viel Wasser, daß die Menge für drei Waschungen reicht. Nehmt aber auch nicht mehr, denn am Ende soll alles aufgebraucht sein. Bei den Waschungen geht wie folgt vor: Zunächst soll das Mädchen, das dir hilft, etwas Medizin aus dem Flaschenkürbis auf beide Handflächen nehmen. Dann soll sie die Flüssigkeit auf deinem Rücken von unten nach oben einreiben, wobei du dich nach vorne beugst. Wenn sie am Scheitel angekommen ist, soll sie das, was sie noch in ihren Handflächen hat, fallen lassen, so daß es auf deine Schenkel tropft. Anschließend soll sie dich von oben nach unten über Nacken, Schulter und Arme einreiben, wobei du den Kopf mit geschlossenen Augen nach hinten beugst. Wenn sie deine Hände erreicht hat, sollst du das Heilkraut nehmen und es ganz schnell auf den Boden werfen. Schließlich soll sie dich vorn vom Kopf über Brust und Bauch bis zu den Füßen einreiben. Wenn sie dort angekommen ist, soll sie den Rest in ihren Händen selbst auf den Boden werfen. Danach könnt ihr aufstehen und nach Hause gehen. Am nächsten Tag sollt ihr genauso verfahren. Ebenso am dritten Tag. Dann soll das Mädchen nach der Waschung den Flaschenkürbis an die Stelle legen, wo du zuvor gesessen hast. Und noch ehe du dich wieder angezogen hast, sollst du den rechten Fuß hochheben und den Flaschenkürbis mit einem festen Tritt zerbrechen, wobei du sagst: ‚Wir haben den Hexer getötet.' Wenn ihr danach zum Haus zurückgeht, schaut euch nicht um! Zu Hause nimm ein Schöpfgefäß aus Ton und geh zum Fluß baden. Dort kannst du wie üblich mit den Leuten schwatzen. Nach dem Bade fülle das Tongefäß mit Wasser und kehre ins Gehöft zurück. Damit ist die Behandlung beendet. Habt ihr alles verstanden?" – „Ja, unser Heiler, wir haben es verstanden!" Bugonoka und Myombekere nahmen die Heilkräuter an sich und machten sich auf den Weg nach Hause.

Unterwegs berichtete Bugonoka ihrem Mann, was Weroba ihr im Hause alles über Kibuguma erzählt hatte: „Sie hat schlecht über ihren Mann geredet. Er sei faul und beteilige sich kein bißchen an der Feldarbeit. Auf dem Feld hacke er nur ein wenig herum und gebe dann vor, hungrig zu sein. Wenn man ihn deswegen zur Rede stelle, täte er so, als ob er krank sei. Beim Essen werde er niemals satt, auch wenn man noch so viel für ihn koche. Weroba frage sich, ob er sich diese schlechten Eigenschaften erst nach der Hochzeit zugelegt habe. Wenn Feldarbeiten anstünden, bestelle er besonders viele Heilsuchende zu sich. Die müßten dann alle mit Hand anlegen. Sogar das Einbringen der Körner in den Getreidespeicher sei ihm zuviel Arbeit, die ihn völlig erschöpfe. Weroba sei bisher nur wegen der Kinder bei ihrem Mann geblieben. Ich bedauerte sie, daß die Feldarbeit für eine Person zu schwer sei und sie allein damit nicht die ganze Familie ernähren könne. Wenn sie ihren Kindern nicht genug zu essen gebe, würden sie ihr bestimmt ständig in den Ohren liegen. Dann fragte ich sie, ob Kibuguma sie als junges Mädchen geheiratet habe. Sie erzählte mir, daß sie zuvor schon einmal verheiratet gewesen sei und ein Junge und ein Mädchen aus dieser Ehe stammten. Ihr Vater habe sie gewaltsam zu sich zurückgeholt, weil ihr erster Ehemann das Brautgut nicht gezahlt habe. Später habe Kibuguma sie als geschiedene Frau geheiratet. Die Kinder aus der ersten Ehe seien bereits verheiratet. Aus der Ehe mit Kibuguma seien zwei Söhne und drei Töchter hervorgegangen. Alles das hat mir Weroba erzählt. Bei näherem Nachdenken glaube ich, daß auch sie Unrecht hat. Sie scheint sehr untüchtig zu sein. Warum würde sie sich sonst so verhalten? Wie kann sie so schlecht über den eigenen Mann reden, bloß weil er Essen verlangt hat? Er hat sie schließlich weder beschimpft noch geschlagen." Myombekere sagte nur: „Ee, ihr Frauen, das ist eure Art, euch bei euresgleichen einzuschmeicheln. Wer verheiratet ist, weiß darüber Bescheid."

Zu Hause suchte Bugonoka einen geeigneten Flaschenkürbis aus und bereitete darin die Medizin zu. Als alles fertig war, gab sie es dem Mädchen Bazaraki, das die Medizin ins Haus trug und sie wie das vorherige Mal neben den Bettpfosten stellte. Dann erklärte Bugonoka ihr, wie sie ihr an den folgenden drei Tagen helfen sollte, sich mit der Medizin einzureiben. Noch am Abend desselben Tages gingen sie zur nächsten Weggabelung und führten die Behandlung nach Kibugumas Anweisung durch. In der Frühe des dritten Tages, nachdem Bugonoka den Flaschenkürbis zertreten und dazu die Worte ‚Wir haben den Hexer getötet‘ gesprochen hatte, waren sie damit fertig.

In der folgenden Zeit gingen sie wieder ihren gewohnten Beschäftigungen nach. Bugonoka flocht eifrig ihre Korbschalen, und Myombekere arbeitete jeden Tag in seiner Bananenpflanzung. Da es in diesem Jahr auch während der Trockenzeit regnete, gab es dort viel zu tun. Im übrigen warteten sie darauf, daß sich die Ankündigung Kibugumas, Bugonoka sei schwanger, erfüllte. Seit sie den Beginn einer Schwangerschaft vermuteten, zählten sie die Monate.

Gelegentlich spürte Bugonoka im Bauch unterhalb des Nabels leichte Zuckungen. Sie war sich nicht sicher, was das war. Schließlich kam sie zu der Überzeugung, daß dieses Gefühl von Eingeweidewürmern herrühren müsse. Am Ende zweifelte sie sogar, ob sie überhaupt schwanger sei. Ihre früheren Schwangerschaften lagen schon zu weit zurück, so daß sie ihre damaligen Gefühle inzwischen vergessen hatte. Im Stillen dachte sie bei sich, daß der Hexer, der ihre früheren Fehlgeburten verursacht hatte, ihren Körper so zerstört hatte, daß sie gar nicht mehr schwanger werden konnte. Diese trüben Gedanken behielt sie allerdings für sich und erzählte nicht einmal Myombekere davon. Ein Sprichwort sagt: ‚Was du nicht offen sagen kannst, ist so, als befände es sich im Inneren eines Rindes. Das kann sich auch nicht verständlich ausdrücken.‘ Das Wort ist doch wahr, oder hast du jemals ein Rind über das, was die Leute ihm antun, erzählen hören? Wenn es auf der Weide mit einem Prügel geschlagen und verletzt wird, kann es am Abend im Gehöft dem Eigentümer nicht sagen, daß es zu Unrecht geschlagen wurde.

Zu Beginn des zweiten Monats – es war der Monat September – wartete Myombekere darauf, daß seine Frau wie gewöhnlich ihre Regel bekam. Jedoch vergeblich! Der September begann, ohne daß die Blutung einsetzte. Bugonoka verspürte nur weiterhin das Zucken unterhalb des Bauchnabels. Der Mond nahm zu und wurde schließlich zum Vollmond, die Monatsregel blieb jedoch aus. In der zweiten Hälfte des Monats untersuchte sich Bugonoka selbst und stellte fest, daß der Muttermund verschlossen war. Danach schöpfte sie etwas Hoffnung und dachte, daß sich die Worte Kibugumas ja vielleicht doch erfüllen könnten. Sie begann an Gewicht zuzunehmen und fühlte sich sehr gesund. Auch in ihrem Gesicht zeigten sich die Anzeichen einer Schwangerschaft. Ihre Haut wurde nämlich tiefbraun wie die Staude der entundu-Banane. Sie sah also ausgesprochen gut aus.

Als die Regenfälle einsetzten, die eigentlich erst im Oktober zu erwarten sind, arbeitete Bugonoka fleißig auf den Feldern. Auch um das Haus herum bearbeitete sie mit der Hacke den Boden. Sie hatte die Absicht, dort Kürbisse zur Herstellung von Gefäßen aller Art anzupflanzen. Aber fragt deswegen nicht, ob Bugonoka ihre Korbschalen denn niemals fertig bekommen hätte. Ich kann euch nämlich berichten, daß sie die Korbschalen sehr wohl zu Ende flocht und sie gegen verschiedene Arten Hirse eintauschte. Gelegentlich kamen sogar sogenannte omugonzo-Fischer zu ihr, das heißt Fischer, die mit Schnüren, auf Kerewe ,omugonzo' genannt, zu angeln pflegen, um Korbschalen gegen große, schuppenlose embozu-Fische bei ihr einzutauschen. Wenn sie eine Schale zum Verkauf fertiggeflochten hatte, hielt sie ihr altes Kornmaß bereit, das auf Kerewe ,endalage' heißt. Wenn jemand mit Hirse zum Tauschen auf ihren Hof kam und ihm der fertige Korb zusagte, füllte er einen Scheffel randvoll und gab gewöhnlich noch etwas obendrauf. Die Fischer tauschten zehn embozu-Fische gegen eine geflochtene Schale. Bugonoka maß die zum Tausch gebotene Hirse nicht selbst ab. Das Kornmaß übernahm diese Arbeit für sie. Wenn jemand es randvoll gefüllt hatte. brauchte sie es nur auszuleeren. Eine geschickte und fleißige Korbflechterin hat immer Nahrungsmittel genug.

Auch Myombekere machte sich seine Gedanken darüber, ob seine Frau tatsächlich schwanger sei. Hoffnungsvoll wartete er auf den Beginn des dritten Monats. Manchmal bleibt die Blutung ja auch einfach einen Monat lang aus, ohne daß gleich eine Schwangerschaft der Grund sein muß. Er hatte zwar bemerkt, daß seine Frau eine glänzende Haut bekommen hatte, rundlich geworden war und sich beim Schlafen warm anfühlte, aber er zweifelte immer noch. Alle diese Anzeichen konnten auch auf ihre gute Küche zurückzuführen sein. Wir Menschen sind nun mal so: Manchmal nehmen wir ab, manchmal nehmen wir zu. An sich selbst hatte er das auch schon beobachtet. Einige Leute hatten ihn offen darauf angesprochen: „Loo, Bwana wee, du hast aber stark zugenommen! Ei, wie kann ein Mann nur so beleibt wie eine Frau sein?" Oder sie sagten: „Oh nein, Myombekere, du bist aber dick geworden. Was für ein Essen kocht deine Frau eigentlich für dich? Wie kannst du nur eine so dicke Wampe bekommen, daß der Hintern darunter verschwindet und der Speck an deinem Nacken herunterhängt? Halte dich gut am Ohr fest, damit dir dein Körper nicht ganz in den Fettmassen versinkt."

Trotz der Gewichtszunahme spürte Bugonoka in diesen Tagen öfters starke Schmerzen in ihrem Körper. Das kommt so zustande: Im zweiten Monat bildet sich im Körper einer Schwangeren etwas, das wie eine blutige Nachgeburt aussieht, aber in der Mitte glitzert wie die Sonne. Falls es unglücklicherweise zu einer Fehlgeburt kommt, kann man beobachten, wie es glitzert und sich heftig bewegt, bis es schließlich abstirbt. Auch im Mutterleib bewegt es sich so. Darauf sind die Zuckungen zurückzuführen, die Bugonoka, wie erwähnt, ständig verspürte.

Als der dritte Monat nach der Empfängnis, d. h. der Monat Oktober, anbrach, wurden nach der damaligen Sitte die Hörner geblasen, um den Monatsbeginn anzukündigen. Auch diesmal blieb bei Bugonoka die Blutung aus. Stattdessen nahmen die Zuckungen unterhalb ihres Nabels zu. Wenn die Leibesfrucht drei Monate alt ist, nennt man sie auf Kerewe ‚ekina‘.

Einige Tage nach dem Monatsanfang hielten Myombekere und Bugonoka eine Mittagsrast in ihrem Hause. Myombekere hatte sich auf dem Bett ausgestreckt. Da es an diesem Tag nicht regnete, lag Bugonoka draußen unter dem Vordach, wo sie sonst die gesäuerte Milch zu schütteln pflegte. Bazaraki spielte mit den Töchtern des Nachbarn Kanwaketa in der Nähe des großen Vorratsspeichers. Sie schnitten sich Hiresestengel zurecht und taten so, ob dies ihre Kinder seien. Bazaraki saß dabei mit dem Gesicht zum Hoftor gewandt. Plötzlich erblickte sie eine fremde Frau, die ein großes Bündel auf dem Kopf trug. Mit schwungvollem Gang, der ihr Schulterfell schaukeln ließ, trat sie ins Gehöft, wobei ein angenehmer Duft von ihr ausging. Bazaraki lief sofort zum Haus, um Bugonoka zu wecken: „Frau meines Onkels, ich habe gerade zufällig eine Besucherin bei uns erblickt!" Bugonoka stand sofort auf und ging zum Hoftor, um nach der Fremden zu sehen. Kumbe, es war tatsächlich ihre Cousine Barongo! Und als Bugonoka genau hinsah, erblickte sie ein Kind auf ihrem Rücken. Sie stieß zur Begrüßung einen Freudentriller aus, worauf auch Myombekere eilig das Bett verließ und nach draußen kam. Als er seine angeheiratete Cousine erblickte, freute er sich sehr. Bugonoka und Myombekere begrüßten die Besucherin mit großem Jubel. Bugonoka befreite Barongo von der Last auf dem Kopf und trug sie schnell ins Haus. Myombekere war in seiner Freude so verwirrt, daß er der Cousine einen Sitzplatz in der vollen Sonne anbieten wollte. Bugonoka schritt aber ein und bat Barongo, ins Haus einzutreten. Dort bot sie ihr wegen des Kindes auf dem Rücken einen hohen Stuhl zum Sitzen an.

Erst nachdem Barongo sich niedergelassen hatte, tauschten sie untereinander die üblichen Begrüßungsformeln aus. Da sie sich viele Monate nicht gesehen hatten, gab es viele Neuigkeiten zu berichten. Schließlich verlangte Barongo Wasser zum Trinken. Bugonoka holte sofort in einem Schöpfgefäß Wasser herbei und reichte es ihr. Nachdem Barongo dies getrunken hatte, atmete sie geräuschvoll aus und sagte: „Jehu! Jetzt ist mein Herz zur Ruhe gekommen. Ich hatte einen großen Durst. Der Weg zu euch ist doch recht lang!" Dann nahm Barongo ihr Kind vom Rücken und hielt es senkrecht vor sich hin. Nachdem es gepinkelt hatte, legte sie es waagerecht auf den Schoß und gab ihm die Brust. Myombekere und Bugonoka fragten sie nach dem Befinden ihres Mannes und gratulierten ihr zur Geburt des Sohnes: „Gebäre noch ein Kind!" Gemäß der Sitte antwortete ihnen Barongo: „Ach, dies eine genügt!"

Bugonoka bemühte sich sehr um den Gast und begann, für die Cousine zu kochen. Da Frauen niemals untätig bleiben, auch wenn sie zu Gast sind, stand Barongo auf und ging Badewasser für ihr Kind schöpfen. Als Bugonoka dies sah, meinte sie: „Schwester, du hättest es mir sagen können, ich hätte dir dann das Wasser geholt. Schließlich hast du einen langen Weg hinter dir und außerdem die Kopflast und das Kind getragen. Du wirst wohl niemals müde!" – „Auch wenn ich müde bin, heißt das nicht, daß ich hier im Hause nichts mehr tun könnte. Es ist bestimmt nicht dasselbe, als wenn ich noch eine lange Wegstrecke zu laufen hätte!"

Bald darauf hatte Bugonoka den Hirsebrei zubereitet. Sie trug Barongo den Stuhl in den Schlafraum und rief Bazaraki, ihrer Cousine Gesellschaft zu leisten. Wenn man nämlich gewohnt ist, mit anderen zu essen, wird man allein nicht satt. Nach dem Essen reichte Bazaraki der Cousine eine Kalebasse mit gesäuerter Milch, von der sie zuvor gekostet hatte. Barongo trank ein wenig davon. Als sie die Kalebasse vom Mund absetzte, forderte Bugonoka sie auf: „Dada, trink nur alles aus! Das bißchen kannst du doch trinken. Hier haben wir derzeit reichlich Milch. Was fehlt, sind nur die Leute, die sie trinken. Wir verwenden Milch sogar zum Kochen von Fleisch und Gemüse. Und selbst bei der Zubereitung des täglichen Hirsebreis wird Milch statt Wasser genommen. Wenn Besucher kommen, freuen wir uns immer sehr und sagen, daß sie uns einen Gefallen erweisen, die Milch mit uns zu trinken."

Danach breitete Bugonoka für ihre Cousine unter dem Vordach eine Rinderhaut zum Ausruhen aus. Das Bett bot sie ihr nicht an, weil darin zuviele Wanzen waren. Sogar tagsüber wurde man von ihnen belästigt, auch wenn man sich nur kurz aufs Bett legte. Um nachts im Bett ruhig schlafen zu können, wurde zuvor Wasser darauf versprüht.

Als der Sonnenstand den Nachmittag anzeigte, weckte Bugonoka ihre Cousine: „Steh auf und komm vor Sonnenuntergang mit mir zum Baden! Es wird sonst zu kalt. Nicht, daß du noch das Bad versäumst! Von der Reise bist du verschwitzt und wirst dich deswegen sicher nicht wohlfühlen."

Bevor sie zum Baden gingen, trug Bugonoka das Bündel, das Barongo mitgebracht hatte, unter das Schattendach und rief zum Auspacken ihren Mann. Myombekere öffnete es und entnahm ihm zunächst zwanzig ungeräucherte ensato-Fische. Unter den Fischen lag Hirse, genug um zwei Korbschalen randvoll zu füllen. Sie dankten Barongo für die Geschenke: „Vielen Dank! Du hast uns eine große Freude damit gemacht! Du mußt sehr stark sein, denn rohe Fische wiegen gewöhnlich sehr schwer. Auch Hirse ist nicht leicht. Zu dem schweren Korb kommt dann noch das Kind auf dem Rücken." Barongo erwiderte: „Ei, bedankt euch bei denen, die die Fische gefangen haben und nehmt mich von eurem Dank aus! Ich lebe zwar in der Nähe des Seeufers, aber ich gehe niemals in die tiefen Gewässer, um diese Fischsorte zu fangen. Derzeit werden nicht viele Fische gefangen. Die Leute sagen, daß sie erst im kommenden Monat wieder zahlreicher sein werden." – „Welchen Monat haben wir eigentlich," fragte Barongo. Und als Myombekere ihr den November nannte, bestätigte sie: „Das ist es. Wenn man in diesem Monat Besuch bekommt, kann man sich unbeschwert freuen, da man sich keine Sorgen zu machen braucht, was man ihm zum Essen vorsetzen soll."

Danach gingen sie endlich zum See. Bugonoka führte ihre Cousine unterwegs an dem Feld vorbei, wo sie nach der Rückkehr von ihren Eltern Kartoffeln gepflanzt hatte. Barongo rief beim Anblick des Feldes erstaunt: „Du hast dich aber sehr angestrengt, so als ob du dir deine Körperkraft beweisen wolltest, komme was da wolle!" Sie beugte sich nieder und grub mit dem Finger am Schaft eines Kartoffelstrunks in die Erde und fand eine kandoya-Kartoffel, die schon voll ausgereift war. Bugonoka erklärte ihr: „Ich habe erst vor kurzem mit der Ernte angefangen, weil ich nicht als gierig erscheinen wollte. Außerdem, wem sollte ich sie bisher vorsetzen? Myombekere hat mir aber keineswegs verboten, die Kartoffeln zu ernten."

Am See sagte Barongo: „Auch wenn ich völlig daneben liege – aber schließlich fragt man ja, um sich Gewißheit zu verschaffen. Ich möchte also wissen, ob du schwanger bist. Eigentlich wollte ich dich schon zu Hause danach fragen, aber eine innere Stimme hinderte mich daran, dies vor anderen zu tun." Bugonoka aber gab ihr keine Antwort.

Wieder zu Hause trafen sie Myombekere an, wie er gerade einen Grill am Hoffeuer aufstellte, um Fische darauf zu rösten. Bugonoka ergriff ein Messer mit langem Stiel. Sie wollte trockene Bananenblätter abschneiden und daraus für den Gast eine Lagerstätte herrichten. Beim Verlassen des Gehöfts mahnte Myombekere: „Komm nicht erst nach Sonnenuntergang heim!" Sie erwiderte: „Wieso sollte ich erst nach Sonnenuntergang zurückkommen, wo ich doch bloß zum Bananenhain unseres Nachbarn Kanwaketa gehe?" Und in der Tat, sie war im Nu mit den Blättern wieder zurück.

Im Gehöft besaßen sie sogar ein Bettgestell nur für Gäste. Es wurde im Freien aufbewahrt, damit es von Wanzen frei blieb. Bugonoka rüttelte das Gestell hin und her, um es von Ablagerungen zu befreien. Dann richtete sie im Seitengemach des Hauses das Bett für Barongo her und forderte diese auf: „Komm, leg dich noch ein bißchen hin, während ich koche." Barongo erwiderte: „Ich habe am Tage eigentlich schon genug geschlafen. Wenn ich mich jetzt nochmal hinlege, kann ich in der Nacht nicht einschlafen!" Bugonoka ging indessen zum Herd, um die Beilage für den Gast zuzubereiten.

Wir alle kennen doch die alten Sitten im Kerewe-Land. Wenn man früher seinen Verwandten und Freunden als Gastgeschenk Fisch, Fleisch oder etwas anderes zum Essen mitbrachte, durfte man selbst nichts davon essen. Falls die Gastgeber gerade nichts anderes als Beilage anzubieten hatten, war es besser, hungrig schlafen zu gehen als von den mitgebrachten Sachen zu essen. Bei mitgebrachtem Bier verhielt es sich ebenso. Ein Sprichwort sagt dazu: ‚Die Biene sammelte aus dem Nektar der Blumen Honig, und jetzt möchte sie ihn selbst aufessen.' Man sagt so, weil die Bienen Honig sammeln, um ihre Nachkommen damit aufzuziehen. Aber irgendwann ändern sie ihre Gewohnheit und fressen den Honig selbst auf. Nun, nach dem Abendessen verspeisten die Gastgeber die nsato-Fische, die Barongo ihnen mitgebracht hatte, für Barongo aber bereitete Bugonoka einen fetten embozu-Fisch zu.

Nach dem Essen legten sie sich schlafen, ein jeder an seinen ihm bestimmten Platz. Da fragte Barongo ihren angeheirateten Vetter über die Trennwand des Seitengemachs hinweg: „Myombekere, wie kommt dir eigentlich das derzeitige Aussehen deiner Frau vor?" – „Schwägerin, ich stelle nichts Besonderes fest", erwiderte er. „Sie ist meine Frau, und wir wohnen zusammen. Ich erkenne nichts Besonderes, Angeheiratete." Sie darauf: „Hast du nicht bemerkt, daß sie schwanger ist? Nach meiner Einschätzung müßte sie im dritten Monat sein. Schwager, weißt du denn gar nichts davon?" – Er: „Ich dachte, es handele sich lediglich um etwas, das bei Frauen immer mal vorkommt. Von anderen weiß ich, daß die Monatsregel manchmal ausbleibt, dann aber wieder einsetzt. Da ich mich mit diesen Dingen nicht so auskenne, dachte ich, daß es bei deiner Cousine ähnlich sei." Sie fragte weiter: „Hast du seit eurer Heirat jemals erlebt, daß ihre Blutungen zwei oder drei Monate hintereinander ausgeblieben sind?" – „Nicht, daß ich wüßte", erwiderte er. „Aber wir können sie ja fragen. Sie liegt neben mir und hört, was wir besprechen. Sag mal, Bugonoka, stimmt das?" Es schien, als ob Bugonoka aus dem Schlaf aufgeschreckt würde. Sie fragte zurück: „Was sagst du?" Myombekere wiederholte ihr alles, was ihre Cousine ihn gefragt hatte. Nachdem sie begriffen hatte, um was es ging, sagte sie: „Seit meiner Heirat habe ich noch nie an dem gelitten, worüber ihr mich befragt. Es mag sein, daß es mir im Alter zustößt, aber bis jetzt noch nicht. Meine Blutungen sind niemals mehrere Monate hintereinander ausgeblieben." Barongo sagte: „Nun, darüber unterhalte ich mich gerade mit deinem Mann. Auch er kann sich nicht an ein Ausbleiben erinnern, seitdem ihr verheiratet seid. – Myombekere, da deine Frau in der Vergangenheit genug gelitten hat, schau diesmal nicht einfach zu, sondern suche einen Heiler auf. Besorge dort Arznei oder Amulette, die sie gegen Gefahren während der Schwangerschaft schützen. Die Gefahren kommen entweder aus ihr selbst oder möglicherweise hier aus deinem Gehöft. Sehnen sich nicht alle Menschen in der Welt danach, Kinder zu bekommen? Was gibt es Schöneres? Schwager, kennst du vielleicht etwas Besseres?" Myombekere antwortete: „Natürlich nicht, Schwägerin. Es gibt nichts Besseres, als Kinder in die Welt zu setzen. Schon unsere Altvordern haben gesagt: ‚Wer kein Kind hat, schickt seine eigenen Beine auf Besorgungen.' Zweifellos ist jemand mit einem Kind bei den Leuten weit angesehener als der, welcher seine eigenen Beine auf Besorgungen schickt. Soviel Beine du auch hast, ohne Kinder sind sie wertlos. Schau, wenn dein kleines Kind schreit, dann freuen wir uns alle im Hause. Und wenn ich mit deiner Cousine allein im Hause bin, dann erscheint es uns wie im menschenleeren Buschland. Wegen der Medizin kannst du aber beruhigt sein. Nachdem wir uns damals am Tage, als ich die Buße bei den Schwiegereltern entrichtete, von dir verabschiedet haben, zögerten wir nicht lange, einen Heiler aufzusuchen. Der uns behandelt, wohnt da drüben und heißt Kibuguma. Er hat uns Heilkräuter und die Amulette gegeben, die deine Cousine um ihre Hüften trägt." Damit endete das Gespräch, weil sie alle vom Schlaf übermannt wurden.

Barongo blieb zwanzig Tage im Gehöft Myombekeres. Während dieser Zeit verbrachte sie viele Stunden allein mit ihrer Cousine Bugonoka. Schließlich zeigte Bugonoka ihr sogar, wo ihr Medizinmann Kibuguma wohnte, damit sie ihr im Krankheitsfall von dort Arznei holen könnte.

Am Tage, als Barongo nach Hause aufbrechen wollte, fragte sie Bugonoka, ob demnächst nicht der vierte Monat ohne Blutungen anbreche. Und als diese es bestätigte, fuhr sie fort: „Ich frage dich danach, weil ich auf dem Rückweg bei meiner Tante, deiner Mutter, vorbeigehen möchte, um sie über alles zu unterrichten." Bugonoka erwiderte: „Sage ihr, sie möge etwas vom Essen für Bugonoka aufheben, denn wenn der kommende Monat zur Hälfte vergangen ist, werde sie bei ihr vorbeischauen. Sie möchte gerne die Frau ihres Bruders Lweganwa zur Geburt ihres ersten Kindes beglückwünschen." Barongo versprach, alles auszurichten. Als Abschiedsgeschenk gab Bugonoka ihr einen Teil von ihren Kartoffeln mit. Dann rief sie Myombekere, der ihr eine Portion Fleisch für Barongos Ehemann geben sollte. Außerdem schenkte sie ihr ein kleines Schöpfgefäß und eine Korbschale, beide noch neu, sowie eine kleine Kalebasse mit Fett. Myombekere und Bugonoka begleiteten Barongo noch ein Stück Wegs. Dann nahmen sie Abschied voneinander.

Mittlerweile wurde es November. Bugonoka war nun im vierten Monat schwanger. – Man nennt das Ungeborene im vierten Monat ,ekihangara‘, d. h. Eidechse. – Bugonoka erledigte fleißig in gewohnter Weise alle hausfraulichen Pflichten. Als der Zeitpunkt kam, an dem sie ihre Eltern und ihren Bruder besuchen wollte, hatte sie schon das Hirsefeld bestellt. Rote Hirse wird als erste ausgesät. Auch Myombekere war sehr fleißig und achtete sorgsam darauf, daß seine Frau genug zu essen hatte. Beide Eheleute überboten einander an Fleiß. Die Kerewe-Leute haben dafür folgendes Sprichwort: ,Wer in der Erde gräbt, dessen Körper wird mit Staub bedeckt.‘ Wenn man in diesem Lande keinen Hunger leiden will, muß man jedes Jahr die Erde umgraben. Sät man in zwei aufeinanderfolgenden Ernteperioden keine Hirse aus, wird man im dritten Jahr nicht mehr genügend Saatgut haben und muß es bei den Nachbarn erbetteln. Die Leute werden ihm zwar etwas geben, aber hinter seinem Rücken werden sie ihn verspotten und schlecht über ihn reden. Es kann auch vorkommen, daß in einem Jahr der Regen ausbleibt. Dann hast du trotz allen Fleißes die Hungernot im Haus. Sie wird dir sagen: „Nun habe ich dich zu fassen bekommen, laß mich dich mit einer Schnur ganz festbinden!"

Solche Überlegungen trieben Bugonoka ständig an, fleißig auf den Feldern zu arbeiten. Außerdem dachte sie bei sich: „Sollte ich sterben, macht es nichts, wenn ich einen genügend großen Nahrungsvorrat angelegt habe. Es liegt in der Natur aller Menschen, daß sie bei ihrem Tode etwas vererben. Wenn ich sterbe, werden sich viele Leute zu meiner Trauerfeier einfinden und lange verweilen, wobei sie ihre Gedanken dem widmen, was ich ihnen hinterlasse. Aber wenn es auf dem Gehöft keine Nahrungsmittel gibt, wer wird dann schon an der Trauerfeier teilnehmen?" – Trauerfeiern, bei denen es nichts zu essen gibt, nennt man ‚olw'epapo‘, d. h. Tabak-Trauerfeier. Wer kann es auf einer solchen Trauerfeier schon lange aushalten? –

Bugonoka strengte sich also sehr an, viel bei der Feldarbeit zu leisten und nahm auf ihre Gesundheit keine Rücksicht. Sie hatte nicht die Angewohnheit, sich aus Angst, schwere Baumstämme oder Buschwerk bewegen zu müssen, krank zu stellen. Auch ließ sie ihre Hacke nicht auf dem Feld liegen, um auf den Feldern anderer unter dem Vorwand, etwas Schnupftabak holen zu gehen, zu tratschen.

Als es Vollmond wurde, erinnerte sich Bugonoka an die Botschaft, die sie ihrer Cousine mit auf den Weg gegeben hatte. Doch bevor sie sich zu ihren Eltern aufmachte, bestellte sie ihr Gehöft. Sie wies die Nichte ihres Mannes an, was sie ihm während ihrer Abwesenheit kochen sollte. Da das Mädchen die täglich anfallende Milch nicht allein zu Butter verarbeiten konnte, bat Bugonoka ihre Nachbarin, die Frau Kanwaketas, in ihrer Abwesenheit dabei zu helfen. Diese war dazu bereit, zumal sie wußte, daß Bugonoka nicht unnötig lange fortbbleiben werde.

Hier im Kerewe-Land kennen wir verantwortungslose Frauen, die sich von ihren Männern für drei Tage verabschieden, um ihre Eltern zu besuchen, und erst drei Monate später daran denken zurückzukommen. Dem Mann bereiten sie damit allergrößte Schwierigkeiten. Falls er vorher noch keine Zweitfrau hatte, wird er spätestens während der Abwesenheit der Ehefrau versuchen, eine weitere Frau zu heiraten. Unsere Vorfahren sagten dazu: ‚Die Einsamkeit hat das Tier, das ‚enkorongo‘ heißt, besiegt‘ oder: ‚Eine Frau ist wie ein trockener emambara-Fisch, sie verlangt nach einer weiteren Beilage.‘ – Eigentlich gilt der Fisch bereits als eine Beilage. – Wir können feststellen, daß es im Gehöft eines allein gelassenen Mannes – wenn er ein richtiger Mann ist – nicht an unverheirateten Frauen fehlt, mit denen er Tag und Nacht schläft. Die abwesenden Ehefrauen machen schließlich die Erfahrung, daß ihre Männer nur noch Abneigung für sie empfinden und ihre Liebe anderen Frauen schenken. Denn eine Frau wird nun mal geheiratet, damit sie bei ihrem Mann bleibt und Essen für ihn kocht, sein Bett herrichtet, auf dem Feld Nahrungsmittel erwirtschaftet, ihm Kinder gebiert und diese aufzieht. Das ist schon alles. Es gibt keinen Mann, der eine Frau heiratet und sie bei ihren Eltern wohnen läßt, selbst wenn er noch weitere Frauen hat. So etwas ist nicht Sitte bei den Kerewe-Leuten.

Am folgenden Tag stand Bugonoka schon sehr früh auf, lud sich die Sachen auf den Kopf, die sie ihren Eltern als Geschenk mitbringen wollte, und machte sich auf den Weg. Myombekere blieb keinesfalls im Bett liegen, sondern öffnete ihr das Hoftor und begleitete sie noch bis zum Grasland. Dann erst nahmen sie voneinander Abschied. Er trug ihr auf: „Richte dem Schwiegervater, der Schwiegermutter, meinem Schwager, seiner Frau und ihrem kleinen Kind meine Grüße aus!" – „Na'am! Ja, gehab dich wohl, mein Mann!" – „Komm gut an, meine Frau!" – „Ndiyo, bwana wangu! – Jawohl, mein Mann!"

Im elterlichen Gehöft half man ihr beim Absetzen der Lasten und brachte sie ins Haus. Ihr Vater und ihr Bruder schnitten im Schatten eines Baumes neue Hackenstiele zu. Bugonoka kniete vor ihnen nieder und begrüßte sie. Die beiden fragten sie nach dem Ergehen ihres Mannes. Danach erhob sich Bugonoka und betrat des Haus ihrer Mutter. Dort traf sie auch ihre Schwägerin an, die Frau Lweganwas. Sie hatte gerade ihren kleinen Sohn gewaschen und auf ihren Schoß gelegt, um ihn zu stillen. Die Frauen begrüßten einander und tauschten Neuigkeiten aus. Bugonoka starrte ihre Schwägerin an, dann lachten sie und beide begannen, munter miteinander zu plaudern: „Schwägerin, du hast also schon geboren! Ist es ein Junge oder ein Mädchen?" – „Ein Sohn. Man sagt, er sehe deinem Großvater ähnlich." – „Bringe noch ein Kind zur Welt!" – „Das eine genügt vollauf. Aber sag, Schwägerin, warum magst du uns nicht? Seit du von hier weggegangen bist, hast du uns kein einziges Mal mehr besucht." Bugonoka verteidigte sich: „Ich bin die einzige Frau auf unserem Gehöft und habe daher viel zu tun. Auch die Suche nach einer Heilbehandlung hat mich daran gehindert, euch eher zu besuchen. Nun reich mir meinen Großvater, damit ich ihn mal auf den Arm nehmen kann!" Als ihr das Kind überreicht wurde, bat sie um Wasser zum Trinken. Ihre Schwägerin bemerkte: „Du bist aber wirklich eine tüchtige Frau. Wie mir dein Bruder erzählt hat, mußtest du einen sehr weiten Weg zurücklegen. Auf dem Kopf hast du eine Last, schwer zum Umfallen, getragen. Trotzdem bist du hier noch weit vor Sonnenuntergang eingetroffen. Und das alles, obwohl du schwanger bist." Sie brachte Bugonoka schnell etwas zu trinken. Sobald diese das Schöpfgefäß vom Mund nahm, atmete sie heftig aus: „Yehuu! Ich habe wirklich großes Glück gehabt, daß der Himmel bedeckt war. Falls die Sonne geschienen hätte, wäre ich noch nicht hier." Lweganwas Frau begab sich alsbald in den Hof der Schwiegereltern, um dem Gast etwas zu kochen.

Am Abend, als die Frauen am Herd saßen, fragte Bugonokas Mutter: „Mein Kind, weißt du eigentlich, im wievielten Monat du bist?" Bugonoka antwortete ihr: „Soweit ich weiß, im vierten." Die Mutter fuhr fort: „Wir haben durch Barongo von deiner Schwangerschaft erfahren. Sie hat uns auch erzählt, daß unser Schwiegersohn, dein Mann, dir geholfen hat, einen Heiler zu finden. Wie heißt er doch gleich? Sie hat den Namen erwähnt, aber ich bin so vergeßlich." Zu Lweganwas Frau gewandt, fragte sie: „Welchen Namen hat uns Barongo genannt?" – „Sie sagte, er hieße Kibuguma. Ist das der Name, Schwägerin?" – „Ja, das stimmt. So wird er von den Leuten genannt." Nkwanzi, die Mutter Bugonokas, fuhr fort: „Also wir sind darüber unterrichtet worden, wie dieser Kibuguma dir eine Medizin gegeben hat, die du nur drei Tage lang nehmen mußtest. Dann bist du schon schwanger geworden. Bugonoka, hat dieser Heiler herausgefunden, warum deine Leibesfrucht früher immer abgetötet wurde, so daß du Fehlgeburten erlitten hast?" Bugonoka antwortete ihr: „Mein Mann und ich sind der Meinung – obwohl wir von solchen Dingen keine Ahnung haben – daß er uns gründlich untersucht hat. Seiner Ansicht nach sind die Kinder wegen eines Wurms, der ‚enzokay'ihuzi' genannt wird, schon im Mutterleib gestorben. Gegen diesen Wurm gab er uns eine Medizin, die ich nach seinen Anweisungen genommen habe. Nach der Behandlung sind wir wieder zu ihm gegangen, und er gab mir ein Amulett, das ich gegen den enzokay'ihuzi-Wurm an der Hüfte trage. Vermutlich hat er die Ursache meiner Unfruchtbarkeit richtig erkannt. Er ist der Heiler. Wie können wir seine Ergebnisse anzweifeln, zumal er sogar unsere Zukunft vorhersagen kann. Laßt uns ihm vertrauen, denn auch die Heiler selbst sagen, daß es letztlich Gott ist, der die Heilung bringt. Wenn Gott uns Heilung zuteil werden läßt, wollen wir dankbar sein. Wenn er uns den Tod bringt, müssen wir einsehen, daß wir dagegen machtlos sind. Manchmal sollten wir uns vielleicht an den Spruch unserer Altvorderen erinnern: ,Mach erst einen Versuch, ehe du dich geschlagen gibst!' Wenn dieser Heiler keinen Erfolg bei unserer Behandlung hat, werden wir einen anderen suchen. Solange wir noch nicht zu alt sind, werden wir nicht in dem Bemühen nachlassen, doch noch Kinder zu bekommen."

Bugonoka verbrachte fünf Tage bei ihren Eltern. Währenddessen half sie ihrer Mutter, ein Feld zur Aussaat vorzubereiten und anschließend rote Hirse auszusäen. Am Abend des fünften Tages legte ihr die Mutter vor dem Schlafengehen ein Abschiedsgeschenk in ihren Korb. Am nächsten Tag kehrte Bugonoka zu ihrem Mann zurück. Sie war nicht länger als vorher vereinbart von ihm fern geblieben.

Gleich am nächsten Morgen nach ihrer Rückkehr lief Bugonoka auf ihr Feld, um nach der Saat zu sehen. Und siehe da, die Hirse war bereits aufgegangen.

Bei ihrer Ankunft fand sie ihre Nachbarin, die Frau Kanwaketas, im Gehöft vor. Sie begrüßten einander und tauschten die Neuigkeiten der letzten Tage aus. Myombekere sagte bei dieser Gelegenheit zu Kanwaketas Frau: „Heute hast du jemanden gefunden, der dich beim Buttern ablösen kann." Sie ging auf den Scherz ein und erwiderte: „Du hast recht. Meine Anteilnahme zu dieser Heirat!" Myombekere antwortete: „Danke sehr, Bibi!" Worauf alle in Gelächter ausbrachen.

Als die Nachbarin sah, daß Bugonoka tatsächlich mit dem Buttern anfangen wollte, sagte sie: „Schwester, überlaß diese Arbeit heute nochmal mir! Du kannst sie morgen wieder übernehmen. Ich bin ohnehin hier, und du hast dich von deiner anstrengenden Reise noch nicht richtig ausgeruht."

Nachdem Kanwaketas Frau gebuttert hatte, nahm Bugonoka eine kleine Kalebasse und füllte sie mit Butterfett, um sie Kanwaketas Frau zu geben. Diese weigerte sich zunächst, das Geschenk anzunehmen: „Loo, du gibst mir Fett, als ob ich dir ohne diese Gabe auch nicht beim Buttern geholfen hätte." Bugonoka sagte: „Nein, es ist nicht deswegen.

Ich will dich nicht für deine freundliche Hilfe entlohnen. Schwester, ich gebe dir das Fett für deinen Mann mit, den Freund meines Mannes. So kannst du ihm die Beilagen damit würzen. Wie ich weiß, habt ihr selbst jetzt kein Butterfett, weil eure Kühe keine Milch geben." Da nahm die Frau Kanwaketas das Geschenk an, und Bugonoka begleitete sie noch ein Stück Wegs nach Hause.

Später ging Bugonoka zum See, Wasser holen. Sie goß dieses in einen großen Tonbehälter, den sie mit Blättern vom omusunsu-Baum säuberte. Dann verteilte sie das Wasser in mehrere kleine Gefäße und Töpfe, die sie ebenfalls mit den Blättern reinigte. Schließlich brachte sie ein wenig Wasser zum Kochen, goß es mit Kieselsteinen zusammen in das Butterfaß und schüttelte dies, als ob gesäuerte Milch darin sei. Sie brachte das Faß nach draußen und schüttete den Inhalt aus. Nachdem sie nochmals nachgespült hatte, war das Butterfaß wieder ganz sauber. Bugonoka hängte das Faß am Zaun des Gehöfts zum Trocknen auf. Erst am Abend, nach dem Kochen, nahm sie es wieder ab und räucherte es mit schwelenden omuchumuliro-Hölzern aus, wie sie es jeden Tag zu tun pflegte.

Als der Dezember kam, befand sich Bugonoka im fünften Schwangerschaftsmonat. Erst da war auch Myombekere endlich davon überzeugt, daß seine Frau schwanger war.

Im fünften Monat nimmt die Leibesfrucht menschliche Formen an. Das Gefühl im Bauch war nun mehr das einer schlängelnden Bewegung. Manchmal rührte sich was, manchmal auch nicht. Das blieb so bis zum Vollmond. In der Neumondphase danach nahmen die Bewegungen und der Druck plötzlich zu. Nachts stieg Bugonokas Körpertemperatur stark an. Myombekere spürte dies, wenn er sie umarmte. Sie schlief so fest wie drei Leute zusammen. Sie wachte mit dem ersten Hahnenschrei nicht mehr von selbst auf. Myombekere mußte sie wekken. Und wenn sie erwachte, wollte sie weiterschlafen. Trotz der nächtlichen Fieberanfälle versäumte Bugonoka ihre täglichen Pflichten nicht. Und sie sagte auch niemals, daß sie sich schlecht fühlte.

Im Januar bereitete sie ein Feld für die Aussaat von Kolbenhirse vor. Wenn die Sonne zu warm schien, kehrte sie ins Gehöft zurück. Die anderen Bäuerinnen taten es ebenso. Beim Hacken der Felder kann man es nicht vermeiden, daß der ganze Körper mit Staub bedeckt wird. Ein schönes Gesicht ist dann genauso wenig mehr zu erkennen wie ein häßliches.

Eines Tages erhielten die beiden die Nachricht, daß Bugonokas Tante, die Schwester ihres Vaters, gestorben sei. Sie sei vom Blitz erschlagen worden und in ihrer Hütte verbrannt. Oh weh! Das war ein schwerer Schlag, der die Sonne auf einmal für sie untergehen ließ. Den beiden tat dies außerordentlich leid. Bugonoka konnte nicht mehr stehen oder nach draußen gehen. Aber weinen so wie die anderen, wenn sie eine Todesnachricht erhalten, konnte sie auch nicht. Stattdessen wurden ihre Gelenke so schwach, daß sie ihr die Dienste versagten. Man soll sich nicht darüber verwundern oder sie sogar tadeln, daß sie über den Tod ihrer Tante nicht weinte. Es lag daran, daß ihr Mann sie tröstete und daran dachte, ihr eine Medizin zu besorgen: „Beruhige dich, meine Frau, und weine nicht. So etwas ist wie Wasser, das nun einmal vergossen ist. Laß uns Kibuguma um Rat fragen. Schließlich hast du seine Medizin genommen und trägst immer noch sein Amulett an deiner Hüfte. Ich werde mit dem ersten Hahnenschrei zu ihm gehen und ihn befragen. Nicht, daß wir anläßlich des Todes irgendein Tabu verletzen und später dafür zu bezahlen haben!"

An diesem Tag aß Bugonoka nichts zu Abend. In großer Trauer gingen sie zu Bett. Sie konnten beide nicht schlafen, weder die Frau noch der Herr des Gehöfts. Bugonoka vergrub sich in das Kopfkissen. Sie war zu traurig. Und Myombekere wartete darauf, daß die Nacht vorüber wäre. Als er den ersten Hahnenschrei hörte, machte er sich sofort auf den Weg zum Heiler.

In der Morgendämmerung, als die kleinen Vögel gerade zu singen anfingen, kam er im Gehöft Kibugumas an. Am Tor, das Kibuguma nachts mit Dornen und Balken versperrte, rief er mit gewaltiger Stimme, so daß es wie drei Stimmen auf einmal klang: „Hodi! Darf man eintreten?" Zunächst hörte er, wie Weroba ihren Mann weckte: „Kibuguma, Kibuguma, steht auf! Am Tor ruft jemand. Ich weiß nicht, wer es ist." Dann rief Kibuguma zurück: „Wer ruft dort draußen?" Myombekere erwiderte: „Ich bin es!" Und Kibuguma fragte noch einmal: „Wer bist du denn?" Worauf Myombekere sagte: „Ich bin es, dein Sohn, der Myombekere genannt wird." Kibuguma stand unverzüglich auf und ergriff im Vorübergehen sein Ledergewand von der Leine, wo er es während der Nacht aufgehängt hatte. Mit dem Gewand in der Hand öffnete er die Haustür und ging eilig nach draußen. Erst dort fiel ihm auf, daß er das Gewand gar nicht angelegt hatte. So hielt er es vor sich. Mit der anderen Hand rieb er sich seine Augen, um besser zu sehen. Er starrte durch das Hoftor und erkannte endlich Myombekere, der dort allein mit seinem Speer in der Hand wartete. „Warum kommst du im Dunkeln zu mir, ist bei dir zu Hause etwas vorgefallen?" Dann rückte er die Sperre gerade so viel zur Seite, daß man sich mit der Schulter voran durch die Öffnung zwängen konnte, ein Bein hinter dem anderen.

Im Haus setzten sie sich erst einmal, dann tauschte Myombekere mit allen Anwesenden die Begrüßungsformeln aus. Endlich sagte er zu Kibuguma: „Mein Heiler, was mich hergebracht hat, ist folgendes..." Kibuguma unterbrach ihn: „Teile es uns mit!" Darauf Myombekere: „Gestern abend, oder sagen wir besser am Spätnachmittag, haben wir eine Todesnachricht erhalten. Die Tante meiner Frau ist gestorben. Sie wurde vom Blitz erschlagen, der ihr Haus anzündete, so daß sie darin verbrannte. Das Haus hatte ihr jüngster Sohn für sie gebaut. Er wohnt allerdings mit seinen drei Frauen in seinem eigenen Gehöft. Die Hauptfrau hat bisher zwei Söhne und drei Töchter geboren, wovon eine noch gestillt wird. Die zweite Frau hat einen Sohn, der auch noch gestillt wird. Und die dritte Frau ist schwanger. Die Geburt ihres Kindes steht bald bevor. Mein Heiler, soweit zu dem Unglücksfall, der uns betroffen hat. Der eigentliche Grund meines Kommens ist aber, daß ich wissen möchte, ob meine Frau sich trotz ihrer Schwangerschaft an der Totenklage beteiligen darf." Kibuguma antwortete ihm: „Ei, habe ich vergessen euch zu sagen, daß sie bis zur Geburt ihres Kindes auf keinen Fall an einer Totenklage teilnehmen darf? Dann war es ein Fehler von mir, das zu vergessen."

Am nächsten Tag stand Myombekere morgens ganz früh auf und begab sich zum Gehöft der Verstorbenen, um den Hinterbliebenen einen Trauerbesuch abzustatten. Dort konnte er sich davon überzeugen, daß der Blitz tatsächlich die Hütte in Brand gesteckt hatte und die Frau darin vollständig verbrannt war. Es gab daher keine Totenwache und somit auch keine Totenfeier. Myombekere ging unverzüglich wieder nach Hause zurück.

Dort erzählte er Bugonoka alles, was er gesehen und gehört hatte, so auch von dem Plan der Hinterbliebenen, bis zum Neumond zu warten und dann für die Tote ein Gedenkfeuer zu entzünden. Zu diesem Zeitpunkt sollten auch die Regenmacher gerufen werden, um mit ihren Fetischen das Haus magisch zu reinigen und die Blitzspuren am Boden des niedergebrannten Hauses zu beseitigen. Anschließend mußte daneben ein neues Haus errichtet werden. Den beiden blieb nichts anderes übrig, als abzuwarten.

Als es wieder Neumond war, ging Myombekere zu dem Sterbehaus, um an der Trauerfeier teilzunehmen und beim Bau eines neuen Hauses mitzuhelfen. Als das Haus stand, ging er sofort wieder heim.

Mittlerweile war es Januar geworden. Bugonoka befand sich nunmehr im sechsten Monat ihrer Schwangerschaft. Alle Mütter bestätigen, daß dem ungeborenen Kind in diesem Monat Haare wachsen. Kommt es zu einer Fehlgeburt, dann sieht man, daß der Kopf des toten Kindes schon ganz mit Haaren bedeckt ist. Obwohl Bugonokas Schwangerschaft schon so weit fortgeschritten war, bestellte sie weiterhin ihren Acker. Wer sie bei dieser Arbeit antraf, pflegte zu fragen: „Was macht die Arbeit, Bugonoka?" Ihre Antwort war stets die gleiche: „Ich habe genug zu tun." Und dann folgte immer die besorgte Frage: „Kann dir die Feldarbeit bei deinem Zustand nicht schaden?" Sie antwortete: „Warum sollte mir die Arbeit schaden, wenn doch die Schwangerschaft nur wie ein Kleid von mir ist? Wenn du, so wie du bist, dein Gewand von dir würfest, was würden die Leute dann wohl von dir denken?" – „Ei, loo! Wenn ich mein Kleid von mir würfe und splitternackt herumliefe, würden sie mich als verrückt ansehen, denn hier in Kerewe-Land gilt das nicht als anständig." Obwohl sie genau Bescheid wußten, fragten die Vorbeikommenden auch Myombekere: „Wie geht es euch allen im Gehöft? Wie geht es vor allem Bugonoka? Hat sie eigentlich schon geboren? Es ist doch schon recht lange her, daß sie schwanger wurde, oder?" Myombekere pflegte dann zu antworten: „Danke, uns geht es gut. Auch Bugonoka ist wohlauf, aber sie hat noch nicht geboren." Worauf sie fortfuhren: „Wie kann eine Frau, die hochschwanger ist, alleine das Feld bestellen?" Myombekere meinte dazu: „Dafür, daß wir so gut das Feld bestellen können, danken wir Namugaba, dem Gott, der alle Dinge zuteilt. Was sollen wir anders tun? Wir wollen uns an den Spruch unserer Altvorderen halten: ‚Schau jenen an, er ist in diesem Jahr mit einer guten Ernte beglückt worden! Bei der Feldbestellung war er wahrscheinlich sehr gesund, wie wohl auch seine Familie und seine Schwiegerleute. Das muß der Grund für seine reiche Ernte sein!‘"

Im sechsten Schwangerschaftsmonat spürte Bugonoka, wie sich das Etwas in ihrem Leib regte. Sie bearbeitete das gesamte Feld ohne irgendwelche Schwierigkeiten. Da das Feld das Jahr zuvor brachgelegen und sie es auch noch gedüngt hatte, ging die Hirsesaat bald auf. Die Hirse wuchs und wuchs. Nach kurzer Zeit schossen schon die ersten Halme empor.

Einige Tage später gingen Myombekere und Bugonoka schon früh morgens aufs Feld, um zu jäten. Da die Regenzeit diesmal sehr feucht ausfiel, konnten sie die Arbeit nicht allein bewältigen. Sie beschlossen daher, sogenannte ‚abayobe‘, Gemeinschaftsarbeiter, um Hilfe zu bitten.

KAPITEL 15

Obuyobe – Gemeinschaftsarbeit auf dem Feld

Als Myombekere sah, daß es Tag für Tag ohne Unterlaß regnete, beriet er sich mit Bugonoka, welche Leute zur Gemeinschaftsarbeit eingeladen werden sollten. Sie brauchten Helfer beim Jäten sowohl der Büschelhirse als auch der Kolbenhirse. Zunächst schickten sie Kagufwa, ihren Neffen, der bei ihnen aufwuchs, zu seiner Mutter, einer älteren Schwester Myombekeres, um sie herbeizurufen. Als sie kam, erklärte ihr Myombekere, warum er sie hatte rufen lassen. Sie ging sofort auf Myombekeres Bitten ein: „Warte, ich will deinem Schwager ein paar gute Worte geben, daß er Leute zusammenruft, die bereit sind, euch beim Jäten der Hirse zu helfen. Sonst erstickt sie bei dem vielen Regen noch im Unkraut!"

Sie erklärte ihrem Mann Myombekeres Schwierigkeiten in der richtigen Weise, und jener war sogleich zu helfen bereit: „Beunruhige dich nur nicht, meine Frau, das ist doch keine große Sache. Erleben wir es nicht ständig, daß sich die Leute gegenseitig bei der Arbeit helfen, selbst wenn sie nicht miteinander verwandt sind? Wie könnte ich wohl denjenigen, der mir bei der Gründung meiner Familie half, im Stich lassen? Täte ich dies, wäre es eine große Schande für mich. Wenn Myombekere mit überreicher Ernte gesegnet ist, freut mich das ungemein und ich bin sehr dankbar dafür. Diese sichert auch unsere Ernährung, denn er kann uns, das heißt dich, mich, seine Neffen und Nichten, nicht hungern lassen, wenn er selbst im Überfluß hat. Und wenn wir hier mit unserer Ernte zufrieden sind, dann freut er sich mit uns, denn was wir haben, gehört auch ihm."

Gleich am nächsten Morgen ging er zu seinen Verwandten und lud sie für den folgenden Tag ein, dem Schwager beim Jäten der Hirsefelder zu helfen. Ob Frauen oder Männer, alle die er einlud, folgten ausnahmslos seiner Einladung.

Nachdem Myombekere von seiner Schwester darüber unterrichtet worden war, machte sich seine Frau daran, Korn zu dreschen und zu worfeln. Das von der Spreu gereinigte Korn brachte sie Frauen in der Nachbarschaft, die ihr helfen sollten, daraus Mehl für die Gemeinschaftsarbeit zu mahlen. Diese erklärten sich ohne Zögern bereit, denn Bugonoka hatte ihnen auch stets geholfen, wenn sie ihre Hilfe für die Vorbereitung eines Festes oder aus sonst einem Grunde benötigt hatten.

Morgens am dritten Tage konnte Myombekere seine Schwester und deren Mann in der Begleitung von über dreißig Leuten, Männern wie Frauen, mit ihren Hacken zur Feldarbeit bereit, auf seinem Hof begrüßen. Gleich bei der Ankunft sagten sie ihm: „Wir wollen uns hier nicht länger aufhalten, sondern sofort an die Arbeit gehen, die du uns zugedacht hast. Los!" Schwester und Schwager hatten Myombekere eine große Menschenschar für die Gemeinschaftsarbeit auf dem Feld zugeführt. Bugonoka trat zu ein paar Frauen und bat sie, ihr zu helfen, für die Feldarbeiter zu kochen und Trinkwasser herbeizuschaffen. Sie richtete auch an Myombekere die Bitte, sie bei der Versorgung der Feldarbeiter zu unterstützen. Glücklicherweise regnete es an diesem Tage nicht.

Als die Gemeinschaftsarbeiter auf dem Hirsefeld ankamen, begannen sie sofort damit, ihre Hacken zu schwingen und die Erde zu lokkern: pupu, pupu.

Ein wenig später, als sie schon mitten bei der Feldarbeit waren, erschienen zur Verwunderung der Vorarbeiter noch zwei Jugendliche, die mitmachen wollten, ein Mädchen in der Arbeitsgruppe der Frauen, und ein Junge in der Gruppe der Männer. Sie übertrafen alle beim Jäten. Schon bald führten sie in ihrer Furche die übrigen Helfer an. Das war wirklich erstaunlich!

Im Gehöft waren Bugonoka und ihre Helferinnen inzwischen munter dabei, Kartoffeln zu kochen. Als sie diese aufs Feld bringen wollten, hielt Myombekere sie auf: „Nein, ihr könnt unseren Feldarbeitern doch nicht bloß Kartoffeln ohne Beilage bringen!" Er hatte nämlich tagszuvor einen Ochsen geschlachtet, davon das Rippenfleisch geröstet und das ganze, so wie es sich gehört, gut mit lunzebe-Salz gewürzt. Dieses Fleisch und die Innereien des Ochsen wurden nun zusammen mit den Kartoffeln den Helfern gebracht. Für seine Schwester hatte

Myombekere übrigens einen Vorderlauf beiseite gelegt. Dieses Fleischstück wollte er ihr beim Abschied schenken.

Als Kartoffeln und Fleisch auf dem Feld eintrafen, hatten die beiden Jugendlichen ihre Arbeit schon beendet. Sie ruhten sich im Schatten eines Baumes aus und tranken Wasser. Die anderen waren nicht so schnell beim Jäten. Sie hatten darum das Ende der ihnen zugewiesenen Furchen noch nicht erreicht. Es war auch noch kein Mittag.

Die Boten setzten die mitgebrachten Speisen zunächst im Schatten ab. Dann winkten sie Myombekeres Schwester herbei: „He, ruf die Gäste zusammen! Sie sollen erst essen, bevor sie weiter jäten!"

Im selben Augenblick ließen die Arbeiter ihre Hacken fallen. Ein jeder eilte zum Eßplatz. Es gab nicht soviele Kartoffeln und Fleischstükke, daß jeder drei oder vier davon hätte essen können. Einer von ihnen übernahm die Verteilung. Zunächst gab er jedem nur eine Kartoffel und ein kleines Stück Fleisch. Als sich die Männer nochmals von der Beilage nehmen wollten, ertappten sie den dreisten Jugendlichen dabei, wie er gerade seine Hände in die olunanga-Schüssel mit der Beilage steckte, um davon zu naschen. Der Austeiler hatte noch gar nichts abbekommen. Daraufhin fielen die Männer kurzerhand über die restlichen Kartoffeln her und brachten sie an sich. Der Fleischdieb hatten seine Gefährten aber nur erschrecken wollen und gab seine Beute alsbald zur Verteilung frei. Über diesen Vorfall brachen die Frauen in lautes Gelächter aus, so heftig, daß ihnen fast die Rippen barsten. Schließlich setzte Myombekeres Schwester dem Treiben ein Ende: „He, Leute, euer Übermut geht wirklich zu weit! Ihr balgt euch in dem frisch gejäteten Hirsefeld und tretet die Pflanzen nieder. Hört sofort damit auf!"

Die Frauen, die unter sich aßen, verhielten sich ordentlich. Ihre Verteilerin gab jeder von ihnen zwei Kartoffeln und zwei Stücke Fleisch, die sie ruhig und gesittet zu sich nahmen. Als die Mädchen auch versuchten, von dem Fleisch zu naschen, schaute sie die Älteste der Frauen nur scharf an. Da bekamen sie sofort Angst und benahmen sich wieder, wie es sich gehört.

Nach dem Essen setzten sie ihre Arbeit fort. Die beiden Jugendlichen, die so schnell ihren Anteil an der Gemeinschaftsarbeit erledigt hatten, halfen noch ihren Gefährten. Der Knabe half Myombekeres Schwager, und das Mädchen dessen Schwester.

Alle, die das Essen aufs Feld gebracht hatten, kehrten schnell ins Gehöft zurück, um wieder für die Gäste zu kochen. Zu Hause berichteten sie: „Als wir aufs Feld kamen, sahen wir einige im Schatten liegen und sich ausruhen. Wir dachten schon, sie seien vielleicht krank geworden, denn schließlich sind wir alle nur Menschen, die den Keim des Todes in sich tragen. Als wir aber genauer hinschauten, sahen wir, daß sie ihren Arbeitsanteil schon bewältigt hatten und wirklich nur ausruhten. Es handelt sich um einen Jungen und ein Mädchen. Wenn es eure Kinder wären, würdet ihr euch freuen, solchen Nachwuchs hervorgebracht zu haben! Man lobt die Kinder ja nicht fürs Essen, sondern für ihre Arbeit, insbesondere wenn sie so tüchtige Feldarbeiter sind wie jene. Ei, ein Fauler gilt nichts im Kerewe-Land. Wenn wir einen Jungen oder ein Mädchen verheiraten wollen, prüfen wir zuerst ihren Leumund hinsichtlich der Feldarbeit, ob es da etwas zu bemängeln gibt."

Nach dem Bericht stand Myombekere auf, um nach den Fleischtöpfen zu sehen, die draußen auf einem Feuer kochten. Es zeigte sich, daß das Fleisch fast gar war. Er wies darum Bugonoka an, schnell mit der Zubereitung des Hirsebreis zu beginnen. Die Frauen trugen die zum Kochen des Breis vorgesehenen Töpfe zusammen und begannen, sie erst einmal zu scheuern, wie sie es alle Tage taten: kwaru, kwaru! Einige Frauen gingen mit noch rohem Hirsebrei und etwas Feuerholz zum Nachbarn Kanwaketa, um dort zu kochen. Als der Brei gar war, legten sie ihn in einen sonzo-Korb und brachten ihn schnell zum Gehöft Myombekeres, in Bugonokas Hütte.

Nachdem alle sonzo-Körbe mit frisch gekochtem Hirsebrei gefüllt waren, wurden die Feldarbeiter mit lauten Rufen herbeigeholt. Sie ließen sich unter den schattigen Bäumen des Gehöfts nieder. Blätter wurden gebracht und auf dem Erdboden ausgebreitet. Die Gäste hockten sich nach Art der Frauen hin, in zwei Gruppen, Männer und Frauen nach dem Geschlecht getrennt. Man gab ihnen Gelegenheit, die Hände zu waschen. Dann trug man die mit Hirsebrei randvoll angefüllten sonzo-Körbe herbei. Zum Schluß folgten noch die großen Töpfe mit Fleisch. Myombekere hieß sie alle willkommen mit Worten, wie man sie im Kerewe-Land an seine Schwäger richtet: „Willkommen ihr Ältesten, unsere Schwäger! Seht, was wir für euch vorbereitet haben!"

Darauf antworteten die Feldarbeiter: „Vater Schwager! Wir fühlen uns durch dein Geschenk sehr geehrt!" Myombekere gab einem jungen Mann namens Mugeniwalwo, einem Sohn Kanwaketas, der sich im Gehöft aufhielt, den Auftrag, das Fleisch an die Leute auszuteilen. Da Mugeniwalwo ein Spaßvogel war, nahm er ein großes Fleischstück von der olunanga-Schale und überreichte es einem der Gäste mit den Worten: „Bwana, ich gebe dir dieses besonders große Stück, damit du dem Schwager Myombekeres hinterher nicht sagen kannst, du habest nur einen fleischlosen Knochen bekommen, als du Myombekere beim Jäten des Hirsefelds halfst." Danach wandte er sich den Frauen zu. An eine von ihnen richtete er die Worte: „Hier Bibi, ich gebe dir ein besonderes Stück Fleisch, damit du der Schwester Myombekeres nicht hinterher sagst, am Tage der Gemeinschaftsarbeit habe dir der Verteiler der Speisen nur einen fleischlosen Knochen gereicht, so daß du den Hirsebrei ohne Beilagen und ungewürzt habest essen müssen." Danach trug er eine randvoll gefüllte Holzschüssel herbei und setzte sie mit der Aufforderung unter die Leute: „Nehmt, was aus dem Topf des Schwagers kommt, nehmt den kambare-mamba-Fisch! Ein jeder nehme sich reichlich!" Sobald der erste nur ein wenig davon gekostet hatte, begann er auch schon, die hohe Kochkunst Bugonokas zu preisen. Viele der Anwesenden legten daraufhin das Fleisch, das ihnen Mugeniwalwo schon zugeteilt hatte, schnell wieder in die Holzschale zurück und tauschten es gegen Fisch aus. Es ist wahr, daß Bugonoka den Fisch nach allen Regeln der überlieferten Kochkunst köstlich gewürzt und zubereitet hatte.

Nach dem Essen ließ Myombekere zwei Krüge mit Bananenbier bringen, einen für die Gruppe der Männer, den anderen für die Frauen. Diejenigen, die beim Kochen mitgeholfen hatten, erhielten einen eigenen Krug Bier. Die Gäste leerten die Krüge bis auf den Grund. Manchmal, wenn zuviel getrunken wird, brechen die Leute einen Streit vom Zaun. Hier blieben sie jedoch alle friedlich. Ich müßte lügen, wenn ich etwas anderes behaupten wollte.

Myombekere hatte bei seinem Nachbarn Kanwaketa für den Gegenwert einer Ziege Bier erworben. Außer den drei erwähnten Krügen waren noch drei weitere Krüge mit Bier im Gehöft Kanwaketas zurückgeblieben, die dem Wert von Hals- und Bruststück der Ziege entsprachen. Am Ende der Bewirtung wurden Schwager und Schwester von Myombekere ins Haus gerufen. Er überreichte ihnen dort eine Kuhhaut sowie das Vorderbein des Ochsen, den er für die Gemeinschaftsarbeiter geschlachtet hatte, und sagte: „Schwager, nimm dieses Fell entgegen und schneide meiner Schwester eine Schlafdecke daraus zu! Im Fell eingewickelt befindet sich unsere Zuspeise. Ihr sollt sie bei euch zu Hause verteilen!" Wie aus einem Munde bedankten sich die Schwester und ihr Mann: „Du bist sehr großzügig zu uns. Wir werden niemals vergessen, dir dafür dankbar zu sein!" Danach übergab man ihnen ihre Feldhacken, und Myombekere und Bugonoka geleiteten sie noch ein Stück Wegs nach Hause.

Wieder zurück, wies Myombekere den Sohn Kanwaketas an: „Hol auch das andere Ochsenbein aus dem Haus, damit wir es noch unter die Leute verteilen können!" Myombekere gab allen ein Stück davon, aber es blieb noch etwas Fleisch übrig, das Bugonoka wieder ins Haus brachte.

Danach sprach Myombekere zu den Anwesenden: „Erhebt euch und folgt mir zum Biertrinken in Kanwaketas Gehöft!" Alle mit Ausnahme von Bugonoka kamen mit. Sie blieb zu Hause, um aufzuräumen und die restlichen Innereien des geschlachteten Ochsen zu reinigen und zu braten.

Bei Kanwaketa bat Myombekere um die drei Krüge Bier, die er dort stehengelassen hatte. Er überreichte sie den Leuten, und sie leerten alles bis zur Neige. Am Abend auf dem Heimweg schwankte Myombekere gehörig. Wären sie nicht noch wegen des Todes von Bugonokas Tante in Trauer gewesen, hätte er sicher das Trinkerlied angestimmt: „Omulambo ogwabo: balita! – Ein Biertrinker schläft notfalls auch am Biertopf, ohne an sein Zuhause zu denken!" Nun, an jenem Tage ging er stumm zu seinem Gehöft zurück.

Am nächsten Morgen kam er kaum aus dem Bett. Bugonoka weckte ihn, um ihm, wie es damals so üblich war, aus den Resten des Abendessens ein Frühstück zuzubereiten. Sie bemühte sich sehr, ihn wach zu bekommen. Er schluckte nur ein paar Mal und räkelte sich, blieb aber im Bett. Erst als Bugonoka Wasser holte und ihm damit Kopf und Füße wusch, schaffte er es aufzustehen. Sie stellte ihm das

Essen hin, er aber nahm nur ein wenig, gerade etwas Fleisch mit Soße. Den Hirsebrei ließ er unangerührt.

Später am Tag nahm er seine Arbeit in der Bananenpflanzung wieder auf, und Bugonoka machte sich daran, Schalen zum Worfeln von Getreide und sonzo-Körbe zu flechten.

KAPITEL 16

Ein Streitgespräch unter drei Männern

Die drei Männer sind: Mugimba, Mbaliro und Nkarani. Sie kamen eines frühen Morgens in Myombekeres Gehöft, nur um ihm guten Tag zu sagen. Das war damals so Sitte, und manche machten dies täglich.

Mugimba kam als erster. Er traf Myombekere an, als er gerade mit seiner Nichte versuchte, draußen ein Feuer zu entfachen. Bugonoka befand sich zu der Zeit im Rinderpferch und sammelte dort Kuhurin, um damit ihre Melk- und Buttergefäße zu säubern.

Kaum hatte sich Myombekere mit dem Gast im Vorhof niedergelassen, da traf auch Mbaliro ein. Er setzte sich zu ihnen. Man sprach über Heiraten, Kindererziehung, die Erträge aus der Rinderhaltung, über dies und jenes. Während sie sich so unterhielten, gesellte sich schließlich noch Nkarani zu ihnen.

Während die Männer sich angeregt unterhielten, trat Bugonoka mit einem Kessel heißen Wassers zu ihnen und sagte: „Männer, breitet euch auf euren Hintern nur behaglich aus! Macht es euch bequem!" Mugimba fragte belustigt zurück: „Wir sollen es uns also bequem machen. Sind wir nicht schon nackt, oder tragen wir etwa Kleider?" Seine Gefährten brachen in schallendes Gelächter aus, und einer von ihnen, Mbaliro, fügte hinzu: „Dieser Bwana ist aber ungezogen, oh jeh!" Bugonoka erwiderte ruhig: „Bleibt nur nackt und fühlt euch wohl! Seid ihr etwa damit beschäftigt, eure Kleider auszubessern? Ihr habt doch gesehen, daß das Wasser zum Händewaschen schon in den olusabuzyo-Trog gefüllt wurde." Mugimba richtete seine Worte nun unmittelbar an Mbaliro: „Ich bin doch euer Gefährte, darum beschimpft mich nicht! Bitte laßt mich in Ruhe! Ich habe deine Worte ja verstanden!" Mbaliro ließ indessen nicht locker: „Alle deine Frauen sind zur Zeit bei dir im Gehöft. Wie sollen sie dich wohl zum Essen rufen?" Mugimba blickte verlegen und tat zunächst so, als wollte er auf die Rede nicht eingehen. Dann entgegnete er aber doch: „Fragst du mich oder einen anderen aus der Runde?" Mbaliro darauf: „Ausgerechnet du erkundigst dich, wen ich gefragt habe?" Mugimba erwiderte: „Gut, ich war es. Paß also auf, was ich dir zu sagen habe!" Mbaliro: „Sprich nur!" Mugimba: „Pflegen deine Frauen etwa auch zu sagen, du sollst dich auf deinem Hintern ausbreiten?" Mbaliro erwiderte: „Nun gut, breitet euch auf euren Hintern aus und macht es euch bequem, was ist schon dabei? Meinst du etwa, daß nur du und deine zwei Jungen dies sagen dürften?" Mugimba: „Wieso nur ich und meine zwei Jungen? Wir sind derzeit sogar fünf Männer auf dem Gehöft. Das ist nicht der Grund. Keiner, der Gäste empfängt, sollte so etwas sagen!"

Bugonoka brachte den Korb mit Hirsebrei und den Topf mit obusanzage-Fleisch. Es handelt sich um Fleisch, das man zuerst durch Auspressen trocknet. Dann wird das Fleisch nach allen Regeln der Kochkunst mit Steinen, die man sonst zum Mahlen von Hirse benutzt, bearbeitet, bis es so zart ist, daß sogar jemand ohne Zähne davon essen kann. Als Mbaliro das Fleisch sah, ergriff er wieder das Wort: „Heute haben wir aber Glück! Man sieht, daß die Frau doch in Ordnung ist. Wer morgens in ihr Gehöft kommt, geht mittags gesättigt nach Hause. Laßt uns unseren Hunger stillen!"

Nach dem Essen ergriff Myombekere die Milchkalebasse, schüttelte sie mit stoßenden Bewegungen und reichte sie zuerst Bwana Nkarani, weil er der Älteste unter ihnen war. Der sollte dann die Kalebasse an Mbaliro, den Zweitältesten, weiterreichen.

Eigentlich sah Mugimba älter aus. Er war größer als alle und besaß einen massigen, stark behaarten Körper. Arme und Beine waren ganz mit Haaren bedeckt. Genau genommen war in dieser Runde nur Myombekere ein junger Mann. Er hatte nicht mal das Alter, das man für die Gründung eines eigenen Gehöfts im allgemeinen erwartet. Nur weil sein Vater vorzeitig verstorben war, hatte er sich selbständig gemacht. Also Myombekere war in der Tat der jüngste unter ihnen.

Der alte Nkarani nahm die Milchkalebasse entgegen, setzte sie an den Mund und trank von der Milch. Danach hielt er den Mund geöffnet, rülpste aber nicht. Myombekere fragte ihn: „He, hast du etwa nichts von der Milch getrunken? Schmeckte sie dir zu schlecht?" Nkarani erwiderte: „Im Gegenteil, ich hatte Angst, den anderen alles wegzutrinken. Mache die Milch nicht schlecht! Gibt es hier im Bezirk sonst irgendjemanden, der die Milch so gut durchzuschütteln weiß wie Bibi Bugonoka? Ihre Milch ist mit Schaum bedeckt wie sonst nur Bananenbier im Braubottich."

Während Nkarani die Kalebasse an Mbaliro weiterreichte, lobte er Myombekeres Rinder: „Wenn du nicht dieses ausgezeichnete buzimbe-Rind besäßest, würdest du dann in diesem Lande überhaupt etwas gelten? Ehrlich, die Maasai-Krieger haben mir zwar meine Herde vernichtet, aber ein solches Rind war bestimmt nicht darunter." Mbaliro, der in diesem Augenblick mit Trinken fertig war, unterbrach ihn: „Wenn du so ein Habenichts bist wie ich, was gedenkst du eigentlich dagegen zu tun?" Nkarani antwortete: „Könnte ich nicht die Viehbesitzer unter den Kerewe bitten, mir aus Mitleid einige Rinder abzugeben? Sollte ich nicht auch gerne Rinder zur Milchgewinnung halten wollen, um mein Herz daran zu laben? Ein Sprichwort sagt, daß es besser ist, auf Fischsuppe zu verzichten als auf Milch. Erst wenn man Milch hat, hat man auch zu essen. Geht daraus nicht die Bedeutung eines buzimbe-Rindes hervor?"

Jetzt ergriff Mugimba das Wort: „Was hältst du denn von Gemüse, in Salzwasser gekocht und gehörig gewürzt? Magst du das etwa nicht?" Statt Nkarani antwortete Mbaliro: „Oje! An solchem Gemüse ist doch nichts Schmackhaftes dran! Es wird nur so aus Gewohnheit gegessen. Wenn man gesund ist, hat es keinen Nutzen. Ißt du wirklich in Salzwasser gekochtes Gemüse, ohne Rindfleisch und Butterfett, gern? Es schmeckt doch wie Tabakblätter!"

Nachdem die Männer ihre Bäuche gehörig gefüllt hatten, nahm ihre Unterhaltung einen weniger ruhigen Verlauf. Sie schnitten dieses oder jenes Thema an und ließen es sogleich wieder fallen. Dazu rauchten sie ekirangi-Tabak. Wer immer Lust dazu verspürte, sog den Rauch durch die Nase ein und stieß ihn durch den Mund wieder aus. Schließlich ließ sich Mugimba vernehmen: „Schon vor einiger Zeit habe ich euch etwas gefragt, das mich bewegt. Noch immer bin ich ohne Antwort. Könnt ihr mich vielleicht nicht doch noch aufklären?" – „Frag es nur noch einmal! Falls möglich, werden wir dir sagen, was wir wissen. Sollte es über unsere Fähigkeiten gehen, lassen wir es. Du wirst dann sicher andere finden, die dich aufklären:" – „Also was ich euch fragen möchte, ist folgendes: Wenn eine Frau schwanger ist, wie kann man als

Mann feststellen, wann sie schwanger geworden ist?" Mbaliro äußerte sich zuerst: „Oh Nkarani, das ist vielleicht eine Frage! Mugimba, ist das alles, was du wissen willst?" – „Ja, das ist alles! Meine Frage ist mir nicht leicht gefallen. Ich habe schon versucht, allein eine Antwort darauf zu finden, aber es ist mir nicht gelungen. Heute, wo ich in Gesellschaft von erwachsenen Männern bin, sehe ich eine günstige Gelegenheit, endlich Aufklärung zu erlangen. Sagt man doch bei den Kerewe, daß eine Frage, deren Beantwortung aussteht, am Ende immer vor die Alten kommt. Also heute sind wir diese Alten."

Mbaliro äußerte sich abermals: „Männer, ich will meine Meinung dazu beisteuern. Sollte es keine zufriedenstellende Antwort sein, gilt das Wort der Kerewe, welches besagt, daß man denjenigen, der nicht an den Königshof gelangt, nicht verlachen soll. Also zur Sache! Männer, die Antwort auf die Frage, an welchem Tag genau eine Frau schwanger geworden ist, übersteigt mein Wissen. Ich denke, ich lüfte aber gleichwohl ein Geheimnis, wenn ich euch sage, was ich weiß." Die anderen ermunterten ihn: „Bwana, sprich nur frei. Was sollte dich hier daran hindern?" Mbaliro fuhr also fort: „Ich möchte vor der Frau des Hofes hier nichts verraten, was der Scham unterliegt. Ich möchte nicht, daß sie es hört, es als Schimpf für die Frauen auffaßt und wir einen Ort verlieren, an dem wir Wasser trinken können." – Die anderen: „Sprich nur, Bwana! Wieso weißt du, wie die Menschen geschaffen werden, wie dieser oder jener gezeugt wurde oder ob er etwa vom Himmel gefallen ist?" Mbaliro unterbrach seine Gefährten: „Schweigt endlich, wenn ihr wollt, daß ich euch das Geheimnis enthülle!" Sie darauf: „Sprich zu uns, wir hören!" – „Wie ich seit langem weiß, gibt es drei Merkmale, nach denen ein verheirateter Mann vor allen anderen erkennen kann, daß seine Frau schwanger ist. Das erste Zeichen ist der Zeitpunkt, an dem sie gewöhnlich ihre Monatsblutung bekommt. Das allein genügt aber nicht, denn die Regel kann auch ohne Schwangerschaft mal einen Monat ausbleiben. Das zweite Zeichen ist ein gewisses Strahlen in ihrem Gesicht. Es setzt bereits im ersten Schwangerschaftsmonat ein und tritt selbst bei häßlichen Frauen auf. Das dritte Merkmal besteht darin, daß nachts bei einer Schwangeren die Körpertemperatur wie im Fieber ansteigt. Sie ist aber nicht krank. Wenn sie am Morgen aufwacht, geht sie ihrer gewöhnlichen Arbeit nach. Es gibt aber einige Schwangere, die sind so schläfrig, daß sie in den Tag hinein schlafen. Ohne diese Anzeichen ist es meiner Meinung nach sehr schwer, den Zeitpunkt des Schwangerwerdens zu bestimmen."

Nkarani widersprach ihm heftig: „Ei, Mbaliro, diese drei Merkmale, die du genannt hast, sollen wirklich eine Schwangerschaft anzeigen?" – „Ja," erwiderte dieser, „oder kennst du noch andere Anzeichen?" – Nkarani fuhr fort: „Auch du kennst ein weiteres Merkmal, aber du hast es verschwiegen. Ich will es euch enthüllen. Also, wenn eine Frau bemerkt, daß ihre Monatsblutung ausbleibt, erforscht sie selbst ihren Körper, indem sie die Scheide ausspült und fühlt, ob der Muttermund geschlossen ist. Ist das der Fall, weiß sie, daß sie schwanger ist. Dies ist jedoch ein Merkmal, das nur dann etwas aussagt, wenn die Regel ausbleibt. Weiterhin spürt sie bei der Schwangerschaft oftmals ein Zucken im Bauch unterhalb des Nabels. Aber ich wiederhole, was ihr selbst auch schon herausgefunden habt: Trotz dieser Anzeichen haben wir Männer keine Möglichkeit, den genauen Tag zu bestimmen, an dem eine Frau schwanger geworden ist. Solltet ihr euch noch weiter darüber unterhalten wollen, laßt mich euch in diesem Zusammenhang eine weitere Schwierigkeit aufzeigen! Wenn ihr euch von eurer Frau trennt und sie in einer anschließenden Ehe ein Kind zur Welt bringt, könnt ihr dann bei der Gerichtsversammlung Ansprüche auf dieses Kind durchsetzen?" Die Gefährten meinten: „Ei, wir erleben es nur zu oft, daß die Frauen den Fall gewinnen und die Kinder dem zweiten Ehemann zuerkannt werden." Nkarani fragte weiter: „Wißt ihr auch, warum wir Männer in solchen Fällen den kürzeren ziehen?" Sie antworteten: „Na'am! Sie obsiegen vor Gericht nur deswegen, weil sich der Monat, in dem sie schwanger geworden sind, nicht genau feststellen läßt!"

Mugimba stellte Nkarani aber noch eine weitere Frage: „Wie lange kann ein Kind im Bauch der Mutter bleiben?" Diese Frage regte Nkarani zu längeren Ausführungen an: „Wenn es sich um eine normale Schwangerschaft handelt, dann ist eine Frau genauso lange schwanger wie eine Kuh. Paßt einmal auf, wie es ist! Also, wenn eine Frau heute schwanger wird und eine Kuh heute gedeckt, dann wird bei ungestörtem Verlauf die Kuh an dem Tage, an dem die Frau entbindet, ihr Kalb zur Welt bringen. Demnach dauert eine gesunde Schwangerschaft neun Monate. Im zehnten Monat findest du das Kind bereits fertig außerhalb des Mutterleibs vor. So ist es auch mit der Kuh, von der ich gesprochen habe. Eine Leibesfrucht, die erkrankt, verursacht indessen Schwierigkeiten. Es kommt zu Blutungen oder die Frucht geht ab. Bleibt sie trotz der Erkrankung im Mutterleib, hält sie die übliche Zeit bis zur Geburt nicht ein. Man bezeichnet diesen Zustand als ‚über den Rücken entfliehen'. In solchen Fällen kann eine Schwangerschaft Jahre dauern. Oft merkt die Schwangere, wie die Frucht in ihrem Bauch nach hinten rudert. Will man sie in den vorderen Bauch zurückholen, ist es ratsam, sich vom Heiler ein entsprechendes Mittel zu besorgen. Wenn eine Frau mit einer solchen Schwangerschaft die Medizin gewissenhaft einnimmt und sich ganz nach den Anweisungen des Heilers richtet, kann sich die Frucht nach zwei oder drei Jahren plötzlich wie ein Hodenbruch senken und anschwellen. Wenige Tage danach bringt die Frau ein gesundes Kind zur Welt. Das saugt an der Mutterbrust wie ein Kind aus einer ganz normalen Schwangerschaft. Knaben, die aus einer solch schwierigen, überlangen Schwangerschaft hervorgehen, nennt man ‚Batura'. Mädchen bekommen den entsprechenden Namen ‚Katura'. Manche Kinder bleiben tatsächlich zwei bis drei Jahre bis zur ihrer Geburt im Mutterleib!"

Mugimba widersprach diesen Ausführungen heftig: „Ich kann die Sache von dem Ungeborenen, das drei bis fünf Jahre im Mutterleib verweilt, nicht glauben. Als einfacher Mensch sage ich, Mugimba, nein dazu. Nun, Bwana Nkarani, wo soll sich ein solches Kind eigentlich im Bauch aufhalten?"

Nkarani fuhr ihn an: „Bwana, warum versuchst du, mich zu schmähen? Gehörst du etwa zur Volksgruppe der Abayambi? Hast du mir nicht richtig zugehört? Der Hanf steigt dir wohl zu Kopfe. Du solltest ihn nicht schon am Morgen rauchen. Er bekommt dir einfach nicht! Kaum zu glauben, du fragst mich, wo im Bauch sich ein solches Kind befindet. Ich denke, es wird irgendwo im Bauch seiner Mutter sein. Du bist doch ein Kerewe und kennst unsere Sitten. Dann wirst du auch dies wenige wissen und keine unziemlichen Fragen stellen. Du bist schließlich kein kleines Kind mehr, auch nicht jemand aus fernen Landen, der von unseren Dingen keine Ahnung hat. Was ist wohl die Ursache einer solch langen Schwangerschaft? Hängt sie nicht mit Saum-

seligkeiten bei den Ahnenopfern zusammen? Manchmal liegt es an der
Frau, manchmal am Mann, der eine solche Frau geheiratet hat. Ich
werde denen, die es wirklich wissen wollen, die Sache wohl erklären
und beweisen können. Aber du Streithahn, laß mich mit deinen törichten Fragen in Ruhe. Du benimmst dich wirklich wie ein Angehöriger
der Abayambi, die auf dieser Insel bekanntlich als besonders streitsüchtig gelten. Um den Grund herauszufinden, muß man das Orakel befragen und sich über die Monatsregel unterrichten. Außerdem muß
man das Gehöft der Frau kennen und alle, die darin leben und arbeiten. Wenn man zu den Heilern geht, können sie einem genau erklären,
woher bei einer Schwangerschaft die Schwierigkeiten rühren. Sollte es
an zu wenig Opfergaben liegen oder an dem Fell, in das Verstorbene
eingewickelt werden, dann können es die Seher und Heiler ganz klar
sagen. Wer recht zu fragen versteht, der bekommt auch aufschlußrei-
che Antworten. Sind die Schwierigkeiten beseitigt, wird sich das Ungeborene alsbald in den vorderen Bauch der Schwangeren verlagern,
und sie bringt ein gesundes Geschöpf zur Welt. Nun, ich habe es schon
gesagt: Was man nicht kennt, wird so erhellt. Das beste Mittel der Erkenntnis ist immer noch die Befragung eines Orakels durch einen
Wahrsager. Das wäre alles, was ich zu diesem Thema zu sagen habe."

Mugimba gab sich damit jedoch nicht zufrieden: „Es stimmt zwar,
daß ich Opium rauche, aber heute morgen habe ich noch keins ge-
raucht. Ich bin ein echter Kerewe von meinen Vorfahren her. Du wirfst
mir Streitsucht vor und behauptest, ich sei ein Muyambi. Außerdem
unterstellst du mir, ich sei vom Opium umnebelt. Vielleicht hat dich
Bugonokas Hirsebrei, der dir heute morgen hier gereicht wurde, betrunken gemacht."

Myombekere unterbrach sie: „Laßt die gegenseitigen Beschimpfungen! Ihr seid doch erwachsene Männer! Dies ist ein Streitgespräch,
aber kein echter Streit!"

„Nein, Bwana," erwiderte Mugimba. „Was jener zu mir gesagt hat,
sind einfach böse Worte. Er behauptet, ich sei ein Streithahn wie die
Abayambi. Bin ich etwa ein Muyambi? Wenn Nkarani selbst kein
Streithahn ist, wie soll man sein Verhalten dann bewerten?"

Nkarani fragte ihn: „Nun, bist du etwa ein Regenmacher, wie es die
Bedeutung des Namens Mugimba anzeigt?"

Mugimba verteidigte sich: „Der Mann, von dem ich diesen Namen habe, ein längst verstorbener Vorfahre, war tatsächlich ein Regenmacher. Er war weit und breit als berühmter Regenmacher bekannt, und alle wußten, daß er dem Regen befehlen konnte. Menschen, die bestohlen worden waren, suchten ihn auf, damit er für sie das Orakel befragte. Selbst der König kannte ihn. Du glaubst wohl, daß ‚Mugimba' ein unbekannter Name sei. Das Gegenteil ist der Fall!"

Nun machte auch Mbaliro den Versuch, den Streit zwischen Mugimba und Nkarani zu schlichten: „Hört endlich mit dem Gezänk auf! Ihr solltet euch schämen, denn ihr seid erwachsene Männer! Laßt ab von dem Streit, damit er vom Winde verweht werde! Dies ist ein Gespräch unter Männern und so soll es auch beendet werden! Hört endlich auf, euch zu streiten, und seid wieder gute Nachbarn!" Darauf schwiegen sie.

Nach einer Weile ergriff Mbaliro abermals das Wort: „Unser bisheriges Gespräch war eigentlich aufschlußreich. Ja wirklich! Es sind höchst bedeutungsvolle Worte gefallen. Darum würde auch ich euch gern etwas fragen, das mir seit langem am Herzen liegt. Eigentlich bewegt es mich seit meiner Geburt, und wie ihr mir ansehen könnt, ist das schon einige Zeit her. Schaut nur meinen Bart! Schließlich habe ich ihn nicht von der Ziege geliehen! Er wächst mir vielmehr wegen meiner vielen Lebensjahre. Auch mein Haupthaar ist inzwischen so schütter, daß es dem Fell eines Hasen gleicht. Trotz meines fortgeschrittenen Alters habe ich noch nicht erlebt, daß die Kerewe in ihren Streitereien über die Monatsnamen zu einer Lösung gekommen wären. Gehe ich nach Mumulambo, höre ich dort andere Monatsnamen als in Irangara. In Mw'ibara ist es noch wieder anders. Und so verhält es sich auf der ganzen Insel. Zur Zeit der Feldbestellung hat man wenig Zeit sich zu streiten. Aber gegen Ende der Regenzeit besuchen die Menschen einander auf den Gehöften auf der Suche nach Bier. Trifft man mit ihnen beim Trinken zusammen, streiten sie sogar mit jemandem meines Alters über die Monate. Gut, das Jahr hat also zwölf Monate. Aber wie heißen sie? Ich frage euch nur noch dieses, dann hören wir mit dem Gespräch auf. Wir sind dessen müde, und die Sonne steht schon hoch am Himmel."

Nkarani griff die Frage auf: „Es macht mir keine Mühe, dir die Monatsnamen zu erklären. Also der erste Monat heißt auf Kerewe ‚Omu-hangara‘ (Januar). Seine Merkmale sind Regen, Blitz und Donner. Manchmal sind die Gewitter so stark, daß Mensch und Vieh verletzt oder gar getötet werden, große Häuser einstürzen, Bäume in Brand geraten und Felsen zersprengt werden. Die großen Fische magern stark ab, so daß sie nur noch aus Gräten bestehen. Kocht man sie, haben sie weder Duft noch Geschmack. Ihr Fleisch fühlt sich schlüpfrig oder schleimig an. Es handelt sich um die Fischarten ‚embozu‘, ‚ensato‘ und ‚enkuyu‘ bzw. ‚enzegere‘. Nur die Fischarten ‚eningu‘ und ‚enembe‘ magern nicht ab. In diesem Monat gibt es häufig Nebel. Früher begann man dann, die Felder für den Anbau von Kolben- und Büschelhirse vorzubereiten.

Der zweite Monat heißt ‚Omwilaguzu‘ (Februar). Zu dieser Zeit regnet es im Süden nach Ukara hinüber. Gelegentlich fällt auch der oluziba-Regen. Das heißt, tiefschwarze Wolken türmen sich auf, so schwarz wie der Ruß an einem Kochtopf. Wenn es regnet, beginnen die ersten mit der Feldarbeit, indem sie alle Arten von Nutzpflanzen bis hin zur Kolbenhirse aussäen.

Der dritte Monat heißt ‚Omwero gwi ilimai‘ (März). In diesem Monat tritt häufig Sandstaub auf. Manchmal fällt der Regen mit einer Heftigkeit wie in der großen Regenzeit. Für jeden im Gehöft, der nicht krank ist, steht viel Feldarbeit an.

Der vierte Monat heißt ‚Omuhingo‘ (April). Dann herrscht die große Regenzeit. Manchmal fängt es schon in der tiefen Nacht an, sacht zu regnen. Meistens jedoch setzt der Regen mit dem ersten Hahnenschrei ein. Er dauert gewöhnlich bis zum Sonnenaufgang. Die Rinder im Pferch zittern vor Kälte und muhen, da sie auf die Weide wollen. Aber welcher Hirte traut sich, bei soviel Regen, Wind und Kälte das Haus zu verlassen? Die Flüsse sind stark angeschwollen, und an ihren Ufern lauern die Pythonschlangen, um Hunde und sogar Menschen zu ergreifen. Wer Erbarmen mit seinen Rindern hat und sie nicht Hungers sterben lassen möchte, läßt sie aus dem Pferch und nimmt selbst die Aufgaben des Hirten wahr. Dabei trägt er einen großen Regenumhang, ‚enkanga‘ genannt. In diesem Monat fängt man in der Reuse die Fischarten ‚embigo‘, ‚ensato‘ und ‚engonogono‘. Es gibt viele Fische. Wenn man die Gehöfte der Netzfischer aufsucht, wird man von dem starken Fischgestank abgestoßen. Ein weiteres Merkmal dieses Monats sind die unzähligen ebige-Insekten. Sie machen viel Lärm und belästigen jeden Abend damit die Ohren der Leute.

Der fünfte Monat heißt ‚Kaboza‘ (Mai). Es herrscht immer noch die große Regenzeit mit starken Regenfällen. Aber gelegentlich fällt auch Nieselregen, der Ammenregen oder ‚abaharatwaroba-Regen‘ genannt wird. Letzteres bedeutet: ‚Frauen, der Regen überrascht uns. Laßt uns fliehen!‘ Nachts werden über den Wolken ganz kleine Sterne sichtbar. Man nennt sie ‚endimira-nkazi‘, d. h. weibliche Sterne. Einige Tage später erscheinen im Westen über den Wolken andere Sterne, die ‚endimira-nseza‘, d. h. männliche Sterne, heißen.

Der sechste Monat wird Omwiraguzu gw'echanda (Juni) genannt. Es ist die Zeit, wo die Angehörigen der Sippe Abakuraabalevya-ndimira zusammenkommen. Sie steigen auf ein hohes Gerüst, um im Osten zu beobachten, wie die Sterne aufgehen. Seit urdenklichen Zeiten ist ihnen die Aufgabe anvertraut, das Jahreshoroskop zu bestimmen. Von ihnen wissen wir, daß die ndimira-Sterne 15 Tage, nachdem sie am Himmel verschwunden sind, wieder im Osten auftauchen. In dieser Zeit machen die Stachelschweine jeden Abend Lärm, wenn sie aus ihren Löchern hervorkommen, um auf den Feldern der Leute Maniok-Knollen zu stehlen. Noch ehe die Bauern ihre Ernte einbringen können, tragen sie die Knollen weg, die eigentlich zur Ernährung der Menschen bestimmt sind, und legen in ihren Löchern Vorräte davon an. In diesem Monat erscheinen auch die entuletule-Vögel. Sie verkünden das Verschwinden der ndimira-Sterne und bevorstehende Unwetter.

Man nennt den siebten Monat entweder Omwiranguzu gw'echanda II oder Ikira lya Bukene (Juli). Von diesem Monat läßt sich sagen, daß dann das Wasser in Seen, Flüssen und Brunnen sehr kalt ist. Sogar das Wasser in den Krügen zu Hause ist überaus kalt. Wenn man es trinkt, schmerzen die Zähne, als müßten sie gezogen werden. Es ist die Zeit, in der man die verschiedenen Hirsesorten erntet, drischt, von der Spreu trennt und speichert, jedermann in seinem eigenen Gehöft. An bestimmten tiefen Stellen des Sees, die man ‚mugabo‘ nennt, gehen in diesem Monat die engege-Fische massenhaft ins Netz. Außerdem gibt es viele Unwetter. Man bezeichnet sie als omulimbe, d. h. Südstürme.

Sie können so stark werden, daß Menschen darin umkommen. Niemand weiß, weshalb sie so stark wehen. Diese Stürme können zwar von Jahr zu Jahr unterschiedlich stark auftreten, man wird sie aber stets zu spüren bekommen.

Der achte Monat heißt Bukene (August). Viele Menschen pflegen sich dann in der Jahreszeit zu irren und nennen den Monat Omutagato (September). Das ist aber ein Irrtum, denn dieser Monat kommt erst noch. Kennzeichnend für den Monat Bukene ist der viele Nebel. Morgens wird es wegen des Nebels und der dichten Wolken, die die Sonne verdecken, erst spät hell. Häufig gibt es auch Regenfälle. Die Kerewe nennen sie amogyankiri. Außerdem bläst ein starker Wind. Er wird als enkomezi bezeichnet. In diesem Monat bringen Fischer, die den Namen engere wa mugabo tragen, dem König ihre Fische. Sie haben sie zuvor entweder an der Sonne getrocknet oder in ihren Töpfen gekocht. Dieses Geschenk wird amabiga genannt. Die Bauern, die im Vormonat aus irgendeinem Grund, manchmal allein wegen übermäßigen Biertrinkens, ihre Hirse nicht ganz gedroschen haben, führen diese Arbeit nun schnell zu Ende.

Der neunte Monat heißt Omutagato (September). Die Kälte des Vormonats weicht aus den Körpern, und die Menschen fühlen sich wieder wohl. Weil es nun genug Hirsebrei zu essen gibt, sind alle fröhlich. Aber genug davon! Dieser Monat hat auch den Namen Omuhunguru, wörtlich der Erbe. Die Bezeichnung kommt daher, daß die Blätter sterben und von den Bäumen fallen. Im übrigen brennt man zu dieser Zeit das trockene Gras am Seeufer ab, um dort jagen zu können.

Als Ekimezo oder Omumerezi (Oktober) wird der zehnte Monat bezeichnet. Sein Hauptmerkmal ist der sachte Regen. Er bringt das Gras zum Sprießen und läßt jedwede Saat aufgehen. Auch die Bäume, die ihre Blätter zuvor abgeworfen hatten, fangen an zu knospen und bringen neue Blätter hervor. Kluge und erfahrene Frauen säen jetzt Kürbisse und Kalebassen aus. Außerdem bauen sie jedwede Art von Gemüse an, das in diesem Monat frei von irgendwelchen Krankheiten heranwächst.

Der elfte Monat wird Kiswa (November) genannt. Es ist der Beginn der großen Regenzeit. Die Leute bereiten ihre Hirsefelder zur Aussaat vor. Und insbesondere die Männer legen Bananenpflanzungen an. Es kommen Wakara-Leute ins Land, um sich bei der Feldarbeit zu verdingen. Außerdem treten die weißen enswa-Ameisen und die ebenfalls eßbaren matondofwa-Termiten in großen Schwärmen auf. Es ist also der Monat der großen Regenfälle, in dem die Feldarbeit beginnt.

Der zwölfte Monat heißt Olubingo (Dezember). Der Regen pflegt in dieser Zeit von Osten her aufzuziehen. Er wird orwiz'igoro (frühe Abendzeit) genannt, weil er gewöhnlich erst am Nachmittag oder noch später einsetzt. Er ist zumeist von starkem Sturm begleitet, der das Gras von den Häusern reißt oder sogar die Häuser zum Einstürzen bringt. Die Menschen können auf diese Weise zweierlei Schaden erleiden: Zum einen wird das Dach ihrer Häuser zerstört, zum anderen das Holz zum Bau der Hütten beschädigt. Glücklicherweise waren die Leute in jener Zeit noch bereit, einander in jeder Hinsicht zu helfen. Ein Vorfahr soll einmal mit Bezug auf diesen Regen gesagt haben: ‚Der orwiz'igoro-Regen fällt nicht zweimal hintereinander.‘ Das will sagen, daß auf einen Sturmtag zumeist ein sturmfreier Tag folgt. Aber nicht immer. Es kommt auch schon mal vor, daß es zwei Tage lang ununterbrochen regnet. In diesem Monat fangen die Leute mit der Aussaat der roten omugusa-Hirse an und pflanzen Reissetzlinge aus. Manchmal werden die jungen Pflänzchen von den Strahlen der Januarsonne geschädigt. Wenn man genau hinschaut, kann man es erkennen. Ist der Donner vor dem Sturm noch fern, also etwa drüben in Hekera, dann treiben die Frauen hier in der Bucht von Musozi eilens ihre Rinder zurück ins Gehöft. Sie folgen damit dem geflügelten Wort: ‚Sieht man es drüben in Hekera blitzen, sollen die Frauen in Musozi die Rinder heimtreiben, damit sie nicht im Busch vom Unwetter überrascht werden.‘ Man berichtet von einem Kerewe mit Namen Matulire aus der Sippe der Muyanza folgendes: Als er sich einmal außerhalb der Insel Kerewe drüben in Katoto zum Fang von ensato- und amahumbi-Fischen aufhielt, wurde ihm die Nachricht vom Tode seiner Mutter überbracht. Der Bote sagte ihm: ‚Matulire, man hat uns geschickt, dich herbeizurufen, damit du deine Mutter begräbst. Sie ist gestorben.‘ Als er dem Boten gerade antworten wollte, hörte man einen furchtbaren Donnerschlag, drilili! Darauf sagte er: ‚Laßt nur den Leichnam der Mutter, die Verwandten werden ihn schon beerdigen.‘ Seither ist dieser Ausspruch zum geflügelten Wort geworden. Wenn jemand den

Donner im Osten vernimmt, drilili, dann kann man ihn schon mal über das laute Geräusch erzählen hören, wie es jenen Matulire Omuyanza so sehr beeinflußte, daß er es aus Selbstsucht sogar ablehnte, seine Mutter zu begraben. Also, du wirst hören, wie der Kerewe das geflügelte Wort zerpflückt, etwa so: ‚Donner, du erhebst deine Stimme, du, der Matulire daran hinderte, seine Mutter zu bestatten und diese Pflicht den Verwandten überließ.'

Dies, mein lieber Mbaliro, sind also die Monate der Kerewe. Laßt uns jetzt aufstehen und nach Hause gehen! Wir wollen unser Streitgespräch im Gehöft unseres Gefährten Myombekere beenden. Was ich aber noch erwähnen wollte: Ein Jahr hat nur vier Abschnitte. Alle drei Monate beginnt ein neuer Abschnitt. Wenn du alle Abschnitte vervierfachst, bekommst du als Ergebnis genau die zwölf Monate eines ganzen Jahres."

Mugimba bestätigte: „Was du gesagt hast, stimmt. Als mein Vater noch lebte, hat er uns das Gleiche erzählt, wenn wir mit den Nachbarn nach Sitte der Kerewe am kikome, d. h. am Feuer im Hof, zusammensaßen."

Die Männer erhoben sich. Mbaliro stöhnte dabei, oh je, so daß die anderen ihn fragten, woran er leide. Er antwortete ihnen: „Mein Bein ist eingeschlafen. Es fühlt sich so an, als hätte ich es nicht mehr. Es ist ganz schwer und prickelt, wie wenn mich jemand gekniffen hätte. Beim Ausstrecken versagt es mir den Dienst. Myombekere, komm schnell und bearbeite das Bein mit deinen Fäusten! Ich kann mich nicht dazu überwinden, mich selbst zu schlagen!" Myombekere behandelte sein Bein mit drei Faustschlägen und hörte dann auf. Mbaliro hielt ihn jedoch an: „Lege noch drei bis vier Schläge hinzu!" Myombekere schlug also noch dreimal mit der Faust. Vor dem vierten Schlag stützte sich Mbaliro auf seine Arme und sagte: „Hör auf! Ich versuche jetzt aufzustehen. Wir werden ja sehen." Er erhob sich mühselig und humpelte wie jemand, der gerade in einen Dorn von der omwongabutaga-Akazie getreten ist. Dazu sagte er: „Kumbe, mein lieber Myombekere, ein taubes Bein ist zum Fürchten. Wenn du davon befallen wirst, während du gerade vor einem wilden Tier oder Menschen davonlaufen willst, wirst du auf der Stelle getötet werden." Myombekere entgegnete nur: „Ja, so ist es wohl."

Er begleitete die Männer noch ein Stück auf dem Heimweg, dann verkündete er: „Ich kehre nun um, Mabwana! Jetzt, da der Tau abgetrocknet ist, muß ich meine Bananenstauden einpflanzen, die ich gestern abend bei Kanwaketa abgeholt habe. Ich war auf einen Schluck Bier bei ihm." Die Männer erkundigten sich: „Ist vielleicht noch etwas Bier übrig geblieben?" Myombekere antwortete: „Schon möglich, aber ich denke doch eher, daß es alle ist, da er reichlich ausgeschenkt hat." Sie erwiderten: „Auch wenn du meinst, daß wegen der Freigiebigkeit Kanwanketas alles ausgetrunken ist, werden wir doch bei ihm vorbeischauen, zumal sein Gehöft am Weg liegt. Wir wollen einmal bei ihm einkehren und ihm einen guten Morgen wünschen." Myombekere ermunterte sie dazu: „Tut es nur! Entweder bekommt ihr Bier oder nicht. Aber entschuldigt mich, die so angenehme Gesprächsrunde zu verlassen!" Sie antworteten: „Worte sind wie Speichel. Sie leben nicht ständig im Munde, sondern entstehen dort im Augenblick ihres Untergangs." Damit schieden sie voneinander, und Myombekere ging nach Hause.

Dort angekommen, sagte er zu seiner Frau: „Das Gespräch mit diesen Männern war doch ein rechter Gewinn. Die beiden, Mugimba und Nkarani, standen zwar dicht davor, sich ernstlich zu zerstreiten – es fehlte nur wenig und sie hätten sich gezankt – aber da hat Mbaliro das Feuer gelöscht, indem er ganz harmlos nach den Monaten fragte. Nkarani hatte Mugimba vorgeworfen, Bangi zu sich zu nehmen, wo ihm dieses Rauschgift doch nicht bekomme. Sicher hätten sie sich geprügelt. Du weißt ja, Betrunkene wollen nicht gerne als solche bezeichnet werden. Ei, sie haben sich über sehr wichtige Fragen gestritten. Hast du es nicht gehört?" – „Nein", erwiderte Bugonoka. „Ich habe eifrig Getreide gemahlen. Da habe ich außer einigen Wortfetzen, die an meine Ohren drangen, nichts gehört. Mir kam es so vor, als hätten sie sich über Schwangerschaften unterhalten. Um genau zu sein, ich habe nur das Wort ‚Schwangerschaft' gehört." Mit diesen Worten wollte Bugonoka aber nur ihren Mann aushorchen, wie man bei den Kerewe sagt: ‚Man muß den Schwanz schlagen, damit man den Kopf sieht, wenn er nach der Ursache forscht.' Und richtig, Myombekere erzählte ihr nun alles von Anfang bis Ende, was sie über Schwangerschaften geredet hatten. Als Bugonoka alles vernommen hatte, gab sie einen Laut der Verwunderung von sich „yuh!" und schlug sich auf die Schenkel: „Ei, diese Unholde sind verrückt. Warum hätten sie sonst über die geheimsten Angelegenheiten der Frauen geredet? Es gehört sich einfach nicht, daß so etwas offen unter den Männern besprochen wird. Eigentlich beleidigt es alle Frauen, yuh ee! Hätte ich sie so reden hören, hätte ich sie zurechtgewiesen. Sie benehmen sich wie unverheiratete Männer. Warum treiben sie diese schmutzigen Spiele? Nun, mich haben sie damit jedenfalls tief gekränkt!" Myombekere erwiderte: „Warum erregst du dich? Was war dir daran bisher unbekannt?" Bugonoka entgegnete ihm: „Selbst wenn ich es wüßte, würde ich mich hüten, offen vor anderen Menschen darüber zu sprechen. Ei, hör doch auf, Myombekere! Ein Geheimnis zwischen zwei Menschen ist nur für diese zwei bestimmt. So bleibt es erhalten. Da ich die Angelegenheiten der Männer nicht kenne, kann ich mich bei meinen Freundinnen auch nicht damit beliebt machen, daß ich sie ausplaudere. Welchen Vorteil hätte ich wohl davon, wenn ich die Geheimnisse anderer vor ihnen enthüllte?" Myombekere fuhr fort: „Ach, wenn du sie nur aufklären willst, sollten sie es ruhig erfahren!" Bugonoka hielt ihm entgegen: „Solche Worte, bei meiner Mutter, machen dich wahrlich nicht zum Weisen. Ich schäle jetzt besser Kartoffeln. Die Sonne steht schon hoch. Laß mich bloß mit den Streitgesprächen der Männer in Ruhe!" Myombekere ließ aber noch nicht ab: „Man behandelt seine Frau zwar mit der gebotenen Scham, um sie zu ehren, aber man kennt sie doch genau. Soll ich dich verleumden und so tun, als wenn du nicht meine Frau wärest? Ihr Frauen laßt euch doch auch von einem Mann heilen und bei der Schwangerschaft helfen, als wenn es keine Heilerinnen gäbe. Wenn die Hebamme nicht weiterweiß, wird dann nicht ein Heiler gerufen? Leistet er nicht Geburtshilfe, selbst wenn es dazu genug geeignete Frauen gibt?" Bugonoka mußte zugeben: „In einer solchen Lage kommt das wohl vor. Immerhin ist das ein Zustand der Gefahr, der nicht anders abgewendet werden kann. Was sollten wir stattdessen tun?" Myombekere beendete das Gespräch mit den Worten: „So ist es in der Tat. Ich sehe da keinerlei Unterschiede!" Darauf schwiegen alle beide.

KAPITEL 17

Der Vogeldoktor

Zu jener Zeit regnete es jeden Tag ohne Ausnahme. Manchmal regnete es sogar heftiger als in der Regenzeit. Man nannte diese Niederschläge ‚namafuro‘, d. h. wörtlich Schaum. Häufig ging der starke Regen in einen feinen Sprühregen über, der stundenlang anhielt. Die Leute waren jetzt damit beschäftigt, die heranreifende Hirse vor Vogelfraß zu bewahren. Sie schützten sich auf den Hirsefeldern mit baumwollenen enkanga-Umhängen vor dem Regen. Waren sie arm und besaßen einen solchen Umhang nicht, nahmen sie stattdessen ein ausgedientes, verschlissenes Schlaffell, dessen Haare struppig nach allen Seiten standen. Damit bedeckten sie sich, wenn sie aufs Feld gingen, um die Vögel aus der Hirse zu verscheuchen.

In jenem Jahr gab es eine echte Vogelplage. Die Tiere fielen in Scharen in die Felder ein und machten sich über die Hirse her. Sollte die Ernte nicht völlig vernichtet werden, mußten die Menschen die Hirse, die zwar noch nicht reif, aber bereits in den Kolben stand, vor den Vögeln schützen. Eine Maßnahme bestand darin, die Hirse zu verschiedenen Zeiten auszusäen. So hatte jedes Feld einen anderen Reifestand, und nicht alle Felder mußten gleichzeitig bewacht werden.

Als die Vögel in solchen Massen auftraten und die Hirsefelder der Bauern überfluteten, fragten sich die Leute, woher die Vögel wohl so plötzlich gekommen seien. Wer an einem Hirsefeld vorbeiging, konnte Scharen über Scharen von Vögeln aufscheuchen, insbesondere zwei Arten, Sperlinge und Webervögel. Selbst daheim hörte man die umherschwirrenden Vögel, denn sie brausten wie ein Gewittersturm.

Vom frühen Morgen an bemühten sich die Männer, die Vögel in Unruhe zu versetzen und aufzuscheuchen, wobei sie vom kalten Regen bis auf die Haut durchnäßt wurden.

Schließlich wandten sich die Hofeigentümer an den Jumben, den Vorsteher des Bezirks, und baten ihn: „Hilf uns gegen die Plage und rufe uns einen Vogeldoktor! Er soll herkommen und uns von den Vögeln befreien, damit nicht die ganze Feldarbeit umsonst war und am Ende nur die Vögel unsere Hirse ernten." Der Jumbe war sofort bereit, den Bewohnern seines Bezirks zu helfen und antwortete: „Geht und ruft eure Kinder zusammen. Sie sollen Harz vom mlimbolimbo-Baum sammeln, um damit einige Vögel zu fangen, die eure Hirse fressen. Es genügt, wenn sie je einen Sperling und einen Webervogel fangen. Aber sie müssen darauf achten, daß die Vögel leben. Ich sage euch, es ist wichtig, daß mir unversehrte Vögel gebracht werden, denn nur ihnen kann der Vogeldoktor seine Medizin verabreichen. Das ist alles. Geht jetzt und fangt die beiden Tiere, die ich euch genannt habe! Sie sind Teil der Behandlung, mit der uns der Vogeldoktor vor der Plage schützen wird. Ich will nicht erst bis morgen warten, sondern ihn gleich heute einladen; denn wir wissen nicht, wann er kommen kann, ob schon morgen oder vielleicht erst übermorgen?" Die Anwesenden bedankten sich einmütig beim Jumben: „Das sind Worte nach unserem Herzen, oh Jumbe! Wir sind ganz deiner Meinung."

Die Männer begaben sich wieder auf ihre Hochsitze inmitten der Felder, um die Vögel zu verscheuchen. Vorher beauftragten sie ihre Kinder, einen Sperling und einen Webervogel lebend zu fangen. Der Jumbe machte sich unterdessen auf den Weg, den Vogeldoktor aufzusuchen.

Am späten Nachmittag gelang es einem Sohn Kanwaketas, einen Sperling zu fangen. Kurz vor Sonnenuntergang brachten Kanwaketa und Myombekere diesen Vogel zum Jumben in einem Käfig, der mit einem Fliegenwedel aus Kuhschwanzhaar verschlossen war. Als sie beim Dorfvorsteher eintrafen, war er gerade vom Meister der Vögel zurückgekehrt.

Dieser hieß …, also man nannte ihn … Dingsda. Ach ja, er wurde Kahwerera genannt. Da es so viele Menschen gibt, muß man eine Unmenge im Gedächtnis behalten. So zählt und zählt man Namen auf. Selbst wenn man ein Gedächtniskünstler wäre, könnte man sich unmöglich alle Namen merken.

Der Jumbe trat vor die Hütte, und die beiden Gefährten Kanwaketa und Myombekere zeigten ihm den Sperling. Der Jumbe dankte ihnen überschwenglich: „Ei, das sind noch rechte Männer, die ihre Aufgaben

sofort erledigen und nicht bis zum nächsten Morgen damit warten!"
Die beiden schwiegen zunächst, dann aber sagte Kanwaketa: „Jumbe,
sei uns nicht böse, ich hatte meine Kinder beauftragt, die Vögel zu fangen. Hätten sie schon ganz früh am Morgen damit angefangen, wären
sie noch erfolgreicher gewesen. Sie haben in Wahrheit die eigentliche
Arbeit verrichtet. Wegen der Regenzeit ist es sehr schwer, Leim zum
Vogelfang zu finden. Morgens in aller Frühe gelingt es noch am
besten." Einer der Anwesenden unterbrach ihn: „Sag uns lieber, wo sie
den Leim herbekommen haben! Eigentlich kann man das Harz des
mlimbolimbo-Baums doch nur in der heißen Jahreszeit abzapfen!
Dann quillt es richtig hervor und ist so klebrig, daß man damit Vögel
fangen kann. Du erzählst uns Lügen, Bwana! Seit meiner Geburt wurden zu dieser Jahreszeit noch keine Vögel mit Leim gefangen!" Der so
Zurechtgewiesene wollte den Vorwurf nicht auf sich sitzen lassen, denn
er hatte in den Versammlungen der Männer schon oft bedeutsame
Worte gesprochen. Er mäßigte sich aber und fragte die Anwesenden
nur: „Habe ich dem Sinn nach etwas anderes gesagt als er?" Die anderen Männer begannen laut durcheinander zu reden, um ihm ihre Miß-
billigung auszudrücken, und einer von ihnen sagte: „Erst hast du in der
Tat anders gesprochen. Jetzt, wo wir alles wissen, willst du deine Meinung wieder ändern. Also, so geht das nicht!" Der Jumbe unterbrach
sie: „Beendet dieses Gespräch! Eure Worte soll der Wind verwehen!
Hört einmal zu, ich will euch jetzt von meinem Besuch beim Vogeldoktor Kahwerera bin Mbali berichten.
   Also, ich traf ihn in seinem Gehöft an. Ich wartete eine Weile, dann
begrüßte ich ihn und erklärte ihm ausführlich die Umstände, die mich
zu ihm geführt hatten. Ihr kennt sie ja alle. Schließlich drängte ich ihn,
er möge sich die Zeit nehmen und zu uns kommen. Ich bat ihn, schon
morgen unser Gast zu sein. Wenn ihr mir nicht glaubt, so fragt den,
der mich dorthin begleitet hat! Wie heißt er doch gleich? – Ach ja,
Mafwele. Er ist hier, um meine Worte zu bestätigen." Mafwele sagte:
„Ja, Jumbe. Es ist alles genau so, wie du berichtest hast." Darauf fuhr
der Jumbe fort: „Als ich den Vogeldoktor gebeten hatte, morgen zu
uns zu kommen, befragte er mich, welche Art von Vögeln unsere Hirse
vernichtete. Ich und mein Gefährte Mafwele erklärten ihm, daß es sich
um Sperlinge und Webervögel handelte. Darauf erwiderte uns der Vo-

geldoktor: ‚Nun verlangt ihr von mir, daß ich schon morgen kommen soll. Wieso eigentlich? Ich habe doch noch gar keine Kräuter gegen die Vögel gesammelt. Habt ihr überhaupt schon einen Sperling und einen Webervogel gefangen?' Wir mußten das verneinen, worauf er entgegnete: ‚Was wollt ihr also? Macht euch dran! Ich werde morgen schon ganz früh losgehen und geeignete Kräuter suchen. Wenn ihr seht, daß die Sonne den Stand erreicht hat, wo man gewöhnlich die Rinder aus dem Pferch läßt, um sie auf die Weide zu führen, dann schickt jemanden zu mir, mich abzuholen. Was sollte mich, den berühmten Kahwerera, hindern, euch zu helfen? Ich habe mein Wissen über die Bekämpfung von Vogelplagen von meinem Vater Mbali und Großvater Kazoka geerbt. Es handelt sich nicht um gestohlenes Wissen, sondern es stammt aus dem Schoße unserer Sippe. Ich werde meine Mittel genauso wie schon mein Großvater und mein Vater verwenden. Dazu gehört auch, Jumbe, daß die Männer in dem Gehöft, das du mir zur Bleibe anweist, mit ausgebreiteten Armen schlafen, damit sie sich aller geschlechtlichen Betätigung enthalten. Keinesfalls sollen sie mit ihren Frauen spielen!' Also, das wäre alles, was unser Besuch beim Vogeldoktor ergeben hat. Männer, habt ihr verstanden?" Die Anwesenden antworteten ihm einstimmig, so laut wie ein Donnerschlag: „Wir haben es gehört und verstanden. Nur wer zufällig nicht anwesend war, hat nichts mitbekommen. Aber es gibt da noch eine Schwierigkeit. Es ist uns nämlich bisher nicht gelungen, einen Webervogel zu fangen." Der Jumbe erwiderte: „Freunde, wir brauchen aber unbedingt einen Webervogel. Manani, der Geist des Regens, möge ein Einsehen mit uns haben und den Regen aufhören lassen!" Die Leute stimmten dem Jumben zu: „Möge deine wohlgesetzte Rede zu Manani, dem Sohn Bakamas, vordringen, denn er bringt den Regen! Es muß aufhören zu regnen, sonst können wir keinen Vogelleim beschaffen."

Der Jumbe suchte mit aller Sorgfalt einen Boten unter den Männern aus, der den Vogeldoktor am nächsten Tag zu ihnen bringen sollte: „Ich möchte gerne, daß Kanwaketa den Vogeldoktor abholt und in seinem Gehöft beherbergt. Als Beilage zum Hirsebier stifte ich ihm und seinen Gästen eine Ziege, denn ein Doktor kommt niemals umsonst, nein wirklich nicht! Außerdem, ihr Bewohner meines Bezirks, denkt daran, eure Frauen aufzufordern, daß sie Mehl und Kartoffeln zu

Kanwaketas Gehöft bringen zur Ernährung derer, die in Wirklichkeit euer aller Gäste sind!" Die Männer verabschiedeten sich vom Jumben und kehrten in ihre Gehöfte zurück. Der Jumbe aber nahm den Sperling, den ihm die beiden Gefährten Kanwaketa und Myombekere gebracht hatten, sorgfältig in Verwahr.

Als es am Morgen darauf dämmerte, kamen die Männer aus dem Bezirk zusammen, um einen Webervogel zu fangen. Beim Umherstreifen fing der Sohn Mafweles endlich einen mit Leim und trug ihn eilig zum Jumben. Dieser nahm auch den Webervogel in Verwahr. Wahrhaftig, an diesem Tag blieb der Regen aus. Als die Sonne den Stand erreichte, wo man die Rinder auf die Weide führt, kamen Kanwaketa und Myombekere zum Gehöft des Jumben und machten sich von dort auf, den Vogeldoktor abzuholen.

Sie trafen den Doktor an, als er gerade aus dem Busch kam, wo er sich jene Kräuter besorgt hatte, die nur er kannte, um sie gegen die Vogelplage einzusetzen. Sie sagten ihm, daß ihr Jumbe sie geschickt habe, ihn, Kahwerera, ins Gehöft von Kanwaketa zu geleiten. Der Vogeldoktor war damit einverstanden und bat sie: „Wartet noch einen Augenblick! Ich komme sofort mit, wenn ich meine zwei Gehilfen von nebenan gerufen habe. Sie sind meine besten Helfer. Ich nehme sie überall dorthin mit, wo ich eine Arbeit wie bei euch zu verrichten habe."

Nachdem er sie geholt hatte, ging er in sein Haus, um eine Tonscherbe zu suchen, in die er die Kräuter legen konnte. Er wickelte die Kräuter in ein Bananenblatt und legte dann das ganze Bündel in die Scherbe eines alten Tontopfes. Eilig begab er sich nochmals ins Haus, um seine Fellgewänder zusammenzusuchen, die er bei solchen Anlässen anzulegen pflegte. Dazu gehörte auch ein Ziegenfell, ,oluhu lw'ensembe' genannt, das die Doktoren über ihren Schultern tragen, wenn sie das Orakel befragen oder ihre Kräuter anwenden. Gewöhnlich hängt es voll ausgebreitet an der Wand des Doktor-Zimmers.

In Windeseile kam der Vogeldoktor wieder aus dem Haus heraus, völlig umgezogen. Er sah aus wie jemand, der in den Krieg zieht, in einen richtigen Krieg mit Speeren, Pfeil und Bogen sowie Buschmessern der herkömmlichen Art. Um seine Hüften hatte er zwei Ziegenfelle geschlungen, eins vorn herum, das andere baumelte hinten und bedeckte sein Hinterteil. Das bereits erwähnte Oluhu iw'ensembe lag über seinen Schultern. Den Tragegurt hatte er über die rechte Schulter gelegt, so daß der Kopfteil des Fells unter der linken Achselhöhle herabhing. Die Innenseite lag am Körper an, und der haarige Teil zeigte nach außen.

Als sie sich gerade auf den Weg machen wollten, brachte die Frau des Vogeldoktors ihnen etwas zu essen. Sie setzten sich darum nochmals nieder und aßen. Danach ging Kahwerera ein letztes Mal kurz in seine Hütte. Mit einem Stab unter dem Arm trat er wieder hervor und sagte: „Gehen wir nun, Mabwana!" Sie standen sofort auf, und einer der Gehilfen nahm die Scherbe mit dem Bündel aus Bananenblättern auf den Kopf, in welches die Kräuter gegen die Vogelplage eingewickelt waren. Dann gingen sie los.

Unterwegs wollten Kanwaketa und Myombekere den Vogeldoktor zur Einkehr auf dem Gehöft des Jumben bewegen. Er lehnte aber mit den Worten ab: „Nein, es ist ein Tabu, diese Medizin in ein Gehöft hineinzutragen, in dem sie nicht auch angewandt wird." Also mußten sie einen anderen Weg einschlagen. Dieser führte sie geradewegs zum Gehöft Kanwaketas. Bei der Ankunft wies Kahwerera, der Vogeldoktor, seine Gehilfen an, die mitgebrachte Medizin in einer Sandmulde im Hof des Anwesens abzulegen.

Kanwaketa begab sich eilig zum Jumben und unterrichtete ihn davon, daß der Vogeldoktor zusammen mit Myombekere in seinem Gehöft warte. Der Jumbe schickte sogleich eines seiner Kinder auf die Weide. Es sollte den Ziegenbock für die Verpflegung des Doktors holen. Das Kind, ein sehr aufgeweckter Knabe, nahm die Beine in die Hand, um den Auftrag schnellstens auszuführen. Ein anderes Kind wurde zu den Bewohnern des Bezirks gesandt, um sie aufzufordern, die übrigen Nahrungsmittel sofort zu Kanwaketa zu tragen.

Der Knabe, der nach der Ziege geschickt worden war, kam schon bald wieder zurück. Auf den Schultern trug er ein großes, fettes Tier mit einem aschgrauen Fell. Er setzte es unmittelbar vor seinem Vater ab, worauf dieser Kanwaketa aufforderte: „Trage diese Ziege schleunigst zu deinem Gehöft und schlachte sie. Weitere Nahrungsmittel suchen wir noch zusammen. Ich selbst werde mit den beiden gefangenen Vögeln gegen Abend zu dir kommen. Grüß mir inzwischen unseren Doktor!" Kanwaketa erwiderte: „Na'am, Jumbe!" Er lud sich die Ziege auf die Schultern und ging davon.

Als er auf seinem Gehöft ankam und die Ziege abgesetzt hatte, ging ein starker Ziegengeruch von ihm aus, weil sie ihn unterwegs bepinkelt hatte. Er band das Tier mitten im Hof an einem omurumba-Baum fest und tat den anderen durch lautes Rufen seine Rückkehr kund. Darauf begab er sich zu Kahwerera und lud ihn ein: „Nimm diese Speise entgegen, die dir der Jumbe überreichen läßt. Er hat mich beauftragt, dich an seiner Stelle willkommen zu heißen. Er selbst wird erst am Abend kommen und dabei etwas mitbringen, was deine Vogel-Medizin ergänzt." Kahwerera antwortete: „Vielen Dank, es ist sehr freundlich von ihm, mir dieses Geschenk zu machen."

Nun sollte die Ziege geschlachtet werden. Die beiden Gehilfen baten den Doktor daher um seine Buschmesser: „Meister, gib uns deine Panga! Wir wollen die Ziege rücklings aufs Gras legen und sie damit töten."

Als sie die Ziege abgehäutet hatten, riefen sie Kahwerera herbei: „Meister, wir sind fertig!" Er wies sie an: „Trennt zuerst dieses Vorderbein und dieses Hinterbein ab, danach das andere Vorderbein. Brecht den Bauch der Ziege auf, damit wir sehen können, wie fett sie ist." Die Gehilfen führten aus, was ihnen ihr Herr aufgetragen hatte. Und beim Ausweiden des Bauchraumes sahen sie zu ihrem großen Erstaunen, daß die Bauchlappen aus schierem Fett bestanden. Sie entfernten den Inhalt aus den Eingeweiden und aßen den Wiederkäuermagen roh, mit etwas Galle vermischt. Danach nahm der Vogeldoktor ein Vorderbein in die Hand und gab es Myombekere mit den Worten: „Warte, sie sollen dir noch etwas Bauchfleisch dazugeben, damit es nicht so aussieht, als ob du ein Wildschwein davonträgest! Laß es dir von deiner Frau kochen!" Myombekere bedankte sich und verabschiedete sich von den Anwesenden: „Auf ein gesundes Wiedersehen!" Worauf die Leute antworteten: „Na'am – So sei es!"

Myombekere schritt zunächst kräftig aus, wobei er das Fleisch an der Hand herabbaumeln ließ. Dann wurde sein Gang aber langsamer, und er taumelte von einer Seite auf die andere, weil er das Fleisch in Augenhöhe hielt und es beim Gehen ständig betrachtete.

Daheim angekommen rief er nach Bugonoka: „Komm, empfange unsere Gäste!" Sie kam mit dem gemessenen Gang einer Schwangeren nach draußen, konnte jedoch außer ihrem Mann keinen Menschen erblicken. Darum fragte sie: „Wo ist denn der Gast, dem ich die Lasten abnehmen soll?" Er darauf: „Siehst du nicht, daß ich es bin, der hier etwas trägt?" Da erst entdeckte sie das Fleisch und rief mit freudiger Stimme: „Kumbe, wahrhaftig du bist der Gast! Wer hat dir dieses Geschenk gemacht?" Er antwortete: „Ich habe es im Gehöft achtbarer Leute erhalten. Also unser Jumbe hat es zuvor dem Vogeldoktor, den wir abholen sollten, geschenkt, und der hat es an mich weitergegeben. Der Jumbe hat nämlich angeordnet, daß der Doktor im Gehöft Kanwaketas wohnt. Jetzt ist er dort. Ich weiß nicht, wie lange er bleiben wird. Der Jumbe hat uns allen aufgetragen, Nahrungsmittel beizusteuern." Bugonoka erwiderte: „Ja, das Kind des Jumben war vorhin schon hier und bat mich, ich solle Nahrungsmittel zum Unterhalt des Vogeldoktors ins Gehöft Kanwaketas bringen. Als es schon wieder im Weggehen war, habe ich es noch gefragt, welche Nahrungsmittel erwünscht seien. Wegen des starken Windes habe ich aber seine Antwort nicht verstanden. Ich weiß darum nicht, was es gesagt hat. Das heißt, ich weiß es nicht genau." Dann entschloß sie sich für Hirsemehl und trug es zu Kanwaketa.

Im Nachbargehöft traf Bugonoka auf viele andere Frauen. Sie hatten Mehl im Überfluß gebracht, auch Kartoffeln, Bananen und viele Lasten ungemahlener Hirse. Da Bugonoka den Vogeldoktor nicht sah, fragte sie Kanwaketas Frau: „Freundin, wo ist denn der Vogeldoktor?" – Diese antwortete: „Er ist zusammen mit seinen beiden Gehilfen und Kanwaketa fortgegangen. Ich weiß wirklich nicht, wohin. Vielleicht sind sie bei Lumezya? Es heißt, daß es dort Bier gebe." Bugonoka sagte darauf: „So wird es wohl sein. Bestimmt sind sie dorthin gegangen, denn Männer sind immer auf der Suche nach Bier. Es wird also wohl so sein. Aber, Mama, laß mich jetzt das Fleisch für meinen Mann kochen, damit es rechtzeitig gar wird. Bibi, sollte es beim Auftischen noch zäh sein, möchte ich nicht von Myombekere deswegen geschlagen werden! Ich finde es schade, daß dieser Mann, der Vogeldoktor, weggegangen ist. Ich hätte ihn zu gern einmal mit eigenen Augen gesehen. Andere, die nicht deine Nachbarn sind, haben ihn hier schon vor mir sehen können. Das tut mir ein bißchen leid, Mama!"

Als Bugonoka sich erheben wollte, hörte man sie aufschreien: „Oh Schreck, mein Bein!" Sie sank wieder zurück auf den Boden und blieb sitzen. Die anderen Frauen brachen in Gelächter aus und fragten sie, wo das Bein sie schmerzte. Sie erklärte ihnen: „Hier im Hüftgelenk sticht es ganz ungeheuerlich." – „Seit wann hast du denn diese Schmerzen?" fragten ihre Gefährtinnen. „Doch sicher schon seit einiger Zeit, oder?" Bugonoka verneinte: „Als ich gerade aufstehen wollte, habe ich diesen stechenden Schmerz im Hüftgelenk zum ersten Mal verspürt. Oh weh! Hätte ich etwas getragen, wäre ich umgefallen." Den anderen blieb bei diesen Worten das Lachen im Halse stecken. Die alte Nanzala, Kanwaketas Mutter, sagte zu ihnen: „Ihr Lacherinnen, denkt ihr vielleicht, daß sie lügt oder sich absichtlich hat fallen lassen?" Die anderen versicherten der Alten: „Nein, das ist nicht so! Wir haben bloß gedacht, die Schmerzen kämen von einer verrenkten Sehne. Wir lachen Bugonoka keinesfalls aus, weil wir annehmen, daß sie sich verstellen könnte. Warum sollte sich eine gesunde Frau auch so verstellen?" Darauf erklärte ihnen die alte Nanzala, was mit Bugonoka los war: „Bugonoka ist von der Krankheit der Schwangeren, die ‚itango' genannt wird, befallen worden. Diese Krankheit macht sich durch plötzlich stechende Schmerzen bemerkbar. Es tut sehr weh. Wenn eine Schwangere beim ersten Auftreten der Krankheit gerade einen Wasserkrug auf dem Kopf trägt, wird sie sich verrenken und auf der Stelle umfallen, so daß der Armen der Wasserkrug zerbricht. Der Schmerz ist so stark, daß sie niemals vergessen wird, wie sie von der itango-Krankheit befallen wurde."

Als die Nachbarinnen noch mit Bugonokas Schmerzen befaßt waren, sahen sie Kahwerera und seine Gehilfen näherkommen. Die Frauen verständigten sich mit den Augen und machten einander tuschelnd auf die Männer aufmerksam: „Seht, da kommt Kahwerera, der Vogeldoktor! Hei, das ist ein Mann! Er steht den berühmtesten Männern in nichts nach." Die alte Nanzala ergänzte: „Bei der Behandlung der Vogelplage macht er nicht nur Hokuspokus mit einem Stab. Werft euren Kindern nicht vor, daß sie euch bepinkeln, wenn sie noch klein sind. Ihr Urin ist schließlich Medizin, die sie vom Vater und Großvater her ererbt haben. Man kann sie nicht kaufen. Ich kannte den Vater des Vogeldoktors zu seinen Lebzeiten sehr gut. Er hieß Mbali und dessen Vater, der damals auch noch lebte, hieß Kazoka. Mbali und ich pflegten miteinander zu spielen. Ich hatte zu jener Zeit meine erste Regel, war aber noch nicht verheiratet. Er heiratete dann die Mutter jenes

Vogeldoktors, der damals noch lange nicht geboren war. Wenn ihr mich anschaut, so wie ich jetzt aussehe, brauche ich mich vor ihm nicht im Gehölz zu verstecken, keinesfalls, denn schließlich hat er damals als erstes um meine Hand angehalten. Ich hatte sogar schon mein Einverständnis gegeben. Kahwereras Vater war ein sehr hübscher Mann von hoher, aufrechter Gestalt und mit starken Gliedmaßen. Damals gab es noch keine kleinwüchsigen Menschen unter uns. Wer ihn anschaute, war beeindruckt. Mbali, wahrhaftig ein ganzer Mann!" An dieser Stelle unterbrach Kanwaketas Frau ihre Schwiegermutter und fragte: „Warum hat er dich am Ende dann doch nicht geheiratet?" Die Alte erklärte: „Damals wurde ich gerade von einem Kind zu einem jungen Mädchen und erhielt meinen heutigen Namen Nanzala. Viele Männer begehrten mich, und ich selbst liebte viele Männer, ohne einen in Ruhe und Gelassenheit auszuwählen. Dein Schwiegervater, der Vater Kanwaketas, sah mich beim Spielen und gab mir viele süße Worte, um mich zu verwirren. Ich ging von Herzen darauf ein. Da raubte er mich schließlich, das heißt, er nahm mich ohne Zustimmung meiner Eltern und brachte mich zu den Brüdern seines Vaters. Dort wohnten wir zwei Monate zusammen, während unsere Familien miteinander stritten. Seine Eltern unternahmen in dieser Zeit allein vier Reisen zu meiner Familie, um deren Verzeihung zu erbitten. Bei der fünften Reise trug man ihnen schließlich auf, als Buße zwölf Krüge voll Bier und einen zusätzlichen Krug mit Bier als Zukost für meine Mutter herbeizuschaffen. Außerdem forderte man die Schwiegereltern auf, ihren Sohn vorbeizuschicken. Dies mit den Worten: ‚Wir lieben eure Geschenke nicht, weil ihr die Ehre unseres Kindes verletzt habt. Sagt jenem Schwiegersohn, der unsere Tochter geraubt hat, er soll mit seiner Frau zu uns kommen, damit auch wir ihn kennenlernen. Geschieht dies nicht, werden wir uns vielleicht mit ihm prügeln, wenn wir ihm einmal begegnen sollten.' Ich dachte über meine Lage nach und kam zu der Überzeugung, jener Mann sollte mit mir zu meinen Eltern gehen, zumal ich vor einem Monat in meinem Versteck schwanger geworden war. Ich dachte bei mir, wenn ich meinen ersten Sohn ohne Zustimmung der Eltern zur Welt bringe, wird er von der Schlange gebissen werden und ein Krüppel bleiben, solange er lebt. Und sein Los wird sein, die Rinder zur Tränke zu führen und auf sie aufzupassen. Kumbe, in unserer Familie sieht man eine solche Tat nicht als strafwürdiges Vergehen an. Schließlich war ich auch noch nie geschlagen worden. So kam es, daß ich meinen Vater zu seinem Schwiegersohn sprechen hörte: ‚Ihr habt jetzt zwar aufgehört, nur für euch selbst zu leben, aber trennen können wir euch auch nicht mehr. Was sollen wir also tun? Was für uns bleibt, sind Essen und Trinken. Darum mach dich auf und bring uns so viel Bier, bis unser Durst gestillt ist. Damit jedoch deine Frau uns, ihren Eltern, in Zukunft Gehorsam erweist und keinen weiteren Schaden zufügt, bleibt sie solange in unserer Obhut, bis du uns das Bier gebracht hast. Wahulira – verstanden?' Ich sah, wie erleichtert mein Mann auf einmal war, und hörte ihn sagen: ‚Meine Eltern und ihr alle, meine Schwäger, bitte verzeiht mir! Laßt mich mit eurer Hilfe einen Hausstand gründen und mich vermehren wie andere Leute auch!' Basi, das ist das Ende der Geschichte. Er brachte das verlangte Bier, und sie vermählten mich mit ihm."

Als die alte Nanzala ihre Erzählung beendet hatte, fragte sie: „Ei, ihr Kinder, seht ihr jenen Falken dort? Kälte und Wind machen ihm zu schaffen. Ihr vermutet, daß es allen seinen Gefährten so geht. Genauso schließt ihr aus der Tatsache, daß ich Zahnlücken habe, ich hätte seit meiner Geburt noch nie Hirse auf meinem Rücken geschleppt." Da brachen die jungen Frauen in lautes Gelächter aus und gingen auseinander. Bugonoka strengte sich an. Schließlich gelang es ihr aufzustehen. Aber der stechende Schmerz in ihrem Hüftgelenk war immer noch da: „Oh weh, Mama, welche Schmerzen in meinem Bein!" Sie humpelte in den Hof und begrüßte alle Männer, denen sie seit Tagesanbruch noch nicht begegnet war.

Kanwaketa, der Freund ihres Mannes, neckte sie: „Du stellst dich aber an mit deinem Bein. Wenn du auf das Gerede der anderen Frauen hörst, mußt du wohl an Rheumatismus leiden. Aber vielleicht ist dir das Bein nur eingeschlafen?" Bugonoka erwiderte: „Freund meines Mannes, hör auf mit dem Gerede! Vielleicht hast du mir die Schmerzen angehext? Immerhin bin ich in deinem Haus erstmals davon befallen worden. Jetzt unterstellst du mir noch, das Bein sei nur eingeschlafen! Also auf Wiedersehen, ihr Leute. Ich wünsche euch mit euren Gästen eine gute Nacht!" Kanwaketa und die übrigen antworteten ihr: „Ja, kehr gut heim und schlaf gut!" Bugonoka bestätigte: „Ewala! – So sei es!" Bevor sie jedoch endgültig ging, wurde sie von Kanwaketa noch gefragt: „Ist dein Mann zu Hause oder ist er vielleicht ausgegangen?" Sie antwortete: „Nun seht diesen Schlaumeier, er fragt tatsächlich, wohin mein Mann wohl gegangen ist! Zum Verscheuchen der Vögel natürlich! Er kommt sicher bald zurück. Möchtest du ihn sehen?" – „Ja!" erwiderte Kanwaketa. „Wenn er nach Hause kommt, soll er sich zu uns gesellen!" – „Gut!" sagte Bugonoka und fuhr fort: „Ich vermute, du hast Bier, Kanwaketa. Zeigst du mir etwas davon, bevor ich euch verlasse?" Der Nachbar erwiderte: „Du machst dich über mich nur lustig, Bibi. Wo soll ich das Bier hernehmen? Hätte ich welches, würde ich dann nicht meine Gäste damit erfreuen?" Bugonoka blieb hartnäckig: „Was weiß ich, wie und wann du es herausgibst. Sind dies hier nicht Bananenschäfte?" Kanwaketa verteidigte sich: „Aber es sind doch keine Bananen da. Sollte ich aus den Blättern und Stämmen Bier brauen?" Bugonoka antwortete: „Schon gut! Ich lasse dich besser in Ruhe. Du, Bwana, hast Worte voll süßer Bitternis. Wenn ich dich weiterreden lasse, wird die Sonne noch untergehen, ehe ich zu Hause bin." Und eilig humpelte sie davon.

In dem Augenblick, als sie ihr Gehöft erreichte, traf auch Myombekere zu Hause ein und bemerkte: „Heute haben die Vögel aber ausgiebig von der Hirse gefressen, loo! Die Kinder waren den ganzen Tag eifrig dabei, mit ihren Schleudern Steine auf die Vögel zu schießen. Die Vögel haben aber überhaupt nicht darauf geachtet. Selbst wenn man an den Hirsestengeln rüttelte, ließen sie sich nicht aufscheuchen. Es war alles umsonst. Nichts konnte sie schrecken."

Bugonoka erzählte ihm, was ihr zugestoßen war. Sie sagte ihm, daß die Frauen des Nachbarn meinten, sie sei von der sogenannten itango-Krankheit befallen worden. Außerdem richtete sie ihm die Botschaft Kanwaketas aus.

Myombekere ging darauf ins Gehöft des Nachbarn. Er fand den Vogeldoktor bei seinen Gehilfen sitzen, während Kanwaketa vor dem Haus Brennholz zerkleinerte. Nach einer Weile fand sich auch der Jumbe ein. Er kam mit seinem Sohn und mit seinem Gehilfen Mafwele. Letzterer trug einen Krug mit Bier. Als Kanwaketa sie gewahr wurde, legte er seine Axt beiseite und ging ihnen entgegen, um ihnen die Dinge, die sie bei sich hatten, abzunehmen und ins Gehöft zu tragen. Nach der Begrüßung ergriff der Jumbe das Wort: „Jetzt, da wir die Hilfsmittel für unseren Doktor beisammen haben, ist unser Arbeitsanteil erbracht." Der Vogeldoktor meinte dazu: „Von jetzt ab braucht ihr nicht mehr zu befürchten, daß die Vögel eure Hirseernte vernichten. Vergeßt eure Angst. Morgen, wenn ihr aufsteht, könnt ihr euch davon überzeugen, daß eure Befürchtungen unbegründet sind." Der Jumbe wurde sehr froh und erwiderte: „Das sind Worte, die uns Hoffnung geben, Doktor Kahwerera. Möge der Geist Manani mit dir sein, daß es dir gelinge, diese Plage von uns zu nehmen. Das ist alles, was wir uns wünschen." Der Vogeldoktor sagte: „Jumbe, achte darauf, daß morgen keiner deiner Leute auf dem Feld arbeitet. Sonst können sie meinen Vogelzauber zerstören. Sie sollen drei Tage lang nicht auf den Feldern arbeiten. Also ich zähle es dir nochmal genau vor: Morgen, übermorgen und am Tag danach sollen sie keine Feldarbeit verrichten. Wenn sie am vierten Tag unbedingt arbeiten wollen, laß sie ackern, denn dieser Tag ist nicht mehr verboten. Ich werde dann auf mein Gehöft zurückkehren. Sag deinen Leuten außerdem, keiner soll morgen auf die Hirsefelder gehen oder auf die Beobachtungssitze in den Feldern steigen und Vögel verscheuchen. Das ist ganz und gar verboten. Auch das Verscheuchen der Vögel kann unseren Vogelzauber zerstören. Aber vielleicht hast du diese Anweisungen schon gegeben?" Der Jumbe bestätigte dies: „Ich habe gestern bereits meine Boten überall im Bezirk herumgeschickt und die Leute darüber unterrichten lassen, wie die Vogelplage behandelt wird. Es könnte ja sein, daß nicht alle die Anweisungen befolgen. Deswegen bin ich selbst herumgegangen und habe es den Leuten eingeschärft."

Nach dieser Unterhaltung forderte der Jumbe Kanwaketa auf, das mitgebrachte Bier herbeizuholen. Darauf lud er Kahwerera ein: „Unser Vogeldoktor, nimm diesen Krug mit Bier entgegen und leere ihn mit deinen Gehilfen! Eine Redewendung besagt: ‚Wer keinen kranken Hintern hat, soll ruhig nackt mit seinen Gefährten im See baden gehen.' Das Bier ist zwar nicht besonders gut, aber es ist immer noch besser als gar keins. Auch dieses Bier wandert durch den Körper. Wer es trinkt, wird gewiß seine Wirkung verspüren. Mein Freund, meiner Erfahrung nach muß man das Bier an den Lippen schmecken, um zu beurteilen, ob es gut oder schlecht ist." Der Vogeldoktor erwiderte:

„Danke sehr, mein Wohltäter, hoch angesehener Jumbe! Was freigiebig aus den Händen des Wohltäters kommt, kann niemals schlecht sein." Sie tranken gemeinsam das Bier aus. Und auch der Jumbe nahm das Nachtmahl im Gehöft Kanwaketas ein.

Nach dem Essen brach der Jumbe zu sich nach Hause auf. Beim Gehen schwankte er leicht. An die Worte des Vogeldoktors konnte er sich jedoch noch ganz klar erinnern. Darum kehrte er auf dem Nachhauseweg kurz bei seinem Ratgeber ein, um ihm zu sagen, er solle sich frühzeitig bei Tagesanbruch mit dem zweiten Ratgeber zum Gehöft Kanwaketas begeben. Der Vogeldoktor brauche ihre Hilfe, um allen Leuten, die man bei der Feldarbeit anträfe, die Hacken wegzunehmen. Außerdem wollte der Jumbe mit ihm darüber sprechen, daß weder der Vogeldoktor noch seine Gehilfen ein Wort darüber verloren hatten, wann sie mit der eigentlichen Behandlung gegen die Vogelplage beginnen würden.

In der Tat hatte der Vogeldoktor nichts gesagt, denn jedwede magische Behandlung ist geheim. Alle, die damit zu tun haben, bewahren Stillschweigen, bis ihre Aufgabe erfüllt ist. In diesem Lande gibt es ein Sprichwort, das lautet: ‚Ihr habt in diesem Hause geschwiegen wie der Träger eines Wildschwein- oder Vogeltabus.'

Als es tagte, begrüßte der Herr über die Vögel den frühen Morgen und begann, die vor ihm liegenden Aufgaben einzuteilen. Als die beiden Ratgeber des Jumben im Gehöft Kanwaketas eintrafen, hatte die Sonne noch nicht den Stand erreicht, wo ihre Strahlen zu wärmen beginnen. Die Gehilfen des Vogeldoktors brachten in einer der mitgebrachten Tonbscherben glühende Kohlen herbei und reichten sie Kahwerera. Er legte Kräutermedizin darauf und begann, sich heftig hin- und herzubewegen, den Rücken gegen das Gehöft gerichtet. Dazu sprach er: „Sonne, Manani, ich strecke dir diese Zaubermedizin entgegen, damit du mir wohlgesonnen seist. Behandle mich wie stets, wenn ich die Feinde, die Zerstörer, überall mit dem Stock schlage! Gib mir Erfolg, sie zu bannen, ee, hee! Verschone uns davor, daß irgendjemand Feldarbeit verrichtet oder auf andere Weise meinen Zauber behindert! Diese Medizin gehört unserer Familie seit den Zeiten meines Großvaters Kazoka und meines Vaters Mbali. Die Ahnen mögen heute vor ihrem Abkömmling Kahwerera hergehen, damit es ihm gelingt, eine

Schar von Falken um sich zu versammeln, mit deren Hilfe er den Kampf gegen die Schädlinge schnell beenden wird!"

Nach diesem Ritual nahm er die zwei gefangenen Vögel und ließ sie beide von der Medizin trinken. Darauf begab er sich mit seinen Gehilfen auf die Hirsefelder. Sie mußten ihre ganze Kraft aufwenden, um die Scherben mit der Vogel-Medizin auf dem Kopf tragen zu können. Während sie tätig waren, blieben sie völlig stumm. Auch der Doktor sagte kein Wort. Sie verständigten sich untereinander allein mit Gesten und Augenzwinkern. Die Hitze der Medizin drang durch die Tonscherben und wärmte die Köpfe der Träger wie ein Ofen, Mensch ee, basi!

Als sie ein Hirsefeld beräuchert hatten, blies der Doktor den gefangenen Vögeln etwas in den Schnabel, das er bis dahin in seinem Munde aufbewahrt hatte, und ließ sie frei. Dann warf er etwas von der Medizin in die Höhe, um Falken-Schwärme anzulocken. Die Zeit war inzwischen weiter fortgeschritten, und die Sonne sandte bereits wärmende Strahlen aus. Da erblickten auf einmal alle, die die Zauberbehandlung bei ihren Feldern verfolgten, zu ihrer großen Verwunderung am Himmel große Schwärme von Falken. Ihre Zahl übertraf bei weitem die der Beobachter in den Feldern. Mit ihrer Hilfe fing der Doktor alle Vögel, die Hirse fraßen. Die Vögel machten dabei ein gewaltiges Geschrei.

Der Bezirk des Jumben war recht groß. Kahwerera durchstreifte ihn trotzdem nach allen Richtungen. Als er damit fertig war, hatten die Falken noch nicht alle Hirsefresser getötet.

Nun, es gibt immer Menschen, die die Befehle der Obrigkeit mißachten und trotz des Verbots dennoch Feldarbeiten verrichten. Ihnen nahmen die Ratgeber des Jumben selbstverständlich die Hacken fort. Unter ihnen war sogar die Frau von Mafwele, des Mannes, der tagszuvor mit dem Jumben ausgezogen war, um den Vogeldoktor zu begrüßen. Er hatte auf seinem Kopf den Krug mit Bier getragen, den der Jumbe dem Vogeldoktor im Gehöft Kanwaketas als Geschenk überreicht hatte. Das war in der Tat höchst verwunderlich.

Nach seiner Arbeit suchte der Vogeldoktor im Gehölz einen geeigneten Platz, um sich der nicht gebrauchten Medizinkräuter zu entledigen. Danach kehrten er und seine Gehilfen, mit vielen Hacken beladen, ins Gehöft Kanwaketas zurück. Sie hatten diese Hacken den Leuten, die trotz des Verbots bei der Feldarbeit angetroffen worden waren, weggenommen. Der Vogeldoktor fragte die Ratgeber des Jumben: „Habt ihr mich bei der Arbeit beobachtet?" Sie begannen, ihn zu preisen: „Es steht außer Frage, daß du ein fähiger Mann bist. Die Leute sagen immer, daß es Vogeldoktoren gebe, die zur Behandlung der Plage nicht in die Gehöfte kommen. Sie machen nur Hokuspokus und sind keine echten Fachleute wie du. Was wir heute mit unseren eigenen Augen gesehen haben, ei, das werden wir nie vergessen!"

Im Gehöft trafen sie den Jumben. Er kam gerade vom See, das Netz voll mit Fischen, um dem Vogeldoktor davon ein Geschenk zu machen. Sie begrüßten den Jumben und übergaben ihm dann die beschlagnahmten Hacken. Auch die Leute, denen man die Hacken weggenommen hatte, fanden sich ein. Fünf von ihnen brachten Ziegenböcke mit, um ihre Hacken auszulösen. Einige hatten sogar neue Hacken als Tauschangebot dabei. Es gab aber auch einige, die ihre Hacken nicht auslösten. Ihr Ackergerät blieb als beschlagnahmtes Gut im Gehöft Kanwaketas zurück, wo es später verrottete. Einige Hacken wurden dem Vogeldoktor zum Geschenk gemacht. Er nahm sie mit nach Hause.

Am nächsten Tag wiederholte Kahwerera seine Behandlung. Dasselbe auch am dritten Tag. Erst dann hörte er auf. Die Leute kamen in Scharen zu ihm, lüfteten ihre Hüte und sprachen: „Dieser Mann ist wahrhaftig ein Vogeldoktor. Er ist überaus verläßlich. Es gibt keinen zweiten wie ihn." Die Vögel blieben hinfort den Hirsefelder fern. Da priesen die Leute den Vogeldoktor noch mehr: „Kahwerera bin Mbali hat die Vögel tatsächlich bezwungen. Er hat sie mit seinem Stab geschlagen."

Als die Hirse reif war und geerntet werden konnte, ordnete der Jumbe an, daß ohne Ausnahme jeder Bauer einen Scheffel Hirsekorn für den Vogeldoktor bei ihm abliefern sollte. Und nach einiger Zeit erschien Kahwerera beim Jumben, um die ihm zugedachte Hirse abzuholen. Er fand, daß man für ihn einen großen Speicherkorb voll Korn bereit hielt. Davon füllte er dem Jumben einen Anteil in einem Tragekorb ab. Den beiden Ratgebern des Jumben übergab er gemeinsam einen weiteren Tragekorb mit Hirsekorn, den sie später untereinander aufteilten. Die übrige Hirse nahmen er und seine Gehilfen mit nach Hause.

KAPITEL 18

Bugonoka wird krank

Im Februar war Bugonoka schon sieben Monate schwanger. Das ungeborene Leben in ihr wuchs stetig heran und füllte schließlich ihren ganzen Leib aus, so daß sie wie ein nalutundubwi-Käfer aussah. Dabei war ihre früher auffällige Wohlgenährtheit verschwunden. Im siebten Monat begann das ungeborene Kind sich heftig zu regen. Wenn man in Bugonokas Nähe war, sah es manchmal so aus, als ob jemand in ihrem Bauch die Faust ballte.

Zu jener Zeit wurde Bugonoka von einer Krankheit im Rücken befallen, die ihr sehr zu schaffen machte. Ihre Nachbarn meinten, sie stünde wohl kurz vor der Geburt, weil bereits viele Monate seit der Empfängnis verstrichen seien. Die Leute auf dem Lande pflegen sich nun mal mehr um die Angelegenheiten anderer als um die eigenen zu kümmern. Bugonokas Altersgefährtinnen, die genauso wenig von der Sache verstanden wie jeder durchschnittliche Mensch sonst auch, gaben ihr den Rat, da doch die Geburt noch in diesem Monat zu erwarten sei, solle sie sich mit denjenigen in Verbindung setzen, die sich dabei auskennen würden und das schon mal erlebt hätten. Bugonoka wollte aber nichts davon wissen, worauf ihre Gefährtinnen sie nur noch mehr bedrängten: „Sei nicht ängstlich, weil du bisher Pech mit deinen Geburten hattest! Ziehe einen Fachkundigen zu Rate!"

Beinahe hätte sie ja auch etwas unternommen. Hätten die Rückenschmerzen nur mal länger als drei Tage hintereinander angedauert, mein Gott, dann hätte ihr Mann bestimmt ihre Mutter herbeigerufen. Weil sie aber bisher immer nur zwei Tage lang von den Schmerzen geplagt wurde, unternahm Myombekere auf ihr Geheiß hin nichts. Da sie noch nie ein lebendes Kind zur Welt gebracht hatte, lebte auch er ständig in großer Angst. Wenn es soweit wäre, wollte er neben seiner Schwiegermutter auch den Heiler Kibuguma um Hilfe bitten.

Nach einiger Zeit ließen die Rückenschmerzen aber nach, und Bugonoka fühlte sich wieder wie früher. Sie spürte nun, wie sich das Kind in ihrem Leib immer kraftvoller regte. Wenn sie und ihr Mann im Bett nebeneinander lagen und er seine Hand auf ihren Bauch legte, konnte auch er das Leben darin ertasten.

Als der erste März-Mond erschien, wurde er von den Leuten mit Hörnerklang begrüßt. Es begann der achte Monat, seit Bugonoka schwanger geworden war. Sie und ihr Mann waren voller Zuversicht, daß die Schwangerschaft beim nächsten Neumond acht ganze Monate alt sein werde. „Wir werden es schon erleben, wie Gott in seiner Liebe alles Weitere bestimmt hat. Ist er uns gnädig, werden wir es erfahren. Ist er es nicht, werden wir es auch zu spüren bekommen. Im letzteren Fall können wir davon ausgehen, daß wir vom Bösen verfolgt sind und in Zukunft keine Hoffnung mehr zu haben brauchen, wie andere Menschen zu leben und wenigstens ein einziges Kind zu haben. Wir werden dann wohl mit einem Fluch belegt sein."

Im achten Monat spürte Myombekeres Frau das Kind in ihrem unförmig aufgeblähten Bauch immer häufiger. Sie hatte einen Gang, als ob sie jederzeit damit rechne, hinterrücks umzufallen. Wenn sie auf der Seite lag, konnte ihr Mann mitunter beobachten, wie sich etwas in ihrem Bauch von innen hochreckte und dann plötzlich wieder in sich zusammenfiel.

Als der achte Monat erst wenige Tage alt war, erkrankte Bugonoka erneut. Ihr Mann fragte sich im stillen, was er jetzt wohl tun solle. Er fürchtete, daß die Krankheit der Schwangerschaft schädlich sei. Selbst wenn sie seiner Frau auch nicht den Tod brächte, so werde es sicher wieder zu einer Fehlgeburt kommen. Und er fragte sich weiter, was das wohl für Krankheiten seien, die seine Frau immer wieder befielen. Auch Bugonoka bekam Angst, als die Schmerzen in ihrem Bauch immer heftiger wurden. Schließlich sagte sie zu ihm: „Myombekere, mein Mann, ich fühle mich so schlecht." Er fragte: „Was ist mit dir los?" – „Mir tut der Bauch so weh", klagte sie, worauf er ratlos antwortete: „Warte einen Augenblick. Ich muß erst mal Wasser lassen, dann komme ich und höre dir ganz genau zu. Solche Gespräche machen mich immer ganz fertig."

Nachdem sie sich ausführlich besprochen hatten, verließ er eilig das Gehöft und kam schon kurz darauf mit der alten Nanzala, der Mutter

Kanwaketas, zurück. Die Alte kannte sich gut mit Heilpflanzen aus und konnte auch Geburtshilfe leisten. Ihre Heilkunst wurde von vielen in der Gegend in Anspruch genommen. Auch wenn mal die Nachgeburt stecken blieb, wurde Nanzala zu Hilfe gerufen. Und unter ihrer Anleitung ging diese dann meist ohne Schwierigkeiten ab.

Nanzala untersuchte Bugonoka sorgfältig. Sie betastete ihren Rükken und ihre Nieren. Dann legte sie ihre Handflächen auf Bugonokas Bauch und fragte die Umstehenden: „Worauf deuten diese Schmerzen eurer Ansicht nach hin?" Sie erhielt zur Antwort: „Wir wissen es nicht. Es ist wohl irgendeine Krankheit. Vielleicht steht auch die Geburt bevor. Bibi Nanzala, es ist schwer, etwas zu bewerten, das man nicht versteht." Die alte Nanzala antwortete: „Ich habe gar keine Krankheit festgestellt, und ihr redet von Krankheit. Es handelt sich nur um Schwangerschaftsbeschwerden, die man ‚obunoni' nennt. Auch steht die Geburt keinesfalls bald bevor. Bugonoka ist erst im achten Monat schwanger. Habt also keine Angst, meine Kinder!" Dann gingen alle vor das Haus und unterhielten sich noch etwas mit der Mutter Kanwaketas. Schließlich verabschiedete die Alte sich und kehrte nach Hause zurück.

Am Abend kam Nanzala nochmals vorbei. Diesmal wurde sie von ihrem Sohn Kanwaketa begleitet. Als Myombekere mittags zum Nachbargehöft gekommen war, um Nanzala um Hilfe zu bitten, war Kanwaketa selbst nicht zu Hause gewesen. Die Leute sitzen nun mal tagsüber nicht ohne Beschäftigung in ihren Gehöften herum, sondern sind draußen auf den Feldern tätig.

Nanzala tastete Bugonoka wie beim ersten Mal ab und fragte sie: „Wie geht es deinem Bauch jetzt?" Bugonoka antwortete ihr, daß sie nur hin und wieder spüre, wie sich etwas darin bewege. Nanzala sprach ihr Mut zu: „Hab nur Geduld. Wir werden morgen wissen, wie es aussieht."

Als Nanzala am folgenden Tag in Begleitung ihres Sohns nach Bugonoka sah, konnte sie feststellen, daß sich die Beschwerden erheblich gebessert hatten. Sie sagte dazu: „Unsere Vorfahren verglichen die Schwangerschaft immer mit einem Kleidungsstück, das man trägt. In der Tat gibt es einen deutlichen Unterschied zwischen einer Schwangeren und einer Nichtschwangeren. Die eine macht alles langsam, und die andere ist flink bei der Arbeit, weil sie keine Last mit sich herumträgt. Habt ihr das begriffen? Bugonoka ist nicht krank. Sie hat nur die obunoni-Beschwerden, die wie eine Krankheit erscheinen. Das ist alles. Ehe wir uns bis zum Abend verabschieden, frage ich euch, ob euch sonst etwas fehlt." Myombekere gab ihr zur Antwort: „Ach, mein Gott, außer einer gewissen Unruhe gibt es eigentlich nichts zu beklagen. Ich fühle mich so wie die Frau, die ihr Einsamkeitsgefühl in die Worte kleidete: ‚Die Henne eines Armen legt keine Eier.‘" Bugonoka pflichtete ihm bei: „Das stimmt. Als er mich neulich einmal im Haus heftig husten hörte, fragte er gleich ganz ängstlich: ‚Geht es dir wieder sehr schlecht, meine Frau? Laß mich die Schwiegermutter rufen. Die darf nicht untätig bleiben, wenn ihre Tochter so unter der Schwangerschaft leidet.‘ Ich hielt ihn davon zurück und erklärte, daß ich nur mal gehustet habe. Er suchte schon nach seinem Speer, um noch in der Nacht loszugehen und Hilfe zu holen. Vielleicht dachte er auch, ich hätte seine ängstliche Frage gar nicht gehört." Darauf mußten alle lachen, und Nanzala sagte: „Ja, so ist es nun mal, mein Kind. Als wir noch jung waren, sagten die Alten uns immer: ‚Der größte Fisch gebührt dem Eigentümer der Fischreuse.‘" Myombekere bestätigte ihr: „Wirklich, Mama, Ihr findet stets die rechten Worte. Die Leute hier verwirren ihre Mitmenschen nur, wenn sie ihnen sagen: ‚Die Pythonschlange erbricht an derselben Stelle, an der sie etwas verschlungen hat.‘ Als ich über diesen Spruch nachdachte, glaubte ich, meine Furcht vor einer Nachtwanderung überwinden zu müssen, um meine Schwiegereltern von der schweren Erkrankung ihrer Tochter zu benachrichtigen. Ich dachte mir, wenn sie in Todesgefahr ist und ich habe sie nicht benachrichtigt, werden sie mir dann nicht später Vorwürfe machen? Wie wirst du ihre Trauer und ihre Wut beschwichtigen, wenn sie erfahren, daß ihr Kind tot ist? Also, so sagte ich mir, du willst hernach nicht dumm dastehen und ihnen ratlos die offenen Handflächen hinhalten."

Am Abend schaute Nanzala nochmals nach den beiden und fand sie diesmal in guter Verfassung. Myombekere beruhigte sich allmählich und war nun auch der Meinung, daß es besser sei, seine Ängste zu überwinden und sich so zu verhalten wie die anderen. Als er sah, daß es Bugonoka wieder besser ging und sie wie gewohnt ihrer Arbeit nachging, vergaß er die ganze Angelegenheit sogar.

Nachdem die Schwangerschaft wieder einen normalen Verlauf nahm, besprachen Bugonoka und Myombekere abends nach dem Nachtessen im Bett, daß sie die vergangenen Schwierigkeiten einmal ihrem Heiler Kibuguma vortragen sollten. Bugonoka schlug Myombekere diesen Plan vor, und er war sofort bereit, am nächsten Morgen allein zu ihm zu gehen. Nachdem sie diesen Entschluß gefaßt hatten, schliefen sie sofort ein.

Kurz vor dem ersten Hahnenschrei wachte Myombekere schon auf. Da er sich hellwach fühlte, stand er auf, legte sein Ledergewand an und tastete im Dunkeln an der Wand nach seinem Speer. Er hatte dort drei Schlaufen angebracht, in die er seine Waffen hineinzustecken pflegte. Schließlich weckte er seine Frau und teilte ihr mit, daß er nunmehr zum Heiler aufbrechen wolle. Sie wandte ein: „Es ist doch noch mitten in der Nacht. Du bist zu früh aufgestanden." Er meinte aber, daß es ihm nichts ausmachte. Sie sollte ihn ruhig ziehen lassen. „Was kann mir schon geschehen? Ich möchte früh genug dort eintreffen, damit ich rechtzeitig wieder zu Hause zurück bin." Bugonoka fragte darauf: „Sind auch keine Regenwolken am Himmel?" – „Doch", sagte er, „aber es wird wohl erst gegen Mittag regnen.

Später fing es an zu donnern – diririri! Myombekere dachte bei sich, daß ihm wohl wieder ähnliches zustoßen werde wie damals, als er zu seinen Schwiegereltern ging, um sie um Verzeihung zu bitten. Auf jener Reise war er vom Regen überrascht und völlig durchnäßt worden. Er kam jedoch diesmal am Ziel an, ehe der Regen einsetzte.

Kibuguma kam, ihm das Tor zu öffnen und den Verhau aus Dornenzweigen beiseite zu räumen. Sie gingen nebeneinander bis ins Haus. Dort begrüßten sie sich. Dann fragte Kibuguma nach den Gründen, die Myombekere veranlaßt hatten, ihn noch in der Nacht aufzusuchen. Myombekere berichtete ihm von den Rückenbeschwerden seiner Frau und von der Krankheit, die die anderen Frauen ‚obunoni' nannten. „Die alte Nanzala, die Mutter Kanwaketas, hat uns das gesagt. Sie versteht etwas von Medizin und gilt als eine erfahrene Geburtshelferin, die alle Gefahren bei einer Geburt kennt. Wenn Schwierigkeiten bei einer Entbindung auftreten, wird sie gerufen. Angeblich beschnüffelt sie die Schwangeren und kann so erkennen, ob die Wehen bald einsetzen werden. Weil meine Frau ständig krank ist, bin ich zu dir gekommen, mein Heiler, um dich um Rat zu bitten." Kibuguma erkundigte sich, in welchem Monat Bugonoka nunmehr schwanger sei. „Sie ist jetzt im achten Monat", antwortet ihm Myombekere. „Ich bin sicher, daß ich mich nicht irre." Kibuguma erwiderte darauf: „Da du heute nun mal zu mir gekommen bist, will ich dir eine Medizin mitgeben. Sie soll bewirken, daß die Nachgeburt zügig abgeht. Auch soll sie die Zeit der Wehen verkürzen." Myombekere sagte voller Dankbarkeit: „Vielen Dank, unser Heiler!"

Kibuguma erhob sich und ging in die Hütte, in der er seine Heilmittel und Tiegel aufbewahrte. Mit zwei verschiedenen Arzneien kam er zurück und übergab sie Myombekere, wobei er ihm die Anwendungsweise erklärte. Danach machte sich Myombekere sofort wieder auf den Heimweg. Zu Hause übergab er die Mittel seiner Frau und erklärte ihr Kibugumas Gebrauchsvorschriften.

Hinfort nahm Bugonoka jeden Morgen, wenn sie Wasser holen ging, die Medizin mit zum See und nahm sie dort ein. Ihrem Mann hatte der Heiler gesagt, daß das Mittel auf diese Weise eingenommen werden sollte.

Als aber der Monat Omuhingo, der April, begann, wurde Bugonoka erneut krank. Sie war nunmehr im neunten Monat schwanger. Myombekere rief sofort die alte Nanzala herbei. Sie schaute sich die Schwangere genau an, dann verkündete sie: „Mein Sohn, deine Frau fühlt sich zwar krank, sie ist aber nur von dem Zustand befallen, der ‚omuchoko' genannt wird. Das heißt, daß das Kind sich gewendet hat, um in der Gebärmutter die für die Geburt notwendige Lage einzunehmen. Falls du deine Schwiegermutter herbeirufen willst, ist dafür der richtige Zeitpunkt gekommen. Sie sollte nun nach ihrer Tochter schauen."

Myombekere brach gleich am nächsten Morgen zu seinen Schwiegereltern auf und berichtete ihnen über den Zustand ihrer Tochter. Nkwanzi, die Schwiegermutter, sagte: „Mein Schwiegersohn, kehr zurück zu deinem Gehöft! Ich werde morgen zu euch kommen."

Am folgenden Tag traf sie mit einem großen Bündel an Geschenken ein. Sie kümmerte sich aber nicht weiter darum, sondern setzte das Bündel bloß ab, begrüßte kurz ihren Schwiegersohn und begab sich sofort zu ihrer Tochter. Sie begrüßte auch sie und fragte sie alsbald:

„Bist du krank, mein Kind?" Bugonoka antwortete ihrer Mutter: „Ich fühle mich krank, aber die Leute, die mich besuchen, meinen, daß ich nur an omuchoko leide." Und sie fragte ihre Mutter: „Hast du auch so unter der Schwangerschaft gelitten, bevor wir, deine Kinder, geboren wurden?" Nkwanzi antwortete ihr: „Ich bin nur eine ganz gewöhnliche Frau. Meine Schwangerschaften sind immer ohne Schmerzen verlaufen. Ich brauchte auch niemals irgendwelche Medizinen einzunehmen, einfach weil ich immer gesund war. Ich habe solche Beschwerden wie ‚obunoni', ‚itango' und ‚omuchoko', die dich befallen, niemals gehabt. Ich hatte nur Schmerzen, als die Wehen einsetzten. Und nach der Geburt hatte ich Bauchschmerzen, die man ‚irumi' nennt. Das war wirklich alles. Aber von anderen habe ich durchaus schon gehört, daß sie dieselben Beschwerden hatten wie du. Sie treten wohl verstärkt bei denen auf, die, wie du, überhaupt Schwierigkeiten haben, schwanger zu werden."

Myombekere hielt sich oft mit seiner Schwiegermutter gemeinsam im Haus auf. Sie gingen zwar sehr ehrerbietig miteinander um, beachteten aber nicht mehr die Vorschrift, daß Schwiegersohn und Schwiegermutter sich meiden müssen, wie es unter gesunden Menschen sonst üblich ist. Allerdings übernachtete Bugonoka hinfort zusammen mit ihrer Mutter in der oluhongore-Hütte, während Myombekere wie gewohnt im Ehebett schlief. Das Mädchen war wiederum in einer anderen Hütte, die ‚mubisahi' heißt, untergebracht. Und der Junge schlief in der omukugiro-Hütte. Da Myombekere ein großes Gehöft besaß, hatten sie mit der Unterbringung keine Schwierigkeiten. Es gab genügend Schlafgelegenheiten für alle.

Nachdem Nkwanzi schon zwei Tage bei ihnen weilte, traf auch ihr Mann Namwero ein, um sich nach seiner Tochter zu erkundigen. Als er erfuhr, daß sie die Nacht gut verbracht hatte, kehrte er sofort nach dem Essen wieder nach Hause zurück.

Seine Frau Nkwanzi begleitete ihn noch ein Stück auf dem Weg. Dabei sagte sie ihm: „Laß mich heute und morgen noch hier bei unserer Tochter bleiben. Übermorgen komme ich dann nach Hause. Aber ich werde schon bald wieder hierher kommen müssen, denn sie wird noch in diesem Monat entbinden. Eine erneute Reise läßt sich somit nicht vermeiden."

Bugonoka ging es alsbald besser und sie konnte wieder ihrer gewohnten Arbeit nachgehen. Da kehrte Nkwanzi vorerst nach Hause zurück.

Als man Nkwanzi erneut benachrichtigte, daß die Entbindung Bugonokas nunmehr kurz bevorstünde, mahlte sie Hirsemehl für ihre Tochter und verabschiedete sich am nächsten Tag von ihrem Mann, um nach ihrer Tochter zu sehen. Von da an blieb sie im Gehöft des Schwiegersohns.

Sie war erst wenige Tage da, als Bugonoka plötzlich Stiche in ihrem Bauch verspürte, wie wenn sie Würmer hätte. Die Schmerzen waren heftig und traten hauptsächlich im Rücken auf. Sie dauerten aber immer nur kurz an. Am nächsten Tag hatte Bugonoka ähnlich heftige Schmerzen. Diesmal hielten sie lange an. Bugonoka knirschte mit den Zähnen und verdrehte ihren Kopf, bis die Schmerzen vorüber waren. Sie fragte sich, warum eine so heftige Wurmkrankheit sie gerade jetzt befallen mußte. Eigentlich sagten die Leute doch immer, daß Schwangere viel weniger unter Eingeweidewürmern leiden als andere. Sie konnte sich das nicht erklären.

Am nächsten Morgen, als die Sonne gerade über dem Horizont aufging, traten die Schmerzen wieder auf. Sie sagte zu ihrer Mutter: „Ich fühle mich so, als ob ich eine schlimme Wurmkrankheit hätte. Ich habe die heftigen Schmerzen schon gestern im Rücken gespürt. Was sind das nur für Würmer, Mama?" Die Mutter deutete die Schmerzen als Vorboten der eigentlichen Wehen. Aber da man so etwas nicht offen sagt, solange die Schwangere noch nicht wirklich in den Wehen liegt, antwortete sie nur ausweichend, und Bugonoka verstand nicht, was sie ihr sagte.

KAPITEL 19

Der Sohn Ntulanalwo wird geboren

Als auch der Monat Omuhingo, der April, seinem Ende zuging und Bugonoka neun Monate ihrer Schwangerschaft hinter sich gebracht hatte, sagte Nkwanzi eines Abends zu ihrem Schwiegersohn: „Mein Kind, geh und hole uns Holzscheite, damit das Feuer zwischen den Herdsteinen heute Nacht nicht ausgeht. Deine Frau hat wieder diese Wurmbeschwerden. Ich habe Angst, daß sie ihr in der Nacht, wenn es ganz dunkel ist, zu schaffen machen. Ich hätte gern langbrennendes Holz im Herd. Wenn wir in der Nacht Schwierigkeiten bekommen, ist es nützlich, Licht im Haus zu haben." Myombekere ging sofort auf die Bitte der Schwiegermutter ein und begab sich zur Hecke, wo er gut brennbare, dicke Baumstämme als Brennholz aufbewahrte. Er spaltete vier von ihnen zu Scheiten und beauftragte den Jungen Kagufwa, sie den Frauen ins Haus zu tragen.

Beim Nachtessen konnte Bugonoka nur zwei Bissen Maisbrei hinunterschlucken, da traten schon wieder die heftigen Wurmschmerzen auf. Sie aß nicht weiter und gab dem Mädchen Bazaraki den Kloß, den sie noch in der Hand hielt. Vor Schmerz biß sie die Zähne zusammen, und ihr Gesicht wurde ganz verzerrt. Nach dem Essen gingen alle zu Bett, während das Feuer die ganze Nacht hindurch brannte.

Am nächsten Morgen, kurz nach Sonnenaufgang, bekam Bugonoka erneut einen Anfall von heftigen Schmerzen. Darauf rief die Mutter Myombekere herbei. Er kam sofort an die Tür und hockte sich an der Schwelle nieder: „Schwiegermutter, du hast mich gerufen. Hier bin ich!" Sie erwiderte: „Ja, das stimmt. Geh und hole sofort die alte Nanzala herbei! Wir brauchen sie jetzt hier." Er rannte hinüber ins Nachbargehöft zu der alten Frau. Und ehe seine Schwiegermutter zu Ende gesprochen hatte, war er mit Nanzala schon wieder zurück.

Die alte Nanzala begrüßte erst einmal in Ruhe alle Anwesenden. Dann untersuchte sie Bugonoka wiederholt und mit großer Sorgfalt.

Schließlich wandte sie sich an Nkwanzi: „Wenn ich in Betracht ziehe, daß du schon mehrfach geboren hast, wirst du wohl alle Geheimnisse von uns Frauen kennen, nicht wahr? Also, die Geburtswehen stehen nämlich unmittelbar bevor, Mama!" Die beiden Frauen strengten sich an, Bugonoka beizubringen, wie sie sich während der Geburt verhalten sollte. Sie brachten sie schließlich in die omukugiro-Hütte, das heißt in die Hütte, in der die Hochzeiter ihre erste gemeinsame Nacht zu verbringen pflegen, zogen ihr das Gewand aus Ziegenleder aus und veranlaßten sie, sich mit gespreizten Beinen auf einen flachen, nach hinten langgestreckten, ‚akasingiro' genannten Holzschemel zu setzen, wie es alle Kerewe-Frauen machen, wenn sie gebären.

Sie sprachen von einem Grasring. Sie meinten aber nicht einen Ring, den man zum Tragen von Lasten auf den Kopf legt. Vielmehr handelte es sich um einen Ausdruck, der die Männer irre führen soll. Seine wahre Bedeutung ist folgende: Das Ereignis der Geburt wird als ein großer Kriegskampf angesehen, als eine Sache auf Leben und Tod. Die gebärende Frau darf bis zum Abgang der Nachgeburt nicht von der Stelle weichen, es sei denn, sie verliert die Nerven. Deshalb vergleicht man sie mit jemandem, der sich in echte Kriegsgefahr begibt, wie ein Grasring zwischen der Last und dem Kopf des Trägers festgeklemmt. Aber betrachten wir das Bild noch etwas genauer: Wer mehrfach hintereinander zum Wasserschöpfen an den Brunnen oder See geht, legt den Grasring nicht jedesmal ab, sondern behält ihn auf dem Kopf. Unter dem Ring befindet sich also der Kopf des Trägers, darüber der randvoll mit Wasser gefüllte Tonkrug. Es ist schon erstaunlich: Der Grasring ist von zwei Seiten her unausweichlich dem Druck ausgesetzt, solange bis der Wasserholer sein Ziel erreicht hat und den Krug von seinem Kopf absetzt. Ähnlich ergeht es einer gebärenden Frau. Das ist also der Grasring, den die Frauen meinen, wenn sie sagen ‚die Frau soundso hat im Grasring aufgegeben' oder ‚die Frau soundso steckt immer noch im Grasring', d. h. ihre Nachgeburt ist noch nicht abgegangen. Es gibt noch viele solcher Redewendungen, deren Bedeutung ein Geheimnis der Frauen darstellt.

Nachdem die Frauen Bugonoka in die Geburtshütte gebracht und sie auf dem Gebärstuhl mit einem Gurt aus Grasfasern festgemacht hatten, wurden die Wehen immer heftiger. Schließlich war es soweit.

Es kam große Betriebsamkeit bei den Frauen auf; alle waren beschäftigt. Die alte Nanzala hielt Bugonoka umfaßt und sprach ihr Mut zu: „Hör auf, vor Furcht zu zittern und fühle dich stark, mein Kind!" Bald sah man aus der Gebärenden etwas herauskommen. Nkwanzi machte die alte Nanzala darauf aufmerksam: „Sag Bugonoka, sie solle den Atem anhalten und kräftig pressen, denn das Etwas ist bereits sichtbar." Als Nanzala selbst hinschaute, sah auch sie das Etwas. Es wird auf Kerewe ‚isebutwetwe‘ genannt und bedeutet eine Wasserblase in Form einer Flasche. Es war halb draußen. Die alte Nanzala und Nkwanzi gaben sich alle Mühe, Bugonoka anzufeuern: „Halt den Atem an und presse mit aller Macht, damit das Etwas ganz herauskommt. Fast ist es schon heraus!" Bugonoka hielt den Atem an und preßte mit großer Kraft, wie die Frauen es tun, wenn sie entbinden.

Kurze Zeit später trat die Wasserblase ganz aus. Sie blähte sich auf und platzte, so daß das Wasser herausplatschte. Kurz darauf wurde der Kopf des Kindes sichtbar. Nanzala verstärkte noch ihre anfeuernden Rufe: „Streng dich an, Frau! Halte den Atem an und presse mit aller Kraft!" Der Kopf des Kindes rutschte hervor. Seine Schultern steckten noch in Bugonokas Leib. Ja doch! Die Schultern eines Kindes bereiten bei der Geburt oft viel größere Schwierigkeiten als sein Kopf. Es kam jetzt darauf an, daß Bugonokas Kraft nicht erlahmte. Die Geburtshelferinnen feuerten sie erneut und immer wieder an, den Atem anzuhalten und mit aller Kraft zu pressen. Mit einer letzten äußersten Anstrengung, wobei sich ihre Ohren verstopften und sie nichts mehr hören konnte, brachte sie auch die Schultern des Kindes heraus. Die alte Nanzala und Nkanzi hörten nicht auf, Bugonoka anzutreiben, bis auch der Unterleib und die Beine des Kindes geboren waren. Schließlich fiel es ganz heraus.

Kaum lag das Kind draußen, betastete es die alte Nanzala mit ihren Händen, um zu fühlen, ob es ein Junge oder Mädchen sei. Bald wußte sie es und flüsterte Nkwanzi, der Mutter Bugonokas, zu: „Es ist ein Junge!" Bugonoka konnte es ebenfalls hören. Flüsternd erwiderte Nkwanzi: „Das war also der Grund! Weil er ein Junge ist, hat er sich bei der Geburt geschämt. Alle Jungen schauen während der Geburt nach unten. Sind es Mädchen, schauen sie beim Verlassen des Mutterleibs ihre Mutter an."

Kurz nachdem das Kind Bugonokas Leib verlassen hatte, steckte es seine Finger in den Mund. Da wußten sie, daß es lebte, denn offenbar suchte es eine Brust, an der es saugen konnte. Das Neugeborene hatte etwas Weißes an seinem Bauch, das es mit der Nachgeburt im Leib seiner Mutter verband. Als Nanzala merkte, daß die Nachgeburt nicht gleich folgte, bat sie Nkwanzi, bei Bugonoka zu bleiben. Sie selbst ging zu Myombekere. Der saß draußen im Hof, wobei sein Herz und seine Ohren drinnen bei seiner Frau weilten. Nanzala schickte ihn eilig zu einem Termitenhügel in der Nähe ihres Gehöfts, um dort Blätter einer bestimmten Heilpflanze zu holen. Sie selbst suchte eine andere Heilpflanze, die beigemischt werden sollte. Wie gewöhnlich hatten beide ihre Arbeit schnell erledigt. Myombekere übergab Nanzala die Blätter und sie zerstampfte sie in großer Eile. Dann trat sie wieder in die Hütte zu Bugonoka. Dort bemerkte sie, daß die Nachgeburt schon ein wenig herausschaute. Sie stopfte den Medizinbrei in Bugonokas Mund und verrieb einen Teil davon auf ihrem Bauch, hinunter bis zur Nachgeburt. Diese ging alsbald vollständig ab. Der Geburtsvorgang war damit beendet.

Die Geburtshelferinnen brachen in fröhliches Lachen aus und stimmten Freudentriller an. Die Frau Kanwaketas ging tanzend zu Myombekere in den Vorraum des Wohnhauses und sagte zu ihm: „Du drückst uns ja gar nicht dein Mitgefühl zu der schweren Arbeit aus! Fragst du nicht, ob wir erfolgreich waren und welches Kind wir zur Welt gebracht haben?" Verwirrt und benommen stand er auf, ging vor die Tür seines Hauses und hockte sich dort nieder. Noch ehe er ein Wort hervorbringen konnte, hörte er den Ruf: „Bleib draußen! Wir sind noch beschäftigt und wollen nicht durcheinander gebracht werden. Du wirst deinen Gast erst später zu sehen bekommen!" Myombekere erwiderte: „Gut, ich bleibe hier an der Tür", und fragte dann: „Was für ein Kind habt ihr denn nun zur Welt gebracht?" Von drinnen antworteten ihm die Frauen: „Einen Mann, so wie du einer bist!" Er konnte nur erwidern: „Bugonoka soll noch so ein Kind zur Welt bringen!" Worauf die Frauen im Haus lachten. Myombekere strahlte in großer Freude darüber, daß sein erstes Kind ein Junge war. Die alte Nanzala begann von drinnen: „Mein Sohn, was wird die Gebärerin heute von dir zu essen bekommen? Ihr Bauch, aus dem dein Gast hervorgekommen ist, will aufgefüllt werden!" In diesem Augenblick begann das Kind zu schreien. Nanzala fuhr deshalb fort: „Nun, hör nur, selbst das Kind bittet dich um etwas für den Bauch, jetzt, wo es auf die Welt gekommen ist. Auch das Kind will etwas essen. Hast du die Leute schon mal sagen hören: ‚Einem Kranken bietet man etwas zu essen an, einer Wöchnerin nicht?' Dieser Spruch bedeutet, daß man einem Kranken deswegen etwas zu essen anbietet, weil ihm der Hunger fehlt und er etwas für den Pfleger übrig läßt, das der dann selbst essen kann. Eine Wöchnerin aber hat einen großen Heißhunger, vermutlich weil sie die Lücke in ihrem Bauch auffüllen muß, die das Kind dort hinterlassen hat. Ihr bietet man darum nichts an." Myombekere bestätigte, daß er dieses Gerede schon oft gehört habe. Im übrigen war er mit ihrem Vorschlag, etwas zum Essen zu besorgen, ganz und gar einverstanden. Zusammen mit dem Jungen Kagufwa ging er zum See, um von den Reusenfischern Fische einzuhandeln. Mit 25 ensato-Fischen und drei embozu-Fischen kam er später wieder zurück.

Während seiner Abwesenheit hatte Nanzala ein Seil aus omuhotora-Schilf gedreht und Bugonoka fest um den Leib geschnürt. Diese Maßnahme sollte verhindern, daß der Bauch der Wöchnerin nach der Geburt aufgebläht bleibt. Nanzala trennte auch das Neugeborene von der Nachgeburt, mit der es immer noch verbunden war. Das weiße Etwas bezeichnet man als Nabelschnur. Weil Geburtshilfe in den Arbeitsbereich der Frauen fällt, verstehen die Männer diese Wörter nicht und können sich auch keine richtige Vorstellung davon machen.

Nachdem die Nachgeburt draußen war, hatten die Geburtshelferinnen endlich Gelegenheit zu einer Unterhaltung. Während der Geburt hatten sie aus Sorge und Anspannung geschwiegen und sich um Bugonoka und das, was aus ihrem Bauch herauskam, gekümmert. Die alte Nanzala war eine Spaßmacherin, und so ergriff sie die Nabelschnur und maß einen Teil davon ab, der vom Nabel bis zu den Knien des Neugeborenen reichte. Da die neugeborenen Kinder, solange sie noch in der Geburtshütte sind, ihre Beine ausgestreckt halten, sagte sie zu dem Kind: „Bleib nur ganz ruhig, mein Kleines, damit ich dir einen richtigen Körperknoten machen kann." Die anderen Frauen brachen in Gelächter aus und fragten sie, was ein Körperknoten sei. Nanzala erwiderte: „Wißt ihr denn nicht, daß wir alle mit einem Körperknoten

versehen sind?" – „Ach ja?", erwiderten die anderen, und Nanzala erklärte: „Also ab heute wißt ihr es. Der Körperknoten, den jeder Mensch
hat, gleich ob Mann oder Frau, ist der Bauchnabel. Wenn man nicht
kurz nach der Geburt einen Körperknoten anlegt, kann der Mensch
gar nicht überleben." Die anderen stimmten ihr zu. Nanzala forderte
Nkwanzi auf, ihr eine Schilffaser zu reichen. Dies geschah, und
Nkwanzi widmete sich sehr sorgfältig dem Abbinden der Nabelschnur.
Wird nachlässig abgebunden, kann das Neugeborene dadurch zu viel
Blut verlieren und ganz plötzlich sterben. Nanzala band also die Nabelschnur geschickt in der richtigen Entfernung vom Körper des Kindes ab. Darauf spaltete Kanwaketas Frau eine harte Faser von einem
Hirsestengel ab, und Nanzala schnitt damit die Nabelschnur unterhalb
der abgebundenen Stelle vollständig durch.

Bugonoka war inzwischen aufgestanden und hatte den Platz, an
dem sie entbunden hatte, verlassen. Sie sah bei ihrem Kind genau den
Handgriffen zu, wie man die Nabelschnur an der richtigen Stelle ab-
bindet und durchtrennt, um nicht eines Tages unwissend dazustehen,
als ob sie das noch nie miterlebt hätte, obwohl es doch vor ihren Augen
und am hellichten Tag geschehen war.

Nachdem Nanzala die Nabelschnur versorgt hatte, ergriff sie das
Neugeborene und legte es zwischen ihre Füße. Nkwanzi begoß es über
und über mit Wasser, und die alte Nanzala wusch allen Schmier von
ihm ab, mit dem es aus dem Bauch gekommen war. Das Kind hatte am
Ende eine ganz rote Haut. Nach dem Waschen hob sie das Kind auf
ihre Arme, damit das Badewasser trocknen konnte. Währenddessen
ging die Frau Kanwaketas nach draußen, um Gras abzureißen. Daraus
sollte auf dem Boden der Hütte ein Lager für die Wöchnerin und das
Neugeborene zubereitet werden. Nkwanzi begab sich in Myombekeres
Bananenhain, um drei grüne Blattwedel abzuschneiden. Auf die
Schicht von Gras und Bananenblättern wurde der Kälte wegen ein
Rinderfell ausgebreitet. Darauf sollten das Neugeborene und seine
Mutter liegen.

Das Neugeborene hatte bisher weder uriniert, noch Stuhlgang gehabt. Als Myombekere mit den Fischen zum Gehöft zurückkehrte,
forderte die alte Nanzala deshalb die anderen Frauen auf: „Ruft den
Vater des Kindes herbei. Er soll ihm einen Namen geben. Wahrschein-

lich ist es das, was es hindert, Urin und Kot von sich zu geben. Ich habe das schon oft erlebt. Auch bei meinen eigenen Kindern war es so." Sie riefen Myombekere ins Haus. Bevor er eintrat, zog sich Bugonoka schnell etwas über, das heißt, sie bedeckte nur ihre Scham. Die Frauen aber bestanden darauf, daß sie sich vollständig ankleidete. Sie tat es trotzdem nicht richtig, denn sie hatte sich nach der Geburt noch nicht gewaschen. Ihr Leser wißt ja selbst, wie eine Frau aussieht, die gerade entbunden hat.

Als Myombekere aus Ehrfurcht vor seiner Schwiegermutter im Vorraum stehen blieb, forderte ihn die alte Nanzala auf, in die Kammer einzutreten: „Jetzt brauchst du deine Schwiegermutter nicht zu meiden. Später kannst du ihr wieder Ehrfurcht bezeugen." Myombekere trat in die Kammer, konnte aber nichts erkennen, weil es drinnen so dunkel war. Die Alte sagte ihm: „Hock dich nieder, wo du gerade stehst. Haben sich deine Augen nun an die Dunkelheit gewöhnt?" Myombekere bestätigte ihr dies. Da fuhr sie fort: „Nimm dein Kind entgegen, schau es genau an und gib ihm einen Namen! Uns erkennt es nicht an. Seit es geboren wurde, hat es weder Urin noch Kot von sich gegeben." Da Myombekere nicht wußte, was man bei der Namensgebung tun muß, befragte er die Frauen, und sie erklärten ihm, wie er das Kind zu halten hätte und was er dabei sagen müßte. Er dachte kurz darüber nach, welchen Namen er seinem Kind geben könnte. Dann verkündete er mit freudiger Stimme: „Wachse heran! Dein Name sei Ntulanalwo, das bedeutet: ‚Ich lebe immer mit der Bedrohung durch den Tod.' Sollte dich der fehlende Name daran gehindert haben, zu urinieren oder Kot von dir zu geben, dann kannst du dich jetzt wie alle gewöhnlichen Menschen davon befreien." Kurz darauf sahen sie, wie das Kind urinierte und Kot von sich gab, während sein Vater es noch auf den Armen hielt. Nanzala bemerkte dazu: „Habe ich euch nicht gesagt, daß ich es schon oft genauso erlebt habe?" Sie alle bestätigten es mit Verwunderung. Danach forderten sie Myombekere auf, die Hütte wieder zu verlassen.

Das Neugeborene wurde nackt und ohne Zudecke auf die Bananenblätter gebettet. Die kalte Luft ließ es zittern. Es reckte sich hin und wieder und steckte seine Finger in den Mund. Währenddessen besprachen sich die Frauen, wie sie die Nachgeburt vergraben sollten. Bei den Kerewe ist es nicht üblich, dies draußen im Wald zu tun, sie wird von den Frauen schnell und geschickt im Haus vergraben. Es gibt zwei Arten, dies zu tun. Handelt es sich um die Nachgeburt eines Knaben, wird sie in der linken Hälfte des großen Empfangsraums vergraben, dort wo man buttert. Bei einem Mädchen wird sie auf der rechten Seite vergraben, dort wo sich die Mahlsteine befinden. Über die Grabstelle streut man Hirsekörner oder Melonenkerne aus. Da es sich hier um einen Jungen handelte, wurde die Nachgeburt Ntulanalwos also auf der linken Seite des großen Empfangsraums dort, wo man gewöhnlich buttert, vergraben.

Am Tag seiner Geburt ließ man Ntulanalwo noch nicht die Milch seiner Mutter trinken. Da er ein Junge war, schrieb die Sitte vor, ihm zunächst gesäuerte Milch zu geben. Diese mußte von einer Kuh stammen, die noch nie verkalbt hatte. Man gießt diese Milch in das trichterförmige Blütenblatt, das man an der Spitze eines Fruchtstandes der Banane findet. – Es heißt ‚engorogombe'. – Daran läßt man das Kind saugen. Einen ganzen Tag lang wurde Ntulanalwo auf diese Weise getränkt.

Nkwanzi machte Wasser heiß, um ihre Tochter zu baden. Als sie damit fertig war, forderte sie Bugonoka auf, nach draußen zu kommen. Sie wollte ihre Tochter gründlich mit heißem Wasser abreiben, damit die Rückstände von der Geburt sich in ihrem Körper nicht in Gift verwandelten, das sie töten konnte. Bugonoka eilte hinter die Hütte, und Nkwanzi folgte ihr mit dem heißen Wasser dorthin. Sie setzte den Krug ab und lief, eine Tür aus geflochtenem Schilf als Badeunterlage zu holen. Unterwegs befahl sie dem jungen Mädchen auf dem Gehöft, es solle in die Kammer gehen und auf das Neugeborene aufpassen, denn die alte Nanzala und die Frau ihres Sohnes Kanwaketa wollten gerade in ihr eigenes Gehöft zurückkehren.

Myombekere nahm zwei nsato-Fische und gab sie Nanzala. Einen weiteren Fisch überreichte er der Frau Kanwaketas. Damit gingen die Frauen nach Hause.

Nkwanzi bemühte sich nach Kräften, ihre Tochter mit dem heißen Wasser abzureiben. Das Wasser war in der Tat sehr heiß und brannte auf der Haut. Bugonoka wehrte sich daher und versuchte, die Hand ihrer Mutter beiseite zu schieben. Da Nkwanzi das Wasser mit einem harten Blatt aus dem Krug schöpfte, merkte sie selbst nicht, wie heiß es war. So rügte sie ihre Tochter: „Du Hündin, von wem stammst du ab, daß du dich so vor dem Wasser fürchtest, als ob es Geburtswehen seien? Nimm deine Hände weg, damit ich dich richtig durchkneten kann! Glaubst du etwa, daß du wieder ein normaler Mensch werden kannst, wenn ich es zu nachsichtig tue?" Bugonoka antwortete ihr: „Nein, das nicht, aber es brennt zu sehr, Mutter!" Nkwanzi blieb unerbittlich: „Für Frauen, die entbunden haben, ist gerade heißes Wasser am besten. Was willst du dagegen sagen? Wo hätte man je gehört oder gesehen, daß man Wöchnerinnen mit kaltem Wasser massiert hätte und die Schmiere von der Geburt wäre davon abgegangen?" Bugonoka blieb nichts anderes übrig, als in Geduld auszuhalten. Die Mutter beeilte sich, ihre Tochter an Kopf und Rücken durchzukneten, während sie auf dem Gesicht lag, und anschließend auch am Bauch zu massieren, während sie auf dem Rücken lag. Am Ende schrie Bugonoka laut: „Mutter, du bringst mich noch um! Das Wasser ist einfach zu heiß." Nkwanzi sprach ihr Mut zu: „Halte durch, mein Kind, bis ich fertig bin!" Am Abend massierte sie Bugonoka noch einmal in derselben Weise. Da gewöhnte sie sich allmählich daran und wartete geduldig darauf, daß die nachgeburtlichen Absonderungen ihren Bauch verließen.

Nanzala und die Frau Kanwaketas schauten am Abend nochmals nach Bugonoka. Kurz nach ihnen traf auch Kanwaketa ein. Myombekere war gerade dabei, getrockneten Kuhdung aufzusammeln, um damit draußen auf dem Vorplatz ein Feuer anzuzünden. Gleich bei seiner Ankunft fragte Kanwaketa ihn: „Bugonoka hat entbunden? Hat sie es gut überstanden?" Myombekere darauf: „Ja, sie hat es gut überstanden." Kanwaketa: „Was für ein Kind ist es?" Myombekere: „Ein Junge!" Kanwaketa: „Möge ihr Gott gestatten, ein weiteres Kind zu gebären!" Dann stand er auf und sagte weiter: „Laß mich sie begrüßen und ihr meine Glückwünsche aussprechen!" Er trat in den großen Empfangsraum des Hauses und rief: „Bugonoka!" Sie antwortete mit süßer Stimme: „Bee!" Darauf fragte Kanwaketa sie: „Wie hast du den Tag verbracht, Bibi?" „Sehr gut, Bwana!" Kanwaketa: „Stimmt es, daß du ein Kind geboren hast?" Bugonoka: „Ja, ich habe entbunden, Bwana!" Kanwaketa: „Was für ein Kind ist es?" Bugonoka: „Eins von deiner

Sorte!" Kanwaketa: „Das ist sehr gut! Möge Gott dir gestatten, ein weiteres Kind zur Welt zu bringen, du Abkömmling des Bazubwa-Klans!" Sie unterhielten sich noch ein wenig über dies und jenes, dann kehrten Kanwaketa, seine Frau und seine Mutter Nanzala auf ihr Gehöft zurück.

Dem jungen Mädchen Bazaraki hatte man aufgetragen, Blätter zu sammeln. Diese waren dazu bestimmt, das Neugeborene nach dem Urinieren abzuputzen und die Milchgefäße zu reinigen. Als Bazaraki sah, daß Kanwaketa mit seiner Frau und der alten Nanzala weggegangen war, fragte sie Nkwanzi und Bugonoka, warum Frauen, die gerade entbunden haben, mit heißem Wasser gebadet werden. Nkwanzi erwiderte ihr: „Darüber hast du dir schon Gedanken gemacht, du Menschenkind?" Sie bejahte dies. Als Nkwanzi ihr den Grund erklären wollte, kam ihr der Gedanke, daß es ein Geheimnis für erwachsene Frauen sein könnte. Sie schickte darum das Mädchen nach draußen und flüsterte ihr zu: „Sieh mal nach, ob dein Onkel möglicherweise in der Empfangshalle sitzt." Das Mädchen schaute sogleich nach und kam mit der Auskunft zurück: „Er sitzt draußen auf dem Vorplatz am Feuer." Nkwanzi fragte weiter: „Und wo ist der Junge Kagufwa, dein Bruder?" – „Er ist beim Onkel." Nkwanzi darauf: „Nun spitz mal deine Ohren, damit ich dir sagen kann, warum die Frauen, die gerade entbunden haben, mit heißem Wasser gewaschen werden." Das Mädchen war voller Ungeduld: „Ach ja, sage es mir, damit auch ich darüber Bescheid weiß!" Nkwanzi erklärte ihr darauf: „Man will dadurch bewirken, daß der Ausfluß, der durch das Gebären verursacht wird, den Bauch der Wöchnerin vollständig verläßt. Wenn man sie nicht massiert, bleibt der Schmutz zu lange im Bauch. Die Wöchnerinnen können daran nach kurzer Zeit sterben. Das ist der Hauptgrund, warum man Frauen nach dem Entbinden mit möglichst heißem Wasser wäscht. Hör mal, hast du überhaupt zugehört?" Das junge Mädchen erwiderte: „Ja, ich habe zugehört, aber mir wird es vielleicht schwerfallen, so zu baden." Nkwanzi fragte: „Warum?" – Darauf das Mädchen: „Ich habe einfach Angst, vom heißen Wasser verbrüht zu werden." Nkwanzi beruhigte sie: „Ei, du bist noch ein Kind und weißt nicht viel vom Leben." Das Mädchen gab sich damit aber nicht zufrieden: „Auch wenn ich noch ein Kind bin, mir fällt es trotzdem schwer, das zu begreifen. Wie kommt es eigentlich, daß man Kühe und Ziegen, die gerade geworfen haben, nicht mit heißem Wasser massiert?" Nkwanzi darauf: „Ei, ich sollte mich mit dir nicht weiter abgeben! Jetzt kommst du auf die Haustiere und dann vielleicht noch auf die wilden Tiere im Busch. Ich nehme an, daß sie anders beschaffen sind als der Mensch. Wie kannst du diese elenden Kreaturen mit dem Menschen vergleichen? Du Kindskopf, entweder wirst du dem Schwachsinn verfallen, oder du wirst eine verrückte Bestie." Das Mädchen wurde darauf so verlegen, daß es nichts mehr zu erwidern wußte.

Nach dem Essen gingen sie zu Bett. Bugonoka und ihre Mutter schliefen in dieser Nacht getrennt. Die Mutter hatte ihre eigene Kammer, und Bugonoka schlief zusammen mit dem zitternden Neugeborenen auf der Streu von Gras und grünen Bananenblättern. Wir wollen nicht das große Feuer unerwähnt lassen, das im Haus während der ganzen Nacht brannte. Myombekere hatte Holzklötze herbeigeschafft, die sich besonders gut entflammen. So brannte das Holz lichterloh.

Als es wieder tagte und die Sonne aufging, machte sich Nkwanzi mit dem Mädchen Bazaraki zum See auf, um Wasser zum Massieren für Bugonoka zu holen. Sie fanden, daß das Wasser am Ufer an diesem Morgen verschmutzt war. Nkwanzi fragte: „Wo können wir außerdem noch Wasser schöpfen? Hier ist zuviel Unrat." Da Bazaraki sich in der Gegend gut auskannte, schlug sie vor: „Da drüben kann man besser schöpfen, denn die Stelle ist geschützter. Meistens treibt der Wind keinen Schmutz dorthin. Sie ist ihm nicht so ausgesetzt wie diese Stelle hier." Sie setzten darauf ihre Wasserkrüge wieder auf den Kopf und gingen zu der bezeichneten Stelle. Dort war das Wasser in der Tat sauberer. Sie füllten schnell ihre Gefäße und kehrten ins Gehöft zurück.

Wie am Tag zuvor wusch Nkwanzi ihre Tochter Bugonoka hinter dem Haus wieder mit sehr heißem Wasser ab. Kurz darauf traf die alte Nanzala mit der Frau Kanwaketas ein. Nachdem sie schon im Haus gewesen waren und sich das Neugeborene angesehen hatten, erinnerten sie sich plötzlich an etwas: „Wie kommt es nur, daß wir heute so vergeßlich sind?" Als die anderen sie fragten, was denn los sei, fuhren sie fort: „So etwas ist uns ja noch nie zugestoßen. Als wir von zu Hause fortgingen, faßten wir ausdrücklich den Plan, Bugonoka erstmals als junge Mutter zu begrüßen. Und als wir sie hier an der Tür getroffen haben, begrüßten wir sie wie alle Tage und vergaßen völlig den einen Satz ‚Wie geht es dem Kind?' Gestern waren wir doch noch als Geburtshelferinnen hier! Leute, wie kann man so etwas vergessen! Schließlich sind wir eigens hierhergekommen, um sie erstmals als Mutter zu begrüßen. Wie kann man als Erwachsener nur so zerstreut sein, ee! Das ist ja etwas! Wahrscheinlich haben uns deshalb unsere Vorfahren dieses Sprichwort überliefert: ‚Nicht Alte oder Junge sind vergeßlich, alle Menschen sind es.' Heute haben wir Bugonoka so behandelt, als ob sie kinderlos sei. Vielleicht verwechseln wir sie mit jemandem, der krank ist, denn sie kommt gerade vom Baden und strahlt gar nicht und ist voller Trauer."

Nkwanzi sagte schnell: „Ich dachte immer, ich allein sei vergeßlich. Offenbar geht es vielen von uns so. Also hört mal zu, was mir zugestoßen ist! Dort, von wo ich herkomme, starb vor zwei Jahren in der Nachbarschaft ein alter Mann aus meiner Sippe. Er war der Eigentümer des Gehöfts, das er seinem Enkel hinterließ, da der eigene Sohn schon tot war. Jener Enkel ist ein hünenhafter Kerl, der selbst auch schon Enkel hat. Also nun stellt euch vor: Seit der Altherr des Gehöfts gestorben ist, haben wir es uns noch nicht abgewöhnen können, die Gegend nach ihm als ‚Kapapos Gehöft' zu bezeichnen. Wenn wir unsere Kinder dorthin schicken, um dies oder jenes zu holen, sagen wir etwa: ‚Hole mir meinen sonzo-Korb von Kapapo.' Wir sagen nicht einmal ‚von dem verstorbenen Kapapo'. Wäre jener Nachbar aus einer berühmten Sippe, wie es sie hier im Lande gibt, dann würde er mich wegen meiner Vergeßlichkeit als Hexe beschimpfen und behaupten, ich hätte den Altherrn getötet."

Während sie sich unterhielten, hörten sie auf einmal Bugonoka wie eine Kranke stöhnen, die tapfer ihre Schmerzen erträgt, oder wie jemand, der wegen Spulwürmern Bauchkrämpfe hat. Sie sahen, wie sie sich in der Tat den Bauch hielt, und fragten sie daher: „Schwester, hast du irumi-Schmerzen, d. h. Nachwehen?" Bugonoka erwiderte: „Vielleicht ist es so. Es hat in der Nacht angefangen. Schon als ich aufstand, machte mir mein Bauch zu schaffen, so daß meine Mutter mich fragte, was mit mir los sei, mein Magen kollere so laut. Ich höre eure Unterhaltung, aber in Wirklichkeit bin ich ganz mit mir selbst beschäftigt." Nanzala erklärte ihr: „Du leidest unter irumi-Beschwerden. Die Nachwehen können sehr schmerzvoll sein. Du mußt deswegen noch im Hause bleiben, bis der ganze mubizumbi-Ausfluß herausgekommen ist. Wir sollten dir besser eine Medizin dagegen geben, damit die Nachwehen dich nicht am Essen hindern und du nicht abmagerst. Auch soll man dir etwas geben gegen den üblen Geruch, der von der abgebundenen Nabelschnur ausgeht." Die anderen Frauen sagten: „Laß uns die Heilkräuter nach deinen Anweisungen suchen, Bibi!" Darauf Nanzala: „Ihr meint wohl, daß es für mich zu weit bis zu dem Fundort sei. Bedenkt, Myombekere pflanzt doch auch Hirse mit dieser Heilkraft an. Es ist hier in seinem Bananenhain." Darauf riefen sie Myombekere herbei und Nanzala erklärte ihm: „Bugonoka hat heftige Nachwehen bekommen. Geh und hole uns eminankonge, d. h. Stengel von der roten Hirse, die innen süß wie Zuckerrohr ist! Sie soll diese kauen, damit ihre Schmerzen nachlassen." In kürzester Zeit brachte Myombekere die gewünschten eminankonge-Stengel herbei und übergab sie Nanzala. Die reichte sie an Bazaraki zum Säubern weiter. Nachdem das Mädchen einige Stengel gesäubert und in eine Korbschale gelegt hatte, sagte ihr Nanzala: „Hör auf, das reicht als Medizin. Den Rest kannst du selbst essen." Man gab Bugonoka die Korbschale mit Hirsestengeln, und sie kaute sie. Noch ehe sie alle aufgegessen hatte, spürte sie, wie ihr Bauch sich beruhigte. Sie sagte daher: „Bewahrt den Rest auf, ich werde später weiter davon essen." Nkwanzi nahm die flache Korbschale entgegen und stellte sie beiseite.

Teil II: Die Familie

A A	Nein
ABAGWE	Sippe, die zum Kronrat gehört
ABAKAMA	Könige, Mehrzahl von OMUKAMA
ABASIRANGA	königliche Sippe
ABASITA	Sippe, deren Männer zum Kronrat gehören
ASANTE(NI)	Danke
ASANTE SANA	Danke sehr
BABA	Vater
BARONGO	Cousine Bugonokas
BASI	Ausruf: Genug! Schluß jetzt!
BAZARAKI	Hausmädchen auf dem Hof Myombekeres I, Nichte Myombekeres I, Kindermädchen Ntulanalwos
BIBI	Anredeform für eine Frau
BUGONOKA	Ehefrau Myombekeres I, Mutter Ntulanalwos
BUKINDO	Königshof, Residenz des Königs
BULIHWALI	Tochter von Myombekere I und Bugonoka, Schwester Ntulanalwos
BUSENGEZUZO	ein intriganter Nachbar
BWANA	Anredeform für einen Mann
DADA	Anredeform für die (ältere) Schwester sowie für Frauen derselben Generation
EMPAHE	Bananenbier
GALIBIKA	3. Sohn Ntulanalwos, Mutter: Netoga
GALIBONDOKA	1. Sohn Ntulanalwos, Mutter: Netoga
HAYA	Aufmunternder Ausruf: Los!
HODI(NI)	Ruf: Bitte um Einlaß
JUMBE	Titel: Vorsteher eines Distrikts
KALIBATA	1. Schwiegervater Ntulanalwos, Vater Netogas
KARIBU	Ruf: Herein!
KANWAKETA	nächster Nachbar und Blutsbruder Myombekeres I

KATETWANFUNE	Sprecher der Familie des Bräutigams bei der ersten Heirat Ntulanalwos
KATOLIRO	jüngerer Bruder Myombekeres I, Onkel Ntulanalwos
KIBUGUMA	traditioneller Heiler und Wahrsager
KUMBE	Ausdruck des Erstaunens
LABEKA	Ausdruck der Ergebenheit
LOO	Ausdruck der Überraschung
LWEGANWA	Bruder Bugonokas, Onkel Ntulanalwos
MABIBI	Anredeform für mehrere Frauen
MABWANA	Anredeform für mehrere Männer
MASALE	3. Ehefrau Ntulanalwos
MBONA	Verwunderte Frage: Warum das?
MBONABIBI	2. Ehefrau Ntulanalwos
MUNEGERA	Brautführerin bei der ersten Eheschließung Ntulanalwos mit Netoga, Schwester Kalibatas
MWEBEYA	älterer Bruder Myombekeres I, Onkel Ntulanalwos
MYOMBEKERE I	Vater Ntulanalwos, Ehemann Bugonokas
MYOMBEKERE II	2. Sohn Ntulanalwos, Mutter: Mbonabibi
NAAM	Ja
NAMWERO	Großvater Ntulanalwos, Vater Bugonokas, Ehemann von Nkwanzi
NANZALA	Mutter des Nachbarn Kanwaketa, Geburtshelferin und Heilerin
NKWANZI	Großmutter Ntulanalwos, Mutter Bugonokas
NETOGA	1. Ehefrau Ntulanalwos
NTAMBA	verfeindeter Nachbar
NTULANALWO	Hauptperson, Sohn von Myombekere I und Bugonoka
OMUKAMA	Titel des Königs
TIBWENIGIRWA	Mutter Netogas, Ehefrau von Kalibata, 1. Schwiegermutter Ntulanalwos
WALYOBA	der Jumbe, Dorfvorsteher

KAPITEL I

Die ersten Lebenstage Ntulanalwos

Am Morgen nach der Geburt von Ntulanalwo, dem Sohn Myombekeres und Bugonokas, gab man der jungen Mutter Zuckerrohr zu kauen, um die Schmerzen der Nachwehen zu lindern. Diese setzten ihr dennoch so heftig zu, daß sie sich immer wieder an den Bauch faßte und das Gesicht zu einer Grimasse verzog. In den Zeiten, in denen sie ohne Schmerzen war, beschäftigte sie sich damit, ihr Kind zu säubern.

Die meisten Mütter von Neugeborenen pflegen ihre Kinder zur Tageszeit und niemals des Nachts zu reinigen. Andere wiederum baden ihre Kleinkinder absichtlich nur in der Nacht, wenn die Hähne gerade zum ersten Mal krähen. Da es jedoch keinerlei Verbot oder Gebot gibt, das eine zu tun oder das andere zu lassen, bleibt es sich eigentlich gleich, wann ein Neugeborenes gewaschen wird. Man muß in diesem Zusammenhang übrigens auch keine Ahnenopfer darbringen. Es kommt allein darauf an, daß die Kinder saubergehalten werden.

Nachdem Bugonoka ihren Sohn Ntulanalwo gebadet hatte, gab sie ihm Kuhmilch zu trinken, die am selben Tag in ein *iburwa*-Gefäß gemolken worden war und von einer gesunden Kuh stammte, die noch nie verkalbt hatte. Dann behandelte sie den Bauchnabel des Kindes mit *kasakamutuku*-Blättern, die man für sie zu diesem Zweck gesammelt hatte.

Diese Blätter enthalten einen milchigen Saft, der herausquillt, wenn man sie vom *kasaka*-Baum pflückt. Es gibt auch Frauen, die stattdessen den Saft des *entobotobo*-Baums verwenden. In jedem Fall muß man den Saft genau auf den Bauchnabel träufeln und sorgfältig darauf achten, daß nicht andere Stellen des Körpers damit in Berührung kommen. Diese Behandlung ist morgens und abends durchzuführen, solange es hell ist.

Nachdem das Mittel auf Ntulanalwos Nabel aufgetragen worden war, reichten die Geburtshelferinnen Bugonoka das Kind und forderten sie auf, ihm die Brust zu geben. Bugonoka nahm Ntulanalwo zu sich und legte ihn erstmals an. Sogleich begann er kräftig zu saugen. Alle, die das sahen, riefen voller Freude: „Kumbe! Menschenkinder, der Kleine muß einen gewaltigen Hunger gehabt haben. Er konnte es uns nur noch nicht sagen." Beruhigt ging nun Nkwanzi, Bugonokas Mutter, zu den Bananenstauden, um Blätter zu schneiden. Auf ihnen sollte das Kind frisch gebettet werden, denn die alten, auf die man es kurz nach der Geburt gelegt hatte, waren schon weitgehend verwelkt.

Vor Einbruch der Dunkelheit fand sich der Nachbar Kanwaketa ein, um Bugonoka seinen Abendgruß zu entbieten und das Neugeborene zu betrachten. Als er sich anschickte heimzugehen, lud Bugonoka ihn zum Abendessen ein: „Karibu Kanwaketa, bleib doch noch bis nach dem Abendessen bei uns!" Er lehnte ab: „Es geht nicht. Ich muß jetzt die Kühe melken. Wir werden ein anderes Mal zusammen essen." Bugonoka ließ jedoch nicht locker: „Liegt es vielleicht nur daran, daß es dir unangenehm ist, bei einer Frau zu essen, die gerade ein Kind geboren hat?" Da mischte sich seine Frau ein: „Was du vermutest, Bugonoka, trifft in der Tat zu. Kanwaketa hat eine Abneigung gegenüber Frauen, die gerade eine Geburt hinter sich haben. Wenn ich ihn nach meinen Entbindungen aufforderte, mit mir zusammen zu essen, damit wir uns an einem gemeinsamen Gespräch erfreuen könnten, fragte er mich nur, wofür eine Speise wohl nützlich wäre, wenn man sie in Gegenwart von Frauen einnähme, die gerade geboren hätten." Bugonoka wandte sich wieder an Kanwaketa: „Was sagst du dazu? Habe ich recht oder nicht?" – „Es stimmt", gab er zu, „ihr habt ja beide recht. Aber, Bugonoka, höre nicht zu sehr auf das, was meine Frau sagt. Ich muß jetzt trotzdem schnellstens zum Melken, denn es wird schon dunkel." – „Laß doch die Kinder melken", schlug Bugonoka ihm vor. „Du aber bleib bis zum Abendessen bei uns und iß mit uns zusammen!" Kanwaketa blieb indessen standhaft: „Ich sollte dich jetzt lieber in Ruhe lassen, denn du plapperst wie ein Papagei und wirst sicherlich so schnell nicht wieder aufhören. Es ist jetzt wirklich notwendig, daß ich mich meinem Rind Chongo widme. Also gute Nacht, schlaf gut mit dem Kind!" Bugonoka erwiderte ihm: „Gute Nacht, schlaf ebenfalls gut!"

Früh am anderen Morgen stand Nkwanzi als erste auf und machte Wasser heiß, um Bugonoka damit abzureiben. Als sie sah, daß das Wasser zu kochen anfing, lief sie schnell hinter die Hütte, um trockene Blätter zu holen. Das Hausmädchen Bazaraki war derweil mit dem Schütteln der Milch beschäftigt. Schon nach kurzer Zeit erschien Nkwanzi wieder und erzählte ihrer Tochter ganz aufgeregt: „Mein Kind, ein Waran hat mich soeben furchtbar erschreckt. Als ich gerade einen *omukora*-Zweig abgebrochen hatte und seine Blätter entfernen wollte, hörte ich im trockenen Laub am Boden etwas rascheln. Das raschelnde Ding näherte sich mir, als wollte es mich angreifen. Ich bückte mich, um genauer hinzusehen. Da erkannte ich, daß es sich bereits unmittelbar vor meinen Füßen befand. Im ersten Augenblick dachte ich, es wäre eine Schlange. Ich sprang daher zurück und schrie laut um Hilfe. Doch in meinem Schrecken stolperte ich und fiel zu Boden. Als ich nochmal hinschaute, erkannte ich, daß es nur der alte Herr Waran war, der mich so erschreckt hatte. Er verschwand gerade im Loch eines Termitenhügels. Daraufhin sagte ich zu mir selbst: ‚Ee Mama, wärst du ein Mann mit einem Stock, hättest du dieses Ungeheuer getötet.' Ja, habt ihr mich denn gar nicht um Hilfe rufen hören? Ich hätte doch gedacht, daß mich wenigstens mein Schwiegersohn hören würde." Die anderen versicherten ihr, daß sie vor dem Haus nichts vernommen hätten. Daß in jenem Termitenhügel viele Warane hausten, die sich sogar an den Hühnern vergriffen, war ihnen bekannt. Bugonoka erklärte ihrer Mutter: „Ich habe deinem Schwiegersohn schon oft gesagt, er sollte die Löcher des Termitenhügels zuschütten, aber bisher vergeblich. Sag mal, hast du dir auch wirklich nicht wehgetan?" – „Nein, mein Kind! Ich habe nur mächtig gezittert, als ich daran dachte, daß Warane gelegentlich Menschen beißen und der Biß eines Warans sehr schmerzhaft sein kann. Auf dem Weg hierher habe ich mich die ganze Zeit ängstlich umgeschaut, ob der Waran nicht hinter mir her wäre." Bugonoka beruhigte sie: „Warum hast du solche Angst? Unsere Vorfahren haben gesagt: ›Bienen stechen vor al-

lem am Bienenstock, wenn sie gerade vom Honigsammeln zurückkehren‹, und ›Wer schon mal von einer Schlange gebissen wurde,
fürchtet die Eidechse nicht mehr‹. Es heißt allerdings auch: ›Was ein
Maul hat, kann beißen.‹ Ich hörte oft die Männer bei uns sagen, daß
man beim Kampf mit einem Waran unbedingt einen Lendenschurz
tragen soll wie die Angehörigen der *Kara-* und *Banyani*-Völker, denn
die Warane wären immer schnell dabei, den Frauen oder Männern
das abzubeißen, womit sie den Fortbestand ihrer Gehöfte sichern.
Oh weh, wenn ein Waran dir das antut, gehst du saft- und kraftlos
zugrunde so wie jener Bubwi, von dem die Kerewe erzählen, daß er
zu nichts nütze war und damit einer mürben Ziegen- oder Rinderhaut glich, die zerreißt, wenn man sie nur kurze Zeit getragen hat."
– „Laß das, mein Kind! Es schickt sich für eine Frau nicht, so offen
über Bubwi zu reden! Er war schon zu Lebzeiten so gut wie tot."
Und mit gedämpfter Stimme fragte sie: „Willst du wirklich mehr
über ihn erfahren? Vielleicht ist mein Schwiegersohn ja nicht in der
Nähe. Bazaraki, schau doch mal unauffällig nach, wo er sich gerade
aufhält!" Erst nachdem Bazaraki ihr bestätigte, daß er weit genug
entfernt war, fuhr sie fort: „In unserer Jugend erzählte man uns, daß
jener Bubwi an vielen Mißbildungen litt. Also er war zwar ein
Mann, aber erstens hatte er nur ein Auge. Zweitens hatte er einen
verkrüppelten Arm, so daß er kein Feld bestellen konnte. Drittens
fehlten ihm an einem Fuß zwei Zehen, darunter der große Zeh. Deswegen hinkte er. Viertens war seine Begierde auf Männer gerichtet.
Fünftens war er beschnitten. Den Kerewe-Frauen ist es bekanntlich
streng verboten, sich mit einem Beschnittenen einzulassen. Selbst
wenn ihm sonst nichts gefehlt hätte, wäre er also schon der Beschnei-
dung wegen nicht zum Heiraten tauglich gewesen. Bugonoka
konnte nur staunen: „Loo! Mit soviel Fehlern kann ein einziger
Mensch behaftet sein! Daher vergleicht man ihn also mit einem
mürben, als Kleidungsstück untauglichen Fell! Wozu ist das Leben
eines solchen Menschen schon nütze? Er kann doch nur essen und
schlafen, oder? Nach den anderen Dingen kann er höchstens Verlangen haben. Er ist von Gott verflucht, oh je! Aber ich stehe jetzt besser auf und gehe baden. Laß uns aufhören, von Bubwi und seinen
schrecklichen Mängeln zu reden!" – „Gut, mein Kind, nimm die

Blätter mit, die sich in dem *olugega*-Korb befinden, den ich bei den Mahlsteinen abgestellt habe," erwiderte Nkwanzi.

Als sie zum Badeplatz kamen, gestand Bugonoka ihrer Mutter: „Loo, heute habe ich einen Riesenhunger! Ich verspüre ihn schon, seit die Hähne zum ersten Mal krähten. Bis jetzt habe ich ihn in meinem Kindbett tapfer unterdrückt, aber nun habe ich einen ganz hohlen Bauch." – „Bisher hinderten dich nur die Nachwehen daran, so zu essen, wie es andere Wöchnerinnen zu tun pflegen, wenn sie aus ihrem Leib einen neuen Menschen hervorgebracht haben", erwiderte die Mutter. „Wenn alle Menschen so viel äßen wie die Wöchnerinnen, dauerte es nicht lange, bis die Hirsespeicher leer wären."

Nach dem Baden kehrten sie ins Haus zurück, wo sie das Neugeborene mit kräftiger Stimme schreien hörten. Nkwanzi schickte sich an, den Säugling zu waschen. Dabei tröstete sie ihn: „Beruhige dich, mein Herr! Du bist doch ein richtiger Mann. Hör auf zu schreien, ich werde dich sicher nicht schlagen! A a, hör auf, mein kleiner Großvater! Falls unser Gott Manani dich nur lange genug auf Erden leben läßt, wirst du einmal eine sehr gute Singstimme bekommen." Bugonoka warf ein: „Warum sollte er eigentlich nicht die schöne Stimme seines Vaters geerbt haben? Die Leute behaupten doch immer, daß die Eigenschaften der Eltern auch beim Kind zu finden sind." Nkwanzi trocknete das Kind nach dem Waschen ab und reichte es seiner Mutter zum Stillen. Als es satt war, holte Nkwanzi einen roten *kasakamutuku*-Zweig herbei, pflückte davon ein Blatt ab und preßte den weißen Saft heraus, wobei sie sorgfältig darauf achtete, daß er nur auf den Bauchnabel des Säuglings tropfte.

Myombekere machte sich nach dem Frühstück auf den Weg zum Heiler Kibuguma, um ihn zu fragen, wie man einem Neugeborenen die Haare, mit denen es aus dem Mutterleib herausgekommen ist, schneidet. Er selbst wußte nur, daß dies zu geschehen hatte, bevor das Kind die Geburtshütte zum ersten Mal verließ.

Als er ins Gehöft zurückkehrte, übermittelte er zunächst die ihm von Kibuguma aufgetragenen Grüße: „Er läßt euch alle, die ihr hier versammelt seid, grüßen, auch das Kindchen. Jedem Bewohner des Gehöfts läßt er einzeln seine Grüße bestellen. Nur die Hühner hat er ausgespart. Oder sagen wir besser, ich habe seine Grüße an die Hühner nicht gehört." Myombekere war gerade im Begriff, alles zu berichten, was er bei Kibuguma gehört hatte, als ihn Bugonoka unterbrach: „Komm erst einmal zur Ruhe und warte, bis nicht mehr so viele Besucher hier herumlaufen! Du kannst uns nach dem Abendessen alles erzählen." Sie wollte nicht, daß er irgendwelche Geheimnisse in aller Öffentlichkeit preisgäbe.

Nach dem Abendessen berichtete Myombekere: „Als Kibuguma die übrigen Ratsuchenden beschieden hatte, trat ich als letzter zu ihm und trug ihm mein Anliegen vor. Dabei fragte ich ihn auch, ob man dem Kind, bevor es zum ersten Mal aus der Geburtshütte herausgetragen werden könnte, die Haare von einem bestimmten Menschen scheren lassen müsse. Der Heiler antwortete mir, wir sollten dem Säugling ruhig selbst die ersten Haare entfernen und ihn dann wie ganz gewöhnliche Kinder nach draußen bringen. Die nächsten Haare sollten wir dem Kind aber wachsen lassen, bis es zu zahnen beginne. Dann sollten wir es zu ihm bringen, damit er selbst die neu gewachsenen Haare schneiden könne. Er überzeugte sich davon, daß ich alles genau verstanden hatte, worauf ich aufstand, meine Waffen ausgehändigt bekam und nach Hause zurückkehrte." Bugonoka bedankte sich bei ihrem Mann: „Also das, was der Heiler gesagt hat, klingt mir sehr gut. Vielen Dank dir, unserem fürsorglichen Beschützer!"

Drei Tage später, als Bugonoka gerade von ihrer Mutter wieder mit heißem Wasser abgerieben, Ntulanalwo gewaschen und sein Bauchnabel mit *kasaka*-Saft behandelt worden war, trafen einige Männer im Gehöft Myombekeres ein. Gleich nach der Begrüßung forderten sie den Gehöftherrn auf: „Du kannst uns ruhig über die neuesten Nachrichten vom Bukindo, dem Königshof, befragen, denn von dorther kommen wir geradewegs zu dir. Vorgestern sind wir zum Bukindo gegangen, um dem König unsere Aufwartung zu machen. Als wir heute seinen Hof verließen, litt er heftig unter der *omusaso*-Krankheit. Sollte ihn dieses Übel weiter im Griff halten, werden die Dinge unserer Einschätzung nach einen sehr schlimmen Verlauf nehmen. Aber, Bwana Myombekere, dies teilen wir dir streng vertraulich mit. Trage diese Neuigkeit nur nicht unbedacht weiter, damit man uns nicht erwürgt oder aufhängt, bloß weil wir

Armen zufällig die Geheimnisse der Könige im Bukindo erfahren haben!"

All das hatten sie ihm flüsternd mitgeteilt, so daß kein anderer im Gehöft es hören konnte. Danach erhoben sie sich eilig, um zu gehen. Man lud sie ein zu bleiben, bis das Essen bereit wäre. Sie lehnten aber ab: „Wir wollen rechtzeitig aufbrechen und weiterziehen. Der Himmel ist heute so klar, daß es wohl nicht regnen wird. Wir können darum noch bei Tageslicht unsere Gehöfte erreichen."

Myombekere geleitete sie ein Stück des Weges. Als er danach ins Gehöft zurückkehrte, erzählte er den Frauen: „Jene Fremden kamen gerade vom Bukindo. Dort haben sie unseren Herrscher krank und mit großen Schmerzen zurückgelassen. Sie schüttelten bedenklich ihre Köpfe und meinten, daß die Leute im Lande sicherlich bald sehr traurig würden, sollte sich die Gesundheit des Omukama nicht bessern. Da ihr Frauen gerne Gerüchte verbreitet, bitte ich euch diesmal, ausnahmsweise nichts davon weiterzusagen. Falls ihr von anderer Seite etwas über die Krankheit des Königs erfahrt, tut überrascht, so als ob ihr zum ersten Mal davon hörtet. Ihr sollt keinesfalls als erste davon anfangen zu reden!" Die Frauen erwiderten: „Uns sind solche Angelegenheiten zu verwickelt, obwohl auch wir uns darüber Sorgen machen."

Während sie sich noch unterhielten, hörten sie vom Hoftor eine Stimme: „Hodi, darf man eintreten?" Myombekere richtete seinen Blick in die Richtung des Rufers und erkannte Lweganwa, den Bruder seiner Frau. Er befand sich in Begleitung seines jüngeren Vetters Kamuhanda, der ihm half, eine Last frischer *ensato*-Fische und die zwei Hälften eines *emamba*-Fisches zu tragen. – Letzteren dürfen seit Menschengedenken nur Männer essen. – Myombekere verkündete mit lauter Stimme: „Wir bekommen Besuch!" – „Wer ist es denn", fragten die Frauen. – „Mein Schwager Lweganwa und sein Begleiter Kamuhanda!" Damit sprang er auch schon auf und eilte zum Hoftor, um die Besucher willkommen zu heißen. Sie waren Gäste, die er gern in seinem Gehöft sah. Ja, heute hatte er geradezu das Gefühl, daß ihm durch ihren Besuch ein besonderes Glück zuteil wurde.

Die Frauen holten eilfertig für die Ankömmlinge Stühle herbei, während Myombekere erst einmal die mitgebrachten Fische in seine

Schlafhütte trug. Dabei mußte er an seiner Schwiegermutter vorbeigehen, die, wie es sich gehörte, zur Seite trat und ihm Platz machte. Alsdann begab er sich wieder in den Hof, um mit den Gästen der Sitte gemäß Grußworte auszutauschen. Zunächst richtete er sich an Lweganwa, weil er der Ältere von beiden war. Er faßte seine beiden Hände und sprach: „Wir haben uns lange nicht gesehen, Bruder der jungen Mutter. Wie geht es euch allen, wie geht es vor allem der Schwägerin und ihrem Kind?" Und Lweganwa erwiderte: „Uns geht es ausgezeichnet, mein Schwager. Unser Kind hatte zwar neulich Fieber, aber jetzt ist es wieder gesund." – „Und was macht mein Schwiegervater?" – „Auch ihm geht es gut. Aber als er neulich abends von euch heimkehrte, stolperte er in der Dunkelheit in ein Erdferkelloch und verstauchte sich dabei einen Fuß. Erst am Morgen schickte er mich los, *obwanda-* und *amakugwe*-Kräuter zum Einreiben zu suchen. Nachdem wir seinen Fuß vier Tage lang morgens und abends damit eingerieben hatten, konnte er wieder wie gewöhnlich bis zum See gehen. Wir befürchteten schon, daß die Verletzung in seinem Alter nicht vollständig ausheilen würde, aber jetzt geht es ihm wieder ausgezeichnet." Myombekere war erschrocken: „Loo! Also darin liegt der Sinn des Sprichworts: ›Keiner ist vor Unfällen gefeit‹. Der Schwiegervater ging völlig gesund von hier weg und kam verletzt bei euch an! Während wir hier dachten, daß es euch allen dort gut ginge, war es in Wirklichkeit gar nicht so."

Nachdem die Männer untereinander ihre Neuigkeiten ausgetauscht hatten, gingen Lweganwa und Kamuhanda ins Haus, um auch die Frauen zu begrüßen. Nkwanzi fragte ihren Sohn: „Sag mal, fangt ihr immer noch so viele Fische wie zur Zeit meines Weggangs?" – „Nicht so viele wie im vergangenen Monat, Mutter. Die Fischerei auf dem See ist schwieriger geworden, und selbst im Fluß fangen wir in den *orubigi*-Reusen jetzt weniger. Als ich gestern morgen dort nachsah, konnte ich nur einhundertfünf *ensato*-Fischchen aus dem Wasser ziehen. Nachmittags fanden wir nochmals etwa ebenso viele *ensato*-Fische und auch einen *emamba*-Fisch. Deswegen meinte der Vater, ich sollte besser meiner Schwester anläßlich der Geburt ihres Kindes bald einige Fische bringen. Er hätte von jemandem aus dieser Gegend erfahren, daß sie inzwischen Mutter geworden wäre. Ich überdachte den Vorschlag und bat meinen Vetter Kamuhanda, heute früh beim ersten Hahnenschrei zu mir zu kommen, um mich auf der Reise zu begleiten, denn soviele Fische können, vor allem in der Dunkelheit, nur von zweien getragen werden."

Draußen im Hof bedankte sich Myombekere überschwenglich bei Lweganwa: „Ihr habt mir einen großen Gefallen getan, Schwager. Dafür bin ich euch sehr dankbar. Es hat mir nämlich sehr viel Mühe bereitet, für die Wöchnerin Fisch und Fleisch zu besorgen. In unserer Gegend gibt es zwar *abagonzo*-Fischer, die große *embozu*-Fische in Massen fangen, aber sie lassen sich ihren Fang zu teuer bezahlen. Sprichst du sie an und erklärst ihnen, daß du die Fische unbedingt benötigst, weil deine Frau gerade entbunden hat, bringen sie dich mit der Frage aus der Fassung, warum du ihr denn kein Rind geschlachtet hättest. Wo hat man im Kereweland schon einmal erlebt, daß einer Wöchnerin sofort nach der Entbindung ein Rind geschlachtet worden wäre? Wenn du sie auf dieses Verbot hinweist, bleiben sie völlig ungerührt, denn in ihren Gehöften siehst du weder den Abdruck von Hufen noch irgendwelchen Kuhmist. Du kommst dir äußerst dumm vor in deiner Lage. Du streckst ihnen wie ein Bettler die offenen Hände entgegen, bloß damit sie dir etwas Fisch verkaufen. Was kannst du sonst schon tun? Schließlich bist du derjenige, der etwas braucht, und sie sind diejenigen, die es besitzen. Wenn du ihnen sagst, bei dir zu Hause sei jemand krank, und sie um Fisch für den Kranken bittest, fragen sie dich nur, ob dein Angehöriger auch krank geworden wäre, wenn es sie, *abagonzo*-Fischer, nicht gäbe. Sie seien doch schließlich nicht die einzigen im Lande, die sich auf den Fischfang verstünden. Ähnliches antworten sie dir sogar, wenn du sie bei einem Trauerfall um Fisch bittest, um am Morgen nach der Nacht der Totenklage die Trauergäste zu beköstigen. Auch dann fordern sie dich auf, ein Rind zu schlachten. So sind hier bei uns die Fischer. Sie sagen dir ihren Spott und ihre Erniedrigungen schamlos ins Angesicht getreu dem Sprichwort: ›Wer in Not ist, der hat keine Ohren für Beschimpfungen‹. Und wenn sie sich schließlich darauf einlassen, dir Fische zu verkaufen, geben sie sich dabei äußerst hochnäsig. Du zeigst auf einen Fisch und sagst: ›Gib mir diesen!‹ Sie aber stellen sich taub und laufen umher, als ob sie gar nichts verkaufen wollten. Oder sie nehmen irgendeinen Fisch in die Hand, so daß du denkst, den wollen sie dir zum Kauf anbieten, und wenn du darauf eingehst, legen sie ihn wieder zurück. So spielen sie mit dir. Du denkst nur daran, daß die Deinen zu Hause weder Fisch noch Fleisch haben und du den langen Weg zum See schließlich nur zurückgelegt hast, um von diesen Leuten Fisch zu kaufen. Was du für den Kauf bezahlen willst, das hältst du seit langem bereit, aber du kommst nicht voran. Darüber, Schwager, kannst du nur staunen. Schließlich kennst du das Sprichwort unserer Vorväter: ›Dem, der etwas besitzt, bricht man nicht die Hand‹, was ja heißt, daß du den Eigentümer einer Sache nicht zwingen darfst, dir diese herauszugeben.“ – „Ee, so ist das nun mal“, erwiderte Lweganwa. „Die Leute hielten dich für verrückt, wenn du einen Eigentümer umbrächtest, nur um an seinen Besitz zu kommen. Wir haben großes Mitleid mit euch, weil ihr viel schwieriger an Fisch oder Fleisch kommt als wir auf der anderen Seite der Insel. Wirklich, bei uns ist die Lage viel besser. Höre, Schwager, im vergangenen April gab es in unserem Gehöft und bei unseren Nachbarn nur noch ein paar *ensato*- und *ngonogono*-Fische. Jeden Tag kamen Leute mit ihrer Hirse, um dafür Fische von uns einzutauschen, und wir verkauften ihnen trotz unseres eigenen Mangels welche und gewährten ihnen sogar noch die sonst übliche Zugabe. Wenn man Fische im Überfluß hat, wie kann man sich dann den Käufern gegenüber so aufspielen wie die Fischer in eurer Gegend? Nein, das ist kein gutes Benehmen! Männer sollten einander nicht erniedrigen. Wer das tut, hat eine üble Wesensart. Schwager, kann es denn sein, daß die Fischer, von denen du erzähltest, einem anderen Volk angehören?“ – „A a“, verneinte Myombekere. „Es handelt sich um Seserongo. Sie zählen seit alters her zu unserem Volk. Denkst du, sie gehören zu einem anderen Volk, etwa zu den *Ruri, Kwaya* oder *Jita*? Nein, das ist nicht der Fall!“ Lweganwa stellte fest: „Jedenfalls sind das keine Leute von Anstand.“ Myombekere beendete das Gespräch mit dem Vorschlag, zum Nachbarn Kanwaketa zu gehen: „Vielleicht gibt es dort ja sogar Bananenbier.“

Bei Kanwaketa gab es tatsächlich Bier. Myombekere und seine beiden Gäste erhielten einen ganzen Tonkrug voll, den sie im Hof

Kanwaketas leerten. Im Bananenhain vor dem Gehöft lagerte eine weitere Gruppe von Männern, die über alle Maßen dem Bier zusprachen. Einer von ihnen, schon reichlich betrunken, gesellte sich schließlich zu Myombekeres Gästen, um mit ihnen Streit anzufangen. Myombekere warnte ihn zwar eindringlich, doch wurde er selbst von dem Betrunkenen angegriffen und in eine Rauferei verwickelt. Die Biertrinker, die im Bananenhain gesessen hatten, stürzten herbei, und es entstand ein großes Durcheinander. Plötzlich, puu, fiel der Betrunkene zu Boden. Die Umherstehenden lachten ihn aus. Myombekere hielt ihn mit einem kräftigen Griff im Genick nieder. Als er ihn schließlich losließ, weil er glaubte, der Angreifer hätte sich wieder beruhigt, war dieser jedoch noch wütender geworden, stand auf und schlug wahllos um sich. Dabei zerbrach er den Tonkrug, aus dem Myombekere und seine Gäste getrunken hatten. Als Kanwaketa sah, daß der von ihm besonders geschätzte Krug, dem er den Namen *Lwambwiga* gegeben hatte, zu Bruch gegangen war, platzte er vor Wut und stürzte sich auf den Raufbold, um ihn zu verprügeln. Die jungen Männer aus der Gruppe der Biertrinker hielten ihn aber zurück und schlugen ihm vor: „Wir wollen ihn alle mit Stöcken bearbeiten. Schließlich hat er unseren Frieden gestört und, indem er mutwillig das Bier aus dem Krug verschüttete, dem Ansehen unseres Königs einen Schaden zugefügt." Sie griffen zu Stöcken und schlugen heftig damit auf ihn ein. Am Ende hatte er von so vielen Schläge erhalten, daß er nicht sagen konnte, wer ihm die große Wunde am Kopf beigebracht hatte. Auch Lweganwa und Kamuhanda beteiligten sich an der Prügelei und rächten so die Beschimpfungen, die er ihnen anfangs zugefügt hatte. Als der Betrunkene keinen Widerstand mehr leistete, jagten ihn die Leute vom Hof.

Nach dem Zwischenfall rief Kanwaketa seinen Freund ins Haus und erklärte: „Heute habe ich nur wenig Bier. Du hast selbst gesehen, wie knapp es ist. Aber ich überlasse dir diese *engunda*-Kalebasse mit Bier. Ich habe sie eigentlich für mich selbst beiseite gestellt. Leere sie mit deinen Gästen auf deinem Gehöft und vergiß auch nicht, deiner Schwiegermutter einen Schluck abzugeben! Oder trinkt sie etwa kein Bier?" Myombekere erwiderte: „Sie ist doch eine

Kerewe-Frau! Wie wird sie sich da des Bieres enthalten können?" Kanwaketa ergriff die Kalebasse und sagte: „Gehen wir! Ich werde euch noch ein kurzes Stück Wegs begleiten und dann schnell heimkehren. Vielleicht kommt der Betrunkene nochmal zurück. Du weißt ja, was für ein Raufbold er ist und wie gern er zur Waffe greift. Sollte er uns bewaffnet aufsuchen, werden wir ihn im Gehöft mit unseren eigenen Waffen erwarten." Er versteckte die *engunda*-Kalebasse mit dem Bier unter einer Ziegenhaut und trug sie so zum Hoftor hinaus. Draußen überreichte er sie Myombekere, und die Männer verabschiedeten sich voneinander.

Zu Hause war Bugonoka schon mit heißem Wasser abgerieben worden. Nkwanzi war gerade wieder damit beschäftigt, den Bauchnabel des Kindes mit Heilkräutern zu behandeln. Bugonoka empfing ihren Mann mit den Worten: „Meine Anteilnahme wegen der Ungelegenheiten. Sag mal, welchen Anlaß hatte eigentlich der Lärm, den man bis zu uns hin hören konnte? Wir haben hier immer nur verstanden: Schlagt ihn zusammen, schlagt ihn zusammen!" Myombekere schilderte ihr daraufhin den genauen Hergang der Rauferei. Nach dem Bericht bot er seiner Schwiegermutter das Bier, das er mitgebracht hatte, an: „Schwiegermutter, nimm dieses Bier! Mein Freund Kanwaketa hat es mir für dich mitgegeben, obwohl er heute selbst nicht viel Bier hat." Nkwanzi nahm die Kalebasse mit den Worten entgegen: „Mein Schwiegersohn, Kanwaketa hat mir einen großen Gefallen erwiesen. Aber laß das Bier zunächst stehen, bis wir mit dem Kochen fertig sind, dann wollen wir uns dem Trinken widmen. In einer alten Erzählung heißt es: Das Schaf weigerte sich, auf einmal gegessen zu werden, und sagte: ›Schneide mich sorgfältig auf und zerlege mich Stück für Stück!‹ Der Hase weigerte sich ebenfalls und gab als Grund an, daß man nicht zwei Dinge auf einmal tut."

Myombekere holte eine neue Rinderhaut herbei, um seinen Schwägern im Hauptraum der Hütte, dort, wo morgens die Milch geschüttelt wird, eine Schlafstatt zu bereiten. Lweganwa und Kamuhanda ließen sich sofort darauf niederfallen. Ihr wißt ja, wie schläfrig jemand ist, der viel Bier getrunken hat. Kurz darauf stand Lweganwa aber schon wieder auf und sagte taumelnd: „Schwager, mir bricht plötzlich der Schweiß aus, und ich habe ein Gefühl, als ob ich mich übergeben müßte. Ich will lieber nach draußen gehen." Er ging hinaus hinter das Haus, wo er sich tatsächlich erbrach. Myombekere lief eilig mit einer Schöpfkelle voll Wasser hinter ihm her und goß sie über seinem Kopf aus. Lweganwa wusch sich mit der rechten Hand das Gesicht, während er sich mit der linken Hand stützen mußte. Nachdem er nochmals kräftig gerülpst hatte, sagte er: „Schwager, nachdem ich meinen Magen erleichtert habe, geht es mir wieder besser. Wenn ich viel Bier trinke, wird mir oft schlecht, und mein Herz rast, bis ich mich übergebe. Wenn ich das Bier wie jetzt erbreche, werde ich meistens wieder munter und kann weitertrinken, ohne daß mir nochmals schlecht wird. Wie mag es wohl den Würmern in meinem Bauch dabei ergehen? Wir wissen es nicht!" Myombekere fügte hinzu: „Jeder Mensch hat nun mal seine eigene Beschaffenheit!"

Nach dem Abendessen versammelten sie sich wieder bei der Schlafstelle im Hauptraum und leerten dort gemeinsam die Kalebasse Bier, die ihnen Kanwaketa mitgegeben hatte. Darüber wurden sie allmählich müde und schliefen ein.

Am nächsten Morgen gaben sich die Frauen alle Mühe, den Gästen das Frühstück möglichst früh zuzubereiten. Diese aßen und machten sich alsbald auf den Heimweg. Beim Abschied trug Nkwanzi ihrem Sohn auf: „Sag deinem Vater, daß ich noch ein paar Tage hierbleibe, bis Bugonoka wieder ganz zu Kräften gekommen ist. Berichte ihm auch, daß das Kind morgen, falls es allen gut geht, zum ersten Mal aus der Geburtshütte herausgebracht wird." Auf dem Heimweg besprachen Lweganwa und sein Gefährte Kamuhanda, was man ihnen beim Biertrinken von der Krankheit des Königs erzählt hatte.

KAPITEL 2

Der Neugeborene verläßt erstmals die Geburtshütte

Vier Tage nach der Geburt fiel die Nabelschnur Ntulanalwos ab. Seine Mutter hob sie auf, betrachtete sie aufmerksam von allen Seiten und verwahrte sie dann sorgfältig in einer flachen Korbschale, wohl wissend, daß die Nabelschnur am folgenden Tag, wenn das Kind erstmals herausgetragen werden sollte, noch gebraucht werde. Als Nkwanzi, des Kindes Großmutter, davon erfuhr, wandte sie sich an den jungen Vater: „Schwiegersohn, wir haben jetzt beide etwas zu tun. Die Nabelschnur des Kindes ist abgefallen. Wenn du einen jüngeren Bruder hast – er braucht nicht von derselben Mutter abzustammen –, dann denk daran, daß er dir morgen abend Zweige vom *omulama*-Baum abschneiden muß. Geh nun zu ihm und fordere ihn auf, dies zu tun! Er soll die zwei *omulama*-Ruten herbringen und in diesem Hause niederlegen. Morgen müssen wir das Kind erstmals aus der Geburtshütte hinaustragen. Dazu benötigen wir sie.

Als die Sonne den Nachmittag anzeigte, ging Myombekere zu seinem Bruder, um das, was ihm die Schwiegermutter aufgetragen hatte, von ihm zu erbitten. Noch ehe es Abend wurde, brachte der Bruder die beiden *omulama*-Zweige. Myombekere trug sie sogleich in die Geburtshütte zu seiner Frau, die ihn bat: „Leg sie dort auf den Flachkorb, auf dem sich schon die abgefallene Nabelschnur unseres Sohnes und einige Saatkörner befinden! Wir wollen alles zusammen morgen mit dem Kind hinaustragen." Er folgte genau ihren Anweisungen.

Nachdem es ganz dunkel geworden war, rief Bugonoka ihren Mann herbei, um das erste Hinaustragen des Neugeborenen aus der Geburtshütte durch den Bullenhorn-Brauch vorzubereiten. Dazu mußten sie gemeinsam in das Horn eines Bullen pinkeln und ihren Urin den Ahnen opfern. Es sollte dadurch bewirkt werden, daß sich

ihr Blut vereinte und ihr Kind in seinen ersten Lebenstagen vor der
makile-Krankheit geschützt würde.

Die jungen Eltern begaben sich gemeinsam vor den Ahnenschrein, und Myombekere steckte dort das Horn in den Boden.
Dann pinkelte er hinein, er als Mann mit seinem eigenen Urin. Dabei achtete er darauf, daß noch genügend Platz für den Urin seiner
Frau blieb. Er reichte das Horn an Bugonoka weiter, und sie nahm
es von ihm in Empfang, hockte sich nieder und pinkelte ebenfalls
hinein. Dabei füllte sie das Horn über den Rand, so daß etwas Harn
auf die Erde floß. Da lächelte Myombekere sie an, und auch sie
mußte lächeln. Sie streckte ihm das volle Horn entgegen. Er ergriff
es mit seiner linken Hand und goß den Urin hinter dem Ahnenschrein aus. Danach hängte er es oben an einem Pfosten vor dem
Schrein auf. Bugonoka kehrte in die Geburtshütte zurück, während
Myombekere sich zum Feuerplatz im Hof seines Gehöfts begab.

Plötzlich wurden die Frauen in der Geburtshütte von einer kleinen feuerroten Schlange aufgeschreckt, die aus dem Dachstroh nach
unten fiel. Bugonoka fing sich als erste und rief laut: „Yala, Mama,
wir sterben!" Augenblicklich sprang sie auf, riß ihr Kind an sich und
nahm es fest in ihre Arme. In einer Ecke des Raums, fern von der
Schlange, blieb sie zitternd stehen. Kumbe! Myombekere kam eilig
von der Feuerstelle zur Hütte gelaufen, um sich nach dem Grund für
den plötzlichen Schreckensruf zu erkundigen. Noch im Laufen ergriff er einen Stock, um den hilferufenden Frauen beizustehen. Er
fand die Schlange an der Stelle, wo sie aus dem Dachstroh herunter-
gefallen war, dicht neben der Lagerstätte, auf der Bugonoka mit dem
Kind zu schlafen pflegte. Ohne weiter nachzudenken, hob er seinen
Arm, um die Schlange zu erschlagen. Seine Schwiegermutter hielt
ihn aber gerade noch rechtzeitig davon ab: „Laß das, mein Sohn!
Töte sie bloß nicht! Das ist streng verboten. Weißt du denn nicht,
woher diese Schlange kommt? Sie ist kein gewöhnliches Tier, sondern eine Geisterschlange! Sag deiner Frau, sie soll dir sofort Wasser
geben. Nimm es in deinen Mund und besprühe die Schlange damit!" Bugonoka reichte ihm das Wasser, wobei sie ihr Kind fest in
den Armen hielt. Myombekere nahm den Mund ganz voll Wasser,
so daß sich seine Backen aufblähten. Dann besprühte er die Schlan-

ge, die, ehe sie sich versahen, verschwand. Loo, Ei! Überall suchten sie vergebens nach ihr. Wo sie wohl stecken mochte? Selbst als sie Bugonokas Lagerstätte hochhoben, entdeckten sie nichts mehr. Da meinte Nkwanzi: „Was uns da plötzlich beunruhigt und sich dann in nichts aufgelöst hat, ist nur eine Geisterschlange. Wenn man sie mit Wasser besprüht, wird sie unsichtbar. Sie verschwindet dadurch völlig. Kumbe, ihr seid doch noch rechte Kinder, daß ihr nun danach sucht! Wie solche Schlangen verschwinden, kann kein Mensch wissen. Es bleibt ein Geheimnis." Das war ein Machtwort, mit beiden Händen zu greifen. Sie ließen sofort von der Sache ab, aßen zur Nacht und legten sich zum Schlafen nieder.

Als es anderntags dämmerte und die Leute aus ihren Betten hervorkrochen, wurde Myombekere sogleich von Nkwanzi gefragt: „Schwiegersohn, warum bist du noch nicht losgezogen, um Gras und Schilf der Sorten *olubingo* und *olusinga* für ein Amulett sowie *omulindi*-Holz für einen Schild zu suchen?" Myombekere machte sich umgehend auf den Weg. Unterwegs ging er bei seinem Nachbarn Kanwaketa vorbei, um ihn einzuladen, ihnen beim Verzehr der Ziege zu helfen, die sie für das neue Tragefell des Säuglings schlachten wollten. Dann begab er sich zur Hütte der greisen Nanzala und bat sie um Gras für das *lw'enkona*-Amulett. Die alte Frau reichte es ihm. Ehe er weiterging, forderte er alle nochmals auf: „Verspätet euch nur nicht! Macht euch bald auf den Weg!" Worauf sie ihn beruhigten: „Jawohl, geh nur schon voraus! Wir werden dir gleich folgen."

Auf dem Rückweg ging Myombekere an der Stelle vorbei, wo *olusinga* und *olusombwa* wuchsen und nahm auch vom *olubingo*-Schilf einige Halme mit. Zurück im Gehöft, forderte man ihn auf, die Dinge in den Flachkorb zu der abgefallenen Nabelschnur und den Saatkörnern zu legen. Bei letzteren handelte es sich um Hirsekörner, Bohnen und Kerne von süßen Wassermelonen. Zu all diesen Dingen fügte Myombekere noch die getrockneten Sehnen eines mit der Axt getöteten Rindes, woraus eine Kordel zum Zusammenbinden des *lw'enkona*-Amuletts verfertigt werden sollte. Dann ergriff er ein Buschmesser und begab sich zum See, um *omulindi*-Holz zu schneiden.

Schnell kam er nach Hause zurück, wo er schon die greise Nanzala und die Frau Kanwaketas damit beschäftigt vorfand, das Amulett anzufertigen. Andere Frauen drehten aus Sehnen ein Seil, das als Befestigung für das neue Tragefell des Kindes dienen sollte. Myombekere schickte den Hausjungen Kagufwa zu Kanwaketa und ließ ihm ausrichten, er möge grüne Bananenblätter mitbringen, um darauf das Ziegenfell zum Tragen des Kindes zu bearbeiten. Auch sollte er die kleinen Speere, die *kanabuhotora* genannt werden, nicht vergessen. Im Gehöft hatten sich unterdessen schon einige Männer eingefunden, die Myombekere ebenfalls eingeladen hatte, an dem Ziegenopfer für das Kind teilzunehmen. Die meisten von ihnen stammten aus seiner Sippe.

Einige Kerewe bringen das Kind am Morgen, andere am Abend zum ersten Mal nach draußen, jedoch niemals zur Mittagszeit. Das entspricht nicht der Sitte. Es ist vielmehr das Bestreben eines jeden Menschen hier im Lande, der etwas auf sich hält, das Kind morgens oder abends aus der Hütte zu holen. Wir müssen allerdings zugeben, daß einige die Bräuche beim Abfallen der Nabelschnur nicht mehr beachten. Ihnen fehlen einfach die rechten Lebensgrundsätze.

Als die Frauen im Haus das *lw'enkona*-Amulett mit Hilfe von Sehnen zu einem kleinen Täschchen zusammengebunden hatten, legten sie Federn vom *enkona*-Vogel und vom *kamunyamunya*-Vogel hinein, um das Kind so vor Krankheit und bösen Geistern zu bewahren. Beide Übel werden nämlich diesen zwei Vogelarten zugeschrieben. Um sie zu verstärken, umsäumten die anderen Frauen die Oberkante des Tragefells mit einer Sehnenschnur. Mit einer anderen Schnur aus den Sehnen einer mit der Axt getöteten Kuh befestigten sie das Amulett so am Kopf des Kindes, daß es locker herunterbaumeln konnte. Dann schickten sie sich an, das Neugeborene erstmals nach draußen zu bringen. In einem alten Umschlagtuch von Bugonoka banden sie den kleinen Ntulanalwo einem noch unreifen Mädchen auf den Rücken. Sie gossen ein wenig Wasser in einen hölzernen *olusabuzyo*-Trog, worin ein mit *olubingo*-Gras zusammengebundenes Bündel von kleinen Reisern des *olusombwa*-Strauchs steckte. Nkwanzi griff dieses Gefäß mit der linken Hand. In die rechte Hand nahm sie das Reisigbündel. Dem Mädchen, das

Ntulanalwo auf dem Rücken trug, gaben sie eine neue frisch einge-
stielte Hacke. Bugonoka hielt den Flachkorb mit der Nabelschnur
des Kindes und dem Saatgut, mit Hirse, Bohnen und Melonenker-
nen, in ihren Händen. Dann schritten sie feierlich nach draußen.
Bugonoka führte den Zug an. Das Mädchen mit Ntulanalwo auf
dem Rücken ging unmittelbar hinter ihr. Dann kam Nkwanzi, die
Großmutter des Kindes, gefolgt von den Nachbarinnen, Nanzala
und Kanwaketas Frau. Draußen befahlen sie dem Mädchen: „Ak-
kere hier! Dies ist dein Feld." Das Mädchen schlug darauf mit der
Hacke tief in die Erde, dreimal hintereinander. Damit waren die An-
forderungen für das Ahnenopfer erfüllt. Die alte Nanzala sagte zu
Nkwanzi: „Es müßte bald mal regnen, denn die Felder sind allzu
trocken." Diese tauchte darauf das kleine Bündel aus *olusombwa*-
Reisern in das Wasser des *olusabuzyo*-Trogs und besprengte damit
das Mädchen und den neugeborenen Ntulanalwo. Dreimal vollzog
sie diese Handlung, dann sprach sie mit klarer Stimme: „Der Regen
fällt, der Regen fällt. Meine Mitmenschen, ihr Töchter, der Regen
fällt, lauft schnell, auf daß er uns nicht hier im Buschland antreffe!"
Das Mädchen mit dem Kind auf dem Rücken begann zu laufen,
und alle liefen mit ihr, während sie fröhlich lachten. Es war wie bei
einem Spiel, gehörte aber zum Ahnenopfer. Im Schatten der Türe
hielten sie inne, nahmen Ntulanalwo vom Rücken des Mädchens
und übergaben ihn Bugonoka. Sie setzte sich in die Türöffnung und
legte ihn zwischen ihre Schenkel. Darauf rasierte Nkwanzi die
Haupthaare Ntulanalwos, mit denen er auf die Welt gekommen
war, wozu sie das Wasser im *olusabuzyo*-Trog benutzte. Die anderen
Frauen gingen indessen wieder ihren alltäglichen Beschäftigungen
nach. Sie mahlten Hirse und kochten die Beikost für das Ziegenfleisch, das anläßlich der Herstellung des Tragefells für das Neugeborene anfallen würde.

Nachdem die Haupthaare Ntulanalwos abrasiert waren, begann
der Anteil der Männer am Ahnenfest. Ein Wahrsager traf ein, um
die Eingeweide der Tragefell-Ziege zu beschauen. Der Sippenälteste
forderte Myombekere auf: „Bete nun zu den Ahnengeistern, damit
sie selbst die Ziege schlachten. Nimm dann einen kleinen *nabuhoto-
ra*-Speer in die linke Hand, umgreife die Ziege mit der rechten

Hand und schiebe sie in die Öffnung der Hüttentür in die Nähe des Kindes. Sprich dort wiederum ein Gebet, damit die Ahnen die Ziege häuten." Myombekere erhob sich, ergriff geschwind seinen Speer und folgte dem ausgewählten Ziegenbock. Er fesselte ihn und brachte ihn zur Hüttentür, nahe der Stelle, wo der Säugling immer noch zwischen den Schenkeln Bugonokas lag. Dort kniete er nieder und sprach in Richtung auf seinen Sohn diese Worte: „Nimm deine Ziege entgegen! Sie ist es, die wir dir geben, die wir für dich schlachten, damit du ein Tragefell bekommst, das dir Gesundheit verleihen soll!" Dann wandte er sich an die Ahnen, die vor langer Zeit gestorben waren, deren Namen man aber noch kannte: „Du Soundso und du Soundso, ihr unsere verstorbenen Sippenältesten, wir laden euch alle zusammen ein herzukommen. Nehmt die Ziege des Kindes entgegen, die wir heute schlachten wollen, um aus ihrem Fell ein Tragefell anzufertigen! Möge dem Kind sein Leben lang Glück und Gesundheit beschieden sein!" Nun ergriff der Sippenälteste wieder das Wort: „Gut, Myombekere, das ist genug so!" Der Wahrsager reichte den anwesenden Jungen sein Haumesser, stand auf und erdrosselte gemeinsam mit Myombekere die Ziege. Darauf befahl er den Jungen, die sein Haumesser in Händen hielten, daß sie schnell das Fell der toten Ziege von den Läufen abtrennen und es ihr dann ganz abziehen sollten. In kurzer Zeit hatten sie das Fell der toten Ziege, die auf dem Rücken lag, abgelöst. Ebenso rasch machten sie sich vor der Hüttentür ans Abhäuten. Zu diesem Zeitpunkt erhielt Bugonoka die Erlaubnis, mit dem Kind in die Hütte zu gehen, denn das Gebet, das wegen des Tragefells für das Kind an die Ahnen gerichtet werden mußte, war nun beendet, und es gab daher keinen Grund mehr, Mutter und Sohn länger am Opferplatz verweilen zu lassen.

Die Jungen häuteten die Ziege vollständig ab. Dann schnitt der Wahrsager den Bauch auf und holte die für das Orakel benötigte Bauchdecke heraus, die mit ihren Fettlappen über den Innereien lag, das heißt über der Milz, dem Herzen, der Lunge, den Nieren und den anderen kleineren Eingeweideteilen. Er betrachtete sie aufmerksam und suchte nach Hinweisen auf den König und seine Herrschaft, auf Krieg und Frieden in den kommenden Jahren, nach Heuschreckenplagen und nach Seuchen wie Pest und Pocken. Er schaute nach Dürre und Hochwasser. Mehrmals griff er in die Eingeweide, bis er in einer Falte ein Stück fand, das die Wahrsager *ibigo* nennen. Er stellte fest, daß für Myombekeres Gehöft alles günstig aussah. Seine Familie werde eine glückliche Zukunft haben und sich bester Gesundheit erfreuen. Immer wieder wühlte er in den Eingeweiden und betrachtete sie auf das genaueste. Dabei entdeckte er unter anderem, daß Bugonoka nochmals schwanger werden und eine Tochter gebären würde. Als die Frauen im Haus diese gute Nachricht vernahmen, stießen sie vor Freude und um die Wahrsagung zu preisen, Freudentriller aus. Dann ergriff der Wahrsager das Herz der Opferziege. Er betrachtete es nur kurz, schüttelte seinen Kopf und legte es wieder hin. Darauf nahm er die Lungen, drückte die noch darin enthaltene Luft heraus, legte sie flach auf seine Hand und überprüfte, ob sie nicht einen Hinweis auf das Schicksal des Königs enthielten. Er untersuchte sie mit Ausdauer, überaus sorgfältig, und die Leute sahen ihn nochmals seinen Kopf schütteln. Schließlich fragten sie ihn: „Warum schüttelst du immer wieder deinen Kopf? Kläre uns offen über das Geheimnis auf! Sind wir nicht alle von ein und derselben Sippe? Als ob einer das Geheimnis nach außen tragen würde! Nur Kanwaketa gehört nicht zu unserer Sippe, aber er ist uns durch Blutsbruderschaft verbunden. Ein reifer Mensch wie er wird nichts unüberlegt verbreiten oder ausplaudern, was sich heute beim Ziegenopfer herausgestellt hat. Er ist unser aller Vertrauter." Der Wahrsager fragte sie: „Wünscht ihr, daß ich vor allen Menschen spreche?" Sie erwiderten: „Naam! – Ja!" – „Also, wenn ich euch wirklich alles mitteilen soll," fuhr der Wahrsager fort, „dann habe ich euch folgendes zu enthüllen: Ich sah, daß der Thron des Königs an der Seite stand, nicht in der Mitte, wie es sich gehört. Wartet, ich werde jetzt noch offener zu euch sprechen, da ihr ja wollt, daß ich nichts vor euch verberge. Schließlich habe ich meine Wahrsagekunst nur als Leihgabe. In Wirklichkeit gehört sie meinen Vorvätern. Also ich sah ganz klar, daß die Krankheit unseres Königs unheilbar ist. Es bleiben nur noch wenige Tage, dann werdet ihr erfahren, daß er seinem längst verstorbenen Vater gefolgt ist. Und ihr werdet die Angehörigen der Königssippe um die Herrschaft streiten sehen. Zu Tausenden werden sich die Leute mit Speeren sowie Pfeil und Bogen zusammenrotten! Aber bei diesen Streitigkeiten wird kein Mensch sterben. Es wird dort am Königshof allerlei Zwietracht geben bis zu jenem Tage, an dem sie den neuen Omukama wählen und auf den Thron setzen. Ei! Mir armem Menschen bleibe die Lüge fern! Schließlich ist mir das alles so gesagt worden von der Ziege für das Tragefell des Kindes Ntulanalwo, Sohn des Myombekere. Fragt mich armen Menschen nicht, warum!" Darauf erwiderten seine Zuhörer: „Es stimmt so, jawohl! Jene Ziege ließ dich das alles wissen. Ihr Wahrsager habt eben bessere Augen als wir hier, die wir nichts davon verstehen. Du hast die Botschaft nicht frei für uns erfunden, sondern aus den Eingeweiden jener Ziege herausgelesen. Ei! Laßt uns nur abwarten, was geschieht, gemäß dem Sprichwort ›Wir Menschen sind wie die Äffchen, die auf die Zweige der Bäume steigen.‹ Wenn der Ast, auf dem sie gerade sitzen, abbricht, springen sie ohne zu zögern auf einen anderen Ast." Da ergriff Myombekere das Wort: „Kumbe! Das stimmt! Ihr seid keine Kinder mehr. Der König beweint gewöhnliche Menschen, wie wir es sind, ja auch nicht. Nur ihm wird zur Totenklage die Trommel geschlagen. Wenn sich dies ereignet, sind wir, die es hören und sehen, hoffentlich bei bester Gesundheit. Wir gewöhnlichen Leute werden uns dann nicht allzu sehr darüber grämen. Allenfalls empfinden wir Mitgefühl, denn er ist schließlich unser König, der über uns herrscht. Was Menschen wie uns wirklich angeht, läßt sich mit folgenden Worten ausdrücken: ›Wer immer die Mutter heiratet, wird unser Vater sein!‹ oder durch diese Weisheit, die wir von unseren Vorvätern ererbten: ›Ein Übel, das sich nicht ereignet, wird hier im Kereweland Hochzeitsfest genannt.‹ Meinem Eindruck nach habt ihr alles ganz richtig verstanden. Laßt uns jetzt fortfahren, unsere Aufgaben, die uns hier auferlegt sind, zu erledigen!" Nachdem der Wahrsager aus den Eingeweiden der Tragefell-Ziege alle Botschaften herausgelesen hatte, erteilte er die Erlaubnis, das übrige Fleisch zu zerlegen, zu kochen und restlos zu verzehren.

Zunächst jedoch befahl der Sippenälteste Myombekere: „Schneide von jedem Gelenk einen kleinen Brocken Fleisch als Opfer für die Ahnen ab!" Schnell tat Myombekere wie ihm geheißen. Er schnitt von jedem Gelenk ein winziges Stück Fleisch ab und legte es auf ein Bananenblatt. Damit begab er sich zu dem nach Osten weisenden Tor des Gehöfts und betete dort aufrecht stehend und mit lauter Stimme zu den Ahnengeistern: „Ihr unsere Vorväter, die ihr verstorben seid, kommt herbei und empfangt eure Speise, die euch hier zubereitet wurde! Wir bitten euch, laßt euer Kind Ntulanalwo in seinem Tragefell, das wir ihm heute anfertigten, nicht zu Schaden kommen. Möge es zu seinen Lebzeiten stets bei guter Gesundheit sein!" Nachdem er die Ahnen auch um Heil und Segen für die ganze Sippe gebeten hatte, gingen die Männer endlich ans Kochen des Fleisches. Draußen am Tor errichteten sie eine Feuerstelle, um dort, wie es im ganzen Lande üblich ist, das Opferfleisch zu kochen.

Opferspeisen werden nach unserem Brauch so zubereitet: Das Fleisch garen die Männer im Freien, während die Frauen im Hause die Hirseklöße zum Opfermahl kochen.

Die Abfälle aus dem Bauch der Ziege, zum Beispiel das noch unverdaute Gras, legten sie an der Hüttentür nieder, wo sie die Ziege auch abgehäutet hatten. Dort blieb es liegen, bis sie mit dem Essen fertig waren.

Später kamen die Frauen aus der Hütte. Sie trugen fünf *sonzo*-Matten aus starrem Riet, die eigentlich zum Verschließen von Türöffnungen benutzt werden, jetzt aber zum Auftragen von Kolbenhirsebrei dienten, und eine *sonzo*-Matte mit Brei aus roter Büschelhirse. Vorangetragen wurde eine kleine *sonzo*-Matte mit den Opferspeisen für die Ahnen. Die Männer ordneten die sieben Matten am Eingang der Geburtshütte an, wo sie bereits die Ziege enthäutet und den Inhalt ihres Wiederkäuermagens hingelegt hatten. Sie verzehrten zunächst den Brei auf der kleinen Matte. Dann machten sie sich wahllos an die Speisen auf den übrigen Matten, jedermann dort, wo es ihm gefiel, ob er nun lieber Kolbenhirse oder Büschelhirse essen wollte. Die kleineren Knaben unter den Gästen erhielten auch ein bißchen Fleisch mit den Worten: „Iß, mein Kind, denn du mußt noch viel wachsen!"

Dem Wahrsager boten sie den Kopf der Ziege an, aus dem man zuvor die Zunge herausgelöst hatte: „Empfange deinen Seherlohn! Nur du bist unser Wahrsager. Für uns geziemt es sich nicht zu essen, was uns nicht zukommt." Die Zunge des Tieres erhielt der Älteste aus Myombekeres Sippe. Die anderen machten sich an das übrige Fleisch, bis alles verspeist war. Die abgenagten Knochen warfen sie zu dem unverdauten Gras auf den Abfallhaufen an der Tür der Geburtshütte. Als sich die Hunde anschlichen und schnell ein Stück wegschnappen wollten, wurden sie mit Fausthieben verjagt. Laut jaulend liefen sie davon, bweee! Die Esser lachten übermütig dazu.

Nach dem Essen ging Myombekere mit etwas Fleisch und abgekühltem Hirsebrei ans Hoftor, um wie beim ersten Mal mit lauter Stimme zu den Ahnen zu beten. Die Knaben im Gehöft, die sein Gebet mit anhörten, machten sich darüber lustig und begannen, hinter vorgehaltener Hand zu kichern. Die Alten wiesen sie sogleich zurecht: „Seht euch diese Hunde an! Warum lacht ihr? Denkt ihr etwa, daß das hier ein Spiel ist? Ihr Hunde habt keinen Sinn für ernste Angelegenheiten!" Die Knaben verstummten augenblicklich.

Der Wahrsager wies die Leute an, wie sie die Ziegenhaut für das Tragefell des Kindes bearbeiten sollten: Ein Fell, in dem ein Neugeborener getragen werden soll, wird noch am selben Tage, an dem die Ziege geschlachtet wurde, zum Trocknen aufgespannt und vollständig zum Tragefell verarbeitet. Man läßt es keinesfalls liegen. Das wäre ein schwerer Verstoß gegen die herkömmlichen Sitten. Um das Fell schnell trocken zu bekommen, schabt man es auf seiner Rückseite so lange mit scharfen Steinen, etwa mit Kieseln, beharrlich und sorgfältig sauber, bis es ganz geschmeidig ist. Die übrigen Häute, die Männer und Frauen für alle möglichen Zwecke verwenden, werden anders bearbeitet. Jedes Fell trägt außerdem je nach seiner Bestimmung einen eigenen Namen. Da gibt es zum Beispiel das *ensembe*-Fell. Es stammt ebenfalls von der Ziege und wird von den Männern getragen, wenn sie Krankheiten oder sonstige Unglücksfälle aus ihrem Gehöft vertreiben wollen, die die Bewohner des Gehöfts, das Vieh oder die Ernte treffen könnten. Das *omukano*-Fell stammt vom Rind. Die Männer legen es an, wenn sie die Ahnen um Heil und Gesundheit bitten. Das *omwegereko*-Fell, von der Ziege stammend, wird hingegen nur von Frauen getragen, und zwar über einem *enkanda* genannten Rinderfell. Sie tragen diese Felle bei festlichen Anlässen. Das *omwegereko*-Fell legen sie als Bedeckung über die Brust, wobei sie die Enden unter der Achselhöhle hindurchführen. Das von der Ziege stammende *olw'enzula*-Fell wird von Regenmachern getragen, wenn sie es regnen lassen wollen. Ein weiteres Ziegenfell, *olw'ekitambo* genannt, tragen nur Männer, wenn sie für ein angenehmes Leben und für Wohlstand beten. Das *ekinami*-Fell, diesmal vom Schaf, tragen Männer, wenn sie darum beten, daß das Land von großem Unheil, wie von schlimmen Kriegen oder ansteckenden Seuchen, verschont bleiben möge.

Man verfuhr also mit Ntulanalwos Fell streng nach den Anweisungen des Wahrsagers. Es trocknete sehr schnell, weil die Sonne an diesem Tage heiß vom Himmel brannte. Als es trocken war, legte Nkwanzi letzte Hand daran. Zu guter Letzt überreichte sie das fertige Fell ihrer Tochter Bugonoka, die sofort ihr Kind darin auf den Rücken nahm.

Ein wenig später erschien Myombekere und berührte seinen Sohn mit einem kleinen Bogen und ebenso kleinen Holzpfeilen, die *olusinga* genannt werden. Dieser Brauch wird bei männlichen Nachkommen ausgeführt. Die Väter wollen, daß ihre Söhne Pfeil und Bogen später recht zu handhaben wissen, um sich mit Hilfe dieser Waffen all ihrer Feinde im Leben zu erwehren. Myombekere fertigte für seinen Sohn auch einen Schild an. Dazu holte er ein Schnitzbeil aus der Hütte und bearbeitete damit das *omulindi*-Holz, das er am frühen Morgen vom Seeufer mitgebracht hatte. Aufgrund seiner Erfahrung und seines Geschicks hatte er diese Aufgabe rasch beendet. Nun forderte man ihn auf, den Bogen, die Pfeile und den Schild mitten in die Türöffnung seines Hauses zu hängen, zusammen mit einem *olusombwa*-Rohr, einem *olubingo*-Stengel und *ebisisi*-Zweigen. Von den Zweigen wurden auch zwei in die Dachbedeckung gesteckt, der eine in die linke Seite des Daches, der andere in die rechte, von drinnen nach draußen gesehen. Die abgefallene Nabelschnur schließlich warfen Myombekere und Bugonoka gemeinsam in den Hohlraum unter ihrem Ehebett.

Danach ging Myombekere auf den Hof und fegte den ganzen Schmutz zusammen, die Speisereste und das, was vom Schlachten neben der Tür der Geburtshütte liegengeblieben war, und trug alles aus dem Gehöft zu einer Weggabelung. Er warf den Abfall genau an der Stelle ab, wo sich die Wege gabeln, und ging nach Hause zurück. Zu diesem Zeitpunkt zeigte die Sonne gerade das Ende des Nachmittags an.

Zu Hause fand er seine Sippengenossen und den Wahrsager bereit, sich zu verabschieden. Der Wahrsager ermahnte ihn: „Du hast heute in deinem Gehöft noch zwei Aufgaben zu verrichten: Zunächst erfülle das Gebot mit den zwei *ebisisi*-Zweigen und alsdann uriniere mit deiner Frau nach Sitte und Gesetz der Kerewe nochmals in das Bullenhorn. Mit dieser Handlung werden Anfang und Ende des ganzen Festes zu Ehren des Neugeborenen gekennzeichnet. Wegen der *ebisisi*-Zweige und wegen des Tragefells für das Kind unterliegt deine Familie danach keinen Einschränkungen mehr. Von da an kann das Kind allein von seiner Mutter beschützt werden. Du könntest sogar, wenn du Lust darauf hast, im Busch mit irgendeiner anderen Frau verkehren, ohne dadurch das Kind zu gefährden oder es mit der *amakire*-Krankheit anzustecken. Wir sind nicht wie unsere Nachbarn, die Jita oder Kwaya, die, wie man sagt, ihre Frauen schon kurz nach der Geburt wieder berühren. Loo, jene Leute sind doch eine Sorte für sich! Uns geziemt es stattdessen, gemeinsam in das Horn eines Bullen zu urinieren. Das allein gibt der Frau Kraft." Myombekere beeilte sich zu antworten: „Ja, dies allein ist in unseren Augen angemessen. Ei, das andere sei ferne!" Danach nahmen die Gäste vom Gehöftherrn Abschied und machten sich auf den Heimweg.

Noch am selben Abend befolgten Myombekere und Bugonoka die beiden Bräuche, wie der Wahrsager es ihnen aufgetragen hatte. Damit waren alle Meidungen, die anläßlich einer Geburt beachtet werden müssen, aufgehoben, und die Menschen im Gehöft nahmen wieder ihr gewohntes Leben auf.

Am fünften Tag nach den Feierlichkeiten blies man das Horn, um den Beginn eines neuen Monats zu verkünden. Da brachten Bugonoka und Nkwanzi den kleinen Ntulanalwo nach draußen, um ihm seinen Mond vorzustellen, der erstmals nach seiner Geburt am Himmel erschien. Sie hielten ihn auf den flachen Händen ausgestreckt vor sich hoch, um ihm den neuen Mond zu zeigen. Dazu sprachen sie: „Ntulanalwo, schau dir deinen ersten Mond genau an, wie er oben am Himmel steht!" Dann brachten sie das Kind in die Hütte zurück.

Als Nkwanzi sah, daß Bugonoka wieder zu Kräften gekommen war und gesund aussah, kehrte sie zu ihrem Ehemann zurück. Am Tag ihrer Rückkehr beschenkte man sie mit dem Fleisch eines Rindes, das durch den Willen Gottes plötzlich gestorben war. Das Fleisch war zuvor auf einem Gerüst getrocknet und so haltbar gemacht worden. Die Kuh, von der es stammte, war völlig gesund mit den anderen Tieren von der Weide gekommen und dann auf einmal, ohne vorher zu erkranken, im Pferch tot umgefallen. Sie war nicht etwa mager und schwächlich gewesen, sondern fett und stark.

KAPITEL 3

Ein neuer König

Als der Mond noch zunahm, verbreitete sich das Gerücht, der König
wäre gestorben. Alle zeigten sich darüber sehr erschüttert: „Ehee,
loo! Oh Vater! Mitleid mit unserem König! Er ist tatsächlich tot!"
Die Leute rangen die Hände, beugten ihre Körper und schüttelten
ihre Köpfe. Nur kurze Zeit später war das gesamte Königreich in
tiefer Trauer versunken. Genauer gesagt, nicht nur die Menschen
waren betroffen, sondern auch das Land geriet völlig in Unruhe. Alle
wurden von der Trauer angesteckt, und es war so, als wenn auch die
lebenden Menschen die Erde verlassen hätten. Gerüchte waren in
Umlauf, die von Aufruhr und Umsturz sprachen, so daß jeder sich
um seine Zukunft sorgte und ängstlich den Nächsten fragte: „Weißt
du etwas Neues?" Und der Befragte antwortete: „Ich habe keinerlei
Nachrichten, es sei denn du, mein Freund, teilst mir welche mit!"
Daraus mag sich folgendes Gespräch ergeben haben: Der Fragesteller
berichtete, er hätte gehört, der König wäre von jemandem, der nach
der Herrschaft strebe, vergiftet worden. Ein vom Kronrat ausgewähl-
ter Sprecher hätte tatsächlich verkündet, der König wäre von einem
seiner herrschsüchtigen Angehörigen ermordet worden, um auf diese
Weise selbst an die Herrschaft zu gelangen. Worauf der andere, als er
dies hörte, geantwortet haben mag: „Kumbe! So also ist der König
ums Leben gekommen! Von der Macht muß doch ein starker Reiz
ausgehen, daß sie einen Menschen dazu verleiten kann, durch derlei
Mittel selbst die Herrschaft an sich zu reißen!" Der erste mag darauf
erwidert haben: „Ich traf jemanden, der es von einem Angehörigen
des Kronrats, das heißt von einem Mitglied der *Abagwe-* oder der
Abasita-Sippe erfahren hat. Der Betreffende, der das Geheimnis enthüllte, soll sogar unmittelbar aus der königlichen Familie stammen
und außerdem hinzugefügt haben, daß man ihn selbst zum Herrscher erkoren hätte." Zu jener Zeit waren alle diese Reden jedoch

bloße Gerüchte. So wie unsere beiden miteinander sprachen, so redeten andere auch. Und wenn man sich umschaute, gewahrte man, daß es viele Kreise gab, in denen Gerüchte verbreitet wurden.

Wenn ein Angehöriger des Kronrats in der Nähe vorüberging, konnte man manch einen dabei beobachten, wie er hinter ihm hereilte, um vielleicht von ihm etwas über den Stand der Dinge zu erfahren. Der Verfolgte aber streckte seine Arme gegen ihn aus, um ihn daran zu hindern, ihm nahezukommen und ihn von der Erledigung der vielen Aufgaben, die der Tod des Königs mit sich bringt, abzuhalten. Der Kronrat mußte sich ja um die Geschäfte kümmern, die der König nicht mehr erledigen konnte, oder darum, das Begräbnis auszurichten und einen geeigneten Nachfolger zu suchen.

In dieser Zeit wurde die Trommel nur mit einem Stock geschlagen, zuerst mit der linken Hand und, wenn diese ermüdete, mit der rechten. Dies war die Totenklage für den verstorbenen König.

Myombekeres Leute hatten von alledem noch nichts erfahren und waren fern von der Masse der Menschen fröhlich geblieben. Was sollten sie auch anderes tun? Sie waren schließlich mit ihren eigenen Angelegenheiten vollauf beschäftigt! Da traf Myombekere unterwegs einen Mann, der ihm erzählte, daß der König noch am gleichen Abend beerdigt werden sollte. Myombekere kehrte augenblicklich ins Gehöft zurück und berichtete Bugonoka von dem soeben Vernommenen. Nachdem er einige Kartoffeln gegessen hatte, begab er sich gegen Abend zum Bukindo, um das Gehörte mit eigenen Augen zu überprüfen.

Er traf dort Leute, die ihm berichteten, daß die Leiche des Königs bereits in einem Boot aus Teakholz zu den Königsgräbern unterhalb des Kitale-Bergs gebracht worden wäre, dorthin, wo von alters her die Könige bestattet wurden. Myombekere war darüber sehr erschüttert und fragte sich, warum ihn dieses Ereignis, das er eigentlich erwartet hatte, jetzt so mitnähme. Es blieb ihm nur die Umkehr in sein Gehöft. Dort erzählte er Bugonoka, daß etwas Rätselhaftes an der Sache wäre, da er nicht gesehen hätte, wie der König beerdigt wurde.

Am folgenden Morgen ging Myombekere zunächst bei Kanwaketa vorbei, um ihn zum Bukindo mitzunehmen. Sie wollten dort gemeinsam in Erfahrung bringen, welchen Nachkommen des toten Königs der erste Totengräber zur Amtsübernahme bestimmt hatte.

Am Königshof erblickten sie eine große Menschenmenge, alle in Waffen, mit Speeren, Pfeilen und Bogen, die Köcher über der Schulter. Da verschanzten sie sich in einer Kaktushecke und fragten sich gegenseitig, was sie veranlaßt hätte, sich dieser riesigen Streitmacht auszusetzen. Und jeder dachte für sich darüber nach, was wohl daraus entstehen werde.

Kumbe! Zu ihrer Überraschung bemerkten sie schließlich, daß es sich bei den vielen Menschen in Waffen nur um das Gefolge des vom Kronrat gewählten Nachfolgers handelte, die den Nachfolger in den Königshof geleiteten, um ihm dort die Königsgewänder anzuziehen. Die Menschenmenge zog in den Palast und kam nach kurzer Zeit wieder heraus. Da fragte Bwana Kanwaketa einen alten Mann: „Wohin ziehen sie jetzt?" Der Alte erwiderte: „Ich denke, du bist ein Kerewe!" Das bestätigte Kanwaketa und fuhr fort: „Ich habe noch nie gesehen, wie ein König in seine Herrschaft eingeführt wird, darum beantworte mir bitte meine Frage." Der Alte erklärte ihm darauf: „Sie geleiten ihn jetzt zur Königsprobe am *igalagala*-Felsen. Erst wenn feststeht, daß er den Felsen mit seinen Schuhen besteigen kann, setzen sie ihn auf den Thron, auf daß er über uns herrsche." – „Ei, so verhält sich das also", erwiderte Kanwaketa.

Die Schar blieb nur ganz kurz bei dem *igalagala*-Felsen, dann kehrten die Gefolgsleute singend und jubelnd zurück. Sie sangen Siegeslieder und Preisgesänge. Jene, die im Palast geblieben waren, vor allem Frauen, stimmten nun auch in die Jubelrufe ein und begannen, laut zu trillern, keyekeye. Wahrlich, die Trommeln wurden mächtig geschlagen. Kanwaketa und Myombekere schlossen sich dem Zug an und begaben sich mitten unter die Menschenmenge. Das war eine Freude an diesem Tag! Die Trauer um den alten König geriet völlig in Vergessenheit. Jetzt erfuhren sie es: Der neue Herrscher war jener Mann, der als erster mit seiner Hacke begonnen hatte, das Grab des verstorbenen Königs auszuheben.

Myombekere und Kanwaketa beobachteten, daß viele Rinder geschlachtet wurden. Zur Einsetzung des neuen Herrschers wurden die Hörner geblasen und alle Spielleute und Sänger im Kereweland eingeladen, in den Palast zu kommen und dem neuen König aufzuspielen. Gesang, Spiel und Tanz sollten ihn die nächsten Tage begleiten. Aus allen Landschaften des Reiches strömten die Menschen in den Palast. Ehee, betrachte sie nur alle! Du wirst müde werden, so viele Menschen zu sehen, all die Spieler, die Zuschauer, diejenigen, die den neuen König begrüßen und ihm Bier, Rinder und Ziegen als Geschenke überreichen wollen. Er, der verehrte König, saß oben auf dem erhabenen Thron in seinem herrlichen, großen Hof.

Einige Tage später, gegen Ende der Feierlichkeiten, machten sich auch die beiden Freunde Kanwaketa und Myombekere auf, dem neuen König ihre Aufwartung zu machen. Kanwaketa grüßte ihn mit sechs Krügen Bier. Myombekere nahm einen Bullen mit, denn seine Bananenpflanzung war noch zu jung, um für die Bierzubereitung schon genügend Früchte abzuwerfen. Am Königshof wurden sie vom neuen Herrscher als Gäste willkommen geheißen. Es war einfach überwältigend! Ich denke, diejenigen, die dabei waren, haben es bis heute nicht vergessen. Und wer nicht zugegen war, wird mich sicherlich einen Lügner schelten. Es war aber wirklich so, glaubt es mir! Die Leute sagen: ›Wer nicht selbst über Wegzehrung verfügt, kann seinen Mitruderern auch nicht befehlen: Geht dort an Land und kocht mir Hirsebrei!‹

Nach einer langen Unterhaltung mit dem König, der ihnen zu Ehren ein Rind geschlachtet hatte, machten sie Anstalten, nach Hause zurückzukehren. Sie nahmen ehrerbietig Abschied: „Mögen deine Siege vermehrt werden, du unser Gastgeber! Schlaf wohl, du Beschützer unserer Gehöfte!" Und er, der König, erwiderte darauf „Mm! – So sei es!" Sie brachen auf und gingen am Wirtschaftshof vorbei, um dort ihre Tragstöcke voll Fleisch, das ihnen der König geschenkt hatte, in Empfang zu nehmen.

Zu Hause erzählten sie den Ihrigen, was sie am Königshof gesehen und erlebt hatten, von den Spielleuten und königlichen Dienern und davon, wie der Herrscher sie geehrt hatte. Über den Empfang beim König berichteten sie besonders ausführlich. Ihre Frauen freuten sich sehr darüber, zumal die Männer viel Fleisch vom Königshof mitbrachten. Ah und oh! Voll Freude tanzten sie umher. Wenn man die Wirkung von Myombekeres Worten an Bugonoka mißt, kann man sagen, sie wurde so fröhlich, daß sie am Ende sogar anfing zu trillern.

Erst am folgenden Tag, als Bugonoka ihrem Mann das Frühstück zubereitet hatte und vom Baden im See zurückgekehrt war, kam sie dazu, das viele Fett auszupacken und all die anderen Sachen, die so gut dufteten. Dann legte sie ihr Kindchen Ntulanalwo auf sein neues Tragefell und sprach zu ihm: „Komm her! Ich will dich auf den Rücken nehmen. Laß uns beim König im Palast mit den Leuten tanzen und singen!" Und sie ging wirklich dorthin! Bazaraki und Kagufwa, das Hausmädchen und der Hausjunge, waren ihr längst vorausgeeilt. Also, an diesem Tage, an dem Bugonoka zum Tanzen und Singen an den Königshof ging, vergaß sie alles andere. Fast hätte sie sogar vergessen, ihr Kind zu stillen. Am Abend befreiten sich im Gehöft die unbeaufsichtigten Kälber von ihren Stricken und liefen zu ihren Müttern, um sich dort ihre Milch zu holen, denn Bugonoka hatte beim Feiern am Königshof nicht bemerkt, daß die Sonne längst untergegangen war.

Als sie endlich in der Dunkelheit nach Hause zurückkehrte, kam Myombekere erstmals in Versuchung, seine Frau wegen ihrer Pflichtvergessenheit zu verprügeln. Er tat es dann doch nicht, weil das Kind noch so klein war. Wäre Ntulanalwo ein wenig größer gewesen, hätte er Bugonoka windelweich geschlagen, denn er war über die Maßen erbost. Erst als sich sein Zorn nach einigen Tagen gelegt hatte, kehrten sie zu ihren alten Umgangsformen zurück und sprachen wieder einträchtig miteinander.

KAPITEL 4

Ntulanalwo wird häufig krank

Bugonoka wurde rund und kräftig. Ihr Körper sah bald so aus wie vor der Geburt. Sie nahm die Arbeiten wieder auf, die sie früher verrichtet hatte. Wenn sie irgendwohin ging, befand sich Ntulanalwo auf ihrem Rücken. Auch wenn sie auf dem Feld arbeitete oder Hirse auf einem Stein zu Mehl mahlte, trug sie Ntulanalwo auf ihrem Rücken. Und so war es, wenn sie den Brei zu Klößen formte oder Wurzeln und Knollen aus dem Boden grub. Immer war er dabei.

In jenen Tagen suchten sie für das Kind ein Kindermädchen. Diese werden in der Kerewe-Sprache entweder *ilerabana*, das heißt wörtlich ‚Kinderpflegerin‘, oder *isabyabana*, das heißt wörtlich ‚Kindermästerin‘ genannt. Das Mädchen wurde eingestellt und erhielt ein Schultertuch, das sie unter der linken Achselhöhle verknotete, um Ntulanalwo darin zu tragen. So konnte Bugonoka wieder ungestört ihren täglichen Arbeiten nachgehen.

Als Ntulanalwo einen Monat alt war, hatte er am ganzen Körper Fett angesetzt. Beim Waschen mußte Bugonoka die Fettringe beiseite schieben, um den Schmutz in den Falten entfernen zu können. Sein Kinn entwickelte sich zu einem Doppelkinn, so groß, daß sein ganzer Hals davon bedeckt wurde! Jeder, der zufällig ins Gehöft kam, wenn Ntulanalwo gerade mal nicht im Tragefell steckte, staunte, wie dick das Kind war, wie rund seine Arme und Beine waren. Die Besucher betrachteten aufmerksam sein Gesicht, seine Hände und Zehen und versäumten nicht zu bemerken: „Er gleicht ganz dem Vater. Sein Gesicht ist genau das von Myombekere. Das ist gut, denn so steht fest, daß das Kind, welches aus dem Bauch von Bugonoka hervorkam, mit all seinen Fingern und Zehen unterschiedslos von Myombekere ist. Nein so etwas! Vielleicht ähneln nur seine Haare denen seiner Mutter.“ Bugonoka hatte nämlich Haare, die sich bei den Kerewe großer Beliebtheit erfreuen und *kaheke-kalagali-*

ka genannt werden, also kurze Haare, die sich von selbst auf dem Kopf in Locken drehen. Es waren nicht etwa solche Haare, die *omuterewa abakangara* heißen und glatt und kurz am Kopf anliegen. Diese werden weniger geschätzt. Leute mit solchen Haaren wurden früher *abakangara* genannt. Sie hatten häufig eine Haut in der Farbe der Bohnensuppe und glichen einem *nawabaira*-Insekt mit Gifthaaren. Wenn dich ein solches Insekt mit seinen Haaren sticht, bleiben sie in deiner Haut hängen und brennen. Wenn du dich daraufhin kratzt, bekommst du am ganzen Körper Schwellungen.

In diesem Monat wurde Ntulanalwo erstmals krank. Er litt unter *ebirumi*-Würmern, das heißt Spulwürmern. Weil sich in seinem Bauch diese Würmer befanden, sahen seine Ausscheidungen nicht wie die gesunder Kleinkinder aus, sondern er brachte ständig schaumigen Kot hervor, und Bugonoka mußte öfter als sonst ganz weiche Blätter sammeln, um das Kind zu säubern. Ntulanalwo hatte dabei offenbar heftige Schmerzen, denn ständig drehte und wand er sich, der Arme! Seine Eltern waren zunächst völlig ratlos. Schließlich befragten sie andere Leute, denn sie fürchteten den Spruch: ›Wer seine Krankheit verbirgt, wird vom Jammer beschlichen‹. Man klärte sie auf, daß ihr Kind unter der *ebirumi*-Krankheit litte und dies sehr schmerzhaft wäre. Einige sprachen sogar von der *ilezi*-Krankheit, von einem Darmverschluß, der normalen Stuhlgang verhinderte, so daß Ntulanalwo nur Schaum hervorbrächte. Da beschlossen Myombekere und Bugonoka, Heilkräuter zu besorgen, damit das Kind wieder so einen Stuhl wie gesunde Kleinkinder bekäme.

Wenige Tage, nachdem die Wurmkrankheit überstanden war, bekam das Kind plötzlich hohes Fieber. Myombekere und Bugonoka durchwachten eine ganze Nacht! Als der Morgen heraufzog, füllte Myombekere Hirse in eine kleine Kalebasse, entnahm dem Mund des Kindes etwas Speichel, tat ihn ebenfalls in die Kalebasse und trug alles zum Wahrsager. Dieser betrachtete die Probe aufmerksam und sagte: „Was deinen Sohn krank macht, ist etwas, das sein Großvater, der denselben Namen trägt wie er, zu seinen Lebzeiten ständig trug. Es muß sich um einen dicken Armreif aus Messing handeln. Beeil dich, dieses Ding zu suchen!" Myombekere lief nach Hause, stöberte überall und fand tatsächlich so einen Ring. Als er ihn angelegt hatte, wich das Fieber von dem Kind!

Wieder einige Tage später fing das Kind an, beim Trinken, statt richtig zu saugen, an der Brust der Mutter herumzuzerren, wie wenn es Fleisch von einem Knochen abnagen wollte. Außerdem bemerkte Bugonoka, daß es ständig nach Nahrung verlangte. Sie fragten erfahrene Frauen, warum ihr Kind nicht richtig trinken wollte. Schließlich kam Nanzala, schaute in Ntulanalwos Mund und entdeckte, daß bei dem Kleinkind bereits die ersten Zähne zu sehen waren. Sie sagte: „Kumbe! Das Kind leidet unter der *amahanga*-Krankheit, die es daran hindert, richtig an der Brust zu trinken. Darum hat es ständig Hunger. Macht euch schnell auf, daß wir das kranke Kind zu Nfwanabwo, dem erfahrenen Heiler der *amahanga*-Krankheit, bringen!"

Als sie zu Nfwanabwo kamen, baten sie: „Heiler, wir sind zu dir gekommen, damit du uns hilfst." Nfwanabwo fragte: „Um was für eine Krankheit handelt es sich denn?" Sie antworteten: „Dieses Kind ist krank. Sieh selbst!" – „So gebt es mir mal her, damit ich es genau betrachten kann." Er legte das Kind flach auf seine Handflächen, wobei er es am Nacken festhielt, und betrachtete es aufmerksam von allen Seiten. Dann ging er ins Haus, um seine Geräte zu holen. Kurz darauf kam er schon wieder heraus, breitete alles vor ihnen aus, setzte sich auf einen Stuhl und bat Bugonoka: „Leg dein Kind ganz flach auf deine Arme!" Dann begann er, die *amahanga* oder *ikura*, das heißt die schon sichtbaren Zähne, einen nach dem anderen auszureißen und auf einem Blatt beiseite zu legen. Nachdem er die Zähne gezogen hatte, entfernte er sich, um Arznei herzustellen, mit der die Wunden im Munde des Kindes eingerieben werden sollten. Nfwanabwo sammelte geeignete Kräuter, die er mit einem Stein zerstieß. Dann holte er eine Scherbe, die von einem zerbrochenen Topf stammte, um sie draußen im Hoffeuer zu erhitzen. Da das Feuer mit getrocknetem Rinderdung beschickt wurde, dauerte es nicht lange, bis die Scherbe heiß wurde. Er trug sie zu Ntulanalwo und gab die Kräuter hinein. Sie erwärmten sich sogleich. Nun teilte er die Heilkräuter in zwei Teile. Ganz wie es die Heilkunst verlangt, füllte er die eine Hälfte auf eine andere Scherbe und rieb damit behutsam die Wunden des Kindes ein. Als die Arznei erkaltet war, legte er sie auf die große Scherbe zurück und nahm von dem zweiten, noch warmen Teil der Kräuter. Damit behandelte er nochmals die Wunden. Ntulanalwo schrie wie am Spieß, so daß seiner Mutter die Knie weich wurden. Beinahe hätte auch sie angefangen zu weinen, solches Mitleid empfand sie mit ihrem Sohn. Nfwanabwo ließ erst von ihm ab, als er meinte, daß die Behandlung ausreichte. – Kumbe! Heiler, die kleine Kinder behandeln, kennen kein Erbarmen! – Schließlich sagte Nfwanabwo zu Myombekere und Bugonoka: „Wartet noch einen Augenblick! Ich will euch etwas Arznei zum Einreiben mitgeben!". Er ging hinter sein Haus, pflückte einige Kräuter, zerstieß sie mit einem Stein und wickelte sie in ein Bananenblatt. Dann wies er Bugonoka an: „Nimm diese Arznei mit nach Hause! Wenn die Sonne die Mittagsstunde anzeigt, reibe Ntulanalwo damit ein, aber gib acht, daß du die Arznei zuvor in zwei Hälften aufteilst, so wie du es bei mir gesehen hast! Und wenn es Abend geworden ist, leg die Scherbe abermals ins Feuer. Wenn du fühlst, daß sie heiß ist, nimm sie aus dem Feuer, trage sie in den Empfangsraum eures Hauses und lege, wenn sie noch ganz heiß ist, die Arznei darauf, um das Kind damit einzureiben. Nehmt die *amahanga*-Zähne mit. Kommt ihr an eine Weggabelung, werft sie dort weg. Danach geht nur noch geradeaus und dreht euch nicht um. Habt ihr es gehört?" – „Ja, haben wir!" Bugonoka nahm die *amahanga*-Zähne, und als sie an eine Weggabelung kamen, tat sie, wie ihnen Nfwanabwo geheißen hatte. Danach gingen sie geradewegs in ihr Gehöft zurück.

Als die Sonne im Mittag stand, rieb Bugonoka ihr Kind ein und am Abend nochmals. Als die Hähne in der Nacht erstmals zu krähen begannen, ging es Ntulanalwo besser. Das hohe Fieber wich aus seinem Körper, und er konnte wieder richtig saugen.

Für Ntulanalwo zog gerade der zweite Lebensmonat herauf, da erkrankte er schon wieder. Auf seinen Wangen bildeten sich lauter kleine Geschwüre. Schließlich baten seine Eltern einige Leute um Rat. Jeder, der die Geschwüre ansah, antwortete ihnen: „Ich will euch nicht verhehlen und euch offen sagen, daß euer Kind die *obuto*-Krankheit hat. Sie befällt vor allem kleine Kinder am Kopf, am Hals oder an den Hüften. Oft heilen die Geschwüre schlecht ab.

Und selbst wenn es auch so aussieht, als ob sie abheilten, kommt doch Eiter aus den Narben heraus. Also bittet schnell bei einem Heiler um eine Arznei, damit die Krankheit nicht den ganzen Körper eures Kindes befällt. Sie kann tödlich sein, zumal sie jetzt an einer ungünstigen Stelle ausgebrochen ist." Die Eltern erkundigten sich, wer ihnen geeignete Heilmittel geben könnte. Manche unter den Befragten versicherten ihnen, daß Amulette um den Hals oder um die Arme die Geschwüre schnell zum Abheilen brächten. Andere wiederum rieten ihnen, auf die betroffenen Stellen Sägemehl aufzutragen, damit die Geschwüre schnell reiften. Wiederum andere gaben ihnen Talismane, damit die Geschwüre gerade nicht reifen sollten. Und manche empfahlen ihnen bestimmte Feldkräuter, die sie mit grünen Blättern zerstampfen, dann mit Fett von einer schwarzen Kuh vermischen und auf die Geschwüre auftragen sollten. Dadurch würden diese schnell reifen. Ei! Alles schien umsonst zu sein!

Endlich stießen sie auf jemanden, der ihnen einen Heiler empfahl: „Ich kenne einen gewissen Bihemo. Er versteht sich darauf, diese Krankheit zu heilen. Er hat auch mein Kind geheilt, als wir es noch in der Geburtshütte hielten, weil seine Nabelschnur noch nicht abgefallen, es also noch ein *mubizumbi*, ein Wöchnerinnenkind, war. Seine Mutter und ich machten uns darüber große Sorgen und suchten einen Heilkundigen. Wir hörten von diesem oder jenem Heiler. Welchen sollten wir auswählen? Schließlich riefen wir einen. Er kam, schaute das Kind an, griff dann in seine Tragetasche und begann darin herumzuwühlen. Zuerst zog er einen kleinen Stuhl heraus, dann eine kleine Messerklinge. Er ritzte das Stühlchen an zwei Seiten ein wenig an. Ich brachte ihm rußgeschwärztes Gras vom Hüttendach und eine erhitzte Nadel, die ich mitten in der Türöffnung ablegte. Damit bohrte er in beide Seiten des Stühlchens Löcher, um einen Strick hindurchzuziehen. Von welchem Tier die Sehnen für den Strick stammten, weiß ich nicht mehr. Der Heiler schnitt geschickt ein kleines Felltäschchen zurecht und steckte das Stühlchen hinein. So fertigte er ein kleines Amulett an, das er am linken Arm unseres Kindes befestigte, denn auf dieser Seite befand sich auch die kranke Stelle. Nach dieser Behandlung vergingen nur wenige Tage, und unser Kind wurde wieder gesund. Also, wenn ihr euren Sohn liebhabt, dann tragt ihn schnell zu diesem Heiler. Er ist der beste, den ich kenne. Unser Kind hat er so gut geheilt, daß es bis auf den heutigen Tag nicht mehr krank geworden ist."

Myombekere brachte seinen Sohn sofort in das Gehöft des Heilers Bihemo. Dieser betrachtete den Säugling aufmerksam, dann fertigte er zwei kleine Amulette an und hängte sie ihm um. In der Tat vergingen nur wenige Tage, bis Ntulanalwo von seiner Krankheit genas.

Jedesmal, wenn Ntulanalwo erkrankte, hegten seine Eltern große Furcht, miteinander zu schlafen und dadurch ihrem Kind Schaden zuzufügen.

Seit Bihemo ihren Sohn wieder gesund gemacht hatte, betrachteten Myombekere und Bugonoka ihn als den Heiler ihres Kindes. Ntulanalwo behielt übrigens die Narben der *obuto*-Geschwüre nicht nur bis in sein Mannesalter hinein, sondern mußte bis zum Tod damit leben.

In Ntulanalwos zweitem Lebensmonat kam Barongo, Bugonokas ältere Cousine, zu Besuch, um nach der jungen Mutter zu sehen. Sie fand, daß Ntulanalwo für sein Alter außergewöhnlich weit entwickelt wäre. Immerhin waren alle seine Krankheiten, die er nach dem Abfallen der Nabelschnur bekommen hatte, gut ausgeheilt. Er war wieder gesund und kräftig. Barongo verweilte in Myombekeres Gehöft einen ganzen Monat, bis sie wieder zu ihrem eigenen Gehöft zurückkehrte. Während ihres Aufenthalts führte sie mit ihrer Cousine viele Gespräche.

In dieser Zeit begann Ntulanalwo, erstmals die Außenwelt wahrzunehmen. Wer in das Gehöft Myombekeres kam, konnte oft sehen, daß man Ntulanalwo flach auf den Schoß gelegt hatte und mit den Fingern dicht über seine Augen fuhr, um herauszufinden, ob das Kind nun sehen könne oder nicht. Die sein Gesicht prüften, pflegten dazu zu sprechen: „Wee, guck mal, kannst du jetzt sehen? Betrachte meine Finger!" Ntulanalwo bewegte seine Augen und folgte aufmerksam den Fingern. Da wußten sie, daß das Kind richtig sehen konnte.

Im dritten Lebensmonat bestand die einzige Form, in der sich Ntulanalwo mitteilen konnte, wie bei allen Kindern seines Alters, darin zu weinen. Wenn er krank war oder irgendwelche Schmerzen hatte, weinte er nur. Und wenn er aus dem Tragefell genommen oder hineingelegt werden wollte, weinte er. Wenn er hungrig war, weinte er. Und wenn er satt war, wimmerte er. Wenn er schwitzte, weinte er wiederum. Auch wenn er gebadet wurde, stieß er spitze Schreie aus und weinte dicke Tränen, als wenn er verprügelt worden wäre. Kurzum, das Weinen war seine Art, sich mit der Umwelt zu verständigen.

Eines Morgens war Bugonoka damit beschäftigt, im Hauptraum, wo sie normalerweise die Milch schüttelte, das Tragefell herzurichten. Ntulanalwo schlief darüber ein. Sie bemerkte aber, daß er dabei nicht die Augen schloß. Auch andere Leute, die ins Gehöft kamen, trafen das Kind mit offenen Augen an, obwohl es schlief. Sie machten die Mutter darauf aufmerksam: „Dein Kind schläft wie ein *ensato*-Fisch." – Dieser hält in der Tat beim Schlafen die Augen offen. – Und Bugonoka fragte ängstlich zurück: „Ist das etwa eine Krankheit?" – „Nein, das nicht gerade, aber es kommt oft daher, daß die Mutter des Kindes die Köpfe von *ensato*-Fischen zu essen pflegt. Wir haben das mal vor langer Zeit irgendwo gehört." Bugonoka antwortete: „Wahrscheinlich stimmt es sogar. Manchmal habe ich Fischköpfe dieser Art gegessen, ohne besonders darauf zu achten, auch während meiner Schwangerschaft. Das mag dazu geführt haben, daß das Kind jetzt mit offenen Augen schläft. Glaubt ihr, daß es unseren Ahnen aufgefallen ist?"

Wenige Tage später, als Ntulanalwo gerade an der Brust seiner Mutter getrunken hatte, übergab er sich und verdrehte die Augen. Da wußten sich Bugonoka und Myombekere keinen Rat mehr. Entsprechend der Regel unserer Vorväter: ›Fragen ist nicht dumm, sondern heißt nur, einer Sache auf den Grund zu gehen‹ erkundigten sie sich überall bei den Leuten, was das zu bedeuten habe. Am Ende trafen sie auf jemanden, der ihnen begreiflich machte, daß ihr Kind von der *oluzoka*-Krankheit befallen sei, und nannte ihnen auch gleich einen geeigneten Arzt. Myombekere ließ diesen Heiler holen. Er kam und betrachtete den Säugling. Dann sagte er zu Bugonoka: „Gib ihm deine Brust, damit ich erkennen kann, woran er leidet, wenn er saugt!" Bugonoka stillte ihr Kind. Als Ntulanalwo vier Schluck Muttermilch zu sich genommen hatte, hörte er auf, weiter zu saugen, und begann, heftig zu keuchen. Dann erbrach er die soeben getrunkene Milch. Als der Arzt dies sah, wußte er sofort, um welche Krankheit es sich handelte: „Euer Sohn hat die *oluzoka*-Krankheit, das heißt er leidet an *oluzoka*-Würmern. Wenn du ihm zu trinken gibst, muß er sich erbrechen. Dazu ist er noch von einer anderen, *empingizi* genannten Wurmart befallen. Er muß unbedingt ein Heilpulver dagegen nehmen. Du bringst es ihm am besten bei, wenn du es auf deine Brustwarzen streichst, dann kann er das Heilmittel jedesmal mit der Milch einsaugen. Wenn ihm sonst nichts fehlt, wird er bald aufhören, sich zu erbrechen. Gebt mir jetzt eine kleine Hacke!" Man reichte sie ihm, und er ging hinaus in das Buschland, um Heilkräuter zu suchen. In kurzer Zeit war er damit wieder zurück und stellte sich in die Nähe der Tür zu Myombekeres Hütte. Dort zog er sein Buschmesser aus der Scheide und begann die Baumwurzeln, die er unterwegs ausgegraben hatte, zu bearbeiten, bis sie ganz flach wurden. Er schnitt sie in zwei genau gleiche Teile. Dann bat er Myombekere, ihm Feuer zu holen, zusammen mit einer scharfen Eisenspitze und trockenem *enkazumbe*-Gras vom Dach. Myombekere brachte ihm alles, was er wünschte. Als das Feuer, das der Heiler zwischen der Türöffnung der Hütte entfacht hatte, richtig brannte, hielt er die Eisenspitze hinein, bis sie rot glühte. Damit stach er in eines der Wurzelstücke zwei Löcher. Genauso verfuhr er auch mit dem zweiten Stück. Dann holte er ein Fellarmband, das er durch die Löcher zog. Damit sollte das Amulett gut auf der Brust des Kindes befestigt werden. Als er damit fertig war, erklärte er den Eltern Ntulanalwos: „Laßt mich dem Kind dieses *empingizi*-Amulett gegen die Spulwürmer auf die Brust heften! Sie verursachen das Keuchen. Wenn dem Kind sonst nichts fehlt, wird das Keuchen sofort aus seiner Brust verschwinden, und es wird geheilt sein." Schnell befestigten sie dem Säugling das Amulett auf der Brust. Das zweite Stück legten sie ihm am Rücken an, und zwar genau an der Wirbelsäule. Danach redete der Heiler noch ein wenig mit den Eltern, wobei er Bugonoka anwies: „Wenn du deinen Sohn badest, nimm ihm das Amulett nicht ab. Auch nachts muß es an seinem Körper bleiben. Er soll damit schlafen. Selbst wenn du ihn auf dem Rücken trägst, darf das Amulett nicht entfernt werden. Wenn du siehst, daß das Heilpulver, das ich dir gegeben habe, zur Neige geht, hole dir bei mir rechtzeitig neues Pulver!" Danach ging er wieder nach Hause. Myombekere geleitete ihn noch ein Stück Wegs, überreichte ihm seine Waffen und kehrte ins Gehöft zurück.

Als Ntulanalwo zu trinken verlangte, befeuchtete Bugonoka die Brustwarze, an der sie das Kind zunächst saugen lassen wollte, mit Spucke und rieb sie mit dem Heilpulver ein. Dann steckte sie dem Kind die Brust in den Mund. Ntulanalwo saugte die Milch und schluckte sie hinunter. Auf einmal hörte man die Würmer in seinem Bauch ein kollerndes Geräusch verursachen: chorororo. Kumbe! – Ei, so hatten die Eingeweidewürmer doch etwas von der Arznei abbekommen! – Ntulanalwo begann mit seinen Füßchen zu spielen. Mit großer Gier machte er sich kurz danach wieder an die Milch seiner Mutter, die er ebenfalls hinunterschluckte. Bugonoka schloß daraus, daß ihr Sohn von nun an wieder richtig trinken wollte. Mit dem Finger wischte sie von seinem Mund etwas Milchschaum und trug diesen auf die andere Brust auf, worüber sie das Pulver streute. Sie vermischte beides und gab dem Kind die Brust. Als es trank, hörte man wieder das Geräusch der Spulwürmer aus dem Bauch: chorororo! Als Ntulanalwo mit dem Trinken aufhörte, keuchte er nicht mehr. Seine Brust war wieder frei. Er lag auf dem Schoß seiner Mutter und spielte eifrig mit seinen Füßchen. Myombekere und Bugonoka sahen, daß es ihrem Sohn wieder besser ging. Dankbar stellten sie fest: „Wahrhaftig, dies ist ein rechter Heiler! Als ob er zaubern könnte!" Das Amulett ließen sie noch eine Weile an Ntulanalwos Körper, um ihn vor erneutem Krankheitsbefall zu schützen. Sie entfernten es erst, als die Krankheit vollständig ausgeheilt war, denn ein Rückfall hätte den Tod bedeuten können.

Da Ntulanalwo in den ersten drei Lebensmonaten so häufig erkrankte, gaben die anderen Frauen Bugonoka auch ungefragt Ratschläge. So zum Beispiel: „Bewahre das Kind rechtzeitig davor, seine Sitzfläche zu verderben und die Gewohnheit anzunehmen, auf Stühlen zu sitzen!" – „Wie soll ich ihn davor bewahren?" – „Grab ihm doch eine kleine, seinem Körper angemessene Kuhle in den Sand und setze ihn da hinein. Wenn du dies ein paar Tage lang hintereinander machst und ihn auch auf deine Oberschenkel setzt, dann hast du ihn zum Zeitpunkt des Abstillens daran gewöhnt. Oder glaubst du etwa, daß ein Kind von allein sitzen lernt?" – „Nur wenn ich mich selbst betrüge, glaube ich daran." – „Na schön! Wenn du es nicht zustandebringst, dein Kind anzuleiten, richtig zu sitzen, dann bist du eben noch nicht erfahren genug. Du hast ja auch gerade erst angefangen, Kinder zu gebären. Falls Gott dir seinen Segen gibt und du noch weitere Kinder bekommst wie ich, wirst du ausreichend Erfahrungen mit der Erziehung von Kindern sammeln können!"

Im vierten Lebensmonat war Ntulanalwo stark genug, in einer kleinen Sandkuhle oder auf den Oberschenkeln seiner Mutter aufrecht zu sitzen. Er konnte das sogar besser als Gleichaltrige, denn Bugonokas Art, Kinder anzuleiten, war feinfühliger als die jener anderen Frauen. Myombekere gelang es eines Tages ebenfalls, das Kind aufrecht auf seinen Oberschenkeln sitzen zu lassen, was er oft mit Ntulanalwo übte. Und wenn das Kind müde wurde und allzu sehr schrie, übergab er es seiner Mutter oder dem Kindermädchen Bazaraki. Manchmal wurde Ntulanalwo auch einfach auf eine Unterlage aus Blättern oder Stroh gelegt.

Eines Tages erkrankte Ntulanalwo abermals mit hohem Fieber. Myombekere nahm etwas vom Speichel des Kindes und verwahrte ihn in einer Kalebasse, in die er zuvor etwas Hirse gefüllt hatte. Er nahm auch einige Hirsekörner und warf sie in der Hütte hoch unters Dach. Dasselbe tat er über dem Herd. Dabei verbrannte die Hirse allerdings im Feuer. Die Hirse mit dem Speichel seines Sohnes stellte er erst einmal unter das Bettgestell, weil es Nacht war. Am nächsten Morgen, als die Vögel zu singen begannen, ergriff Myombekere die Kalebasse mit dem Speichel und machte sich auf den Weg zu einem Wahrsager, wobei er sich sagte, daß es allemal besser sei, irgendeinen Wahrsager zu befragen, als krank zu bleiben.

Er suchte also das Gehöft eines Heilers auf. Nach der Begrüßung fragte ihn dieser: „He Bwana, was für Schwierigkeiten hast du?" Myombekere antwortete: „Ich bin zu dir gekommen, damit du mich behandelst!" Kumbe! Darauf rief der Heiler seine Frau aus dem Haus. „Wohlan! Hol uns schnell etwas Mehl!" Seine Frau brachte es ihnen. Der Heiler nahm die von Myombekere mitgebrachte Mischung aus Speichel und Hirse entgegen und goß sie oben auf das

Mehl. Er betrachtete sie sehr genau. Dann schüttelte er sie etwas und vermischte sie mit seinem eigenen Mehl, worauf er sie nochmals eingehend untersuchte. Nach genauer Prüfung erklärte er schließlich: „Ich erkenne, daß euer Sohn krank ist, ihn bekam ich in den Blick, als ich die Probe betrachtete." Myombekere hielt sich an die Worte, mit denen Heiler angesprochen werden wollen, und bat: „Nenne mir deinen Behandlungsvorschlag, mein Heiler!" – „Dein Kind hat die *omuzimu*-Krankheit. Es ist von einem bösen Geist befallen. Dieser ist außerhalb des Gehöfts in deinen Sohn gefahren, als seine Mutter im Buschland nach Kartoffeln grub. Nun lauf und suche Feldkräuter! Koche sie solange in einem Topf, bis dieser kräftig dampft. Den dampfenden Topf soll die Mutter des Kindes vom Herdfeuer nehmen und ihn unter ihre Beine stellen, während sie das Kind auf den Schoß nimmt. Bedeckt den Topf dabei mit einer Rinderhaut, etwa mit einem enkanda-Umhang, damit euer Sohn nicht vom Dampf verbrüht wird!" Als Myombekere dies hörte, wurde er sehr betrübt, denn er wußte, daß die *omuzimu*-Krankheit selbst Erwachsene befiel, daß sie lange anhielt und daß man sogar daran sterben konnte. Wenn schon Erwachsene so sehr darunter litten, welche Aussichten hatte dann ein kleines Kind? Es war doch noch so schwach! Was sollte mit dem Armen wohl geschehen? Aber dann dachte er wieder bei sich: „Es hilft nichts. Ich werde mich aufmachen und die Kräuter suchen, wie es mir der Heiler aufgetragen hat. Aber ich befürchte, daß es nicht viel Zweck hat."

Zu Hause berichtete er Bugonoka alles, was der Heiler mit der Probe gemacht und ihm gesagt hatte. Und er erzählte ihr: „Als der Heiler zum Ende seiner Beratung kam, empfahl er mir mit Bedauern in der Stimme, Feldkräuter zu suchen und zu kochen, bis sie stark dampfen. Du sollst den dampfenden Topf vom Herd nehmen, dich auf einen Stuhl setzen und den Topf unter deine Beine stellen. Der Topf muß mit einer Kuhhaut, etwa einem *enkanda*-Umhang, bedeckt werden, damit das Kind vom heißen Dampf nicht verbrüht wird. Dann sollst du Ntulanalwo auf deinen Schoß nehmen. Der Heiler klärte mich ganz offen darüber auf, daß es sich um eine schwere Erkrankung handelt. Ich habe das Gefühl, daß er mich nur beruhigen wollte und mir die volle Wahrheit vorenthielt." Bugonoka war ganz seiner Meinung. Sie sah immer wieder ihr Kind an, und unwillkürlich liefen ihr aus großem Mitleid Tränen über das Gesicht.

Einige Zeit danach, als Myombekere gerade im Begriff war auszugehen, kam die alte Nanzala mit einer anderen Alten, die bei ihr zu Besuch weilte, zu Bugonoka, um ihr einen guten Tag zu wünschen und sich nach dem Befinden des Kindes zu erkundigen. Gleich nach der Begrüßung sagte sie: „Warum hat das Kind nur so viel Pech! Fast jeden Tag leidet es unter einer anderen Krankheit. Ee, hee! Wir wollen Gott bitten, daß es gesund sein möge wie wir!" Die andere Alte fügte hinzu: „Wir wollen alle beten, daß das Kind gesund werde. Ist Krankheit vielleicht etwas Schönes, über das man sich freut? Unsere Altvorderen pflegten zu sagen: ›Wer warme Speise zu sich nehmen will, muß zuvor Feuer machen‹. Aber eine hartnäckige Krankheit ist alles andere als angenehm. Sie bringt bloß Übles hervor, denn unsere Altvorderen meinten: ›Wasser, das in einen Krug lief, will das Innere des Kruges nicht beschädigen‹. Myombekere erwiderte: „Das ist richtig, Mutter!"

Die alten Frauen begaben sich in Bugonokas Hütte und befühlten mit ihren Händen Ntulanalwos Kopf, um sein Fieber einschätzen zu können. Sie stellten mit Erschrecken fest, daß das Fieber in der Tat sehr hoch war: „Was für ein Fieber!" Das Kind schwitzte stark. Vom Kopf bis zu den Füßen trat der Schweiß hervor. Jene alte Frau, die bei Nanzala zu Gast war, meinte dazu: „Ja, dieses Kind ist zwar krank, aber es ist auch von einem bösen Geist befallen. Es ist nicht allein die Krankheit, die es leiden läßt. Wäre es nur krank, sähe es nicht so aus. Nun Myombekere, wie läßt du dieses Kindchen behandeln?" Er erzählte es ihr und klagte dann: „Meine Mutter, was soll ich anderes tun, da ich doch nichts von der Sache verstehe?" – „Ich möchte dich etwas fragen", erwiderte die Alte. „Hast du schon mal das Orakel befragen lassen oder behandelst du das Kind nur auf Verdacht?" – „Zunächst behandelten wir das Kind in der Tat nur auf Verdacht. Aber ich komme soeben von einem Heiler zurück. Er befragte für mich das Orakel und sagte mir bezüglich der Erkrankung des Kindes dasselbe wie Ihr, Mutter. Ich war gerade im Begriff, zur alten Nanzala zu gehen, um von ihr ein Mittel gegen den bösen

Geist zu erbitten. Nun ist sie schon hier, und ihr habt beide die Erkrankung mit eigenen Augen gesehen. Bitte helft mir! Ihr Frauen, helft mir, eine Arznei zu finden, mit der ich es irgendwie versuchen kann! Denn unsere Vorväter meinten: ›Die Reisenden auf dem See, deren Boot voll Wasser ist und zu versinken droht, hören auf zu singen und denken nur noch daran, ans trockne Ufer zu gelangen.‹« Da riet Nanzala Bugonoka, sie solle das Kind aus dem Bett holen und in ihre Arme nehmen, solange es so hohes Fieber habe. Dann machten sich die beiden alten Frauen mit einem *sonzo*-Korb in den Busch auf, um Heilkräuter zur Behandlung des kranken Kindes zu suchen. Als das Hausmädchen Bazaraki ihnen folgen wollte, um ihnen zu helfen, wurde es von ihnen zurückgeschickt.

Nach einiger Zeit kehrten die beiden wieder zurück und verlangten von Bugonoka einen Topf, in dem sie die Heilkräuter kochen könnten. Bugonoka brachte in aller Eile einen Topf herbei, der ihr groß genug schien. Die Alten gossen viel Wasser hinein und gaben den Topf dann Bugonoka, die ihn aufs Feuer setzte. Sie trugen ihr auf, die Brühe nur einmal aufkochen zu lassen. Bugonoka tat wie ihr geheißen. Als das Wasser mit den Kräutern zum ersten Mal aufkochte, nahm sie den Topf vom Feuer. Dann setzte sie sich und nahm Ntulanalwo auf den Schoß. Nanzala schob den mit einer Rinderhaut abgedeckten Topf sorgfältig unter Bugonokas Beinen hin und her, damit der heiße Dampf Ntulanalwos ganzen Körper einhüllen konnte. Als die Brühe erkaltete, waren Bugonoka und Ntulanalwo wie mit Wasser übergossen. Nanzala entfernte den Topf und stellte fest, daß die Heilkräuter dem Kind gutgetan hatten, denn es hatte aufgehört zu schwitzen. Sie trug Bugonoka auf: „Am Abend wiederhole die Behandlung nochmals in derselben Weise, wie wir sie jetzt durchgeführt haben. So ist es gut. Wenn du sie auch morgen abend nochmals wiederholst, wird das Kind deutlich Erleichterung verspüren, sofern es sich tatsächlich um jene Krankheit handelt, die von einem bösen Geist verursacht wird." Danach verließen Nanzala und ihre Gefährtin das Gehöft.

Am Abend wiederholte Bugonoka die Behandlung so, wie man es ihr aufgetragen hatte. Sie setzte sich mit ihrem Sohn dem heilenden Dampf aus. Als beide heftig zu schwitzen anfingen, gab sie Myombekere, der den Topf zwischen ihren Beinen hin und her bewegte, ein Zeichen, wie er ihn halten sollte. Sie tat dies mit der Hand, denn es ist streng verboten, während einer Heilbehandlung laut miteinander zu reden. Als der Topf erkaltete, waren Mutter und Kind vom Dampf über und über naß. Bugonoka legte Ntulanalwo an der Tür des Hauptraums hin. Als das Kind trocken war, trank es an der Brust. Dabei bemerkte Bugonoka, daß es ein wenig besser als vorher trank.

Am nächsten Morgen sahen sie deutlich, daß das hohe Fieber gewichen war. Darüber waren sie sehr erleichtert. Nanzala kam vorbei und wies sie an: „Heute zur Mittagszeit müßt ihr euer Kind noch einmal den Heildämpfen aussetzen und ebenso am Abend. Wenn ihr das getan habt und es vollständig dunkel ist, so daß man draußen nichts mehr sehen kann, soll Myombekere den Topf mit den heilbringenden Kräutern zu einer Weggabelung tragen und den Inhalt dort ausschütten. Den Topf soll er wieder mit nach Hause nehmen." Bugonoka erwiderte: „Naam, ja!" So verfuhren die Eltern mit Ntulanalwo am Mittag und am Abend. Danach gingen sie schlafen. Und als sie aufwachten, spielte er wieder mit seinen Füßchen. Seine Krankheit war offensichtlich überstanden.

Nachdem Ntulanalwo wieder so kräftig war, daß er allein auf der Erde sitzen konnte, schob er oft mit seinen Händchen den Sand zusammen und steckte ihn in den Mund. Eines Tages, als Bugonoka ihrer täglichen Arbeit nachging, hatte er wieder Sand gegessen. Sie wurde dadurch aufgeschreckt, daß er Anstalten machte, sich zu erbrechen. Schnell eilte sie ihm zu Hilfe. Kumbe! Da entdeckte sie, was sein Würgen verursachte. Er hatte ein Blatt in der Kehle stecken! Mit viel Mühe öffnete sie den kleinen Mund und fand diesen voller Sand. Schnell steckte sie dem Kind ihren kleinen Finger tief in den Hals, bis es sich erbrach. Da kam das lange Blatt wieder hervor! Seit diesem Tag hielt Bugonoka ihre Augen immer offen, um das Kind zu überwachen, damit es keine Blätter mehr verschluckte. Bevor sie Ntulanalwo auf den Boden setzte, pflegte sie hinfort seine Umgebung von allen Blättern und Abfällen sorgfältig zu säubern. Trotzdem steckte er weiterhin Sand in den Mund. Als Bugonoka dies bemerkte, fragte sie die anderen, was sie dagegen tun sollte. Die Leute antworteten ihr nur: „Was kann man schon dagegen tun? Alle Kinder haben nun mal den Drang, Sand und Blätter in den Mund zu stecken. Wenn sie diese hinunterschlucken, würgt es sie. Also, es ist eine Gewohnheit aller Kinder, Sand zu essen. Man kann sie einfach nicht daran hindern. Kinder in diesem Alter werden ja auch ›Schlangengreifer‹ genannt. Sie kennen keine Gefahren und haben vor nichts Angst. Deswegen nennt man sie so. Es gibt aber noch einen zweiten Grund, weshalb Kinder so gerne Sand essen. Ihr Kiefer drückt sie nämlich sehr, weil die Zähne hervorkommen wollen. Nun, bekommt dein Kind etwa Zähne?" – „Die Zeit des Zahnens ist wohl noch nicht gekommen, steht uns aber sicher bald bevor." – „Wenn du unsere Vermutung, daß es schon soweit ist, als falsch ansiehst, wirst du dich in Kürze selbst vom Gegenteil überzeugen können!"

Ntulanalwo war zwar erst im fünften Lebensmonat, aber schon wenige Tage nach diesem Gespräch entdeckte Bugonoka im Unterkiefer ihres Kindes tatsächlich ein Zähnchen. Sollten Kinder so früh auch oben schon Zähne bekommen, ist das den Kerewe unheimlich und wird von ihnen geradezu als Abartigkeit angesehen. Myombekere und Bugonoka berieten daher gemeinsam, wie sie Ntulanalwo vor einer solchen Zahnmißbildung schützen könnten. Myombekere erinnerte sich schließlich an den alten Heiler Kibuguma. Ihn zog er sofort zu Rate.

Kibuguma erklärte ihm: „Von heute an darfst du keinen Verkehr mehr mit irgendwelchen Frauen im Busch haben. Selbst wenn es sich um eine Frau handelt, die schon seit langer Zeit deine Geliebte ist, stell den Beischlaf mit ihr sofort ein, sonst verdirbst du die Zähne deines Kindes und verstößt gegen die von alters her überkommenen Verbote, die mit dem Zahnen verbunden sind. Wenn du zur Überwindung der Schwierigkeiten beim Zahnen zusammen mit deiner Frau ein Ahnenopfer bringst, ohne daß du den Verkehr mit den Frauen im Busch eingestellt hast, kann dein Kind dadurch sehr geschädigt werden und sogar sterben. Ich will dir nichts verbergen, sondern ganz offen mit dir darüber sprechen, denn ich betrachte dich als meinen Freund. Obwohl du noch jung bist, mußt du von nun an enthaltsam leben und dich streng an die herkömmlichen Gebote halten bis zu dem Tage, an dem du den ehelichen Verkehr mit deiner eigenen Frau erstmals nach der Geburt wieder aufnehmen darfst. Erst danach kannst du nach Belieben auch wieder im Busch mit anderen Frauen schlafen. Am Tage, nachdem du den Verkehr mit deiner Frau wieder aufgenommen hast, kommst du mit ihr und deinem Kind zu mir, damit ich Ntulanalwo die Haare schneiden kann."

Zu Hause berichtete Myombekere seiner Frau alles, was Kibuguma ihm gesagt hatte. Er fügte hinzu: „Von heute an müssen wir die Zähne unseres Sohnes besser beschützen und enthaltsam bleiben, denn wenn wir gegen die Vorschriften beim Zahnen verstoßen, kann Ntulanalwo großen Schaden davontragen und sogar daran zugrunde gehen. Wenn die vorgeschriebene Zeit der Enthaltsamkeit nach der Geburt vorüber ist, laß uns das Kind am folgenden Tag zu Kibuguma bringen, damit wir unserem Heiler den abschließenden Lohn aushändigen und er dem Kind die Haare schneidet."

Sie hielten sich in der Folge an das, was ihnen ihr Heiler geraten hatte. Gleich am Tage nach dem Ende der vorgeschriebenen Enthaltsamkeit trugen sie ihr Kind zu ihm, um es scheren zu lassen. Bugonoka band Ntulanalwo auf den Rücken und setzte sich auf den Kopf einen großen Korb mit Kolbenhirse, den sie sorgfältig verschlossen hatte. Myombekere schulterte zwei neue Hacken. Dann machten sie sich auf den Weg.

Als sie beim Heiler Kibuguma eintrafen, überreichten sie ihm ihre Geschenke. Kibuguma nahm sie mit Wohlgefallen in Empfang und trug seiner Frau Weroba auf, Ntulanalwo die Haare zu schneiden. Weroba erledigte dies sofort. Anschließend unterhielten sie sich noch ein wenig, ehe Myombekere und Bugonoka mit ihrem Kind nach Hause zurückkehrten.

Damit waren die Meidungen wegen des Zahnens erledigt. Myombekere nahm den Verkehr mit den Frauen im Busch nach Gutdünken wieder auf. Es geschah deswegen nichts Übles in seinem Gehöft, und die Zähne Ntulanalwos kamen in der richtigen Reihenfolge.

Im folgenden Monat bemerkten sie, daß ihr Sohn Anstalten machte, sich von der Stelle zu bewegen. Zuerst schob Ntulanalwo sich auf dem Hinterteil voran. Allmählich aber bekam er es heraus zu krabbeln. Man bezeichnet diese Art der Fortbewegung bei den Kerewe als ›Rindergang‹, denn auf allen Vieren hat das Kleinkind ein besseres Gleichgewicht als auf zwei Beinen. Ntulanalwo konnte sich auf diese Weise sehr schnell fortbewegen, obwohl eines seiner Beine noch schwach war. Er krabbelte vorwärts, indem er dieses Bein gelenkig über das Knie des stärkeren Beines schlang.

Auch aß er weiter Sand. Und jeden Tag kam es wenigstens einmal vor, daß er in den Sand pinkelte und dieser sich mit dem Urin zu Modder vermischte. Den fegte er dann zusammen und steckte ihn in den Mund. Wenn jemand in seiner Nähe vorüberging, lachte er ihn an, damit auch jener ihm seine strahlenden Zähne zeigte. Wenn man seine Brust betrachtete, konnte man die Bahnen erkennen, die Rotz und Seiber gezogen hatten. Und an seinem Mund sah man die Spuren des Modders aus Sand und Urin, den er sich so gern einverleibte. Einfach herrlich!

Mit dem Krabbeln fing er auch an, seine ersten Laute zu lallen: „Tata, tata" und: „Dalidali! Dadadada!" Sein erstes Wort war einen Monat später zu vernehmen, doch keiner verstand es so recht. Ntulanalwo hatte gute Augen mit einem klarem Blick. Wenn seine Essenszeit kam, machte er seine Mutter darauf aufmerksam, denn seit einigen Tagen hatte er dafür ein bestimmtes Wort: „Nn! Nn!" Bugonoka erlernte seine Ausdrucksweise schnell verstehen und konnte ihm so seine kleinen Wünsche stets erfüllen. Sie versuchte jetzt, ihn morgens neben der Muttermilch mit in Wasser gekochten Kartoffeln zu füttern. Mit dem kleinen Finger schob sie ihm etwas davon in den Mund. Erst kostete er nur, dann aß er so, wie die Alten zu sagen pflegten: ›Beschmecken ist wie Essen‹. Am Ende gab ihm Bugonoka Kartoffeln, die er selbst mit seinen Händen greifen und essen konnte. Ähnlich verfuhr sie mit Hirsebrei. Schließlich gab sie ihm ein kleines Holzschüsselchen, in das sie Speisen für ihn hineinlegte: Kügelchen aus Hirsebrei und Soße zum Eintauchen. Wenn Ntulanalwo hungrig war, aß er alles, ohne sich zu sträuben. Sein Bäuchlein wurde davon so dick wie der Wanst einer Ziege, die mit Zwillingen schwanger geht. Je mehr er sich an die Nahrung der Erwachsenen gewöhnte, desto weniger trank er Muttermilch.

Nach kurzer Zeit konnte Ntulanalwo eine Menge Wörter spre-

chen, die er oft von den Erwachsenen hörte. Zum Beispiel sagte er
›Yumbu!‹ Bei den Erwachsenen hieß dies *enumbu*, ‚Kartoffeln’. Oder
er sagte ›ita‹, worunter die Großen *obwita*, ‚Hirsebrei’ verstanden.
Wenn er ›anya!‹ sagte, wußten die Erwachsenen, daß er *kunya*, ‚trin-
ken’ meinte. Verlangte er ›manya‹, wollte er *nyama* ‚Fleisch’. Seine
Mutter schließlich nannte er ›Yaya‹.

Allmählich lief er immer seltener auf allen Vieren und begann,
allein auf zwei Beinen zu stehen. Er hatte Angst vor Fremden und
hielt sich an die, die ihm vertraut waren. Jene schlug er oder schrie
sie an: „Komm nicht in meine Nähe!“ oder „Bleib stehen!“ Als er
fast zwei Jahre alt war, hielt er sich beim Gehen noch an Mauern
oder Wänden fest. Aber bald danach konnte er ohne Unterstützung
aufrecht gehen. Er war mit dem Laufenlernen keinesfalls besonders
spät dran.

KAPITEL 5

Umstellung des Kleinkindes auf feste Nahrung

Ntulanalwo wurde bereits zwei Jahre lang gestillt. Eines Tages, als er schon seine Vorderzähne, aber noch keine Backenzähne hatte, saugte er gerade wieder gierig an der Brust seiner Mutter. Dabei quengelte er und wollte von keinem angefaßt werden. Da der Kleine ihr mit seinen Zähnchen wie eine Säge in die Brustwarzen schnitt, verlor Bugonoka schließlich ihre Geduld. Sie holte eine kleine Rute hervor und schlug ihn damit: „Hör auf, mich zu beißen, du kleiner Hund! Trink gefälligst wie andere Kinder auch!" Ntulanalwo fing darauf an zu schreien, bis er völlig erschöpft war. Myombekere, der gerade in seiner Bananenpflanzung arbeitete, eilte nach Hause, fast taub von dem Geschrei, um Bugonoka zu fragen, was das Kind zum Schreien gebracht habe. Als er den Grund erfuhr, beruhigte er sich augenblicklich. Von dieser Zeit an hütete sich Ntulanalwo, seine Mutter zu beißen.

Einige Zeit später schrie er wieder lange und ausdauernd, ohne daß ein Grund zu erkennen war. Da gab ihm Bugonoka abermals einen leichten Schlag mit der Rute und drohte ihm: „Schweig still, sonst schlage ich dich nochmal!" Er verstummte augenblicklich, als ob er aufgehört hätte zu weinen, aber die Tränen liefen ihm immer noch über Wangen und Brust. Als Bugonoka sah, daß er nicht gehorchen wollte und keine Vernunft annahm, sagte sie zu sich: „Kumbe! Das ist der Grund, warum unsere Altvorderungen zu sagen pflegten: ›Du mußt einen Baum geraderichten, wenn er noch keinen dicken Stamm hat. Wenn er herangewachsen ist und hartes Holz hat, geht es nicht mehr.‹"

Als Ntulanalwos Beine kräftig genug waren, so daß er nicht mehr taumelte und richtig laufen konnte, beschlossen Myombekere und Bugonoka, das Kind abzustillen, so daß ihm hinfort die Brust geradezu Ekel erregen sollte. Außerdem machten sie sich Gedanken, wer ihr Kind demnächst erziehen sollte. Da Myombekeres Mutter nicht mehr lebte – sie wäre der Sitte nach eigentlich als Erzieherin des Kindes in Frage gekommen –, dachten sie daran, das Kind zur Mutter Bugonokas zu geben. Myombekere besaß zwar eine ältere Schwester, die man eigentlich als nächste hätte darum bitten müssen, aber Myombekere und Bugonoka fanden ihre Wesensart und ihr Benehmen nicht sehr ansprechend. Sie erinnerten sich noch zu genau, welch böse Worte sie damals gebraucht hatte, als die beiden wegen ihrer Kinderlosigkeit in Sorgen gewesen waren. Damals bedrängte die Schwester Myombekere, er solle Bugonoka verstoßen und eine andere Frau heiraten, um Nachwuchs zu zeugen. Sie hatte dies damit begründet, daß sie wahrlich nur sein Bestes wollte, denn im Kereweland sei ein kinderloser Mensch nun mal wertlos. Er werde mit einem Hund verglichen und man bringe ihm keinerlei Ehrerbietung entgegen, hatte sie erklärt. Die Menschen würden nach der Anzahl der Söhne und Töchter beurteilt, die sie gezeugt oder geboren hätten und bis zu ihrer Verheiratung aufzögen. Menschen mit Kindern würden die Kinderlosen verspotten und beleidigen: ›Seht diese unfruchtbare Person! Sie hat sich daran gewöhnt, in der Herde der Kälber zu leben.‹ Dieses Wort sollte darauf hinweisen, daß jemand ohne Kinder dazu neigt, den Umgang mit Jugendlichen zu suchen, die eigentlich nicht mehr seiner Altersgruppe entsprechen. Denn Erwachsene mit Kindern pflegen, wenn sie sich miteinander unterhalten, vornehmlich über Angelegenheiten von Eltern zu sprechen. Und wenn ihnen ein Kinderloser nahekommt, hören sie sofort auf, darüber zu reden und flüstern einander zu: ›Schweigt, da kommt jener Unfruchtbare, der nur in der Herde der Kälber verkehrt!‹ Sollte einer unter ihnen fragen, wer jener Außenseiter sei, der vielleicht schon graue Haare habe, dann würden die anderen entgegnen: ›Es ist unser Nachbar, aber wenn er kommt, schweigen wir, damit er unsere Geheimnisse nicht unter den Jugendlichen verbreitet.‹ Dergleichen Reden hatten sich Myombekere und Bugonoka damals häufig von der Schwester anhören müssen. Deswegen hegten sie gegen sie immer noch Groll in ihren Herzen. Myombekere sagte: „Mit meinen Sippengenossen pflege ich nicht viel Umgang. Obwohl ich ihnen längst verziehen habe, möchte ich das Gift ihrer üblen Worte nicht noch einmal schlucken. Wenn ich ihnen mein Kind zur Erziehung gäbe, hätte ich morgen, übermorgen und bis in alle Ewigkeit Angst. Das Schicksal will es nun mal, daß Kinder gelegentlich Dummheiten machen. Meine Schwester würde unaufhörlich bei anderen darüber klatschen und versuchen, mir damit zu schaden. Eine Weisheit der Kerewe besagt: ›Wenn du deinen Schwiegervater und deine Schwiegermutter erzürnt hast, hindere deine Frau trotzdem nicht, gelegentlich ihre Eltern zu besuchen. Denke daran, daß sie das Bett mit dir teilt.‹ Meiner Meinung nach ist es darum am besten, wenn die Schwiegereltern meinen Sohn aufziehen. Wenn ihm die Nahrung dort bekommt und die Sonne ihm Gesundheit verleiht, soll er bei ihnen aufgezogen werden. Es ist mir nämlich durchaus bewußt, daß es im Kereweland heißt: ›Ein Kind wird nicht von einem Menschen allein gezeugt. Es hat zwei Eltern, einen Vater und eine Mutter.‹"

Nach dieser Rede machte sich Myombekere sofort auf, um seine Schwiegermutter zu bitten, die ‚Entwöhnerin' und Aufzieherin Ntulanalwos zu werden.

Nkwanzi wies dieses Ansinnen keinesfalls zurück, aber sie fragte ihren Schwiegersohn trotzdem: „Wann ist das Kind denn eigentlich entwöhnt worden?" Er mußte zugeben: „Wir haben gerade erst damit angefangen", fügte aber sogleich beschwichtigend hinzu: „Wenn Ntulanalwo in der Zeit nach dem Abstillen Schwierigkeiten mit der Kost der Erwachsenen bekommen sollte, können wir ihn morgen oder übermorgen wieder zu uns nehmen, um ihm weiterhin die Brust zu geben." – „Gut", sagte Nkwanzi, „kehre jetzt heim und suche morgen bei euch nach Nahrung, die man dem Kind zufüttern kann. Wir werden hier das gleiche tun. Morgen werde ich noch hier übernachten, und übermorgen seht ihr mich bei euch. Zum Abstillen müßt ihr unbedingt die Mutter deines Freundes hinzuziehen. Heißt sie nicht Nanzala?" Er: „Meinst du die Frau, die deiner Tochter beim Entbinden half?" Sie: „Ja!" Er: „Sie heißt wirklich Nanzala." – „Ja, die meine ich," beendete sie das Gespräch.

Zu Hause berichtete Myombekere seiner Frau, wie die Schwiegereltern seinen Plan aufgenommen hatten. Ihre Mutter werde übermorgen kommen, ihren Enkel abzuholen. Am nächsten Morgen machte sich Myombekere schon ganz früh zum See auf, um die zum Entwöhnen benötigten Fische zu besorgen.

Für ein kleines Kind ist es zunächst ein spaßbringendes Spiel, wenn sein Magen gefüllt wird. Aber wer hat noch nie erlebt, daß seine Eltern allein ohne die Kinder gegessen haben? Wie oft sind wir als Kinder mit dem Essen doch hinters Licht geführt worden, wenn die Erwachsenen zu ungewöhnlicher Zeit, etwa des Morgens, ohne uns etwas essen wollten! Dabei prüften sie uns zugleich, ob wir schon Gut und Böse voneinander unterscheiden konnten. So pflegte uns unsere Mutter, wenn sie nur dem Vater Kartoffeln zubereiten oder ausschließlich den Großeltern eine Kalebasse voll Milch einschenken wollte, zu sagen: „Heute werdet ihr Knaben und Mädchen erst essen, wenn ihr den Soundso draußen irgendwo im Buschland zum Essen hergerufen habt. Wenn es euch nicht gelingt, ihn herzubringen, bekommt ihr auch nichts zu essen." Dann haben wir uns aufgemacht, sind draußen kreuz und quer durch das Buschland gerannt und haben uns danach gedrängt, den Betreffenden als erster aufzuspüren. Wir riefen laut: „Onkel, euer Essen ist bereit! Kommt, laßt uns zusammen heimgehen. Ihr werdet dort erwartet!" Aber wir haben ihn weder gesehen noch gehört. Bei der Rückkehr haben die Eltern und die anderen Erwachsenen im Gehöft über uns gelacht, daß sie sich an der Milch verschluckten und am Ende husteten, als hätten sie eine schwere Erkältung. Einige von uns haben irgendwann aufgehört, nach dem Gast zu rufen, und ein anderer hat vielleicht eine heisere Stimme bekommen, so daß er gar nicht mehr laut rufen konnte. Wenn uns die Eltern endlich vom Gehöft aus zuriefen, wir sollten die Suche einstellen, der Betreffende befinde sich längst bei ihnen, sind wir zurückgerannt und haben uns gegenseitig angefeuert: „Wer kommt als erster zu Hause an? Er wird sehen, daß der Herr Vater noch nicht gegessen hat und auf uns wartet." Und wenn wir dann das Gehöft erreicht hatten, stellten wir enttäuscht fest, daß der Vater gar nicht mehr da war, loo! Wir haben gefragt, wo der Herr Vater denn sei. Und man antwortete uns hintergründig: „Als er noch hier war, haben wir mit ihm bereits die Mahlzeit eingenommen. Er hat euch draußen so laut lärmen hören, daß er sofort aus dem Hause geeilt ist und sagte: ›Sie haben so laut gebrüllt, daß sie mich damit fast umgebracht hätten. Ich bin schnell weggelaufen, ihnen zu entkommen. Sie wollen offenbar gar nicht essen.‹" Da haben wir angefangen, unsere kindliche Schläue zu entwickeln und uns gesagt: „Wenn sie uns morgen wieder in den Busch schicken, jemanden zu rufen, werden wir alsbald heimlich wieder zurückschleichen und den Vater überraschen, wie er mit den anderen Erwachsenen ißt. Anders bekommen wir ihn nicht zu fassen." Endlich hatten wir begriffen, daß sie uns nur täuschen wollten. Kumbe! Der Gesuchte war gar nicht dort, wo man uns hinschickte, sondern er hielt sich nur verborgen, bis wir aus dem Gehöft verschwunden waren.

Um die Mittagszeit kehrte Myombekere bereits zurück, auf der Schulter eine Tragestange, an der vorne und hinten je ein Bündel mit Fischen hing. Bugonoka bemerkte mit Verwunderung, daß ihr Mann einen vollständigen *kambare-mamba*-Fisch mitgebracht hatte, sehr lang und in einem Stück. Außerdem entdeckte sie noch drei *embozu*-Fische, die auch von Frauen gegessen werden können, und – kumbe! – noch vier *ensato*-Fische. Sie eilte ihm mit einer Rietmatte entgegen, die normalerweise zum Verschließen der Haustür verwendet wird, und breitete sie im Schatten eines Baumes aus, damit Myombekere die Fische darauf ablegen konnte.

Bugonoka säuberte die Fische sorgfältig, dann ging Myombekere hinüber zu Kanwaketas Gehöft, um die alte Nanzala zu fragen, wie man ein Kind am besten von der Mutterbrust entwöhnt. Die Alte klärte ihn folgendermaßen auf: „Bei uns Kerewe-Leuten wird ein Kind abgestillt, indem wir allerlei Ahnenopfer verrichten. Zunächst muß dafür ein Platz hergerichtet werden. Dann muß ein großer Deckelkorb voll mit Hirse oben im Gebälk des Hauses unter dem Dach untergebracht werden. Außerdem verbringe die heutige Nacht, ohne mit deiner Frau zu verkehren. Bleibt beide völlig enthaltsam! Morgen lege das Kind an die Brüste deiner Frau. Vorher soll deine Frau diese jedoch mit Kuhmist einschmieren. Wenn das Kind nun trinken will, soll deine Frau es energisch daran hindern und zu ihm sagen: ›Hör auf zu saugen! Es ist Kuhmist daran. Merkst du nicht, wie es stinkt?‹ Gleichzeitig muß sie Hirsebrei, Kartoffeln und alles, was das Kind gern ißt, bereithalten. Seine künftige Erzieherin muß vom Morgen bis zum Abend um ihn sein und ihn liebkosen. Am

Abend soll sie mit ihm zu Bett gehen, damit er während der Nacht nicht versucht, an der Brust seiner Mutter zu trinken. Diese Behandlung muß drei Tage lang fortgeführt werden. Am vierten Tag soll die Mutter baden gehen und sich von der Milch, die aus ihren Brüsten tröpfelt, säubern. In der Nacht darauf könnt ihr in eurem Ehebett wieder miteinander schlafen, denn dann wird das Kind entwöhnt sein."

Am folgenden Tag traf Bugonokas Mutter, wie angekündigt, ein. Sie brachte viele Geschenke mit. Bugonoka eilte ihr entgegen, um ihr beim Absetzen der Lasten zu helfen. Myombekere verzog sich derweil in eine entfernte Ecke des Gehöfts, um seine Schwiegermutter von dort aus ehrerbietig zu begrüßen.

Nkwanzi begab sich sogleich in die Hütte. Dort sah sie ihren Enkel allein und aufrecht auf sich zukommen. Sie rief ihm zu: „Komm her und begrüße mich, mein kleiner Ehemann! Ei, kumbe! Kannst du aber schon gut laufen!" Ntulanalwo lief auf sie zu. Sie hob ihn hoch und setzte ihn auf ihren Schoß. Nach einer Weile wollte er nicht mehr auf ihrem Schoß sitzen bleiben. Er kletterte behende hinunter und folgte seiner Mutter in eines der Zimmer. Sie war damit beschäftigt, Hirsebrei zuzubereiten. Er ging auf sie zu und forderte: „Yaya, ita! – Mama, Brei!" Bugonoka antwortete ihm: „Du willst Brei, Väterchen? Warte, bis er gar ist, dann werde ich dir etwas geben, mein Kind." Nachdem sie den Brei zubereitet hatte, gab sie die Beikost hinzu und rief ihn herbei: „Komm her und iß deinen Brei gemeinsam mit dem Gast!" Nkwanzi legte ihm einige kleine Brokken vom Hirsekloß in sein Holzschüsselchen. Als sie nochmals nachfüllen wollte, hinderte Bugonoka sie daran: „Mutter, gib ihm nicht zuviel davon. Er hat sich heute schon gehörig daran satt gegessen. Sonst quillt er zu sehr auf." Nkwanzi entgegnete ihr: „Kinder sind nicht so, wie du denkst. Ich meine, daß er noch nicht genug gegessen hat. Warte nur, wenn er aufhört, Muttermilch zu trinken! Dann wirst du dich überzeugen und dich wundern!" Du hast noch keine Kinder beim Abstillen erlebt. Ich weiß nicht, was ihre Bäuche so aufbläht, aber damit, daß sie zuviel essen, hat es bestimmt nichts zu tun!„ – „Ja, ich sehe es wohl", erwiderte Bugonoka. „Aber trotzdem bleibe ich bei meiner Ansicht, daß es nicht gesund ist. Wahrscheinlich hat es etwas mit dem Abstillen zu tun." – „Nein", widersprach Nkwanzi. „Keinesfalls! Viele meinen, daß es vom Essen kommt, und du denkst vielleicht sogar, es sei eine Krankheit!" Über diesem Gespräch hörte Nkwanzi zu essen auf. „Mutter, warum ißt du nicht weiter?" fragte Bugonoka. – „Ach, frag nicht! Ich bin eben satt, weil ich von dem *embozu*-Fisch und den anderen Speisen gegessen habe. Im übrigen weiß ich schon allein, was ich zu tun habe."

Gegen Abend kamen Nanzala und Kanwaketas Frau. Bugonoka fragte sie: „Meine Gefährtinnen, warum kommt ihr jetzt erst?" – „Geduld, bei Sonnenuntergang sind wir ja sofort aufgebrochen! Die Kerewe sagen: ›Die Nacht hat Vögel und Menschen bedeckt.‹ Jetzt, wo die Sonne untergegangen ist, hüllt sie auch das Kochen für unsere Herren in Dunkelheit ein. Wenn das Essen nicht gar ist, wirst du geschlagen. Und wenn es dir gelingt, gut zu kochen, so wie es den Herren gefällt, kannst du hören, wie sie kräftig ausatmen, daß es klingt wie ›Yehuu‹! Heute bin ich den engen Pfad einer Ratte gegangen, aber wie wird es mir morgen ergehen?" Myombekere griff die Rede auf und antwortete der Frau Kanwaketas: „Kumbe! Wirklich, ist das so? Ist der Erfolg eurer Arbeit so ungewiß, Schwägerin?" – „Schwager, wir sind nun mal nachlässig beim Zubereiten der Mahlzeiten. Da ist der Erfolg immer ein bißchen fraglich." – „Das stimmt nicht, Schwägerin! Ihr strengt euch mächtig an, deswegen werden wir Männer so fett. Wir haben großes Glück mit unseren Frauen!" – „Wenn du jeden Tag deine Zweifel hast, wie kannst du dann selbst dick werden? Hör nur zu, Schwager, ich will es dir erklären." – Myombekere ermunterte sie: „Leg mir deine Gedanken nur dar, ich höre zu!" Daraufhin hub sie an: „Sieh dir die unverheirateten Frauen an, die keine Häuser und Ehemänner zu versorgen haben. Sie werden fetter mit jedem Tag! Schwager, uns verheirateten Frauen wächst die Arbeit indessen über den Kopf. Allein stehen wir mit unseren Hacken in der Hand bei der Feldarbeit, bauen Kartoffeln und Hirse an, ernten die Feldfrüchte, bereiten sie zu, bringen sie in den Topf, sammeln Feuerholz und kochen sie. Damit noch nicht genug. Wir müssen die Speisen auch in Schüsseln füllen und sie unseren Herren auftragen und die leeren Schüsseln wieder abtragen. Dazu kommt das Mahlen von Hirse, das Rösten von Bananen, das Zubereiten von Hirsebrei und das Herrichten des Bettes. Ich habe bestimmt noch vieles vergessen. Wenn du als Frau im gebärfähigen Alter bist, wirst du schwanger und ziehst deine Kinder auf von der Geburt, bis sie erwachsen sind, und darüber hinaus, wann immer sie dich als Mutter um etwas bitten." – „Ja, kumbe, Schwägerin, du hast recht", bestätigte er. „Ich sehe jetzt, ihr Frauen habt viele Pflichten. Sicherlich hast du noch nicht alle aufgezählt. Es ist einfach zu viel!" – „Ei, Schwager, du kennst sie ja alle. Ich soll sie dir nur noch einmal einzeln aufzählen!" – „Nein, keinesfalls! Ich sehe ja, daß ihr erschöpft seid."

In dieser Nacht gingen Nkwanzi und Bazaraki mit Ntulanalwo hinüber in Kanwaketas Gehöft, um dort zu schlafen. Bugonoka bereitete derweil das eheliche Bett. – Wegen der vielen Wanzen hatte sie das Gestell unbedeckt gelassen. – Als Myombekere und sie sich schlafen legten, drehten sie einander die Rücken zu, um den Ratschlag Nanzalas zu befolgen.

Am Morgen war es wie immer. Bugonoka stand zeitig auf und kochte Hirsebrei in Rinderfett. Dann schickte sie Kagufwa mit einer Kalebasse voll Milch und sechs *ensato*-Fischen als Mahlzeit für Ntulanalwo und die anderen zum Nachbarn Kanwaketa. Innerhalb von drei Tagen ließ er sich alle Speisen anbieten. Während dieser Zeit sahen sie einander nicht. Am vierten Tag badete Bugonoka und wusch die herausgetröpfelte Milch von ihrem Oberkörper. Am Abend desselben Tages brachten Nkwanzi und Bazaraki Ntulanalwo zu seinen Eltern zurück. Dies geschah, weil Myombekere, Bugonoka und Ntulanalwo eine Familie bildeten und alle wußten, daß an diesem Tage die Zeit des Abstillens mit allen Meidungen und Verboten beendet war. Ein Kerewe sagt in diesem Fall: ›Sie hängen es dem Gast hin; er weiß selbst, auf welche Seite er es legen muß.‹ Also Myombekere, Bugonoka und ihr Sohn legten sich gemeinsam zum Schlafen nieder. In dieser Nacht erinnerte sich Myombekere wieder an das Wort eines Kerewe-Manns: ›Was man nicht richtig behandelt, ist in Gefahr zu verderben.‹

Wir können hier nicht alles von Anfang bis Ende genau darlegen, als wenn wir verrückt wären. Wer Ohren hat, der höre. Wer nicht hören kann, der lasse es sein. Werft uns nicht vor, wir seien von Geistern besessen! Kumbe, schließlich kann niemand behaupten, wir seien dabei gesehen worden, wie wir hinter den Leuten herliefen, um sie zu schlagen.

Als es tagte, kehrten Nkwanzi und Bazaraki auf das Gehöft Myombekeres zurück. Sie trafen Bugonoka an, wie sie Hirsebrei in besonders schmackhaftem Rinderfett, *obuzingwa* genannt, als Wegzehrung für Ntulanalwo kochte. Als der Brei fertig war, legte sie ihn in einen Tragekorb für Kinder. Dazu fügte sie Beikost. Dann brachte sie schnell den großen Tragekorb ihrer Mutter, den sie mit soviel Kolbenhirse gefüllt hatte, wie man nur tragen konnte. Obenauf legte sie geschickt einen *embozu*-Fisch und darauf das Körbchen mit der Wegzehrung. Das Kind wollte sie später ihrer Mutter auf den Rücken binden. Nkwanzi trieb ihre Tochter zur Eile an: „Mach schnell, mein Kind! Ich möchte, daß mein Schwiegersohn nicht zu lange warten muß, um mich zu begleiten. Auch möchte ich noch bei Tageslicht in meinem Gehöft ankommen." Bugonoka antwortete ihr: „Ich bin doch schon längst mit allem fertig, Mama." Als sie den Tragekorb der Mutter verschlossen hatte, brachte sie noch reife Bananen und legte sie zuoberst. Danach holte sie Ntulanalwo aus dem Bett, steckte ihn in sein Tragefell und band ihn Nkwanzi auf den Rücken. Ntulanalwo war noch in tiefem Schlummer, fofofo!

Nachdem sie von Bugonoka Abschied genommen hatten, machte sich Nkwanzi mit Ntulanalwo auf den Weg. Myombekere nahm seinen Speer und ging seiner Schwiegermutter und seinem Sohn voraus. Da es noch Nacht war, blieb er dicht vor ihnen auf dem Weg, um seine Schwiegermutter beim Gehen auf die Löcher der Erdferkel hinzuweisen zu können. Da sie sich in einer gefährlichen Lage befanden, brauchten sie die herkömmlichen Verhaltensregeln zwischen Schwiegermutter und Schwiegersohn nicht zu beachten. Sonst hätten sie aus Gründen der Schicklichkeit in großem Abstand hintereinander hergehen müssen.

Heutzutage könnte Myombekere mit seiner Schwiegermutter, ohne sich schämen zu müssen, sogar in ein und demselben Boot über den See setzen. In früheren Zeiten, als die Männer am See noch keine Fellkleidung trugen, wäre das als ein von Gott eingesetztes Verbot, Mugasa genannt, angesehen worden. Aber auch damals hätte man seine Schwiegermutter unter Totschlägern oder wilden Tieren auch nicht allein in der Gefahr lassen müssen, sondern ihr beistehen können. Unsere Vorväter sagten für den Fall von Krankheit oder Lebensgefahr: ›Keines anderen Auge wird Schwiegermutter oder Schwiegersohn in Fällen der Gefahr ansehen.‹ Und zu einem Trauerfall meinten sie: ›Jedesmal rudere ich umsonst ans andere Ufer, ausgenommen heute. Hat die Schwiegermutter etwa einen Trauerfall? Ich werde mich bemühen, ein weiteres Mal hinüberzurudern, damit sie zur Trauerfeier gehen kann.‹ Im Boot pflegte die Schwiegermutter früher vorn im Bug und der Schwiegersohn hinten im Heck zu sitzen. Nun wollt ihr mich wohl fragen, ob es in unseren kleinen *empanza*-Booten tagsüber überhaupt Möglichkeiten gab, sich voreinander zu verbergen, etwa in den Spanten und Querbalken. Ich antworte euch nur: Natürlich nicht!

Obwohl Myombekere seiner Schwiegermutter normalerweise weit vorauslief, zeigte er ihr unter diesen Umständen die Löcher der Erdferkel im Weg. Er ging dabei ganz dicht vor ihr her, um sie vor den Gefahren der Nacht zu schützen. Erst als es dämmerte und sie an die große Wanderstraße kamen, hielt er sich etwas abseits. Und als die Sonne schließlich ganz hervorkam und sie bewohntes Gebiet erreichten, setzte Myombekere den großen Tragekorb seiner Schwiegermutter ab. Er duckte sich in ein Gebüsch am Wegesrand, und so nahmen sie Abschied voneinander. Dann kehrte er nach Hause zurück, während die Schwiegermutter mit Ntulanalwo ihrer eigenen Wege zog.

KAPITEL 6

Erziehung bei den Großeltern

Ungefähr drei Monate, nachdem Ntulanalwo von seiner Großmutter abgeholt worden war, bereitete Bugonoka eine Reise vor, um ihren Sohn wiederzusehen. Sie nahm erstaunlich viele Dinge als Geschenke mit. Laßt uns einmal ansehen, was sie alles mit sich schleppte! Also: einen großen Korb voll Mehl, einen leichteren Korb mit Fleisch und *embozu*-Fischen, die mit Geschick goldgelb geräuchert waren, für ihre Mutter eine flache Korbschale zum Worfeln des Getreides, ein Körbchen, um die Speisen des Kindes hineinzutun, eine kleine Kalebasse für die Mutter zum Wasserschöpfen, eine Kalebasse für das Bier des Vaters und eine Staude reifer Bananen für den Sohn, damit er sie nicht erwartungsvoll anstarre, ohne daß sie ein Geschenk für ihn in Händen hielte. Außerdem hatte sie eine Kalebassenschale voll Fett dabei, womit das Kind abends nach dem Waschen und vor dem Zubettgehen eingerieben werden sollte, um es vor der Krätze zu bewahren.

Im Gehöft ihrer Eltern begegnete ihr bei der Ankunft als erste das Töchterchen ihrer Cousine Barongo. Beim Anblick Bugonokas verkündete die Kleine laut: „Großmutter, uns ist ein Glück widerfahren. Wir haben einen Gast!" Nkwanzi schaute nach draußen und erblickte – oh welche Überraschung! – Bugonoka, den Kopf hoch beladen mit ihren vielen Lasten. Sie erhob sich sofort und eilte der Tochter zu Hilfe, die vielen Geschenke abzuladen.

Als Ntulanalwo seine Großmutter jemanden begrüßen sah, wich er zunächst zurück und lief davon. Nach dem Absetzen der Lasten folgte ihm Bugonoka sogleich und nahm ihn auf den Arm, wobei sie ihn begrüßte: „Guten Tag, Ntulanalwo, guten Tag! Bist du aber schon groß geworden! Mmm, warum sieht dein Bäuchlein denn so dick aus? Hast du etwa die ganze Zeit nur Kartoffeln und Milch gegessen?"

Nachdem Bugonoka auch ihren Vater und ihren Bruder begrüßt hatte, kehrte sie in die Hütte der Mutter zurück. Dort wurde sie von Nkwanzi gleich mit Vorwürfen empfangen: „Wir dachten schon, daß ihr euer Kind vielleicht nicht gern hättet. Seit ich bei euch war, sind bereits viele Tage ins Land gegangen. Wie viele eigentlich? Sind es nicht schon drei Monate?" – „Ja, das stimmt! Du hast richtig gezählt, Mutter! Wir haben unser Kind durchaus lieb", verteidigte sich Bugonoka, „und haben überall gesagt, wie sehr wir es vermissen. Der Grund, warum ich nicht eher kommen konnte, liegt darin, daß euer Schwiegersohn inzwischen sehr krank war. Zunächst bekam er hohes Fieber, das sechs Tage andauerte, dann erkrankte er an Ausschlag. Wir haben sehr darunter gelitten. Die Leute in unserer Gegend meinten, daß Myombekere an einem Ausschlag erkrankt wäre, der nicht von der Krätze herrühre. Möglicherweise hätte er etwas auf den Feldern von Kago gestohlen. Dieser Ausschlag hielt sich fast anderthalb Monate lang. Anschließend bekam er überall Geschwüre. Einige waren auf der Sitzfläche und unter den Sohlen. Er hatte große Schmerzen. Nach zwei Wochen waren die Geschwüre reif, so daß sie mit dem Rasiermesser geöffnet wurden. Erst nachdem der Eiter ausgedrückt war, konnte Myombekere wieder richtig schlafen, auf einem Stuhl sitzen und umherlaufen. Das alles ist uns in der Zwischenzeit zugestoßen, darum sagten die Vorväter ja auch: ›Wenn im Krieg keine Menschen getötet würden, wüßte man nicht, wie man miteinander Krieg führt!‹" – Nkwanzi mußte zugeben: „Kumbe! Bei euch hat sich wirklich viel ereignet. Nun verstehe ich, warum du erst so spät zu uns kommst! Wir hatten von den Krankheiten bei euch keine Ahnung."

Bugonoka blieb ungefähr zehn Tage bei ihren Eltern. Während dieser Zeit mußte sie auf einem anderen Gehöft einen Trauerbesuch machen, weil jemand aus ihrer Sippe verstorben war. Nach diesem Ereignis verweilte sie noch ein oder zwei Tage bei ihrer Familie, bis sie heimkehrte.

Ntulanalwo blieb in der Obhut seines Großvaters und seiner Großmutter zurück. Sie liebten ihn von Tag zu Tag mehr, ganz wie Eltern, deren Kinder noch klein sind. Wenn die Großmutter am Abend Hirsebrei kochte, legte sie einen kleinen Teil davon zusammen mit Beikost in ein Vorratskörbchen für den anderen Morgen zurück, denn beim Aufstehen pflegte Ntulanalwo seinen üblichen Gesang anzustimmen, das heißt, er schrie und verlangte von der Großmutter, ihm Hirsebrei zu geben. Nkwanzi reichte ihm dann das Körbchen, das sie am Tag zuvor beiseite gestellt hatte. Er aß davon und hatte bald wieder trockene Augen. Von der Nacht her war er noch von Seiber und Rotz, die ihm beim Schlafen aus Mund und Nase geflossen waren, verschmiert. Seine Hände waren schmutzig, als wenn sie seit seiner Geburt nicht mehr mit Wasser in Berührung gekommen wären. Ntulanalwo achtete jedoch nicht darauf, sondern wollte erst sein Körbchen mit Hirsebrei haben. Was er nicht essen konnte, gab er der Großmutter zurück. Sie verwahrte es, bis er erneut hungrig wurde.

Ihr wißt bestimmt, wie es ist, wenn Kinder erst mit Heißhunger zu essen verlangen und schon nach kurzer Zeit vollständig satt sind. Aber nach einer kleinen Weile fragen sie schon wieder nach Essen, als ob sie zuvor noch nichts bekommen hätten.

Nachdem Ntulanalwo schon eine ganze Weile bei seinen Großeltern gelebt hatte, beunruhigte er sie damit, daß seine Augen von der *emboga*-Krankheit befallen wurden. Man behandelte ihn erfolgreich mit einem Heilmittel aus Feldkräutern.

Vier Monate später wurde er von Spulwürmern befallen, so daß er Galle erbrechen mußte. Das Unwohlsein begann eines Morgens, als er aus seinem Körbchen mit dem Frühstück essen wollte. Da dachten seine Großeltern, daß es sich bloß um eine gewöhnliche Kinderkrankheit handelte, vielleicht um die *oluzoka*-Krankheit. Aber als die Tage voranschritten, machten die Spulwürmer das Kind immer hinfälliger. Schließlich verweigerte er sogar das Frühstück. Nkwanzi legte ihm daraufhin nichts mehr vom Abendessen zurück, sondern fing an, ihm morgens etwas frischen Hirsebrei zu kochen. Aber auch den konnte er bald nicht mehr zu sich nehmen. Die Spulwürmer hatten sich in seinem Bauch festgesetzt. Eines Abends verweigerte er schließlich auch das Abendessen. Nachts gegen zwei Uhr näßte er das Bett. Nkwanzi, die bei ihm schlief, wurde davon wach und stand in der Dunkelheit auf. Da bemerkte sie, daß das Kind von heftigem Fieber glühte. Sie weckte darauf ihren Mann Namwero. „Was gibt es", fragte dieser. – „Schau dir mal das Kind an, in welchem Zustand es sich befindet!" Namwero stand auf und ging voll böser Ahnungen zu Ntulanalwo. Als er ihn befühlte, stellte auch er hohes Fieber fest. Stark beunruhigt sagte er: „Es handelt sich um eine schwere Erkrankung. Heute abend ist sie erst ausgebrochen und schon so weit fortgeschritten. Oh je! Sie wird hoffentlich nicht stärker sein als wir! Wenn wir morgen früh nicht sehen, daß es dem Kind deutlich besser geht, müssen wir schnellstens unseren Sohn Lweganwa zu unserem Schwiegersohn und zu Bugonoka schicken, damit er sie herbeiholt. Wir können ihnen gegenüber nicht so tun, als ob ihr Sohn völlig gesund wäre. Unsere Alten lebten nach dem Grundsatz: ›Ein ungewöhlich großer Fisch verpflichtet den Eigentümer der Reuse, seinen Fang den anderen zu offenbaren.‹ Das besagt, daß wir eine schwere Erkrankung des Kindes nicht geheim halten dürfen." – „Ja, du hast recht", pflichtete ihm Nkwanzi bei: „Zwar sind wir erwachsene Menschen und haben Erfahrung mit Erkrankungen, aber dieser Zustand des Kindes flößt mir allergrößte Angst ein. Außerdem ist der von alters her geübte Brauch der Hauteinritzung und ersten Blutzapfung an Ntulanalwo noch nicht ausgeführt worden. Dazu müssen seine Eltern auf jeden Fall anwesend sein."

Namwero zögerte nicht länger und weckte Lweganwa und dessen Frau. Beide eilten zu dem kranken Kind und trafen es völlig hilflos an. Machen wir uns nichts vor, das Kind war schwer krank und keuchte in hohem Fieber. Lweganwa machte sich sogleich auf, um seinen Vetter Kamuhanda herbeizurufen, der ihn zu den Eltern des Kindes begleiten sollte. Da es Vollmond war, warteten die beiden Männer den ersten Hahnenschrei gar nicht erst ab. Nur mit ihren Speeren in der Hand, wanderten sie durch die Nacht, um Ntulanalwos Eltern schnellstens herbeizuholen.

Als es tagte, stand Namwero auf, füllte Hirsemehl in eine kleine Kalebasse fügte etwas Speichel von dem erkrankten Kind hinzu und machte sich damit auf den Weg zu einem Wahrsager. Die kleinen Vögel begannen gerade zu zwitschern, als Namwero am Ziel eintraf. Er reichte dem Wahrsager die Kalebasse mit dem Speichel. Der befragte das Orakel und erklärte ihm dann: „Dein Kind ist schwer krank und hat hohes Fieber." – „Gib mir einen Rat, wie die Krankheit geheilt werden kann, mein hochverehrter Heiler!" – „Dein Enkel ist von einem bösen Geist befallen. Er leidet an der *omuzimu*-Krankheit." – „Öffne dich, damit du die Krankheit klar erkennen kannst, mein Heiler!" – „Falls ihr dem Kind nicht rechtzeitig Heilkräuter vom Feld sucht, wird sich sein Zustand bald noch verschlimmern. Unterlaßt vor allem im Gehöft alle Scherzworte, damit das Kind euch nicht für immer entgleitet!"

Als erfahrener Mann kannte Namwero die Heilkräuter gegen die *omuzimu*-Krankheit. Er stellte dem Heiler daher keine weitere Frage, um nicht unnötige Zeit zu verlieren. Zu Hause nahm er sich sofort einen Korb und lief damit hinaus in das Buschland, um die für seinen Enkel Ntulanalwo geeigneten Heilkräuter zu suchen. Als er sie nach Hause brachte, setzte Nkwanzi das Kind dem Dampf der Kräuter aus, die sie zuvor in einem Topf aufgebrüht hatte. Ntulanalwo geriet dadurch stark ins Schwitzen.

Als Ntulanalwo vom Schweiß und Dampf wieder trocken war, untersuchten sie sorgfältig seine Augen, denn an den Augen kann man den Krankheitszustand erkennen. Selbst wenn ein Kranker fest entschlossen ist, die anderen über seinen Zustand zu täuschen, seine Augen verraten ihn.

Nkwanzi bemühte sich, ihren Enkel auf den Armen zu tragen, als er das Bett wegen seiner Notdurft verlassen mußte. Sie schleppte ihn hinter das Haus. Dort hatte er heftigen Durchfall. Am Ende gab er einen feuerroten Wurm von sich. Nkwanzi rief sofort ihren Mann herbei. Sie zeigte mit dem Finger auf den Wurm und sagte: „Schau, was aus Ntulanalwos Bauch herausgekommen ist! Kumbe! Das Kind leidet große Pein. Was das hohe Fieber verursacht, befindet sich in seinem Bauch! Als ich Ntulanalwo aufforderte, etwas zu essen, klagte er in der Tat über Bauchschmerzen." Nkwanzi trug das Kind wieder ins Bett und deckte es bis zum Hals mit einem Ziegenfell zu.

Namwero ging unterdessen zum See zu seinen *olubigo*-Reusen, um zu prüfen, ob sich darin Fische gefangen hätten. Er fand insgesamt 30 ensato- und vier emamba-Fische vor. Diese brachte er schnell ins Gehöft und legte sie zunächst in den Ahnenschrein.

Nur wenig später trafen Lweganwa und Kamuhanda zusammen mit Myombekere und Bugonoka ein. Sie waren von dem Eilmarsch in Schweiß gebadet. Sofort gingen sie in die Hütte, wo der kranke Ntulanalwo lag, um sich mit eigenen Augen von seinem Zustand zu überzeugen. Sie fanden, daß er immer noch hohes Fieber hatte. Zunächst waren beide Eltern sprachlos vor Angst. Erst später erkundigten sie sich nach den näheren Umständen der Erkrankung, wann und wie alles angefangen hatte. Nkwanzi erklärte ihnen, wie sich die Krankheit ganz allmählich verschlimmert hatte. Ehe sie ihnen aber noch alles berichten konnte, hörten sie das Kind nach Trinkwasser rufen. Die Großmutter sprang sofort auf und holte mit einem Schöpfgefäß Wasser aus dem Krug, das sie ihm zum Trinken reichte. Ntulanalwo hatte solch großen Durst, daß es so schien, als wollte er das Trinkgefäß nicht mehr hergeben. Namwero mahnte seine Frau: „Gib ihm nicht zu viel Wasser. Hinterher hat er wieder Durchfall. Wenn er noch mehr trinken möchte, ist es besser, Eleusine zu mahlen und sie zusammen mit Heilkräutern dem Trinkwasser beizumischen, so wie ich es mal bei Lweganwa gemacht habe, als er an solch einem Durchfall litt.

Zum Mahlen bat man Kabunazya, Barongos Schwester, um Hilfe. Sie war damit schnell fertig. Eleusine zu mahlen ist nämlich nicht schwer. Namwero brachte ein Heilpulver, so weiß wie Milch, und bat Kabunazya, es mit dem Eleusine-Mehl zu einem Brei zu kochen. Das Mädchen tat wie ihm geheißen. Sie ließ ein wenig Brei auf ihre Hände tropfen und leckte daran, um zu prüfen, ob er schon gar sei. Schließlich befand sie ihn für gut und setzte ihn zum Abkühlen vom Feuer auf die Erde. Als er nicht mehr heiß war, kam Nkwanzi mit einem *enkombyo*-Gefäß, füllte etwas von dem Brei hinein und vermischte ihn mit Trinkwasser. Dann hob sie Ntulanalwo auf und fragte ihn: „Möchtest du trinken, mein Kind?" Das kranke Kind wimmerte nur: „Nnn!" Nkwanzi ergriff das *enkombyo*-Gefäß, nahm etwas daraus und kostete zunächst selbst davon. Sie stellte fest, daß das Heilmittel gar nicht scharf schmeckte, sondern nur leicht im Hals kratzte. Außerdem war die Brühe nur noch lauwarm. Für Ntulanalwo schöpfte sie davon ein Trinkgefäß randvoll, das er mit einem Zug austrank. Als er das vierte Trinkgefäß schon fast geleert hatte, hörten sie auf einmal, wie ein Spulwurm mit einem dicken Rülpser aus seinem Bauch kam: „Chururrr!" Namwero meinte dazu: „Hört einmal hin! Die Würmer haben seine Krankheit noch verschlimmert. Jetzt, wo wir ihm das Mittel geben, verlassen sie ihren Platz in seinem Bauch und wehren sich. Sie werden aus dem Bauch herauskommen. Wir können sie deutlich hören. Fürchtet euch nicht und gebt ihm noch mehr von dem Heiltrunk. Dann werden wir sehen, was geschieht." Ntulanalwo wollte aber nicht mehr trinken. Da sagte der Großvater: „Laßt ihn nur und stellt die Arznei warm, bis er wieder trinken will!"

Als Myombekere die schwere Krankheit seines Kindes sah, machte er sich Vorwürfe, nicht genug dagegen zu unternehmen. Am Ende sprach er zu seinem Schwiegervater: „So kommen wir nicht weiter! Sagt mir, wo es hier einen Wahrsager gibt. Ich will ihn das Orakel befragen lassen, damit ich weiß, was mein Kind krank macht." Der Schwiegervater erklärte ihm den Weg, und da die Sonne noch hoch genug stand, brach Myombekere sofort auf. Draußen im Buschland vor dem Gehöft rupfte er einen *ekisiki*-Zweig für das Orakel ab und ging geradewegs zu dem Ort, den der Schwiegervater ihm bezeichnet hatte.

Bugonoka blieb zurück und grübelte. Wegen Ntulanalwos Erkrankung lasteten schwere Sorgen auf ihrer Seele. Sie befürchtete, zur Kinderlosigkeit verdammt zu sein, nachdem sie schon zwei Fehlgeburten erlitten hatte. Sie wollte eigentlich mit ihrer Mutter darüber reden, aber Leid und Sorgen verschlossen ihr den Mund. Laut sagte sie indessen: „Oh je! Weh mir, meine Scheide muß Kot geschluckt haben!" Was sie in Wirklichkeit dachte, ist dies: „Wäre ich ein Mann, würde ich die Heiler herbeirufen, wo auch immer sie wären, um mein Kind behandeln zu lassen, anstatt zu den Wahrsagern zu gehen. So muß es vielleicht sterben!" Als Nkwanzi den Ausruf Bugonokas hörte, merkte sie, wie verzweifelt ihre Tochter war. Sie versuchte daher, ihr gut zuzureden: „Das stimmt nicht, mein Kind! Unterstütze deinen Sohn durch ein starkes Herz! Gib nicht so schnell auf! Seid ihr denn niemals krank gewesen? Ich habe euch stets tapfer gepflegt. Mein Herz war stark, ohne daß ich zittern mußte wie du jetzt. Auch dein Vater lief immer als erstes zu den

Wahrsagern. Ich habe ihn nicht daran gehindert, denn hier im Kereweland beginnt keiner eine Heilbehandlung auf bloßen Augenschein hin, sondern nur, wenn er zuvor einen Wahrsager zu Rate gezogen hat. Von ihm wollen die Leute die Ursache der Krankheit wissen und vor allem die Heilmittel, um sie zu behandeln. Schau, genauso ist dein Vater am Morgen vorgegangen, und jetzt ist die Arznei bereits im Topf dort drüben auf dem Herd. Auch dein Mann wollte sich nicht allein auf den Augenschein verlassen und unwissend bleiben, sondern ebenfalls einen Wahrsager um Rat fragen. Deine Aufgabe ist es, ein standhaftes Herz zu bewahren, denn die Männer handeln nur nach dem Grundsatz: ›Wer Warmes essen will, muß zuvor Feuer machen.‹ Du siehst, wie wichtig es ist, daß die Kräuter auf dem Feld nicht ausgerottet werden. Wer sie ausrottet, vernichtet sich selbst."

Kurz drauf verlangte Ntulanalwo wieder etwas zu trinken. Nkwanzi erwärmte schnell den Brei mit der beigemischten Arznei und gab davon dem Kind zu trinken. Dieses schluckte viermal. Da hörte man wieder in seinem Brustkorb ein Geräusch, als ob ein Spulwurm aus dem Bauch aufstiege und herauskäme: „Chururri!" Sie verwunderten sich: „Es ist unglaublich, wieviele Würmer das Kind in seinem Bauch haben muß. Sicher quälen sie es sehr."

Zur Zeit der Abendsonne wandten sie nochmals ein Dampfbad an. Noch ehe sie damit fertig waren, fing Ntulanalwo an zu husten: „Koho!" Der Husten löste irgendetwas. Das Kind wollte es hinunterschlucken, aber sie hinderten es daran: „Spucke alles in diesen Topf!" Ntulanalwo spuckte es gehorsam aus. Sie putzen ihm darauf die Nase und warfen den Rotz ebenfalls in den Topf mit Heilkräutern.

Als sie noch damit beschäftigt waren, kam Myombekere vom Wahrsager zurück. Nachdem er sich etwas verschnauft hatte, fragten sie ihn: „Nun erzähl uns! Was hat die erneute Befragung des Orakels erbracht?" – „Der Wahrsager hat mir enthüllt, daß das Kind von einem bösen Geist besessen sei, der es sehr krank mache. Er sähe jedoch keinen einzigen Hexer in der Umgebung, der das Kind zu töten beabsichtige. Wir sollen Ntulanalwo daher ein Amulett zum Senken des Fiebers um den Hals hängen. Das soll er auch beim

Schlafen tragen. Im übrigen hat er uns empfohlen, dem Kind die in seinem Alter üblichen Einschnitte in die Haut zu machen. Morgen nach dem Aufstehen, wenn die Sonne scheint, sollen wir das Kind nach draußen holen und ihm auf jeder Wange zwei Einschnitte beibringen. Wenn es sich bei ihm nur um die *amagogore*-Krankheit handelt, das heißt, wenn das Blut an Nacken und Hals gerinnt, dann sollen wir, um ihm nicht zu schaden, keinen ehelichen Verkehr miteinander haben, bis es gesund ist. Befolgen wir diese Anweisungen genau, müßte es die Krankheit überwinden können. All das hat der Wahrsager mir gesagt. Ich fragte ihn, wie das Amulett aussehen soll, und er erklärte mir darauf: ›Behaue einen kleinen Stein von dieser Größe mit einem harten *ihangabuyi*-Stein. Schneide ein Bananenblatt zurecht und wickle das Steinchen sorgfältig darin ein, so daß es dem Kind keine Verletzung zufügen kann! Bringe an zwei Seiten des Päckchens Schnüre an und hänge ihm das Ganze um den Hals!‹"

Nun hatten alle verstanden, was getan werden sollte, und erhoben sich, um den Stein und das Bananenblatt zu beschaffen. Dann fertigten sie das Amulett an und hängten es Ntulanalwo im Bett um den Hals.

Nach dem Abendessen gingen sie sofort schlafen. Myombekere streckte sich im Hauptraum an der Stelle aus, wo man morgens die Milch aufzubereiten pflegt. Bugonoka schlief in der Hütte bei ihrer Mutter und dem kranken Kind. Die beiden Frauen bereiteten auf der Erde eine Lagerstätte für drei Personen, so daß Ntulanalwo nicht bedrängt wurde und genug Raum zum Atmen hatte. Er wurde immer noch von hohem Fieber geplagt.

Gegen zehn Uhr, zur Zeit, wo die Nachttiere wie beispielsweise Wildkatzen und die bösen Waldeulen unterwegs sind, bat Ntulanalwo um Wasser gegen seinen trocknen Hals. Die Frauen standen in der Dunkelheit auf, und Bugonoka zündete das Herdfeuer an, um den Topf mit der Arznei zu erwärmen. Sie ließen das Kind trinken und legten es anschließend wieder zum Schlafen hin. Als Ntulanalwo gerade im Begriff war einzuschlummern, hörte er auf einmal den Ruf des unheilbringenden Nachtvogels, der *enemba* genannt wird. Er fing sofort an zu schreien: „Tetetete!" Alle erschraken ohne Ausnahme und bedauerten angstvoll den Vorgang: „Diese Krankheit verschlimmert sich noch. Wäre es anders, hätten die Hexer nicht diesen bösen *enemba*-Vogel geschickt. „

Nach diesem Zwischenfall schlief, wer schlafen konnte, ein. Die beiden Pflegerinnen des kranken Kindes fanden indessen keinen Schlummer. In einer schwülen und feuchten Nacht liegen die Menschen matt und kraftlos auf ihren Betten in einem Dämmerschlaf. Auch Namwero war noch wach. Da hörte er auf einmal, wie etwas auf das Dach des Hauses geworfen wurde: „tiri-tiri!" Kaum war das Geräusch verhallt, vernahm er einen anderen Laut, der so klang, als wenn zwei *enkomangyo*-Steine aneinander stießen. Dumpf durchdrang es die Nacht: „Poo-poo-po!" Namwero schauderte und sagte zu sich: „Ehee, Leute, was mag das bedeuten?" Auch sein Schwiegersohn im Hauptraum hörte das Geräusch. Als Namwero ihn laut stöhnen hörte, so als ob er husten müßte, sprach er ihn leise an: „Schwiegersohn!" Der antwortete: „Labeka, Schwiegervater!" – „Hast du gehört, was draußen vor sich geht?" – „Ich habe es gehört, Schwiegervater!"

Ein wenig später, als die Hähne zu krähen anfingen, hörten sie draußen auf der Umzäunung des Gehöfts die böse, durchdringende Stimme einer Eule: „Wuwu! Wuu!" Diesmal verließ Namwero sein Bett und lief zum Herd, um die Hälfte der Glut herauszunehmen. Dort trat ihm seine Frau entgegen: „Geh nicht nach draußen, Bwana, wenn du Ohren hast zum Hören! Wer bist du, daß du es mit den Hexern aufnehmen könntest? Zwar werden die Eulen nach der Überlieferung des Landes mit Feuerbränden vertrieben, aber ich habe trotzdem Angst um dich, wenn du es versuchst, denn ein altüberliefertes Wort besagt: ›Wasser, das ins Boot eindringt, möchte alle, die darin sind, vernichten.‹" Namwero wies die Einwände seiner Frau heftig zurück. Da vernahmen sie wiederum die Eule auf dem Dach. Nkwanzi sagte: „Du hast meine Worte gehört. Laß sofort von deinem Vorhaben ab! Mein Gemahl, hast du heute kein Gehör, oder haben die Hexer es dir geraubt?" Er wurde aber nur noch hartnäckiger und ergriff den Feuerbrand. Schweigend ging er an seiner Frau vorbei durch die Haupthalle des Hauses zur Tür. Als er diese öffnete, fand er seinen Schwiegersohn bereits draußen vorm Haus. Die Eule saß immer noch auf dem Dach. Ohne einen Laut von sich zu geben, warf Namwero die glühenden Kohlen nach ihr, worauf sie davonflog. Die beiden Männer trennten sich alsbald aus Gründen der Schicklichkeit, der eine pinkelte hierhin und der andere dorthin. Nachdem sie ihre Blasen entleert hatten, gingen sie ins Haus zurück. Bevor sie jedoch endlich einschliefen, krähten die Hähne schon zum ersten Mal.

Die Worte Nkwanzis, mit denen sie ihrem Mann Furcht einflößen wollte, waren berechtigt. In der Tat hatte jeder, der nachts das Haus verlassen mußte, schreckliche Angst. Man wußte nur allzu genau, daß solche Menschen, die nachts mit einem Feuerbrand hinausgehen, um Eulen aus dem Gehöft zu verscheuchen, häufig zu Schaden kommen. So erzählte man sich, daß jemandem der Arm, mit dem er glühende Kohlen nach einer Eule geworfen hatte, steif geworden war, so daß er ihn nicht mehr krümmen konnte. Auch sollte es manchem hernach unmöglich gewesen sein, die Türöffnung des Hauses zu durchschreiten, obwohl sie weit offen stand. Und Menschen, denen es gelungen war, ins Haus zurückzukehren, wären plötzlich von Todesangst erfaßt worden, so daß sie zitterten und ihnen die Haare zu Berge standen. Auch hätten sie nicht mehr sprechen können, weil ihnen die *emburubundu*-Hexer, die Besitzer der Eulen, eine Maulschelle verpaßt hätten.

Namwero und Myombekere übermannte der Schlaf. Sie wachten am Morgen erst auf, als die kleinen Vögel schon zu zwitschern anfingen. Namwero und seine Frau gingen als erste vor das Haus. Draußen auf dem Hof ließen sie ihre Augen umherschweifen. Da gewahrten sie die Werkzeuge der Hexer: schwarze, kugelförmige Steine, die *enkomangyo* oder *enzubi* heißen. Beide waren bestürzt und sagten: „Ei, alles was in der Nacht geschehen ist, war das Werk von Hexern. Vergangene Nacht haben sie ihre Hexereien bei uns verrichtet, um uns Böses zuzufügen und uns vielleicht zu töten. Am liebsten hätten sie uns unsere Gliedmaßen in kleine Stücke zerbrochen, als ob sie ohne Knochen wären." Lweganwa und sein Frau traten ebenfalls aus ihrer Hütte nach draußen und pflichteten ihnen bei: „Ee, in der Tat ist es so! Heute nacht waren die Hexer bei uns, um ihre Spielchen mit uns zu treiben. Sie wollten uns gewiß Tod und Verderben bringen."

Myombekeres Schwiegermutter ging ins Haus zu dem kranken Kind. Bugonoka und ihr Mann erhoben sich gerade, um ebenfalls nach draußen zu gehen und nachzusehen, was sich in der Nacht ereignet hatte. Ohne daß man es ihnen sagen mußte, spürten auch sie, daß etwas im Gehöft nicht stimmte. Myombekere fragte sich, was das wohl zu bedeuten hätte. Und eine verborgene Stimme in seinem Herzen sagte ihm, daß das Böse überall im Lande verbreitet sei. In einer unserer Kerewe-Geschichten sagt der Hahn zu seinem Gefährten: ›Du, dieses Land ist doch wirklich schön!‹ Myombekere hatte man das Gegenteil beigebracht: ›Überall im Lande gibt es Böses.‹ „Das stimmt", überlegte er. „Jetzt müßte ich meine Eltern um Rat fragen können! Warum hat meine Frau zweimal die Kinder verloren? Sie sind nicht im Bett gestorben, sondern im Mutterleib. Wären sie nur schon dort gewesen, wo ich selbst bin! Aber sie waren noch nicht bis zu diesem Punkt gelangt, wo ich das Land gerade als schlecht beschimpfen wollte. Wir werden sehen, was Gott uns noch alles auferlegt! "

Bugonoka konnte nichts sagen. Sie war nur traurig und blickte starr vor sich hin wie in dem Bild, das uns unsere Vorväter folgendermaßen beschrieben: ›Der Frosch stiert vor sich hin. Aber das hindert die Rinder keinesfalls, am Graben Wasser zu trinken.‹

Namwero schickte Lweganwa gleich nach dem Aufstehen zu einem Heiler, der sich darauf verstand, seine Finger in den Hals der Kranken zu stecken und Blut aus ihren Nasen kommen zu lassen. Er hieß Mukweru und gehörte zu Namweros Sippe. Da er weit entfernt wohnte, kam er nicht allein, sondern mit seiner Frau Kazolika. Namwero erzählte ihm von den Umtrieben der Hexer in der vergangenen Nacht und befragte ihn wegen der bösen Vögel, der Waldeulen und Schleiereulen. Auch zeigte er ihm die schwarzen Steinkugeln: „Schau dich nur auf dem Hof um, wo die Hexer ihre Steine hingeworfen haben!". Mukweru und seine Frau Kazolika waren beide darüber höchst besorgt: „Loo! Bestimmt werden wir alle zusammen noch heute zugrunde gehen! Warum haben wir bisher so etwas noch nie aus der Nähe gesehen?" Namwero fügte hinzu: „Auch ich sagte meinem Schwiegersohn schon, daß so etwas bei uns ganz ungewöhnlich und keinesfalls alltäglich ist." Die anderen bestätigten seine Worte: „Ja, es ist fremdartig. Wir alle müssen irgendwann einmal sterben, aber in unserer Gegend hat man solch böse Vorboten noch nie gesehen. Wir kennen diese Erscheinung nur gerüchteweise von Leuten, die in Dörfern weit weg von hier leben. Es soll ja auch unter uns böse Frauen geben, die Eulen statt Hühnern aufziehen. Es wäre besser, sie würden ihre Hexereien bei uns unterlassen. Sie sollten vor allem aufhören, des Nachts, wenn andere Menschen schlafen, in den Gehöften zu spielen und dort ihr Zauberwerk zu treiben. Mögen ihre Taten aufhören, so wie die Milch ihrer Mütter versiegt ist. Wir wollen nicht die eine oder die andere Person besonders ansprechen, sondern meinen sie alle zusammen. Wer unter uns Böses tut, um seine ungeliebten Eltern loszuwerden, möge schnellstens aus unserer Mitte verschwinden. Er zerstört nur Ruhe und Frieden in unserer Wohngemeinschaft. Mit Hilfe des Orakels werden wir die Hexer ausfindig machen. Selbst wenn es sich im alltäglichen Leben um einen Helden handelt, der die anderen vor den Gefahren des Nashorns bewahrt, oder wenn es sich um eine Mutter vieler Kinder handelt, wir werden schon herausfinden, wer von ihnen das Hexenwerk betreibt."

Nachdem sie die Werke der Hexer besichtigt hatten, brachten sie den kranken Ntulanalwo nach draußen ins Helle, um auf seinen Wangen die ersten Hauteinritzungen anbringen zu können. Auch wollten sie ihm den Finger in den Hals stecken, um sein krankes Blut herauszuholen und das geronnene Blut auf Hals, Nacken und Wangen hernach bei Licht genau betrachten. Auf diese Weise erhofften sie, Aufschluß über die *amagogore*-Krankheit zu erhalten. Sie bereiteten die Einschnitte vor, indem sie zunächst eine Rasiermesser und ein *olusabuzyo*-Gefäß voll Wasser zum Säubern der Finger herbeiholten. Der Heiler Mukweru befühlte den Hals des Kindes und eröffnete Myombekere und Bugonoka: „Das Kind ist durch und durch von der *amagogore*-Krankheit durchsetzt. Wenn ich es hier am Hals anfasse, kann ich fühlen, daß übermäßig viel Blut in seinen Adern wallt. Gebt mir jetzt die Erlaubnis, daß ich das überschüssige Blut aus ihm heraushole, damit die Krankheit ihm nichts Böses mehr anhaben kann!" Bugonoka, die gut mit der Klinge umgehen konnte, ergriff das Rasiermesser und prüfte an ihrem Bein seine

Schärfe. Dann stieß sie einen Pfiff aus: „Chwiyo!" gefolgt von den Worten: „Schneide die Haare, verschone das Mark!" Schnell steckte sie ihre linke Hand in das Wassergefäß und befeuchtete auf beiden Gesichtshälften die Haare des kranken Kindes. Anschließend rasierte sie erst die rechte, dann die linke Schläfe Ntulanalwos. An den von Haaren gesäuberten Stellen nahm sie vier Einschnitte vor, zwei auf jeder Seite. Damit war dem Brauch Genüge getan. Nun ergriff der Vater das Kind von hinten an beiden Schultern, um es ruhigzuhalten. Der Heiler Mukweru steckte darauf einen Finger in Ntulanalwos Hals und riß mit aller Kraft. Reichlich floß das *amagogore*-Blut dem Kind aus Mund und Nase. Es schrie bis zur Erschöpfung, und seine Eltern hatten großes Mitleid mit ihm.

Als Mukweru sich davon überzeugt hatte, daß die *amagogore*-Behandlung erfolgreich verlaufen war, ließ er ab und sprach: „Ich bin fertig. Bringt mir Salz, daß ich es auf die Wunden auftragen kann und eurem Sohn Salzwasser zu trinken gebe, damit ihn diese Krankheit nicht noch einmal befallen kann!" Nachdem der Heiler Mukweru mit der Behandlung fertig war, lief Bugonoka eilends ins Haus, um eine Hacke zu holen, mit der sie das auf die Erde geflossene *amagogore*-Blut untergrub. Außerdem gab sie Namiti die Anweisung, warmes Wasser zuzubereiten, um Ntulanalwo vom Blut zu reinigen.

Ntulanalwo beruhigte sich allmählich und verlangte auf einmal, Brei zu essen. Sie setzten ihn in den Schatten eines Getreidespeichers und leisteten ihm dort Gesellschaft. Bugonoka kochte schnell aus Milch, Kolbenhirse und Eleusine einen dünnen Brei und gab ihm einen Becher davon. Ntulanalwo leerte ihn mit vier oder fünf Schlucken, als wenn jemand ihm gesagt hätte: ›Kind, trinke das, damit dein Hals und deine Brust Wärme bekommen. Du wirst dann bestimmt bald wieder gesund.‹ Sie füllten ihm nochmals einen Becher mit Brei, aber diesmal trank er nur wenig. Dann schüttelte er den Kopf und weigerte sich, mehr zu trinken. Die Erwachsenen um ihn herum strahlten ihn an und neckten ihn: „Ntulanalwo, du willst keinen Brei trinken? Hast du nicht selbst darum gebeten?" – „Ich bin davon satt!" – „Was möchtest du denn sonst haben?" – „Fisch!" Die Frau Lweganwas wollte ihm schon *kambare-mamba*-Fisch bringen, wurde aber von den anderen daran gehindert: „Laß das! *kambare-mamba*-Fisch verursacht Würmer im Bauch. Es ist besser, *kambare-matope*-Fisch zu holen. Der ist weich und bekommt einem Kranken gut." Nkwanzi fügte hinzu: „Er soll das essen, was wir alle für richtig halten. Paßt auf, während seiner Erkrankung war er in einem sehr schlechten Zustand, der uns alle beunruhigte. Wir wollen doch keinen Rückfall hervorrufen, indem wir ihm nun alles zu essen geben, was er haben möchte. Aber wenn er *kambare-matope*-Fisch ißt, kann das nicht abträglich sein."

Nachdem der Kranke dünnen Brei getrunken und Fisch gegessen hatte, kehrten die Fremden in ihre eigenen Gehöfte zurück. Ntulanalwo wurde ins Bett gebracht und mit einem Ziegenfell zugedeckt. Nach einer Weile forderte man ihn auf, seine Arme vorzuzeigen. Seine Eltern befühlten sie und stellten erleichtert fest, daß sie nicht mehr heiß waren. Das hohe Fieber war offenbar gesunken. Da trugen sie ihn wieder nach draußen, um ihn gründlich zu säubern, denn seit Beginn seiner Erkrankung war er nicht mehr richtig gewaschen worden.

Oft hört man die Leute sagen, ein Kranker solle nicht so oft mit Wasser in Berührung kommen. Aber jene, die fürchten, einen Kranken zu waschen, wenn er noch Fieber hat, tun dies aus Angst vor einer anderen Krankheit, die kein Wasser duldet, wie beispielsweise die Gelbsucht. Manche meinen auch, daß es bei Gelbsucht nicht gut sei, den Kranken zur Ader zu lassen, sei es mit einem Schröpfhorn oder durch Einschnitte auf die Wangen.

Nach dem Waschen wollte Ntulanalwo noch etwas zur Nacht essen. Sie bereiteten ihm eine schnelle Speise zu, das heißt Breiklöße in Fett gekocht. Diese aß er mit Fisch.

Kaum war er mit dem Essen fertig, noch ehe man ihm Finger und Mund vom Fett gereinigt hatte, als Myombekeres Schwestern eintrafen. Sie begrüßten gerade eben die Anwesenden im Gehöft, dann fragten sie als nächstes schon: „Wie geht es dem Kranken?" Bugonoka antwortete ihnen: „Heute geht es unserem Kranken ein wenig besser. Sein Fieber ist gesunken, aber er ist immer noch sehr schwach. Sein Körper besteht nur noch aus Haut und Knochen. In der Dunkelheit könnt ihr es nur nicht so richtig sehen." Da sagte eine der Schwestern Myombekeres leicht vorwurfsvoll zu ihr: „Wir Schwägerinnen hatten ja keine Ahnung von der Erkrankung Ntulanalwos. Wir wurden erst aufgeschreckt, als gestern abend ein Bote vorbeikam und uns mitteilte, daß Myombekere und seine Frau ihn geschickt hätten, uns von der schweren Erkrankung ihres Kindes in Kenntnis zu setzen." Die ältere Schwester, das heißt diejenige, deren Kinder in Myombekeres Gehöft lebten, sprach weiter: „Als ich das hörte, verließ mich die Kraft und ich mußte mich erst einmal setzen. Mein ganzer Körper zitterte vor Angst und ich sagte zu meinem Mann, daß ich mich nicht mehr als Mensch fühlte. Im Bett konnte ich keinen Schlaf finden, obwohl ich alles versucht habe. Meine Seele war zu aufgeregt. Am Ende bat ich meinen Mann, mich ganz früh am Morgen zu wecken. Denn ich wollte vorher noch bei meiner weiter entfernt wohnenden Schwester vorbeigehen und sie bitten mitzukommen, um euch eine Gelegenheit zum Wiedersehen zu verschaffen. Schon manchmal hat ein Kranker der Welt Lebewohl gesagt, ohne daß es seine Verwandten erfuhren. Also gut, ich stand auf und machte mich noch in der Nacht zu ihr auf den Weg. Als ich noch nicht ganz bei der Schwester war, krähten die Hähne zum ersten Mal. Die Schwester war sofort bereit, mich zu begleiten. Unterwegs kamen wir vom Weg ab. Schließlich trafen wir einen Mann. Den fragten wir. Er war besorgt, uns nicht in die Irre gehen lassen und führte uns daher selbst hierher. Unser Atem beruhigte sich, als er uns erzählte, daß es dem Kranken heute ein wenig besser ginge." Die jüngere Schwägerin Bugonokas fügte hinzu: „Jener Mann hat uns zunächst Angst eingejagt. Ich fürchte Männer, die auf der Straße umherlaufen und Frauen einschüchtern, Mama. Ich dachte, vielleicht verlangt er etwas Schlechtes von dir. Da er einen Speer in der Hand hat, kann er dich ohne weiteres durchbohren." Die Anwesenden brachen in Gelächter aus. Einer von ihnen sagte: „Kumbe! Du, Mama, du hast wahrlich gut aufzupassen gelernt: Denn es gibt viele Männer im Kereweland, die es nicht lieben, von Frauen gefragt zu werden. Aber auch sie würden einer Frau wohl niemals mit Absicht eine falsche Auskunft geben."

Zur Nachtzeit sagten Myombekeres Schwestern: „Seht, unsere Füße tun uns weh." Kein Wunder! Ihre Füße waren wund gelaufen.

Nach dem Abendbrot erwärmte Bugonoka für sie Wasser. Sie badeten damit ihre wunden Füße. Danach ging es ihnen schon viel besser.

In dieser Nacht schlief Ntulanalwo ohne Fieber. Früh am Tag, als die Sonne den Morgen erhellte, brachten sie ihn nach draußen und kochten ihm wieder dünnen Brei, den er trank. Als die Sonne den Mittagsstand erreicht hatte, aß er zusammen mit seinem Großvater, seinem Onkel und seinem Vater das Mittagsmahl. Die das sahen, waren überglücklich und erinnerten sich an den Spruch: ›Eine Krankheit fällt den Menschen plötzlich innerhalb eines Tages an, braucht aber viele Tage, um ihn wieder zu verlassen.‹

Sobald Myombekeres Schwestern sicher waren, daß sich der Kranke auf dem Wege der Besserung befand, bereiteten sie für den anderen Tag ihre Abreise vor. Bei Tagesanbruch machten sie sich auf den Heimweg. Auch Myombekere kehrte in sein Gehöft zurück, um dort nach dem Vieh und seinen anderen Aufgaben zu sehen.

Bugonoka blieb noch einige Tage, um die weitere Genesung des Kindes abzuwarten. Jedesmal, wenn sie für Ntulanalwo etwas kochen wollte, fragte sie ihn, was er gern äße. Denn, wenn man einem Kranken etwas zu essen bereiten möchte, fragt man ihn nach Sitte der Kerewe gewöhnlich zuvor, worauf er Hunger hat.

Wenn man diese Frage allerdings jemandem stellt, der weder Gast noch krank ist, ärgert man ihn nur. So etwas gilt nämlich als schlechtes Benehmen. Einen solchen Frager schelten sie einen nichtsnutzigen Schelm und Geizhals. Hinter seinem Rücken werfen sie ihm vor, daß er sein Essen nicht mit anderen teilen möchte. Vielleicht gelingt es dem Befragten, seinen Ärger zu unterdrücken und dem Frager mit Würde zu entgegnen: „Nur keine Umstände! Ich bin satt. Mache dir nur keine Mühe!" Damit ist die Angelegenheit für ihn meistens jedoch noch nicht erledigt. Wenn er zu deiner Sippe oder Familie gehört und nicht nur jemand ist, den man nicht näher kennt, fügt er dann vielleicht noch hinzu: „Warum fragst du mich eigentlich in dieser Weise? Glaubst du, ich sei krank?"

Bugonoka verbrachte noch fünf weitere Tage bei ihrem kranken Sohn. Am sechsten Tag lief Ntulanalwo zwar noch recht taumelig umher, seine Beine waren aber wieder stramm. Da zweifelte sie nicht mehr daran, daß er sich endgültig auf dem Wege der Besserung befand, und kehrte nach Hause zurück.

Einen Monat später kamen Myombekere und Bugonoka abermals zu Besuch, um nach Ntulanalwo zu sehen. Sie fanden das Kind dick und kräftig wie zuvor. Es war wieder völlig genesen. Als sie sahen, daß ihr Sohn gesund war, blieben sie erst gar nicht über Nacht, sondern kehrten noch am selben Tage zu ihrem Gehöft zurück. Namwero und Nkwanzi luden sie ein, über Nacht zu bleiben und sagten: „Schlaft hier und geht erst morgen in der Frühe heim!" Sie lehnten aber ab: „Wir wollen wirklich gehen. Um Mitternacht können wir wieder bei uns zu Hause sein."

* * *

Ntulanalwo blieb noch viele Jahre in der Obhut seiner Großeltern. Mit sieben Jahren bekam er vorn die zweiten Zähne, während seine ersten Backenzähne noch fest waren. Zu jener Zeit half er seinem Onkel, im Buschland das Vieh zu weiden. Am liebsten aber spielte er mit Pfeil und Bogen. Sein Großvater hatte ihm einen Bogen bespannt. Dazu besorgte er sich selbst vier kleine Pfeile, seiner Größe entsprechend. Damit machte er Jagd auf graue Eidechsen und Mauergeckos, die sozusagen seine wilden Tiere im Busch darstellten. Jeden Tag erlegte er einige davon im Gras des Hüttendachs oder zwischen den Steinen auf den Feldern. Wenn er einen Mauergecko mit einem roten Hals oder Kopf erlegt hatte, sagte er: „Heute habe ich einen Elefanten, einen Büffel oder ein Nashorn getötet." Gelang es ihm, eine Eidechse zu erlegen, meinte er spitzbübisch: „Heute habe ich einen schlauen Hasen getötet."

So ging es mit Pfeil und Bogen fort, bis er eines Tages unglücklicherweise ein Nachbarskind traf, das nur ein Jahr alt war. Er zielte mit einem harten Grashalm als Pfeil auf das rechte Auge dieses Kindes und verletzte es schwer. Der Vater des Kindes kam voller Wut zu Namwero und wollte ihn körperlich angreifen. Dazu erhob er ein lautes Geschrei: „Ich werde dich töten! Ich werde dich töten!" Da Namwero ein stolzer Mann war, der nicht von anderen gedemütigt werden mochte, trat er dem Angreifer mit seinem Sohn entgegen und legte den Pfeil auf ihn an, um ihn einzuschüchtern. Wir müssen zugeben, daß er ihn notfalls auch getötet hätte, wenn er tatsächlich zum Angriff übergegangen wäre. Mit seinen Waffen war Namwero bereit, sich ihm bis zum letzten zu widersetzen. Als der Vater des verwundeten Kindes merkte, daß das Unternehmen darauf hinauslief, als wollte er Bienen in ihrem Stock aufstöbern, begab er sich schnell zum Jumben. Dort verklagte er Namwero, daß dessen Enkel seinem Kind ins Auge geschossen hätte, so daß es nun vollkommen erblindet wäre.

Nachdem der aufgebrachte Mann sich entfernt hatte, ergriff Namwero seinen Enkel und verprügelte ihn mit einem Stock, wobei er ihn anschrie: „Hör bloß mit deinen üblen Streichen auf, du Hund! Es ist durch und durch böse, auf andere zu schießen!" Ntulanalwo schrie und krümmte sich. „Großvater, es tut mir leid!" jammerte er. „Ich will es auch nicht wieder tun!"

Als Nkwanzi das Kind so laut schreien hörte, kam sie eilends aus dem Haus und sprach mit sanfter Stimme auf ihren Mann ein: „Verzeiht, mein Gatte, ihr verprügelt das Kind anderer Leute. Hört ihr nicht, wie fürchterlich es schreit?" Namwero ließ sofort von dem Kind ab und wandte sich gegen seine Frau. Mit rollenden Augen schrie er sie an: „Ee! Was sagst du da? Soll ich von ihm ablassen und dich stattdessen verprügeln? Hat er deiner Ansicht nach etwa richtig gehandelt? – Ehee! Höre, verdammt nochmal! Was heißt hier Kind anderer Leute? Ist das Kind, das aus Bugonokas Hintern herausgekrochen ist, nicht etwa auch mein Kind? Warum verdrehst du mit Absicht die Tatsachen?" Als Nkwanzi ihren Mann so außer sich sah, lief sie schnell wieder ins Haus zurück. Namwero blieb, wo er war, ohne ihr zu folgen, rief ihr jedoch nach: „Kumbe, loo! Was ihre Hinterhältigkeit angeht, sind Frauen doch wie die Hunde! Ihnen fehlt zwar der Schwanz, aber Hunde sind sie trotzdem!" Wieder ruhiger redete er auf den Jungen ein: „Wie kannst du nur so zum Spaß eine derartig große Schuld auf dich laden! Nimm nie wieder einen Menschen aufs Korn! Das ist gegen Anstand und Sitte! Ist deine Reue echt, oder tust du nur so?" Und in Richtung auf seine Frau fuhr er fort: „In welcher Gesellschaft hat man schon mal solche

Worte gehört? Worte, die den Grundsatz außer acht lassen, daß man ein Bäumchen beizeiten geraderichten muß, noch bevor es ausgewachsen ist. Wie kann man ein Kind, das immer lieb tut, während es sich gleichzeitig gemeingefährlich wie ein wildes Tier verhält, richtig beaufsichtigen? Ein Kind, das sich gelegentlich falsch verhält und von seinen Erziehern deswegen gerügt wird, kann sich, wenn es herangewachsen ist, durchaus gesittet benehmen. Vieleicht sagst du aber, daß es für Dummheit keine Heilung gibt." Nkwanzi rief ihm aus der Hütte zu: „Ich sage ja nur, mein Mann, daß ich Angst habe, du könntest seine Seele schlagen und ihn damit töten, denn du kannst nicht behaupten, daß er unsterblich wie ein Gott sei. Ee! Mein Gatte Namwero! Verzeih mir, Vater!" Ntulanalwo erhielt von ihr gleichzeitig die barsche Aufforderung, mit seinem Schluchzen und Husten augenblicklich aufzuhören.

Am folgenden Tag wurden sie alle zum Jumben gerufen. Nachdem dieser ihnen den Klagegrund vorgetragen hatte, erließ er folgendes Urteil: „Geht und regelt alles untereinander, denn das ist ein Verstoß, der sich beim Kinderspiel ereignet hat. Wir können den Fall nicht so entscheiden, als hätte er sich zwischen Erwachsenen zugetragen, die im Vollbesitz ihrer geistigen Kräfte sind und wissen, was sie tun. Wenn ihr die Kinder in Frieden laßt, können sie weiter als Kinder miteinander spielen so wie alle Tage." Namwero und der Kläger gingen nach Hause. Der Kläger ließ das Auge des Kindes behandeln, bis es ganz geheilt war. Und die beiden Kinder spielten weiter unbekümmert in Frieden und Eintracht miteinander. Selbst als sie erwachsen waren, pflegten sie sich noch als Freunde zu besuchen. Was im Inneren des Samenkorns war, konnte man damals noch nicht erkennen.

Im achten Lebensjahr, als Ntulanalwo immer noch bei seinem Großvater lebte, tötete er eines Tages eine Schwalbe dadurch, daß er ein Holzscheit nach ihr schleuderte. Dies ereignete sich, kurz nachdem er mit seinem Onkel die Rinder des Gehöfts zu jenem Hirten gebracht hatte, der an der Reihe war, die Rinder der Nachbarschaft zu weiden. Er fragte seinen Onkel Lweganwa: „Was ist das für ein Vogel?" – „Eine Schwalbe." – „Kann man sie essen?" – „Das schon, aber wie man eine Schwalbe ißt, das ist höchst ungewöhnlich." –

„Was ist daran so ungewöhnlich?" – „Man ißt sie nur beim Laufen."
– „Warum denn?" – „Ei, wenn man dabei stehen bleibt, wird man
verrückt. Man wirft seine Kleider von sich und begeht noch andere
Wahnsinnstaten. Wer eine Schwalbe gegessen hat, ohne dabei zu laufen, kann unmöglich wieder ein normaler Mensch werden." –
„Kumbe! So wird sie also gegessen! Ich will den Vogel mitnehmen
und beim Laufen essen, so wie du es mir erklärt hast, Onkel. Wenn
ich den Großvater frage, erzählt er mir dann wohl dasselbe?" – „Geh
nur, geh! Wenn du im Gehöft bist, frag ihn und höre seine Antwort!" Ntulanalwo nahm seine Schwalbe also mit nach Hause. Dort
lief er sogleich zu Namwero und erzählte ihm: „Großvater, ich habe
einen Vogel getötet." – „So? Was für einen Vogel? Laß mich ihn sehen." – „Eine Schwalbe." – „Ei, wie hast du eine so schlaue Schwalbe nur töten können?" – „Durch einen Wurf mit einem Holzscheit.
Diese hier habe ich aus einer ganzen Menge von Schwalben am
Himmel getroffen." – „Kumbe, ach ja, so konntest du also eine
Schwalbe töten!" – „Hör, Großvater! Ist dieser Vogel eßbar?" –
„Man kann ihn essen, ja gewiß. Aber die Menschen essen ihn nur,
wenn sie dabei laufen. Wenn du ihn gebraten hast und essen willst,
läufst du dort vom Tor an der Umzäunung des Gehöfts bis hinaus
ins Buschland und wieder zurück ins Gehöft. Aber dann mußt du
die Schwalbe aufgegessen haben. Ja, so werden sie verspeist." –
„Großvater, wenn man sie nun ißt und dabei stehen bleibt, was geschieht dann?" – „In diesem Fall wird man verrückt oder von Geistern besessen. Man verliert den Verstand und benimmt sich wie ein
wildes Tier, ohne je wieder ein richtiger Mensch zu werden." Durch
solche Begebenheiten fand das Kind unmißverständlich heraus, ob
die Auskünfte, die man ihm gab, der Wahrheit entsprachen oder
nicht.

Ntulanalwo ging zum Abfallhaufen und rupfte dort seinen Vogel.
Nur am Kopf ließ er die Federn stehen. Er hatte es so bei seinem
Onkel Lweganwa gesehen, wenn dieser einen Vogel rupfte. Dann
wandte er sich wieder an seinen Großvater: „Was bedeutet es, wenn
man den Kopf eines Vogels ungerupft läßt?" – „Damit hat es folgende Bewandtnis, mein Kind: Wenn du dem Vogel am Kopf die Federn ausrupfst, werden auch dir alle Haare ausfallen. Du wirst bis

zur Auferstehung ein Kahlkopf bleiben. Bedenke, wenn du als Kahlkopf herumläufst, lachen die Leute über dich." Da verstand Ntulanalwo, warum unsere Alten sagten: ›Fragen ist keine Dummheit, sondern heißt den Dingen auf den Grund gehen.‹

In Windeseile sammelte er Reisig, zerkleinerte es, trug es zur Herdstelle im Hof und entfachte ein Feuer, um den Vogel zu braten. Er wußte schon, wenn er den Vogel zum Herd in der Küche brächte, würden ihn die Frauen alsbald vertreiben und ihm sagen, daß es nicht der Sitte entspräche, den Vogel im Haus zu braten, und ihn auf das Feuer im Hof verweisen. Vorwurfsvoll würden sie hinzufügen: „Woher kommst du eigentlich, daß du unsere Meidungsgebote nicht kennst?"

Ntulanalwo briet seinen Vogel an und, als er fast gar war, nahm er die Eingeweide aus. Dann ergriff er den Kopf und entfernte das Hirn, denn die Kerewe-Leute essen kein Hirn, weder von einem Vogel, noch von Haustieren oder wilden Tieren. Sie essen aber Knochenmark. Er ließ den Vogel noch etwas braten, nahm ihn, als es ihm genug schien, vom Feuer und legte ihn zum Abkühlen auf ein *omurumba*-Blatt. Danach trug er ihn nach draußen vor das Gehöft und biß kräftig in seinen Kopf, wobei er zu laufen anfing. Beim Laufen verspeiste er heftig kauend den ganzen Vogel samt Knochen. Anschließend kam er ins Gehöft zurück und meldete dem Großvater: „Ich habe die Schwalbe aufgegessen." Dieser lobte ihn: „Nun wirst du schneller laufen können als die anderen, denn du hast die Schwalbe so verspeist, wie es sich gehört!"

Eines Tages war Ntulanalwo damit beschäftigt, die Ziegen in den Bergen zu hüten. Dort stand ein *omukunu*-Baum, der oben in seinem Stamm ein Loch hatte. An diesem Tage kam eine alte Frau zu ihm. Sie grüßte ihn: „*Hujambo mtoto* – Was gibt's Neues, mein Kind?" – „*Sijambo* – Nichts!" – „Wie geht es mit dem Weiden der Ziegen, mein Kind? Sicherlich sind auf diesem Baum einige Schwalbennester, oder?" – „Ja, das stimmt. In seiner Krone befinden sich Vogelnester." – „Wenn du schon alt genug bist hinaufzusteigen, dann bitte, mein Kind, steig hinauf und hole mir ein Nest herunter! Ich bitte dich darum, weil du so alt bist wie meine eigenen Kinder." Ntulanalwo kletterte hinauf, riß ein Schwalbennest aus dem Geäst, kletterte langsam wieder hinunter und legte es der Frau in die Hände. Diese ging alsbald davon.

Als er nach Hause kam und die Ziegen angebunden hatte, suchte er seinen Großvater auf und fragte ihn: „Babu, hör mal! Beim Weiden traf ich eine Frau, die Schwalbennester suchte. Was wollte sie wohl damit machen, und was bedeutet das Ganze?" – „Aus Schwalbennestern kann man ein Heilmittel herstellen. Vielleicht wollte sie zu diesem Zweck eins haben." – „Gegen welche Krankheit sind die Nester denn gut?" – „Dafür gibt es viele Verwendungen, mein Kind. Wie man diese Heilmittel richtig anwendet, wissen nur die Heiler, die es sich zu Aufgabe gemacht haben, Kranke zu behandeln. Schwalbennester heilen, glaube ich, Krankheiten wie Gelbsucht, denn diese Krankheit zieht das Herz der Kranken in Mitleidenschaft. Gelbsucht wird aber auch wie folgt behandelt: Man schabt mit dem Breitbeil Rinde von einem Teakholzbaum, die man zu Pulver stampft und in der Sonne trocknen läßt. Wenn es trocken ist, holt man aus einer Schmiede Eisenschlacke und vermischt sie mit dem Pulver. Danach nimmt man Luoo-Salz, das heißt *lunzebe*-Salz, und verrührt es zusammen mit dem Teakholzpulver und der Eisenschlacke zu einem Brei. Aus den drei Bestandteilen entsteht ein Heilmittel, dessen Name von der Krankheit abhängt, die man damit behandeln will. Aber um genau zu wissen, wie Schwalbennester verwendet werden, muß man Heiler sein, mein Kind. Wenn ich Heiler wäre, könnte ich es dir sofort genauestens erklären. Tut mir leid." – „Also so ist das, Großvater. Ich habe jetzt wenigstens verstanden, daß es eine schwierige Arbeit ist, ein solches Heilmittel zuzubereiten, und außerdem, daß das nur ausgebildete Leute können."

Als Ntulanalwo in das Alter kam, wo man die Dinge allmählich durchschaut, erkannte er, daß Myombekere und Bugonoka seine Eltern waren. Sie kamen oft, um nach ihm zu sehen. Auch wußte er jetzt, was es bedeutete, daß Namwero sein Großvater und Nkwanzi seine Großmutter war. Weil er bei den Großeltern aufgewachsen war, hatte er keine besondere Sehnsucht nach seinen Eltern. Die Kerewe sagen: ›Jede Sippe hat ihren eigenen Geruch.‹ Hätte es diesen Geruch, wie die Leute es nennen, nicht gegeben, wäre es Ntulanalwo gar nicht bewußt geworden, daß Myombekere und Bugonoka seine Eltern waren. Wenn sie zu Besuch kamen, stieg gelegentlich wohl der Wunsch in ihm auf, mit ihnen zu gehen. Brachen sie dann aber ohne ihn wieder nach Hause auf, hatte er deswegen kein Heimweh, wie wir es von anderen Kindern kennen.

Ntulanalwo war noch in der Obhut seiner Großeltern, als der Älteste aus Myombekeres Sippe starb. Da Myombekere in dessen Gehöft aufgezogen worden war, wurde er, wie im Kereweland bei Tod und Begräbnis üblich, dazu ausgewählt, mit der Hacke den ersten Schlag zu tun, um das Grab für den Verstorbenen auszuheben. Den zweiten Schlag sollte der Sohn des Verstorbenen ausführen. Als Myombekere sah, daß er diese Pflichten zu übernehmen hatte, schickte er eilends eine Botschaft an seine Schwiegereltern, sie möchten Ntulanalwo zu den Trauerfeierlichkeiten bringen, damit er sich trotz seines kindlichen Alters daran beteiligen könnte. Wenn ein Kind beim Tod eines Sippenangehörigen nicht an den üblichen Begräbnisfeierlichkeiten teilnimmt, kann es zu Schaden kommen oder erkranken.

Namwero und Nkwanzi machten sich sofort mit Ntulanalwo auf den Weg zu der Trauerfeier. Sie brachten ihn zum Trauerhaus, so daß er an der Totenklage und an allen Trauerfeierlichkeiten teilnehmen konnte. Als sie ihn dort ablieferten, sagten sie zu Myombekere und Bugonoka: „Wenn die Trauerfeier beendet ist, bringt ihn wieder zu uns zurück!" Dann gingen sie nach Hause.

Im Gehöft des Verstorbenen, wo Ntulanalwo mit seinen Eltern nach den Bräuchen des Kerewelandes einige Tage verblieb, gefiel es ihm überhaupt nicht. Das lag nicht nur an den vielen fremden Menschen dort, sondern auch daran, wie das Essen zubereitet wurde, und daß ihm die Eltern verboten, das Gehöft zu verlassen, um in der Nachbarschaft zu spielen. Obwohl man ihn oft streichelte und ihm besonders wohlschmeckende Speisen anbot, hielt er innerlich Abstand und sehnte sich danach, zu seinen Großeltern zurückzukehren. Er fand die Gegend dort einfach schöner. Außerdem hatte er bei den Großeltern viele Spielgefährten, mit denen er umherstreifen und reden konnte. Hier dagegen hielt er die Leute für schlecht und verrückt. Sie schimpften den ganzen Tag mit ihm und gaben ihm ständig irgendwelche Aufträge, darunter Feuerholz zu sammeln. Der Ort hatte allerdings auch seine schönen Seiten, zum Beispiel reife Bananen und Pflanzensirup. Das dauernde Geschimpfe ging ihm jedoch auf die Nerven. Als Myombekere und Bugonoka bemerkten, daß alles, was sie ihrem Sohn zukommen ließen, diesem keine Freude machte, brachte Bugonoka Ntulanalwo schließlich wieder in die Obhut der Großeltern zurück.

Schon wenige Tage später erkrankte Ntulanalwo. Seine Augen entzündeten sich, und auf dem Gesäß bildeten sich Geschwüre. Kaum heilten diese ab, begannen ihn neue Geschwüre zu drücken. Da suchten ihm Nkwanzi und Namwero Heilkräuter vom Feld und legten sie auf seine Augen. Sie stellten fest, daß der Grund für die Augenkrankheit an den Adern lag, und holten deswegen einen Heiler, der sich besonders darin auskannte, einen Kranken am Kopf zur Ader zu lassen. Zu diesem Zwecke wurden die Adern oberhalb der Narben auf den Wangen, die vom früheren Aderlaß herrührten, mit einer Rasierklinge angeritzt. Man ließ Ntulanalwo erneut zur Ader und veranlaßte ihn, Früchte des *obusahwa*-Baums zu essen, in der Hoffnung, so die Augenkrankheit nachhaltig bekämpfen zu können. Ntulanalwos Geschwüre ließ man reifen und schnitt sie dann mit einem scharfen Messer auf. Mit beiden Händen wurde der Eiter herausgequetscht, bis nur noch Blut und andere Flüssigkeit kam. Auf die Wunden wurde Butterfett gestrichen. Mit der Zeit gingen unter dieser Behandlung die Geschwüre wieder zurück.

Wegen der Erkrankung gaben die Großeltern Ntulanalwo folgende Ermahnung: „Oft werden die Geschwüre dadurch verursacht, daß man Früchte vom *fwitanda*-Baum ißt." Als er das erfuhr, erinnerte er sich an den Wohlgeschmack der *fwitanda*-Früchte. Er mochte sie wirklich sehr gern, und als er sah, daß seine Spielgefährten sie jeden Tag aßen, ohne davon Geschwüre zu bekommen, bedauerte er das sehr. Nachdem er von den Früchten abließ, heilten seine Geschwüre tatsächlich vollkommen ab.

Kurze Zeit später erkrankte er an einem Ausschlag, aus dem eine wässerige Flüssigkeit austrat. Namwero und Nkwanzi bemühten sich, diesen mit anderen Kräutern zu heilen. Aber umsonst. Bei Ntulanalwo halfen sie nicht. Der Großvater fragte überall um Rat, bis man ihn an jemanden verwies, der Ausschlag schon einmal erfolgreich behandelt hatte, und zwar mit einem Heilmittel, das dadurch gewonnen wurde, daß man in einer Korbschale bestimmte Blätter verbrannt hatte. Namwero befolgte den Rat und sammelte diese Blätter, verbrannte sie und trug die daraus gewonnene Asche auf den Auschlag Ntulanalwos auf. Schon in wenigen Tagen war die Krankheit geheilt.

Da sie nahe am See wohnten, gewöhnte Ntulanalwo sich an, zusammen mit seinen Gefährten im Wasser zu spielen. Sie lehrten sich gegenseitig schwimmen und tauchen, Kopf nach unten und Hintern nach oben. Auf Steinen sitzend, fischten sie mit dem Angelhaken kleine *enfuru*-Fische. Wenn sie feststellen mußten, daß die Fische nicht anbissen, ließen sie davon ab und schwammen im See hin und her. Oftmals schwammen und tauchten sie so lange, daß ihre Augen sich röteten, als hätten sie Tag und Nacht durchwacht.

Eines Tages tauchten sie zu mehreren in der Gruppe, wobei sie sich gegenseitig am kleinen Finger gefaßt hielten. Keiner sollte auftauchen dürfen, während noch einer von ihnen unter Wasser war. Ntulanalwo erschrak, als ihn der Spielgefährte unmittelbar an seiner Seite plötzlich in die Tiefe riß. Er stieß ihn mit aller Kraft von sich, wie sie es immer machten, wenn sie sich unter Wasser balgten. Ntulanalwo konnte sich nicht erklären, was das sollte, und glaubte zunächst, der Gefährte wollte ihn nur necken. Aus Angst, daß ihm unter Wasser bald die Luft ausginge, tauchte er eilig auf. Als er an die Wasseroberfläche kam, den Kopf mit Sand und Modder bedeckt, hörte er laute Warnrufe: „Ntulanalwo, schwimm schnell an Land, damit du nicht umkommst!" Hinter sich bemerkte er, wie Sand und Schlamm heftig nach oben gewirbelt wurden, während die Knaben ihm zuriefen: „Rette dich, so schnell du kannst, sonst bist du des Todes!" Er befand sich als einziger noch im Wasser, die anderen standen bereits am Ufer. Nur seinen Gefährten, mit dem er sich eben noch am kleinen Finger festgehalten hatte, konnte er nirgends erblicken. Da schwamm er so schnell, daß ein Frosch nur sein Schüler hätte sein können. Zug um Zug kam auch er ans Ufer zu seinen dort stehenden Gefährten.

Erst als er dort anlangte, wagte er es, sich umzudrehen. Da sah er hinter sich ein großes Krokodil aus dem Wasser emporschießen. Es hielt einen Menschen hoch, eben jenen Jungen, den Ntulanalwo vor wenigen Augenblicken noch festgehalten hatte! Als Ntulanalwo dies sah, erfaßte ihn eine große Angst. Er fing an, heftig zu schlottern, und erschreckte die anderen Gefährten damit, daß er ohnmächtig umfiel, puu! Die in der Nähe weilenden Erwachsenen unterrichteten sofort die benachbarten Gehöfte: „Hehee! Shime, zu Hilfe, zu Hilfe! Eins unserer Kinder ist vom Krokodil geschnappt worden!"

Die Leute in den Gehöften wurden aufgeschreckt, ergriffen ihre Waffen und eilten, so schnell sie konnten, herbei. Alle Blicke richteten sich auf den See. Immer mehr Männer und Frauen fanden sich ein, schließlich auch die Angehörigen des Jungen, den das Krokodil geholt hatte. Als sie gewahr wurden, daß das Opfer ihr Kind war, brachen die Frauen unter ihnen sofort in lautes Wehklagen aus. Die Tränen liefen ihnen in Strömen über die Wangen. Die Männer beeilten sich indessen, ein Boot und Ruderstangen zu finden, um das vom Krokodil ergriffene Kind zu suchen. Dabei führten sie schwere *endobo*-Speere wie für die Flußpferdjagd mit sich.

Als sie sich noch nicht ganz an der Stelle befanden, wo das Krokodil das Kind gefaßt hatte, kam dieses gerade wieder an die Oberfläche und zeigte ihnen den Jungen zwischen seinen Zähnen. Es schleuderte ihn in die Höhe und fing ihn mit geöffnetem Rachen wieder auf. Danach tauchte es mit seiner Beute vollständig im Wasser unter, verschwand und wurde nicht mehr gesehen. Die Männer im Boot suchten und suchten, aber ohne jeden Erfolg. Als die Sonne unterging, mußten sie die Suche abbrechen. Sie kehrten in ihre Gehöfte zurück und begaben sich zur Ruhe.

Am folgenden Tag suchten sie wieder, ohne etwas zu finden. Auch am dritten und vierten Tage, solange die Zeit der Totenklage andauerte, kehrten sie jedesmal unverrichteter Dinge nach Hause zurück. Am fünften Tag gingen die Trauerfeierlichkeiten zu Ende. Als sie sich alle nach Sitte der Kerewe zum See begaben, um den Todesfluch von sich abzuwaschen, da, oh Wunder, entdeckten sie endlich den Knaben. Seine Leiche lag im Sand am Ufer des Sees dort, wo die Kinder immer im Wasser spielten. Sie untersuchten die Leiche, stellten an ihr jedoch keinerlei Spuren von Zähnen oder Krallen fest. Namwero und die anderen waren darüber äußerst erstaunt. Kumbe!

In der Tat sagen die Menschen, daß die Opfer eines Krokodils unter Wasser gedrückt und ertränkt werden. Danach sinken sie nach unten und kommen häufig erst an dem Tage, an welchem man die Trauerfeierlichkeiten beendet, wieder an die Oberfläche. „Seht", rief Namwero, „die Leiche des Kindes ist wieder aufgetaucht, genau am Tage, an dem die Trauerfeierlichkeiten beendet werden. Das Krokodil hat seine Leiche an den Strand gebracht. Es tötete das Kind nicht, um es zu verschlingen, sondern nur, um es zu vernichten, das arme Geschöpf!" Einige unter ihnen sagten: „Oh, welch ein Krokodil! Sein Herr hatte es wohl ausgesandt, um einen anderen Jungen zu fressen oder zu fangen. Offenbar war es nur ein Mißverständnis, und der Fänger sollte einen anderen holen. Deswegen hat er den Jungen jetzt völlig unverletzt zurückgebracht."

Nach diesem Unglück verboten die Großeltern Ntulanalwo, im See zu spielen. Sie zerbrachen seine Angelrute und warfen seine Angelhaken alle in den Busch. Er wurde eindringlich ermahnt: „Du hast inzwischen genug Menschenverstand, um von nun an nicht mehr am Seeufer zu spielen. Wenn du nicht gehorchst, schicken wir dich sofort zu deinem Vater und zu deiner Mutter zurück. Sie werden dich dann bestimmt verprügeln, weil du uns nicht gefolgt bist. Also gehorche!"

Ntulanalwo hatte auch ohne diese Ermahnung genug Angst vor dem See. Er ging nur noch mit seinem Onkel oder seinem Großvater dorthin, um nach den *olubigo*-Reusen zu schauen. Bei solchen Gelegenheiten wuschen sie sich auch. Das bedeutete jetzt kein Schwimmen mehr. Ntulanalwo, der sich früher so gerne im Wasser aufgehalten hatte, wurde als Folge des Unfalls ausgesprochen wasserscheu. Er hatte neuerdings immer große Eile, wieder aus dem Wasser zu kommen, und benahm sich wie ein kleiner Vogel, der ein *murobi*-Fischchen aus dem Wasser zieht. Ei wei! Welcher Mensch fürchtet nicht ein großes, wildes Tier mit scharfen Zähnen und einem riesigen Maul? Und welcher Mensch möchte schon dadurch zugrunde gehen? Wie so viele Menschen vergaß Ntulanalwo jedoch mit der Zeit seine Furcht. Er erinnerte sich nicht mehr an das, was ihm zugestoßen war, und verlor völlig seine Angst, so daß er mit seinen Gefährten wie ehemals im See badete. Er schwamm und fischte auch wieder mit dem Angelhaken. Mit anderen Worten: Er schlug die Mahnungen seiner Großeltern in den Wind.

Als der Großvater und die Großmutter merkten, daß sie dem Verhalten Ntulanalwos nicht mehr gewachsen waren, sandten sie eine Nachricht zu seinem Vater, daß er kommen und seinen Sohn abholen sollte. Möglichst schon morgen oder übermorgen, um sich keinen Verdruß oder sogar große Schuld einzuhandeln dadurch, daß sein Kind einem anderen Schaden zufüge. Denn Ntulanalwos Benehmen habe sich sehr verändert. Er sei ein rechter Dickkopf geworden, wie die Kerewe es ausdrücken: ›Ein eigensinniger Mensch, der Vater und Mutter besiege‹. Sie fürchteten, von der Sippe Myombekeres getadelt zu werden, weil sie ihrem Zögling keine guten Sitten beigebracht und ihn verhätschelt und verzogen hätten. Er gliche inzwischen einem ungezähmten Tier in der Wildnis.

KAPITEL 7

Ntulanalwo kehrt als Schlangentöter in sein Elternhaus zurück

Myombekere machte sich sofort auf den Weg, als ihn die Aufforderung seiner Schwiegereltern, Ntulanalwo heimzuholen, erreichte. In seinem Herzen überlegte er, daß sie es sich selbst zuzuschreiben hätten, wenn ihnen nun keiner mehr zur Hand ginge und das Vieh für sie hüte. Ihm werde es nicht schwerfallen, von nun an sein Kind selbst aufzuziehen. Wen sollte er auch sonst wohl finden, der bereit wäre, seinen Sohn wie sein eigen Fleisch und Blut zu halten. Ihr kennt ja das kluge Sprichwort, das hierzulande gebräuchlich ist: ›Was schlecht ist bei dem Kind eines anderen, ist gut beim eigenen.‹

Auf dem Heimweg ging Myombekere seinem Sohn Ntulanalwo voran. Er trug Pfeil und Bogen. Ntulanalwo folgte ihm mit einem kleineren, seinem Alter gemäßen Bogen mit zwei Holzpfeilen, die in der Kerewe-Sprache *emisonga* heißen. Um ihre Treffsicherheit zu erhöhen, waren die Pfeile hinten gefiedert. Myombekere trieb seinen Sohn ständig zur Eile an: „Spute dich, lauf schneller, damit wir noch vor Sonnenuntergang zu Hause sind!" Sie hatten das Gehöft der Schwiegereltern nämlich erst am Mittag verlassen.

Als sie ohne Zwischenfälle den großen Wald durchquert hatten, atmete Myombekere erleichtert auf, denn der Wald steckte voller Gefahren: Räuber, Löwen, Leoparden, Elefanten, Nashörner, Büffel und andere gefährliche Tiere hätten sie aus dem Hinterhalt überfallen und töten können. Von nun an schritten sie etwas gemächlicher voran, geradewegs auf die Häuser zu, die sie vor sich sahen.

Beim Näherkommen hörten sie ein großes Geschrei, so als ob viele Menschen etwas verfolgten oder umzingelten. Als sie den Ort des Aufruhrs fast erreicht hatten, redete sich Myombekere selbst Mut ein: „Du bist ein Mann. Sei also bereit, wie ein Mann zu sterben. Vielleicht stammt der Lärm von einem wilden Tier, das genau auf dich und deinen Sohn zuläuft." Er nahm auf alle Fälle den Köcher von seiner Schulter und zog drei unterschiedliche Pfeile heraus, einen *engobe*-Pfeil, einen *olusakula*-Pfeil und einen Giftpfeil. Letzteren nahm er schußbereit in die rechte Hand, während er den Köcher wieder über die Schulter legte. Nun war er zum Kampfe bereit. Er spitzte die Ohren, so daß er wie eine Buschkatze gleichzeitig nach vorne und nach hinten hören konnte. Die Augen hielt er weit geöffnet und die Beine steif, daß sie nicht zittern konnten. Sein Herz war kühl wie Stahl. Ntulanalwo verhielt sich ganz wie das von alters her überlieferte Wort: ›Der Sohn eines Helden wird immer ein Held sein.‹ Er fragte seinen Vater sogleich, ob er seine Pfeile auch gegen den Feind richten dürfe. Der Vater antwortete ihm: „Ja, sollte sich jemand in feindlicher Absicht auf uns stürzen, kannst du ihn mit deinen Pfeilen ohne weiteres angreifen. Zögere nicht! Verhalte dich nur nicht wie eine Frau, die angesichts einer Todesgefahr zu schreien beginnt und dem Angreifer abwehrend die Handflächen entgegenstreckt! Mein Sohn, hab niemals Angst und greife mutig jedweden Feind mit deinen Pfeilen an! Nichts hindert einen wahren Mann daran, wie ein Held zu sterben."

Als sie weitergingen, nahm der Lärm noch erheblich zu. Und als sie schließlich dicht am Ort des Geschehens anlangten, riefen die Leute ihnen zu: „Kommt hierher! Hier versteckt es sich. Es ist sehr angriffslustig. Wir konnten ihm noch keine einzige Wunde beibringen." Myombekere hörte die Rede wohl, nur verstand er nicht, hinter wem die Leute eigentlich her waren und was sie so eifrig bekämpften. Er stellte sich vor das Gebüsch, das die Leute umzingelt hielten, und wies seinen Sohn an: „Bleib dicht bei mir!" Der Junge tat, wie ihm geheißen, wobei er Pfeil und Bogen schußbereit im Anschlag hielt.

Oh, ihr Leser, hier ereignet sich so manches, auf das die folgende Spruchweisheit unserer Vorväter zutrifft: ›Die Bedrängnis des Nächsten verachten, bedeutet, sich selbst verachten.‹ – Das heißt: Einigkeit macht stark.

Schließlich warf ein Mann namens Ngwebe einen Erdklumpen in das Gebüsch, dorthin, wo sich das gefährliche Etwas aufhielt und wo auch Myombekere mit seinem Sohn stand. Kaum hatte er den Wurf getan, sah man eine überaus lange, hochgiftige *ensota*-Schlange aus dem Gebüsch hervorschießen. Ihr Anblick war wild und furchterregend. Sie sah aus wie ein trockener Baumstamm. Auf dem Kopf hatte sie eine Feder, die wie eine Standarte im Winde flatterte. Ihre Augen glommen wie glühende Kohlen. Ihren Schwanz noch am Boden, richtete sie den übrigen Körper senkrecht auf, so daß ihr Kopf weit über die Büsche ragte. Im nächsten Augenblick schnellte sie, den Kopf groß und furchterregend über den Blättern, geradewegs auf Ntulanalwo zu.

Der Sohn Myombekeres blieb ganz ruhig, legte furchtlos seinen Bogen an und zielte genau in die Flanke der Riesenschlange. Sein Pfeil schwirrte von der Sehne und drang tief in den Körper der Schlange ein. Als diese sich trotzdem auf den Jungen stürzen wollte, schoß auch Myombekere, der nicht von der Stelle gewichen war, seinen Giftpfeil auf sie ab. Er bohrte sich ebenfalls zischend durch ihren Hals. Nun wandte sie ihren Kopf von den Angreifern ab. Da war aber schon Ngwebe zur Stelle und stach mit seinem Speer auf sie ein. Er traf sie am Bauch, was ein lautes Kollern hervorrief. Die Schlange fiel in sich zusammen und wandt sich noch eine kurze Weile am Boden. Ehee! Dann war sie tot.

Als die Leute das sahen, drängten sie herbei, um die seltsame und gefährliche Riesenschlange aus der Nähe zu betrachten. Von allen Schlangen hierzulande gilt sie als die giftigste. Dieses Tier war dick und von ungewöhnlicher Länge. Schon viele Wanderer hatte es belästigt und in Gefahr gebracht. Die Leute untersuchten nun genau, wer die Schlange mit seinem Pfeil getötet und die Gegend von ihr erlöst hatte. Sie fanden heraus, daß es der Knabe mit seinem ersten Schuß gewesen sein mußte, staunten über alle Maßen und sprachen untereinander: „Seht nur, es stimmt wirklich: ›Die Bedrängnis des Nächsten verachten, heißt, sich selbst verachten.‹ Diesem kleinen Jungen ist es gelungen, das Ungetüm, das uns Erwachsenen so zu schaffen machte, zur Strecke zu bringen. Vielleicht hat er den Segen der Geister. Nein, er kann kein gewöhnliches Kind sein!" Sie sahen sich das Schlangen-Ungetüm, das mausetot dalag und sich nicht mehr regte, von allen Seiten an, wandten sich dann wieder Ntulanalwo zu, der den Unhold erlegt hatte, und betrachteten ihn ebenfalls aufmerksam. Die Männer gerieten vor Staunen außer sich und sagten schließlich zu Myombekere: „Wenn dies dein Sohn ist, darfst du hohe Erwartungen in ihn setzen. Ist er einmal erwachsen, werden die Menschen zu ihm aufblicken." Dann schüttelten sie voll Freude Ntulanalwo die Hand und beglückwünschten ihn. Immer wieder stellten sie Myombekere die Frage: „Ist er wirklich dein leiblicher Sohn oder gehört er einem deiner Verwandten?" – „Ja, er ist mein eigen Fleisch und Blut!" – „Wie heißt denn der Junge?" – „Sein Name ist Ntulanalwo." Worauf sie erwiderten: „Ei, der Name klingt ausgesprochen männlich. Er ist eines Helden würdig."

Die Frauen der Gegend eilten herbei, und es entstand ein großes Gedränge. Sie erkundigten sich, wer die Riesenschlange getötet hätte, damit sie den Helden bestaunen könnten. Die Männer standen indessen so dicht um Ntulanalwo herum, daß die Frauen zunächst nicht herankommen konnten. Dann gestattete man ihnen endlich, den Schlangentöter zu begrüßen. Sie nahmen ihre Perlenschnüre, die sie um die Hüften trugen, und überreichten sie Ntulanalwo als Zeichen ihrer Freude und Dankbarkeit darüber, daß er die böse Schlange getötet hatte. Dabei hielten sie seine Arme hoch und umjubelten ihn mit lauten Freudentrillern. Als dem Jungen das Gewicht der Perlenschnüre, die ihm die Frauen um den Hals gelegt hatten, zu schwer wurde, nahm sein Vater sie an sich.

Schließlich entfernte man die Pfeile aus dem Kadaver der Schlange. Auch Ngwebe zog seinen Speer heraus. Myombekere fragte, wie sie die Schlange entdeckt hätten. Die Leute erzählten ihm darauf, daß ein gewisser Bunoge sie als erster beim Rinderhüten auf einem *omukoko*-Baum gesichtet hätte. Die Schlange hätte gerade zuvor eins seiner Rinder totgebissen, das noch mit aufgeblähtem Leib unter jenem Baum läge. Myombekere sollte nur mitkommen und es sich ansehen.

In der Tat fanden sie Bunoges Rind tot am Boden liegen. Dessen aufgeblähter Leib war straff gespannt wie ein *nalutundubwi*-Käfer. Wegen des Schlangengiftes stand der Kadaver kurz vor dem Aufplatzen. Er hatte sich leuchtend rot verfärbt wie eine reife Pfefferschote. Als man ihn anzufassen versuchte, löste sich das Fell von selbst vom Körper ab. Da meinten viele, daß die *ensota*-Schlange doch wirklich ein sehr giftiges Tier wäre. Das Fleisch des toten Rindes mußte von dem Gift bereits verdorben sein, anderenfalls hätte sich das Fell nicht von selbst abgelöst. Auch das Fell konnte nicht mehr verwertet werden.

Nach diesem Zwischenfall setzten Myombekere und Ntulanalwo ihren Weg fort. Die Leute beratschlagten zu dem Zeitpunkt noch, ob man nun das Fell von Bugonas Rind abziehen sollte oder nicht.

Zu Hause erzählten die beiden Wanderer Bugonoka, was ihnen unterwegs widerfahren war. Bugonoka stieß daraufhin einen Freudentriller aus und hielt die Arme der beiden zum Zeichen der Siegerehrung in die Höhe. Die Perlenschnüre, die Ntulanalwo geschenkt bekommen hatte, nahm sie sorgfältig in Verwahr.

Am nächsten Tag rief Myombekere Bwana Kanwaketa in sein Gehöft. Den Grund, warum er ihn zu sich gebeten hatte, erklärte er ihm wie folgt: „Siehe, mein Sohn und ich wären beinahe umgekommen. Deswegen möchte ich uns beiden etwas Gutes zukommen lassen und diesen weißen Stier schlachten, abhäuten und verzehren. Wären wir zugrunde gegangen, hätten sicherlich andere diesen Stier bei unserer Totenfeier gegessen." Bwana Kanwaketa pflichtete ihm bei: „Du hast völlig recht, so zu reden, mein Bruder. Wäret ihr umgekommen, wie schrecklich für uns alle!" Sie eilten in den Rinderpferch und führten den weißen Stier an einem Seil hinaus zu den Bananenstauden. Dort schlachteten sie ihn und zogen ihm das Fell ab. Sie aßen etwas von dem Fleisch, glücklich darüber, daß Ntulanalwo die Riesenschlange getötet hatte. Danach kehrten sie ins Gehöft zurück. Als Namwero und Nkwanzi, Myombekeres Schwiegereltern, erfuhren, daß die beiden unversehrt einer tödlichen Gefahr entronnen waren, kamen auch sie zu Besuch, um die beiden zu beglückwünschen und am Festessen teilzunehmen.

Myombekeres Schwestern bekamen zunächst eine ganz andere Fassung von der Geschichte zu hören. Meistens spricht sich ein solches Ereignis ja wie ein Lauffeuer herum, und jeder, der die Nachricht weiterträgt, fügt noch etwas hinzu, wie wenn man ein Seil dreht. Dadurch wird die Geschichte immer länger, aber eben auch verdrehter. So erfuhr eine von Myombekeres Schwestern, daß eine *ensota*-Schlange ihren Bruder auf dem Rückweg von seinen Schwiegereltern gebissen hätte und er auf der Stelle tot umgefallen wäre. Sein Nachbar Kanwaketa hätte die Leiche geholt und beerdigt. Morgen wolle man sich von dem Fluch, den der Tod ihres Bruders über sie alle gebracht hätte, reinigen. Sie lief daher laut wehklagend zu der anderen Schwester, und gemeinsam mit ihren Männern stimmten sie alsbald die Totenklage an.

Bevor sich ihre Männer aber tatsächlich zum Gehöft Myombekeres aufmachten, erkundigten sie sich bei einem guten Bekannten nach den näheren Umständen. Bei dieser Gelegenheit erfuhren sie, daß es Myombekere bestens ginge und er nicht einmal krank wäre. „Wer euch etwas anderes gesagt hat, ist ein Lügner!" Und dann erzählte ihnen der Gewährsmann, wie sich die Geschichte in Wirklichkeit zugetragen hatte. Myombekeres Schwäger freuten sich sehr und liefen sofort zu ihren Frauen, um ihnen die gute Nachricht zu überbringen: „Auf dem Hofe Myombekeres findet keine Trauerfeier, sondern ein Dankesfest statt, weil sie unversehrt der Gefahr mit der Schlange entronnen sind. Das ist alles." Ihre Frauen stellten sofort die Totenklage ein und begaben sich zu Myombekere. Wie ihnen gesagt worden war, fanden sie die Leute dort bei einer Freudenfeier. Auch sie nahmen daran teil und kehrten erst drei Tage später zu ihren Ehemännern zurück.

Ntulanalwo blieb hinfort auf dem Hof seines Vaters. Er folgte gehorsam allen Anweisungen seiner Eltern und legte allmählich seine früheren Untugenden ab. So gefiel er seinen Eltern und allen Sippenangehörigen gut. Auch bei seinen Altersgenossen erfreute er sich großer Beliebtheit. Begegnete er einem erwachsenen Mann, ehrte er ihn wie seinen eigenen Vater. Begegnete er einer Frau, behandelte er sie wie seine eigene Mutter.

KAPITEL 8

Die Schwester Bulihwali wird geboren
Ntulanalwos Jugendjahre

Während Ntulanalwo noch zur Erziehung bei seinem Großvater weilte, hatten seine Eltern ein zweites Kind gezeugt, diesmal eine Tochter. Nach den Schwierigkeiten der ersten Schwangerschaft war Bugonoka drei Jahre lang unfruchtbar geblieben. Sie hatte fast allen Glauben an den Heiler Kibuguma verloren. Jener hatte ihr verheißen, sie werde erst einem Sohn und dann einer Tochter das Leben schenken. Als sie schließlich den Heiler abermals um Rat fragte, verordnete er ihr dieselben Heilkräuter wie beim ersten Mal. Bugonoka wandte sie an und siehe, endlich wurde sie im vierten Jahr nach Ntulanalwos Geburt erneut schwanger. Diesmal verlief die Schwangerschaft, ohne daß sie im sechsten Monat erkrankte. Und so gebar sie ein Töchterchen. Weil das Kind die Unfruchtbarkeit überwunden hatte, gab Myombekere ihm den Namen *Bulihwali* ‚Wann wird das Leid nur enden?' – Eine Frage, die sie sich während der unfruchtbaren Zeit oft gestellt hatten.

Da es sich um eine Geburt aus der Unfruchtbarkeit heraus handelte, war der Abstand zur ersten Geburt länger als gewöhnlich. Üblicherweise lebt eine Frau nach der Geburt ein Jahr lang enthaltsam. Danach wird das Kind abgestillt und die Mutter nimmt den ehelichen Verkehr wieder auf. Bald ist sie erneut schwanger. Nach wenigen Jahren kann eine solche Gebärerin, wenn sie sich in ihrem Kreise umblickt, über eine stattliche Schar von eigenen Kindern blicken und sich rühmen, die Zahl der Bewohner in ihrem Gehöft beachtlich erhöht zu haben. Die Kinder allein können zwar keinen Lohn darstellen, aber wer eine Mutter genau beobachtet, kann sehen, wie stolz sie auf ihre Leistung ist und sich heimlich preist: „Ei! Kumbe, ich habe doch wirklich viele Kinder zur Welt gebracht!" Daran erinnern sie ständig auch die vielen Kinderstimmen, die ihr so manche

Aufgabe abverlangen. Ein Kind schreit etwa: „Mama, ich will das, was vom Essen übriggeblieben ist, jetzt aufessen!" Oder: „Mama, ich möchte Kartoffeln haben!" Und wieder ein anderes Kind ruft: „Mama, ich will baden!" Und noch ein anderes Kind möchte gerade schlafen und so weiter. Nun, die Lebensfreude der Kinder und ihr munteres Umherspringen bereiten der Mutter jedenfalls größere Freude als kinderlosen Männern und Frauen die Stille und das Alleinsein in ihren Gehöften. Letzteren kommen regelmäßig die Zweifel, wenn sie über ihre Lage nachdenken, und sie sagen sich: „Vielleicht sollte ich besser mit irgendwelchen fremden Leuten irgendwo plaudern als mich hier allein zu langweilen. Die Zeit kann mir ohnehin nicht davonlaufen."

Als Bulihwali abgestillt war, wurde auch sie wie schon zuvor ihr Bruder zur Erziehung in die Obhut der Großeltern Namwero und Nkwanzi gegeben. Aber verlassen wir zunächst Bulihwali, die Tochter Myombekeres und Bugonokas. Wir werden später noch verschiedentlich auf sie zurückkommen.

* * *

Im selben Jahr, als Ntulanalwo zu seinen Eltern zurückkehrte, verließ Kagufwa, Myombekeres Schwesternsohn, das Gehöft seines Onkels, wo man ihn zur Erziehung hingegeben hatte. Sein Großvater väterlicherseits hatte bestimmt, daß er heiraten sollte. Die Vorbereitungen für seine Hochzeit waren nun abgeschlossen. Myombekere schenkte seinem Neffen einen fetten Bullen, dessen Fleisch als Beikost bei der Hochzeitsfeier vorgesehen war. Aus seinem Fell sollte die eheliche Schlafdecke gefertigt werden. Der Schwager Myombekeres, das heißt der Vater Kagufwas, bedankte sich überschwenglich: *„Asante sana, bwana shemeji* – vielen Dank, Herr Schwager! Du behandelst deinen Neffen wirklich sehr großzügig. Damit erweist du auch mir gegenüber dein Wohlwollen." Myombekere erwiderte: „Wenn ich es unterließe, ihm etwas aus meinem Besitz zu geben, beginge ich sicherlich einen Fehler, denn er hat mir oft geholfen. Erinnere dich daran, wie Ntamba ihn töten wollte. Hätte er sich nicht durch seine eigenen Beine gerettet, wäre er ja tatsächlich getötet worden und ich euch gegenüber dafür verantwortlich gewesen. Auch wenn du, mein Schwager, den Anteil am Brautgut, der meiner Schwester, der Mutter dieses Kindes, zusteht, nicht unter den Verwandten aufteilen solltest, selbst dann würde ich etwas zu seiner Hochzeit beisteuern, denn er hat stets sehr gut für mein Vieh gesorgt. Außerdem: Auch wenn ich, sein Verwandter mütterlicherseits, mich nicht nach den Sitten unseres Landes richtete, hättest du trotzdem einen Grund, mich um einen Beitrag für die Hochzeitsfeier zu bitten. Daher spielt es auch keine Rolle, ob deine Mutter nun einen Anteil am Brautgut bekommen hat oder nicht. Letzteres wäre im übrigen keine große Schande oder ein Grund, dagegen anzugehen, denn du als Empfänger des Brautgutes hattest ja ein Recht, es ihr zu verweigern. Auch wenn dein Vater deiner Mutter keinen Anteil am Brautgut gegeben und damit zum Ausdruck gebracht hat, daß er irgendwelche Rechte und Pflichten der Sippe mütterlicherseits nicht anerkennt, steuere ich etwas zur Hochzeit deines Kindes bei. Und schließlich: Bekäme auch dessen Mutter, deine Frau, keinen Anteil vom Brautgut für ihre Töchter, schenkte ich deinem Sohn etwas zu seiner Heirat, denn unsere Vorväter hinterließen uns den Grundsatz: ›Wer arbeitet, soll auch zu essen bekommen!‹"

Seit dem Weggang von den Großeltern lebte Ntulanalwo nun schon ein Jahr lang im Gehöft seiner Eltern. Er weidete mit seinem Vater zusammen das Vieh und, da Männer in jenen Tagen auch Brennholz sammelten, brachte er jeden Abend ein Bündel Brennholz von der Weide mit nach Hause. An manchen Tagen brauchte er kein Vieh zu hüten; dann ging er mit dem Angelhaken *enfuru*-Fische fangen. Wenn er mit seinen Fischen zu den Eltern kam, grüßten sie ihn wie einen Erwachsenen: „Unser Mitgefühl wegen der Mühen beim Fischen!" Und er pflegte ihnen auch wie ein Erwachsener zu antworten: „Ich habe mich von dieser Anstrengung bereits erholt." Auf dem Heimweg vom Fischen schmeichelten ihm die Leute oft und baten: „Schenke uns einen deiner Fische, Ntulanalwo!" Da er aber seine Fische lieber für sich behalten wollte, erwiderte er darauf jedesmal: „Sich beschenken zu lassen, kann die Gier eines Menschen nicht stillen." Wer ihn so daherreden hörte wie ein Alter, mußte darüber lachen. Manchmal aber schenkte er den Bittenden doch etwas. Sie nahmen die Fische dann mit zwei ausgestreckten Handflächen entgegen und bedankten sich überschwenglich: „Dieser Knabe ist ein echter Abkömmling Myombekeres. Er könnte von keinem anderen abstammen. Danke sehr, du bist ein Kind, das dafür kämpft, daß das Übel in der Welt ausgemerzt wird. Mögest du noch viele Lebensjahre vor dir haben!" – Wenn ein Kerewe seinem Mitmenschen Gutes wünscht, dann wählt er gewöhnlich solche Worte.

In nur wenigen Tagen lernte Ntulanalwo, wie man Kühe melkt und ersparte so seinem Vater, sich während der großen Regenzeit in den Kuhmist zu hocken. Myombekere konnte sich im stillen glücklich preisen und sagen: „Kumbe, es ist wahr! Kinder zu zeugen ist doch äußerst vorteilhaft in diesem Lande. Es hat seinen Grund, daß wir Menschen es vorziehen, Kinder zu haben, als unfruchtbar zu sein. Und überhaupt, die Unfruchtbarkeit ist eine echte Behinderung und dazu ein überaus großer Nachteil. Deswegen wünsche ich diesem Jungen nur alles erdenkliche Glück. Möge er heranwachsen und gedeihen, daß er heiraten und sich vermehren kann! Auf daß es unserer Sippe gelinge, sich fruchtbar zu entwickeln!"

Unterdessen hatte Myombekere mit viel Geschick einen Bananenhain herangezogen. Seine Früchte brachten ihm viel Nutzen, indem er dafür Ziegen, Hacken und sogar Rinder eintauschte. Letzteres erreichte er dadurch, daß er wartete, bis er für seine Bananen insgesamt sechs Ziegen eingehandelt hatte und diese dann allesamt gegen einen Bullen eintauschte. Immer wenn er zwölf Ziegen beisammen hatte, suchte er jemanden, der ihm eine Färse dafür gab. So folgte er dem Weistum unserer Altvorderen, welches besagt: ›Wir haben uns gut auseinandergesetzt, wie Leute, die eine Färse gegen zwölf Ziegen eintauschen.‹

Als Besitzer eines Bananenhains konnte er es sich nunmehr auch oft leisten, Bananenbier zu brauen und am Tage der Bierreife, an dem man das Bier antrinkt, viele Gäste in sein Gehöft einzuladen. Es stimmt! Jemand, der sagt, ›wo Aas ist, finden sich Geier und Adler ein, um zu fressen‹, hat vollkommen recht. Wenn die Sonne gerade soweit am Himmel stand, daß ihre Strahlen zu wärmen anfingen, machten sich berühmte und weniger berühmte Leute, sagen wir die Bedauernswerten, die in angesehenen Kreisen weniger bekannt waren, im Laufschritt zu Myombekere auf den Weg, um ihn um *empahe*, das heißt Bananenbier, anzubetteln. Wer immer zu Myombekere kam, erhielt tatsächlich Bier und wurde damit reichlich versehen, bis es ihm zu Kopfe stieg. In solchem Zustand begannen die Leute, einander mit leiser Stimme ihre Geheimnisse auszuplaudern. Wenn Myombekere das bemerkte, faßte er sich schon mal ein Herz und erkundigte sich, ob sie Töchter hätten, die als Frau für seinen Sohn Ntulanalwo in Betracht kämen.

Einmal weilten fünf angesehene Familienväter gleichzeitig bei ihm zu Besuch, denen er diese Frage stellte. Unter ihnen lehnte nur einer seinen Antrag offen ab: „Zwischen unseren Sippen sind Heiraten verboten. Wir dürfen nicht einmal gemeinsam ein Ahnenopfer darbringen. So ist es uns von unseren Vorvätern auferlegt worden." Myombekere mußte sich eingestehen, daß zwischen ihnen in der Tat ein strenges Heiratsverbot bestand. Und wer verstößt schon vorsätzlich und bei klarem Verstand gegen ein überkommenes Gesetz?

Wenn alle Biertrinker nach Hause gegangen waren, kamen Myombekere und Bugonoka auf die Angelegenheit zurück und redeten darüber, wie sie für Ntulanalwo eine Frau finden könnten. Da er ihr einziger Sohn war, legten beide Wert darauf, daß er früh heiratete, ehe er alt und lustlos würde. Sie wünschten sich, daß er die Tochter eines hochberühmten Mannes zur Frau nähme. Es müßte ja nicht gerade eine Tochter des Königs sein, aber warum eigentlich nicht? Mit der Tochter irgendeines angesehenen Mannes wollten sie allerdings auch zufrieden sein. Die Tochter eines Armen käme für sie indessen nicht in Betracht. Außerdem wünschten sie, daß Ntulanalwo eine sehr schöne Frau heiraten sollte, von guten Sitten und stark genug, um bei jedweder Art von Feldtätigkeit mit der Hacke arbeiten zu können. Sie waren deswegen sehr in Sorge, weil sich die Frauen ihrer Gegend im allgemeinen nicht immer der besten Gesundheit erfreuten. Sollten sie beide einmal sterben, morgen oder übermorgen, könnte Ntulanalwo ohne eine tüchtige Frau in eine schwierige Lage geraten.

Währenddessen hatte Ntulanalwo noch Kinderstreiche im Sinn. Eines Tages fing er mit seinen Gefährten in den abgeernteten Hirsefeldern Vögel, und zwar Sperlinge und Webervögel. Die Jungen töte-

ten sie, indem sie den Tieren einfach den Hals umdrehten. Als sie
auf dem Heimweg an eine Weggabelung mit schönem Sand zum
Spielen gelangten, schlug Ntulanalwo seinen beiden Gefährten vor:
„Kameraden, laßt uns hier einen Ringkampf veranstalten. Wenn es
euch gelingt, mich auf den Boden zu zwingen, gehören meine vier
Webervögel und fünf Sperlinge euch. Sollte ich aber siegen, dann
bin ich es, der eure vier Webervögel und den Sperling mit nach
Hause nimmt." Die beiden willigten sofort darin ein, weil sie weniger Vögel gefangen hatten als Ntulanalwo. Der eine der Gefährten
hieß Kikunami und der andere Kahwagizi.

Also, Kikunami begann als erster mit Ntulanalwo zu kämpfen.
Vorher gab er Kahwagizi seine Vögel in die Hand, und auch Ntulanalwo reichte Kahwagizi die seinen. Kaum hatten sie ausgemacht,
daß sie miteinander ringen wollten, stürzten sie sich schon auf den
Sandboden, um den Wettkampf zu beginnen.

Ausgerechnet zu diesem Zeitpunkt kam ein Erwachsener mit Namen Busengezuzo vorbei. Als er die beiden Jungen miteinander ringen sah, blieb er stehen, um ihnen zuzuschauen. Damit aber nicht
genug, er trieb sie auch noch wie zwei kämpfende Bullen an:
„Heute, Männer, soll der Besiegte zu Hause nichts zu essen erhalten,
brurr! Als ich noch ein junger Bursche war, haben wir jeden Tag so
gekämpft wie ihr jetzt. Ah, eh! Männer, gebraucht eure ganze Kraft!
Zeigt uns, wer von euch stark und wer ein Schwächling ist!" Da
hakte Kikumani sein Bein um ein Bein von Ntulanalwo, so daß beide zu verschiedenen Seiten niederfielen. Als sie aufstanden und sich
den Sand vom Kopf abwischten, ließ Busengezuzo nicht ab, sie anzufeuern: „Brurr! Männer, habt ihr etwa voreinander Angst?" Als
Ntulanalwo das Wort Angst hörte, forderte er seinen Gefährten zu
einer weiteren Runde auf. Dieser stimmte zu und alsbald umklam-
merten sie sich wieder wie erfahrene Ringkämpfer. Diesmal umschlang Ntulanalwo mit seinem rechten das linke Bein Kikunamis,
welcher daraufhin zu Boden ging, puu! Busengezuzo und Kahwagizi, die aufmerksam zuschauten, ließen beide ein lautes Stöhnen vernehmen, woo! Kikunami erhob sich und wischte sich den Sand ab.
Dann nahm er Kahwagizi seine Vögel aus der Hand und übergab sie
wortlos Ntulanalwo als Siegerlohn. Nun begann Kahwagizi umher-

zuspringen und sich zu brüsten: „Ah, ehee! Ich bin Kahwagizi, der Blätter vom *nkukuru*-Baum aß, um stark zu werden, und mit dem Saft des *olukoni*-Baums gegurgelt hat, um Kraft zu bekommen! Kommt und seht, ich will mich mit Ntulanalwo messen! Ich fürchte dich nicht im geringsten, selbst wenn du mit Dornen bewehrt wärst, Genosse! Spiele dich nur nicht auf, um uns Furcht einzujagen!" Busengezuzo stachelte sie weiter auf: „Das stimmt. Kahwagizi nimmt euch schon mit seinen Worten eure Beikost weg. Wenn er euch erst besiegt hat, wird er sich erst recht preisen. Warum sollte er sonst so siegessicher sein? Ee! Wenn ihr nicht weiterringt, wird der Sohn Myombekeres als alleiniger Sieger aus dem Kampf hervorgehen und eure Vögel davontragen!" Da packten Ntulanalwo und Kahwagizi einander bei den Köpfen und rangen miteinander, als wenn sie erfahrene Wettkämpfer wären. Sie stießen einander hin und her und taumelten von einem Bein auf das andere. Ehe sich Ntulanalwo versah, hatte Kahwagizi eins seiner Beine umklammert und strengte sich an, ihn so aus dem Gleichgewicht zu bringen. Das gelang ihm jedoch nicht. Ntulanalwo war zu stark. Stattdessen sank Kahwagizi selbst ganz langsam auf die Erde, puu! Oh Schreck, sein Bein war gebrochen! Ntulanalwo indessen begriff nicht, was geschehen war. Er sprang auf und rühmte sich: „Ich habe dich bezwungen. Wenn du mich fragst, ich bin der Sohn Myombekeres." Schnell ergriff er die Vögel, die ihm als Lohn für seinen Sieg im Ringkampf zustanden, und lief davon. Kahwagizi aber ließ er auf dem Sandplatz mit seinen Schmerzen liegen. Als Ntulanalwo seine Beute sichtete, zählte er insgesamt zwölf Webervögel und vier Sperlinge.

Busengezuzo hob den armen Kahwagizi von der Erde auf und stützte ihn, während er sich langsam nach Hause schleppte. Kahwagizis Eltern wollten natürlich wissen, wie es zu der Verletzung gekommen wäre. Busengezuzo berichtete ihnen alles so, wie er es erlebt hatte. Ohne sich dazu zu äußern, rieben sie ihrem Kind das Bein ein, machten sich währenddessen jedoch Gedanken, ob dieser Unfall noch als Folge eines Kinderspiels gelten könne. Genau genommen war Kahwagizi älter als Ntulanalwo, jedoch schwächer als jener. Im Vergleich zu Ntulanalwos strammen Männerbeinen sah Kahwagizi noch wie ein Kind aus.

Vom Gehöft Kahwagizis begab sich Busengezuzo geradewegs zu Ntulanalwos Eltern. Er wollte zugegen sein, wenn der Vater von Kahwagizi dort einträfe, um zu melden, daß Ntulanalwo seinem Kind das Bein gebrochen hätte. Außerdem wollte er Myombekere schmeicheln, daß sein Sohn schon so früh zum Manne herangewachsen wäre.

Auch ihr Leser kennt bestimmt einige Leute, die ihre Worte leichtfertig auf den Lippen tragen, ähnlich wie die Lügner. Also, das Verhalten von Busengezuzo war genau von dieser Art.

Im Heim Ntulanalwos traf er Myombekere und Bugonoka allein an. Ntulanalwo war schon längst wieder mit einigen anderen Gefährten unterwegs, um Brennholz zu sammeln. Zunächst verhielt sich Busengezuzo ganz unauffällig, indem er mit Ntulanalwos Eltern Grußworte wechselte. Dann aber begann er in sich hineinzulachen, so wie man es oft bei jemandem sieht, der sich anschickt, das Geheimnis eines anderen auszuplaudern. Als niemand darauf einging, hörte er zu lachen auf und fragte: „Ach, Ntulanalwo ist wohl noch nicht hier?" – „Er war hier", erhielt er von Myombekere zur Antwort. „Jetzt sammelt er mit seinen Gefährten draußen im Gelände Kuhschwanzhaare für den Vogelfang. Ich weiß nicht, wohin die Jungen gegangen sind."

„Also, Myombekere, dein Kind! Du hast da einen Sohn gezeugt, der wirklich über die Maßen stark ist." – „Wieso?" – „Ich habe ihn beobachtet, wie er draußen auf dem Sandplatz mit zwei seiner Kameraden einen Ringkampf veranstaltete. Sie waren zu dritt und kamen vom Vogelfang. Ei! Ich traf ihn dort, als er gerade mit Kikunami bin Malyalya rang, und blieb ein Weilchen stehen um zuzusehen. Dabei sah ich, wie die beiden Ringer nach zwei verschiedenen Seiten umfielen. Sie sprangen aber sofort wieder auf und griffen sich bei den Köpfen. Ein wenig später umschlang dein Sohn das Bein von Kikunami. Langsam ging dieser zu Boden, puu! Vielleicht waren sie vorher übereingekommen, einander die Vögel zu geben. Jedenfalls nahm Ntulanalwo von der Schnur Kukunamis vier Webervögel und einen Sperling und legte sie zu seiner eigenen Jagdbeute. Als nun der Sohn von Lusalira sah, daß Ntulanalwo Kikunami besiegt hatte und dessen Vögel wegnahm, brüstete er sich laut und griff deinen Sohn in großer Wut an. Kurz darauf rangen sie miteinander und stießen sich auf dem Sand hin und her. Schnell konnte ich feststellen, daß dein Sohn ein sehr geschickter Knabe ist. Er ließ sich nicht umwerfen. Zu meinem Schrecken bemerkte ich auf einmal, daß er sein Bein um das von Kahwagizi geschlungen hatte. Kahwagizi bemühte sich sehr, Ntulanalwo aus dem Gleichgewicht zu bringen und ihn zu Boden zu werfen. Ach was! Als er mit aller Kraft noch einen anderen Trick versuchte, hob ihn dein Sohn in die Höhe und schleuderte ihn zu Boden, puu! Ntulanalwo blieb jedoch aufrecht stehen wie ein ausgewachsener Baum, den nichts beugen kann. Als Kahwagizi zu Boden ging, sprang Ntulanalwo zu dessen Vögeln hin und nahm sich etwa fünf. Damit lief er schnurstracks fort. Kumbe! Kahwagizi blieb stöhnend im Sand liegen. Nun, als ich gewahr wurde, daß er wie ein kleines Kind in Tränen ausbrechen wollte, eilte ich zu ihm und hob ihn auf, um sein Bein zu untersuchen. Es war im Knie ganz verdreht, und der Knochen oberhalb des Knies stand nach hinten ab. Daraufhin beruhigte ich den Knaben und sagte ihm, er sollte nicht weinen. Schließlich wäre alles nur ein Spiel gewesen, deswegen dürfte er nun nicht wie eine Frau jammern. Ja, ich drohte, daß ich ihn nur dann nach Hause brächte, wenn er Ruhe gäbe. Unterwegs hielt ich ihm vor, daß er doch viel älter wäre als Ntulanalwo. Zwar wäre er ein erwachsener Mann, aber ihm fehle offenbar der Verstand, das Wagnis eines Ringkampfs einzusehen. Als Kahwagizi meine Vorhaltungen hörte, schämte er sich. Nur langsam und mit Mühe brachte ich ihn schließlich nach Hause.

Kahwagizis Eltern waren natürlich sehr besorgt. Sein Vater Lusalira machte sich sofort auf die Suche nach Butterfett und *obwanda* sowie *amakugwe*-Kräutern, um die Schmerzen beim Richten des Bruchs zu lindern. Es bleibt nicht mehr viel zu berichten. Ich wollte es dir nur im Vorbeigehen erzählt haben und denke mir, daß Lusalira vermutlich irgendwann selbst kommen wird, um dir seine Klage vorzutragen." – „Nein, wir haben Lusalira noch nicht bei uns gesehen. Vielleicht unterläßt er seinen Besuch, weil es sich um die Folge eines Kinderspiels handelt." – „Vielleicht verläuft die Sache so. Auch ich erklärte ihm bereits, daß die Kinder miteinander spielten und nicht stritten." – „Unser Sohn hat uns noch nichts erzählt. Wärst du nicht gekommen, uns davon zu berichten, wüßten wir von nichts. Aber vielleicht hat er ja seiner Mutter schon etwas gesagt. Fragen wir sie doch einmal!" Myombekere rief darauf seine Frau: „Bugonoka!" – „Ja?" – „Hast du schon gehört, daß Ntulanalwo einen Schaden angerichtet hat?" – „Was hat er denn verschuldet?" – „Er hat Lusaliras Sohn das Bein gebrochen." – „Das weiß ich noch nicht. Er hat nur seine Vögel gerupft, gesäubert und sie mir anschließend gegeben. Ich bin gerade dabei, sie für ihn zu kochen. Aber ansonsten weiß ich nichts."

Als Busengezuzo genug geplappert und seinem Mund so eine rechte Freude bereitet hatte, ging er heim. Myombekere und Bugonoka warteten unterdessen, ob und wie Lusalira an sie herantreten würde.

Ntulanalwo kam erst am Abend zur Essenszeit nach Hause. Sein Vater sprach ihn sogleich an: „Ei, du hast Kahwagizi bin Lusalira einen Schaden zugefügt? Erzähle!" Ntulanalwo berichtete ihm daraufhin, wie sie miteinander gerungen hatten und wie er seine beiden Kameraden überwand. Er erzählte auch, wie Busengezuzo sie angestachelt hatte. „Daß ich ihn verletzt haben sollte, davon ist mir allerdings nichts bekannt, denn ich ging weg, als er noch im Sand lag. Ich bin so schnell weggelaufen, weil ich Angst hatte, er würde sich erheben und dann einen echten Kampf anfangen. Aber der uns überhaupt zu der ganzen Sache angestiftet hat, ist Busengezuzo." Myombekere erwiderte: „Kumbe! Busengezuzo hat euch also aufgestachelt wie bei einem Stierkampf! Ei, dieser Mann ist schlecht! Seine Biederkeit ist nur gespielt. Als du mit deinen Gefährten unterwegs warst, kam er hierher und führte falsche Reden. Dann ist er mit seinen üblen Absichten weitergezogen. Aber, mein Kind, höre auf mich und unterlasse ab sofort deine gefährlichen Spiele mit den Kindern anderer Leute! Ich möchte auf diese Weise keine Schuld auf mein Gehöft geladen bekommen. Solltest du dich bei deinem Großvater auch an solche Raufereien gewöhnt haben, muß jetzt Schluß damit sein. Laß dich nicht auf Ringkämpfe ein mit Knaben, die älter sind als du! Wäre Kahwagizi nicht älter als du, hätte sein Vater Lusalira uns längst mit einer Klage überfallen. Ein Kind aus guter Familie stirbt weder an seinem guten Benehmen noch an seiner Wesensart oder an seinem Gehorsam. Willst du, daß man dich mit üblen und unwürdigen Schuldvorwürfen zur Strecke bringt? Da wäre es besser, wenn du eine dir angemessene Schuld auf dich lüdest, wenn du etwa ein Mädchen verführtest. Das ist wenigstens ehrlich, auch wenn man hinterher dafür bezahlen muß. Du kannst immer bezahlen und dich einfach damit entschuldigen, daß du das Mädchen eigentlich heiraten wolltest."

Myombekere wartete vergebens einige Tage, daß Lusalira käme, Forderungen an ihn zu stellen. Da er nicht das Geringste von ihm hörte, sagte er schließlich zu Bugonoka: "Wahrscheinlich war die Verletzung gar nicht so schlimm. Wenn sie so schwer wäre, wie Busengezuzo uns geschildert hat, dann hätte Lusalira, gewalttätig wie er meiner Meinung nach nun mal ist, nicht so viele Tage verstreichen lassen. Entweder hätte er uns mit Waffengewalt bedroht oder uns beim Jumben verklagt." – "Er hätte uns bestimmt längst angegriffen", meinte auch Bugonoka. – "Also lassen wir das", fuhr Myombekere fort. "Ich will heute zu Matogo, dem Fischer, gehen, um von ihm einen *engonzo*-Fisch zu erwerben. Dabei komme ich am Gehöft von Lusalira vorbei. Ich werde kurz bei ihm hineinschauen und mich nach Kahwagizis Befinden erkundigen." – "Mein Mann, geh nur nicht zu Lusalira! Du begibst dich dort in ernste Gefahr. Dein Sohn hat ihnen möglicherweise einen großen Schaden zugefügt. Willst du dich selbst auch noch schädigen? Weißt du, ob du nicht von seinen Leuten beschimpft oder vielleicht sogar getötet wirst?" – "Ich will ja dort nur vorbeigehen, um mich nach dem Befinden des Spielgefährten zu erkundigen. Lusalira wird es nicht wagen, mich mit Pfeilen zu beschießen oder mit dem Speer zu durchbohren. Das wäre ein großes Verbrechen. Ei, ihr Frauen könnt eure törichten Reden doch nicht lassen! Lusalira wird mich schon nicht daran hindern, ihn zu besuchen und ihm etwas mitzubringen. Schließlich ist er nicht jemand, der sich über alle guten Sitten unseres Landes hinwegsetzen könnte."

Als es heller Tag war, öffnete Myombekere seinen Köcher, nahm sechs Pfeile daraus in die Hand und machte sich auf zu dem Fischer Matogo. Da ihn der Weg nahe am Gehöft Lusaliras vorbeiführte, ging er geradewegs darauf zu. Vor dem Hoftor blieb er stehen und rief: „Hodi, ist jemand im Gehöft?" – Lusalira war anwesend und antwortete: „Karibu! Herein, wir sind zu Hause!" Schnell trat er vor das Haus und erkannte Myombekere. Als er Anstalten machte, der Sitte des Landes entsprechend Myombekeres Waffen entgegenzunehmen, kam diesem der Gedanke, daß es der Söhne wegen vielleicht doch Streit geben könnte und er mit Lusalira kämpfen müßte. Für diesen Fall behielte er besser seine Waffen bei sich. Laut äußerte er allerdings: „Laß nur, Lusalira, ich bleibe gleich in Waffen, denn ich bin eigentlich auf dem Weg zu den *emigonzo*-Fischern, zu den Leuten Matogos, um Fische zu besorgen. Mir ist zu Ohren gekommen, daß sie in letzter Zeit viele gefangen haben. Stimmt das, oder bin ich falsch unterrichtet?" – „Die es dir sagten, sprachen die Wahrheit. In den letzten Tagen fingen sie eine viel größere Menge als sonst. Fast alle dort drüben am Vorgebirge haben große Fische gefangen. Am erfolgreichsten aber war der Fischer, den du bereits erwähnt hast. Bei ihm kannst du nach Belieben unter verschiedenen Sorten wählen: *ensonzi, embozu, kambare-mamba, embete*. Wenn deine Bugonoka auch *emumi*-Fische von dir annimmt, wirst du diese Sorte bei Matogo ebenfalls in Hülle und Fülle vorfinden. Zu dieser Jahreszeit steigen die Fische aus der Tiefe des Sees auf. Das hast du gut abgepaßt. Wenn du aber jetzt schon hingehst, sind die Fischer vom Fischfang noch nicht zurück." – „Du vermutest, daß Bugonoka vielleicht nur *kambare-matope*-Fische ißt und sonst keine. Ehee! Bei uns im Gehöft wird sozusagen alles gegessen. Das einzige, das wir meiden, sind Hunde." – „Ach ja, deine Bugonoka ißt demnach auch *kambare-mamba*-Fische, *embete*-Fische, Ziegen- und Lammfleisch?" – „Ei, das nun gerade nicht! Nein, das würde sie wahrscheinlich entschieden ablehnen. Ich meine nur, daß wir anderen alles essen, aber sie nicht, nein. Wenn uns, die wir keine Fischer sind, ein solcher unterwegs begegnet, dann schenkt er uns schon mal ein Stück *kambare-mamba*-Fisch. Wenn ich nun ein solches Stück mit nach Hause bringe und anordne, daß es von den Frauen nicht gegessen werden soll, kannst du beobachten, daß die Hofherrin nur äußerst nachlässig und kraftlos Hirse mahlt, so daß kaum Mehl in den Korb fällt. Das kommt daher, daß sie eine große Abneigung davor hat, für dich zu kochen, während sie selbst hungern muß. Ich erwähne das nur als

Beispiel, an dem du ihre Einstellung gegenüber den Speiseverboten erkennen kannst, die für Frauen gelten."

Nachdem sie diese Worte im Stehen gewechselt hatten, begrüßten sie einander, wie es sich gehört, und Lusalira rief seinem Sohn zu: „Kahwagizi, bring einen Stuhl für unseren Gast, den Vater deines Freundes, damit er sich darauf setzen kann!" Kahwagizi brachte ein wenig humpelnd den Stuhl. Sein Bein war noch geschient. Als Myombekere ihn so sah, das Bein von einer Schiene umbunden, stellte er mit geheucheltem Erstaunen die Frage: „Was ist mit ihm geschehen?" Noch ehe aber Lusalira etwas darauf antworten konnte, hörte man schon die Mutter Kahwagizis aus dem Hausinneren rufen: „Dein Sohn wollte meinen töten. Beinahe hätte er es auch geschafft. Gut, daß du es dir ansiehst. Am Tage seiner Verletzung waren wir sehr aufgebracht. Ich will dir nicht verhehlen, daß nicht viel gefehlt hätte, und wir wären zu dir gegangen, um dich zu überfallen. Für seine Behandlung benötigten wir sehr viele Heilmittel. Und auch der Heiler fordert jetzt dafür einen hohen Preis." – „Ach, das alles war mir bisher ja völlig unbekannt", erwiderte Myombekere. – Lusalira fragte ihn darauf überrascht: „Hat dir dein Sohn denn nichts davon erzählt, wie sie nach dem Vogelfangen einen Ringkampf veranstaltet haben? Nun, vielleicht hatte er Angst, weil er eine Schuld auf sich geladen hat. Ja, so könnte es sich verhalten!" – „Welches Entgelt verlangt denn der Heiler, der diese Verletzung behandelt hat?" – Lusalira erwiderte: „Da er den Kranken als einen ausgewachsenen Mann ansieht, fordert er einen ganzen Ziegenbock. Wäre es eine Frau, würde ihm eine Ziege genügen." – „Ei, seine Forderung ist aber sehr überhöht", wandte Myombekere ein. – „Oh! Auch wir haben zuvor noch keinen so teuren Heiler erlebt", stimmte Lusalira zu, worauf Myombekere ihm beipflichtete: „Ja, kumbe! Die Heiler kennen kein Erbarmen, sie stellen nur ihre Forderungen." Lusalira fuhr fort: „Woher sollte ihr Mitleid auch kommen? Hast du sie noch nie sagen hören: ›Die Sippschaft möge hinausgehen und die Ärzteschaft hinein: Die Heilkunst vertreibt den Vater, und was ist mit der Mutter?‹" – „Ist das der Grund, der sie so handeln läßt?" fragte Myombekere. Lusalira erklärte ihm darauf: „Wir erwähnen das alles nur, weil wir keine Ziege besitzen. Wenn wir eine hätten, würden wir schweigen, denn der Heiler hat unseren Sohn ja gut behandelt. Soll es an einer Ziege liegen, wenn es um die Gesundheit deiner Familie geht?" – Myombekere antwortete ihm: „Ach, ist es wirklich so? Wann kann eine Sache einen Menschen besiegen? Wenn er sie nicht hat! Nun gut, da der Heiler einen Ziegenbock verlangt, schicke ihn zu mir! Ich besitze einen geeigneten Ziegenbock. Seine Mutter hat gerade ein weiteres Zicklein geworfen. Ich denke, wenn der Arzt den kleinen Ziegenbock sieht, wird er sehr erfreut sein. Ich gebe ihn dir aus Freundschaft und möchte keinesfalls, daß er als Schadensersatz angesehen wird, denn mein Sohn hat diesen Schaden ohne Absicht angerichtet. Ich fühle mich dafür nicht verantwortlich." Ohne Myombekere in die Augen zu schauen, erwiderten die Eltern Kahwagizis: „Gut, wenn der Heiler seine Forderung wiederholt, werden wir ihm deine Botschaft ausrichten." Daß sie ihm antworteten, ohne ihm dabei ins Gesicht zu sehen, lag an Lusaliras Frau, die ihrem Mann mit den Augen ein entsprechendes Zeichen gegeben hatte. Myombekere ging alsbald, und Lusalira begleitete ihn noch ein Stück Wegs.

Als Lusalira ins Gehöft zurückkehrte, wurde er von seinen Ehefrauen – er hatte nämlich mehrere – und vor allem von Kahwagizis Mutter gefragt: „Wenn du über Myombekeres Worte, daß er dir eine Ziege aus lauter Freundschaft zukommen lassen will, einmal richtig nachdenkst, zu welchem Schluß kommst du dann?" – „Ich denke, ihr werdet es mir schon sagen, wenn ich selbst es nicht tue!" – „Rede nur, wir hören", entgegneten die Frauen. – „Also, die Angelegenheit hat ihre zwei Seiten. Einerseits möchte er mir den Schaden, den sein Sohn dem meinen zugefügt hat, wiedergutmachen. Andererseits steckt darin aber eine List, mit der er mich fangen will, um zu sehen, ob ich mich geschickt oder dumm verhalte. Da wir ihn bisher noch nicht verklagt haben, läuft er Gefahr, morgen oder übermorgen noch einiges mehr zahlen zu müssen und die erste Entschädigung umsonst gemacht zu haben. Jedoch habe auch ich Kinder, die mit anderen gelegentlich raufen. Selbst wenn ich keinen Ziegenbock besitze, werde ich mir lieber irgendwo einen leihen, als daß ich ihn mir von Myombekere hole. Wenn ich mir die Sache richtig überlege, komme ich mir vor, als wäre ich nicht ganz bei Trost und

Myombekere von Geistern besessen. Wenn wir also beide so verrückt sind, können wir einander auch nichts schenken. Außerdem habe ich wohl bemerkt, daß Myombekere mir gegenüber seinen Reichtum ausspielen wollte. Er hat sich vor mir so aufgespielt wie jemand, der ein Unrecht begangen hat und durch eine Zahlung verhindern will, daß man ihn beim Jumben verklagt. Wenn ich mir das alles vergegenwärtige, nehmen mein Herz und die Würmer in meinem Bauch von mir Abstand und geben mir folgende Gedanken ein: Sollte der Arzt kommen und seinen Lohn einfordern unter der Drohung, mich zu verfluchen, werde ich jemand anders um die Ziege für ihn bitten, anstatt zu Myombekere zu gehen. Soll der bei seinem Reichtum bleiben! Wir bleiben bei unserer Armut! Mag er mit seiner Habe, seinem einzigen Sohn und seinem übrigen Tand angeben, wie er will. Hoffentlich hindert er in Zukunft seinen Sohn daran, noch mehr solche Streiche zu verüben. Weh ihm, wenn er es nicht tut! Wir sind schließlich Nachbarn und werden ihn hinfort genauestens beobachten. Also, nun kennt ihr meine Überlegungen. Wenn sie eurer Meinung nach falsch sind, macht es mir begreiflich."

Die Mutter Kahwagizis fing den Ball auf: „Du hast vollkommen recht. Denn wenn du jene Ziege tatsächlich bei ihm abholst, kann es früher oder später geschehen, daß eins unserer Kinder aus Versehen sein Kind verletzt. Kinder bleiben nun mal nicht wie Hühner auf dem Hof. Täglich jagen sie einander und durchbohren einander die Lippen. So kennen wir es. Schließlich fürchten wir uns doch alle davor, anderen Eltern etwas zahlen zu müssen, weil unsere Kinder den ihrigen beim Spiel einen Schaden zugefügt haben. Wenn du Ohren hast zu hören, so höre meinen Rat! Hol die Ziege nicht bei ihm ab! Laß ihm seinen Reichtum und bleibe du bei deiner Armut! Laß es dabei bewenden, denn unser Sohn ist schon fast wieder gesund! Aber sein Sohn, ee! Der wird noch an seinen üblen Taten sterben. Ich sage es euch. Sein Sohn wird nicht sterben, bevor er nicht etwas ganz Schlimmes begangen und seine Eltern in schweres Ungemach gestürzt hat. Das ist meine feste Überzeugung. Wenn ich dann noch lebe, kommt und fragt mich!" Alle Frauen Lusaliras stimmten dem zu: „Ja, das ist unser aller Meinung. Hole keine Ziege von Myombekere ab! Laß alles auf sich beruhen!" Lusalira pflichtete ihnen bei:

„Es ist gut, daß ihr alle dieser Meinung seid. Ich fürchtete schon, daß ihr nicht einverstanden wäret. Nein, wenn er so reich ist, soll er seinen Reichtum auch allein genießen. Vor allem möchte ich nicht den Anschein erwecken, daß er mich zur Weide führt oder füttert. Wäre er mein Helfer, würde mich das keinesfalls ehren. Die ganze Sache soll mich erst gar nicht bedrücken!"

Auf dem Rückweg von den Fischern nahm Myombekere einen anderen Weg. Als er wohlbehalten mit seinen Nahrungsmitteln zu Hause eintraf, empfand Bugonoka große Erleichterung. Sie empfing ihn mit Lob und Preis und bedauerte ihn wegen der Beschwerlichkeiten des Weges: „Es tut mir leid wegen des Weges und der Lasten." – „Ich habe mich schon fast davon erholt und bin heil angekommen. Auf dem Hinweg bin ich kurz bei Lusalira vorbeigegangen." – „Wie geht es seinem verletzten Sohn?" – „Ee! Er ist noch nicht genesen, aber es geht ihm besser. Ich sah ihn mit einer Beinschiene. Sein Vater befahl ihm nämlich, mir einen Stuhl nach draußen zu bringen mit den Worten, er möge dem Vater seines Freundes einen Stuhl hinstellen. Der Sohn humpelte zwar, aber er konnte laufen. Es wird wohl nicht mehr lange dauern, bis er ganz gesund ist. Lusalira hat mir erzählt, daß ein Heiler seinen Sohn behandelt. Weil Kahwagizi schon als erwachsener Mann gilt, verlangt er einen Ziegenbock als Lohn. Lusalira besitzt allerdings keinen. Ich bot ihm darauf an, er könne sich bei mir einen Ziegenbock abholen, da dessen Mutter schon wieder geworfen hätte. Sollte ich nicht daheim sein und er deswegen zu uns kommt, kannst du ihm das Tier herausgeben. Ich denke, damit ist die Angelegenheit dann erledigt. Er soll keinen Streit mit mir anfangen, daß ich ihm nur etwas vorgetäuscht hätte! Aber wir müssen auf Busengezuzo achtgeben. Er ist ein sehr schlechter Mensch und will nur andere gegeneinander aufhetzen. Er ist schlecht und unberechenbar wie ein wildes Tier. Ich schätze die bösen Reden dieses Unholds, mit denen er mich zu ärgern versucht, gar nicht!"

Später bereitete Myombekere seine Fische zu, und Bugonoka säuberte geschwind ihren Topf. An jenem Tage blieben sie nicht hungrig, und so war es auch an den folgenden Tagen. Myombekere erzählte Bugonoka, daß Matogo weit mehr Fische fange als alle seine

Gefährten: „Wenn er einen Magneten hätte, könnte er nicht so viele Fische damit anziehen." – „Wie tötet er sie denn?" fragte Bugonoka. – „Mit Hirse, Maniokmehl und mit Pfeilen. Die Menschen drängen sich bei ihm wie bei einem großen Spiel. Die Suche nach Beikost treibt uns doch alle um! Bei ihm kannst du angesehene Leute antreffen, die darüber klagen, daß sie schon seit drei oder vier Tagen hungern." – Bugonoka sagte dazu: „Der Bauch hat das Vorrecht, niemals satt zu werden! Hast du noch nie gehört, daß man ihn mit ›Ständig-Forderer‹ anredet? Wenn du dich nicht davor fürchtest, daß die Leute dich auslachen, weil du um Fisch bittest, wirst du auch nicht verhungern. Obwohl wir über genug Hirse verfügen, mögen wir diese doch nicht ohne Beikost und Gemüse essen. Du liebst als Beikost Fisch, Fleisch oder Gemüse, schön mit Fett und *lunzebe*-Salz angemacht. Das ist die Speise, die du gern ißt. Aber wenn der Hirsekloß nur mit in Wasser gekochtem Gemüse zubereitet wurde, dann schmeckt er dir nicht. Du steckst ein Stück davon in den Mund, wälzt es mit der Zunge zwischen den Zähnen hin und her, aber triffst nur auf das Gemüse, das in Salzwasser gekocht wurde. Dann versuchst du, das Stück Hirsekloß hinunterzuschlucken. Du spürst, wie sich das Gemüse im Mund auf die Seite des Breis bewegt, dann wieder auf die andere Seite, und doch ist der Weg in den menschlichen Magen derselbe."

Myombekere und Bugonoka warteten darauf, daß Lusalira heute, morgen oder übermorgen kommen würde, um jenen Ziegenbock abzuholen, den Myombekere ihm zugesagt hatte. Wo blieb er nur? Nun, sie selbst verhielten sich nach den Grundsatz eines Alleswissers: ›Die Matte, auf der die Vorräte abgelegt sind, bemerkt sicher denjenigen, der darauf liegt.‹ Und als wirklich jemand sie aufsuchte, der eine schwarze Ziege von ihnen wollte, war es ein Regenmacher, der ein solches Tier zur Ausübung seiner Tätigkeit benötigte. Da gaben sie ihm den für Lusalira vorgesehenen Ziegenbock. Sie selbst behielten nur eine Ziege zurück, die weitere Ziegen werfen konnte.

So zog das zweite Jahr herauf, seit Ntulanalwo aus der Obhut seiner Großeltern zurückgekehrt war. Er vollendete nun sein 13. Lebensjahr.

KAPITEL 9

Myombekere sucht für Ntulanalwo eine Frau

Myombekere begann schon frühzeitig, eine Frau für Ntulanalwo zu suchen, da er nicht wollte, daß dieser zu lange Junggeselle bliebe. Früher verheirateten die Kerewe ihre Söhne und Töchter sogar noch im Kindesalter, das heißt, ehe sie zur Zeugung oder Empfängnis fähig waren. Das Mädchen, das Myombekere für seinen Sohn ausgewählt hatte, sah er zum ersten Mal bei einem gewissen Bwana Kalibata. Sie war dessen leibliche Tochter und hieß Netoga. Wenn du dieses Mädchen hättest sehen können, wären auch dir die Worte entfahren: „Ja, Netoga, das ist doch eine Frau zum Heiraten!" Und du hättest vielleicht hinzugefügt: „ Ei, kumbe! Kalibata hat eine echte Schönheit gezeugt!"

An dem Tag, als Myombekere erstmals im Gehöft Kalibatas um die Frau für seinen Sohn warb, trug er nur seinen Speer, einen *engobe*-Pfeil und einen Rohrhalm statt eines zweiten Pfeils. Das gilt als ein Zeichen dafür, daß man friedliche Absichten verfolgt. Man kommt nicht als Krieger, sondern ohne jedweden Arg als Werber um eine Frau.

An jenem Tage machte sich Myombekere morgens schon ganz früh vor Sonnenaufgang auf den Weg, denn in den alten Zeiten war es bei den Kerewe üblich, wegen einer Brautwerbung so früh vor den Gehöften zu erscheinen und Einlaß zu begehren, daß man die Leute aus ihren Hütten trieb, wenn sie noch im Schlummer lagen. Viele taten das so, weil sie die Schwätzer, Klatschmäuler und Spötter fürchteten. Aber trotz dieser Vorsichtsmaßnahme gab es immer aufmerksame Leute, die die Werbung beobachteten und hernach die Angelegenheit verbreiteten.

Als Myombekere vor Tau und Tag bei Kalibata eintraf, öffnete man ihm das große Hoftor und führte ihn ins Haus, in den Hauptraum, der *omukugiro* genannt wird. Erst dort nahm man seine Waffen entgegen. Man gab ihm einen Stuhl, und er nahm Platz. Nachdem man einander begrüßt hatte, setzte Myombekere zu seiner Brautwerbung an, indem er voller Würde und mit Anstand folgendes vortrug: „Mheshimiwa, verehrter Herr, was sich hier ausruht, sind nur die Beine, der Mund indessen ruht nicht. Verzeiht mir, daß ich den Grund meines Kommens so unmittelbar anspreche! Bwana, ihr sollt für mich mein Gehöft ausbauen. Mit anderen Worten: Ich möchte, daß ihr für mich zeugt durch das Kind, das ihr bereits gezeugt habt und das ich nun bei euch suche."

Als Kalibata vor einigen Wochen bei ihm zum Biertrinken war und sie zu zweit dasaßen und miteinander scherzten, hatte Myombekere bereits ähnliche Worte gesprochen. Damals tat Kalibata so, als hätte er diese Worte gar nicht gehört. Heute verhielt jener Herr sich anders. Er fragte Myombekere: „Wirbst du für dich selbst oder für einen anderen?" – „Ich werbe für mein Haus, aber noch genauer gesagt, für meinen Sohn." – „Kumbe! A a! Ich habe keine Tochter in dem Alter, in dem man um sie wirbt." – „Doch, du hast wohl eine. Ich habe sie schon einmal gesehen. Wenn ich sie noch nie gesehen hätte, wäre ich sicherlich nicht gekommen, um mit meinen Händen deine Füße zu umfassen und eine solche Bitte zu äußern." – „Ich habe wirklich keine Tochter. Vielleicht hat derjenige, der dir davon erzählt hat, über ein anderes Gehöft gesprochen. Hier bei uns gibt es jedenfalls kein heiratsfähiges Mädchen. Vielleicht hat irgendjemand hier ein Mädchen gesehen, das von einem anderen Gehöft stammte."

An jenem Tage kehrte Myombekere voller Zweifel in sein Gehöft zurück und wußte nicht, wie sich die Angelegenheit entwickeln würde. Bald darauf ging er aber wieder zu Kalibata, um zu werben: „Verzeihung, zeig mir den Weg, der mich zu dir führt! Damit ich meine Hände von deinen Füßen lösen kann und du für mich zeugst, so wie die Leute für andere zeugen. Sagte einer unserer Vorväter doch einmal folgendes: ›Wer ein Mädchen zeugt, pflegt gleichzeitig auch einen Knaben zu zeugen und umgekehrt, wer einen Knaben zeugt, zeugt auch ein Mädchen.‹" Kalibata gab ihm darauf die gleiche Antwort wie beim ersten Mal. Er erwiderte nur: „Ich habe keine Tochter."

Myombekere warb etwa ein ganzes Jahr lang in dieser Weise, bis er aus dem Munde Kalibatas ein anderes Wort vernahm: „Mach nur weiter so!" Das war auch nicht viel besser. Jedesmal, wenn er dort einen Besuch abstattete, um seine Werbung vorzutragen, hörte er stets: „Mach nur weiter so!"

Als er wieder mal vergebens bei Kalibata um dessen Tochter geworben hatte, suchte er auf dem Rückweg noch ein weiteres Gehöft zum gleichen Zweck auf. Aber auch dort erhielt er die bekannte Antwort: „Ich habe keine Tochter, zieh nur weiter!" Myombekere versuchte es im Laufe des Jahres noch hier und dort, aber immer ohne Erfolg. Er wollte fast aufgeben, Bwana wee! Trotzdem nahm er sein Werben bei Kalibata wieder auf.

Dort wurde ihm nach einiger Zeit noch eine dritte Antwort zuteil: „Wenn du weiterhin kommst und wir unsere Zeit auf diese Weise vergeuden, werden wir noch erleben, wie sich das Jahr vollendet."

Das Jahr rundete sich, und im zweiten Jahr redeten sie nur noch über dieses und jenes, etwa daß es schlimm regnete, die Hirse verrottete und die Kartoffeln in der Erde verfaulten; oder daß es so heiß wäre, daß die Flüsse und Brunnen austrockneten und die Rinder in diesen Tagen kein Gras mehr zum Fressen fänden. Sie sprachen davon, wie sich die Leute ohne Getreide behelfen müßten und wie die Leute von der Insel Bukara umherzögen, um Hirse und Eleusine einzukaufen. Sie unterhielten sich darüber, daß sich die Leute mit dem König stritten und seine Herrschaft in Frage stellten, weil er es unterlassen hätte, für die Bewohner seines Reichs rechtzeitig Regen zu machen. In der Tat, wenn man sich in anderen Königtümern umsah, konnte man ohne Mühe feststellen, daß es dort bereits angefangen hatte zu regnen. Die Bauern konnten sogar auf den Steinen Felder anlegen.

Nach nur wenigen Tagen im neuen Jahr vernahm Myombekere von Kalibata mit einem Mal Sätze, die ihm wieder Hoffnung einflößten: „Unterbrich jetzt für eine Weile deine Brautsuche! Wenn du nach einiger Zeit wiederkommst, werde ich dich bitten, daß du zu allen Mitgliedern meiner Sippe gehst, bei ihnen deine Werbung vorträgst und ihre Zustimmung zur Heirat einholst. Für einen ehrbaren Menschen geziemt es sich nicht, seine nicht weniger ehrbaren Mitmenschen zu verärgern."

Zu jener Zeit entwickelte sich Ntulanalwo gerade zum Manne. Seine Stimme wurde tief, und er bekam Pickel im Gesicht. Für diejenigen, denen er nahekam, roch er nicht mehr nach Jugend. Stattdessen strömte er nunmehr eine Art Bocksgeruch aus. In jenen Tagen seiner Mannwerdung sehnte er sich sehr nach dem Spiel der Nacht. Daran hatten er und seine Freunde zusammen mit einigen anderen, die sich daran beteiligten, viel Spaß. Bei jenem Spiel fand er gelegentlich Mädchen, die mit ihm in die Büsche und sogar heimlich in die *endaro*-Hütte, das Junggesellenhaus, gingen. Selbst mit käuflichen Frauen und mit anderen, über die man in der Gegenwart ehrbarer Leute nicht spricht, verbrachten er und seine Kameraden die Nächte.

Gut, als seine Eltern von dem erfuhren, worüber wir gerade sprachen, freuten sie sich sehr. Denn jetzt wußten sie genau, daß ihr Sohn ein echter Mann und für die Ehe tauglich war. Myombekere hatte ja begonnen, für Ntulanalwo eine Frau zu suchen, als er noch nicht mannbar war. Deswegen war er immer ein bißchen unsicher gewesen. Eines Tages hatte er sogar zu Bugonoka gemeint: „Wir suchen die ganze Zeit schon eine Frau zum Heiraten für unseren Sohn, aber wenn nun Ntulanalwo gar kein richtiger Mann wird, wie stehen wir dann vor den Leuten da? Von einem Sohn, für den man um eine Frau wirbt, sollte man wissen, ob er mit den Mädchen zurechtkommt und sie heimlich in seine *endaro*-Hütte holt. Es macht dabei nichts, wenn er sich zunächst mit einer Hure einläßt. Aber man sollte doch von seinen Gefährten erfahren, daß er sich neulich mit diesem oder jenem um die Hure eines anderen geschlagen hat. Wenn man davon erfährt, kann man leichten Herzens um eine Frau für ihn werben, in der Gewißheit, einen richtigen Mann gezeugt zu haben. He Frau, habe ich etwa unrecht?" Bugonoka erwiderte: „Manchmal kommen auch mir unvermutet solche Gedanken in den Sinn, auf die ich so schnell keine Antwort finde. Aber laß mich dich fragen: Was geziemt sich für uns Kerewe-Leute, in so einem Fall zu tun?" – „Was sich für uns geziemt, meine Frau, ist, ein kurzes Leben zu führen, zu heiraten, zu zeugen oder zu gebären und zu essen." –

„Gut, warum hast du gerade diese Antwort gegeben? Wenn du kein achtbarer Mann wärst, hättest du mich dann geheiratet? Oder hättest du Ntulanalwo zeugen können, wenn du nicht ein richtiger Mann wärst? Sag ehrlich, hast du nicht manchmal das Verlangen, mit einer Frau im Busch zu schlafen, die vielleicht mehr Kinder gebären könnte als ich? Hier ist außerdem noch deine Frau. Was wünscht sie dir wohl, wenn du dich nicht zu ihr gesellst, wie es Verheiratete tun? Nein, wie kann man mit Frauen umgehen, wenn man unfruchtbar ist? Kann ein Unfruchtbarer etwa Kinder zeugen?" – „Also wenn du für deinen Sohn wirbst und die Gewißheit hast, daß er nicht unfruchtbar ist, dann ist das doch ein Grund zur Freude. Bringt dein Sohn heimlich eine Geliebte mit ins Gehöft, darfst du gewiß sein, daß seine Ehe einmal so sein wird wie – und hier beziehe ich auch dich mit ein – wie die seiner Eltern. Dann kannst du strahlend vor Glück unter die Leute gehen. Aber verläuft seine Ehe schlecht, gerätst auch du in einen schlechten Ruf. Denn wenn dein Kind unfruchtbar ist, wird dies in den Augen der Leute als deine Schande angesehen. Schau dir doch an, wie die Mütter ihre Söhne am Morgen, nachdem sie mit einer Geliebten oder Braut geschlafen haben, fragen: ›Wollt ihr ein Bad nehmen?‹ Warum fragen sie einen Hochzeiter wohl in dieser verschlüsselten Weise? Also, die Angst, vor anderen eine Schande zu offenbaren, treibt sie dazu. Eigentlich wollen sie ja nur erfahren, ob ihr Sohn mit einer Frau gut zurechtkommt oder ob ihre Beziehung wie kaltes Wasser am Abend ist oder wie beißender Rauch, der die Menschen vertreibt. Jeder, der ein Hochzeitshaus betritt, um das Paar zu begrüßen, nimmt die Wohlgerüche wahr, die aus der Hütte kommen, und sieht die Mutter des Bräutigams, an deren Kopf wie bei der Braut ein Zeichen einrasiert wurde. Kann man dann nicht erkennen, daß in einem solchen Gehöft der Vollzug der Ehe gefeiert wird?" – „Warte, mein Mann, ich werde dir die Sache noch weiter erläutern! Wenn man für seinen Sohn eine Frau sucht, ohne zu wissen, ob er ein richtiger Mann ist oder wie es um seine Männlichkeit steht, kann das den Eltern auch Schande bringen, jawohl! Denn gelegentlich kommt es schon mal vor, daß Eltern Kinder verheiraten, die unfruchtbar sind und möglicherweise selbst wissen, daß eine Ehe für sie nicht taugt, ohne es ihren Eltern je offenbart zu haben. Am Tage ihrer Hochzeit wird die Sache offenkundig. Sie streicheln nur ein bißchen herum oder fangen an zu zittern, ohne die eheliche Pflicht meistern zu können. Wenn du einen solchen Krüppel wie einen normalen Menschen fragst, ob er baden möchte, wird er der Fragerin die Antwort schuldig bleiben. Dann brechen seine Eltern in Wehklagen aus: ›Oh, Vater! Das Gehöft stirbt! Wenn ich gewußt hätte, daß unser Gehöft auf solche Weise zugrunde geht, wäre ich nicht vor Tau und Tag zur Brautwerbung aufgebrochen. Jedesmal, wenn ich zu einem Gehöft ging, dort Einlaß begehrte, sie zum Öffnen der Türe veranlaßte und jene achtbaren Menschen aus ihrem Schlummer riß, verflixt nochmal, habe ich nur mein Vermögen aufs Spiel gesetzt! Ich fühle mich vor den anderen gedemütigt. Kumbe, ich habe einen Unfruchtbaren hervorgebracht!‹ Manchmal hören wir auch die Leute sagen: ›Man hat unseren Sohn verhext. Hätte man ihn nicht verhext, wäre er ein Mann wie alle anderen geworden.‹ Wenn er wie ein Kind bleibt und seine ehelichen Pflichten nicht erfüllen kann, wirst du bald sehen, daß seine Eltern Hirse zum Wahrsager tragen, damit er ihnen wahrsage und sie den Grund erfahren. Hat sich ihr Sohn vom Nabel bis hinunter zur Scham Würmer in den Bauch geholt, dann muß man ihm beizeiten Heilkräuter zum Einnehmen suchen, die die Würmer vertreiben. Manchmal bemühen sich die Eltern allerdings umsonst. Die Heilung ihres Kindes bleibt aus, und sein Liebchen kehrt alsbald zu seinen Eltern zurück, wo es herkam, jawohl! Kann man ruhig bleiben, wenn die eigene Tochter mit so einem Menschen verheiratet wurde? Manchmal gibt es ja auch welche, die Glück haben. Wenn die Eltern es versäumten, ihrem Sohn bei einem Heiler beizeiten ein Mittel gegen die Würmer zu besorgen, finden sie auf einmal doch noch einen guten Arzt, der über wirkungsvolle Heilmittel verfügt. Er behandelt ihren Sohn, und wenn es ihm gelingt, dessen Gefäße zu entkrampfen, wird er gesund. Aber du, Myombekere, setze dich nur mit aller Kraft dafür ein, deinem Sohn eine Frau zu finden, denn er ist ein echter Mann. Ich selbst hielt es nicht für zu mühevoll, immer wieder die Mädchen und Jungen auszufragen, die mit ihm Mann und Frau spielen und mit ihm Hütten im Busch aufstellen, damit sie lernen, ein Haus zu bauen, Hirse zu mahlen und Breiklöße zu formen. Obwohl einige seiner Gespielen meine Fragen überhörten, fand ich doch andere, die mir zu verstehen gaben, wie dein Ntulanalwo unter seinen Altersgenossinnen schon so manches Liebchen fand. Es ist wohl wahr, so lehrt mich meine Beobachtung, daß ich heute von manchem Mädchen mehr als früher geehrt werde. Also das ist alles, was ich dir zu sagen habe. Ich habe dir damit alle Geheimnisse und Gerüchte, die sich auf unseren Sohn beziehen, offenbart."

In jenen Tagen unterbrach Myombekere seine Werbungsbesuche, weil Kalibata ihn gebeten hatte, nicht so häufig zu ihm zu kommen. Er blieb nun etliche Zeit in seinem Gehöft, bis ihm plötzlich das Sprichwort einfiel: ›Der Fordernde schläft niemals‹. Am nächsten Morgen stand er bereits in aller Frühe auf, um wieder zu Kalibata zu gehen. Bei der Ankunft sagte er: „Ich bitte euch, mir zu verzeihen, Bwana Kalibata, aber ich finde, daß seit meinem letzten Besuch schon viele Tage vergangen sind. Also, heute bin ich gekommen, um euch an meine Werbung zu erinnern. Denn unsere Altvorderen pflegten zu sagen: ›Wem es kalt wird, der rückt näher ans Feuer.‹ Seit dem letzten Mal ist sehr viel Zeit ins Land gegangen. Wie lange komme ich eigentlich schon mit meinem Ersuchen zu euch? Wenn ich mich recht erinnere, jetzt schon im dritten Jahr. Das sei erst kurz, meint ihr? Keinesfalls! Bwana Kalibata, zieht mir doch nicht das Fell auf dem Sand ab, als ob ich eine Echse wäre, die wir Kerewe bekanntlich nicht essen. Das heißt, seht in mir den Menschen und nicht irgendein Tier! Ich bitte euch, gebt mir heute eine verläßliche Auskunft, die mir die Brust öffnet und das Herz stärkt, damit ich weiter hoffen kann. Ich habe nur eines im Sinn, aber ich fürchte mich, es euch mitzuteilen." – „Sprich, als ob es mein eigener Sinn wäre", forderte Kalibata ihn auf. „Ich will es wissen." Myombekere sprach: „Gut, vielleicht habe ich es manchmal sogar schon in eurer Gegenwart ausgesprochen. Ja, es muß so sein, denn sonst wären wir beide gar nicht hier. Unsere Väter hinterließen uns das Wort: ›An dem Ort, wo du deinem König begegnest, begrüße ihn!‹ Nun, ich weiß, daß ich euch meine Bitte um eine große Gunsterweisung vortrug, die größte von allen. Was hindert mich daran, sie euch nochmals vorzutragen? Wenn ich jetzt nicht spreche, werde ich bedrückten Herzens nach Hause ziehen. Daher ist es besser, jetzt zu sprechen. Also, Bwana Kalibata, ich habe Angst vor den Namen der hier wohnenden Leute." – „Vor wessen Namen?" – „Ja, der Leute aus dieser Gegend!" – „Welcher Name hat die Leute denn so furchtbar gezeichnet?" – „Er lautet: Sie-peinigen-ihn-zum-Spaß." Wegen dieser unerwarteten Redewendung brach die Mutter der Umworbenen in lautes Gelächter aus und steckte damit alle im Gehöft an.

Kalibata und seine Leute hatten Myombekeres Worte wohl verstanden und begriffen, daß er langsam des vielen Werbens überdrüssig wurde. Oft war er unterwegs vom Tau durchnäßt worden oder hatte sich an den trockenen Baumwurzeln die Fußnägel abgerissen, bloß um dann wieder eine hinhaltende Antwort auf seine Werbung zu erhalten. Ich glaube, auch das umworbene Mädchen, das sich in seiner Hütte am Rande des Gehöfts aufhielt, mußte lachen, aber genau kann ich es nicht sagen, denn wer weiß schon, was sich an einem Ort abspielt, wo man nicht zugegen ist. Auf jeden Fall lachten viele in den Hütten und draußen im Hof, so auch der Gehöftherr Kalibata.

Endlich unterbrach dieser das Gelächter: „Den Namen ‚Sie-peinigen-ihn-zum-Spaß' habe ich noch nie gehört. Vielleicht handelt es sich um ein Fremdwort? Aber hört auf zu lachen, wir wollen weiter in unserer üblichen Sprache miteinander reden!" Als alle sich beruhigt hatten, wandte sich Kalibata wieder an den Brautwerber: „Bwana Myombekere, ihr werdet schon noch warten müssen, bis sich die Tage des Jahres abermals runden. Sind es denn wirklich schon drei Jahre?" – „Ja, sicher", bestätigte Myombekere. „Schon als sich meine Besuche zum zweiten Mal jährten, schien sich mir die Werbung allzu lange hinzuziehen. Denn schließlich bestellt jeder Bauer sein Feld in der Absicht, möglichst viel zu ernten und in die Speicher einzufahren. Sind nicht langsam drei Jahre voll, seit ich euch hier besuche?" – „Nein, keinesfalls", widersprach Kalibata. „Ich zähle die Zeit genau, indem ich Knoten in ein Seil mache. Außerdem kenne ich meinen Weg. Wir befinden uns erst im zweiten Jahr, und zwar genau in seinem sechsten Monat! Erst das nächste Jahr wird das dritte sein." – „Reicht es nicht bereits? Kann ich es nicht jetzt schon eine lange Zeit nennen?" fragte Myombekere. Kalibata aber blieb bei seiner Haltung: „Wenn wir selbst auf Brautwerbung gehen, trifft uns das gleiche Los. Hätten wir dich schon gestern erhört, hättest du es dann für richtig gehalten und die Frau wirklich mit deinem Sohn verheiratet?" – „Ee, wenn es vorbei ist, werde ich Mani, unserem Gott, danken", stöhnte Myombekere. „Kumbe! Vergleichst du mich mit irgendjemandem?" – „Mit wem soll ich dich denn sonst vergleichen?" fragte Kalibata. – „Mit einem Mitglied meiner angestammten Sippe!" – „Welchen Namen hast du denn für sie ausgesucht?" wollte Kalibata wissen. – „Die Bedränger! Du hast ja recht, ich stimme dir zu!" – Kalibata entgegnete: „Da du für uns den Namen ‚Sie-peinigen-ihn-zum-Spaß' ins Spiel gebracht hast, will ich dir mal den tatsächlichen Namen unserer Leute hier verraten." – „Den Namen welcher Leute", fragte Myombekere schnell zurück. – „Den Namen der echten Kerewe natürlich!" – „Na, und wie lautet er?" – Feierlich verkündete Kalibata: „*Wamkubalia yote.* – Sie-gestehen-ihm-alles-zu!" – „Ja, wenn es so ist", frohlockte Myombekere, „dann bin ich über die Maßen glücklich! Oft gibt dir ein anderer etwas heraus, das dann dein Eigentum wird." – Kalibata unterbrach ihn: „Ich habe meinem Wort noch etwas hinzuzufügen. Wenn du uns wieder besuchst, werde ich dich zu meinen Sippenangehörigen aussenden, damit du ihre Zustimmung zur Heirat einholst. Von heute an steht dir der Weg zu meiner Sippe wegen der Brautwerbung offen."

Kalibata stellte anschließend die Namen aller Sippenangehörigen zusammen und trug Myombekere auf: „Wenn du bei allen, die ich dir heute benannt habe, deine Werbung vorgetragen hast, komm wieder zu mir und melde mir den Vollzug. Ich möchte dann von dir erfahren, wie meine Sippenangehörigen dein Anliegen aufgenommen haben, um mich darauf entgültig zu entscheiden." – „Hewala, das ist ausgezeichnet! Damit, Bwana Kalibata, habt ihr mich ein gutes Stück vorangebracht! Ich werde nun die Aufgabe, die ihr mir aufgetragen habt, vollenden. Schon bald werden unsere Herzen glücklich sein! Ich bitte euch sehr, gebt mir jetzt etwas *ekilangi*-Tabak, flüssigen Schnupftabak. Vergangene Nacht mußten wir schlafen gehen, ohne ihn vorher zu genießen. Wir suchten den ganzen Tag über Tabakblätter zum Zerbröseln, fanden aber keine. Auch die

Nachbarn haben wir darum gebeten, jedoch ohne Erfolg. Am Ende mußten wir gar die Tabakkrümel, die wir schon auf den Kehricht geworfen hatten, wieder hervorholen und mit Wasser ansetzen. Sie hatten jedoch keine Würze. In diesem Jahr gibt es bei uns kaum Tabak. Wir müssen ihn uns überall zusammenbetteln." – „Bei uns ist es ähnlich", erklärte ihm Kalibata. „Aber wir erhalten gelegentlich Tabak von Leuten, die drüben am Vorgebirge wohnen. Sie bauen ihn in diesem Jahr richtig an und verkaufen ihn an diesen und jenen, der mit einer Tauschziege zu ihnen kommt." – Myombekere fragte sogleich: „Wieviele Tabakrollen bekommt man von ihnen für eine Ziege?" – „Also, wenn man ihnen eine Ziege mit einem Jungen anbietet, das noch nicht abgesäugt ist, oder eine trächtige, starke und kräftige Ziege, müßte man wohl zwölf Rollen Tabak bekommen, auch wenn dieser zur Zeit Mangelware ist. Für einen Ziegenbock gibt es nur sechs Rollen und eine halbe Rolle als Zugabe." Nach dieser Auskunft forderte Kalibata seine Frau auf, Myombekere *ekilangi*-Tabak zu holen. „Er will ihn sogleich schnupfen, denn er hat großes Verlangen danach." Die Frau brachte Kalibata das Gewünschte. Als sie es ihm reichte, kniete sie nieder, wie es nach Kerewe-Sitte alle Frauen tun, die ihren Mann ehren. Kalibata nahm das Gefäß mit Tabaksud entgegen und bot es Myombekere mit den Worten an: „Laß mich dir jetzt den Gifttrank austeilen!"

Manchmal ist das, was sie einen Gifttrank nennen, tatsächlich so böse gemeint. Wie kann man nur jemandem, der bei einem zu Gast ist und den man beherbergt, Gift unter das Essen mischen? Aber Schnupftabak braucht man nicht auszuschlagen, denn schon unsere Vorfahren haben ihn genossen. Vielleicht zögert der eine oder andere, dem die Erfahrung damit fehlt und der deshalb befürchtet, daß er nicht grundlos mit einem Gifttrank verglichen wird. Aber wie könnten die Altvorderen uns getäuscht haben? Es gibt zwar in der Tat auch alte Leute, die hinterhältig sind. Aber den meisten kann man in bezug auf das, was sie sagen, vertrauen!

Kalibata nahm die kleine Kalebasse Tabaksud in die rechte Hand, beugte den Kopf darüber und prüfte, ob die Brühe würzig röche und für zwei genüge. – Wenn die Menge nicht reicht, nimmt man selbst nur eine Prise und überläßt freigiebig dem Gast den Hauptanteil, denn er wird bevorzugt behandelt. – Nun gut, als Kalibata sah, daß sich in der Kalebasse soviel Tabakbrühe befand, daß sie selbst für vier Personen genügt hätte, hielt er die linke Handfläche unter seine Nase und füllte sie aus der hochgehobenen Kalebasse mit Tabaksud. Er zog diesen in der Nase hoch, so daß ihm der Schleim wie das tödliche Gift bei einer *swila*-Schlange aus den Nasenlöchern troff. Er nieste: hatschi. Dann schleimte er nochmals aus der Nase und wiederum nieste er laut: hatschi. Dann reichte er die Kalebasse mit Tabaksud an seinen Gast weiter, der ebenfalls davon nahm. Der scharfe Saft reizte ihre Nasen, daß es beim Sprechen so klang, als ob sie Schnupfen hätten. Nach einer Weile schneuzten sie sich gründlich, und Kalibata bat seine Frau, ihm Wasser zum Trinken zu reichen, weil er fühlte, daß der Tabak ihn benommen machte. Er trank und hielt eine Zeit die Luft an. Dann atmete er kräftig aus. Auch Myombekere bat um Wasser: „Gib auch mir zu trinken. Loo, dieser Tabak ist wirklich stark! Wenn man ihn am frühen Morgen zu sich nimmt, weicht die gesamte Kälte der Nacht von einem. Er ist sehr stark und macht durstig. Wenn man zuviel davon schnupft, wird man sicherlich benommen umfallen. Also, du sagst, er wird von den Bewohnern des Vorgebirges angebaut und sie tauschen ihn gegen Ziegen ein?“ – „Ja, so ist es! Wo sollten wir ihn sonst bekommen, wenn nicht von denen, die ihn anbauen? Sie bewässern ihn übrigens mit Wasser aus dem See.“ – Myombekere meinte: „In diesem Jahr scheffeln die dort sicher ganz schön etwas zusammen. Das nächste Mal werde ich eine Ziege mitbringen und einen Gefährten, der mir beim Tauschhandel beisteht. Zu zweit geht das besser als allein. Lieber Kalibata, da ich äußerst gierig nach Tabak bin, habe ich die Stirn, dich zu bitten, falls noch etwas da ist, mir davon abzugeben. Das Sprichwort sagt: ›Wer nicht für sich selbst sorgt, stirbt in der Falle.‹ Obschon ich mir sage, ich sollte zurückhaltender sein, insbesondere wenn es um eine Sache geht, die letztlich der Gesundheit schadet.“ Kalibata ging augenblicklich ins Haus und kam mit einer halben Rolle Tabak wieder nach draußen, genug, um damit einen Mann zu töten. Er nahm vom Dach etwas rußgeschwärztes Gras und wickelte den Tabak darin ein, damit er nicht seine Würze verlöre oder sein Duft andere Tabakliebhaber anzöge. Das Ganze wickelte er mit frischen Bananenblättern zu einem Bündel zusammen, das er Myombekere überreichte. Dieser verabschiedete sich: „Mein Gefährte, ich will meinen Besuch jetzt beenden. Wir plaudern schon recht lange miteinander, und ich muß nach Hause, um nach den Herden des Kerewelandes zu sehen." Dann wandte er sich an die Frau Kalibatas: „Bevor ich gehe, erkläre mir noch schnell etwas, das mir auf der Seele liegt. Du Mama, bist du dir eigentlich bewußt, daß ihr Frauen dazu geschaffen seid, die Gehöfte anderer Leute zu erbauen?" Kalibatas Frau antwortete ihm darauf: „Jawohl, das weiß ich! Aber hast du noch nie sagen hören, daß wir Frauen nur planlos spielen und nicht einmal gezielt springen können?" – „Ich habe das schon oft gehört, aber mit deiner weiblichen Kraft kannst du meine Einrede nicht überwinden. Sie lautet: ›Die Frau des Herrn Soundso weigerte sich nur zu springen, obwohl sie es hätte können, weil das Springen nicht für sie geschaffen war.‹" – „Damit, mein Altersgenosse, kann ich mich abfinden", erwiderte sie, und alle fingen an zu lachen.

Zu Hause berichtete Myombekere sofort die Neuigkeiten, die er von Bwana Kalibata mitgebracht hatte. Bugonoka freute sich darüber sehr und sagte ihrem Mann: „Du wirst mit deiner Brautwerbung bestimmt Erfolg haben, so daß ich bald die Gelegenheit erhalte, meine Verwandten, die in der Nachbarschaft Kalibatas wohnen, zu besuchen. Ich kann bei ihnen übernachten und am frühen Morgen des folgendes Tages meine eigene Werbung bei Kalibata vortragen, wie es sich unserer Sitte nach geziemt. Ich denke, es wird so kommen. Aber reden wir nicht leichtsinnig daher! Sag, Myombekere, ist der Tabak, den sie dir mitgegeben haben, sehr stark?" – „Ohne Zweifel ist er so stark wie die Hitze im Haya-Land! Obwohl ich von diesem Schnupftabak nur eine Prise nahm, wäre ich zu Boden gegangen, wenn man mir nicht schnell etwas Wasser zum Trinken gereicht hätte. Dieselbe Wirkung zeigte sich auch bei Kalibata. Er hat mir erzählt, dieser Tabak sei am Vorgebirge im Tausch gegen eine Ziege erhältlich. Wenn ich wieder zu ihm gehe, um die Brautwerbung zu einem glücklichen Ende zu bringen, werde ich vielleicht Kanwaketa mitnehmen, damit er mir hilft, Tabak einzuhandeln. Kumbe! Es ist einfach zu schön, Tabak zu schnupfen und sich dabei völlig zu entspannen!"

KAPITEL 10

Brautwerbung in der Sippe Kalibatas

Eines Morgens machte sich Kanwaketa schon sehr früh auf und begehrte am Gehöft Myombekeres Einlaß. Dieser wurde von dem Rufen aus dem Schlaf gerissen und ging zum Tor, um es zu öffnen. Er empfing Kanwaketa mit den Worten: „Kumbe! Du bist heute aber früh dran! Hättest du uns nicht geweckt, hätten wir vielleicht bis zum Sonnenaufgang schlafen können. Heute verbrachten wir nämlich eine unruhige Nacht. Als der Hahn zum ersten Mal krähte, hatte Bugonoka etwas am Auge. Danach sind wir alle Augenblicke mit Alpträumen aufgewacht. Als du vor dem Tor riefst, träumte ich gerade, die Maasai liefen hinter uns her, um uns mit ihren langen und scharfen *nabahanda*-Schwertern die Kehle durchzuschneiden. Wir waren im Traum viele Menschen, Männer und Frauen gemischt. Alle rannten durcheinander. Ich hatte Angst, dabei zu ermatten und von einem Maasai mit seinem Schwert durchbohrt zu werden. Einige von uns Männern wurden von den Feinden auf den Boden geworfen und in Stücke gehackt. Auch jene gingen elendig zugrunde, und die Frauen beweinten sie, bis sie keine Tränen mehr hatten. Ich hoffe nur, Bwana Kanwaketa, daß mein Traum weder in diesem, noch im nächsten Jahr in Erfüllung geht, denn manchmal habe ich böse Vorahnungen. Deute mir den Traum, mein Freund! Wenn wir, du und ich, lange genug leben und es dir gelingt, die Sache zu durchschauen, sage es mir! Ich bin bereit dazu." – „In der Tat, erst vor einigen Tagen hat sich ein Traum bewahrheitet. Ich habe daher keine Veranlassung, deine Befürchtungen zu zerstreuen. Waren wir kürzlich nicht alle zusammen, als uns Bwana Kahwamama erzählte, er habe im Traum seine Frau Nabutwema mit einem anderen erwischt? Nun, bloß zwei Tage später erwischte er sie tatsächlich mit Bwana Byekwasyo. Kumbe! Das ist wirklich wahr. Es gibt eben viele Träume, die sich später bewahrheiten. Ich erzähle dir dies, um deine düsteren Gedanken zu zerstreuen, denn ich möchte mich dort, wo ich hingehen will, nicht verspäten." – „Mein Freund, wo willst du denn so früh schon hin?" – „Ich bin auf dem Weg in ein anderes Gehöft, um dort nach einem Kranken zu sehen." – „Warte doch einen Augenblick auf mich! Ich werde dich begleiten, dann kann ich dort gleich jemanden aus der Sippe, um deren Tochter wir werben, besuchen." – „Mach aber schnell, ich möchte beizeiten am Zielort sein!" Als Myombekere nur einen kurzen Augenblick im Haus verschwand, um Pfeil und Bogen von der Wand zu nehmen, wurde Kanwaketa draußen schon ungeduldig: „He, Bwana, warum verspätest du dich? Hält Bugonoka dich vielleicht mit einem Magneten fest, weil sie dich nicht fortlassen will? Los, offenbare ihr doch deine Absicht, eine zweite Frau zu heiraten. Die rechten Worte werden dir schon einfallen. Mein Freund, los komm! Du, Bugonoka, binde sofort den Strick auf, mit dem du ihn im Haus gefangen hältst, wir wollen endlich gehen. Mach schnell, sonst komme ich zu euch ins Haus!" Endlich verließ Myombekere das Haus, und beide machten sich auf den Weg.

Später trennten sie sich, denn sie gelangten in eine Gegend, die Kalibata als Wohnsitz eines Sippenangehörigen bezeichnet hatte. Myombekere kannte den genauen Wohnplatz allerdings nicht, deswegen fragte er in den Gehöften am Weg. Mehrfach mußte er seine Rede vortragen: „Ich bin ein Brautwerber und bitte euch, mir den Weg zu dem Soundso zu zeigen." Endlich hörte er: „Zu welcher Sippe gehört der Soundso, von dem ihr sprecht, und wessen Sohn ist er?" – „Er heißt Muhunga und weiter bin Fulani!" – „Kumbe! Nach dem fragst du? An dessen Gehöft bist du doch schon längst vorbeigelaufen." Myombekere mußte da an das Wort denken: ›Wer nicht fragt, nächtigt, ohne es zu wissen, dicht am Gehöft eines Verwandten im Busch.‹ Darum vergewisserte er sich: „Also, muß ich jetzt zurückgehen und diesen oder jenen Weg einschlagen?" – „Laß nur", sagten die Leute. „Wir kommen mit und führen dich. Auch wir wandern schon mal in fremde Gegenden. Vielleicht kommen wir dann auch bei dir vorbei. Wenn wir dir jetzt nicht helfen, würdest du uns auch nicht helfen, um es uns heimzuzahlen. Ehee, es taugt nichts, allein umherzuirren. Würdest du etwa ein Geschöpf Gottes aus Nachlässigkeit im wilden Busch umkommen lassen? Das ist nicht unsere Art. Möglicherweise verhält man sich ja so in fremden Ländern, die wir nicht kennen. Also, folge immer diesem Weg, bis du an einen breiten Pfad für den Viehtrieb kommst. Er ist auf beiden Seiten eingezäunt. Überquere ihn, dann wirst du rechter Hand einen mächtigen Baum sehen, dessen Stamm sich gabelt. Wenn du durch diese Gabel hindurchblickst, kannst du in der Ferne hohe *amakukuru*-Bäume erkennen. Sie begrenzen das Gehöft des Mannes, den du suchst." – „Meine Freunde, ich danke euch sehr für eure Freundlichkeit. Ich weiß nicht, wie ich es euch vergelten soll!" – „Geh und komme gut an! Wenn du nach Hause zurückkehrst, grüße die Deinen von uns!" – „Danke, das werde ich tun. Vielleicht begegnen wir uns niemals wieder, darum lebt wohl!" – „Komm gut an!" – „So sei es!"

Myombekere folgte den Anweisungen und fand auch richtig den Gehöftherrn, den er suchte. Nachdem sie sich begrüßt und Platz genommen hatten, trug Myombekere sein Anliegen vor: „Bwana, ich bitte euch, mir beim Ausbau meines Gehöfts zu helfen. Ich komme als Brautwerber. Man hat mich geschickt, um eure Zustimmung einzuholen." – „Wer hat dich geschickt?" – „Kalibata." – „Um welche seiner Töchter wirbst du?" – „Sie heißt Netoga." – „Wirbst du für dich selbst oder bist du von einem anderen dazu beauftragt?" – „Ich werbe für meine eigene Familie, das heißt genau genommen, für meinen Sohn." – „Und wie heißt du?" – „Man nennt mich Myombekere." – „Du kommst reichlich spät zu mir, wo du doch schon seit mehr als zwei Jahren wirbst." – „Ich meine, die Notwendigkeit, bei dir zu werben, ist mir bisher nicht aufgezeigt worden. Kumbe! Der Vater des heiratsfähigen Mädchens hält die Werber ganz schön hin. Vielleicht folgt er der alten Weisheit: ›Alles stirbt zu seiner Zeit.‹ Er, Kalibata, dachte möglicherweise, daß der Wille Gottes lenkbar sei." Der Gehöftherr antwortete ihm: „Ich habe von mir aus gegen die Heirat nichts einzuwenden. Nehmt die Frau und verheiratet sie mit eurem Sohn, denn schließlich können ein Mann und ein anderer Mann miteinander nicht zufrieden leben." – „Ich bin euch sehr zu Dank verpflichtet, daß ihr mir beim Ausbauen meines Gehöftes helft. Ihr seid an meiner Nachkommenschaft genauso beteiligt wie jenes Mädchen, um das wir werben. Mögen wir eine einzige Familie werden und uns stets einander helfen! Mögen wir einander aufrichtig lieben! Mögen unsere Begegnungen freundschaftlich verlaufen, so daß wir uns gegenseitig allerlei Geschenke machen und vor allem miteinander essen, denn ich suche Menschen, die wie ich davon überzeugt sind, daß uns unser Bauch am meisten peinigt. Deswegen hat man mir ja auch den Spitznamen ‚Mdaidaima – Nimmersatt‘ gegeben. Ich muß jetzt leider weiterziehen, weil ich noch in vielen Gehöften meine Werbung vorzutragen habe.“ – „Willst du nicht warten, bis dir meine Frau einen Mauergecko vom Dach geholt hat?“ – Dies ist eine Umschreibung für kochen. Wenn der Rauch vom offenen Herdfeuer in das Dach aufsteigt, vertreibt er die Mauergeckos, die sich sonst darin aufhalten. – Myombekere lehnte ab: „Vielleicht ein anderes Mal, heute nicht. Wenn wir Nahrung im Überfluß haben, werden wir zusammen essen, denn Essen hat keinen Bestand. Nahrung suche ich darum am besten bei mir selbst gemäß dem Sprichwort: ›Ein Esser ißt heute. Was wird er morgen essen oder was hat er gestern gegessen?‹ Es stimmt gewiß, daß ein wahrer Esser immer nur heute ißt.“ Der Gehöftherr begleitete Myombekere noch ein Stück des Wegs. Dann reichte er ihm seinen Bogen. Als er sich gerade umwandte, um heimzukehren, sagte Myombekere: „Ach ja, beinahe hätte ich etwas vergessen.“ – „Was denn?“ – „Kalibata riet mir, den ersten seiner Verwandten, den ich um seine Einwilligung zur Heirat aufsuchen würde, zu bitten, mir das Gehöft des nächsten Sippengenossen zu zeigen.“ – „Komm, ich zeige es dir! Es liegt dort bei den großen Häusern.“ – „Danke, ich sehe es.“

Myombekere mußte nur ein wenig gehen, da traf er schon beim nächsten Verwandten Kalibatas ein. Dieser Gehöftherr war gerade damit beschäftigt, eine Ziege als Ahnenopfer zu schlachten. Auch er sagte: „Geh nur voran, sie sollen dir die Frau zur Heirat geben. Ich habe nicht viel dagegen einzuwenden.“ Außerdem befragte er aber noch die anderen Männer, die zum Gehöft gehörten: „Ist es nicht so? Stimmt auch ihr zu?“ Alle riefen: „Von uns aus ist es gut so! Aber du, unser Sippenbruder, bist du wirklich von Herzen einverstanden oder etwa nicht?“ Einer von ihnen erhob sich und sagte:

„Die Brautwerbung ist für eine Sippe doch eigentlich wie eine Traueranzeige. Sie verkündet allen Verwandten des Mädchens, um das geworben wird, daß es dem Gehöft seiner Eltern und damit der Sippe bald verlorengeht, um das Gehöft einer anderen Sippe auszubauen. Ähnlich ist es bei einem Todesfall. Allen wird dann mitgeteilt, daß ein bestimmter Angehöriger die Sippe verlassen hat, weil er nicht mehr unter den Lebenden weilt." Als sie mit ihren Reden fertig waren, bedankte sich Myombekere bei ihnen, bat um seinen Pfeil und Bogen und machte sich auf den Heimweg.

Zu Hause beklagte er sich bei seiner Frau, daß er den ganzen Tag noch nichts gegessen hätte. Sie bedauerte ihn: „Kumbe! Mein Mann, heute mußt du aber eine schlechte Straße gewandert sein, denn die Leute sagen: ›Was eine schlechte Straße ist, offenbart sich am ehesten dem Wanderer.‹" – „In der Tat war meine Straße heute schlecht. Du wanderst den ganzen Tag lang von Gehöft zu Gehöft, ohne auch nur das mindeste zu essen zu bekommen, was dein Los ja etwas erleichtern würde. Es ist gerade so, als ob du ziellos im Busch umherliefst." Als Myombekere seine Nachtmahlzeit zu sich genommen hatte, ging er sofort zu Bett, denn er war rechtschaffen müde.

Am nächsten Morgen stand er wieder früh auf. Gleich danach wünschte er seinem Sohn einen guten Morgen und wies ihn an: „Wenn du gleich unsere Rinder dem Hirten zugeführt hast, mache dich nur nicht davon, um irgendwo umherzustromern, sondern komm sofort zurück und jäte die Bananenstauden dort hinten bei den *omusuguti*-Bäumen. Sie treiben keine neuen Blätter mehr. Lies die abgefallenen Blätter vom Boden auf und säubere sie sorgfältig vom Sand, indem du sie mit der Hand ausschüttelst. Wenn sie trocken sind, können wir sie verfeuern. Ich möchte dich nicht wieder beim Untergraben jener Blätter ertappen! Wenn jemand für dich auf Brautwerbung geht, kannst du dir selbst ausrechnen, daß du bald erwachsen bist. Soll deine Beschäftigung nur Umherlaufen, Essen und Schlafen sein wie das Leben jener berühmten Ziege von Bwana Nahonge? Man schnitt ihr grüne Blätter und fütterte sie im Hause, wo sie schlief, sie aber behauptete, niemals satt zu sein. Unsere Eltern und Großeltern pflegten uns jene Ziege, die nur fraß und schlief, auch immer vorzuhalten. Also ich gehe jetzt. Wenn ich wiederkomme und sehe, daß du die Bananen nicht gejätet hast, kannst du etwas erleben!" Ntulanalwo erwiderte: „Geh ruhig, Vater! Ich werde die Bananenstauden schon jäten." Vielleicht hatte der Vater ihm nicht richtig zugehört. Er blieb jedenfalls auf einmal wie angewurzelt stehen, legte die Hände in den Nacken, drehte sich herum und fragte seinen Sohn mit zorniger Stimme: „Was hast du da gerade gesagt? Was habe ich gehört? Wenn ich zurück bin, werde ich dich verprügeln, du Hund! Ich bin fest dazu entschlossen. Wie kannst du mir nur solche Widerworte geben, mein eigen Fleisch und Blut?" Als Ntulanalwo sah, daß sein Vater vor Zorn kochte und sich tatsächlich anschickte, ihn zu verprügeln, begriff er augenblicklich, daß Myombekere ihn nicht richtig verstanden hatte. Er war bei all seiner Jugend ein weitsichtiger Mensch und sagte sich, wenn er die Angelegenheit nicht gleich richtigstelle, werde er später mit Sicherheit eine kräftige Tracht Prügel beziehen. Daher beeilte er sich, seinen Vater zu besänftigen: „Was hast du nur, Vater? Ich habe dir doch gerade versprochen, daß ich die Bananenstauden jäte, sobald ich die Rinder abgeliefert habe! Vielleicht hast du es ja nicht richtig gehört, aber, mein Vater, es ist genau das, was ich dir sagte." Diese besonnenen Worte beruhigten Myombekere sofort, und er machte sich auf den Weg zur weiteren Brautwerbung.

Nachdem Bugonoka mit dem Schütteln der Milch fertig war, erkundigte sie sich bei ihrem Sohn, weswegen er sich mit dem Vater gestritten hätte. Er erwiderte: „A a! Wann hätte ich mich mit ihm streiten sollen? Habe ich mich etwa seinem Auftrag widersetzt, die Bananenstauden zu jäten? Vielleicht hat Vater nur nicht richtig zugehört. Jedenfalls muß er mich falsch verstanden haben. Mama yangu, ich habe ihm wirklich keine Widerworte gegeben. Wenn es so wäre, würde ich es dir, wo wir jetzt allein sind, nicht verschweigen." – „Mein Kind, benimm dich anständig", ermahnte sie ihn. „Willst du denn nicht heiraten?" – „Doch, ich möchte es gern!" – „Wie könnte dein Vater diese ganze Brautwerbung auf sich nehmen, wenn du dich nicht anständig benimmst? Alle Klagen, die dich betreffen, fallen auf dich selbst zurück, weil jeder glaubt, du seist ein Unruhestifter. Man wird sagen, daß deine Vorteile nur äußerlich seien. In Wirklichkeit wärst du ein Tagedieb, der nicht gern eine Hacke in

Händen hielte. Ist dein Benehmen etwa gut, entspricht es dem angesehener Leute?" – „Nein, Mama, ich benehme mich nicht gut", räumte er kleinlaut ein. – „Wenn du das einsiehst, mein Kind, warum streunst du dann ständig in Busch und Feld umher auf der Suche nach wilden Früchten, anstatt deinem Vater bei der Feldarbeit zu helfen?" -„Das ist ein schwerer Fehler von mir, Mama yangu!" – „Also strenge dich wenigstens heute einmal an und führe die dir aufgetragene Feldarbeit sorgfältig aus, damit dein Vater nicht wieder zornig wird! Wenn du keine Ohren hast, auf deine Eltern zu hören, bist du ein Tor, weil du nicht weißt, daß dich deine Erzeuger auch verfluchen können und du dann stirbst, ohne jemals zu heiraten!"

Nachdem Ntulanalwo dem Hirten, der mit dem Weiden an der Reihe war, die Rinder des Hofes gebacht hatte, kehrte er eilends zurück, stürzte sich auf eine Hacke und machte sich an die ihm aufgetragene Feldarbeit im Bananenhain. Er ruhte nicht eher, bis er alles erledigt hatte.

Bugonoka glaubte, daß ihr Mann am Morgen nicht nur des Sohnes wegen in Wut geraten war. Sie war davon überzeugt, daß sie alle schuld daran waren. Ein Kind gleicht sich ja immer nur der herrschenden Stimmung an. Die Absichten der anderen kann es jedoch noch nicht erkennen, sie bleiben ihm verborgen. Bugonoka wußte, daß Myombekere jetzt, wo er jeden Tag für seinen Sohn auf Brautwerbung ging, Angst hatte, die Bananenstauden könnten Schaden nehmen, wenn sie nicht richtig gepflegt würden. Sie wollte aber nicht, daß ihr Mann vorzeitig aufgäbe gemäß dem Spruch: ›Das Boot ist kurz vor Erreichen der Küste gesunken.‹ Deshalb sagte sie sich: „Ich weiß, wie sich die Menschen in ihren Wohnstätten aneinander reiben. Die Ältesten scheuen es, die Dinge beim Namen zu nennen, um offenen Streit zu vermeiden. Wenn einer der Alten einmal einen Wind lassen muß, verbirgt er es vor den Kindern, indem er es auf den Hund schiebt. Den schlägt er und vertreibt ihn von seinem Platz. Ähnlich behandelt uns mein Mann, mich und meinen Sohn!"

Myombekere kehrte von der Brautwerbung zurück, aß ein wenig und begab sich sofort in den Bananenhain, um nachzusehen, wie Ntulanalwo gearbeitet hatte. Er fand das Ergebnis ganz zufriedenstellend. Die trockenen Blätter waren alle entfernt worden und lagen, vom Sand gesäubert, ordentlich auf einem Stapel am Rande der Pflanzung. Als er genauer hinsah, erkannte er die Fußspuren Bugonokas. Er freute sich sehr über diese Entdeckung. Sein Herz floß über, und auf dem Weg zurück ins Gehöft sang er sogar vor sich hin. Im Hof fragte er Bugonoka: „Hast du die Bananen ganz allein gejätet?" – „Nein", antwortete sie. „Als Ntulanalwo die Rinder fortgebracht hatte, kam er sofort zurück, nahm sich eine Hacke und ging zu den Bananenstauden, dort zu arbeiten. Ich bin ihm erst gefolgt, als ich die Hirse fertig gemahlen hatte. Zur Mittagszeit habe ich ihn wieder allein gelassen, um zu kochen. Später aß er dann hier mit seinen Gefährten und schnitzte ihnen Spitzen für ihre Vogelpfeile. Sie hatten alle Schnitzholz mitgebracht. Anschließend ging er mit den Jungen noch zum See, um Rietrohr für die Vogelpfeile zu sammeln, nebenbei zu baden und dann Vögel zu jagen. Aber zuallererst hat unser Sohn die Feldarbeit verrichtet. Auch als seine Gefährten kamen, um ihn davon abzubringen, lief er nicht eher von der Arbeit weg, bis sie getan war." – „Das ist sehr schön! Seit ich gesehen habe, wie gut er die Arbeit im Bananenhain verrichtet hat, fühle ich mich sehr glücklich. Weißt du, wir dürfen ihn nicht immer nur zurechtweisen. Manchmal benimmt er sich doch schon ganz wie ein Erwachsener. Auch wenn wir ihn nicht mehr gängeln, wird er sich nicht mehr schlecht benehmen, oder? Natürlich kann er immer noch wieder in seine schlechten Gewohnheiten zurückfallen, denn das Sprichwort sagt: ›Einen Baum, den man nicht geraderichtet, solange er noch jung ist, kann man nicht mehr biegen, wenn er einmal ausgewachsen ist.‹ Ich werde jedenfalls seine weitere Entwicklung sehr aufmerksam beobachten, denn ein anderes Sprichwort sagt: ›Wenn man für jemanden auf Brautwerbung geht, sieht man immer nur seine vielen Fehler, die ihm schaden könnten.‹ Ja, so ist es nun einmal! Würde ich nicht die Erfahrungen der anderen Brautwerber kennen und wäre meine Werbung nicht schon so weit fortgeschritten, machte es mir dann etwas aus, den Jungen sogar mit dem Boot fahren zu lassen und sich den Gefahren des Sees auszusetzen?"

Myombekere stand auf und begab sich zu seinem Nachbarn Kanwaketa, um ihn zu bitten, ihn am nächsten Tag beim Tausch von

Tabak gegen einen Ziegenbock zu begleiten. Er traf ihn jedoch nicht zu Hause an. Kanwaketas Frau erzählte ihm, daß ihr Mann von einem Boten des Jumben zu Ntambas Leuten gerufen worden sei. Kurz darauf, als Myombekere gerade Platz genommen hatte, hörte er Stimmengewirr auf dem Weg vor dem Gehöft. Als er genau hinsah, kumbe, da erkannte er den Dorfvorsteher Walyoba. Auf seinem Kopf schwankte ein Krug Bier. Er setzte ihn auf die linke Schulter, während Kanwaketas Leute sich beeilten, ihn willkommen zu heißen. Auch Myombekere stand schnell von seinem Stuhl auf. Strahlend vor Freude sagte er: „Walyoba, bleibe als Gast bei uns!" – Der Dorfvorsteher entgegnete ihm scherzend: „Nur weil du Verlangen nach Bier hast, möchtest du, daß ich hier verweile." Myombekere half ihm, den Krug abzusetzen, während die Frau Kanwaketas weitere Stühle nach draußen brachte, auf denen sich die Männer niederließen.

Nach der Begrüßung fragte der Dorfvorsteher, wohin Myombekere in letzter Zeit so häufig gereist sei. Und Myombekere berichtete ihm, daß er sich derzeit für seinen Sohn auf Brautwerbung befände und deshalb auf seinem eigenen Gehöft morgens nicht anzutreffen sei. Der Dorfvorsteher erzählte ihm seinerseits, wie er und Kanwaketa es angestellt hätten, Ntamba Bier fortzunehmen: „Er hat mich schon einmal beim Bierbrauen hintergegangen und mir meinen rechtmäßigen Anteil, einen Krug voll Bier, vorenthalten. Als er heute wieder Bier braute, lauerte ich ihm auf, um herauszufinden, wohin er es brachte. Ich ließ es ihm von meinem Sohn Galubondo und meinem Knecht, der aus dem Volk der Luo stammt, einfach wegnehmen. He, lieber Myombekere, mich hatte einfach der Zorn gepackt, und da bin ich zu ihm hingegangen. Ich dachte dabei auch an den Streitfall von damals, als er deinen Neffen halbtot schlug, und sagte mir, wenn er uns heute wieder um unseren Anteil am Bier betrügt, muß er das Gebiet verlassen, das mir der Nachfolger des verstorbenen Omukama zur Verwaltung anvertraut hat. Ob er wohl die Stirn hat, mir das von den Abakama, unseren Herrschern, zuerkannte Bier abermals vorzuenthalten? Damit hätte er sich heute schweren Schaden eingehandelt. Wohin sollte er wohl ziehen, etwa in eine Gegend, wo es weder Könige noch Dorfvorsteher gibt, denen man beim Bierbrauen eine Abgabe schuldig ist? Wenn er es heute gewagt hätte, mir das Bier zu unterschlagen, wäre es ihm schlecht ergangen. Ich hätte ihn zunächst windelweich geschlagen und dann seine Hütten abgedeckt, wenn er sein Unrecht nicht rechtzeitig eingesehen und bereut hätte." Myombekere griff den Gesprächsfaden auf und sagte beschwichtigend: „Heute ereignet sich das, was man mit dem geflügelten Wort zusammenfassen kann: ›Schon damals war es ein Hühnerhabicht, heute ist es immer noch einer. Ein Habicht gleicht dem anderen.‹ Sieh, Jumbe, wir alle haben Bananenpflanzungen und könnten deshalb in Versuchung kommen, den Würdenträgern die ihnen zustehende Abgabe an Bier zu hinterziehen. Darum wollen wir Ntamba weder verspotten noch verachten wie jemand, der sich selbst erhaben dünkt. Trotzdem hat er zweifellos eine Straftat begangen. Wie kann er es nur wagen, dir, seinem Dorfvorsteher, der du sein Oberhaupt bist, das Bier, das dir als Abgabe gebührt, zu verweigern! Ist es ihm denn gelungen, das Bier beiseite zu schaffen, um es allein zu trinken? Ist er nicht sofort deinen Weisungen gefolgt? Ei, das ist ja eine starke Sache! Kanwaketa, sage mir, ob ich vor unserem Jumben und vor dir etwas Unrechtes ausspreche!" – „Ebu, Myombekere, darf ich jetzt auch endlich mal reden?" – „Sprich doch!" – „Also, was du gerade gesagt hast, stimmt natürlich ganz mit meiner Meinung überein. Ich pflichte dir völlig bei. Bwana Ntamba hat sicherlich eine schwere Straftat begangen, indem er das dem Dorfvorsteher zustehende Bier unterschlagen hat. Deswegen muß er zur Rechenschaft gezogen werden. Bis jetzt sieht es so aus, als ob er seine eigene Verwaltung oder in seinem Gehöft sein eigenes Herrschaftsgebiet zu errichten sucht. Nun, das ist meine grundsätzliche Meinung dazu. Aber er hat vielleicht schon oft gesehen, wie jemand heimlich Bier braute, ohne daß ihn sein Dorfvorsteher zur Verantwortung gezogen hätte. Und so mag er sich gedacht haben, warum soll man selbst die kleine Abgabe leisten, wenn man weiß, wie andere damit verfahren? Schließlich besitzen auch wir Bananenpflanzungen. Jumbe, Myombekere wollte mit seinen Worten zum Ausdruck bringen, daß diese Angelegenheit uns alle angeht. Aber vielleicht ist es uns immer noch nicht ganz klar, wieso gerade Ntamba eine schwere Straftat begangen haben soll." Der Dorfvorsteher antwortete darauf: „Lassen wir die Sache diesmal auf sich beruhen! Das ist vorbei, denn nun ist Ntamba uns ins Netz gegangen und bleibt auch in Zukunft darin gefangen. Wir werden sicherlich nicht allzu sanft mit ihm umgehen, damit er nicht denkt, er sei der Mann und ich die Frau. Sollte er so dreist sein, mich ein drittes Mal zu hintergehen, wäre das sein letztes Vergehen dieser Art. Wenn ich und mein Sohn Galubondo dann noch leben, fordere ich nicht wie heute das Bier, das er mir als Abgabe leisten muß, gewaltsam von ihm ein, sondern vertreibe ihn aus meinem Gebiet. Heute hat ihn gerettet, daß er sich im letzten Augenblick dazu durchrang, mir eine viel größere Menge Bier als nötig zu überlassen. Er gab sich großzügig, aber der Blick, mit dem er uns, Walyoba und Galubondo, ansah, hat ihn verraten." Da ergriff Galubondo das Wort, um seinem Vater beizupflichten: „Er hinterzieht das uns als Abgabe zustehende Bier schon seit langer Zeit. Heute ist er nochmal davon gekommen. In Zukunft muß er uns auf jeden Fall die gebührende Strafe zahlen, und zwar einen Ziegenbock. Wie ich ihn einschätze, fürchtet er sich davor. Schon diesmal zitterte er am ganzen Körper. Damit hat er deutlich gezeigt, daß er vor einer Bestrafung Angst hat! Er schwieg, als er das Bier herbeibrachte. Walyoba nahm es ihm einfach ab, und Ntamba konnte nichts dazu sagen. Vielleicht dachte er anfangs, wir wollten das Bier in seinem Gehöft trinken. Als Walyoba dann aber den Krug mit dem Bier davontrug, sagte Ntamba etwas in der Luo-Sprache, worauf alle Anwesenden ihn um Bier anzubetteln begannen. Allein ihre Scheu hinderte sie daran, uns bis hierher nachzulaufen."

Nach diesem ernsten Gespräch ergriff der Dorfvorsteher abermals das Wort: *„Bwana we, Kanwaketa!"* – *„Labeka, Jumbe wangu"*, antwortete dieser. „Zu euren Diensten, Dorfvorsteher!" – „Bereite den Ausschank des Bieres vor! Der Krug soll nicht länger darauf warten, daß die Wanderer ihn austrinken!" Kanwaketa schickte seinen Sohn nach einem Trinkgefäß und einer Schöpfkelle. Und als dieser die Gegenstände brachte, betraute er ihn mit der Aufgabe des Bierausteilers. Der Dorfvorsteher forderte Myombekere auf, jemanden in sein Gehöft zu schicken, um auch seine Frau Bugonoka einzuladen. Sie traf alsbald ein und brachte noch den Sohn Ntulanalwo sowie eine Harfe mit. Als der Jumbe dies sah, bat er Ntulanalwo zu spielen:

„Bwana, du bist für dein gutes Saitenspiel ebenso bekannt wie dein Vater. Spiel und sing mir etwas vor! Deine Altersgenossen rühmen dich dieser Kunst. Heute will ich selbst prüfen, ob es stimmt." Sein Sohn Galubondo wandte sich an ihn: „Vater, glaubst du etwa, es sei nicht wahr? Das Saitenspiel und die Lieder von Myombekeres Sohn sind überaus schön anzuhören, und er hat eine sehr wohltönende Stimme. Wir haben ihr schon oft gelauscht." Es dauerte nicht lange, da fanden sich wie zufällig viele Besucher im Gehöft ein, um den Dorfvorsteher zu begrüßen und Bier von ihm zu erbitten. Es ist nun mal so: Bier vermag die Leute mehr als alles andere anzuziehen.

Als sie so tranken, stieg ihnen das Bier recht bald zu Kopfe, so daß sie beschwingt wurden und all ihre Wehwehchen vergaßen. Sie begannen, Geschichten von den irdischen Dingen zu erzählen und sich Gedanken über die Dinge im Himmel zu machen. Die Armen! Sie unterhielten sich darüber, wie erbarmungslos die Geister jeden Menschen heimsuchen und nicht einmal Königen oder anderen hochgestellten Personen Ehrfurcht bezeigen. Es ging auf dem Hofe Kanwaketas so zu, wie es das Sprichwort treffend beschreibt: ›Am Ort, wo der Krug mit Bier steht, spricht jeder, was ihm gerade in den Sinn kommt.‹

Mitten in den Gesprächen gebot der Dorfvorsteher Schweigen: „Wir wollen jetzt das Saitenspiel hören, seid darum einmal still! Dieser junge Mann soll uns etwas vorspielen und unsere Gedanken zerstreuen!" Die Anwesenden äußerten sofort ihr Einverständnis: „Du hast recht, Jumbe! Liebling des Königs, der dir auftrug, uns zu verwalten, du weißt stets zur rechten Zeit zu sprechen!" Als sie ruhig wurden und der Lärm aufhörte, fragte Ntulanalwo den vor ihm am Boden hockenden Dorfvorsteher, welches Lied er hören wollte. Dieser erwiderte ihm: „Sing, was dir gerade einfällt!" – „Ich möchte ja nur wissen, welche Melodie euch am besten gefällt." – „Uns ist jede Melodie recht, die du spielst." Man reichte Ntulanalwo einen Tontopf zur Verstärkung des Harfenklangs, und er stimmte die Saiten. Dann nahm er den Tontopf zwischen die Knie, setzte die Harfe darauf und stimmte einige Übungen an, zum einen, um die Klangwirkung seines Spiels zu erproben, zum anderen, um sich eine Melodie ins Gedächtnis zu rufen, so wie er es bei seinem Vater oft gesehen hatte. Er summte also zunächst mit leiser Stimme einige Töne, bis ihm ein richtiges Lied in den Sinn kam. Dann verstärkte er den Klang. Seine Mutter, die Frau Kanwaketas und alle erwachsenen Frauen, von denen genug zugegen waren, stießen dazu Freudentriller aus. Nach dem ersten Beweis seiner Kunstfertigkeit stimmte er eine sehr alte Weise an, deren Urheber schon vor langer Zeit verstorben war. Den Alten unter seinen Zuhörern wurde dabei warm ums Herz, und sie freuten sich. Danach spielte er ein Stück nach der Art des Schultertanzes. Es war weder ausschließlich für Junge noch für Alte bestimmt. Alle machten mit. Sogar der Dorfvorsteher bewegte seine Schultern im Gleichmaß des Liedes. Die Frauen feuerten Ntulanalwo durch ihre Freudentriller an, und die Männer taten es ihnen gleich, indem sie in ihre Hände klatschten. Am Ende strömte dem Jumben der Schweiß aus allen Poren. Er hob seine Arme hoch, um Ntulanalwo zu ehren und den Tanz zu beenden. Der Krug war inzwischen leergetrunken, und es wurde Zeit, nach Hause zu gehen. Auch der Dorfvorsteher machte sich auf den Heimweg.

Als nur noch die Nachbarn dasaßen, eröffnete Myombekere seinem Freund Kanwaketa das Vorhaben, am folgenden Tag gemeinsam Kalibata aufzusuchen und ihm kundzutun, daß er seine Aufgabe, die Brautwerbung bei seinen Sippengenossen vorzutragen, erfüllt habe. Kanwaketa aber wollte er mitnehmen, um bei dieser Gelegenheit mit seiner Hilfe bei den Leuten am Vorgebirge jenen Tabak einzutauschen, den er bei Kalibata kürzlich gekostet hatte. Kanwaketa fragte nur: „Wann möchtest du morgen aufbrechen?" – „Ich würde mich gern beim zweiten Hähnekrähen auf den Weg machen, denn wir müssen eine Ziege mitführen." – „Gut, hab keine Angst, daß du mich vorzeitig aus dem Bett treibst. Ich werde mich zur angegebenen Zeit bei dir einfinden. Der Weg führt ohnehin an deinem Gehöft vorbei. Also, zähle auf mich, ich begleite dich."

An diesem Tag nahmen Myombekere, Bugonoka und Ntulanalwo keine Abendmahlzeit mehr zu sich. Das Bier, das sie bei Kanwaketa getrunken hatten, reichte ihnen.

Als die Hähne zum zweiten Mal krähten, stand Kanwaketa auf, begab sich zum Hoftor Myombekeres und rief dort: „Hodini, laßt mich ein!" – „Labeka, kumbe! Da kommst du ja schon! Ich hatte eigentlich im Stillen damit gerechnet, daß das Bier meinem Freund gestern zu sehr zugesetzt hätte, zumal er zuvor an dem Überfall des Jumben auf Ntamba beteiligt war." – „Das stimmt auch", erwiderte Kanwaketa. „Ich finde mich zwar rechtzeitig hier ein, aber ich fühle, daß mein Magen noch nichts zu essen bekommen hat. Wenn ich mich jetzt auf eine Wanderung begebe, werde ich bald so hohl wie ein ausgedroschener Hirsestengel sein und nur noch hin und her schwanken. Kumbe, ohne Abendessen schlafen zu gehen, ist nicht gut!" – Myombekere mußte gestehen: „Auch uns ist es so ergangen. Wir haben vor dem Zubettgehen nichts mehr von dem, was gekocht war, gegessen. Vielleicht hat Ntamba etwas ins Bier getan? Es war irgendwie stärker als gewöhnlich. Man brauchte nur etwas davon zu schmecken, und schon war man betrunken. Die Jungen haben es möglicherweise ja besser vertragen. Uns Alte hat es jedenfalls ganz schön zugerichtet." – „Du hast recht, Myombekere! Unsereinem macht es zu schaffen. Hätte Bugonoka vielleicht noch etwas Fleisch oder Gemüse in ihren Töpfen? Sollte sie damit nicht vor der Reise unsere Mägen versorgen, auf daß wir nicht völlig entkräftet am Ziel ankommen?"

Diese Worte drangen Bugonoka ans Ohr. Sie stand schnell auf und begann zu kochen. Nachdem das sogenannte *ekilindabwire*-Mahl, das Hähne-Mahl, fertig war, neckte Kanwaketa seine Nachbarin mit überschwenglichem Lob nach der Art, wie es sonst nur Schwägern erlaubt ist: „Meine liebe Bugonoka, du übertriffst wirklich alle Köchinnen dieser Welt, deren Kochkunst häufig nicht mehr darstellt als Staub, der vom Wind in die Luft gepustet wird. Mögest du lange gesund bleiben, denn du hast heute unser aller Herzen mit dir vereint! Gäbe es dich nicht, würden unsere Körper auf dem Weg ermatten und kraftlos niedersinken. Die Leute dächten dann bestimmt, daß wir Brautwerber krank seien. Deswegen müßten wir uns vielleicht am Ende noch vor der Umworbenen verbergen. Aber glücklicherweise verhält es sich dank deiner vorzüglichen Behandlung nicht so. Wir werden bei der Jagd sicherlich für uns den günstigsten Standort erringen!"

Myombekere holte ein *omuhotora*-Seil, das heißt einen Strick aus Schilfstroh, legte diesen einer Ziege um den Hals und machte sich mit dem Tier auf den Weg. Die Ziege meckerte aufgeregt und war störrisch. Sie verhielt sich getreu dem Wort: ›Der Widerstand einer Ziege besteht darin, sich einfach hinzulegen.‹ Als Myombekere sah, daß die Ziege ihn durch ihr Hinlegen und ständiges Meckern aufhalten würde, nahm er sie hoch und legte sie sich um den Nacken herum über die Schultern, ganz so, wie die Leute es eben tun, wenn sie Ziegen tragen. Ihr Kopf und die Vorderläufe ruhten auf seiner rechten Schulter. Mit dem Bauch lag sie im Nacken und mit den Hinterläufen auf der linken Schulter. Ganz hinten ragte das Schwänzchen hervor, mit dem sie die Fliegen verscheuchte. Nachdem Myombekere die Ziege eine ganze Weile so getragen hatte, schlug ihm sein Weggefährte vor, sie auch einmal eine Strecke zu tragen. Kanwaketa übernahm die Ziege und trug sie in der gleichen Weise. Nachdem er ein Stück gegangen war, sagte er: „Du meine Güte, Bwana, die Ziege ist aber gesund!" – „Wieso?" – „Wenn eine Ziege gesund ist, spüre ich das an ihrem Gewicht. Und diese hier ist sehr schwer." – „Kumbe, ist das so? Ich wußte gar nicht, daß eine schwere Ziege besonders gesund ist! Ich dachte bisher immer, wenn sie mager sind, dann müßte es wohl so sein." Kanwaketa erwiderte: „Wenn wir diese Ziege hier nicht gegen etwas, das wir nötig brauchen, eintauschen wollten und sie stattdessen schlachteten, erhielten wir viel Fett. Vor dem Schlachten würden wir natürlich erst Bier trinken und dann das Fleisch essen. Ihr Fett könnten wir schlucken, ohne zu kauen und ohne daß wir je genug davon bekommen könnten."

Sie wanderten noch eine Weile weiter, dann erreichten sie endlich das Gehöft Kalibatas. Das Hoftor fanden sie von der Nacht her noch mit *entalama*-Hölzern verschlossen, mit jenen Hölzern, über die ein geflügeltes Wort sagt: ›*Entalama* ist ein Holz, das ein Dummkopf zum Verschließen nicht benutzen kann.‹ Nach dem Betreten des Gehöfts banden sie die Ziege an einem Pflock im Hof fest und suchten Kalibata in seiner Hütte auf. Myombekere berichtete ihm zunächst einmal von seinen Reisen zu den verschiedenen Sippengenossen, zu denen ihn Kalibata als Brautwerber geschickt hatte.

Am Ende seines Berichts wiederholte er seine ständige Bitte nach Beschleunigung des Verfahrens: „Mein lieber Bwana Kalibata, beeilt euch mit mir, damit ihr nicht am Ende der Bezeichnung für die Leute hier im Lande entsprecht!" – „Welcher Leute?" – „Der Bewohner dieser Gegend hier!" – „Und wie werden sie außerhalb genannt?" – „Unterdrücker!" – „Ich kenne aber noch einen anderen Namen für die Bewohner unseres Landes!" – „Für welche Bewohner?" – „Nun, für die Leute hier!" – „Wo wir uns gerade befinden?" – „Ja, man nennt sie auch ‚die Standhaften'. Mach nur so weiter wie bisher! Wenn du dich sputest, beeile auch ich mich. Heute trage ich dir auf, deine Werbung bei den Sippenangehörigen der Mutter des Mädchens vorzutragen. Einige von ihnen wohnen hier auf der Insel, andere auf dem Festland. Auch auf der fernen Insel Irugwa findest du noch ein Gehöft von ihnen. Das sind alle. Außerdem trage ich dir auf: Wenn du uns das nächste Mal wieder einen Besuch abstattest, bringe eine *olusika*-Matte mit, um damit während der Hochzeitsnacht den Ort zu bedecken, an dem die Hütte meiner Eltern stand. So, nun laß uns zum Ende des Gesprächs kommen! Kanwaketa, was meinst du dazu?" – „Ei, du hast bisher schon so klug gesprochen", entgegnete Kanwaketa. „Willst du nicht noch mehr sagen, oder denkst du vielleicht, Myombekere sei ein sorgloser Herumtreiber?" – Myombekere stellte Kalibata daraufhin die Frage: „Heißt das, du willst mir im Augenblick nicht weiterhelfen? Wenn du mir noch einen weiteren Auftrag erteilst, weise ich diesen bestimmt nicht zurück. Ich weiß ja genau, daß du ihn mir nur erteilen würdest, um mir dein Vertrauen zu bezeugen." Als ihm Kalibata trotzdem keine weiteren Auflagen machte, bat er ihn, sie zu den Tabakverkäufern zu führen.

Kanwaketa band für den Weiterweg die Ziege los. Da sprang ihn das störrische Tier plötzlich an, zog kräftig hierhin und dorthin, bis schließlich das Seil riß, loo! Wie von Geistern besessen raste sie aus dem Gehöft hinaus auf das freie Feld, so schnell, daß man nur noch einen Pfeil hinter ihr hätte herschießen können, um sie zu töten. Eilig verschwand sie schließlich im Unterholz. Myombekere und Kanwaketa standen völlig verdutzt und sprachlos da wie jemand, der gerade einen anderen aus Versehen umgebracht hat. Kanwaketa sah aus, als ob er seine Sinne verloren hätte. Kalibata riß ihn schließlich aus seiner Erstarrung, indem er ihn ganz ruhig fragte: „Wohin ist eure Ziege denn gelaufen?" Da faßte sich Kanwaketa wieder und rannte, so schnell er konnte, hinter der Ziege her. Myombekere folgte ihm, und Kalibata rief seinen Sohn, um den Fremden bei der Jagd nach der Ziege zu helfen.

Wie eine Schwalbe schoß der Sohn hinter den erwachsenen Männern her, die sich nach Kräften abmühten, die Ziege einzufangen. Als er sie einholte, sagte er ihnen: „Beruhigt euch, meine Herren! Ich werde das Tier auch ohne euch mit meiner Trommel herbeischeuchen. Wartet nur hier; es macht mir Spaß!" In der Tat hatte er die Ziege zwei Sträucher weiter schon gefangen. Da konnten die beiden Männer erleichtert Kalibata zurufen, er möge mit ihren Waffen und einem Strick für die vorwitzige Ziege zu ihnen kommen. Sofort eilte Kalibata herbei. Anschließend führte er die beiden zu den Tabakbauern am Vorgebirge.

Bei einem Tabakbauern namens Namusya stellte Kalibata seine Gefährten vor: „Diese beiden sind meine Gäste. Sonst machst du dir immer für mich so große Mühen. Wirst du es heute auch für sie tun? Ich bringe sie zu dir, weil sie bei dir Tabak gegen ihre Ziege eintauschen möchten." Nachdem sie einander nach der Kerewe-Sitte begrüßt hatten, schickte Namusya seine Frau zu den Nachbarn, um sie zu bitten, dem Tausch von Tabak und Ziege als Augenzeugen beizuwohnen. Nicht lange, da fanden sich drei Nachbarn ein. Namusya empfing sie mit den Worten: „Mabwana, meine Herren, ich habe euch rufen lassen, weil hier ein Tauschhandel stattfinden soll. Schaut euch bitte die Ziege an, ob sie gesund und zum Tausch gegen meinen Tabak geeignet ist. Wenn dem so ist, schlagt einen angemessenen Preis vor, denn ein solches Geschäft sollte ja stets von mehreren begutachtet werden, bevor man entscheidet, ob es auch wirklich in Ordnung ist." Und zu den Freunden gewandt, erklärte er: „Bei uns ist es nämlich nicht üblich, einen Tauschhandel allein in Gegenwart von Käufer und Verkäufer abzuschließen."

Vielleicht geht man dort einem Tauschhandel, der ohne Beteiligung von Zeugen stattfindet, aus dem Weg, weil man befürchtet, morgen oder übermorgen könnte entweder der Verkäufer oder der Käufer seine Meinung ändern und dann wäre die ursprüngliche Abmachung nicht beweisbar.

Die Zeugen untersuchten die Ziege und kamen zu dem Schluß: „Wir haben keinen Fehler festgestellt, außer daß das Tier Futter braucht. Im übrigen handelt es sich um einen gewöhnlichen Ziegenbock, gut geeignet, in einer Herde gehalten zu werden. Als Gegenwert schlagen wir dir zwölf Rollen Tabak vor und zwei kleine Rollen als Zugabe. Schließlich sind wir im Tauschhandel keine Neulinge, sondern erwachsene Männer, die derlei Geschäfte schon oft abgeschlossen haben." Den Beteiligten gefiel dieser Vorschlag auf der Stelle. Namusya öffnete daher schnell seinen Tabakspeicher und entnahm ihm genau zwölf große Rollen Tabak und zwei kleine Rollen als Zugabe. Myombekere und Kanwaketa waren mit der Ware einverstanden, und so wurde der Tauschhandel abgeschlossen.

Myombekere reichte eine Rolle Tabak an Kalibata weiter und schenkte den drei Nachbarn gemeinsam ebenfalls eine Rolle. Namusya erhob sich darauf und entnahm dem Speicher weitere fünf Rollen Tabak, die er vor sich ausbreitete. Jedem der drei Nachbarn überreichte er seinerseits eine Rolle. Eine weitere Rolle ging an Kalibata, und sogar Kanwaketa erhielt eine kleine Rolle geschenkt. Nachdem man die Tabakrollen für Myombekere und Kanwaketa in rußiges Stroh vom Hüttendach eingedreht hatte, wurden sie in eine alte Korbtasche gelegt, und die Tabakkäufer machten sich in Begleitung von Kalibata auf den Rückweg.

Beim Abschied sagte Myombekere zu ihm: „Ich werde von nun an meine Werbung dort vortragen, wohin du mich neuerlich sendest. Aber meine Frau wird euch übermorgen einen Besuch abstatten, um sich bei euch mit einem Geschenk einzuführen. Um was es sich dabei handelt, behalte ich noch in meinem Herzen." – „Kumbe! Das ist schön!" rief Kalibata aus. „Sie sei uns willkommen!"

Am nächsten Tag begab sich Bugonoka zu ihrer eigenen Verwandtschaft, die in der Nähe Kalibatas wohnte, um dort zu übernachten. Als es wieder tagte, besuchte sie das Gehöft Kalibatas. Sie tauschten den Morgengruß aus und, da sie einander noch nicht kannten, sprach Kalibata sie mit den Worten an: „Sei uns willkommen, aber sage mir, wo deine Heimstatt ist." – „Ich bin doch die Frau Myombekeres!" – „Ei, wie ist mir", rief Kalibata aus. „Bin ich denn verrückt?" – „Verrückt? Warum?" verwunderte sich Bugonoka. – „Warum sollte ich nicht verrückt sein? Stell dir vor, du besuchst jemanden in seinem Gehöft und bekommst dort einen ganzen Krug voll Bier geschenkt. Du trinkst das Bier, bis du volltrunken bist und vergessen hast, wie der Gehöftherr aussieht! Siehst du, so ähnlich erging es mir heute morgen. Ich hatte völlig vergessen, daß du uns heute besuchen wolltest. Kumbe, du bist also Bugonoka, ehee!" – „Ja, die bin ich," bestätigte sie. – „Du triffst so früh am Morgen ein, hat dich Myombekere in der Nacht hergeleitet, oder solltest du gar ohne Begleitung im Morgengrauen hergekommen sein?" – „Kalibata, ich will dir nicht verschweigen, daß ich bei meinen eigenen Leuten hier in der Nähe übernachtet habe. Deswegen stehe ich auch schon so früh hier." – „Wieso? Gehört die Frau Tilumanywas, die dich begleitet, etwa zu deiner Sippe? – „Sie ist über meine Großmutter mütterlicherseits mit mir verwandt. Die Frau, die meine Mutter geboren hat, und ihre Mutter sind Halbschwestern. Sie haben verschiedene Mütter, aber denselben Vater." – „Ja, wenn es sich so verhält, gehört ihr ja tatsächlich zur selben Sippe!" – „Bwana Kalibata, glaubst du, ich hätte keine Verwandtschaft", fragte die Frau Tilumanywas. Kalibata beeilte sich, ihr zu versichern: „Ee, keinesfalls! Ich kenne deine Sippe nur nicht, Bibi. Ich sah dich seit über einem Jahr zu keiner Trauerfeier mehr gehen. Sieh, eine Trauerfeier ist immer noch der beste Hinweis. Wenn du keine Sippe hast, fehlt dir dieser Fingerzeig." Danach wandte sich Kalibata an Bugonoka: „Tochter von Namwero, ich habe dir nicht viele Worte mit auf den Weg zu geben, außer euch zu ermahnen, die Dinge nicht zu übereilen. Ich habe deinem Mann aufgetragen, er möge sich nach Beendigung seiner Brautwerbung mit einer *olusika*-Matte bei mir einfinden. Noch am selben Tage will ich dann jemanden bestimmen, der meiner Tochter während der Hochzeitsfeier beistehen soll. Damit ist dann alles geregelt. Ich möchte, daß die Angelegenheit schnell zu einem Ende kommt, denn ich würde mich gern wieder anderen Dingen widmen können." – „Asanteni, ich danke euch herzlich", gab Bugonoka zur Antwort. „Mögen eure Worte so aufrichtig gemeint sein, wie ihr sie gesagt habt! Ich hoffe, ihr behandelt uns nicht so, wie es Höherstehende manchmal mit ihren Untergebenen tun!"

Als die Gäste sich erhoben, um das Gehöft wieder zu verlassen, sagte Tibwenigirwa, die Frau Kalibatas: „Meine Gefährtinnen, bleibt doch noch, bis wir eine Mahlzeit für euch zubereitet haben! Jemand, der mit einem hohlen Gefühl im Bauch auf die Wanderschaft geht, wandert mit einem Rücken, der beständig essen will." Bugonoka erwiderte ihr: „Laß uns ziehen, meine Gefährtin. Ich bin allein zu Hause und muß schnell zurück. Wir können bei anderer Gelegenheit miteinander essen. Ich fühle mich auch verpflichtet, noch einmal bei meiner Großtante vorbeizuschauen. Wenn ich hier esse, könnte ich mich verspäten, und Myombekere hält mir vielleicht vor, daß ich meinen Antrittsbesuch bei den Brauteltern nur als Vorwand benutzte, um mich bei meiner Großtante herumzutreiben." Tibwenigirwa fragte neugierig: „Ei, würde Myombekere dich deswegen schlagen? Als ich ihn hier mit seinem gutmütigen und zugleich fröhlichen Gesicht sah, dachte ich nicht, daß er bei sich zu Hause zornig werden oder mit seiner Frau streiten könnte." – „Bibi, laßt nur diese Reden! Wo gibt es in diesem Land wohl einen Mann, der seine Frau nicht schlägt? Soweit ich sehe, tun es alle. Wir Frauen sind doch letzlich nur ihre Esel!"

Als Bugonoka und ihre Großtante wieder auf deren Gehöft anlangten, trafen sie auf Tilumanywa, den Gehöftherrn, der gerade vom See kam, wo er nach seinen Reusen gesehen hatte. „Kumbe, erst jetzt kommt ihr wieder zurück", verwunderte er sich. „Wie ist euer Besuch denn verlaufen?" – „Gut", erwiderte Bugonoka, die ihn mit ‚Schwager' anredete. „Aber wie sagt das alte Sprichwort? ›Solange der Vogel noch nicht erlegt ist, macht es keinen Sinn, Mehl für den Hirsebrei zu mahlen, den man mit dem Vogel zusammen essen will.‹ Ich frage dich besser nach dem Erfolg deiner Fischnetze." – „Ja, die Fischnetze, Schwägerin, die habe ich wohl ausgeworfen", wich er ihrer Frage aus. „Ich bin heute morgen sofort hingelaufen, weil ich dachte, ihr kämt schon früher wieder zurück. Ich wollte nicht, daß du beim Warten auf mich ungeduldig würdest." – „Wir sind wirklich gerade erst wiedergekommen", beruhigte ihn Bugonoka. Worauf er erwiderte: „Ihr habt aber lange Zeit gebraucht." Bugonoka verteidigte sich: „Es ist schon so. Wir sind auf Brautwerbung gegangen, das braucht eben seine Zeit, Schwager!" – „A a! Du verbirgst den wahren Grund eures langen Besuchs bei Kalibata. Ich nenne ihn dir: Ihr habt euch beim Schwatzen aufgehalten. Unsere Vorväter pflegten dazu folgende Geschichte zu erzählen: ›Jemand zog aus, einen Bullen auszuleihen, der seine Kuh decken sollte. Beim Eigentümer des Bullen sagte er aber nichts davon. Als dieser aß, aß er mit: Brei und Fleisch, ohne sein Anliegen zu offenbaren. Noch während er aß, kam ein Dritter. Der wurde auch zum Essen eingeladen, lehnte aber ab und sagte, er sei nur gekommen, um den Bullen auszuleihen. Er wolle, daß die Nachkommenschaft seiner Kuh ebenso prächtig gerate wie dieser Bulle. Der zuerst Gekommene erschrak und überlegte, was er wohl tun solle. Er mußte sich eingestehen, daß er die Gelegenheit, den Bullen auszuleihen, über dem Hirsebrei verpaßt hatte. In der Tat stimmte der Bullenbesitzer der Bitte des später Gekommenen gerne zu.‹ Und, Schwägerin, es gibt noch eine schöne Redewendung über das Trödeln. Sie lautet: ›Die schönen Worte lullten Gevatter Hyäne neben dem Haus ein.‹" Bugonoka sagte daraufhin: „Wir wollen uns nicht rühmen. Dazu besteht kein Anlaß. Aber schöne und zugleich hoffnungsvolle Worte waren wohl mit im Spiel, Schwager. Darauf paßt eher das Sprichwort: ›Man hofft stets auf die Milch einer Kuh, die erstmals ein Kalb wirft, solange, bis man sie zum ersten Mal trinkt, auch wenn es sehr lange dauert.‹ Kurz gesagt: Wir glauben in unserer Einfalt, daß die Gespräche bei Kalibata sehr nützlich waren."

Nach dem Essen übergab die Großtante Bugonoka als Abschiedsgeschenk ein schweres Bündel mit allerlei Beikost, und diese machte sich auf den Weg nach Hause, wo sie Myombekere damit beschäftigt fand, in seiner Bananenpflanzung Unkraut zu jäten. Sie berichtete ihm, daß Kalibata auch ihr gesagt hatte, Myombekere solle die Brautwerbung zu Ende führen und dann mit einer Schilfmatte zu ihm kommen.

Während Bugonoka ihrem Mann von der Reise erzählte, gingen sie zusammen von der Bananenpflanzung zum Haus. Dort erst öffnete Bugonoka das mitgebrachte Bündel und zeigte Myombekere, was sich darin befand. Kumbe! In dem Bündel lagen zwölf *ensato*-Fische und darunter noch drei *emumi*-Fische. Als Myombekere dieses reiche Mitbringsel erblickte, fragte er: „Der Mann deiner Verwandten hat wohl sehr viele Fische gefangen, nicht wahr?" – „Ja, das stimmt", bestätigte ihm Bugonoka. „Das Trockengestell bei ihnen im Gehöft war übervoll mit Fischen. Und beim Essen füllte die Großtante meine Schüssel mit Kartoffeln und einem ganzen *ensato*-Fisch. Ich fühlte mich schon nach der Hälfte gesättigt. Als die Tante nach dem Essen das Geschirr einsammelte und sah, daß ich den Fisch in der Mitte durchgeschnitten und nur das Schwanzstück gegessen hatte, war sie damit nicht einverstanden und forderte mich auf, den Rest des Fisches auch noch zu essen. Er könnte nun nicht mehr in den Topf zurückgelegt werden, sagte sie. Ich redete mir im stillen ein, daß es nicht unschicklich sei, den Fisch ganz aufzuessen, denn sie hatte ihn mir ja einfach vorgelegt, ohne mich vorher zu fragen. Folglich könnte sie deswegen auch nicht hinter mir herreden. Eine innere Stimme riet mir aber trotzdem ab, den ganzen Fisch zu verspeisen, weil ich mir vorstellte, man werde mich dann einen Vielfraß nennen. Wieder eine andere Stimme flüsterte mir ein, daß hier nicht der Ort sei, falsche Scham zu zeigen und sich Zwang aufzuerlegen, so als ob man unter Fremden wäre. Verwandte würden nicht schlecht über einen reden. Ich sollte die Zugabe nicht ausschlagen. Nachdem ich mein Gewissen auf diese Weise beruhigt hatte, aß ich getrost den ganzen Fisch auf. Nur die Gräten spuckte ich auf die Erde, sonst leerte ich die Schüssel mit Beikost, bis mein Bauch beinahe platzte. Bei der Abendmahlzeit verhielt es sich ähnlich. Jedermann aß einen ganzen Fisch. Und auch heute morgen. Wenn du mich also fragst, ob der Mann meiner Großtante viele Fische gefangen hat, muß ich Frage wohl bejahen. Ich hatte nur insofern Pech, als ihm nicht auch ein *kambare-mamba*-Fisch ins Netz gegangen war, er hätte ihn mir sonst bestimmt für dich mitgegeben. Also, Fische haben sie in Hülle und Fülle, und wenn du zu Gast bei ihnen bist, vergeht dir alsbald der Hunger danach." Myombekere fragte sie hintersinnig: „Kennst du eigentlich die Redensart, welche die Abasiranga, die Angehörigen der Königssippe, mit einer Reuse vergleicht, weil sie einen ganzen *ensato*-Fisch auf einmal zu essen pflegen?" – „Doch", gab sie zu. „Ich habe sie schon mal gehört, aber ihre Bedeutung nicht recht verstanden." – „Oh, mir fallen noch andere Sprichwörter über die Abasiranga ein", fuhr Myombekere fort, „zum Beispiel dieses: ›Die Abasiranga gleichen der Milch einer Ziege, mit der kein anderes Zicklein getränkt werden kann.‹ Verstehst du den Sinn dieser Worte denn auch nicht?" -„Ja doch, sie sind ja leicht zu verstehen und nicht so geheimnisvoll wie das erste Sprichwort, darum erkläre mir, weshalb die Abasiranga mit einer Reuse verglichen werden!" – „Also das will besagen, daß unsere Herrscher, das heißt die ganze Sippe der Abasiranga, nicht so wohlerzogen aufwachsen wie gewöhnliche Untertanen. Eine gute Erziehung heißt, stets im Sinne der überlieferten Sitten zu handeln! Wenn aber der König stirbt, streiten sich seine Nachkommen um die Herrschaft. Wählen die Mitglieder des Kronrats, die Abasita und Abagwe, einen neuen Omukama und setzen sie ihn auf den Thron, zwingt er seine Mitbewerber, das Land zu verlassen und in die Fremde zu ziehen. So kommt es, daß er das Kereweland allein aufißt. Könnte darin nicht der Sinn des Vergleichs mit einer Reuse liegen?" – „Ja, so muß es wohl sein", bestätigte Bugonoka. „Du hast wieder mal den Affen mit deinem Pfeil mitten in seinen roten Hintern geschossen! Ich hörte das Gleichnis von den Abasiranga und der Reuse, die einen ganzen *ensato*-Fisch verschlingt, zwar schon oft, aber niemals erklärte es mir jemand richtig. Einmal hat mir jemand in Worten, die sich nicht für die Öffentlichkeit eignen, weismachen wollen, es bedeute, daß einst ein Angehöriger der Herrscherfamilie mit seiner eigenen Tochter oder Schwester geschlafen und mit ihr ein Kind gezeugt habe. Ein anderes Mal hörte ich die Deutung, daß in grauer Vorzeit ein Angehöriger der Abasiranga einen *ensato*-Fisch im ganzen hinuntergeschluckt habe, weil er so verfressen war und die Not der gewöhnlichen Menschen nicht kannte." Myombekere bemerkte dazu abschließend: „Aber warum weist du diese Erklärungen nun so weit von dir? Merkst du denn nicht, daß das Gleichnis in jeder seiner Deutungen einen erstaunlichen Sinn ergibt? Kumbe, meine liebe Bugonoka! Leidet nicht die Mehrheit der Menschen hier unter Nahrungsmangel? Aber lassen wir das auf sich beruhen! Reden wir von etwas anderem!"

KAPITEL II

Für die Eltern des umworbenen Mädchens wird eine Schilfmatte angefertigt

Myombekere beriet sich mit seiner Frau, wie sie die beiden Forderungen Kalibatas, nämlich die Werbung in der mütterlichen Sippe der Braut und die Herstellung der Schilfmatte für die Brauteltern erfüllen sollten. Bugonoka schlug vor: „Ich fertige am besten die Schilfmatte an, während du auf Brautwerbung gehst. Wenn du zurückkommst, kannst du die Schilfmatte gleich zusammen mit dem Bericht über deine Reise zu den Brauteltern tragen." – „Kumbe, zwei Menschen sind eben auch zwei Arbeitskräfte", freute sich Myombekere. „Wir machen es so, wie du vorschlägst. Müßte ich die Matte selbst anfertigen, würde das die ganze Angelegenheit doch sehr verzögern. Aber warten wir erst mal, wie es dir morgen beim Aufstehen geht. Wenn wir gesund aufwachen, will ich zusammen mit Ntulanalwo ins Moor gehen, um Schilf zu schneiden. Außerdem werde ich Kanwaketa schöne Worte machen, damit er uns beim Zusammennähen der Matte hilft und vor allem beim Anfertigen von Bindegarn."

Als es tagte, nahmen Myombekere und Ntulanalwo ihre Buschmesser und gingen ins Moor. Myombekere forderte seinen Sohn auf, ihm voranzugehen. Also ging Ntulanalwo voran, und sein Vater folgte ihm, wobei er ihn warnte: „Wenn wir mitten durch das Schilf gehen, müssen wir darauf achten, daß unsere Haut nicht davon gereizt wird." Der Junge fragte ihn: „Baba, sag mir, wie kommt es, daß das Zeug hier die Haut reizt? Es hat doch weder Ähren noch Dornen." – „Kumbe! Denkst du, wenn etwas die Haut reizt, dann nur, weil es Ähren mit Grannen oder Spelzen hat?" – „Ja, so schien es mir jedenfalls bisher." – „Sumpfgras oder Tabakblätter haben doch auch keine Grannen und reizen trotzdem die Haut, nicht wahr?" – „Ja, das habe ich schon gespürt. Ich glaubte aber, es kommt davon, daß

Sumpfgras und Tabakblätter mit kleinen Dornen oder Flügelchen versehen sind. Soweit ich sehe, ist dieses Schilf ganz glatt. Wieso brennt es dann auf der Haut?" – „Oh Junge, du bist ein Schelm! Mach voran, daß wir fertig werden, ehe die Sonne zu hoch steht! Was bringt dir die Fragerei? Jetzt glaubst du wohl, du hast mich zum Narren gehalten? Aber läufst du nicht Gefahr, daß die Erwachsenen eher dich für dumm halten und über dich lachen, weil du nicht weißt, daß Schilf die Haut reizt? Siehst du nicht, daß das Schilf Kolben trägt?" – „Ich sehe es und weiß, daß einige Leute eine Art Schilf, nämlich *enfunzi*-Papyrusgras, beim Bierbrauen verwenden." – „Ja, das stimmt, mein Sohn. Sieh, an den Kolben befinden sich Spelzen oder Grannen, die auf der Haut brennen. Sie haben Häkchen, feiner als die Dornen an den Flossen der *engere*-Fische." – „Ja, das verstehe ich. Wenn du einen *engere*-Fisch an der Angel hast, mußt du ihn ganz vorsichtig abnehmen, damit er dich mit den Dornen an seinen Flossen nicht sticht. Die Dornen sind giftig, was ein Brennen auf der Haut verursacht, bis der Dorn herausgezogen ist." – „Ja, genau davor wollte ich dich warnen, und du dachtest, es sei alles ganz anders."

Am See falteten sie die mitgebrachten Ziegenfellschürzen auseinander und zogen sie an, bevor sie sich einen Weg ins Schilf bahnten. Dann ergriffen sie ihre Buschmesser und machten sich an die Arbeit. Myombekere schlug eine Schneise in das Schilfgras, Ntulanalwo folgte ihm. Als der Vater dies mit der Stärke eines erwachsenen Mannes geschafft hatte, forderte er seinen Sohn auf: „Komm jetzt und schneide Schilf zu beiden Seiten der Schneise! Aber gib gut acht und schaue immer vor dich nach unten, denn auf dem Boden lauern viele Gefahren!" – „Was für Gefahren, Vater?" – Da Myombekere seinen Sohn über alles liebte, gab er sich Mühe, ihm die Gefahren anschaulich zu machen: „Die Gefahren gehen vor allem von Leoparden, Pythonschlangen, schwarzen Wasserschlangen und der äußerst giftigen Mamba aus. Wenn letztere dich beißt, bleib im Wasser, bis man dir ein Gegengift bringt. Solltest du vorher das Wasser verlassen, wirkt das Gift sofort, und du stirbst noch am Ufer. Außerdem lebt im See noch eine schwarze Schlange, die sehr gefährlich ist." – „Baba, und was ist die große Eidechse, die man gelegentlich im Wasser sieht, für ein Tier?" – „Ei, du kennst die große Echse nicht mehr?

Merk dir endlich ein für allemal, daß es ein Krokodil ist!" – „Kumbe!" staunte Ntulanalwo. „Diesen Namen habe ich lange nicht mehr gehört." – „Zwischen dem Schilf finden sich tiefe Wasserlöcher. Wenn du nicht achtgibst, wo du hintrittst, fällst du dort hinein und tauchst bis über den Kopf unter. Geh nicht davon aus, daß der Seegrund hier genauso beschaffen ist wie am anderen Ufer. Hier kommen häufig sehr tiefe Löcher vor. Auch wenn du ein sehr guter Schwimmer bist, hilft dir das nichts, weil du dich in den Wurzeln des Schilfgrases verfängst. Bist du endlich überzeugt, daß es hier gefährlich ist?" – „Ja, in der Tat äußerst gefährlich! Man muß die Augen schon offenhalten und die übrigen Sinne aufs höchste anspannen, um sich davor zu schützen." – Myombekere schnitt ein Bündel Schilf und warf es seinem Sohn mit den Worten zu: „Nimm dies als Muster und schneide das Schilf in gleicher Länge, denn ich möchte daraus eine leuchtend weiße Matte flechten, die der seit alters her gerühmten Kunstfertigkeit der Kerewe würdig ist. Es kommt immer darauf an, daß du gut arbeitest und die anderen Freude an der Matte haben, auch wenn du sie nur für dein eigenes Haus herstellst. Du kannst sie dann getrost anschauen lassen und dich freuen, wenn die Leute ihre handwerkliche Schönheit bewundern."

Sie arbeiteten beide an verschiedenen Stellen, wobei Ntulanalwo wiederholt an dem vom Vater vorgegebenen Beispiel Maß nahm. Trotz der beschwerlichen Arbeit hörte man die regelmäßigen Schläge der Buschmesser: pu, pu, pu, als ob das Schilf des gesamten Sees geschnitten werden sollte. Als die Sonne höherstieg, mußte sich Ntulanalwo ständig kratzen. Die Hautreizungen durch das Schilf machten ihm nun doch arg zu schaffen. Während er sich kratzte, fielen ihm die Worte wieder ein, die sein Vater ihm auf dem Herweg gesagt hatte. Und als er zu ihm hinüberschaute, bemerkte er, daß auch Myombekere sich häufig kratzte.

Ntulanalwo schnitt ununterbrochen wie ein Besessener weiter und verglich von Zeit zu Zeit das frisch geschnittene Rohr mit dem Muster. Die Arbeit war ihm vom Vater aufgetragen worden, wie hätte er von sich aus damit aufhören können? Wenn er sich von Schilfbüschel zu Schilfbüschel bewegte, machte er lange Schritte. Sagt doch der Volksmund: ›Ein kleiner Mensch mißt die anderen niemals an der Tiefe des Sees.‹ Das heißt, er möchte an seiner eigenen Körperlänge keinesfalls erproben, wie tief der See ist.

Mitten in der Arbeit erblickte Ntulanalwo plötzlich vor sich etwas, das nur mit dem Kopf aus dem Wasser schaute. Die Rohrkolben waren bereits trocken und verstreuten ihre Samen zwischen den Wurzelstöcken des Schilfs, so daß der ganze Moorgrund damit bedeckt war. Deswegen sah er auch nur den Kopf des unbekannten Wesens, dem er noch nie zuvor in seinem Leben begegnet war. Er wunderte sich, als er bemerkte, daß es wie eine Ziege zwei Hörner trug. Eingedenk der Vorsicht, die ihm sein Vater ans Herz gelegt hatte, zog er sich ganz leise zurück, bis er bei ihm war. Dort flüsterte er ihm zu: „Vater, komm und sieh dir das an! Ich habe dort drüben eine Art Tier erblickt. Sein Körper war unter Wasser, nur sein Kopf ragte heraus. Es stützte sich auf einen Wurzelstock und hatte zwei Hörner, länger als die einer Ziege." – „Ei, mein Kind, bildest du dir das vielleicht nur ein?" – „Nein, keinesfalls! Komm und sieh selbst! Wenn es den Platz noch nicht verlassen hat, kannst du es sehen."
Myombekere prüfte daraufhin bedächtig die Schärfe seines Buschmessers mit dem Daumen der rechten Hand und stellte fest, daß seine Klinge so scharf wie ein Rasiermesser war. Auf dieses Buschmesser konnte er sich stets verlassen. Damit schlug er im Busch sogar Stützbalken für den Hausbau und schnitt sie auf das richtige Maß zu. „Komm, führe mich jetzt hin", forderte er seinen Sohn auf. „Wenn es etwas Gefährliches ist, dann wollen wir es unverzagt und mutig zur Strecke bringen! Kriege werden nun mal von Männern geführt. Fürchte dich nicht und zittere nicht! Gut! Hast du dir die Stelle gemerkt?" – „Ja, ganz genau!" Sie mußten sich nur ein kurzes Stück anschleichen, da flüsterte Ntulanalwo: „Baba, da ist es!" Myombekere blickte genau hin, dann drehte er sich zu seinem Sohn um und sagte laut: „A a! Ich kann nichts entdecken, mein Kind. Geh du voran und sieh nach, aber mach keinen unnötigen Lärm!" Myombekere folgte seinem Sohn auf den Fersen. Ntulanalwo vermied es zu husten oder zu niesen, bis sie kurz vor dem unbekannten Tier standen. Obwohl der Junge sehr tapfer war, schickte ihn Myombekere sofort nach hinten, da er ihn nicht mit seinem Buschmesser verletzten wollte.

Von seinem Standort aus konnte Ntulanalwo beobachten, wie der Vater die Beine spreizte, das Messer mit beiden Händen faßte und hoch ausholte. Dann hörte er auch schon, wie das Messer durch die Luft surrte und das Tier mit einem dumpfen Geräusch im Nacken traf: puu! Ntulanalwo konnte da nicht mehr untätig bleiben. Er sprang mit einem Satz vor und schlug mit seinem Messer dem Tier auf die Nase: pwaa! Plötzlich schrie es ähnlich wie eine Ziege: mee! Dann war es auch schon hinüber. Myombekere riß es am Kopf mit einem Ruck in die Höhe und zerrte es mit der ganzen Kraft eines erwachsenen Mannes aus dem Wasser auf das Schilf. Ntulanalwo half ihm dabei, so gut er konnte, indem er an den Vorderläufen zog. Sein Vater warnte ihn: „Paß auf und laß dein Buschmesser nicht ins Wasser fallen. Halte es gut fest! Also das, was wir hier getötet haben, mein Kind, ergibt auf jeden Fall eine gute Beikost. Die Seegeister Bara, Karungu und Kalyoba, das heißt letztlich Gott, haben uns heute ein großes Geschenk gemacht, denn dieses Tier ist eine Sumpfantilope." – „Kumbe, tatsächlich? Was haben die Antilopen denn mitten im Schilf zu suchen?" – „Es ist ihr gewöhnlicher Aufenthaltsort. Nachts laufen sie umher, und tagsüber schlafen sie im Schilf", erklärte Myombekere seinem Sohn. „Offenbar war diese Antilope fest eingeschlafen. Deswegen konnten wir sie töten. Hätte sie nicht so fest geschlafen, hätten wir sie vermutlich gar nicht erst gesehen." – „Vater, was fressen Sumpfantilopen?" – „Gewöhnlich äsen sie wie andere Antilopen im Busch. Am liebsten fressen sie jedoch die Blätter von Süßkartoffeln." Erst als sie das Tier aus dem Wasser gezogen hatten, konnten sie erkennen, daß es eine weibliche und für ihre Art recht große Sumpfantilope war. Es zeigte sich, daß sie im Gegensatz zu dem, was Ntulanalwo beobachtet zu haben glaubte, doch keine Hörner hatte. Was er dafür gehalten hatte, waren nur die Ohren. Männliche Tiere haben allerdings Hörner. Dafür war dieses Tier hochträchtig. Da Myombekere wie alle Männer im Lande stets einen zweischneidigen Dolch mit sich führte, schlitzte er die Antilope damit auf. Zu Ntulanalwo sagte er: „Hilf mir jetzt, die Antilope abzuhäuten! Das Schilfrohr, das wir abgeschlagen haben, kann hier erst einmal an Ort und Stelle trocknen. Wir holen es morgen ab. Dieses große Geschenk dürfen wir indessen nicht vernachlässigen, so als wollten wir uns nach dem Wort verhalten: ›Das Schaf lehnte ab mit der Bemerkung, die Arbeit sei für seinen Gefährten zu schwer.‹" Myombekere beherrschte das Abhäuten gut, und Ntulanalwo war jemand, der ihm dabei geschickt zur Hand gehen konnte.

Als sie die Antilope bereits abgehäutet hatten, lief ihnen zufällig ein Mann namens Kurobone über den Weg. Er war zum See gekommen, um Schilfgras für ein neues *emihotora*-Seil zu schneiden. Ohne ein Wort zu sagen, näherte er sich ihnen und warf seine schwere Last auf den Boden. Er begrüßte sie auch nicht lange, sondern sagte ohne viele Umstände: „Meinen Glückwunsch! Loo, ihr habt eine tote Sumpfantilope aus dem Wasser gezogen. Mit welcher Waffe habt ihr sie denn getötet?" Myombekere erklärte ihm, wie es dazu gekommen war. Als Kurobone das viele Fett nach dem Abhäuten des Tiers erblickte, strahlte er und bemerkte: „Vielleicht ist diese Sumpfantilope trächtig. Woher sollte sie sonst so fett sein." Dann zog der listige Mann, ohne daß man ihn dazu aufgefordert hatte, sein Buschmesser heraus, um Myombekere beim Ausweiden des Tieres zu helfen. Denn er sagte sich wohl, daß es dem Klugen immer irgendwie gelingt, einen Anteil an der Beute der anderen zu ergattern.

Mit großer Fertigkeit weideten sie das Tier aus und legten die Eingeweide neben sich auf einen Haufen. Myombekere wies Ntulanalwo an: „Geh und wasche sie dort am Wasser! Schlitze sie ganz auf und reinige sie vollständig vom Kot! Dann bring alles zum Trocknen wieder her, damit es uns nicht schon beim Heimtragen auf dem Rücken verdirbt. Eine uns von den Vorfahren überkommene Regel besagt, daß aus einer Jagdbeute zunächst alles Blut entfernt werden muß. Es ist allerdings besser, sie auch von jedwedem Schmutz zu säubern. Nicht wahr, Kurubone?" – „Es ist immer besser, vorher den Dreck zu entfernen, als sich beim Tragen damit zu belasten," erwiderte dieser. „Mein lieber Myombekere, man kann es wirklich nicht besser sagen, als du es getan hast!"

Das Tier war in der Tat sehr fett und, sieh da, auch trächtig. Sie zogen aus dem Bauch ein weibliches Kitz heraus, das offenbar kurz vor der Geburt stand. Kurubone fand die Leber und aß als erster das rohe *obubisi*-Fleisch. Dann erst folgten ihm die beiden anderen. Sie träufelten Galle darauf und verzehrten mit Genuß das ungekochte Fleisch.

Nachdem sie das Fleisch von den Eingeweiden getrennt hatten, zerlegten sie es, um es besser tragen zu können, in einzelne Teile. Die Fleischstücke spießten sie hintereinander auf lange Stangen. Nur in der Mitte ließen sie etwas Platz frei, damit man die Stangen zum Tragen über die Schulter legen konnte. Dann machten sie sich zusammen auf den Weg zu Myombekeres Gehöft. Auch Kurobone ließ seine Last mit Schilfgras zurück, um beim Tragen des Fleisches zu helfen. Zu jenen Zeiten hätte sich niemand an dem vergriffen, was ein anderer abgelegt hatte, um es später heimzutragen.

Diejenigen, die ihnen auf dem Heimweg begegneten, riefen ihnen zu: *„Poleni na mawindo!* – Wir bedauern euch wegen der Mühen der Jagd! Mab'wana, gebt uns etwas von der Beute ab!" Sie entgegneten: „Nur aus unserer Sicht ist das eine Jagdbeute, für euch sind es gewöhnliche Schultern, die eine Last tragen!" Wenn aber jemand vorbeikam, den Myombekere sehr gut kannte, schnitt er ein Stück Fleisch ab und schenkte es ihm. So langten sie im Gehöft an.

Bugonoka war über die reiche Gabe sehr erfreut und stimmte zu ihrer Begrüßung einen Freudentriller an. Myombekere beauftragte seinen Sohn sofort damit, Holz zu zerkleinern und im Hof ein Feuer anzuzünden. „Man soll Jagdfleisch noch am selben Tage, an dem man es erlegt hat, rösten und verspeisen", erklärte er. Von der einen Körperhälfte des Tieres löste er alles Rippenfleisch ab. Bugonoka brachte ihm auf einem großen, flachen, *olunanga* genannten Holzteller *lunzebe*-Salz, d.h. Natronsalz, und er pökelte das Fleisch damit ein.

Ntulanalwo entfachte inzwischen ein Feuer. Als er sah, daß das Holz gut brannte, ging er daran, das Fleisch zu rösten. Er legte es dazu auf grüne *omumeya*-Zweige in die Glut, auf Zweige von einer Holzart, die man sonst zum Boots- und Hausbau verwendet. Das Fleisch wurde von der Hitze erfaßt, und sein Saft tropfte in die Glut, wodurch das Feuer auflöderte. „Mein Kind, ist das Fleisch noch nicht gar?" fragte Myombekere ungeduldig. „Du röstest das Fleisch für die Männer ja genauso lange, wie es für Frauen üblich wäre! Im ganzen Gehöft kann man riechen, daß du es verschmoren läßt! Der Wind wird den Geruch noch bis zu unserem Nachbarn Kanwaketa treiben." Kaum hatte Myombekere diese Worte ausgesprochen, hörte er auch schon Kanwaketa am Hoftor rufen: „Warum laßt ihr euch vor mir verleugnen? Es nützt euch nichts. Ich komme ja doch, meine Lieben!" – „Du hast großes Glück, Bwana", rief ihm Myombekere entgegen. „Denn du wirst ein langes Leben haben." – „Wann habt ihr denn geschlachtet?" wollte Kanwaketa wissen. „Als ich hier im Laufe des Tages nach euch fragte, sagte mir Bugonoka doch, daß ihr den ganzen Tag am See wäret, um Schilfrohr zu schneiden." – „Auch im Schilf kann man schon mal etwas erlegen, nicht wahr?" – „Sicher, und was für ein Tier habt ihr gefunden?" – „Ach Bwana, statt ‚gefunden' sag lieber ‚getötet'! – „Ja hattet ihr denn überhaupt Pfeile und Bogen dabei? Mit welcher Waffe habt ihr das Tier denn getötet?" Auf seine Fragen erzählte ihm Myombekere ausführlich die ganze Geschichte, wie sie das Tier erlegt hatten.

Nach dem Essen teilte Myombekere die Jagdbeute. Kurobone bekam einen Vorderlauf. Nach althergebrachter Kerewe-Sitte steht dieses Stück eigentlich demjenigen zu, der auf der Jagd den zweiten tödlichen Pfeil auf das Beutetier abgegeben hat. Wer als erster getroffen hat, wird *mwisi*, das heißt Töter, genannt. Der zweite heißt *omusongi*, das heißt Gehilfe. Auch der dritte und vierte haben eigene Bezeichnungen. Nach altem Jagdbrauch erhält jeder der Gehilfen einen bestimmten Anteil an der Beute. Nun, Myombekere behandelte Kurobone so, als ob er tatsächlich beim Erlegen des Tieres mitgeholfen hätte. In Wirklichkeit kam Ntulanalwo der Titel *omusongi* zu, aber da Myombekere und er aus demselben Gehöft stammten, wurden sie gemeinsam als *mwisi* angesehen, und Kurobone erhielt somit den Vorderlauf eines *omusongi*. Er nahm seinen Anteil entgegen und verabschiedete sich alsbald, um nach Hause zu gehen. Er versprach, am nächsten Morgen ganz früh vorbeizukommen, um mit ihnen gemeinsam die am Schilfmoor zurückgelassenen Lasten abzuholen. Als sich Kurobone verabschiedet hatte, zerkleinerte Myombekere seinen Anteil am Fleisch, während Ntulanalwo ein Gestell aufbaute, um das ihm zustehende Fleisch darauf zu trocknen.

Zu jener Zeit hatte schon lange kein Gast mehr bei ihnen im Gehöft übernachtet. Als Myombekere und Ntulanalwo an jenem Abend noch damit beschäftigt waren, ihre Jagdbeute zu verarbeiten, traf ganz unerwartet Bugonokas Bruder Lweganwa mit einem Gefährten ein. Ntulanalwo lief ihnen entgegen, um seinem Onkel die Waffen abzunehmen und ins Haus zu tragen. Myombekere rief währenddessen seiner Frau zu: „Bugonoka, bring schnell ein paar Stühle für unsere Gäste herbei!" Nachdem sie einander begrüßt und die üblichen Neuigkeiten ausgetauscht hatten, erklärte ihnen Lweganwa den Grund ihres Kommens: „Ich begleite diesen meinen Freund auf einer Brautwerbung in eure Gegend." Bugonoka erhob sich alsbald, um das Abendessen zuzubereiten, während Myombekere seinem Schwager in aller Ausführlichkeit von ihrem Jagderlebnis mit der Sumpfantilope erzählte. Lweganwa sagte darauf, zu Ntulanalwo gewandt: „Kumbe! Sohn meiner älteren Schwester, der Buschgott Karungu hat dir wirklich ausgezeichnetes Jagdglück verliehen. Wenn du etwas älter bist, wirst du sicherlich noch viel mehr davon abbekommen!"

Nach einer Weile lud Bugonoka sie zum Essen ein, indem sie Wasser zum Händewaschen brachte. Myombekere forderte seine Gäste auf: „Kommt von der rauchigen Ecke dort weg! Hier kann man besser sehen, welcher Kopf zu welcher Schulter gehört." Lweganwa und sein Gefährte ergriffen ihre Stühle, um sie zu der angegebenen Stelle zu tragen, wurden aber von Myombekere daran gehindert: „Nicht so, nicht so! Schwager, laß mich die Stühle tragen, sonst macht sich dein Gefährte noch über mich lustig und sagt hernach vielleicht, ich sei ein ungehobelter Mensch, der Gäste nicht höflich zu behandeln wisse." Darüber mußten alle lachen.

Beim ersten Hahnenschrei standen die Besucher schon wieder auf. Myombekere packte ihnen soviel Fleisch ein, wie sie wollten. Dann begleitete er sie vor das Hoftor. Dort überreichte er ihnen ihre Waffen und das Bündel mit dem abgepackten Fleisch. Da man Gästen in der Nacht kein Geleit gibt, nahm er sogleich Abschied von ihnen und kehrte ins Gehöft zurück, während Lweganwa und sein Gefährte in der Dunkelheit verschwanden.

Im Morgengrauen, ungefähr um die Zeit, wenn die Rinder nach draußen gelassen werden, kam bereits Kurobone, um sie zur Arbeit im Schilfmoor abzuholen.

Als Ntulanalwo seinen Fuß ins Schilffeld setzte, entdeckte er einen Vogel, der gerade eine kleine Schlange verspeiste. Er verwun-

derte sich laut, weswegen ihn die anderen nach dem Grund fragten.
– „Ich wundere mich über diesen Vogel", erklärte er. „Was ist das für
ein Vogel, der es wagt, eine Schlange im ganzen hinunterzuschlin-
gen, ohne sie vorher zu zerhacken? Kann sie ihn denn nicht beißen?"
– Diese Fragen veranlaßten Myombekere zu einer längeren Beleh-
rung: „Also, jener Vogel ist ein Schlangenfresser. Man nennt ihn
namukokoro, das heißt Purpurreiher. Außerdem ernährt er sich noch
von Fröschen, Eidechsen und Chamäleons. Er verschlingt seine Beute stets im ganzen, ohne sie vorher zu zerkauen. So ist er nun mal
erschaffen worden. Übrigens ist er selbst auch giftig. Wer von ihm
gebissen wird, kann daran sogar sterben. Daneben gibt es einen weiteren Vogel, der mit Schlangen kämpft. Man nennt ihn *isemututu*,
Sekretärvogel. Er spannt seine Flügel auf, um so das Schlangengift
abzufangen. Der Reiher hingegen stößt mit seinem Schnabel nach
dem Kopf der Schlange und hält sie damit am Boden fest. Wenn sie
versucht, sich ihm zu entwinden, schlägt er ihren Kopf solange auf
den Boden, bis sie völlig kraftlos ist. Dann verschlingt er sie vom
Kopf her, wobei sich ihr Hinterleib noch windet. Wenn du dich
mal am See umschaust, wirst du viele Vögel entdecken, die auf
dieselbe Weise große und kleine Fische fangen und im ganzen verschlingen."

Als sie die Stelle erreichten, an der sie tags zuvor die Sumpfantilope zerlegt hatten, fanden sie das dort von Kurobone abgelegte Bündel sowie ihr abgeschlagenes Schilfrohr unberührt vor. Kurobone
schlug vor: „Haya, ich helfe euch erst einmal, das Schilfrohr zu tragen. Später hole ich dann mein Bündel hier ab. Wohin soll ich das
Schilf tragen?" – „Ich möchte es zunächst nach Mbulamugani bringen. Von dort ist es nicht mehr allzu weit bis zu meinem Gehöft,
und wenn ich drei- bis viermal gehe, kann ich es allein von dort zu
mir hinschaffen." – „Los, machen wir uns schnell an die Arbeit, ich
helfe dir!" Myombekere und Kurobone strengten sich an und
schleppten mit vereinter Kraft doppelt so viele Bündel als gewöhnlich nach Mbulamugani. Dort lehnten sie sie aufrecht gegen einen
mächtigen omulumba-Baum. Mehrmals mußten sie hin- und hergehen, bis alles an Ort und Stelle war. Dann trennten sich Myombekere und Ntulanalwo von Kurobone. Vater und Sohn trugen von

Mbulamugani aus das Schilfrohr nach und nach ins Gehöft, wo sie die Bündel aufbanden und in der Sonne zum Trocknen ausbreiteten.

Am Abend brachte Bugonoka in einem Krug heißes Wasser hinter das Haus und rief ihren Mann, um ihm beim Baden behilflich zu sein. Sie wartete, bis er seinen Körper nach dem Waschen über und über mit fettgetränkten Reisern beklopft hatte. Dann rieb sie ihm das Fett in die Haut ein, um diese geschmeidig zu machen. Er sollte nicht mit schuppiger Haut umherlaufen wie jemand, um den sich keiner kümmert. Die Armen, die sich nur mit Wasser waschen können, bekommen eine trockene und rissige Haut. Man nennt sie ‚Leute, die sich ständig mit einer Schuppe aus Krokodilleder kratzen'.

Beim Baden bemerkten sie, wie jemand nahe am Hoftor vorbeiging und sich am Zaun entlangschlich bis zu der Stelle hinter dem Gehöft, wo sich Myombekere und Bugonoka gerade aufhielten. Es hörte sich so an, als ob sich ein Rind losgerissen hätte oder ein Hund hinter einem Stück Fleisch herschnüffelte. Myombekere spähte durch den Zaun und erblickte einen fremden Mann. Da erhob er ein großes Geschrei: „Welcher Hund streunt hinter dem Gehöft herum und meidet das Hoftor? Wer versucht von hinten herum zu kommen, ohne den Weg zu gehen, den anständige Menschen benutzen? Was wollt ihr hier? Hund, hier stehe ich bereits, um dich zu verprügeln und dir deinen gerechten Lohn auszuhändigen!" Jener zudringliche Mensch bekam offenbar einen gehörigen Schreck und lief, so schnell er konnte, von dannen. Als Myombekere und Bugonoka sahen, wie er eiligst kabatu, kabatu, kabatu, ohne sich umzudrehen, mit flatterndem Ziegenfellumhang davonlief, brachen sie in schallendes Gelächter aus.

Es gilt als sehr schlechtes Benehmen, sich unter Umgehung des Hoftors einem Gehöft wie ein Feind von hinten zu nähern. Denn was hindert einen Gast, das Hoftor zu benutzen? Diese Unsitte gleicht einer anderen, die jeden anständigen Kerewe-Mann in Zorn versetzt. In unserer Jugend und sogar noch, als wir schon erwachsen waren, durften wir uns weder am Tage noch in der Nacht trauen, auf den Weg zum Hoftor zu spucken oder die Nase zu schneuzen. Denn es hätte sein können, daß der Gehöftherr gerade eine Mahlzeit einnahm. In diesem Falle hätte er das Recht gehabt, den Frevler nach Belieben zu beschimpfen oder gar zu schlagen. Der Beschimpfte oder Geschlagene wäre selbst beim Gericht des Königs abgewiesen worden. Man hätte ihm nur gesagt: „Du hast keinen Anstand."

Am nächsten Morgen schickte Myombekere seinen Sohn zu Kanwaketa mit der Bitte, sie zum See zu begleiten, um dort Binsen zu schneiden, aus dem *emihotora*-Seile hergestellt werden sollten. Kanwaketa war sofort dazu bereit. Er kam, und am See machten sie sich eifrig an die Arbeit, jeder an seinem Platz.

Nach einer Weile hörte Ntulanalwo in seiner Nähe so etwas wie Schritte. Das hohe Gras bewegte sich, aber er konnte nichts erkennen. Seinen Vater herbeizurufen, getraute er sich nicht, denn er fürchtete, daß er von ihm vielleicht Schläge bekäme, wenn er ihn aus nichtigem Anlaß in der Arbeit unterbräche. Daher ging er zu Kanwaketa und berichtete ihm flüsternd, was er wahrgenommen hatte. „Ntulanalwo, hat das Ding bis zu diesem Augenblick im trockenen Ufergras geraschelt?" fragte Kanwaketa. -„Ja, gerade eben, als ich zu dir gegangen bin. Es klang so, als ob es nach oben steigen wollte." – „Komm, laß uns hingehen und nachsehen, was es ist, aber mach kein Geräusch!" Sie schlichen sich gebückt an, und auch Kanwaketa vernahm nun das Geräusch. Schließlich machte er dem Jungen mit den Augen ein Zeichen, in eine bestimmte Richtung zu blicken. Da erkannte Ntulanalwo einen riesigen Waran, der gerade aus dem Gras die Uferböschung emporstieg, um sich davon zu machen. Beide richteten sich auf und lachten erleichtert. Myombekere fragte: „Warum lacht ihr dahinten?" – Kanwaketa antwortete: „Wir lachen, weil deinem Sohn etwas mit großem Lärm entgegengekommen ist. Er rief mich zu Hilfe, und ich entdeckte einen dicken Onkel Waran. Darauf sagte ich ihm, daß er wohl meine, eine Sumpfantilope zu töten sei ein bloßes Nichts gewesen, die eigentliche Heldentat käme erst heute an die Reihe. Darüber lachen wir!" Als Myombekere das hörte, mußte auch er lachen.

Nachdem sie genug Binsen geschnitten hatten, trugen sie alles ins Gehöft. Dort aßen sie erst einmal. Danach stellten sie die Binsen senkrecht in der Sonne auf, um sie so schnell wie möglich trocken werden zu lassen. Mit großer Sorgfalt wendete Myombekere die Binsen von Zeit zu Zeit um. Und wenn von den Bäumen Schatten darauf fiel, trug er sie an einen anderen in der Sonne liegenden Platz. So ging es bis zum Sonnenuntergang.

Am nächsten Tag wollte Myombekere die ersten Schritte zur Herstellung der Schilfmatte einleiten. Schon früh am Morgen trug er die Binsen zum Nachbarn Kanwaketa, der ihm beim Anfertigen des Bindegarns helfen sollte. Mit dem Knüpfen der Schilfmatte wollte er später fremde Fachleute betrauen. Kanwaketa nahm die Binsen entgegen und bemühte sich, noch weitere Leute zur Mithilfe zu bewegen. Die er zusammenbrachte, waren gestandene Männer, die eine übernommene Arbeit auch gut zu Ende führen konnten. Als nächstes beauftragte Myombekere Bugonoka, Hirse zur Nachbarin zu tragen, damit sie ihr beim Mahlen helfen könne. Sie würden viel Mehl brauchen, um die vielen Helfer bei der Herstellung der Matte zu beköstigen. Bugonoka verlas die benötigte Menge an Hirse, legte sie in einen Korb und trug sie zur Nachbarin. Myombekere ging inzwischen zu den *Abagonzo*-Leuten an den See, um große Fische zu erwerben, die er den Helfern als Beikost anzubieten gedachte.

Als Bugonoka von der Nachbarin heimkehrte, traf sie auf Myombekere, der gerade vom See kam. „Du bist schon wieder da?" fragte sie erstaunt. – „Ja doch", erwiderte er. „Schau, habe ich nicht wahrhaft prächtige Fische bekommen?" Sie erkannte einen überaus großen *kambare-mamba*-Fisch und noch drei auch nicht gerade kleine *embozu*-Fische. Strahlend rief sie aus: „Diesmal kannst du deine Helfer angemessen bewirten!" – Er fragte sie darauf: „Kennst du nicht das Wort: ›Wenn du das Kind deines Nächsten zum Hirsespeicher schickst, um dir Korn herauszuholen zu lassen, mußt du ihm einen Scheffel davon zur Belohnung abgeben?‹ Oder denk an das andere Wort: ›Wer arbeitet, verdient es auch zu essen!‹" – „*Ndivyo hivyo, naam!* – Ja, genauso verhält es sich", stimmte sie ihm zu.

Am Nachmittag begab sich Myombekere zu drei Männern, die als gute Hersteller von Schilfmatten bekannt waren, und lud sie ein, ihm zu helfen. Auch seinen Nachbarn Kanwaketa fragte er deswegen. Alle vier sagten zu, sich am nächsten Morgen bei ihm einzufinden. So geschah es auch. Sie kamen gleich mit ihren Kindern, denn diese wußten, daß es Essen in Hülle und Fülle gab, wann immer ihre Väter zur Gemeinschaftsarbeit eingeladen wurden.

Nachdem alle versammelt waren, trug Myombekere seiner Frau auf, Wasser zu bringen, damit die Mattenflechter das Bindegarn einweichen könnten. Ntulanalwo wurde indessen nach einer Schüssel geschickt, in der das Garn gewässert werden sollte. Myombekere beschäftigte sich damit, fünf Stöckchen, die man als Nadeln beim Flechten benutzen konnte, entsprechend zurechtzuschnitzen. Nach diesen Vorbereitungen bekamen die vier Mattenflechter jeder ein Messer und Bindegarn, das sie vor sich auf die Erde legten. Dann begannen sie mit der Herstellung der Matte. Bugonoka entfachte währenddessen im Haus ihr Herdfeuer und bereitete die am Vortage gekaufte Beikost zu, das heißt den *kambare-mamba*-Fisch und die drei *embozu*-Fische. Die Mattenflechter strengten sich sehr an, und als die Sonne ihren Mittagsstand erreichte, war die Matte im der Größe von zwei mal dreieinhalb Ellen Länge fertig. Sie war sehr ebenmäßig ausgefallen und glänzte strahlend weiß in der Sonne.

Nach dem Essen gingen die Mattenflechter mit ihren Kindern wieder nach Hause. Myombekere hielt nur seinen Freund Kanwaketa noch zurück: „Warte, ich will dir erst die Gehöfte aufzählen, wo ich meine Werbung vortragen muß. Ich möchte dich, meinen Freund, bitten, mir, solange ich nicht da bin, zu helfen. Falls es mir gelingt, will ich morgen zur Insel Irugwa übersetzen und dort werben. Mein Freund, ich würde dir bei meiner Rückkehr gern dafür danken, daß du mich während meiner Abwesenheit unterstützt hast." – „Zähle nur alle Orte auf, wo du werben willst. Ich bin dir in jedem Fall behilflich. Wie könnte ich dir, meinem Blutsbruder, je eine Bitte abschlagen? Ehee Myombekere, wenn wir einander nicht stets helfen würden, wie könnten wir dann noch Nachbarn sein? Schließlich besteht keinerlei Feindschaft zwischen uns. Und anders als die Sperlinge, die den ganzen Tag über miteinander zanken, aber einträchtig zusammen auf einem Baum nächtigen, sind wir in Worten und Taten stets ein Herz und eine Seele. Einander zu helfen ist Brauch unseres Landes. Selbst jemandem, der nicht zur eigenen Sippe gehört, hilft man, ohne lange zu fragen. Was mich anbetrifft, mein lieber Myombekere, brauchst du in dieser Hinsicht keinerlei

Zweifel zu haben. Auch ich möchte liebend gern, daß dein Sohn Ntulanalwo eine Gefährtin bekommt. Mache dir also wegen der Brautwerbungsreise, die du für morgen planst, keine Sorgen! Du kannst damit rechnen, daß ich dir bei allem helfen werde, worum du mich bittest." Da zählte ihm Myombekere freimütig alle Dörfer und Gehöfte auf, die er der Brautwerbung wegen besuchen mußte.

Kanwaketa machte sich nach diesem Gespräch auf den Heimweg, und Myombekere begleitete ihn noch ein Stück, wobei er beim Abschied zu ihm sagte: „Bwana wee, geh und schlaf gut! Gehab dich wohl, denn wenn alles gut geht, werde ich morgen ganz früh aufbrechen und zunächst nach der Insel Bweni übersetzen. Dort will ich die Nacht verbringen und am nächsten Tag zur Insel Songe weiterreisen. Die Leute auf Songe werden mich wohl nach Majita übersetzen, und von dort, mein Freund, finde ich sicher den Weg zur Insel Irugwa. Paß auf mein Gehöft auf! Denn wenn der Gehöftherr auf Reisen geht, kann manche gefährliche Lage entstehen." – „In Ordnung", erwiderte Kanwaketa. „Wenn du uns nur *nabunyame*-Fische als Geschenk mitbringst!" – „Die kaufe ich auf jeden Fall, obschon ich dort weder Verwandte noch Freunde habe!" Lachend gingen sie auseinander.

KAPITEL 12

Ntulanalwos Vater reist zur Brautwerbung nach Irugwa

Bei Tagesanbruch traf Myombekere Vorbereitungen zur Abreise. Er wies seine Frau und seinen Sohn an, während seiner Abwesenheit das Unkraut unter den Bananenstauden zu jäten. Nach seiner Rückkehr müsse er dann an den Stauden nur noch die trockenen Blätter entfernen, um saubere Schäfte zu bekommen. Außerdem überprüfte er sorgfältig seine Waffen, denn das Land, in das er reisen wollte, war voll wilder Tiere. Als alles gerichtet war, nahm er Abschied von Bugonoka, ermahnte Ntulanalwo, auf das Vieh aufzupassen, und machte sich auf den Weg zur nächsten Furt. Dort setzte er über und trug seine Werbung in einigen Gehöften in der Landschaft Kisolya vor. Als er das hinter sich hatte, ging er noch bis nach Bweni, wo er die Nacht verbrachte.

Am nächsten Tag ruderten ihn die Leute von Bweni zur Insel Songe. Auch dort verbrachte er einen Tag und eine Nacht. Als es wieder Tag wurde, setzten ihn die Songe-Leute nach Majita über. Er benötigte einen ganzen Tag, um die Halbinsel zu durchwandern, und verbrachte die Nacht bei einem Freund in der Landschaft Ebugunda.

Schon ganz früh am nächsten Morgen ruderte ihn sein Freund zur Insel Irugwa. Dort ankerten sie das Boot an einer versteckten Stelle und machten sich auf die Wanderung, zu der sie nur ihre Waffen mitnahmen. Die Ruder und das Schöpfgefäß für das Bilgewasser ließen sie hingegen unbesorgt im Boot zurück, denn damals mußte man den Diebstahl solcher Geräte noch nicht befürchten.

Myombekere und sein Freund fragten die ersten, denen sie begegneten, nach dem Weg zu dem Gehöft, dessen Herrn sie wegen der Brautwerbung besuchen wollten. Sie trafen alsbald dort ein. Die Frauen nahmen ihre Waffen entgegen und trugen sie ins Haus, ohne daß man vom Gehöftherrn etwas sah. Das veranlaßte Myombekere zu der Frage: „Ist der Gehöftherr nicht da?" – „Doch", sagten die Frauen. „Er hat sich in der Hütte hingelegt, weil er krank ist." – „Wo ist seine Hütte?" Auf diese Frage hin erhob sich eine der Frauen, in deren Hütte der Hofherr lag, und führte die beiden Fremden dorthin. Im Hauptraum bot sie ihnen Stühle zum Sitzen an, während sie selbst in eines der Zimmer zu ihrem Mann ging, um ihn zu wecken: „Im Hauptraum warten zwei Fremde. Sie lassen dich grüßen." Er räusperte sich kräftig und fragte: „Sind die Fremden, von denen du sprichst, Männer oder Frauen?" Als sie ihm antwortete, daß es sich um zwei Männer handelte, die von weither mit dem Boot gekommen wären, wies er sie an: „Schnell, gib mir meinen Umhang aus Ziegenfell. Ich will mich anziehen und die Fremden im Hauptraum begrüßen!" Sie kam seinem Wunsch nach und reichte ihm einen Hackenstiel, auf den er sich beim Gehen stützte.

Im Hauptraum hieß er die Fremden willkommen. Und als sie die üblichen Nachrichten ausgetauscht hatten, fragte Bwana Myombekere ihn, an welcher Krankheit er leide. „Ach mein Freund, es gibt zahllose Krankheiten in der Welt", erwiderte er. „Meine Muskeln sind schlecht durchblutet. Ich leide unter der Krankheit, die in unserer Sprache *enzusi* genannt wird, das heißt Rheumatismus. Schon zweimal bin ich ärztlich behandelt worden. Man hat mir glühende *amasaku*-Nadeln, die die Form von Angelhaken haben, in die Haut gestochen. Diese Behandlung hat jedoch nichts bewirkt. Ich kann mich nicht erholen und muß tagelang, von Schmerzen gequält, im Bett bleiben. Es gibt Tage, an denen ich nicht einmal essen mag. Oh je, dann liege ich Stunde um Stunde mit meinen Schmerzen im Bett, finde keinen Schlaf und grüble. Wenn der Morgen dämmert, habe ich noch kein Auge zugetan. Meine Freunde, besorgt mir ein Heilmittel oder einen Fachmann, mit dessen Hilfe meine Krankheit geheilt werden kann! Vielleicht kennt ihr ja sogar einen Menschen, der wie ich unter Rheumatismus litt und davon geheilt wurde. Wenn mir jemand hülfe, würde ich ihm überaus dankbar sein. Ich besitze zwar keine Ziegen, aber ich könnte versuchen, von einem reichen Nachbarn eine zu bekommen, um sie zu Ehren dessen, der mir half, zu schlachten. Ich bin meiner Krankheit wegen völlig verarmt. Deswegen gibt es auch keine Trommel in meinem Gehöft. Aber am

Tage der Heilung würde ich eine große Eßschüssel mit einem Fell bespannen und meine Freude und Erleichterung vor den Wassern des Sees, dem es gleich ist, ob jemand reich oder arm ist, hinaustrommeln." – „Wahrlich, lieber Freund, du mußt doch allzu große Pein erdulden", bedauerte ihn Myombekere. – „Die Krankheit ist so schlimm, daß ich nicht mehr richtig gehen kann. Seht nur, wie gebrechlich ich bin, nur noch Haut und Knochen wie jemand, der lange Zeit hungern mußte!" – „Es tut mir leid, Bwana! Ich kenne zwar keinen Heiler für diese Krankheit, aber ich habe gehört, daß es bei uns zahlreiche Fachleute für die Behandlung mit heißen Nadeln gibt. Schließlich leben wir in einem großen Land. Wenn jemand etwas benötigt, muß er sich nur erkundigen, von wem und wo er es bekommen kann. Ein altes Sprichwort sagt: ›Wer nicht fragt, verbringt die Nacht im Busch neben der Hütte seiner älteren Schwester.‹ Aber ich bitte um Entschuldigung, daß ich euch mit meinem Anliegen behellige! Herr aller Herren, helft mir, mein Gehöft zu bauen! Ich bin zu euch geschickt worden, um euch um Erlaubnis für die Heirat mit einer Frau zu bitten." – „Wer hat dich geschickt?" – „Bwana Kalibata!" – „Wirbst du für dich selbst oder für einen anderen?" – „Ich werbe für meinen Sohn." – „Um welche von Kalibatas Töchtern wirbst du?" – „Um Netoga, die Tochter Tibwenigirwas!" – „Ei, um die wirbst du? Nun schön, Tibwenigirwa ist meine Großcousine, denn unser gemeinsamer Großvater hat ihre Mutter gezeugt. Also, meinetwegen, nimm diese Frau! Ich habe nichts dagegen einzuwenden. Nur habe ich den Wunsch, daß du der zukünftigen Schwiegermutter deines Sohnes ausrichtest, sie solle mir einen Heiler für meinen Rheumatismus suchen. Das ist alles." Nach dieser Rede drängte der Gehöftherr seine Frau, die Fremden zu beköstigen. Myombekere und sein Freund verbrachten auch die Nacht auf der Insel Irugwa.

Kaum dämmerte der Tag, brachen sie auch schon zum Ufer der Insel auf, um ihr Boot zu besteigen. Sie nahmen noch zwei andere Männer mit, so daß sie zu viert darin saßen. Das Boot trug die Last und ging nicht unter. Aber der Wind wehte sehr stark von Osten, so daß es gar nicht lange dauerte, bis das Boot kenterte und sie alle ins Wasser fielen. Die Männer bemühten sich sehr, nicht unterzugehen.

Sie schwammen wie die Frösche, und auch der Freund aus Jita stand ihnen nicht nach. Dabei riefen sie laut um Hilfe. Einige Fischer, die sich auf den Fang der großen *abagonzo*-Fische verstanden, hörten ihre Rufe, ließen ihre Netze im See treiben und eilten herbei, um ihnen beizustehen. Mit ihrer Hilfe fingen die Reisenden das Boot ein, leerten das Wasser aus dem Bootsinneren und setzten ihre Fahrt so unerschrocken fort, als hätte sich der Unfall gar nicht ereignet.

Alsbald legte sich auch der Wind, und der See wurde spiegelglatt. Sie ruderten, bis sie die Insel Majita erreichten. Dann umfuhren sie diese noch ein Stück bis zu der Landschaft Ebugunda. Dort zogen sie das Boot auf den Strand und verbargen es an einer versteckten Stelle. Gemeinsam wanderten sie alle bis zu den Gehöften der Männer, die sie mitgenommen hatten. Erst dort trennten sie sich von ihnen. Myombekere ging mit seinem Freund zu dessen Gehöft und verbrachte die Nacht dort.

Der Freund berichtete seinen Frauen von ihren Erlebnissen auf dem Wasser, wie ihr Boot kenterte und sie von einigen Fischern gerettet wurden. Dann wies er seine Kinder an, schnell eine Ziege zu schlachten, um auf diese Weise dem Freund Myombekere sein Bedauern darüber auszudrücken, daß sie sich während der Reise in Todesgefahr befunden hatten. In aller Eile hatten die Kinder die Ziege getötet und abgehäutet. Das Fell spannten sie auf, und das Fleisch wurde gekocht. Da die Jita-Frauen, anders als die Frauen der Kerewe, Ziegenfleisch keinesfalls verschmähen, sind die von ihnen daraus zubereiteten Gerichte überaus wohlschmeckend. Myombekere und sein Freund vergaßen jedenfalls über dem guten Essen die Todesgefahr, in der sie vor kurzem noch geschwebt hatten.

Am nächsten Morgen waren sie schon in aller Frühe wieder unterwegs, um ein Boot ausfindig zu machen, mit dem Myombekere zur Insel Bukerewe zurückfahren könnte. Als sie auf einen Achtsitzer stießen, fragten sie einen in ihrer Nähe stehenden Mann nach einer Gelegenheit zur Mitfahrt. Jener erklärte ihnen, daß sie erst morgen nachmittag nach Bukerewe führen, weil sie zuvor noch nach Irugwa müßten, um den dortigen Statthalter abzuholen. Dieser wolle dem Omukama von Kerewe seine Aufwartung machen. Myombekere fragte seinen Freund, ob er dieses Boot wohl nehmen solle. „Andererseits", so führte er aus, „bei aller Furcht vor dem Wasser habe ich doch keine andere Wahl. In welche Richtung ich mich auch immer wende, ich muß über den See und durch den Landstrich an der Küste. Wenn ich schließlich beides glücklich überwunden habe, führt mich der Weg im Inneren noch durch Gegenden, wo es wilde Tiere gibt, die mich zerreißen und auffressen können. Statt allein im Busch zu sterben, bevorzuge ich den Tod unter Menschen, die mich hernach beweinen können." Sie kehrten also in das Gehöft des Freundes zurück und nahmen gemeinsam eine Mahlzeit ein. Dann forderte der Freund seine Frauen auf, Myombekere als Freundschaftsgeschenk einen neuen Topf zu überreichen, damit er bei seiner Rückkehr nicht mit leeren Händen vor Bugonoka treten müsse. Jede der beiden Frauen brachte daraufhin einen neuen Topf herbei. Der Freund suchte einen Tragestock und befestigte an dessen vorderem Ende die Töpfe. Das Fell und ein Hinterlauf der Ziege, die man tags zuvor zu Myombekeres Ehren geschlachtet hatte, wurden an das hintere Ende des Tragstocks gehängt.

Beim Abschied sagte Myombekere: „Ihr braucht mich nicht zu begleiten. Ich warte beim Boot, um den Statthalter nicht zu verfehlen. Das wird mich ausreichend beschäftigen. Er trifft sicher bald ein, denn es ist beinahe windstill." Der Freund ließ es sich aber nicht nehmen, doch mitzugehen. Er wollte am Ufer ausharren, bis sein Freund abgereist wäre, und dann erst zu seinen Frauen nach Hause zurückkehren.

Als sie das Seeufer erreichten, war der Statthalter, schneller als erwartet, schon eingetroffen, und die Bootsleute standen bereit, sich in die Ruder zu legen und loszufahren. Myombekere begrüßte den Statthalter so ehrerbietig, als ob er der König persönlich sei. Dann bat er ihn um Erlaubnis, in seinem Boot mit nach Bukerewe genommen zu werden. Der Statthalter erkannte sofort, daß Myombekere wie er selbst auch ein Kerewe war, und gewährte daher seine Bitte: „Lade ruhig deine Habe ein", sagte er, „denn auch ich will nach Bukerewe reisen, um dem König meine Aufwartung zu machen. Ich werde allerdings schon in Kitale an Land gehen." – „Labeka, meine Ehrerbietung! Das macht gar nichts, denn das Land gehört einem einzigen König, Euer Gnaden", erwiderte Myombekere.

Während das Schiff längsseits am Strand lag, verluden die Bootsleute ihre Sachen und hoben den Statthalter sowie seine Frau ins
Boot. Dann drehten sie das Schiff so, daß der Bug in Richtung des
Sees und das Heck an Land wiesen. Sie legten ihre Ziegenfelle ab,
um in der heraufziehenden Dämmerung ihre Arbeit nackt zu verrichten. Dann ergriffen sie die Ruder und stiegen behende in das
Boot. Nachdem sie die Ladung nochmals geordnet hatten, drückten
sie auch Myombekere eine Ruderstange in die Hand. Denn sie sahen, daß er von kräftiger Gestalt war, mit starken Gliedmaßen und
ausgeprägten Muskeln, ein Mann wie ein voll ausgewachsener *omu-
sense*-Baum. Der Steuermann gab den Leuten im Bug die Anweisung: „Ihr im vorderen Teil des Bootes, rührt mit euren Rudern das
Wasser heftig auf, damit alle anderen auch Wasser unter die Ruder-
blätter bekommen! Kameraden, beeilt euch! Wollt ihr etwa die
Nacht auf dem Wasser verbringen? Wir wollen doch in Mugwaboba-
lita oder Mumulambo ankommen, noch bevor es ganz dunkel ist.
Los, beeilen wir uns, damit wir beim König Pombe trinken können!" Auf diese Worte hin begannen die Irugwa-Leute vorn im
Schiff, ihre Ruderstangen wie auf einen Schlag zu bewegen, so wie es
erfahrene Ruderer tun, und die hinten im Boot folgten ihnen im
Takt, den ihnen ein Sänger mit seinem Lied vorgab.

Während der Fahrt legte der Sänger von Zeit zu Zeit eine Pause
ein, um zu verschnaufen und den Ruderern Gelegenheit zu geben,
ekilangi-Tabak zu schnupfen. Nachdem sie sich geschneuzt und auf
diese Weise erfrischt hatten, forderten sie einen anderen Ruderer auf,
das nächste Lied anzustimmen. Als Myombekere dies beobachtete,
fragte er verwundert: „Die Männer, die hier vor den anderen singen,
tun dies wohl sehr gern?" – „Bwana, wir wissen es nicht", antwortete
man ihm. „Jeder versucht es, so gut er kann. Und wenn einer darüber lachen möchte, soll er nur lachen! Aber wie steht es mit dir,
Bwana? Los, sing auch du uns etwas beim Rudern vor!" Da sang
Myombekere mit seiner tiefen Stimme folgendes Lied:

Myombekere: Ndelembi, yee! Du, Ndelembi!
Alle: Mm! Sie ist eine tolle Frau!

Myombekere:	Ndelembi, yee! Du, Ndelembi!
Alle:	Mm! Sie ist eine tolle Frau!

Myombekere:	Ndelembi, yee! Du, Ndelembi!
Alle:	Mm! Sie ist eine tolle Frau!

Myombekere:	Ndelembi, oh unser Kind!
Alle:	Oh! Hee! Oh! Hee!

Myombekere:	Gebt die Erlaubnis,
	das Kind zu verheiraten!

Alle:	Ndelembi! Gebt die Erlaubnis,
	das Kind zu verheiraten!

Myombekere sang auf diese Weise, aber gleichzeitig strengte er sich an, das Wasser mit seinem Ruder umzupflügen. Die Bootsleute lauschten seinem Lied, während sie mit ihren Armen und Schultern die Ruderstangen heftig bewegten. Nach einer Pause erhob Myombekere abermals seine schöne, ihm angeborene Stimme:

Myombekere:	Ndelembi, oh unser Kind!
	Gebt die Erlaubnis,
	das Kind zu verheiraten!

Und alle fielen mit lauter Stimme ein:

> Ee, hee! Ee, hee! Ndelembi!
> Gebt die Erlaubnis,
> das Kind zu verheiraten!

Myombekere hatte sich sehr bemüht, seiner Stimme einen schönen Klang zu geben, um das Herz eines jeden Ruderers und Mitreisenden im Boot zu bewegen und zu erfreuen. Als die Zuhörer gewahr wurden, daß er zum Ende seines Gesangs gekommen war, wollten sie noch mehr von ihm hören. Mit seiner wunderschönen Stimme, die ihm Gott geschenkt hatte, gab er daraufhin eine Zugabe. Als auch diese endete, hörte er die Freudentriller, die die Frau des Statthalters ausstieß. In die Stille hinein ließ sie mit lauter Stimme ihr „Keye, keye, keye!" vernehmen. – „Kind achtbarer Eltern, unseren Glückwunsch für diese Leistung!"

Bei soviel Anerkennung freute sich Myombekere über alle Maßen und sang noch ein drittes Lied. Es war, als ob er besessen sei, so überirdisch schön sang er. Jedermann im Schiff spürte den Zauber. Die Ruderer bewegten regelmäßig ihre kräftigen Schultern und Arme, mit denen sie die Ruderstangen umfaßt hielten, um das Wasser des Nyanza-Sees zu zerteilen. Einer von ihnen sprang plötzlich voller Begeisterung auf und trug im Namen aller folgenden Lobpreis auf den Königshof vor:

Haya, haya, haya, haya! Ihr verheirateten Männer!
Dieses Wasser zerbricht keinem die Knochen!
Du, Boot mit dem Namen Nyacheyo, wiege deine Kinder,
daß sie sicher die Gefahren des Sees überstehen,
daß sie an Land kommen und zum König gelangen,
an den Ort der Regenmacher!

Dorthin, wo die Emsigkeit der Bienen herrscht,
wo es unendlich viele Worte gibt,
wo der königliche Frieden waltet,
wo eine unüberschaubare Menschenmenge versammelt ist,
wo sich das oberste Gericht befindet.

Dorthin, wo von den Fellumhängen der königlichen Frauen
vielerlei Wohlgerüche ausgehen,
wo man sich die Zähne putzt,
wo die Zähne immer weiß glänzen!
Haya, haya! ihr Männer!
Noch heute werdet ihr von soviel Glanz eingeschüchtert dastehen!

Als der Statthalter dieses hohe Lob auf den Königshof hörte, verwunderte er sich und dachte lange darüber nach, wie er es entgelten könnte. Schließlich schenkte er Myombekere für seinen Gesang ein neues Hackenblatt, das die Warongo in Buzinza geschmiedet hatten. Den Ruderern versprach er einen kastrierten Ziegenbock, den er gemästet hatte: „Wenn wir vom Königshof zurückkommen, könnt ihr ihn schlachten." Die Männer bedankten sich überschwenglich bei ihm für seine königliche Großzügigkeit. – Zu jener Zeit wurden die Statthalter noch wie die Könige selbst vom Volk geehrt. – Während Myombekere ihm zum Dank einen Segenswunsch sprach: „Dir allzeit viel Erfolg, du königliches Kind!"

An dieser Stelle unterbrachen sie für eine Weile das Singen und Rudern. Wer plaudern wollte, tat dies, und wer lieber im See ein Bad nehmen wollte, traf Anstalten dazu. Die Frau des Statthalters wurde gebeten, währenddessen die Augen abzuwenden: „Wir wollen ein wenig schwimmen. Bitte senke deine Augen!" Sie kam der Bitte nach, und die Männer sprangen ins Wasser, um ein Bad zu nehmen. Einige, die durstig waren, nutzten die Pause, um zu trinken. Dabei nahmen sie entweder die übliche Schöpfkelle oder die hohle Hand zu Hilfe. Wer während der Fahrt Schnupftabak genossen hatte, reinigte seine Nase. Nachdem die Badenden zurück ins Boot geklettert waren, konnte auch die Frau des Statthalters ihre schönen Augen wieder aufschlagen.

Noch ehe die Männer die Ruderstöcke aufgenommen hatten, wurde ein Mann im hinteren Boot von einem starken Harndrang befallen. Er bat daher, ihm das Urinierhorn, emborogero genannt, anzureichen. Dieses wurde ihm sogleich gegeben. Nachdem er sich darin erleichtert hatte, schüttete er den Harn ins Wasser, und das Horn wurde wieder an seinen Platz gelegt.

Nach der Ruhepause begannen die Schlaggeber im Bug des Schiffes erneut mit ihrer Arbeit. Alle Ruderer fielen nach und nach ein und paßten sich ihrem Takt an. Auch Myombekere fuhr fort, die anderen mit seinen Liedern zu unterhalten. Als nächstes wählte er einen Bootsgesang auf Jita, einer benachbarten Mundart:

Myombekere: Oh, du Frau, ee! Du Frau!
Alle: Sie ist eine tolle Frau!

| Myombekere: | Oh, du Frau, ee! Du Frau! |
| Alle: | Sie ist eine tolle Frau! |

| Myombekere: | Oh, du Frau Nyabuunde! |
| Alle: | Hee, hee, hee, hee! |

Myombekere:	Ich möchte Schnupftabak!
Alle:	Bittet Nyabuunde darum,
	daß ich Schnupftabak bekomme!

Wenn ihr den Sinn dieses Liedes, das Myombekere auf seiner Rückkehr von der Insel Irugwa zum besten gab, verstehen wollt, will ich ihn euch erklären. Also, ein Mann beschwört ein Mädchen, während er es liebkost, sie möge ihm etwas, das er dringend wünscht, herbeischaffen: „Du Frau Nyabuunde, ich möchte Schnupftabak haben, der mit einer Perlenkette schön verziert ist, um ihn zu genießen."

Als Myombekere bemerkte, daß sie sich bereits den beiden Inseln Busyengere und Kweru kwa Mune näherten, wurde er sehr fröhlich. Die Leute wunderten sich darüber, mit welcher Geschwindigkeit er die Ruderstange, die man ihm gegeben hatte, betätigte, um das Boot voranzutreiben. Einer versuchte, ihn herauszufordern: „Entschuldige, aber du kommst mir vor wie ein Baum, der zum Kind einer Ruderstange gemacht wurde. Spiel dich nur nicht auf, ich kann dich allemal schlagen, bis du in Stücken auf meiner Handfläche liegst. Versuch nur nicht zu prahlen. Ich bin der Mann, der dich, Baum aus der Steppe, bei weitem übertrifft!" Alle im Boot brachen daraufhin in lautes Gelächter aus, auch der Statthalter und seine Frau mußten lachen. Als sie über diese Rede noch ein wenig verwirrt waren, wurden sie dadurch aufgeschreckt, daß Myombekere dem Spötter die Stange entriß, indem er sagte: „Ich brauche eine dickere Ruderstange, um das Wasser damit schneller zerteilen zu können. Du, laß dich von uns übersetzen oder schöpfe das Wasser aus der Bilge! Das Rudern besorgen wir!" Die anderen pflichteten ihm bei: „Du hast recht. Du bist ein Mann und sollst ein richtiges Ruder haben. Wir geben dem Spötter ein kleines Ruderstöckchen, das noch hier an Bord liegt."

Myombekere nahm seinen Gesang wieder auf, während sie aufrecht stehend an den Inseln Kweru und Busyengere vorbeiruderten, ohne daß sie wegen zu hohen Seegangs gezwungen gewesen wären, sich hinzusetzen. Als sie jedoch die Küste von Busyengere erreichten, wurde das Boot unruhig, so daß einige Ruderer das Gleichgewicht verloren. In den Gewässern dort lebt nämlich ein großer Raubfisch, *enkungurutale* genannt, der den See heftig bewegt. Sie begannen in ihrer Furcht, zum großen Wassergeist Mugasa, dem Herrscher des Sees, zu beten, er möge sie sicher durch die Gefahren hindurchgeleiten. Während sie noch zu Mugasa beteten, bemerkten sie, wie sich die Wasseroberfläche auf einmal wieder beruhigte und der Raubfisch nach unten wegtauchte, nicht ohne sich ihnen vorher in seiner ganzen Gestalt gezeigt zu haben. Als *enkungurutale* verschwand, atmeten alle im Boot erleichtert auf. Sie ruderten unverzüglich nach Kitale weiter, bis das Boot mit einem lauten Knirschen „chekwee" die Ankunft am Strand verkündete. Die Ruderer sprangen eilig aus dem Schiff und zogen es an eine versteckte Stelle. Erst dort hoben sie den Statthalter und seine Frau aus dem Boot und trugen sie auf ihren Stühlen ans trockene Land.

Von der Anlegestelle aus wanderten sie zu Fuß zum Bukindo, dem Königshof. Myombekere sammelte alle seine Habseligkeiten und begleitete sie ein Stück Wegs. Dabei bat ihn der Statthalter: „Bwana, wir sähen es gern, wenn du morgen zum Bukindo kämst, damit wir uns noch weiter mit dir unterhalten können. Bitte komm doch!" – „Wenn es irgendwie geht, komme ich, um mich mit euch weiter zu unterhalten", erwiderte Myombekere. „Ihr seid mir gegenüber sehr großzügig gewesen, und ich möchte keinesfalls undankbar sein." Kurz darauf trennten sich ihre Wege. Myombekere ging zu seinem Gehöft, während jene den Weg zum Königshof einschlugen.

Als Myombekere wieder gesund zu Hause eintraf, war die Freude Bugonokas unbeschreiblich, denn sie hatte gerüchteweise gehört, daß auf dem See Leute umgekommen wären. Außerdem wußte sie, daß einem auf dem Wasser viele tödliche Gefahren drohen. Hätte nicht ihren Mann dieses Unglück betreffen können? Schließlich sind wir alle nur ,Wanderer mit einer Leiche im Gepäck'. Daß dies keine müßigen Gedanken sind, weiß hier jedermann. Bugonoka kannte auch den Spruch der Kerewe: ›Kein Mensch ist der Küstengegend gewachsen.‹ Es gibt dort nicht einmal einen hohen Baum, auf den man sich retten könnte.

Also, als Bugonoka ihren Mann gesund heimkehren sah, waren alle diese Ängste verflogen, und sie wurde sehr fröhlich. Schließlich war sie eine einfache Frau, die ihren Mann über alles liebte. Während seiner Abwesenheit hatte sie sich jeden Tag gefragt, was dem Armen wohl alles zugestoßen sein könnte. Wenn Myombekere unterwegs war und sie ihre täglichen Pflichten erledigt hatte, pflegte sie sich im Gedenken an ihn mit irgendeiner kleinen Arbeit auf seinen Stuhl in die Nähe seiner Hütte zu setzen und das Hoftor zu beobachten, damit sie, wenn er käme, gleich aufspringen und auf ihn zueilen könnte, um seine Waffen entgegenzunehmen. Auch träumte sie stets von ihm. Einmal träumte sie, ihr Mann wäre gerade von einer Reise zurückgekehrt und sie unterhielten sich über seine Erlebnisse. Da wachte sie auf und wurde gewahr, daß sie allein war. Ein anderes Mal träumte sie, ihr Mann würde von zwei Rhinozerossen verfolgt, vor denen er sich auf einen hohen Felsen flüchtete. Er hätte die ganze Nacht dort oben verbringen müssen, bis sie in der Dunkelheit endlich abzogen. Solche Träume beschwerten ständig Bugonokas Herz und machten sie ängstlich, daß ihm etwas zugestoßen sein könnte.

Bugonoka trug ihrem Mann sofort das Essen auf, das sie zusammen mit der Beilage für ihn aufbewahrt hatte. Er war ein ruhiger Mensch und hatte ein offenes Gesicht. Wenn man ihn ansah, glaubte man, er lächle. Nachdem er gegessen hatte, stand er alsbald auf, um nach seinen Bananen zu sehen. Dort fand er kein einziges Unkraut. Voller Anerkennung sagte er zu Bugonoka: „Kumbe! Ihr habt die Aufgaben, die ich euch auftrug, wirklich ausgezeichnet erledigt! Ich muß mich in der Tat nur noch mit meinem Anteil an der Arbeit, den trockenen Blättern, befassen."

Erst nach dem Abendessen berichtete Myombekere von seinen Erlebnissen auf der Reise zur Insel Irugwa. Bugonoka empfand großes Mitleid wegen der Beschwernisse und Gefahren, die er bestehen mußte. „Loo! Mama wee! Kumbe! Während wir uns hier sattgegessen haben und ich nutzlose Träume hatte, warst du in Todesgefahr!

Du könntest jetzt einer von denjenigen sein, die unbekannt irgendwo im Busch zugrunde gegangen sind, jemand, den man in der Kerewe-Sprache *omulirwanoni* – den von den Vögeln Betrauerten – nennt. Der Gedanke daran bereitet mir Kummer. Wir erfahren viel zu spät von diesen Gefahren." – „Nun ja, es stimmt, daß schon viele Tage darüber vergangen sind. Aber nicht so viele, daß man – um eine Redewendung der Kerewe zu gebrauchen – nicht mehr von der ‚Hörweite einer Waldeule' sprechen könnte." – „Mein Mann, du hast recht. Es stimmt! Aber wenn beispielsweise die Kinder deines Freundes zu uns hätten kommen müssen, um uns von deinem Ableben und dem Tod ihres Vaters zu unterrichten, hätte das doch sehr lange Zeit gedauert, und keiner von uns hätte dich inzwischen beweint." – Myombekere gab dem Gespräch eine andere Richtung, indem er sagte: „Die Frauen meines Freundes haben mir diese zwei Töpfe als Geschenk für dich mitgegeben. Sie lassen dich beide vielmals grüßen. Außerdem habe ich dieses neue Hackenblatt vom Statthalter der Insel Irugwa geschenkt bekommen, als ich ihn auf seiner Fahrt zum Königshof begleitete. Vielleicht schenkte er es mir, weil ich so heiße wie alle Leute hierzulande." – „Welche Leute meinst du?" – „Die Kerewe!" – „Und welchen Namen tragen sie alle gemeinsam?" – „Er lautet: *Wamuuza sauti*, das heißt: Sie verkaufen ihre Stimme." Da begriff Bugonoka augenblicklich, daß Myombekere den Ruderern Lieder vorgesungen hatte. Sie lachte und stimmte den Freudentriller an. Nach dieser Unterhaltung erhoben sie sich alsbald und gingen gemeinsam zu Bett.

Früh am nächsten Morgen fand sich der Nachbar Kanwaketa ein, um Myombekere willkommen zu heißen. Auch ihm berichtete Myombekere von seinen Reiseerlebnissen, wie er ins Wasser fiel und den Statthalter von Irugwa auf der Seefahrt begleitete, wie er den anderen vorsang und sie dem großen Raubfisch vor der Insel Busengere begegneten. Kanwaketa unterbrach ihn mit der Frage: „Wie habt ihr euch denn vor dem Raubfisch retten können?" – „Dadurch, daß wir zu Mugasa, dem Herrscher des Sees, beteten. Außerdem hatte das Boot einen Steuermann. Also der hat den kleinen Finger seiner linken Hand mit dem Messer angeritzt, so daß das Blut heraustropfte. Als er seinen blutigen Finger in das Wasser hielt, sahen wir den enkungurutale abtauchen. Da wußten wir, daß wir gerettet waren, und haben weiter gesungen und gerudert, bis wir in Kitale ankamen. Mein Freund, das ist mein Reisebericht. Wie du siehst, ist ein Wunder geschehen. Sonst hätten mich jetzt schon längst die *soga*- und *dagaa*-Fische gefressen. Wie sagt der Volksmund doch gleich? ›Wer in die Gewalt von Mugasa, des Herrschers zur See, gerät, wird von den *soga*- und *dagaa*-Fischen gefressen. Wer aber der Gewalt Karungus, des Herrschers auf dem Land verfällt, wird von den Würmern gefressen.‹" Kanwaketa erkundigte sich noch, wohin und wann er Myombekere bei der Brautwerbung in der näheren Umgebung begleiten sollte. Myombekere antwortete ihm: „Heute ruhe ich mich aus. Aber morgen will ich zu Bwana Kalibata gehen, um mich nach seinen Plänen für das weitere Vorgehen zu erkundigen. Ich werde dir dann Bescheid sagen."

KAPITEL 13

Myombekere und Kalibata schließen zugunsten Ntulanalwos eine Verlobung

Als Myombekere seinen Freund Kanwaketa noch ein Stück Wegs geleiten wollte, fiel ihm die Schilfmatte in die Hände, die er vor seiner Reise nach Irugwa hatte anfertigen lassen. Inzwischen lag Staub auf ihr, und einige Spinnen hatten sich bereits in ihr angesiedelt. Bei genauer Betrachtung entdeckte Myombekere, daß auch die Ratten sie schon an einigen Stellen angenagt hatten. Sonst war sie aber zu seiner Freude noch in Ordnung. Er reinigte sie sorgfältig und breitete sie in der Sonne aus, während er zu Bugonoka sagte: „Die Matte, die wir zu den Brauteltern tragen wollen, muß besonders schön sein, so daß sie den Beschenkten auch wirklich Freude bereitet. Schließlich sollst du dich ja nicht schämen müssen, wenn du sie dem Gehöftherrn überreichst." Bugonoka bemerkte: „Das Stück da, das der Werbung wegen überreicht werden soll, sieht in der Tat so sauber und makellos aus wie ein Fellumhang, den man aufbewahrt, um ihn zu verleihen. Es ist doch so: Wenn du den Fellumhang eines anderen entleihst und vorgibst, ihn bei dieser oder jener Gelegenheit tragen zu wollen, wird es dir kaum gelingen, ihn heil, ohne Löcher oder ohne irgendeinen anderen Makel, der den Eigentümer erzürnt, zurückzubringen. Selbst wenn du glaubst, ihn fehlerlos und ohne Schaden bewahrt zu haben, kommt es immer noch auf die Einstellung des Eigentümers zu dir, dem Entleiher, an. Wenn er dir wohlgesonnen ist, wird er erfreut sein. Ist er es nicht, wird er bestimmt etwas daran auszusetzen finden. Sofern du ein bedachtsamer und gewissenhafter Mensch bist, wirst du selbst immer voller Reue feststellen, daß du dich wegen irgendetwas schämen mußt. Paß also gut darauf auf!" – „So wie die Matte im Augenblick beschaffen ist, kann sie gut zur Brautwerbung verwendet werden. Sie sieht weder benutzt noch irgendwie häßlich aus, sondern so, daß die Leute sagen, zwischen den Eltern der Brautleute wird dieses Geschenks wegen keine Mißstimmung entstehen." – Bugonoka erwiderte darauf: „Paß trotzdem auf! Die eigentliche Werbung findet ja erst bei Kalibata statt. Es kommt also vor allem darauf an, daß die Matte gut bei ihm ankommt, damit er sich wirklich darüber freuen kann."

Am nächsten Tag stand Myombekere bereits beim zweiten Hahnenschrei auf. Im Dunkeln der Hütte tastete er nach seinem Bogen und nach der Schilfmatte. Dann verließ er das Haus und ging zum großen Hoftor. Er öffnete es, schritt hindurch und machte sich noch in der Dunkelheit auf den Weg zu Kalibata. Die Schilfmatte trug er abwechselnd auf den Schultern und auf dem Kopf.

Bei seiner Ankunft geleitete man ihn sofort zur Hütte des Hofherrn. Ohne Umschweife kam Myombekere dort auf sein Anliegen zu spechen und erklärte Kalibata, daß er die ihm aufgetragenen Verwandten der Brautmutter besucht und damit nun alle Bedingungen der Brautwerbung erfüllt habe. Er begann seinen Bericht mit jenen, die auf der Insel Bukerewe lebten, und erzählte dann ausführlich, was er bei den Verwandten auf den anderen Inseln, auf Irugwa, Lyamondo und Lyamagunga, gesehen und gehört hatte. Besonders ging er auf die *enzusi*-Krankheit des Gehöftherrn ein, den er auf der Insel Irugwa aufgesucht hatte. Er überbrachte dessen Botschaft an die Frau Kalibatas, sie solle für ihn nach einem Fachmann für Rheumatismus suchen. Myombekere erzählte unter anderem, daß er während der Schiffsreise beinahe ertrunken wäre, hätten ihn nicht einige *abagonzo*-Fischer gerettet. Auch von den gefährlichen Begebenheiten der Rückreise berichtete er, und daß er trotzdem wieder gesund nach Hause gekommen wäre. Er beendete seine Rede mit den Worten: „Ich darf euch die Erfüllung eurer Bedingungen melden, euch außerdem die Schilfmatte, die ihr von mir verlangt habt, überreichen und euch ersuchen, meiner Brautwerbung nunmehr endgültig zuzustimmen." Nachdem er dies ausgesprochen hatte, wich die Spannung von ihm, und er setzte sich. Tibwenigirwa, die Mutter des umworbenen Mädchens, beauftragte eines der Kinder: „Geh und hol mir den Krug herein, den ich am Hoftor zum Wasserschöpfen bereitgestellt habe, damit ihn mir die Rinder nicht zertrampeln. Ehe ich gehe, will ich erst der Verhandlung hier zuhören."

Nachdem Kalibata ein wenig nachgedacht hatte, sagte er mit etwas lauterer Stimme als gewöhnlich: „Du, Bwana Myombekere!" – „Labeka, meine Ehrerbietung! Mögen wir alle miteinander in Frieden leben", warf der Angesprochene ein. – „Amen, so sei es", stimmte Kalibata ihm zu. Dann fuhr er fort: „Ich denke, daß das Herz eines jeden Menschen unter solchen Umständen voller Mitgefühl ist. Ich will damit sagen, daß es nicht nur mein eigenes Herz, beziehungsweise das Herz dieser oder jener Person betrifft, sondern unser aller Herzen hier. Sieh, wärest du wirklich ertrunken, dann hätte doch jeder, der den Grund deiner Reise kannte, gesagt, er mußte nur deshalb sterben, weil er auf Brautwerbung war. Stimmt das oder täusche ich mich?" – „Wahrscheinlich irrt ihr euch nicht. So würde es wohl sein!" – „Manche schicken einen Werber, ehe sie ihm ihre Tochter geben, in immer größere Entfernungen. Mir gefällt dieser Brauch überhaupt nicht. Ich will daher mit dem, was du schon getan hast, zufrieden sein. Andererseits habe ich jedoch nicht die Absicht, mich über den Willen unserer Tochter hinwegzusetzen. Das kann ich nicht. Manche befehlen ja einfach, wen die Tochter heiraten soll. Ich sehe jedoch keinen Sinn darin, sondern halte ein solches Vorgehen für töricht. Es ist einfach falsch, eine Heirat anzuordnen. Deshalb möchte ich vorher noch etwas ganz offen mit dir bereden, das der Bereitschaft meiner Tochter, in dein Gehöft einzuheiraten, noch im Wege steht. Es soll hernach kein heimlicher Groll zwischen uns zurückbleiben.

Also, neulich fand sich hier ein Mann namens Ntamba ein und fragte uns, ob es etwa stimme, daß wir unsere Tochter auf den Hof Myombekeres verheiraten wollten. Meine Frau und ich bejahten dies ohne Umschweife und fragten ihn, welchen Eindruck er von dir und deiner Familie hätte. Schließlich wollen wir unser Kind ja am Ende nicht unter die Dornen geworfen haben. Jener Mensch enthüllte uns darauf zu unserer großen Überraschung, daß Myombekeres Frau streitsüchtig wäre und beispielsweise anderen Frauen beim Wasserholen am Brunnen oder am See die Krüge zerbräche. Mit den Männern würde sie Schimpfworte wechseln. Sie wäre eben, kurz gesagt, eine Hexe. Außerdem würden bei Myombekere die Felder in der Dunkelheit bestellt. Gewöhnlich käme man erst gegen zwei Uhr nachts von der Feldarbeit zurück ins Gehöft. Der Mann ermahnte uns inständig, seinen Worten Beachtung zu schenken, worauf wir uns bei ihm für seine Enthüllungen bedankten. Die Alten pflegten zu sagen: ›Eine heimlich hinterbrachte Mitteilung, von deren Wahrheit du nicht überzeugt bist, wird dich bis zum Tode beunruhigen.‹ Darum spreche ich mit dir so offen darüber. Jener Ntamba ging sogar noch weiter mit seinen Anschuldigungen gegen dich. Er meinte, wenn wir unsere Tochter in deine Familie gäben, würden viele im Kereweland sich verwundert fragen, ob Bwana Kalibata vielleicht verrückt geworden sei oder ob er seine Tochter als Opfer für irgendwelche Hexereien verkauft habe. Warum sollte er seine Tochter sonst in die Gewalt Myombekeres geben, wenn nicht als Opfer? Beispielsweise hätte Myombekeres Frau zunächst keine Kinder bekommen können. Mit Hexerei wäre es ihr dann aber doch noch gelungen. Man hätte einen älteren Verwandten von Myombekere als Opfer getötet und dadurch die Schwangerschaft ermöglicht, aus der der Knabe Ntulanalwo hervorging, eben jener Sohn, für den die Braut jetzt bestimmt sei. Wenn wir unsere Tochter dennoch diesem Sohn zur Frau geben wollten, so müsse er das zwar in unser Ermessen stellen, aber wir sollten dabei doch in Betracht ziehen, daß dessen Mutter Bugonoka eine schlimme Hexe sei.

Als Ntamba gegangen war, haben meine Frau Tibwenigirwa und ich den Fall eingehend unter uns beredet. Was gibt es doch nicht alles in der Welt! Wir dachten immer, daß du ein guter Mensch seist, geachtet und geliebt von deinen Mitmenschen. Deswegen haben wir deinen Werbungen um unsere Tochter auch stattgegeben. Und nun kommt dieser Ntamba vorbei und zerstört diesen Eindruck mit seinen Worten, beziehungsweise wirft Asche darüber. Loo! Aber vielleicht ist ja etwas Wahres an dem Gerede der Leute, wenn sie sagen, daß man nicht heiraten kann, ohne Neid und falsche Anschuldigungen anderer hervorzurufen. Wenn es sich so verhält, sollen die Worte Ntambas ohne Bedeutung für uns sein. Im Augenblick sind wir jedoch sehr unsicher. Sollen wir deine Werbung nicht doch endgültig abweisen, obwohl alle Bedingungen erfüllt sind und wir dich Armen wahrlich hart geprüft haben? Andererseits neigen wir dazu, dir unsere Tochter zu geben, damit du sie mit deinem

Sohn verheiratest, denn für dich hatten wir uns vorher schon entschieden. Eigentlich wollen wir gar keinen anderen, und darum sollte es bei dir bleiben. Auch schenken wir den Vorwürfen Ntambas keinen rechten Glauben. Sage uns, in welcher Beziehung stehst du zu ihm? Gehört er zu eurer Sippe, oder wie verhält es sich sonst? Sprich du nun ein klärendes Wort!" – Myombekere griff die letzte Frage als erstes auf: „Ntamba und ich haben nichts gemeinsam, weder Sippe noch sonst irgendeine Bindung! Mit meiner Frau und seiner Frau verhält es sich ebenso. Es gibt keine Beziehungen zwischen uns. Allerdings hegt er feindselige Gefühle gegen mich. Deren Ursache will ich euch kurz darlegen. Eines Tages, als ich zu meinen Schwiegereltern gegangen war, um sie wegen meiner Frau um Verzeihung zu bitten, beauftragte ich meinen Neffen damit, die Rinder zu hüten. Bei jener Gelegenheit drangen zwei Kühe in Ntambas Feld ein und fraßen von seiner Hirse. Auch sein Saatbeet zerstörten sie. Ntamba eilte zornig herbei und begann, auf meinen Hütejungen, das heißt meinen Neffen, einzuschlagen. Er schlug solange, bis das Kind halbtot war. Wäre es ihm nicht doch noch entwischt, hätte Ntamba es vermutlich getötet. Da ihm dies nicht gelungen war, ging er zum Dorfvorsteher und verklagte mich. Am nächsten Morgen wurde ich zur Gerichtsverhandlung auf das Gehöft des Jumben gerufen. Ich obsiegte in der Verhandlung, und er wurde aufgefordert, sofort als Gebühr für die Entscheidung des Jumben einen Ziegenbock herauszugeben. Außerdem mußte er ein zweites Tier als Blut-Ziege an meinen Neffen geben, um sich so vom fremden Blut an seinem Körper zu entsühnen. Damit war der Streitfall zwischen uns eigentlich erledigt. Er aber haßt mich seither wie Feuer das Wasser. Eine Zeit lang grüßte er nicht mehr, wenn wir uns begegneten, sondern tat so, als träfe er im Busch auf ein wildes Tier. Ähnlich verhielten sich seine Frau und alle Mitglieder seiner Familie. Aber seit der Zeit, als meine Frau unseren Sohn abstillte, grüßen wir uns wieder. Kumbe! Jetzt, wo ich um eine Frau für diesen Sohn werbe, kommt er auf die uralte Geschichte zurück und sät wieder neue Zwietracht, indem er mich bei euch anschwärzt. Was habe ich ihm denn angetan? Im übrigen, mein Freund Kalibata, ich versichere euch mit allem Nachdruck, Bugonoka kann nicht hexen. Wenn sie es könnte, hätte sie uns längst um Leib und Leben gebracht. Ihr kennt nun die Gründe, warum Ntamba mich haßt." Kalibata rief erleichtert aus: „Kumbe! Jetzt können wir erst richtig verstehen, wieso das ganze auf Haß und Neid beruht! Für uns ist die Angelegenheit damit endgültig erledigt. Rede nicht weiter davon! Die Frau ist dir nun gewiß!" – Voller Dankbarkeit rief Myombekere aus: „Ich umgreife eure Füße, weil ihr euch dazu entschlossen habt, sie mir zu geben! Sprecht alles offen aus, was euch sonst noch auf der Seele liegt, und hört nicht auf die Einflüsterungen der Neider! Erfüllt mir meine Bitte, die ich euch vorgetragen habe!" – Kalibata nahm darauf wieder das Wort: „Übrigens sind wir von der Schilfmatte, die du uns mitgebracht hast, sehr angetan. Sie ist wirklich vollkommen! Aber was ich dir am Tage, als ich die Matte von dir verlangte, versprach, nämlich daß der Tag, an dem du sie mir brächtest, auch der Tag sei, an dem unsere Tochter deinem Sohn als Frau zugeführt würde, diese Zusage verursacht mir nun Beschwer. Mein Freund, da ist noch etwas, das ich dir gestehen muß. Verzeih, ich bin ja auch nur ein Mensch. Kumbe! Ich bin vom Gang der Ereignisse einfach überrascht und beunruhigt worden. Deswegen habe ich versäumt, dir rechtzeitig mitzuteilen, daß du noch eine weitere Aufgabe erfüllen mußt, bevor du die Braut heimführen kannst." – „Wohlan, haltet euer Wort nicht vor mir zurück und verliert nicht eure Sprache! So groß kann die zusätzliche Aufgabe doch auch nicht sein. Also, mein Gefährte, worum handelt es sich?" – „Ich schleiche schon die ganze Zeit drum herum. Jetzt sollte ich es dir wohl offen sagen: Die noch verbleibende Aufgabe besteht darin, daß du mir vier Krüge mit Bananenbier als herkömmliche Gabe des Bräutigams an den Brautvater beischaffst. Danach soll die Verlobung endgültig geschlossen sein." – „Ich werde mich bemühen, das Bier aufzutreiben. Wenn ich welches gefunden habe, bringe ich es euch." Danach erhob sich Myombekere und wartete, bis man ihm die Waffen gereicht hatte. Der Sitte gemäß begleitete ihn Kalibata noch ein Stück auf dem Heimweg.

Als Myombekere zu Hause ankam, reichte ihm Bugonoka erst sein Essen. Dann fragte sie ihn, welche Nachrichten er mitbrächte. Er antwortete: „Heute, liebe Frau, ist mir eine noch eine weitere Bedingung gestellt worden." – „Was für eine Bedingung?" – Myombekere erzählte ihr zunächst, welche Verleumdungen ihm Kalibata vorgetragen hatte, ehe er mit seinem Wunsch nach vier Krügen Bananenbier als herkömmliche Gabe für den Brautvater herauskam. Über die üble Nachrede war Bugonoka sehr bestürzt, faßte sich allerdings schnell wieder und kam auf das Bier zu sprechen: „Mein Mann, dauert es nicht zu lange, bis du deine eigenen Bananen ernten und zum Nachreifen eingraben kannst, um gutes Bier daraus zu bereiten? Vielleicht ist es besser, deinen Freund Kanwaketa zu bitten, dir von seinen Bananen zu leihen. Er wird es dir nicht abschlagen. Wenn deine eigenen Bananen reif sind, kannst du ihm die entsprechende Menge zurückgeben." Myombekere war mit dem Rat seiner Frau einverstanden und machte sich sogleich zu Kanwaketa auf.

Er traf ihn im Gespräch mit seiner Frau. Sie wünschten einander einen guten Abend und Kanwaketa fragte ihn: „Mein Mitgefühl, was gibt es Neues von der Brautwerbung?" Myombekere erwiderte darauf: „Noch ehe du Mehl für die Breiklöße daraus machen kannst, mußt du es schon vernichten." Alle begannen über dieses Rätsel zu lachen. Kanwaketas Frau löste es sogleich auf: „Deine Worte stimmen! Die reine Wahrheit, in der Tat! Wenn man nicht das Glück hat, eine bestimmte Sache zuvor in die Hand zu bekommen, kann man sich ihrer hernach auch nicht erfreuen!" Myombekere erwiderte: „Und warum ist es so? Sieh, heute wurden schon viele Worte gezeugt. Mein Mit-Vater, das heißt, der Vater des umworbenen Mädchens, trug mir auf, ihm noch vier Krüge mit Bananenbier als Hochzeitsgabe für den Schwiegervater zu bringen. Erst dann könne die Heirat stattfinden. Dieser Auftrag treibt mich zu deinem Mann. Er hat bereits Bananen zum Nachreifen vergraben und ist im Begriff, Bier zu brauen. Bis meine Bananen reif sind, kann er mir vielleicht die notwendige Menge von vier Krügen borgen? Ich gebe ihm später die gleiche Menge Bier zurück." Kanwaketa entgegnete darauf: „Warum soll ich dir das Bier nur borgen? Unser Grundsatz ist doch, daß dein Freund dir ohne Vorbehalte und Verpflichtungen aus jeder Not hilft."

An dem Tage, als sie die Bananen aus der Grube holten und ausdrückten, wurden dreizehn große Krüge und ein halber voll Bananensaft gefüllt. Da es weit mehr war als erwartet, begaben sich

Myombekere und Kanwaketa zum Königshof, um dem Omukama und seinem Statthalter, in dessen Begleitung Myombekere von Irugwa hergereist war, ihre Aufwartung zu machen.

Beim König wurden sie allerdings nicht vorgelassen. Er war nämlich gerade erst von einem Ausgang zurückgekehrt und ruhte sich in seinem *enengo* genannten Schlafhaus aus. Sie fragten daher einen der Diener, wo sich der Statthalter von Irugwa, den sie eigentlich sehen wollten, aufhalte. Sie bekamen zur Antwort: „Er wohnt bei Bwana Kazoba. Er war mit dem Omukama zusammen und hat sich die ganze Zeit mit ihm unterhalten. Er ist eben erst zu seinem Gastgeber gegangen."

Im Gänsemarsch liefen Myombekere und Kanwaketa zum Gehöft Kazobas. Ehrerbietig, als ob er der König selbst wäre, begrüßten sie dort den Mann von Irugwa. Nur kurze Zeit später folgten ihnen einige Diener des Königs zum Gehöft Kazobas. Jeder von ihnen trug einen großen Krug mit Bier, insgesamt sechs. Myombekere und Kanwaketa zwinkerten einander zu, was heißen sollte, daß sie von ihrem Glück überzeugt waren, denn wenn man jemanden besucht, bekommt man entweder etwas zu trinken oder man bekommt nichts. Der Statthalter wies auf einen der Krüge und sagte zu seinem Gastgeber Kazoba: „Das Bier darin ist für dich, Myombekere und seinen Gefährten bestimmt." Die drei bedankten sich darauf überschwenglich bei ihm. Zwei Krüge wurden unter die Ruderer des Statthalters verteilt, die übrigen drei ließ er ins Haus schaffen.

Kazoba und die beiden Freunde strengten sich an, den ihnen zugeteilten Krug Pombe zu leeren. Auch die Ruderer waren eifrig mit ihrem Bier beschäftigt. Nachdem sie ihren Anteil getrunken hatten, erhoben sich Myombekere und Kanwaketa alsbald und verabschiedeten sich vom Statthalter, weil zu Hause noch viel Arbeit auf sie wartete.

Am nächsten Tag war das von Kanwaketa gebraute Bier herangereift. Es hatte die Süße des Frischbieres, das man als *omubiro* bezeichnet, und gab kleine Blasen ab, die einem beim Trinken in die Nase stiegen. Sie füllten es aus dem Braubottich in einzelne Gefäße um, und Kanwaketa schenkte Myombekere vier Krüge sowie eine Kalebasse davon. Dieser brachte das Bier nur eben nach Hause, dann ergriff er sofort seine Waffen und machte sich auf den Weg zu seinem Mit-Vater, um ihm zu melden, daß die als ‚Hochzeitsgabe für den Schwiegervater' geforderten Krüge mit Bier bereit stünden.

Zu Kalibata sprach er: „Ich komme heute nur, um dir anzukündigen, daß ich das Bier bekommen habe. Es ist noch ganz süßes *omubiro*-Bier. Morgen wird es besonders gut schmecken, da ist es schon *ihira*-Bier. Ich sagte mir, daß es besser ist, dir rechtzeitig dieses Geschenk anzukündigen, damit ihr nicht überrascht seid oder wir niemanden bei euch antreffen und am Ende das Geschenk wieder mit nach Hause nehmen müssen." -„Das ist recht so", erwiderte Kalibata. „Denn wir sind arm und bleiben darum auch nicht die ganze Zeit an einem Ort zusammen, als ob wir Könige wären." Sie mußten über diese Antwort lachen. Myombekere bat alsbald um seine Waffen, wobei er erklärte: „Ich bin in Eile, weil ich noch den Leuten Bescheid sagen muß, die mir morgen beim Tragen des Bieres behilflich sein sollen. Bwana, was im Augenblick zu sagen war, ist gesagt. Leider habe ich keine Zeit zum Verweilen. Die Leute kennen heutzutage keine Muße mehr. Auch sind sie weniger bereit, sich zugunsten eines anderen an einer Gemeinschaftsarbeit zu beteiligen. Sie beneiden einander und belauern sich gegenseitig mit eifersüchtigen Augen. Vielleicht ist es bei euch hier besser?" – „Bwana, laß uns davon schweigen, wie es hier zugeht. Ach, du meine Güte! Wir können uns ein anderes Mal darüber unterhalten." Myombekere verschiedete sich von der Frau des Gehöfts: „Alamsiki!" Worauf Tibwenigirwa ihm antwortete: „Wir wollen dich noch ein Stück Wegs begleiten!" So geschah es. Dann überreichte man ihm seine Waffen, und er eilte nach Hause, während Kalibata und seine Leute in ihr Gehöft zurückkehrten.

Myombekere aß zu Hause einige Kartoffeln, die seine Frau für ihn zubereitet hatte, und suchte dann vier Leute auf, entsprechend der Anzahl der zu tragenden Bierkrüge, um sie zu bitten, ihm am nächsten Morgen zu helfen.

Schon beim ersten Hahnenschrei fanden sich die Geladenen in Myombekeres Gehöft ein. „Wir haben uns sehr beeilt", sagten sie, „um nicht zu spät zu kommen, denn wir fürchteten, daß du noch andere zum Tragen eingeladen hättest, mit denen du dann alleine als

Gehilfen losgingst. Außerdem pflegten unsere Altvorderen zu sagen: ›Für den, der weit vom See entfernt wohnt, ist eine Reise auf dem See eine aufregende Sache, aber für den Küstenbewohner ist sie ganz alltäglich.‹ Basi Bwana, beeil dich! Wir wollen jetzt aufbrechen, damit wir rechtzeitig wieder zu Hause sind. Wenn wir Kanwaketa gehörig streicheln, gibt er uns vielleicht hinterher noch von seinen Biervorräten etwas zu trinken ab." Myombekere antwortete ihnen: „Ich bin ganz eurer Meinung, meine Herren, und habe hier schon auf euch gewartet. Kommt ins Haus und sucht euch die Last, die ihr tragen wollt, selbst aus!" Sie erhoben sich geschwind und liefen ins Haus, als ob sie vor den anderen dort sein und die leichteste Last erwischen wollten. Sagt doch ein Sprichwort: ›Das erste Rind an der Tränke bekommt klares Wasser, das letzte muß Schlammwasser trinken.‹ Jeder nahm sich einen der etwa gleichgroßen Krüge mit Bier, und Myombekere trug die Kalebasse, die ihm Kanwaketa am Abend zuvor zusätzlich gegeben hatte. Er führte die Gruppe unterwegs an, während ihm die Männer auf dem Weg folgten.

Sie trafen so früh an Kalibatas Gehöft ein, daß ihnen das Hoftor noch aufgeschlossen werden mußte. Auf ihr Rufen hin sprang Kalibata aus dem Bett und eilte zum Tor, um ihnen Einlaß zu gewähren. Auf dem Weg wurde ihm erst klar, daß es sich um höchst willkommene Gäste handelte, und er erinnerte sich an den Spruch unserer Vorväter: ›Ein lieber Gast ist wie das Geschenk einer guten Mahlzeit. Er hat schöne Haare, die dem Auge wohlgefallen.‹ Im Gehöft verbreitete das Bananenbier alsbald überall seinen angenehmen Duft. Sogar in den Hütten drang es den Menschen noch in die Nase.

Nachdem man für die Gäste eine Mahlzeit zubereitet hatte, wurde das Essen gereicht, und sie aßen erst einmal. Hinter ihrem Rücken nutzten die anderen Bewohner des Gehöftes die Gelegenheit, ebenfalls einen Happen zu essen. Eigentlich wird dies mit dem Bemerken, daß der Magen des Menschen bei der ersten Mahlzeit keinen Morgentau mehr habe, als unschicklich abgelehnt.

Nach dem Essen forderte Kalibata seinen Sohn auf: „Nimm alle deine männliche Kraft zusammen und trage jenen Krug dort zu den Gästen, damit sie davon trinken können!" Und zu Myombekere gewandt, sagte er: „Mein Mit-Vater, du hast dich und deine Gefährten heute um etwas gebracht. Darum nehmt wenigstens diesen Krug von mir entgegen. Ein jeder möge ein klein wenig daraus trinken." Myombekere erwiderte ihm: „Mein Mit-Vater, wir ziehen es vor, die Frau zu bekommen, anstatt uns satt zu essen und zu trinken. Das können wir ein anderes Mal tun." Seine Gefährten pflichteten ihm bei: „Eine Mahlzeit reicht nur für einen Tag. Aber eine Frau ist für das ganze Leben. Auch wenn die Speise so groß ist wie ein Elefant, wird sie von den Menschen doch schnell verzehrt. Nichts Eßbares ist in dieser Welt von Dauer!" Nach diesen Reden begann der Sohn Kalibatas damit, das Bier auszuschenken. Erst reichte er seiner Mutter etwas davon.

Man nennt diese Gabe das ‚Hexer-Bier', weil es den Gästen beweisen soll, daß der Trank nicht vergiftet ist. Vergiftete Getränke kamen früher oft in unserem Land vor. Leute, die in der Nähe des Sees oder eines Flusses wohnten, benutzten dazu die Galle eines Krokodils, die Bewohner der Steppe die Rinde und den Saft des *omulaganina*-Baums und viele andere Gifte, die einen Menschen augenblicklich töten können.

Nachdem der Ausschenker seiner Mutter das ‚Hexer-Bier' gereicht hatte, gab er Myombekere als nächstem etwas zu trinken. Dieser nippte nur daran und gab die Trinkschale dann an seine Mit-Mutter, das heißt an Tibwenigirwa, mit den Worten weiter: „Mit-Mutter, nimm das Bier aus meinen Händen, ich reiche es dir!" Tibwenigirwa nahm es entgegen und dankte ihm: „Asante sana, mein Mit-Vater!" Alle bekamen danach in der Trink-Kalebasse, die *olusabuzyo* heißt, ihr Bier ausgeschenkt. Myombekere mahnte den Ausschenker: „Fülle noch etwas Bier nach, bis das *olusabuzyo*-Gefäß ganz voll ist!" Der Knabe füllte gehorsam die Kalebasse bis zum Rand, dann bat ihn Myombekere: „Nimm das Gefäß hoch und reiche es deinem Vater!" Der Knabe erhob sich und tat, wie ihm geheißen. Kalibata sagte darauf: „Mein Sohn, trink du zuerst, dann gib es mir!" Der Knabe setzte zum Trinken an, zog aber seine Lippen schnell wieder zurück, verzog das Gesicht und begann zu husten. Kalibata fragte erstaunt: „Was ist los? Prahlst du nicht ständig damit herum, wieviel Bier du schon trinken kannst? Heute, wo du es beweisen sollst, hast du plötzlich genug davon?" Der Junge erwiderte: „Baba, dieses Bier hier ist besonders stark, loo!" Kalibata setzte das randvolle Trinkgefäß an die Lippen und leerte es auf einen Zug. Die Gäste wunderten sich darüber und bemerkten: „Dieser Herr muß ein leidenschaftlicher Biertrinker sein! Wir könnten es nicht wagen, ein so großes Gefäß so schnell zu leeren." Kalibata erklärte ihnen, warum er das Bier in dieser Weise trank: „Als ich jung war, habe ich auch noch aus so kleinen Gefäßen Bier getrunken wie ihr. Aber man mußte mir ein solches Gefäß dreimal hintereinander füllen, ehe es an die anderen weitergereicht werden konnte. Mit diesem neuen Maß kann ich nun sagen, ich nippe nur am Bier, ohne den Eindruck zu erwecken, mich zu betrinken." Die Gäste bewunderten ihn: „Loo, kumbe! Das war sehr geschickt von dir. Nicht jeder käme auf einen solchen Einfall!."

Als sie den Krug mit Bier geleert hatten, sagte Kalibata zu Myombekere: „Also, für heute haben wir alles erledigt. Geh jetzt nach Hause und warte zwei Tage. Am dritten Tage führe uns die Frau zu, die die Braut am Tage der Hochzeit in ihre neue Heimat geleiten soll. Am vierten Tag ruhe deine Beine bei dir zu Hause aus und am fünften Tag schicke jemanden her oder komm selbst, um den genauen Zeitpunkt der Hochzeit zu erfahren. Das ist alles, was ich dir im Augenblick mitzuteilen habe, mein Mit-Vater. Da wir nun die Biergabe für den Brautvater gemeinsam getrunken haben, kann auch das Mädchen die Hochzeit nicht mehr hinauszögern." Myombekere und seine Gefährten sagten wie aus einem Munde: „Es geschehe so, wie du sagst! – *Ndivyo ilivyo, kama hivyo!"* Kalibata brachte ihnen darauf ihre Waffen und geleitete sie nach draußen auf den Heimweg.

Nach der Rückkehr aßen sie im Gehöft Myombekeres ein wenig, dann eilten sie sogleich zu Kanwaketa weiter, um Bier von ihm zu erbetteln. Kanwaketa empfing Myombekere mit den Worten: „Mein Freund, es kommt mir so vor, als wenn jemand diesmal einen Magneten ins Bier getan hätte oder etwas anderes, das ich nicht kenne. Kaum war die Sonne aufgegangen, da kamen viele Menschen hierher, allein, zu zweit, zu dritt. Auch unser Dorfvorsteher fand sich mit mehr als zehn Leuten ein. Ich holte sofort den ihm zustehenden Krug mit Bier herbei und händigte ihn ihm aus. Aber auch die vielen anderen Besucher bedrängten mich, ihnen Bier zu geben. Sie wollten nicht länger mit dem Trinken warten. Ich sprach beruhigend auf sie ein und sagte zu ihnen: ›Wartet doch noch ein wenig, bis Myombekere kommt!‹ Daraufhin bedrängten sie mich nur noch umso mehr, so daß ich ihnen am Ende ihren Krug mit Bier überlassen mußte. Kaum hatten sie diesen geleert, traf zu meinem Schrekken ein Sohn des Königs mit großem Gefolge hier ein. Es sah so aus, als wollten sie mein Gehöft zugrunde richten. Beunruhigt bot ich ihnen Stühle an, und sie ließen sich darauf nieder. Dabei dachte ich mir, ich sollte erst einmal abwarten, was sie vorhätten. Manchmal geht ja ein böses Geschick auch still an einem vorüber. Als sie ein wenig verschnauft hatten, rief mich der Sohn des Königs jedoch herbei und befahl mir, ihnen Bier auszuschenken. Ich sagte ihm gleich, daß nur noch wenig für ihn übriggeblieben sei, aber ich gäbe ihm alles, was ich für mich selbst zurückgestellt hätte. Ich holte einen kleinen Krug mit Bier und stellte ihm diesen zwischen die Beine. Er wies ihn aber zurück und meinte, ich solle nicht so mit ihm verfahren, als ob wir beide eine Scherzbeziehung miteinander hätten. Wie ich es wagen könnte, ihm jenes Krüglein anzubieten, während die großen Krüge im Haus verborgen blieben. Ob ich vielleicht wolle, daß er Unruhe in mein Gehöft bringe und seine Leute anwiese, meine Hütten zu durchsuchen und alles einzeln hinauszuschleppen. Ehe ich ihm noch antworten konnte, baten ihn die Leute aus seinem Gefolge, er möge nachsichtig mit mir sein, denn das Krüglein mit Bier wäre vielleicht alles, was ich noch übrig hätte. Der Sohn des Königs erwiderte darauf, er verstehe nicht, warum ich überhaupt mit dem Bierbrauen angefangen hätte, wo ich doch von vornherein hätte sehen müssen, daß so wenig dabei herauskäme. Er wolle dieses Krüglein nicht. Es sei zu klein. Ich ergriff sofort das Gefäß, trug es ins Haus zurück und brachte ihm stattdessen einen großen Krug. Als ich ihm jenen reichte, lächelte der hohe Herr und wurde wieder gut gelaunt, wofür ihm seine Begleiter laut dankten. Aber vorher war er wirklich ungehalten! Nun, sie öffneten den Krug, tranken das Bier restlos aus und zogen weiter.

Ich dachte noch über den Zwischenfall nach, da sah ich auf einmal, wie sich einige Diener des Königs meinem Gehöft näherten. Der Schreck fuhr mir erneut in die Glieder, und ich sagte mir, daß mir heute wohl nichts erspart bleiben sollte. Eigentlich wäre das Bier ja dazu bestimmt, Freude zu bereiten, aber heute sollte es mir offenbar Unheil bringen. Ich bot ihnen zunächst einmal Stühle an, und sie nahmen Platz. Zu allem sagte ich nichts, setzte mich auch nicht hin, sondern ging ins Haus in der Absicht, ihnen das Krüglein vorzusetzen, das der Sohn des Königs soeben zurückgewiesen hatte. Ich tat es auch ohne lange zu zögern. Zu meiner Überraschung hatten sie jedoch keine Einwände und fühlten sich offenbar auch nicht von mir gefoppt. Eben erst sind sie weggegangen. Sie brachten noch anderes Bier mit, das sie hier getrunken haben.

Myombekere, mein Freund und Gefährte, es tut mir leid, dir sagen zu müssen, daß mein ganzes Bier ausgetrunken ist. Als sie weggingen, haben sie mich völlig trocken zurückgelassen. Und doch bin ich froh, heil davongekommen zu sein, denn heute habe ich zu den Männern gehört, die der Volksmund als ‚Leopardentöter‘ bezeichnet.“

Damit spielte er auf folgende Sache an: Jemand, der einen Leoparden mit Pfeil und Bogen erlegt, läßt den Kadaver im Busch zurück und nimmt nur das Fell mit nach Hause. Die Sache spricht sich jedoch herum, und da es einem gewöhnlichen Untertan streng verboten ist, ein Leopardenfell zu tragen, bekommt er eine schwere Strafe auferlegt. Folglich trägt ein Leopardentöter, der das Verbot kennt, das Fell als Geschenk zum Königshof, es sei denn, er wurde während der Jagd vom Leoparden zerrissen. Also halten wir fest: Ein Leopardentöter ist folgenden Nachteilen ausgesetzt: Erstens, der Leopard zerreißt ihn; zweitens, Leopardenfleisch ist nicht genießbar; und drittens, das Fell eines Leoparden darf von einem gewöhnlichen Menschen nicht getragen werden. Er muß es schnellstens am Königshof abgeben, damit er nicht bestraft wird. Sind das nicht alles erhebliche Nachteile?

Einer der Männer, der Myombekere beim Tragen der Bierkrüge geholfen hatte und noch fast im Knabenalter stand, bat Kanwaketa: „Erzähl uns doch die Geschichte vom Leopardentöter!“ Kanwaketa ging sofort darauf ein und begann zu erzählen:

„Also, der Leopardentöter war ein echter Mann. Jeden Tag ging er im Busch auf die Jagd. Die erlegten Tiere wurden von ihm selbst und den Leuten in seinem Gehöft gegessen. Eines Tages befand er sich mit einigen anderen wie gewöhnlich auf der Jagd. Diesmal erlegte er ein besonders wildes Tier, das Leopard genannt wird. Als er sich die Gestalt des Tieres näher ansah und entdeckte, was für einen gewaltigen Nacken es hatte, freute er sich über alle Maßen und sprach: ›Heute werde ich sehr fettes Fleisch zu essen bekommen.‹ Und als er die großen schwarzen Flecken auf dem Fell des Leoparden bemerkte, meinte er: ›Heute werde ich meiner Frau ein so wunderbar gezeichnetes Fell mitbringen, wie sie es in ihrem ganzen Leben noch nicht besessen hat.‹ Seine Gefährten rieten ihm: ›Los, beeil dich! Wir wollen dir helfen, das Tier abzuhäuten, damit wir alle noch nach Hause kommen, ehe die Sonne sinkt.‹ Sie zogen dem Leoparden das Fell so ab, daß die Krallen daran blieben. Das Fleisch aber ließen sie, ohne sich über dessen Verteilung zu streiten, unbeachtet im Busch liegen, denn die Menschen im Kereweland essen kein Leopardenfleisch. Darüber verwunderte sich der Jäger. Am Ende stellte er ihnen die Frage: ›Mbona? Meine Gefährten! Wie habt ihr Männer das Tier nur abgehäutet?‹ Sie antworteten ihm: ›Wieso fragst du?‹ Er darauf: ›Nun ja, bisher habe ich, wenn ein Tier erlegt wurde, immer erlebt, daß die Krallen oder Hufe an den Läufen hingen. Jetzt aber habt ihr sie beim Abhäuten am Fell gelassen.‹ Die Gefährten mußten über seine Dummheit lachen und antworteten: ›Die Tiere, deren Krallen oder Hufe sich nach dem Abhäuten an den Läufen befanden, waren alle eßbar. Manche vielleicht auch nicht. Aber dieses wilde Tier hier wird von den Kerewe-Leuten niemals gegessen. Es wird ähnlich abgehäutet wie Löwen, Geparden, Wildkatzen oder ein streunender Kater. Auch ihr Fleisch läßt man im Busch liegen.‹ Der Jäger äußerte sein Bedauern: ›Warum habe ich dieses Tier nur getötet, wenn es gar nicht eßbar ist?‹ Bei sich dachte er jedoch, daß er seiner Frau auf alle Fälle zu einem wunderschönen Fell verholfen hätte. Die Gefährten befestigten das Fell an einem Stock, den man über der Schulter tragen konnte. Dann machten sich alle auf den Heimweg zum Gehöft des Jägers. Dabei sangen sie das *ekibegi*-Lied, um den Jäger dafür zu preisen, daß er ein wildes Tier getötet hatte.

Am nächsten Tag erschienen seine Jagdgehilfen schon früh bei ihm im Gehöft und forderten ihn auf: ›Wach auf, wir wollen das

Fell schnell zum König tragen, denn kein Gemeiner darf es anlegen. Allein dem König ist es vorbehalten, ein solches Fell zu tragen.‹ Diese Worte kränkten das Herz des Jägers. Er stand nur widerwillig auf. Eigentlich hatte er gar nicht vorgehabt, zum König zu gehen. Seine Gefährten drängten ihn aber sehr, und so zogen sie alle zusammen mit Trommeln zum Königshof, wobei sie wieder das *ekibegi*-Lied zum Preis des Jägers sangen.

Als die Palastwächter von fern den Klang der Trommeln hörten, eilten sie vor den König und sprachen: ›Erfolg und Heil sei dir, Herr aller Herren! Wir möchten dir melden, daß wir von fern den Klang von Trommeln vernommen haben, die zum Preis dafür, daß ein wildes Tier erlegt wurde, geschlagen werden.‹ Der König befahl ihnen: ›Wenn diese Leute hier eintreffen, schlagt die emirango-Trommel für sie!‹

Wer ein wildes Tier erlegt hat und dem König etwa ein Löwenfell, ein Leopardenfell, die Hörner eines Rhinozerosses oder die Stoßzähne eines Elefanten als Geschenk bringt, wird unter den furchterregenden Klängen der *emirango*-Trommel im Palast empfangen. Die Menschen pflegen dann in der Erwartung, einem großen Ereignis beizuwohnen, in Scharen herbeizuströmen.

Als der Jäger und seine Gefährten im Königshof eintrafen, gebot der König ihren Trommeln Schweigen, so daß nur noch die *emirango*-Trommel zu hören war. Der sie schlug, ließ mit jedem Schlag seine Schultern kunstvoll tanzen. Die Frauen hatten ihre langen Perlenschnüre um die Hüften gelegt, und der König saß auf seinem Thron. Die Ankömmlinge näherten sich ihm, grüßten ihn ehrerbietig und überreichten ihm das Leopardenfell als Geschenk. Dann berichteten alle gleichzeitig, wie sie das Tier erlegt hatten. Der König befragte sie daraufhin einzeln, zunächst den Jäger, dann jeden seiner Gefährten. Am Ende hatte er alles genau verstanden. Er beauftragte einen Diener, das Fell zum Trocknen aufzuspannen. Währenddessen wurde unaufhörlich die große *emirango*-Trommel geschlagen, die mit ihrem gewaltigen Klang die Heldentaten eines Kriegers oder eines Jägers verkündet. Die Frauen ließen dazu ihre Freudentriller vernehmen: Keye! Keye! Keye!

Nachdem die Leopardentöter dem König ihr Geschenk abgeliefert hatten, verließen sie den Königshof, wobei sie wieder ihre eigene

Trommel schlugen und das *ekibegi*-Lied sangen. Ihnen folgte eine große Menschenmenge nach draußen vor den Hof, Frauen und Männer, die sich miteinander am *kusingya*-Tanz erfreuten.

Bei diesem Tanz stellen sich die Männer auf der einen, die Frauen auf der anderen Seite so auf, daß sie sich gegenseitig ins Gesicht sehen können. Sie schreiten dann aufeinander zu und umfassen sich, während sie ständig ihre Schultern ruckartig in die Höhe ziehen.

Alle hatten großen Spaß an diesem Tanz. Der König schaute ihnen eine ganze Weile zu, dann kehrte er in seinen Palast zurück. Es war Essenszeit.

Auf einmal erschien ein Palastdiener und gebot dem Tanzen Einhalt, weil der König zu speisen wünschte. Die Leopardentöter begaben sich darauf in Begleitung einer großen Menschenmenge zum Gehöft eines der königlichen Würdenträger, wo sie mit Kartoffeln bewirtet wurden. Nach dem Essen erschienen zwei Männer mit Bierkrügen. Kumbe! Diese Krüge voll Bier waren eine Gabe des Königs an die Leopardentöter, die das Bier schnell untereinander aufteilten und tranken, denn die Menschenmenge war viel zu groß, als daß jeder einen Schluck hätte abbekommen können. Die meisten sahen daher das Bier nur von Ferne, auf ihren Zungen spürten sie es jedoch nicht.

Am Nachmittag erschien ein Bote des Königs und teilte ihnen mit: ›Der König hat seine Mittagsruhe beendet und ein Bad genommen. Er möchte, daß jetzt die Tänze vor ihm aufgeführt werden.‹ Die fröhlichen und ausgelassenen Menschen, die zum Tanzen gerade in der richtigen Stimmung waren, dankten dem König, ohne daß er zugegen war, indem sie riefen: ›Möge er lange leben und es ihm stets gut gehen! Er ist die Sonne, deren Licht unsere Herzen erleuchtet. Ihm gebührt Lob und Preis dafür, daß er uns kleidet und ernährt.‹ Die Leopardentöter erhoben sich, um wieder ihre Trommel zu schlagen und das *ekibegi*-Lied zu singen. Fröhlich lärmend zogen sie auf das freie Feld vor dem königlichen Hof. Auch die Preis-Trommel des Königs, die *emirango*-Trommel, ließ wieder ihre mächtige Stimme erschallen.

Den Königshof schätzten alle. Jedermann, ob schwarz wie Ebenholz oder braun wie Bohnensuppe, Männer und Frauen, alle kamen, um die prächtig geschmückten Wachen des Königs zu betrachten. Die Frauen blieben nicht unter sich. Ob sie nun schwanger waren, ein kleines Kind auf dem Rücken trugen oder Kinder hatten, die schon laufen konnten, alle gesellten sich als Zuschauerinnen hinzu. Auch die unfruchtbaren Frauen hatten auf ausdrückliche Erlaubnis des Königs Zutritt. Die Leute drängten sich zuhauf wie schwarze Ameisen an einem frisch abgenagten Knochen. Kein Stöckchen hätte zwischen ihnen auf die Erde fallen können."

An dieser Stelle wurde Kanwaketa in seiner Erzählung von dem jugendlichen Helfer Myombekeres mit der Bemerkung unterbrochen: „Jetzt sehe ich alles viel klarer. Oh! Erzähle noch ein wenig weiter!"

Kanwaketa fuhr fort: „Die Sonne sank schon, da trat auch der König auf das freie Feld vor seinem Hof, um den Tänzern zuzusehen. Als die Menschenmenge im aufgewirbelten Staub den König erkannte, verfiel sie in einen Freudentaumel. Die Menschen huldigten ihm und überbrachten ihm ihre Abendgrüße. Danach sangen die einen das *ekibegi*-Lied weiter, die anderen nahmen das Schlagen der *emirango*-Trommel wieder auf.

Nach einer Weile schickte der König einen seiner Boten zu den Leopardentötern und bat sie alle zu sich, um ihnen ein Geschenk zu überreichen. Der *emirango*-Trommel gebot er Schweigen. Ehrerbietig knieten die Leopardentöter vor ihm nieder, wobei sie die Augen gesenkt hielten. Sie grüßten ihn mit den Worten: „Sei gesegnet, du unser Leben! Du unser Wohltäter sei geheiligt!" Nach kurzem Schweigen rief der König denjenigen, der mit seiner Waffe den Leoparden getötet hatte, bei seinem Namen. Er antwortete: ›*Labeka Mfalme!* – Meine Ehrerbietung, König!‹ Als er Anstalten machte, an seinem Platz zu bleiben, kam sofort ein Diener des Königs auf ihn zu und herrschte ihn an: ›He, was für ein Mensch bist du? Der König hat dich gerufen, und du stehst verdutzt da! Steh auf und tritt vor den König!‹ Der Mann tat, wie ihm geheißen, während die Menge weiter kniete. Einige mußten sich dabei mit einem Arm abstützen. Der König sprach zu ihm: ›Ich mache dir eine Färse zum Geschenk, weil du ein Held bist.‹ Der Leopardentöter dankte ihm: ›Habe stets Erfolg, du Sonne und das Licht aller! Mögest du lange leben, du Großmütiger, der du uns mit neuen Ziegenfellen kleidest und unseren Streit schlichtest! Möge es dir ewig wohlergehen in deiner Herrschaft!‹ Er umfaßte die Füße des Königs und küßte sie. Danach trat er zurück und verzog sich in eine Ecke. Der König rief nun den ersten und den zweiten Gehilfen des Leopardentöters auf. Jeder bekam von ihm eine Ziege geschenkt. Sie verabschiedeten sich alle von ihm und trieben die geschenkten Tiere, das heißt die Kuh und die zwei Ziegen, nach Hause.

Als sie am Gehöft des Leopardentöters ankamen, waren dort der Sitte des Landes entsprechend schon alle Töter wilder Tiere zusammengekommen, um bei dem, der zum ersten Mal ein solches Tier erlegt hatte, vier Tage lang zu speisen. Diese Leute bedrängten den Neuling in ihrer Runde, die Färse, die der König ihm geschenkt hatte, bei einem Rinderhalter gegen zwei Ochsen einzutauschen. Auch die beiden Gehilfen wurden bedrängt, ihre Ziegen jeweils gegen zwei Ziegenböcke zu tauschen. Vier Tage lang wurde im Gehöft des Leopardentöters gefeiert. Vom Morgen bis in die tiefe Nacht erklang das *ekibegi*-Lied, während man unaufhörlich aß, ganz wie unsere Vorväter zu sagen pflegten: ›Sie aßen Speisen, auf die keiner einen Anspruch erhebt.‹

Am vierten Tag sah es in dem Gehöft aus, als ob hier ein ganz armer Mensch wohnte, der nicht mehr ein noch aus wüßte. Die Hirse-Speicher waren völlig leer, ebenso die Kartoffelfelder. Die eingetauschten Ochsen waren geschlachtet und ratzekahl aufgegessen. Danach zog die Gesellschaft zum ersten Gehilfen und feierte dort einen Tag lang, danach zum zweiten Gehilfen. Beiden blieb nichts anderes übrig als die gegen das königliche Geschenk eingetauschten Ziegenböcke zur Verfügung zu stellen. Zum Schluß rieben sie ihre Körper mit Wildkräutern ein, um sich vor den Folgen der Leopardentötung zu schützen.

Junge, du siehst nun, was der Spruch unserer Vorväter ›Das Fleisch bleibt im Busch, und das Fell bekommt der König‹ in Wahrheit bedeutet. Wer einen Leoparden tötet, hat keinerlei Vorteile davon. Es ist nicht nur so, daß er das Fleisch des Tieres nicht verspeisen kann und dem König das Fell überlassen muß. Darüberhinaus hat er vier Tage lang die anderen Wildtöter zu ernähren und dabei alles aufzubieten, was er besitzt: das Gegengeschenk des Königs, seine Hirsevorräte und die Kartoffeln auf seinem Acker. Es scheint so, daß ihm wenigstens die beiden Ochsenhäute als Schlaffelle verbleiben. Aber eines davon muß er am Ende noch dem Heiler für schützende Mittel geben, denn er ist kein gewöhnlicher Mensch mehr und fortan von Geistern bedroht." Der junge Mann rief aus: „Kumbe! So ist das also! Nun begreife ich ganz klar, daß alles einen Sinn hat und werde es nicht mehr in Frage stellen. Ich bin überzeugt davon, daß es ein echter Vorzug ist, ein Kerewe zu sein. Die Sprechweise von euch Erwachsenen unterscheidet sich doch sehr von dem, was wir Jugendlichen uns erzählen. Unsere Reden sind eitles Geschwätz dagegen."

An dieser Stelle wandte sich Myombekere an Kanwaketa: „Bwana, heute haben wir dich sozusagen um Bier wie bei einer Trauerfeier gebeten. Bevor du es uns nicht gegeben hast, gehen wir nicht von hier fort." – „Du hast vollkommen recht", stimmte ihm Kanwaketa zu. „Ich will euch nicht nur mit Worten sättigen. Aber jener Junge hat mich mit seiner Frage zu einer längeren Rede verleitet. Doch es heißt auch bei den Kerewe: ›Das Wort ist wie ein Heilkraut, das gegen verschiedene Krankheiten hilft.‹ Kind ehrbarer Eltern, sollte ich umsonst geredet haben, oder sind wir darüber verschiedener Meinung?" – Die anderen beeilten sich, ihm zu versichern: „Einerseits hast du ja vollkommen recht, aber andererseits sind wir sehr durstig. Wir wollen, daß du uns jetzt ein wenig von den Brosamen angesehener Leute zukommen läßt. Wir wollen dich nicht unter Druck setzen wie unsere Vorgänger, sondern wir kommen als Bittsteller. Wir wollen auch nicht viel, sondern nur das bißchen, das du deiner Meinung nach erübrigen kannst." Kanwaketa rief einen Jungen herbei und beauftragte ihn, einen bestimmten Bierkrug herbeizuholen, um seine Gäste zu erfrischen. Als er ihn in Händen hielt, sprach er die folgenden Worte: „Seid willkommen, meine Gefährten, und empfangt von mir dieses Bier! Ihr könnt von Glück sagen, daß es noch übriggeblieben ist. Das wäre nicht der Fall, wenn die anderen davon gewußt hätten." Myombekere dankte ihm: „Asante! Wer nur wenig gibt, ist kein Verweigerer. Jene anderen Trinker haben ihren Teil bekommen, wir wollen uns mit unserem Anteil bescheiden." Dann tranken sie, und ein munteres Wort folgte dem anderen.

Als sie noch Bier tranken, kamen weitere acht Männer ins Gehöft. Kanwaketa vermutete zunächst, daß der Sohn des Königs mit seinen Leuten zurückgekommen sei. Kumbe! Es waren jedoch andere Besucher. Sie wollten nicht bleiben und sich auch nicht zu den übrigen Gästen setzen, sondern an einem anderen Fleck allein mit Kanwaketa sprechen. Dort sagten sie ihm: „Genosse, wir sind nicht umsonst gekommen. Wir bringen etwas mit, das wir gegen Bier tauschen wollen. Beim Brettspiel haben wir diese grünen Glasperlen gewonnen. Es sind insgesamt sechs Stück. Frauen können sie auf der Hüfte tragen. Wir haben uns überall erkundigt, wo man dafür trinkbares Bier eintauschen könnte. Wenn man uns nicht zum Narren gehalten hat, dann haben wir erfahren, daß Kanwaketa über zwei Tage altes Bier verfügt. Wir sehen, daß du Gäste hast, vor denen du deine Vorräte vielleicht geheimhalten möchtest. Deshalb fragen wir dich hier abseits von den anderen nach dem Bier." Kanwaketa erwiderte ihnen: „Setzt euch dort drüben in den Schatten jenes Baumes und gebt mir das, was ihr tauschen möchtet. Ich will es zuerst der Frau des Gehöfts zeigen, denn nur, wenn sie grün mag, würde sie es auch tragen." Er nahm die sechs Perlen und zeigte seiner Frau die größte davon. Sie war entzückt und fragte ihn: „Woher hast du dieses schöne Stück?" Er erläuterte ihr, daß die Männer drüben im Schatten Bier dafür eintauschen wollten. „Wieviele Krüge Bier wollen sie dafür?", fragte sie ihn. – „Sie wollen nur einen Krug für insgesamt sechs Perlen dieser Art." – „Das muß ein Irrtum sein", wandte sie ein. „Mit einem Krug haust du sie übers Ohr." – Kanwaketa erwiderte: „Also, wenn du sie magst, kaufe ich sie dir. Wir haben noch drei Krüge mit Bier. Einen davon kann ich ihnen überlassen. Den Platz zum Trinken bekommen sie als Zugabe. Der restliche Wert ist unser Vorteil. Dann verbleibt uns immer noch ein Krug voll Bier, den wir mit den Nachbarn leeren und sogar noch ein weiterer Krug für den Eigentümer des Bananenhains." Er rief die Fremden herbei und übergab ihnen einen Krug. Die Perlen legte er in die *ekitwaro*-Truhe, in der er seine Wertgegenstände aufbewahrte. Die Fremden trugen eilig ihren Krug mit Bier hinüber

in den Bananenhain, wo sie ihn leerten. Danach zogen sie ihrer
Wege.

Ntulanalwo überbringt das Brautgut und holt die Braut auf das elterliche Gehöft

Als Myombekere nach Hause kam, wurde er von seiner Frau daran erinnert, daß es nunmehr an der Zeit sei, Bulihwali, die Schwester Ntulanalwos, von den Großeltern heimzuholen, damit sie bei der bevorstehenden Hochzeit Brautjungfer werden könne. Nachdem sie sich mit ihrem Mann darüber besprochen hatte, traf Bugonoka Vorbereitungen für den Besuch bei ihren Eltern, wo sich Bulihwali wie ehemals Ntulanalwo zur Erziehung befand. Bugonoka nahm vor allem reife Bananen mit, um auf dem Rückweg für Bulihwali etwas zum Essen zu haben.

Kurz nachdem Bugonoka bei ihren Eltern eingetroffen war und sie einander begrüßt und Neuigkeiten ausgetauscht hatten, kam Bugonoka auf den Grund ihres Kommens zu sprechen: „Ich bin gekommen, um euch mitzuteilen, daß Ntulanalwo demnächst heiratet und wir deswegen Bulihwali zu uns holen möchten." – „Warum wollt ihr das Kind bei euch haben? Es soll doch nicht etwa bei der Hochzeit des Bruders Brautjungfer werden?" – „Doch, genau so ist es!" – „Das ist aber schön! Wann findet die Hochzeit denn statt?" – Bugonoka erklärte ihren Eltern: „Heute und morgen noch nicht. Übermorgen sollen wir die Brautführerin zu Kalibata bringen. Der darauffolgende Tag ist zum Verschnaufen vorgesehen. Und einen Tag später wird ein Bote uns den genauen Zeitpunkt der Heirat verkünden." Ihr Vater Namwero sagte zu seiner Frau: „Nkwanzi, lade gleich morgen deine Nichte Barongo ein. Sie soll mit dir zusammen zur Hochzeitsfeier gehen." Bugonoka stimmte dem zu: „Ja, mein Bruder Lweganwa soll gleich morgen früh zu ihr hingehen und sie mit ihrer Tochter zur Hochzeit einladen."

Am nächsten Morgen stand Bugonoka zeitig auf, um für Bulihwali aus den mitgebrachten *enkozwa*-Bananen etwas zu essen, sagen wir besser, einen Leckerbissen für den Rückweg zuzubereiten. Ihre Mutter schenkte ihr zum Abschied Hirse in einem *ekitukuru*-Korb, der während der Reise neben dem Kind leicht getragen werden konnte. Denn der Weg war zu weit, als daß Bulihwali ihn schon hätte allein laufen können. Der Vater überreichte seiner Tochter als Geschenk zwei neue Hackenblätter, die er von den geschickten *abarongo*-Schmieden in Buzinza schon vor längerer Zeit erworben hatte und die sie zur Hirse in den Tragkorb legte. Dann machte sie sich mit dem Kind auf den Rückweg.

Als die beiden zu Hause ankamen, freute sich Myombekere über alle Maßen, seine Tochter gesund wiederzusehen, denn er mochte sie sehr gern. Bugonoka nahm sie vom Rücken, worauf er sie in seiner Wiedersehensfreude gleich in die Arme nahm und sich auf den Schoß setzte. Seit der Zeit, da sie von der Muttermilch entwöhnt worden war, hatte er sie nicht mehr gesehen. Sie war mächtig in die Höhe geschossen. Erst als er sie von allen Seiten betrachtet hatte, ließ er sie frei, so daß sie ihrer Mutter ins Haus nachlaufen konnte.

Es dauerte nicht lange, da kam die Frau Kanwaketas vorbei. Auch sie nahm das Mädchen hoch und stellte verwundert fest: „Sieht das Kind aber gesund und wohlgenährt aus! Und wie groß es geworden ist!. Es hat so eine kräftige Gestalt wie ein Ruderer." Bugonoka erwiderte: „Kumbe! Ausgerechnet du sagst so etwas! Dabei hast du doch selbst Kinder in deinem Gehöft und weißt, wie schnell sie wachsen. Aber ich muß zugeben: Seit dem Abstillen habe ich Bulihwali ja öfters wiedergesehen. Gleichwohl habe auch ich mich heute über ihre Fortschritte wirklich wundern müssen."

Myombekere machte sich am nächsten Tag zeitig auf den Weg, um die Brautführerin abzuholen. Sie hieß Munegera. Als er bei ihr eintraf, mußte er sich ihr erst einmal vorstellen, ehe er sein Anliegen vortragen konnte: „Ich bin von Kalibata beauftragt worden, dich, seine Schwester, zu bitten, Brautführerin seiner Tochter zu werden. Wenn es dir beliebt, kannst du schon heute zu Kalibata gehen, wenn nicht, müßtest du unbedingt morgen kommen, denn übermorgen will Kalibata mir den genauen Tag der Hochzeit kundtun." Munegera antwortete: „Ich werde gleich heute noch Hirse zu meinen Nachbarinnen tragen, damit sie mir beim Mahlen des Hochzeitsmehls helfen. Morgen gehe ich dann zu Kalibata. Du selbst hast mir ja den Weg gezeigt. Weiche also selbst nicht davon ab, indem du etwa Kalibata berichtest, ich würde morgen vielleicht zu ihm kommen. Nein, morgen komme ich ganz bestimmt. Wer weigert sich schon, mal anständig zu essen?" Basi, Myombekere kehrte darauf beruhigt in sein Gehöft zurück.

Bei den Kerewe sagt man: ›Am Hochzeitstag ist es beim Bräutigam angenehmer als bei der Braut.‹ Auf dem Gehöft Bwana Myombekeres nahmen die Annehmlichkeiten schon sehr zeitig ihren Anfang. Tage zuvor harrten alle in freudiger Erwartung auf den festlichen Augenblick, wo die Braut ins Gehöft ihrer Schwiegereltern einzöge. Ntulanalwo mußte seinen Eltern tüchtig zur Hand gehen. Er wurde losgeschickt, um seine Tanten, darunter die Schwestern des Vaters, sowie andere Verwandte zu den Hochzeitsfeierlichkeiten einzuladen. Alle Frauen aus der Sippe des Vaters und der Mutter folgten der Einladung. Man nahm reichlich Hirse aus den Speichern und verteilte sie nach alter Sitte an die Nachbarn, damit sie sie für das Hochzeitsessen mahlen konnten. Überall im Gehöft herrschte ein reges Treiben.

Einige der Gäste hatten schöne Stimmen, die das Herz erfreuen. Sie probten schnell noch einmal ihre Lieder. Und die Gäste, die nicht singen konnten, lauschten ihnen. Damit fing eigentlich das Feiern schon an, denn alsbald begannen die Frauen, auf alten und neuen Schlaffellen den Takt zu den Liedern zu schlagen. Als die jungen Leute in der Nachbarschaft hörten, wie die Sänger und Trommlerinnen die *manselerya*-Lieder, das heißt die Hochzeitsmelodien, anstimmten, strömten sie in Scharen herbei, um mitzufeiern. Viele von ihnen verhielten sich so, wie es im Sprichwort heißt: ›Wer alles liebt, gehört bereits zu den Verstorbenen.‹ Wir wollen jene ungebetenen Besucher, ob nun Jungen oder Mädchen, ja nicht gleich des Diebstahls beschuldigen. Das möge Gott verhindern! Aber nicht alle Jugendlichen waren gekommen, um den schönen Stimmen der Sänger zu lauschen. Stattdessen hatten sie nur die Absicht, mit den noch unverheirateten Mädchen zu schäkern. Na Bwana, wir kennen dergleichen und scheuen uns deshalb nicht, den ‚Namen der Schwiegermutter' auszusprechen, das heißt, die Dinge beim Namen zu nennen. Ein Spiel erfreut eben nicht nur die Seele, sondern läßt auch das Herz höher schlagen und erregt Wohlbefinden im ganzen Körper.

Endlich nahte der Tag, an dem sie den genauen Zeitpunkt der Hochzeit erfahren sollten. Myombekere schickte deswegen gleich nach dem Aufstehen jemanden zu Kalibata. Der Bote stellte sich dort mit folgenden Worten vor: „Herr aller Herren. Ich bin ein Bote. Myombekere hat mich ausgesandt, um heute von dir den Tag zu erfahren, an dem die Hochzeit stattfinden soll, damit er sich rechtzeitig darauf vorbereiten kann." – Kalibata erwiderte: „Teile ihm mit, daß die Brautführerin gestern bei mir eingetroffen ist. Basi, wenn alle gesund bleiben, soll die Hochzeit noch heute stattfinden. Er möge sich hier heute abend mit seinen Leuten einfinden. Ist es denn nicht so, daß eine Heirat auf der Frauenseite beginnt und auf der Männerseite abgeschlossen wird?" Der Bote sagte. „Ja, nach Sitte und Brauch der Kerewe ist das so. Wir wollen nicht dagegen verstoßen. So verhält es sich nun mal. Laß mich jetzt schnell umkehren und meinen Auftraggeber unterrichten, auf daß er sich vorbereiten kann!"

Auf Myombekeres Gehöft wurde es ein betriebsamer Tag. Die Frauen hatten die Arbeit auf mehrere Gruppen verteilt. Bugonoka und die Frauen in ihrer Gruppe strengten sich an, die Menge Hirse zu mahlen, die sie zur Bewirtung der Hochzeitsgäste für erforderlich hielten. Andere gingen einer angenehmeren Beschäftigung nach. Sie fertigten einen Talisman an, den Ntulanalwo bei der Hochzeitsfeier um den Hals tragen sollte. Einige Frauen sammelten grüne Blätter, mit denen der Fußboden der Hochzeitshütte ausgelegt wurde. Andere gingen Wasserholen oder verrichteten sonstige Arbeiten, die in die Zuständigkeit der Frauen fallen.

Auch Myombekere und seine Gefährten hatten ihre Pflichten. Der Neffe wurde zum Holzhacken eingeteilt. Andere junge Männer schickte man zum Holzsammeln in den Busch. Einige hatte Myombekere beauftragt, am See Fische zu kaufen, gemäß dem Spruch unserer Vorväter: ›Wer den Adler einlädt, muß den Vorratsspeicher randvoll mit Ratten haben.‹ Das heißt: Wer bei sich ein Fest veranstaltet, muß sich darauf so vorbereiten, daß er die Gäste in ausreichender Menge mit wohlschmeckenden Speisen versorgen kann. Zu Myombekeres Aufgaben gehörte es an diesem Tage auch, das Brautgut zusammenzustellen, das den Hochzeitern auf ihrem Zug zum Gehöft der Braut mitgegeben werden sollte.

Ntulanalwo und seine Gehilfen waren unermüdlich unterwegs, die Jugend in der Nachbarschaft zur Hochzeit einzuladen und davon zu unterrichten, wann sie sich im Gehöft des Bräutigams einfinden sollten. Wo immer sie auf einen jungen Mann oder ein junges Mädchen ihrer Altersgruppe trafen, ob nun verheiratet oder nicht, trugen sie ihre Einladung vor: „Gefährten, macht euch auf, helft Ntulanalwo zu heiraten! Nehmt ihm diese schwere Aufgabe ab. Er soll währenddessen eure leichten Aufgaben übernehmen!" Mit 16 jungen Leuten waren sie ausgezogen. Als sie wieder beim Gehöft anlangten, war ihre Zahl auf 37 angewachsen.

Am späten Nachmittag stellten sich alle zu einem Zug auf. Vorn standen die Frauen, die fünf Hackenblätter trugen. Ihnen folgten die Männer mit drei Ziegen. Bevor sie loszogen, gab ihnen Myombekere die Anweisung mit auf den Weg: „Achtet darauf, daß die feierliche Übergabe des Brautguts an Bwana Kalibata und sein Gefolge erst morgen früh erfolgen soll." Außerdem wählte er einen alten Mann namens Katetwanfune dazu aus, den Hochzeitszug anzuführen. Nach diesen Vorbereitungen ergriff Ntulanalwo seinen Bogen und machte sich zusammen mit seinen Gefährten und Gefährtinnen zur Einholung der Braut auf den Weg.

Katetwanfune begann sein Amt damit, daß er Ntulanalwo gehörig neckte: „Ntulanalwo wird die vor uns liegende Nacht tadeln, weil sie ihm zu langsam verstreicht, und morgen wird er die Sonne drängeln, schneller unterzugehen, damit er mit seiner Frau endlich allein sein kann." Ntulanalwo erwiderte: „Ei, jener Bwana irrt sich mit seinen Scherzen. So wird es nicht sein! Kennt er etwa mein Inneres?" – Der Alte darauf: „Aah! Ich schätze dich in der Tat so ein. Denn wärst du nicht so, wie ich sage, würdest du nicht heiraten!" Es dauerte nicht lange, da fiel sein Blick auf den Fellumhang, den Ntulanalwo für die Hochzeit umgelegt hatte. Er trug ihn so, daß die Haare auf dem Körper lagen und die Unterseite des Fells nach außen zeigte. Als der Alte dies bemerkte, rief er aus: „Mbona! Du meine

Güte. Bwana wee! Was soll denn das bedeuten? Willst du vielleicht doch nicht heiraten? Anstatt großer Freude zeigt die Art und Weise, wie du deinen Umhang trägst, das Gegenteil an. Schau dich mal um! Tragen die anderen ihre Umhänge etwa so wie du?" – „Vielleicht bin ich nur zerstreut", erwiderte Ntulanalwo kleinlaut. „Ich war überzeugt, daß ich richtig angezogen wäre. Das Versehen hatte ich noch gar nicht bemerkt." Seine Gefährten brachen in schallendes Gelächter aus und spotteten: „Wäre Katetwanfune nicht, hätten wir uns bei den anderen ganz schön lächerlich gemacht. Sie hätten den Eindruck bekommen, daß sich ihre Schwäger nicht richtig zu kleiden verstehen. Alle Leute hätten dich angestarrt und mit Fingern auf dich gezeigt. Einige hätten bestimmt durch Gebärden zu verstehen gegeben, daß die Eltern der Braut bei der Wahl des Bräutigams keine glückliche Hand gehabt hätten." Ein Mann, der Buzebe hieß und weiter hinten ging, meinte: „Ja, habt ihr denn nur den Fellumhang von Myombekeres Sohn im Auge?" – „Gibt es denn noch mehr, was nicht stimmt?" erkundigten sich die anderen bei ihm. – „Ebu, seht doch mal, wie er den Bogen trägt", forderte Buzebe sie auf. „Nämlich falsch herum! Er hat oben und unten vertauscht!" Ntulanalwo fragte völlig verwirrt: „Meine Freunde, was ist bloß heute mit mir los?" Und Katetwanfune setzte nach: „Sich so zu verhalten wie du, ist aber sehr unwürdig, wenn man heiraten will!" – „Wahrscheinlich hast du ja recht", gab Ntulanalwo zu. „Mbona, so verwirrt war wie heute war ich noch nie!" Diesmal beschwichtigte ihn der Alte: „Warum solltest du heute verwirrt sein? Es ist doch nur so, daß dein ganzes Denken auf deine Braut gerichtet ist."

Im Gehöft Kalibatas erwartete die Braut in der Mitte ihrer Gefährtinnen bereits den Hochzeitszug. Die Mädchen hatten eine Gruppe gebildet, die den Hochzeitern entgegenkam, um ihre Waffen und die mitgebrachten Ziegen entgegenzunehmen. Die Tiere pflockten sie zunächst bei den Hirsespeichern an. Sie hießen die Gäste nach den überkommenen Bräuchen willkommen, dann aber verhielten sie sich still und flüsterten nur noch untereinander. Kalibata indessen redete mit der lauten Stimme, die er auch sonst erschallen ließ. Er gab hier und da Anweisungen und drängte seine Frauen, mit den Essensvorbereitungen fertig zu werden. Er wollte die Gäste alsbald mit einer Mahlzeit erfreuen. Die Frauen strengten sich nach Kräften an. Dann konnten sie endlich den Gästen etwas zu essen reichen.

Bevor Braut und Bräutigam etwas zu sich nehmen durften, forderte Tibwenigirwa, wie es die Sitte im Kereweland vorschreibt, beide auf, sich in ihre Hütte an den Herd zu begeben und dort dem kuruma-Brauch, dem ‚Verletzen der Kruste im Breitopf‘, nachzukommen. Man ruft dazu die Brautleute in die Hütte und steckt jedem ein Stück von der Kruste in den Mund. Während die Brautleute die Kruste kauen und hinunterschlucken, müssen sie am Herd niederknien. Ntulanalwo mußte sich also mit seiner Braut auf ein Holzbänkchen niederknien und sich dabei mit den Händen auf den Herdsteinen abstützen. – Das *omulindi*-Holz des Bänkchens stammt übrigens vom Ufer des Sees und wird normalerweise zur Anfertigung von Schilden verwendet. – In dieser Haltung rissen die Brautleute ihren Mund weit auf und zerbissen nacheinander Saatkorn, etwas Kruste aus dem Topf, Bohnen, Hirse und einen *embozu*-Fisch. Danach stand die Braut auf und nahm im großen Innenraum der Hütte, *omukugiro* genannt, Platz, wo man ihr das Essen reichte. Einige Frauen und Mädchen, darunter die Brautführerin, leisteten ihr Gesellschaft. Ntulanalwo kehrte indessen nach draußen zu seinen Gefährten zurück, um dort auf das Essen zu warten.

Erst als Kalibata und die Leute seines Gehöfts mit dem Essen fertig waren und sich erhoben hatten, wurden die Speisen für die Gäste zubereitet. In allen Hütten wurde gekocht. Auf den Herden standen jeweils zwei große Töpfe mit Hirsebrei.

Kalibata trug inzwischen seinen Kindern auf: „Sagt den Schwägern, sie sollen es sich gemütlich machen und sich draußen niederlassen, hier die Männer, und dort in ihrer Nähe die Frauen." Nachdem sich die auswärtigen Gäste gelagert hatten, brachten ihnen die Kinder randvoll mit Wasser gefüllte Krüge samt den dazugehörigen Schöpfkellen. Sie stellten sie unmittelbar neben den Gästen ab und füllten für sie die Gefäße zum Händewaschen. Für die Männer waren es zwei Gefäße und für die Frauen war gemeinsam ein großes vorgesehen. Nachdem sich alle die Hände gewaschen hatten, räumte das älteste Kind alles geschwind beiseite, während seine Geschwister schon Eßschalen und Töpfe mit Fisch vor die Gäste hinsetzten. Die Beikost war für die Schwäger besonders sorgfältig zubereitet worden. Als alle Speisen ausgeteilt waren, lud Kalibata sie zum Essen ein: „Karibu, willkommen Schwäger und Schwägerinnen! Nehmt entgegen, was für euch zubereitet wurde!" Einstimmig antworteten sie ihm: „Schwiegervater, besser als uns zu füllen ist die Hingabe der Frau." Währenddessen saß Kalibatas ältester Sohn mitten unter den Gästen und verteilte die Beikost in ihre Eßschalen.

Bei dieser Gelegenheit geschah es, daß die Frauen den verbotenen *kambare-mamba*-Fisch aßen, ohne es zunächst zu merken, weil sie glaubten, es sei gerösteter *embozu*-Fisch. Der *kambare-mamba*-Fisch war nämlich köstlich zubereitet von hervorragenden Köchinnen, wie man sie heutzutage nicht mehr in den Gehöften antrifft.

Überhaupt, eine Frau, die die fetthaltige Milch erst schüttelt und dann den *kambare-mamba*-Fisch dazugibt, wird heutzutage nicht mehr geboren. Und wo gibt es noch die Frau, die den Fisch auch richtig zu kochen versteht? Kumbe! Die Köchinnen von damals haben keine Nachfolgerinnen mehr!

Während des Essens mischte sich zwischen die Gäste ein Kind, das offenbar irgendeinen Scherz mit ihnen treiben wollte. Oh weh, das rief sofort Kalibata auf den Plan. Er eilte zu dem Kind und platzte mit seiner lauten Stimme los: „Loo! Was für eine Hündin ist das, die da mit den Gästen ihren Spaß treiben will, während sie noch speisen? Deine Ungezogenheit, du Hündin, wird deine Mutter noch zu büßen haben! Wenn du das noch einmal wagst, bekommst du es mit mir zu tun. Du bist doch zu dreist!" Im Haus bei den Frauen trat daraufhin betretene Stille ein.

Als die Hochzeitsgäste mit Essen fertig waren, flüsterte eine Frau ihrer Nachbarin zu: „Dada, Schwester, der so schön angerichtete Fisch jagt mir nachträglich einen ordentlichen Schrecken ein. Ich habe mir gerade ein zweites Mal davon vorlegen lassen und gerate jetzt an ein Stück Haut, das ganz nach einem *kambare-mamba*-Fisch aussieht. Das kann doch wohl nicht wahr sein!" Ihre Gefährtin faßte sie erschrocken am Arm und rief aus: „Loo! Wirf es weit weg!" Ein Mann, der hinter ihnen saß und die Rede mit angehört hatte, sagte: „Was ihr da wegwerfen wollt, das behaltet nur bei euch! Wegwerfen ist nicht gut. Ihr seid doch wohlerzogene Frauen!" Weil er annahm, daß es sich nur um ein fettes Stück Fisch handelte, sagte er zu der Frau: „Reich es lieber mir zum Essen, anstatt es wegzuwerfen. Ihr Frauen habt euch einfach überfressen." Sie gab ihm darauf die Haut vom *kambare-mamba*-Fisch, in der Annahme, er werde sie wegwerfen, wenn er sähe, daß es wirklich nur ein Stück Haut sei. Den Mann aber stach der Hafer. Er nahm die Haut nicht nur mit offenen Händen entgegen, sondern zeigte sie auch noch seinem Nachbarn. Der wiederum plusterte sich auf und fragte, daß jedermann es hören konnte: „Ei, ist das nicht die Haut eines *kambare-mamba*-Fisches?" Darüber entbrannte ein Streit mit den Frauen, in den sich ein Dritter einmischte: „Warum fangt ihr Streit an? Schweigt und gebt das Stück Katetwanfune zum Verwahren. Wenn es morgen wieder hell ist, werden wir es genau betrachten. Jetzt aber kein Wort mehr davon!" Die Frauen erklärten sich damit einverstanden: „Naam!"

Als auch die Leute des Bräutigams fertig gegessen hatten, fanden sich Spielleute ein. Sie gesellten sich zu den Frauen, die als Helferinnen für die Hochzeitsfeier eingeladen waren. Alle zusammen begannen zu singen und mit ihren Schlegeln die Rinderhäute zu bearbeiten. Der Lärm war außerhalb des Gehöfts weithin zu hören. Das Lied hieß *lwakalera*. Frauen mit angenehmen Stimmen sangen, kunstvoll wurden dazu die Felle der Trommeln geschlagen, und die *lwakalera*-Tänzer verdrehten geschmeidig ihre Gliedmaßen, als ob sie keine Knochen oder Sehnen im Körper hätten. Genau im Gleichmaß ihrer Bewegungen ließen einige, die sich darauf verstanden, Rasseln erklingen. Der Klang zerriß den Himmel, und wer ein wenig eingenickt war, schreckte dabei in die Höhe. Die Tänzer zeigten soviel Anmut, und die Stimmen der Sängerinnen erklangen so lieblich, daß es nicht lange dauerte, bis auch die Zuhörerinnen ihren Mund öffneten und ihre Zungen spielen ließen, das heißt, ihre Freudentriller ausstießen. Das ganze Gehöft war erfüllt von ihrem „Keye, keye, keye!" Nach diesem Tanz kamen noch viele Tänze, die man zu jener Zeit kannte, an die Reihe.

Inzwischen war es finstere Nacht geworden. Da begaben sich die Schwestern der Braut zu Ntulanalwo und forderten ihn auf, sich in das Bett zu begeben, das sie für ihn aufgeschlagen hatten. Worauf er sich gehorsam zum Schlafen zurückzog. Mit seinen Gefährten wurde indessen die ganze Nacht allerlei Schabernack getrieben. Man begoß sie mit Wasser und Urin oder bewarf sie mit Sand, so daß sie kein Auge schließen konnten. Der hinter ihnen liegenden Völlerei wegen wurden überdies einige unter ihnen von Bauchschmerzen und Blähungen geplagt.

Als die Nacht noch weiter voranschritt, um die Stunde, wo Wildkatzen und andere Nachttiere umherschleichen, verdrückte sich so manches Mädchen oder Junge in die Büsche, als ob sie mal austreten müßten. Auch einige verheiratete Männer und Frauen waren darunter. Aber in Wirklichkeit wollten sie es heimlich miteinander treiben.

Auf einmal hörte man draußen vor dem Gehöft Schreie und kurz darauf heftige Stockschläge, pu! Einer der Männer hatte seine Frau im Gebüsch mit einem anderen erwischt. Einige liefen nach draußen vor das Gehöft, um nachzusehen, was los wäre. Sie befragten den Mann: „Du schlägst so heftig auf deine Frau ein. Hast du den Ehebrecher denn erkannt?" Der Gehörnte antwortete: „Als ich meine Frau während des Tanzes suchte und nicht fand, ging ich nach draußen, um sie dort zu suchen. Beim Umherlaufen konnte ich viele Jungen und Mädchen erkennen. Einige standen nur so herum, aber andere hatten sich unter die Büsche verkrochen. Ich erkannte sie und ging weiter. Auf einmal hörte ich Flüstern. Und als ich näherkam, hörte ich plötzlich ‚kukuru-kakara' ein Geräusch, als ob trockene Blätter oder Zweige raschelten. Ich schlich mich ganz leise an und lauschte, bis ich die Stimme meiner Frau erkannte. Sie sagte zu ihm: ›Du bist schon zu spät dran. Die Zeit ist jetzt leider um. Laß uns schnell zum Tanzplatz zurückkehren, damit mich mein Mann nicht vermißt, denn der Tanz ist fast vorüber. Wir wollten anschließend eigentlich sofort nach Hause gehen.‹ Dann verließen sie ihr Versteck, und ich verfolgte sie. Der Mann hörte mich kommen, weil ich husten mußte, und blieb stehen. Als ich mich ihm näherte, sah ich, daß er sehr groß war. Trotzdem lief er plötzlich weg. Damit es meine Frau nicht ihm gleich tat, hielt ich sie am Arm fest und schrie sie an. Seht, dort ist die Stelle, wo sie Ehebruch getrieben haben. Ich habe meine Frau bedrängt, mir den Namen des Ehebrechers zu enthüllen. Aber sie weicht mir aus, indem sie vorgibt, sie habe nur mal austreten müssen. Als sie sich gerade hinhockte, sei ich schon gekommen und behaupte nun, sie mit einem anderen Mann angetroffen zu haben. Hier wäre aber weit und breit kein Mann gewesen, und ich prügelte sie daher ohne jeden Grund." Die aus dem Gehöft herbeigeeilten Hochzeitsgäste schlichteten den Streit mit den Worten: „Besänftige deinen Zorn und hör auf, deine Frau zu schlagen! Es ist sinnlos, was du tust, weil du den Mann, der angeblich mit ihr geschlafen hat, gar nicht benennen kannst. Ein leeres Liebesnest ist schließlich noch kein Beweis." Damit kehrten sie zur Feier zurück. Einige meinten mißbilligend: „Jener Mann ist doch allzu eifersüchtig auf seine Frau." Andere aber ergriffen Partei für ihn: „Wenn mir so etwas geschehen wäre, würde ich vor Eifersucht rasen und mit meiner Frau nicht zu der Feier zurückkehren, sondern mit ihr sofort nach Hause aufbrechen. Ich verhielte mich vor den Leuten genauso gereizt wie er."

In der Morgendämmerung versammelten die Gefährtinnen der Braut alle verheirateten Frauen im Gehöft mit dem Ruf: „Erwacht und erhebt euch! Laßt uns alle zusammen das Hochzeitslied anstimmen!" Sie gingen zur Tür, hinter welcher die Braut schlief und stimmten das *lwakalera*-Lied an:

1. Sängerin: Dem Tag weicht die Nacht.
Chor: Sie stutzt den Docht.

2. Sängerin: Es weicht die Nacht der Heilung.
Chor: Sie stutzt den Docht.

3. Sängerin: Es weicht die Nacht des Tanzens.
Chor: Sie stutzt den Docht.

4. Sängerin: Es weicht die Nacht der Gespräche.
Chor: Sie stutzt den Docht.

5. Sängerin: Es weicht die Nacht des Schabernacks.
Chor: Sie stutzt den Docht.

So sangen sie, bis die Sonne ganz aufgegangen war. Dann ruhten sie ein wenig aus. Wer mal austreten mußte, tat es jetzt. Einige Frauen begaben sich zum See, um Wasser zu schöpfen. Andere gingen in den Rinderpferch und scheuchten die Tiere auf, um sie zum Urinieren zu veranlassen. Den Urin sammelten sie in einem Gefäß, um damit die Braut zu waschen und andere Gegenstände, wie beispielsweise Arm- und Beinringe, die die Braut als Schmuck tragen sollte.

Die Frauen, die den Bräutigam begleitet hatten, hielten sich indessen abseits, bis der alte Katetwanfune sie zusammenrief: „Kommt her, laßt uns unseren Streit von gestern abend aus der Welt schaffen!" Dann zeigte er offen die Sache, die man ihm zum Verwahren gegeben hatte und deretwegen der Streit zwischen Männern und Frauen entstanden war. Als sie das Beweisstück genau betrachteten, loo, da entdeckten sie, daß es sich tatsächlich um ein Stück Haut von einem *kambare-mamba*-Fisch handelte, den bekanntlich alle Frauen im Lande nicht essen dürfen. Die Frauen schämten sich da vor den Männern und brachten kein Wort mehr heraus, so verstört waren sie. – „Was sollen wir jetzt tun", fragten die Männer. „Los, erbrecht euch, damit wir klar sehen, was ihr gegessen habt! Wir haben immer schon gesagt, daß ihr Frauen heimlich die Dinge verzehrt, die allein den Männern vorbehalten sind. Ihr habt es zwar immer geleugnet, aber heute sind wir euch endlich auf die Schliche gekommen."

Bald wachte auch Ntulanalwo auf. Seine zukünftigen Schwägerinnen brachten ihm Wasser, mit dem er sich Gesicht und Hände wusch. Er putzte sich gehörig die Zähne und spülte den Mund aus. Ausgeschlafen und frisch gewaschen kehrte er schließlich in den Kreis seiner übernächtigten Gefährten zurück.

Als Katetwanfune sah, daß auch Kalibata seine Schlafhütte verlassen hatte und sich einige Männer zu ihm gesellten, ließ er das Brautgut vor ihn hintragen und richtete folgende Worte an ihn: „Gehöftherr, hier ist unser Brautgut. Unser Vater, bitte sehr, wir ersuchen dich, es anzunehmen. Gib uns nun die Frau zum Heiraten heraus! Basi, unsere Altvordern pflegten zu sagen: ›Das Gut allein stiftet noch keine Ehe. Erst die gefälligen Worte, sie schließen den Heiratsvertrag.‹ Schwiegervater, wer keinen Hintern hat, hat auch keine

Hemmungen, seine Kleider abzulegen und vor aller Augen zu baden. Wir möchten deswegen auch nicht viel sagen, außer daß unser Wohlergehen davon abhängt, was von deinen Lippen und aus dem Munde der angesehenen Männer um dich herum kommt."

Kalibata bat seine Helfer, die Gaben zu begutachten. „Männer, ihr habt die Worte des Alten gehört. Sie besagen, daß die Schwäger uns nun das gesamte Brautgut dargeboten haben. Es ist an uns nachzusehen, ob alles in Ordnung ist. Was euch nicht angemessen erscheint, werden wir ihnen ohne Hemmung zurückgeben." Jemand hinter ihm warf ein: „Meinem eigenen Augenschein nach steckt in den Sachen der Schimmelpilz." Alle lachten, und jener fuhr fort: „Ich gebe euch zu bedenken, daß ich in meinem Alter vielleicht nur halb so streng bin wie die jungen Leute, die vor mir stehen." – „Du hast recht", bestätigten jene. Er sprach weiter: „Nun gut! Bei den drei Tieren vor uns handelt es sich um eine Ziege, die noch nicht geworfen hat, und um zwei Ziegenböcke. Die Ziege steht Kalibata zu; er wird sie fortan hier im Gehöft halten. Ein Ziegenbock, das sogenannte *ekilezu*-Tier, ist dem Andenken von Kalibatas Vater bestimmt. Der andere Ziegenbock, auf Kerewe *echeburubundo* genannt, erinnert an den Vater Tibwenigirwas. Die Brautführerin wird erst im Gehöft des Bräutigams eine weitere Ziege als ihren Lohn erhalten, wenn sie die Braut dorthin geleitet hat. Dann sehe ich da noch fünf Hacken. Auch ihre Zahl stimmt. Vielleicht prüft ihr noch die Güte und Haltbarkeit. Was nicht in Ordnung ist, legt beiseite. Es muß dann ausgetauscht werden. Das ist aus meiner Sicht alles." Die anderen fragten: „Alter, kannst du uns noch die Aufteilung der fünf Hacken erklären?" Jener war sofort dazu bereit: „Ich will euch die Aufteilung der fünf Hacken genau darlegen. Hört nur gut zu! Eine Hacke geht an die Brautmutter, das heißt an Tibwenigirwa, als Ausgleich dafür, daß sie Netoga als Kind auf dem Rücken getragen hat. Man nennt diesen Teil des Brautguts auf Kerewe *olukonokono*. Die zweite Hacke heißt *eyobugambagambi*. Das bedeutet ‚Eingehen der Verlobung'. Sie verbleibt im Gehöft, weil sie den Beweis für die Leistung des Brautgutes bildet. Die dritte Hacke gilt als Entgelt für das Ahnenopfer, das zugunsten der Braut dargebracht wird, damit sie vor Schaden bewahrt bleibt. Im Kerewe sagt man dazu *kutema mu bigere*. Die vierte Hacke dient als Geschenk für die Frau, die ausgewählt wurde, die Braut am Hochzeitstag einzuölen und zu schmücken. Schließlich ist die fünfte Hacke ein Geschenk für die Frau, die ausgewählt wurde, die Braut nach dem Schmücken an der Tür ihrer Hütte in Empfang zu nehmen und an den Bräutigam zu übergeben. Diese Frau weiß immer genau Bescheid, ob alle Bedingungen erfüllt und alle Regeln bei der Heirat beachtet worden sind. Sie kennt außerdem alle Gefolgsleute des Bräutigams. Sie wird auf Kerewe *omutezi wa kahira* genannt. Das heißt ‚Triller-Frau'. Der Ausdruck hängt mit ihrer Aufgabe zusammen, kurz vor dem Heraustreten der geschmückten Braut aus ihrer Hütte die Gefolgsleute des Bräutigams durch Trillern mit der Zunge herbeizurufen. Jene strömen auf dieses Zeichen hin an der Tür zum Brautgemach zusammen, nehmen die Braut beim Verlassen des Gemachs auf die Schultern und laufen mit ihr davon. Das ist ein wirklich wunderschöner Brauch!" Damit beendete der Alte seine Erklärungen, wie die fünf Hacken aufzuteilen seien. „Habt ihr verstanden oder immer noch nicht?" vergewisserte er sich, und seine Zuhörer anworteten ihm: „Wir haben alles verstanden, Mzee!". Er hatte wahrhaft klug gesprochen und alles Wichtige erwähnt.

Allerdings hatte er nicht erklärt, wer die Pfeile erhalten sollte, die die Gefolgsleute des Bräutigams zur Verteilung unter die Verwandten der Braut mitgebracht hatten. Das werde ich euch jetzt sagen: Also, man braucht sie während der Hochzeitsfeierlichkeiten in dem Augenblick, wenn die Leute des Bräutigams versuchen, mit der Braut auf den Schultern aus dem Gehöft zu entfliehen. Manchmal gibt es noch weitere Anteile innerhalb des Brautguts. So zum Beispiel, wenn der Brautvater jemanden auswählt, der sich um seine Ziege aus dem Brautgut kümmert. Es handelt sich dabei in der Regel um jemanden aus der Sippe des Brautvaters, den dieser entweder als ‚Mutterbruder' oder als ‚Schwesternkind' bezeichnet. Auf Kerewe heißt diese Person *omwonki*, das heißt ‚Sauger', weil sie auch dafür zu sorgen hat, daß denen eine Ziege zuteil wird, die die Braut als Kind bei sich aufgezogen haben. Dies gilt allerdings nur für den Fall, daß die Braut wenigstens ein Jahr in deren Gehöft zugebracht hat. Und statt einer Ziege genügt oft auch ein Ziegenbock.

Nach den Erklärungen des Alten prüften die Männer mit ihren Händen die Güte der Hacken. Dabei hielten sie die Hackenblätter am Dorn fest und schüttelten sie. Auf diese Weise konnten sie zugleich Gewicht und Festigkeit feststellen. In jenen Tagen waren die Hackenblätter der Zinza-Schmiede nämlich mit einem Dorn ausgestattet, der bei der Schäftung in den Hackenstiel eingelassen wurde. Sie unterzogen die Hacken einer sorgfältigen Prüfung, um abschätzen zu können, ob sie langer Feldarbeit standhalten würden, ohne zu brechen. Um jeden Zweifel an der Güte der Hackenblätter auszuschließen, legte man sie nacheinander auf den Kopf, ergriff den Dorn und schlug mit den Fingern der rechten Hand auf das Blatt: „Pa, pa, pa!" Wenn das Hackenblatt gut geschmiedet war, gab das Eisen einen hellen Klang von sich: „Dee, dee, dee!" Die Umstehenden hörten zu und gaben ihr Urteil ab: „Dieses Hackenblatt ist in Ordnung, es ist ausgereift. Der Schmied von Matale im Buzinza-Land hat es ordentlich hergestellt." Alle fünf Hackblätter wurden so geprüft, und alle gaben einen guten Klang von sich: „Dee, dee, dee!" Die Leute faßten ihr Urteil in die Worte zusammen: „Sie alle sind Gäste des Unkrauts." Das bedeutet: Sie werden viel Unkraut vernichten. „Wir finden keine Fehler an ihnen", urteilten die Männer. Nachdem Katetwanfune das Brautgut überreicht hatte, setzte er sich wieder zu seinen eigenen Leuten, dort, wo auch Ntulanalwo saß.

Als die Sonne höherstieg, rief Kalibata den Frauen im Haus zu: „Ihr im Haus da, beeilt euch ein wenig! Die Leute haben schon die ganze Nacht durchwacht. Sollen sie jetzt auch noch den ganzen Tag untätig warten müssen? Kocht ihr etwa schon wieder oder kümmert ihr euch endlich darum, die Braut zu schmücken?" Die Frauen im Haus waren schon eine ganze Weile damit beschäftigt, die Braut herauszuputzen, und stießen dabei ein übers andere Mal laute Rufe des Entzückens aus: „Ehee!" Als diese Rufe jetzt nachließen, tadelte Kalibata sie: „Habe ich etwas Falsches oder Unrechtes gesagt? Vielleicht habe ich in einer unverständlichen Sprache zu euch gesprochen?" Da meinte Tibwenigirwa zu Munegera, der Schwester Kalibatas: „Schwägerin, wir wollen deinen Bruder lieber gleich um Verzeihung bitten, ehe er sich noch erzürnt. Es ist besser, wenn wir ihn wissen lassen, daß wir fast fertig sind und nur noch auf die Rückkehr der Wasserholerinnen warten." Munegera erhob sich darauf sofort und ging zu der Hintertür, die mu kisasi genannt wird. Von dort aus rief sie Kalibata zu: „Bruder, du hast nichts Unrechtes gesagt. Alle deine Worte treffen zu. Verzeih den Frauen, wenn sie sich säumig verhalten! Aber wir warten auf die Wasserholerinnen vom See, damit wir die Braut waschen können. Es kann nicht mehr lange dauern." Kalibata erwiderte seiner Schwester: „Du bist als Wagemutigste nur vorgeschickt worden. Möchtest du mich durch deine Rede hinters Licht führen? Wenn ich etwas sage, dulde ich nicht, daß eine Frau meine Zunge fesselt, auch nicht, wenn du es bist! Was du gesagt hast, ist dummes Zeug. Hättet ihr mit dem Waschen nicht schon längst fertig sein können? Basi, ich glaube nicht, daß es irgendein Verbot gibt, das mich hindern könnte, ins Haus zu kommen. Wartet, bis ich diesen Gast vor das Gehöft geleitet habe, dann komme ich wirklich und sehe nach, ob ihr trödelt. Ihr werdet schon sehen, hee!" Die Frauen verhielten sich ganz still und getrauten sich nicht mehr, laut miteinander zu sprechen. Kalibata geleitete indessen seinen Gast, wie angekündigt, vor das Gehöft.

Ntulanalwo bekam auf diese Weise gut mit, welch strenge Herrschaft sein Schwiegervater im Gehöft ausübte und daß er nicht duldete, von irgendwem erniedrigt zu werden. Kalibata fürchtete die Frauen auch an einem solchen Festtag nicht und ließ deshalb auch nichts unversucht, sie zur Eile anzutreiben. In diesem Falle sorgte er sich, daß die Leute des Bräutigams erst in der Nacht mit der Braut aufbrechen könnten. Er war auch an diesem Tag nicht bereit, den Schmeicheleien der Frauen oder ihrer Bitternis irgendeine Beachtung zu schenken. Es kümmerte ihn einfach nicht, wenn er mitbekam, wie seine Tochter sich ein paar Tränen abquetschte, als ob sie nicht verheiratet werden wollte, oder wenn ihre Mutter sie anhielt, noch heftiger zu weinen, um die Leute glauben zu machen, sie verabscheue den Bräutigam und gäbe sich ihm nur unter Zwang hin.

Allerdings verhielt sich die Mutter am Ende anders als erwartet. Als sie nämlich ihre Tochter so heftig heulen sah, daß ihr die Tränen über Nase und Brust liefen, stieg plötzlich Bitternis über ihren eigenen Mann in ihr auf. Heftig stieß sie hervor: „Seit er mich das letzte

Mal geschwängert hat, ist er nur noch seiner eigenen Wege gegangen. Er kümmert sich so wenig um mich, daß auch ich nun weinen muß. Heute verspüre ich zum ersten Mal Angst davor, daß mein Kind mich einsam hier zurückläßt, wenn es bei einem anderen lebt."

Als Kalibata den Gast hinausgeleitet hatte, begannen die Frauen endlich mit ihrem Teil der Hochzeitsfeierlichkeiten. Sie wuschen die Braut mit Kuh-Urin und Wasser. Ihre Beine rieben sie mit Scheuersand ab, um sie gründlich zu reinigen. Ihre Finger- und Fußnägel wurden geschnitten, ihre Haare geflochten. Dann legten sie ihr an Armen und Beinen Ringe an. Um die Hüften wanden sie ihr eine Schnur mit dicken Perlen und um den Kopf sowie um den Hals legten sie je eine Kette mit ganz kleinen, kunstvoll eingefädelten Perlen. Sie erhielt einen Schulterumhang, der Rücken und Brust bedeckte. Um den Hals hängten sie ihr ein Schmuck-Amulett, das bei der Hochzeit nur durch seine Schönheit glänzen sollte, sonst aber keine Aufgaben hatte. Außerdem wurde die Braut mit edlen Düften eingeräuchert. Alle unverheirateten Mädchen waren aus der Hütte verbannt, ebenso alle unverheirateten Jungen, weil man glaubte, ihre Anwesenheit könnte sie in die Gefahr bringen, zu spät oder gar nicht zu heiraten.

Die Brüder der Braut bedrängten inzwischen Ntulanalwo, er möge ihnen einige Pfeile geben. Das ist bei den Kerewe so Sitte. Am Ende hatten sie ihm alle seine Pfeile abgebettelt, so daß ihm nur noch Bogen und Sehne verblieben. Von Ntulanalwo gingen sie zu Katetwanfune und den anderen. Es artete fast in eine Prügelei aus, weil einige aus dem Gefolge des Bräutigams sich weigerten, ihre Pfeile abzugeben. Die Brüder der Braut stachen sie deswegen mit den Widerhaken der Pfeile in die Hände. Um den Schmerz zu betäuben, schlugen die Verletzten ihre Finger gegeneinander. Der Brauch gestattete es ihnen nicht, wütend zu werden und eine Schlägerei anzufangen. Auch als der Bräutigam keine eigenen Pfeile mehr besaß, ließen die jungen Schwäger in ihren Belästigungen nicht nach und sagten: „Jetzt schätzt ihr uns wohl als Dummköpfe ein, weil wir nicht jemand anderem zu einer Frau verhelfen? Paßt nur auf, daß wir euch die Braut nicht wieder wegnehmen und sie einem anderen

Hochzeiter geben, der sie auslösen möchte. Der wird euch dann eure Dinge zurückzahlen."

Nicht alle, die auf diese Weise Pfeile davontrugen, gehörten übrigens zur Familie Kalibatas. Kumbe! Einige waren nur Nachbarn, die sich unter die Schwäger gemischt hatten. Sie sagten: „Als ihr herkamt, dachtet ihr vielleicht, Kalibata habe keine große Familie. Jetzt seid ihr beschämt, nachdem ihr ohne Pfeile, nur mit dem bloßen Bogen nach Hause geht." Als die Rangelei um die Pfeile kein Ende nahm, erhob Kalibata plötzlich seine laute Stimme: „Ihr Pfeil-Kämpfer, hört auf! Seht ihr nicht, daß ihr Schaden stiftet, indem ihr schon einige an Händen und Armen verletzt habt? Denkt ihr, man pflückt den Reichtum von den Bäumen? Basi, ich bin dagegen. Hört sofort auf! Die Sache beleidigt mein Gehöft."

Danach wurde ein Hackenblatt aus dem Brautgut genommen und im Haus eingestielt. Man gab die neue Hacke Tibwenigirwa, und sie hackte damit dreimal in den Boden der Hütte. Dann riefen die Frauen von drinnen: „Sagt dem Knaben Mahendeka, er soll hereinkommen, nachdem ihm die Gefährten des Bräutigams einen Pfeil gegeben haben." Von dem Zeitpunkt an, als Mahendeka ins Haus ging, standen die Leute des Bräutigams vor der Tür sprungbereit, um die Braut sofort an sich zu bringen, wenn sie herausträte. Es war aber noch lange nicht so weit. Sie mußten angespannt warten, bis ihnen Muskeln und Rücken schmerzten, während die Mittagssonne vom Himmel brannte. Der Knabe Mahendeka verhielt sich im Haus völlig still und wartete. Der Braut Netoga gab man noch etwas zu essen. Sie aber nippte nur daran und ließ den Rest stehen. Die Frauen im Gefolge des Bräutigams sangen unterdessen vor der Tür ein Hochzeitslied. Die Tänzer bewegten dazu ruckartig ihre Schultern. Das Lied sollte die Braut beruhigen, so wie Vater und Mutter sie als Kind beruhigt hatten, wenn sie aufgeregt war.

Vorsängerin: Ee! Das Kind ist allein.
Chor: Es ist noch sehr verspielt.

Vorsängerin: Es liebt Hirse.
Chor: Es ist noch sehr verspielt.

Vorsängerin: Es liebt kleine Bananen.
Chor: Es ist noch sehr verspielt.

Vorsängerin: Es liebt Kartoffeln.
Chor: Es ist noch sehr verspielt.

Die Frau, die die Braut geschmückt hatte, und die Triller-Frau erbaten nun ihr Geschenk. Beide erhielten ein neues Hackenblatt aus Buzinza. Sie hüpften vor Freude und faßten sich an den Händen. In diesem Augenblick stieß die Frau, die dazu auserwählt war, die Übergabe der Braut zu vollziehen, ihren Triller aus: „Keye, keye, keye!" Mahendeka, der die Aufgabe hatte, die Braut nach draußen zu führen, zögerte nicht. Er ergriff mit seiner linken Hand den kleinen Finger an der rechten Hand seiner Schwester, faßte seinen *engobe*-Pfeil und sagte zu ihr: „Erhebe dich jetzt, um verheiratet zu werden!" Sie verließen gemeinsam das Seitengemach und schritten durch den Vorraum bis zur Tür. Dabei hielten sie sich an ihren kleinen Fingern gefaßt. Netoga hatte ihren Kopf gesenkt und weinte leise vor sich hin. Man hörte kein Schluchzen, konnte aber sehen, wie ihr die Tränen auf die Brust liefen und sich mit dem Fett mengten, mit dem sie eingerieben war. Es sah aus, als ob sie stark schwitzte.

Die Männer aus dem Gefolge des Bräutigams bemühten sich nun mit aller Kraft, durch die Menge der Frauen, deren Aufgaben bei der Feier erfüllt waren, bis zur Braut vorzudringen. Auch der alte Katetwanfune war zur Stelle, drängte alle zurück, nahm selbst die Braut auf seine Schultern und rannte so schnell davon, als ob er mit ihr ganz allein das Gehöft verlassen wollte. Er versuchte alles, sie sich nicht abjagen zu lassen. Netoga fing laut an zu weinen, als ob sie sterben sollte, während die Gefolgsleute des Bräutigams sie lärmend umringten und alle zusammen mit ihr davonliefen.

Ntulanalwo folgte ihnen langsam in Begleitung der Tante der Braut, der Brautführerin. Auch diese Frau war dick eingeölt.

Die Gefolgsleute des Bräutigams trugen die Braut nur aus dem Gehöft hinaus. Dann setzten sie sie ab und warteten, bis auch die Brautführerin und Ntulanalwo bei ihnen waren. Die Brautführerin ermahnte sie: „Tragt meinen Schützling vorsichtig, damit ihr sie mit euren Schultern am Ende nicht noch am Bauch verletzt! Ihr schleppt sie ja wie eine ganz gewöhnliche Last. Tragt sie doch so, daß sie auf euren Schultern sitzen kann!" Daraufhin setzten sie die Braut auf die Schultern eines Trägers, so daß sie auf seinem Nacken saß und rechts und links von seinem Hals je eins ihrer Beine herunterhing. Die Brautführerin mahnte weiter: „Wenn ihr beim Fluß seid, versucht ja nicht, die Braut einfach hinüberzutragen! Setzt sie vorher ab und wartet dort auf mich!"

Gehorsam setzten sie die Braut am Fluß ab und warteten geduldig auf die Tante. Als sie bei ihnen anlangte, ließ sie sich nieder und nahm die Tochter ihres Bruders auf ihren Schoß. Da erhoben die Hochzeiter ein Geschrei und riefen: „Los, Braut, komm endlich mit uns! Wir wollen schlafen gehen!" Die Brautführerin weigerte sich jedoch: „Ich dachte, daß wir hier immer noch im Land der Kerewe sind. Wißt ihr nicht, wie die Kerewe eine Braut über den Fluß führen? Seht gefälligst zu, daß wir hier keinen Fehler machen!" Da trat aus dem Gefolge des Bräutigams eine Frau namens Murwa hervor und sprach: „Hört auf die Worte der Brautführerin! Sie hat recht. Auch wir hier leben schließlich im Kereweland. Hört mir zu! Ich sage euch, wie wir die Braut über die drei Flüsse vor uns tragen müssen! Wenn ihr zufällig ein neues Hackenblatt aus Buzinza bei euch habt, gebt es mir! Es wird die drei Flüsse, die wir überqueren müssen, ‚verschließen', so daß wir die Braut unversehrt nach Hause bringen können." Da nahm Katetwanfune aus seinem Fellumhang ein solches Hackenblatt und warf es auf die Erde. Munegera, die Brautführerin und Tante, stellte die Braut augenblicklich auf ihre Beine und schleuderte das Hackenblatt über den Fluß. Katetwanfune hob es dort schnell vom Boden auf und übergab es ihr. Dann trugen sie unter Freudenrufen auch die Braut an das andere Ufer. Den zweiten und dritten Fluß überquerten sie allerdings, ohne diesem Brauch Achtung zu schenken. Die Brautführerin äußerte dazu kein Wort, weil Murwa schon beim ersten Mal so energisch für sie eintreten mußte.

Als sie sich dem Gehöft Ntulanalwos näherten, wurden das Lärmen und die Freudenschreie der Gefolgsleute lauter.

Vorsänger:	Ya! Hooyee! Hooyee!
	Wir kommen mit ihr.
	Wir haben sie nicht dort gelassen.
Chor:	Hoyee! Hoyee! – Keye, keye, keye!

Die Leute in Ntulanalwos Gehöft hörten schon von fern die Freudenschreie und begannen darauf eifrig, die Kuhhäute mit ihren Schlegeln zu bearbeiten, um so vor der Tür von Bugonokas Hütte das Hochzeitsgefolge zu begrüßen.

Vor dem Eingangstor zum Gehöft ließ Munegera die Braut jedoch anhalten. Myombekere fragte die in seinem Gehöft Versammelten: „Was will diese Frau hier von uns?" und ihm wurde die Antwort zuteil: „Sie verlangt ihren Lohn für die Brautführung. Ihr Entgelt muß an der Schwelle zum Eingangstor abgelegt werden, damit die Braut darüber hinweg geführt werden kann." Myombekere eilte in seine Hütte und holte ein weiteres Hackenblatt. Er warf es mitten auf den Weg am Hoftor, und die Brautführerin führte die Braut darüber hinweg. Dann hob sie das Hackenblatt auf und behielt es ebenso wie die vorherigen. Die Braut wurde ins Gehöft geleitet und, bevor sie in das Haus gebracht werden konnte, stellte sich Munegera abermals in den Weg und verlangte einen Lohn. Diesmal wurde er ihr jedoch verweigert: „Vielleicht möchtest du noch so ein Entgelt, wie du schon am Hoftor bekommen hast. Wir rechnen aber damit, daß das Hackenblatt sowohl das Hoftor als auch die Haustür aufschließt. Damit öffnet man schließlich auch Flüsse und sogar das Meer. Wir halten uns daran." Munegera mußte sich dem schließlich fügen und gab ihre Zustimmung, die Braut in den Hauptraum des Hauses zu führen. Die Sonne hatte zu diesem Zeitpunkt gerade ihren höchsten Stand erreicht.

KAPITEL 15

Ntualanalwos Heirat mit Netoga

Man forderte Ntulanalwo auf, wie schon bei den Schwiegereltern, so auch im Elternhaus zunächst den *kuruma*-Brauch zu vollziehen. Als er zu diesem Zweck das Haus betrat, traf er dort auf seine Schwester Bulihwali. Auch sie hatte man als *endumya*, das heißt als Dienerin der Brautleute, mit schönen Perlenschnüren geschmückt. Eine besonders prächtige war über ihre Schultern, den Rücken und unter die Arme hindurch gebunden. Auf der Brust trug sie eine leuchtende Scheibe aus großen Perlen, *ekirungo* genannt.

Nachdem Ntulanalwo den *kuruma*-Brauch ausgeführt hatte, begaben sich viele Hochzeitsgäste aus der Nachbarschaft nach Hause, um endlich schlafen zu gehen, denn sie hatten in der Nacht zuvor kein Auge zugetan. Es blieben nur jene zurück, die während der Hochzeitsfeierlichkeiten mit irgendwelchen Aufgaben betraut waren, wie zum Beispiel Munegera, die Brautführerin, und Bugonokas Cousine Barongo, der es oblag, das Hochzeitsessen zuzubereiten.

Die Braut hielt sich zunächst im Hauptraum von Bugonokas Hütte auf, zusammen mit ihrer Tante, der Brautführerin, sowie mit der Dienerin der Brautleute, Bulihwali. Ntulanalwo bekam unterdessen ein Hochzeitsamulett um den Hals gehängt, wie es seit alters her üblich ist. In seine Stirnhaare flocht man Perlen und steckte ihm den *ebyoyera*-Schmuck an zum Zeichen, daß er frisch verheiratet war.

Als Barongo das Essen zubereitet hatte, forderte man den Bräutigam auf, zusammen mit der Braut, ihrer Tante und einigen Mädchen und Jungen, deren Mütter bei der Hochzeitsfeier halfen, im Seitengemach von Bugonokas Hütte zu speisen. Zum Händewaschen rückte er in die Nähe der Brautführerin. Nur das Gefäß mit dem Waschwasser stand zwischen ihnen. Die Brautführerin saß gleich rechts neben der Braut, die ihren Kopf zur Seite gewandt hatte. Wer genau hinsah, konnte feststellen, daß sie die Augen geschlossen hielt. Sie blieb ganz still und sagte kein einziges Wort. Ntulanalwo lud die Brautführerin ehrerbietig und in gesetzten Worten ein, so wie es ihm seine Eltern beigebracht hatten: „Bitte, Frau Schwägerin, nehmt dieses Wasser und wascht damit eure Hände, damit wir fühlen und ergreifen, was man uns bringt." Munegera antwortete ihrem angeheirateten Neffen: „Das Wasser sehen wir wohl, mein Sohn." Sie rührte jedoch das Wasser nicht an, weil sie befürchtete, wenn sie sich als erste die Hände wüsche, werde man später über sie als fremde Frau schlecht reden, etwa derart, daß sie vorher absichtlich gefastet hätte und deswegen mit dem Händewaschen nicht länger hätte warten können, um noch vor den Gastgebern mit dem Essen anzufangen. Er hingegen scheute sich, ihr als Gast den Vortritt zu nehmen. Als sie die Angelegenheit immer länger hin- und herschoben, schaltete sich Barongo ein und belehrte Ntulanalwo: „Es gehört sich so, daß du als Mann dir als erster die Hände wäschst und danach dem Gast Gelegenheit gibst, sich auch zu waschen und mit *ebitutu*-Gras abzutrocknen." Daraufhin wusch sich Ntulanalwo vor dem Gast die Hände und reichte das Wassergefäß danach Munegera weiter. Zum Schluß trocknete er sich mit *ebitutu*-Gras ab und reichte auch dieses weiter. Nachdem Munegera sich selbst die Hände abgetrocknet hatte, wischte sie die Hände der Braut ab.

Nach dem Waschen trug man in einer großen Schale Hirseklöße auf, zusammen mit einem großen Topf voll *ensato*-Fisch. Beides wurde vor ihnen abgesetzt. Dann folgte ein Satz großer *olunanga*-Schalen, die dazu dienten, jedem darin seinen eigenen Anteil vorzulegen, und einige kleinere Schälchen, um den noch anwesenden Mädchen und Jungen ihre Anteile an der Mahlzeit gesondert zuzumessen, damit sie nicht die Gäste belästigten. Ntulanalwo legte den Fisch für die Erwachsenen oben auf die Schüssel mit Hirseklößen. Den Kindern teilte er den Fisch einzeln zu, um ein Gerangel zu vermeiden. Dann lud er die Brautführerin zum Essen ein, ganz wie er es gelernt hatte: „Willkommen, Frau Schwägerin!" Munegera langte darauf in die Eßschüssel, brach sich nach Art der Frauen einen Brocken von einem Hirsekloß ab und nahm ihn in ihre linke Hand. Davon teilte sie mit der Rechten einen angemessenen Bissen ab, den sie der Braut reichte. Jene wies das Stück indessen zurück. Munegera flüsterte dem Bräutigam zu: „Die Braut weist die Speise zurück." Ntulanalwo unterrichtete sofort seine Mutter davon: „Die Braut weist die Speise zurück." Bugonoka wiederum verbreitete die Nachricht nach draußen, indem sie ihrem Mann laut zurief: „Die Braut weist die Speise zurück." Um die Braut gefügig zu machen, rief Myombekere darauf mit donnernder Stimme zurück: „Bestell ihr, sie soll essen, sonst muß sie es uns mit einer schwarzen Kuh entgelten." Auf diese Worte hin bot Munegera der Braut nochmals das Stück Hirsebrei an. Und diesmal nahm sie es, legte es in ihre linke Hand, und die Tante gab ihr noch ein schönes Stück Fisch oben drauf, ohne Flossen und Gräten. Dann fingen sie an zu essen. Die Braut hielt dabei den Kopf weiterhin zur Seite gewandt und die Augen fest geschlossen. Nach einer Weile prüfte die Tante die linke Hand der Braut, um sich zu vergewissern, ob sie den ersten Bissen verzehrt hatte. Sie mußte jedoch feststellen, daß sie ihn bisher noch nicht zum Munde geführt hatte! Die Braut gab ihr in einem unbewachten Augenblick schließlich das Stück Hirsebrei mit dem Fisch ungeschmälert zurück. Munegera nahm es schnell und aß es selbst auf. Schon bald waren sie mit dem Essen fertig.

Beim Abräumen fand Barongo noch so reichlich Speise in der Schüssel, als ob nichts davon gegessen worden wäre. Deshalb fragte sie die Brautführerin: „Warum, meine Mit-Mutter, habt ihr nichts gegessen? War das Essen schlecht oder nicht gar? Munegera beeilte sich, ihr zu antworten: „Nein, es verhält sich nicht so, meine Mit-Mutter! Wir haben sehr wohl davon genommen." Bugonoka erkundigte sich ebenfalls mit leichtem Tadel in der Stimme bei Munegera: „Ihr habt nichts gegessen. Meine Mit-Mutter, wart ihr satt oder hat euch unser Brei deswegen nicht geschmeckt, weil er nicht so viele Maniokschnitzel enthält, wie ihr es von eurem eigenen Brei gewohnt seid?" Munegera antwortete ihr: „Eure Hirse hier ist vorzüglich! Bei uns gab es diesem Jahr auf vielen Gehöften Schwierigkeiten. Vielleicht, meine Mit-Mutter, kann man unsere Lage mit folgendem Spruch zusammenfassen: ›Der Fluß hat seinen Lauf vollständig vergessen.‹"

Bugonoka scheuchte darauf Bulihwali und die übrigen Jungen und Mädchen, die noch weiteressen wollten, aus dem Raum: „Geht schnell in den Hauptraum und wartet dort, bis sich die beiden Brautleute erhoben haben! Wer nicht dort bleibt, wird unweigerlich eine Erkältung bekommen." Alle Kinder verließen artig das Seitengemach und aßen im Hauptraum mit den Helferinnen weiter. Als Bulihwali satt war, wurde sie von Ntulanalwo wieder in das Seitengemach gerufen, während er sich zurückzog, um sich durch eine Rasur sein Gesicht zu verschönern.

Am frühen Abend wurde frischer Brei als Hochzeitsessen gekocht. Die Braut verhielt sich beim Essen zunächst wieder wie beim ersten Mal. Am Ende nahm sie aber doch ein winziges Stück von dem Bissen in den Mund, den ihr ihre Tante gereicht hatte.

Nach der Abendmahlzeit rief die Brautführerin Bugonoka herbei und flüsterte ihr ins Ohr: „Wir müssen mal austreten." Da die Dunkelheit den Menschen bereits die Sicht verhüllte, ging ihnen Bugonoka auf dem Weg voran und führte sie beide hinter das Haus. Dort erleichterten sie sich und kehrten dann ins Seitengemach zurück. Bugonoka rief ihre Cousine Barongo herbei und trug ihr auf: „Bereite schnell das Hochzeitslager in Ntulanalwos Hütte vor!" Die Brautführerin und die Helferinnen lud sie ein, in ihrer eigenen Hütte zu übernachten. Barongo und die übrigen Frauen begaben sich sogleich in die Hütte des Bräutigams, um sein Bett mit weichen Blättern zu bedecken. Auch den Boden schmückten sie damit. Anschließend fanden sich die Tänzer dort ein. Allerdings sah man keine Sänger mehr. Sie waren schon nach Hause gegangen.

Ntulanalwo verhielt sich in seiner Hütte so wie jemand, der etwas Gefährliches mit angespannten Nerven erwartet und deswegen keinen Schlummer finden kann. Aber lassen wir das, meine Brüder und Schwestern! Genaue Kenntnisse seien nur demjenigen gestattet, der es mit eigenen Augen gesehen hat. Und wer es noch nicht erlebt hat, tröste sich mit dem Sprichwort: ›Wer das Besondere am eigenen Leibe verspürt, weiß hinterher mehr als ein gewöhnlicher Esser.‹

Am folgenden Tag, um die Zeit der Morgenröte, standen Bugonoka, Barongo und Bulihwali auf, um sich gemeinsam zur Hütte der Brautleute zu begeben. Vor der Tür stellten sie die Frage: „Ntulanalwo, ihr beide wollt doch sicherlich jetzt ein Bad nehmen, nicht wahr?" Der Gefragte antwortete zu ihrer großen Erleichterung: „Ja!

So ist es." Da wußten die Fragerinnen, daß die Ehe vollzogen war. Bugonoka fing das Wort auf und eilte zu Myombekere, um ihm die gute Nachricht zu hinterbringen.

Bugonoka bedrängte ihre Helferinnen, schnell Wasser zu holen und Kuh-Urin einzusammeln. Als ihr alles zur Verfügung stand, ging sie wieder zu Ntulanalwo und rief: „Steht auf und badet! Das Wasser befindet sich bereits hinter eurer Hütte." Ntulanalwo erhob sich und kam nach draußen. Nach wenigen Schritten fand er hinter der Hütte in einem großen Kessel reichlich kaltes Wasser vor. Seine Schwester, die als Brauthelferin diente, kam und rieb seine Beine mit Kuh-Urin ein. Dann verließ sie ihn und ging hinein zur Braut, während er seinen Fellumhang ablegte und badete. Bulihwali wurde aber wieder aus der Hütte geschickt mit dem Auftrag, die Brautführerin solle kommen und die Braut noch vor Sonnenaufgang baden. Bulihwali rief Munegera und lief dann zum Haus ihres Vaters, um sich am Feuer niederzukauern und dort aufzuwärmen. Das wurde ihr jedoch verwehrt: „Nein, halte dich nicht hier auf, sondern warte dort hinten auf deine Gefährtin! Oder willst du etwa nach Rauch stinken? Was macht schon so ein bißchen Kälte?"

Als Ntulanalwo sein Bad genommen hatte, brachten die Brautführerin und noch einige Frauen die Braut aus der Hütte zum Badeplatz. Die Brauthelferinnen gossen Kuh-Urin über die Beine der Braut, und die Brautführerin badete sie. Nachdem sie wieder bei ihrem Mann in der Hütte weilte, brachte man eine Scherbe mit glühenden Kohlen. Darauf legte man *emigazu*-Zweige, deren Harz alsbald auf die Kohlen tropfte und im ganzen Haus einen angenehmen Duft verströmte. Man breitete eine große Lederdecke über den Brautleuten aus und stellte das Duft-Feuer darunter, um die beiden zu beräuchern. Es dauerte nicht lange, da dufteten nicht nur die Brautleute und ihre Hütte nach emigazu-Harz, sondern auch das gesamte Gehöft. Der Duft verbreitete sich bis auf den Weg, der am Gehöft vorbeiführt. Ntulanalwo und Netoga sowie Munegera und Bulihwali hielten sich wieder wie schon tags zuvor im Nebengemach des Haupthauses auf.

Bugonoka begab sich alsbald zu Myombekere und teilte ihm mit: „Wir haben für das Hochzeitsmahl heute nicht genug Gemüse."

Myombekere schickte daraufhin jemanden zu Kanwaketas Sohn mit der Bitte, er möchte kommen und ihm helfen, einem Rind das Fell abzuziehen. Als der Gebetene eintraf, beauftragte Myombekere Bugonoka: „Lauf und ruf deine Mit-Mutter, ich möchte sie zu ihrem Gemüse einladen!" Bugonoka brachte darauf Munegera in den Bananenhain, wo die Jugend gerade dabei war, einen Ochsen mit einem einzigen Schlag der Axt zwischen die Hörner zu töten. Myombekere begrüßte Munegera mit folgenden Worten: „Meine Mit-Mutter, hier ist dein Gemüse. Nimm es entgegen!" Munegera erwiderte: „Asante sana, vielen Dank dafür, mir diese Beikost zu spenden!" Sie entfernte sich sofort wieder und kehrte zur Tochter ihres Bruders, der Braut, zurück.

Als die Schlachtergehilfen den Ochsen sauber abgezogen und zerlegt hatten, suchte Myombekere ein besonders zartes Stück Fleisch ohne Knochen aus. Das schien ihm geeignet, im Hochzeitsgemach verzehrt zu werden. Er legte es auf eine große *olunanga*-Schüssel, mit der man gewöhnlich Fleisch trägt, und schickte einen Jungen damit zu den Frauen. Sie sollten daraus das Hochzeitsmahl bereiten. Danach schnitt er noch weiteres Fleisch zu, das für seine eigenen Leute und die Helfer bestimmt war. Der Rest wurde in seine Hütte getragen. Vorher sonderte er aber noch zwei Fleischstücke aus, einen Hinterbacken für die Eltern der Braut und einen Vorderlauf, der der Brautführerin bei ihrer Heimkehr als Geschenk mitgegeben werden sollte.

Für eine Hochzeitsfeier kocht man frischen Hirsebrei fünf Mal am hellichten Tag und ein sechstes Mal am Abend, nachdem man Dufthölzer verbrannt hat. Der zeitliche Ablauf sieht so aus: Das erste Mal kocht man ganz früh am Morgen, unmittelbar nach der Hochzeitsnacht. Wenn die Sonne aufgegangen ist und die Rinder aus dem Pferch gelassen werden, wird der zweite Topf mit Hirsebrei aufgesetzt. Um die Mittagszeit ist der dritte Topf an der Reihe, am frühen Nachmittag der vierte, am späten Nachmittag der fünfte und am Abend, nach dem Bad und nachdem man wieder Duftholz verbrannt hat, der sechste Topf mit Hirsebrei.

Am Nachmittag fanden sich Tänzer im Gehöft ein, um vor der Braut zu tanzen. Da sie diesmal einen Sänger mitgebracht hatten, waren die Zuschauer von ihrer Darbietung sehr angetan. Sie blieben bis in die späte Nacht. Als der Hahn zum ersten Mal krähte, endete nach der Kerewe-Sitte das Hochzeitsfest für Ntulanalwo bin Myombekere, und die Gäste gingen heim. Solange es noch hell war, tanzte Ntulanalwo mit ihnen. Aber als es dunkel wurde, zog er sich mit seiner jungen Frau zum Schlafen in die Hütte zurück und überließ das Tanzen seinen Gefährten.

Noch in der Dämmerung des nächsten Morgens schickte Myombekere jemanden mit einem Stück Hinterbacken vom Hochzeitsochsen zu seinen Mit-Eltern, das heißt zu den Eltern der Braut. Ntulanalwo stand mit seiner Frau ebenfalls sehr zeitig auf, um mit ihr ein kaltes Bad zu nehmen. Danach begaben sich die Brautleute wieder in die Halle des Haupthauses, wo man Duftholz verbrannte. Man räuchert in dieser Weise zwei Tage hintereinander, morgens und abends. Am dritten Tag halten sich die Brautleute zwar immer noch in der Halle des Haupthauses auf, es werden aber keine Dufthölzer mehr verbrannt. Um die Braut einzugewöhnen, blieb die Brautführerin auch an diesem Tag noch als Gast im Gehöft Myombekeres.

Als Netoga das Hochzeitsgemach endgültig verließ, gab Bugonoka ihr ein wenig Hirse zum Mahlen. Danach ging Netoga mit ihrer Schwägerin zum Baden an den See. Sie führte dabei eine kleine Kalebasse mit sich, um damit probehalber etwas Wasser zu schöpfen. Bei dieser Gelegenheit konnte sie sich den Leuten der Gegend bekannt machen. Die fanden, daß sie wirklich so aussah, wie es ihr Name Netoga – *die Hellhäutige* – verhieß. Sie war hellbraun wie Bohnensuppe. Voll Verwunderung sprachen die Leute: „Kumbe! Die Frau von Ntulanalwo bin Myombekere ist von ihren Eltern als wahre Schönheit gezeugt worden! Sie hat ein liebliches Gesicht und anmutige Gliedmaßen."

Erst einen Tag später, nachdem Netoga das Hochzeitsgemach endgültig verlassen hatte, nahm Munegera Abschied. Schon früh am Morgen bereiteten die Gastgeber ihre Abreise vor, indem sie den Vorderlauf des Ochsen, der ihr für ihre Dienste als Netogas Brautführerin geschenkt wurde, in einen großen Tragkorb steckten. Munegera ging nicht gleich in ihr eigenes Gehöft, sondern zunächst zu Kalibata. Sie überbrachte ihm ein Stück Duftholz, das bei der Hochzeitsfeier für seine Tochter benutzt worden war. Ntulanalwo und einer seiner Freunde geleiteten Munegera zu Kalibata, wobei sie ihr den Korb mit Fleisch trugen. Im Gehöft des Schwiegervaters hielten sie sich nur eine kurze Weile auf, dann kehrten sie nach Hause zurück.

Einige Zeit später, als Kalibata sein Gehöft sorgfältig, wie es seine Art war, für ein Fest zu Ehren seiner Tochter Netoga vorbereitet hatte, schickte er eine Schar Boten aus, die sich bei der Schwiegerfamilie erkundigen sollten, ob seine Tochter ,im Gehöft angekommen sei'. Den Leuten, die sich zuvor durch eine Mahlzeit bei ihm stärkten, gab er einen Krug voll Bier, einen Topf mit gekochtem Fisch und ein großes Gefäß Mehl mit auf den Weg. Ntulanalwo mußte große Anstrengungen auf sich nehmen, um die vielen Boten angemessen zu begrüßen, denn es handelte sich um weit mehr Leute als die Anzahl derer, die ihn vor einiger Zeit beim Einholen der Braut begleitet hatten. Es waren 54 Männer und Frauen!

Nachdem sich die Fremden überall im Gehöft, wo sie nur Platz fanden, niedergelassen hatten, stiftete Myombekere ihnen eine Opferziege, die auf Kerewe *ameko* genannt wird. Sie dient dazu, die nach altem Brauch zwischen Schwiegerfamilien bestehenden Hindernisse im Umgang zu überwinden. Anschließend legte man Ntulanalwo ein besonders weiches Rinderfell um die Schultern. Er nahm Pfeil und Bogen in die Hand, und auch seine Gefährten bewaffneten sich. Dann machten sich alle, Männer und Frauen, gemeinsam auf den Weg zu Kalibata. Netoga, die junge Ehefrau, lief ihnen dabei ein Stück des Wegs voran. Katetwanfune, der schon ihr Anführer gewesen war, als sie die Braut abgeholt hatten, sagte darauf zu den Leuten Ntulanalwos: „Meine Freunde, ich verstehe die Bräute nicht." – „Wieso?" – „Nun, als diese Braut zu ihrem zukünftigen Mann ins Gehöft gebracht wurde, weinte sie bitterlich. Jetzt, am Tage, da bei ihren eigenen Leuten ihre Ankunft im Gehöft des Bräutigams gefeiert werden soll, macht sie sich so begeistert auf den Weg, daß ihr Lachen schier den Himmel zerreißt. Sie ist fröhlich und legt den Weg, den man sie auf den Schultern hertragen mußte, so rasch auf eigenen Füßen zurück, als ob sie ihn jeden Tag gegangen wäre." Hierauf gab eine der Begleiterinnen Katetwanfune folgendes zur

Antwort: „Wir Frauen weinen am Tage der Verheiratung aus Kummer, weil wir unsere Eltern verlassen müssen, um bei fremden Menschen zu leben. Außerdem wissen wir nicht, von welcher Wesensart der Mann ist, mit dem wir verheiratet werden, noch welch schlechte Gewohnheiten er hat. Daß wir selbst vielleicht auch Fehler haben, vergessen wir, wenn wir bei Leuten leben sollen, mit denen wir noch keinen einzigen Tag zusammen verbracht haben. Die Trennung von unserer gewohnten Umgebung und die Ungewißheit vor dem Neuen bereiten uns Kummer. Deswegen fließen die Tränen. An dem Tage, an dem wir nach Hause zurückkehren, um das Fest der ‚Ankunft im Gehöft‘ zu feiern, sind wir voller Freude, weil wir unsere Eltern und die anderen Verwandten wiedersehen. Letzteres, meine Herren, bereitet uns natürlich keinen Kummer!" Einer der Männer erwiderte: „Oft sehen wir Männer, daß ihr einen, der sein Junggesellendasein euch zuliebe aufgegeben hat, zugrunde richtet oder ihn hinters Licht führt. Ihr Frauen seid einfach unmöglich!" Die Frau bemerkte dazu: „Meine Freundinnen, habt ihr etwa Worte für diese Männer? Du meine Güte, was seid ihr Männer doch für Holzköpfe! Wenn eine Frau einen Mann zugrunde richtet, dann hat das doch nichts mit dem zu tun, von dem wir zuerst gesprochen haben! Ich meinte die Verschiedenheit der männlichen Wesensart, die bei der Heirat für uns eine Rolle spielt. Häufig genug lehnt ihr Männer uns ja auch ab und unterstellt uns alles Schlechte. So behauptet ihr etwa, wir seien Hexen oder wir täten dies und jenes. Wenn wir das bemerken, ändern natürlich auch wir unsere Einstellung euch gegenüber. So entschließen wir uns, eher von euch fortzugehen als von euch so oder anders verleumdet zu werden. Obschon ich es gut aushalten kann, wenn mich jener Mann scheel ansieht, möchte ich doch sagen, daß Heiraten für eine Frau keinesfalls dasselbe ist wie für einen Mann. Es ist nun mal so, daß du als Frau für ihn kochst, damit er sich wohlfühlt, während du einen Trunkenbold dafür bekommst. Einer unserer Altvorderen hat einmal gesagt: ›Was sich nicht rechtzeitig trennt, fügt einander Schaden zu.‹ Die Männer sagten darauf nichts anderes als: „Kumbe! In der Tat! So seid ihr Frauen!" Und sie pflichtete ihnen bei: „Ja, so sind wir!"

Als sie in die Nähe von Netogas Heimat kamen, wurden sie lauter und begannen, das Hochzeiterlied zu singen, um den Leuten in Kalibatas Gehöft ihr Kommen anzuzeigen. Diese hörten den Lärm in der Ferne und bereiteten sich auf den Empfang der Schwäger vor. Die Frauen nahmen ihre Umhänge aus Rinderhaut und einige auch einfach nur ihre Schlaffelle, um das große Hoftor damit zu versperren. Die Gäste sollten so daran gehindert werden, an Kalibatas Fest der ‚Ankunft im Gehöft' teilzunehmen, ehe sie nicht das Opfer zur Überwindung des *ameko*-Verbots dargebracht hätten.

An der großen Eingangspforte wurden die Gäste von den Bewohnern des Gehöfts, die allesamt schon dort standen und sie erwarteten, aufgehalten. Ntulanalwo und seine Frau befanden sich in der vorderen Reihe der Ankömmlinge. Die mitgebrachte Ziege meckerte neben ihnen „mee, mee". Man begann mit dem Opfer, indem Ntulanalwo, seine Frau und die Leute aus dem Gefolge Ntulanalwos zunächst mit Butterfett eingerieben wurden, das sich in einer länglichen *enchuma*-Kalebasse befand. Anschließend wurden Ntulanalwo und Netoga aufgefordert, gemeinsam die Ziege zu ergreifen und sie mit aller Kraft auf der Schwelle zu Kalibatas Gehöft niederzudrücken. Als das geschafft war, gab man beiden je ein Messer. Während sie die Ziege festhielten, stachen sie damit auf das Tier ein. Als ihm das Blut in Strömen aus dem Hals rann, reichten Kalibata und seine Frau ihnen ein Bündel aus frischem Schilf und einen *olusombwa* genannten Dorn. Ntulanalwo und Netoga tauchten diese Gegenstände in das Blut der Ziege, hoben sie hoch und klopften damit gegen die Rinderhäute, die das Hoftor versperrten. Dazu sprachen sie mit lauter Stimme: „Wir möchten nicht von Unheil oder Schaden befallen werden!" Die Gegenstände reichten sie anschließend den Leuten im Gehöft unter den Häuten hindurch, die das Tor versperrten. Die Gehöftbewohner taten es ihnen von innen gleich. Dann gaben sie ihnen die Gegenstände über die Häute hinweg wieder zurück. Diese Handlung wurde dreimal vollzogen.

Sie legten das Bündel mit Schilfgras und den *olusombwa*-Dorn auf der Ziege nieder, die inzwischen von Gehilfen erwürgt worden war. Kalibata öffnete nun selbst den Leib der toten Ziege, die sein Hoftor versperrte. Dabei hatte er auf dem Kopf einen Kranz aus *olwihura-*

Blättern angelegt, und in seiner rechten Hand hielt er ein *enkokobyo*-Gefäß, das sonst dazu diente, Kräuter vom Feld zu holen oder Hirse zum Kochen vorzubereiten. Er lud Ntulanalwo und Netoga schließlich ein, den Hof seines Anwesens über die tote Ziege hinweg zu betreten.

Die Schlachtgehilfen weideten anschließend die Ziege am Hoftor vollständig aus. Dabei bemühten sie sich, sie so mit Messern zu bearbeiten, daß möglichst viel Opferblut als Schutz gegen zukünftiges Übel auf die Schwelle floß. Als die ‚Ankömmlinge im Gehöft‘ das ganze Anwesen durchschritten, wurde in der Mitte des Hofes der *lwakalera*-Tanz vorbereitet. Die Frauen schlugen dazu auf ihren Lederumhängen den Takt, und alle stimmten ein solches Lärmen und Schreien an, daß es möglichst weit zu hören war. Erst später in der Nacht gingen die Frauen dazu über, mit ihren gewohnten lieblichen Stimmen Lieder zu singen und dazu ihre Triller erschallen zu lassen: „Keye, keye, keye!"

Noch mitten im Lärmen trat auf einmal Kalibata in die Runde, auf dem Kopf und an den Armen mit Blätterwerk geschmückt. Netoga wurde von den anderen gedrängt, ihm in den Kreis zu folgen und mit ihm zu tanzen. Tochter und Vater verbogen nach Kräften ihre Glieder und ruckten mit den Schultern. Ee, loo! Ihr Tanz war hervorragend. Netoga zeigte ohne Scheu ihre ganze Meisterschaft beim Tanzen, während sie bei sich dachte: „Ich will jetzt ganz hemmungslos tanzen, auch wenn sie hernach hinter mir herreden sollten." Mit äußerster Anmut tanzte sie mit ihrem Vater und zeigte ihre ganze Kunst. Oh, ihr Körper bewegte sich so geschmeidig, als sei er ohne Knochen. Obwohl ihm das Tanzen nach kurzer Zeit Kopfschmerzen verursachte, bemühte sich auch Kalibata mit seinem Blätterschmuck an Kopf und Armen und mit der *enkokobyo*-Schale in seiner rechten Hand, den Opfertanz für seine Tochter gut hinter sich zu bringen. Wäre er noch jung gewesen, hätte er alle mit seiner Kunstfertigkeit schlagen können. Als die Zuschauer Vater und Tochter so miteinander tanzen sahen, bekamen sie große Lust, es ihnen gleichzutun. Zunächst aber trat Tibwenigirwa in die Runde und brachte ihrem Mann und ihrer Tochter mit Butter zwei Male im Gesicht bei, um damit das *ameko*-Verbot, das die Heirat über sie gebracht hatte, außer Kraft zu setzen.

Ntulanalwo und Netoga gingen anschließend ins Haus, um am Herd den zu Beginn der Hochzeitsfeierlichkeiten schon einmal ausgeübten *kuruma*-Brauch zu wiederholen. Danach hielten sie sich im Hauptraum des Hauses auf. Einige der Gefährten Ntulanalwos gesellten sich zu ihnen. Man brachte ihnen Wasser, die Hände zu waschen. Dann wurde Bohnensuppe gereicht, die mit Rinderbrühe schmackhaft zubereitet worden war. Wee, acha! Beim Kosten erkannten sie an dem ganz besonderen Geschmack die einmalige Kochkunst der Frauen auf der Insel Bukerewe. Kumbe! Der Wohlgeschmack der unzerstampft gekochten Bohnen ist so groß, daß sogar ein Sprichwort darauf hinweist: ›Was für ein merkwürdiger Mensch muß der Verstorbene gewesen sein, daß er Hirsebrei und Bohnen vererbt hat?‹

Nach der Bohnensuppe führte man Ntulanalwo und Netoga hinaus in den Hof und reichte ihnen dort Hirsebrei mit vielen Schalen voller Fisch und Fleisch. Auch ihre Begleiter wurden gespeist, wobei jedermann seine eigene Eßschale bekam. Es gab so viel zu essen, daß sie nicht alle Schüsseln leeren konnten. Wer besaß schon einen so großen Magen! Ein Altvorderer hat einmal dazu gemeint: ›Der menschliche Magen ist wie eine Nachbildung aus Ton; er verleitet einen, etwas zu stehlen, das man hernach in seinem Inneren nicht verbergen kann.‹ Unsere Vorväter pflegten auch zu sagen: ›Der Bauch ist doch ein undankbarer Bastard; sein einziger Vorzug besteht darin, Kinder hervorzubringen.‹

Nach dem Essen begaben sie sich in die offene Halle, *mu lukale* genannt, um das Gefühl der Sättigung zu vertreiben. Dort befand sich ein großer bootförmiger Holzbottich, ein sogenannter *embeterero*-Trog, der bei der Herstellung von Bananenbier gebraucht wird. Er war mit grünen Bananenblättern zugedeckt. Als die Gastgeber die Blätter abhoben, stieg den Gästen der süße Geruch von empahe, dem Bananenbier, in die Nase. Alle Frauen, die hernach das Bier kosten wollten, drängten sich in die Nähe des Bottichs. Das Bier anläßlich eines Festes der ‚Ankunft im Gehöft‘ wird nicht in der üblichen Weise getrunken. Man teilt es nicht aus, indem man einen Trinkbecher herumreicht, sondern man steckt Strohhalme in den Bierbottich und saugt daraus. Jeder bekam alsbald einen solchen

Halm in die Hand, und die Männer tranken diesmal als erste von dem Bier. Erst als sie sich satt getrunken hatten, machten sie den Frauen Platz, die geschlossen an den Bottich herantraten und tranken. Nachdem sie das Bier in die Glieder fließen fühlten, traten sie zurück, und die Männer drängten sich ein zweites Mal um den Bottich. Unter den Frauen war eine, die besonders gern Bier trank. Auch ihr gab man Gelegenheit, sich satt zu trinken. So ging das eine Weile in geordneter Folge, bis sich jene, die eigentlich nur als Zuschauer am Fest teilnahmen, unter die geladenen Gäste mischten und ihre eigenen Strohhalme in den Bierbottich tauchten. Sie drängelten und purzelten übereinander, so daß ein wüstes Getümmel entstand. Das Bier ging dabei schnell zur Neige.

Als die Schwäger bemerkten, daß die Nacht nicht mehr fern war, baten sie um die Erlaubnis, nach Hause aufbrechen zu dürfen. Sie erhielten ihre Waffen und verließen Kalibatas Gehöft. Die Tänzer und die betrunkenen Zuschauer blieben jedoch noch bei Kalibata, um weiter zu tanzen. Ntulanalwo und seine junge Frau indessen verbrachten die Nacht in der Nähe bei einer Verwandten Bugonokas, denn es ist den ,Ankömmlingen auf dem Gehöft' herkömmlicherweise verboten, bei den Eltern der Braut zu übernachten.

Am nächsten Morgen nahmen die Braut und ihr Mann wieder ein morgendliches Bad. Dann ließen sie sich den Hochzeitsschmuck in die Haare einflechten und kehrten zu den Schwägern, das heißt in das Gehöft Kalibatas, zurück, um das vorgeschriebene Ahnenopfer vorzunehmen. Das wird auf Kerewe *kwich'omwoyo* genannt, was so viel wie ,ausatmen' bedeutet. Damit wird angezeigt, daß nun alle Gebote, die bei den Kerewe zu einer Eheschließung gehören, erfüllt sind. Nach dem letzten Hochzeitsopfer gibt es keine weiteren Bräuche mehr zu beachten, es sei denn das Einflechten des Hochzeitsschmucks in die Haare der Hochzeiter. An diesem Tage sind die Leute fröhlich, essen etwas Besonderes und tanzen noch ein wenig.

Ntulanalwo und seine Schwägerin kitzelten sich gegenseitig unter den Armen und tollten albern herum, obwohl er die letzte Opferhandlung noch vornehmen mußte. Jugendliche sind von solch wichtigen Anlässen eben wenig beeindruckt. Er nahm zum Opfer des ,Ausatmens' noch zwei Personen mit. Zum einen begleitete ihn die

Dienerin der Braut, seine Schwester Bulihwali, zum anderen sein Vetter.

An jenem Tage wurde im Gehöft Kalibatas wie an einem gewöhnlichen Werktag nur zweimal gekocht. Beim Abschied gab man dem jungen Paar eine längliche, mit Butterfett gefüllte Kalebasse mit. In dem Fett befand sich eine lange Nadel, *empindu* genannt, zum Flechten von Körben und von Worfelschalen. Außerdem erhielten die Hochzeiter noch einen Topf mit gekochtem Fleisch und ein großes, mit Mehl angefülltes Gefäß als Geschenk überreicht. Dann machten sie sich zu Myombekeres Gehöft auf den Weg. Bulihwali trug die Kalebasse mit der Nadel. Netoga hatte sich den Topf mit gekochtem Fleisch aufgeladen, und eine andere Frau aus ihrer Begleitung trug das Gefäß mit Mehl auf ihrem Kopf.

Bei der Ankunft in Myombekeres Hof gaben sie die Geschenke sogleich weiter, denn was anläßlich des ‚Ausatmens' geschenkt wird, ist für die Braut, den Bräutigam und die Gehilfin der Braut als Speise strengstens zu meiden. Bugonoka lud ihre Nachbarn ein, um mit ihnen die von Netogas Eltern erhaltenen Geschenke gemeinsam zu verzehren. Netoga, Bulihwali und Ntulanalwo bekamen indessen etwas anderes zu essen.

Netoga und ihre Schwägerin Bulihwali, das heißt ihre Dienerin bei der Hochzeit, sowie noch eine andere Frau gingen zwei Tage später wieder zu Kalibata. Diesmal trug Bulihwali zwei kleine Kalebassen mit in Butterfett eingebetteten Nadeln. Netoga hatte seit der Hochzeit noch immer ihr Perlen-Stirnband und das Hals-Amulett angelegt.

Bei der Ankunft bekam die Mutter Netogas die beiden Nadeln geschenkt. Sie legte sie über die Eingangstür des Hauptraums. Nachdem die Reisenden ein wenig verschnauft und etwas zu sich genommen hatten, legte Netoga ihren Brautschmuck, also jenes Stirnband und das Amulett um den Hals, ab. Damit waren die Hochzeitsfeierlichkeiten zu ihrem Ende gekommen. Als Netoga wieder zu Hause anlangte, bemerkte sie, daß auch ihr Mann Ntulanalwo inzwischen seinen Hochzeitsschmuck abgelegt hatte.

KAPITEL 16

Krieg der Maasai und Pockenseuche
Ntulanalwo heiratet eine zweite Frau

Nach dem Hochzeitsfest blieb die Ehe Ntulanalwos und Netogas noch lange in dem Zustand, den man im Kereweland in Anspielung auf das kalte Bad, das man am Morgen nach einer Nacht mit ehelichem Verkehr nimmt, als ‚kaltes Wasser an den Beinen' bezeichnet. Myombekere und Bugonoka kamen sich in jener Zeit so vor, wie jemand, der ein fremdes Kind aufzieht und am Ende feststellt: „Ich bin nur der Pflegevater oder die Ziehmutter. Das Böse, das in dem Kind steckt, kommt allein von seinen Erzeugern."

Bulihwali blieb nach der Hochzeit bei ihren Eltern und kehrte nicht mehr in die Obhut der Großeltern zurück. Sie hatte großen Spaß daran, sich mit ihrer Schwägerin zu unterhalten. In kurzer Zeit hatte sich Netoga an die Gepflogenheiten auf dem Hof ihres Mannes gewöhnt. Sie mahlte bald das Hirsemehl in derselben Weise wie ihre Schwiegermutter, die dazu bereits beim zweiten Hahnenschrei aufstand. Sie holte rechtzeitig Wasser vom See und ahmte auch sonst das gute Beispiel Bugonokas nach. Als Myombekere sah, welches Glück er mit seiner Schwiegertochter hatte, begann er bald, sie herzlich gern zu haben. Auch Bugonoka liebte die Frau ihres Sohnes so wie der Finger den Ring.

Ntulanalwos Liebe zu seiner Frau war jedoch nicht zu übertreffen. Allein an seinem Verhalten ließ sich dies ablesen. Wenn Netoga sich bei einem Botengang verspätete, wurde er alsbald unruhig und ging ihr nach. Wenn sie draußen auf den Feldern Kartoffeln ausgrub und nicht sofort wieder zurückkam, lief er hin um nachzusehen. Es dauerte nicht lange, bis die Leute spotteten: „Ntulanalwo hat seine Frau nicht nur gern, er ist auch durch und durch eifersüchtig auf sie." Als das Gerede seinen Eltern zu Ohren kam, nahmen sie ihn ins Gebet und mahnten ihn, er solle diese schlechte Angewohnheit abstellen und seine Frau in Ruhe lassen. „Wenn du damit nicht sofort aufhörst", so drohten sie ihm, „wird dein Schwiegervater dir deine Frau wegnehmen und dich wieder zum Junggesellen machen. Aus so viel Eifersucht kann am Ende nur Böses hervorgehen. Entweder wird sie getötet oder dir geschieht von seiten eines Dritten ein Leid, so daß du selbst zugrunde gehst. Eifersucht ist schlecht. Sie nimmt kein gutes Ende. Du kannst deine Frau nicht ständig belauern, wenn sie ihre Eltern oder Verwandten besucht. Mit einem solchen Verhalten wirst du ihr schaden. Das muß also aufhören. Auf die Mitmenschen macht Eifersucht einen sehr schlechten Eindruck. Sie ist darüber hinaus völlig sinnlos und verstößt noch gegen die hergebrachte sittliche Ordnung unseres Landes." Ntulanalwo nahm die Warnungen seiner Eltern ernst und änderte zumindest nach außen hin sein Verhalten gegenüber Netoga. Wenn sie jedoch ihre Eltern besuchte und über Nacht dort blieb, konnte er es sich nicht verkneifen, den ganzen Tag über den Weg, auf dem seine Frau zurückkommen mußte, zu beobachten. In den Nächten, in denen er mit seiner Sehnsucht nach ihr allein blieb, spielte er seine Harfe, die er meisterlich beherrschte. Und wenn er die Harfe leid war, spielte er mit sich selbst und sagte zu sich: „Sei es drum, wenn ich nur Schlaf finde!" Gelegentlich suchte er sich nach Junggesellenart auch eine andere Frau als Schlafgefährtin.

Das sind eben die Schleichwege der Jugend. Die Alten erfanden dazu folgende kleine Geschichte: Der grüne Blattwedel einer Bananenstaude wurde vom Wind hin- und herbewegt. Er brüstete sich sehr, indem er raschelte: ›Bagabaga! Man hört uns eben zu, weil wir lebendig und gesund an der Bananenstaude sind.‹ Ein anderer Blattwedel, der bereits von der Staude abgefallen war und vertrocknet darunterlag, erwiderte ihm: ›Auch ich redete einstmals so wie du.‹

In der Trockenzeit jenes Jahres überzogen die Maasai das Land mit Krieg. Sie überquerten die Landenge von Olugezi zwischen der Insel Bukerewe und dem Festland, aus dem trockenen Land Mw'ibara kommend. Erschreckend viele Menschen wurden von ihnen getötet. Sie raubten das Vieh und brannten die Häuser nieder. Nach dem Überfall zogen sie sich wieder zurück.

Als die Maasai anrückten, fragte Myombekere seinen Freund Kanwaketa: „Hast du schon davon gehört?" Und dann berichtete er
ihm: „Auf dem gegenüberliegenden Festland haben sie den Menschen einfach mit ihren Buschmessern über den Kopf geschlagen
und sie getötet. Von der Landschaft Butimba bis weit in die Landschaft Kibara haben sie gewütet." Kanwaketa erwiderte erschrocken:
„Kumbe! Sie setzen bestimmt auch auf unsere Insel über! Sie bringen uns alle um, sogar unsere kleinen Kinder, die noch auf dem
Rücken getragen werden. Ein Krieg der Maasai ist überaus grausam.
So haben uns unsere Väter jedenfalls erzählt. Die Maasai haben
keine Achtung vor Menschen, selbst wenn es sich um eine Frau oder
ein Kind handelt. Sie wollen nur rauben. Als mein Vater noch lebte,
erzählte er uns: Ein Krieg der Maasai ist kein gewöhnlicher Krieg.
Sie sind im Besitz vieler übernatürlicher Mittel, um sich zu schützen,
und wirksamer Medizinen, um unsere Pfeile und Speere abzuwenden. Solche Schutzkräuter wachsen auch bei uns in Massen. Sie wir-
ken aber nur, wenn ein Maasai sie anwendet. Selbst wenn ein Maasai
allein Mengen unserer Krieger gegenüberstünde, könnten wir uns
noch so bemühen, ihn mit unseren Waffen zu treffen. Sie würden
alle umgelenkt. Einige würde er vielleicht auch mit seinem Schild
auffangen und zur Seite werfen. Es ist einfach unmöglich, seinen
Körper zu treffen. Mit seinem Buschmesser mäht er die Menschen
nieder wie eine Frau das Unkraut auf dem Kartoffelacker. Die Maasai laufen so schnell wie der Orkan. Ihre Beine sehen daher so aus
wie Strohhalme nach der Art, wie sie bei den Völkern der Ruri, Jita
und Regi zum Biertrinken verwendet werden. Mit ihrem außerge-
wöhnlichen Haarschopf und ihren Glöckchen an den Beinen erwek-
ken sie überall Furcht. Solange ein Maasai lebt, darf man ihm nicht
ins Gesicht sehen. Das könnte ihn reizen. Andererseits benehmen
sich die Maasai sehr heldenhaft. Auch gegen sich selbst kennen sie
kein Mitleid. Sie sind kühn und wagemutig. Vor solchen Leuten
kann man nur Angst haben! Wir auf unserer Seite wollen unsere
Pfeile schärfen und auf das Hornsignal des Königs warten, bereit
zum Kampf. Aber trotz unserer Vorbereitungen werden wir unterlie-
gen, mein Freund. Wir können nur hoffen, nicht wie Frauen zu sterben, sondern erst, nachdem wir tapfer wie rechte Männer gekämpft

haben. Wir wollen von der Welt würdig Abschied nehmen und sagen: Die Festtage sind nun vorüber. Heute sind sie endgültig zu Ende."

Kurz nach diesem Gespräch wurde ihnen noch von anderer Seite bestätigt, daß die Maasai drüben auf dem Festland, in Butimba und Kibara, tatsächlich viele Menschen getötet hatten. Häuser und Getreidespeicher waren in Flammen aufgegangen. Und das Vieh hatten sie in Scharen davongetrieben. Jetzt hätten sie sich bereits wieder in ihre Wohngebiete zurückgezogen und ruhten sich aus, denn schließlich sei auch für sie eine solche Unternehmung nicht ganz ohne Gefahren. Nach dieser Nachricht beruhigten sich die Leute erstaunlich schnell und nahmen ihr gewohntes Leben wieder auf. Die Maasai hatten sie schon bald vergessen.

Bei dieser Gelegenheit fragte Ntulanalwo seinen Vater: „Was bezwecken denn die Maasai, wenn sie andere Leute mit Krieg überziehen und ihnen das Vieh rauben?" – Der Gefragte erklärte ihm: „Sie haben es auf das Vieh abgesehen, weil sie anders als wir keine Hirse essen, sondern sich ausschließlich vom Vieh ernähren. Sie essen nur Fleisch, keine Hirse. Wenn bei ihnen nun eine Hungersnot ausbricht, fassen sie den Plan, andere Landstriche, wo es viele Rinder gibt, zu überfallen und mit Krieg zu überziehen. Es ist so wie im Sprichwort ›Bettler finden keine Ohren.‹ Wenn sie andere bitten würden, ihnen zu helfen, hätten sie keinen Erfolg. Deshalb nehmen sie ihr Schicksal in die eigene Hand. Sie sind bereit, sich in jede Gefahr zu begeben, und sei es auf Leben oder Tod. Das heißt, sie führen Krieg. Wie kannst du solchen Menschen zuschauen, ohne dich zu verteidigen? Selbst wenn du ihnen an Stärke unterlegen bist, wirst du doch mit ihnen kämpfen, denn sie müssen dich erst besiegt oder getötet haben, ehe sie dein Vermögen oder dein Vieh wegnehmen können." – „Kumbe! Ach so ist das also! Ich dachte schon, du sähst tatenlos zu, wenn jemand, der kein Recht dazu hat, deine Rinder losbindet und forttreibt. Aber ich sehe, du bist kein gewöhnlicher Mann und unterscheidest dich von anderen. Ee, auch ich stürbe für mein Vermögen. Erst wenn mich der andere tötet, kann er es forttragen. Aber einfach untätig zusehen, das auf keinen Fall!"

Nur wenige Tage, nachdem die Maasai abgezogen waren, brach auf der Insel Bukerewe eine Pockenseuche aus. Die Leute waren darüber in großer Sorge, weil sie ahnten, daß viele von ihnen daran sterben würden. Die Gehöftherren untersagten ihren Kindern strengstens, andere Gehöfte zu besuchen. Sie erließen dieses Verbot, um sie vor einer Ansteckung mit den Pocken zu bewahren. Eltern, die heiratsfähige Söhne hatten, legten diesen völlige Enthaltsamkeit auf, um sich beim Verkehr mit einer Hure nicht anzustecken. Basi, in jenen Tagen wurden viele Verbote ausgesprochen, um die tödliche Krankheit, vor der es keinen Zufluchtsort gab, an ihrer Ausbreitung zu hindern. Die Menschen wußten, daß die Pockenkranken kaum eine Aussicht hatten, diese Krankheit zu überstehen und vergossen deshalb viele Tränen, wenn jemand erkrankte. Allgemein herrschte im Lande die Meinung vor, daß die Maasai die Seuche gebracht hätten, um alle zugrunde zu richten.

In ihrer Not wandten sich die Leute am Ende an den Omukama: „Gesundheit und ein langes Leben sei dir beschieden, unser König! Wir sind gekommen, um dir unsere Grüße zu überbringen und dich zu bitten, du wollest uns von dem Übel, das uns derzeit zugrunde zu richten droht, erlösen. Allein du, Sohn eines Königs, besitzt dazu die Macht." Der König gab ihnen zur Antwort: „Laßt euch dort drüben nieder und wartet!" Die Bittsteller ließen sich in dem angewiesenen Winkel nieder, während der König sich mit seinen Hofleuten und einigen angesehenen Ratgebern beriet: „Ihr habt die Worte gehört, meine Herren. Was meint ihr dazu?" Unter den Hofleuten erhob sich darauf ein alter Mann namens Lugezi und trat vor den König. Er kniete mit Würde und Anstand nieder. Dann sprach er mit lauter Stimme: „Wir haben deine Worte, oh König, vernommen. Eigentlich sind wir doch alle erwachsene Männer, die schon viele Seuchen und Schwierigkeiten, die uns von anderen Königen angehext wurden, überstanden haben. Aber eine solche Seuche hat keiner von uns hier je erlebt. Vielleicht sind wir trotz unserer Jahre ja noch zu jung dazu. Keiner meines Alters im Lande hat so etwas schon gesehen. Wenn ich könnte, würde ich mich zurück in den Mutterleib verkriechen." Der König unterbrach seine Rede mit den Worten: „Ee, nun komm schon zu Sache!" Lugezi ließ sich nicht beirren: „Ich bin dir wegen deiner Ungeduld nicht gram, König, und werde darum in meiner Rede fortfahren. Basi, ich will dir genau erklären, wie ich die Sache sehe, König. Jedesmal wenn das Land mit Krieg überzogen wurde, dann folgte dem Krieg Seuche und Hungersnot wie das Harnlassen dem Stuhlgang." An dieser Stelle brachen alle Anwesenden in lautes Gelächter aus. Als sie sich wieder beruhigt hatten, fuhr Bwana Lugezi fort: „Warum lacht ihr, Genossen? Täusche ich mich etwa? Wenn ich schon lange gestorben bin, werdet ihr einsehen, daß ich recht hatte. Dann könnt ihr ja weiter darüber reden. Das ist alles, mein König, was ich jetzt dazu zu sagen habe. Labeka! Meine Ehrerbietung!" Der König erwiderte dem Gekränkten: „Setz dich dorthin und habe Geduld!" Dann dachte er angestrengt nach. Bald schon forderte er die Bittsteller auf, nach Hause zu gehen und abzuwarten, welche Maßnahmen er ergreifen werde. Sie verabschiedeten sich von ihm mit den Worten: „Verbleibe mit Muße, du Sonne, die allen Menschen erstrahlt! Verbleibe mit Muße, du Löwenstarker! Lang mögest du leben, du Sohn eines Königs!" Dann kehrten sie auf ihre Höfe zurück. Auch Myombekere war unter ihnen.

Zwei oder drei Tage nach diesem Ereignis bekam Myombekere plötzlich hohes Fieber. Es war am späten Nachmittag. Am Abend mußte man ihn ins Bett bringen. Bugonoka hatte von anderen gehört, daß sich die Seuche mit hohem Fieber ankündigte. Als sie das Fieber von Myombekere bemerkte, war sie daher auf das höchste beunruhigt. Sie forderte Ntulanalwo und Netoga auf, sich ab sofort völlig zu enthalten. „Glaubt nicht, daß diese Krankheit ein Kinderspiel ist. Sie ist äußerst gefährlich und von der Art, von der die Alten sagten: ›Was die Haare frißt, kann auch das Gehirn fressen.‹ Ihr könnt euch davon überzeugen, meine Kinder, daß das ganze Land von der Seuche befallen ist." Ntulanalwo erwiderte ihr: „Rede nicht so mit uns, Mama! Wir haben schon längst davon gehört und uns selbst davon überzeugt, daß es sich um eine sehr schlimme Seuche handelt. Du kannst sicher sein, daß wir keinesfalls daran erkranken wollen!"

Als Bugonoka wieder nach ihrem Mann sah, zitterte dieser am ganzen Leib, als ob er einer Eiseskälte ausgesetzt wäre. Er fragte sie, was sie draußen zu den Kindern gesagt hätte. Bugonoka erklärte es ihm, worauf er ihr erwiderte: „Meinst du, daß sie wirklich die volle Tragweite deiner Warnung erfaßt haben? Hast du vergessen, wie wir selbst als junge Menschen waren? Darum glaube ich nicht, daß sie sich an deine Ratschläge halten werden. Sie setzen sich bestimmt über alle Verbote hinweg und schlafen doch miteinander. Weißt du, was wir am besten dagegen tun, meine Frau? Hole mir sofort *ekitwaro*-Kräuter in einer Schüssel, damit ich zwei *amakire*-Talismane anfertigen kann!" Bugonoka beeilte sich, ihm das Gewünschte zu bringen, und er fertigte die Talismane an. – Wenn jemand beim Geschlechtsverkehr diese Talismane trägt, wird er von der Pockenkrankheit verschont. Andererseits, sagen wir es doch ganz offen, wenn man sich nicht durch solche Maßnahmen schützt, kann man sich beim Verkehr sehr leicht die Pocken holen und daran sterben.

Nach einigen Tagen ließ Moymbekeres Fieber zwar nach, aber auf seinem Körper breiteten sich stattdessen viele Bläschen aus. Vom Kopf bis zu den Füßen war er damit bedeckt. Alle Familienmitglieder kümmerten sich nun darum, ihn zu behandeln, sammelten und bereiteten ständig Kräuter zu, um den Eiter aus den Bläschen abzuziehen. Myombekeres Gesicht war völlig entstellt. Sein Körper war eine einzige Wunde. Er konnte nichts essen, und jedem, der ihn sah, wurde das Herz schwer.

In diesem Jahr hatte der König seine Hofleute im Kereweland umhergeschickt, um alle, die noch nie Pocken hatten, zu impfen. Sogar die Säuglinge sparte er nicht aus. Keine Gegend wurde ausgelassen. Im Gehöft Myombekeres wurden Bugonoka, Bulihwali, Ntulanalwo und Netoga geimpft. Da sie sich nun vor Ansteckung sicher fühlten, schenkten sie nur noch dem Krankheitsverlauf Myombekeres Beachtung.

Nach einigen Tagen stellte sich eine leichte Besserung ein. Von da an trugen ihn seine Pfleger jeden Morgen noch vor Sonnenaufgang zum See, um ihn im kalten Wasser zu baden. Sie bemühten sich auch, ihn wieder auf die Beine zu stellen. Dabei kannten sie kein Erbarmen, auch wenn er vor Schmerzen schrie. Myombekere war wirklich ein armer Mensch! Einige Tage später gaben sie ihm einen Stock in die Hand, mit dem er sich beim Gehen abstützen konnte.

Mit dessen Hilfe konnte er sich bald sogar allein zum See schleppen, um sein morgendliches Bad im kalten Wasser zu nehmen.

Als Myombekeres Genesung fortschritt, nahm Ntulanalwo auch seine Gewohnheit, mit dem Vater gemeinsam zu essen, wieder auf. Er war fröhlich und freute sich auf die Unterhaltungen mit dem Vater. Kumbe! Der Vater hatte die schwere Krankheit überstanden, aber wie! Die vielen Pockennarben hatten sein Gesicht völlig entstellt. Wenn man ihn betrachtete, erkannte man, daß die Pockenkrankheit nicht nur schwere Schmerzen verursacht, sondern auch sonst ihre Spuren am Körper hinterläßt. Sie macht die Haut eines erwachsenen Menschen schwarz wie Ruß. Nach einiger Zeit bilden sich diese Spuren allerdings wieder zurück. Auch bei Myombekere heilten die Wunden gut ab. Nur im Gesicht und auf der Nase behielt er einige Narben.

Als es Myombekere schon wieder besser ging, erkrankten auch die anderen in seinem Gehöft. Sie bekamen plötzlich dicke Blasen auf der Haut, so daß sie schon dachten, es wären ebenfalls die schwarzen Pocken. Die Alten, die bereits Erfahrung mit der Krankheit hatten, beruhigten sie jedoch und erklärten ihnen, daß es sich um Windpokken handelte. Schon nach kurzer Zeit wurden sie wieder gesund. Da priesen sie ihren König, weil er sie rechtzeitig vor der Pockenseuche geschützt hatte. Sie waren überzeugt, daß sie ohne seine Vorsorge alle zugrunde gegangen wären.

Nach seiner Genesung machte Myombekere sich auf, um eine zweite Frau für Ntulanalwo zu finden. Auf diese Weise erhoffte er sich von seinem Sohn eine große Nachkommenschaft, die das Gehöft vergrößern und mit lautem Leben erfüllen würde. Bei seinem Tode sollte der Fortbestand seines Namens gesichert sein. Auch bei dieser Brautwerbung strengte er sich sehr an, die rechte Frau für seinen Sohn zu finden.

Ihr alle wißt, daß bei einer Brautwerbung nichts übereilt wird. Man treibt die Angelegenheit umsichtig und langsam voran wie ein Boot voll mit Nilpferdjägern, von dem man sagt: ›Ein langsam fahrendes Boot strandet nicht auf einem unter Wasser verborgenen Felsen.‹

Als Myombekere sich schon geraume Zeit der Brautwerbung gewidmet hatte, brach eine Hungersnot aus, der erneut viele Menschen zum Opfer fielen. Es war so, wie unsere Vorväter zu sagen pflegten: ›Der große Hunger hat keinen Ort, an dem du einkaufen kannst, um deine Bedürfnisse zu befriedigen.‹ Die Not war so groß, daß die Leute, bei denen er warb, erklärten: „Setze die Angelegenheit ruhig eine Weile aus! In diesen schlechten Zeiten steht uns nicht der Sinn nach Heirat. Wenn es besser wird, können wir unsere Verhandlungen ja fortsetzen." Myombekere bedachte seine eigene Lage und erwiderte: „Ach ja! Die Leute sterben zuhauf an der Hungersnot. Wenn die schlechte Ernährungslage anhält, mit wem können wir am Ende noch verhandeln? Jedermann wird auf der verzweifelten Suche nach Nahrung zum Dieb. Um sich selbst zu retten, suchen die Leute auf den Feldern der anderen nach Nahrung. Wenn es Nacht wird, gehen sie auf Diebeszug, indem sie die Getreidespeicher der andern mit ihren Waffen anbohren. Werden sie beim Stehlen ertappt, sterben sie vielleicht am Speer oder Giftpfeil oder an einem Schlag mit der Keule. Es gibt keine ehrenwerten Menschen mehr, die nicht stehlen würden. Angesichts der großen Not kann man auch keinen mehr als Verbrecher verdammen oder verhöhnen, bloß weil er stiehlt. Selbst erfahrene Bauern sterben am Hunger. In den Gehöften gibt es viele Leute, die den Hunger nicht einfach hinnehmen und daher versuchen, sich selbst zu helfen. Ich will euch nicht um etwas bitten, was ich nicht tragen kann. Sonst geht es mir noch so, wie es in einem Lied der Jita-Frauen heißt: ›Rühme dich nicht, mehrere Frauen zu heiraten, wenn du nicht die Kraft hast, alle anständig zu ernähren!‹"

Myombekere gelang es, immer wieder Nahrung zu beschaffen, um die Leute auf seinem Hof vor dem Verhungern zu bewahren. Nach einiger Zeit glaubte er, daß sich die Hungersnot auf Dauer im Lande niedergelassen hatte. Jedenfalls machte sie keine Anstalten, wieder wegzugehen. Das brachte die Leute völlig durcheinander. Viele verhielten sich wie die Affen. Sie stiegen in die Bäume, um wilde Früchte zu ernten.

Nach einiger Zeit gab es aber doch etwas Erleichterung, so daß Myombekere versuchte, seine Brautwerbung wieder aufzunehmen.

Als er sich eines Morgens am früheren Ort zur Brautwerbung einfand, mußte er erfahren, daß der betreffende Gehöftherr inzwischen verhungert war. Er war schon vier Tage tot, und seine Angehörigen beendeten gerade die Totenklage. Myombekere war so erschüttert, daß er laut ausrief: „Loo! Was soll ich Armer jetzt tun? Alles hat sich dadurch verändert!" Die Trauernden antworteten ihm jedoch: „Dieser Vorfall sollte deine Absichten nicht allzu sehr beeinträchtigen. Gib die Brautwerbung nur nicht auf! Schließlich hat der Verstorbene ja ein Gehöft hinterlassen, an dem weiter gebaut werden muß. Einer seiner Söhne ist schon verheiratet. Seine Frau hat ihm bereits einen männlichen Nachkommen geboren. Dieser Sohn kann die Verhandlungen mit dir weiterführen. Schließlich haben unsere Alten immer gesagt: ›Die Axt des Zimmermanns ist in seinem letzten Werk stecken geblieben. Aber sie ist es doch, die das Holz bearbeitet.‹" Myombekere erwiderte: „Jawohl, das stimmt!" Er verweilte diesmal nur eine kurze Zeit. Dann verabschiedete er sich von ihnen so, wie sich alle in unserem Lande von Trauernden verabschieden: „Möget ihr in Ruhe eure Trauer überwinden!" – „Ja, so möge es geschehen", erhielt er als Antwort. „Kehre gut zu den Deinen zurück!" Aus Gram geleiteten sie ihn jedoch nicht auf den Weg hinaus. Sie händigten ihm seine Waffen schon im Gehöft aus, und er ging allein nach Hause.

Nach wenigen Tagen kam Myombekere wieder zu ihnen, um die Brautwerbung fortzusetzen. Seine Verhandlungen führten nun schnell zu einem Ergebnis, indem sie ihm mitteilten, bei welchen ihrer Verwandten er seine Werbung vortragen sollte. Mit der Hochzeit selbst wollten sie nur solange warten, bis die neue Hirse geerntet werden konnte und damit die Hungersnot endgültig überwunden wäre.

Als es soweit war, hatte Myombekere seine Brautwerbung überall dort, wo man ihn hingeschickt hatte, vorgetragen. So machte er sich eines Morgens ganz früh auf den Weg, um den Lohn seiner Bemühungen zu ernten. In der Tat trugen sie ihm bei dieser Gelegenheit auf, die Brautführerin für das Mädchen, um das er für seinen Sohn gefreit hatte, zu bestellen.

Schon zwei Tage später zogen seine Leute zu den Hochzeitsfeierlichkeiten in das andere Gehöft. Und wieder einen Tag später holten sie die Braut auf das Gehöft Myombekeres. Von da an war Ntulanalwo mit zwei Frauen verheiratet, mit Netoga binti Kalibata und mit Mbonabibi binti Kongwa.

An dem Tage, an dem Ntulanalwo Mbonabibi in sein Gehöft führte, trug er eine neue Hacke in die Hütte seiner ersten Frau, um ihr zu verkünden, daß er von nun an den ausschließlichen Eheverkehr mit ihr beendet habe. Als Netoga die Hacke in Händen hielt, sprang sie in ihrem Haus vor Freude darüber in die Höhe.

Mit der zweiten Heirat Ntulanalwos hatte das Gehöft von Bwana Myombekere an Bedeutung zugenommen. Es bestand jetzt aus drei Einzelfamilien. Netoga und Mbonabibi erhielten die Erlaubnis, in ihren Häusern eigene Mahlzeiten zuzubereiten. Das Kochgerät wurde entsprechend vermehrt. Hinfort waren sie alle im Gehöft von der Sorge dessen, der nur eine Frau hat, befreit. Das heißt, sie konnten jederzeit Gäste zum Essen empfangen.

Kurze Zeit später erwartete die erste Frau, Netoga binti Kalibata, ein Kind. Ihre Schwangerschaft verlief so wie bei den meisten Frauen hier im Lande. Als die Zeit reif war, gebar sie ihren ersten Sohn. Sie nannten ihn Galibondoka nach Ntulanalwos Großvater, das heißt nach dem Vater Myombekeres. Ntulanalwos nächstes Kind, das seine Eltern und die übrigen Bewohner des Gehöfts anlächelte, gebar ihm seine zweite Frau Mbonabibi.

KAPITEL 17

Ntulanalwos Vater stirbt

Eines Tages, an einem späten Nachmittag, kam Myombekere vom Unkrautjäten nach Hause und berichtete seiner Frau: „Als ich im Bananenhain arbeitete, bin ich plötzlich durch einen heftigen Schmerz im Rücken erschreckt worden. Gleichzeitig spürte ich in meinem ganzen Körper ein Kältegefühl, und meine Arme und Beine wurden schlapp. Ich habe die Angst, daß dieses Kältegefühl nichts Gutes bedeutet. Es ist bestimmt der Beginn einer tödlichen Krankheit. Ja, ich fühle mich elend krank." Seine Frau versuchte, ihn zu beruhigen: „Ach was! Gott möge dir beistehen und verhindern, daß du erkrankst! Du wirst dich sicher bald wieder wohlfühlen. Wir Menschen überwinden unsere Krankheiten doch meistens, auch wenn ein Wort der Alten uns mahnt: ›Der Gefahr zu sterben, kann letzlich keiner entrinnen.‹"

Bugonoka bereitete das Abendessen zu und legte es ihm vor. Myombekere brach ein Stück vom Hirsekloß ab und aß ihn. Als er den zweiten Bissen in den Mund geschoben hatte, wurde ihm plötzlich schlecht, und er spuckte ihn schnell wieder aus. Er wusch darauf seine Hände und ging ins Haus, um sich hinzulegen.

Nachts gegen zwei Uhr verschlimmerte sich seine Krankheit so sehr, daß er keinen Schlaf mehr finden konnte. Auch Bugonoka wurde wach, weil sich ihr Mann im Fieber ruhelos auf dem Lager hin- und herwälzte. Sein Körper glühte wie Feuer, und der Kranke war so benommen, daß er nicht einmal mehr seine Lederdecke fand. Da bekam sie es mit der Angst zu tun und eilte zur Schlafhütte ihres Sohnes. Mit Schrecken und Kummer in der Stimme rief sie ihm durch die geschlossene Tür zu, wie schlecht es seinem Vater ging. Sie mußte noch ein zweites und drittes Mal rufen, bis Ntulanalwo antwortete: „Was ist denn los, Mutter? Was beunruhigt dich?" – „Steh schnell auf und komm zu deinem Vater. Ich bin völlig ratlos. Die

Krankheit, über die er am Abend klagte, quält ihn jetzt mächtig." – „Was sagst du, Mama?" – „Ich rufe dich zu deinem Vater, weil ihm die Krankheit, die bereits am Abend ausbrach, nun sehr zusetzt! Komm, sieh dir seinen Zustand an und hole dann schnell seinen Freund Kanwaketa herbei!" Ntulanalwo erhob sich und eilte zu seinem Vater. Auch seine beiden Frauen fanden sich am Krankenlager ein. Als sie den Kranken in seiner Not sahen, drängte Bugonoka ihren Sohn nochmals, sofort Kanwaketa zu rufen und ihn zu bitten, ihnen in dieser bisher noch nie erlebten Krankheit beizustehen.

Kanwaketa war auf der Stelle bereit zu kommen. Auch er befand: „Ee, naam! Myombekere ist offenbar lebensgefährlich erkrankt." Er lief eilig zu seinem Gehöft und schickte seinen Sohn noch in der Nacht zu den nächsten Verwandten Myombekeres, um sie von seinem schlechten Zustand zu unterrichten. Dann kehrte er ans Krankenlager zurück und sagte zu Bugonoka: „Wir stehen hier wie Dummköpfe herum und starren ihn nur an, ohne einen Wahrsager zu befragen oder Heilkräuter zu suchen, um das Fieber zu senken. Das ist doch die reine Torheit!" Bugonoka und Ntulanalwo stimmten ihm zu: „Wenn es sich bloß um ein erkranktes Tier unserer Herde handelte, unernähmen wir jetzt trotz der Nacht etwas für seine Heilung. Umso mehr sind wir doch bei einem kranken Menschen dazu verpflichtet!" Kanwaketa erbat sich von Bugonoka eine geflochtene Schale und ging mit Ntulanalwo im Dunkeln hinaus in den Busch, um Heilkräuter für seinen erkrankten Freund zu suchen. Mit nur einer kleinen Menge, die er in der Finsternis gerade finden konnte, kam er zurück. In einem kleinen Topf mit Wasser brachte er sie einmal zum Aufkochen. Dann nahm er das Töpfchen vom Feuer und ließ es am Boden ein wenig abkühlen. Bugonoka benutzte alsbald den Sud, um Myombekeres Körper damit abzureiben. Diese Behandlung blieb indessen völlig ohne Wirkung. Bugonoka und Kanwaketa standen am Krankenbett und mußten hilflos mit ansehen, wie das Fieber Myombekeres bis zum Morgen unaufhörlich anstieg.

Als es hell wurde und die in der Nacht noch benachrichtigten Verwandten eintrafen, lag der Kranke vollkommen entkräftet und vor Schmerzen gekrümmt auf seinem Bett. Er konnte sich nicht mehr gerade ausstrecken. Der jämmerliche Anblick seines Zustandes war kaum zu ertragen. Sie füllten etwas Hirse in eine kleine Kalebasse und ließen Myombekere darauf spucken, um mit dieser Probe einen Wahrsager zu befragen.

Der Wahrsager, den Ntulanalwo zusammen mit einigen Verwandten zu diesem Zweck aufsuchte, enthüllte ihnen geradeheraus, daß zwei alte Frauen Myombekere die Krankheit angehext hätten, als er in seiner Bananenpflanzung arbeitete. Es gäbe leider keine Rettung, weil die Hexen ihn so gut wie getötet hätten.

Bei der Heimkehr unterrichteten sie die anderen Angehörigen davon. Diese konnten sich da plötzlich erinnern, die von dem Wahrsager erwähnten zwei alten Frauen in der Tat gesehen zu haben. Voll sinnloser Rachepläne riefen sie aus: „In unserer Gegend sind uns die unheilvollen Hexen wohl aufgefallen. Sie wollen Myombekere sicher deswegen vernichten, weil sie ihm seinen Reichtum nicht gönnen. Aber sie rechnen nicht damit, daß wir echte Männer sind. Auch wenn sie einen von uns töten, werden wir sie überall hin verfolgen, bis wir ihrer habhaft werden und ihre Boshaftigkeit ans Licht bringen!" Dann machten sie sich abermals auf, um noch einen zweiten Wahrsager um seine Meinung zu fragen.

Dieser gab ihnen die Auskunft: „Ich kann erkennen, daß jener Mann äußerst krank ist. Nehmt euch zusammen und enthaltet euch aller geschlechtlichen Spielereien, sonst wird er euch für immer verlassen müssen. Überdies sehe ich an meinem Orakel noch folgendes: Die Krankheit wird dadurch verursacht, daß der Kranke ein Ziegen- und ein Rinderopfer von euch erwartet. Eilt und bereitet ihm dies Opfer, dann wird vielleicht eine Besserung eintreten!" Sie nahmen diese Worte zunächst fraglos mit auf den Weg. Unterwegs kamen einem älteren Mann aus Myombekeres Verwandtschaft dann aber doch Zweifel, und er meinte: „Der Wahrsager hat nur müßige Worte gesprochen. Ich habe es schon einmal erlebt, daß uns zur Gesundung eines Gehöftherrn ein Tieropfer auferlegt wurde. Der Kranke wurde dadurch jedoch keinesfalls geheilt. Basi, meine Brüder, solange Myombekere in diesem Zustand ist, können wir uns weder rühmen, ihm geholfen zu haben, noch dürfen wir uns schon bei jemand anders für seine Heilung bedanken." Die anderen antworteten ihm:

„Du hast ja recht, aber trotzdem sollten wir es mit dem Wort unserer Vorväter halten: ›Selbst wenn ein Ruderboot schiffbrüchig wird, singt man ihm ein Lied der Hoffnung.‹" Jener erste Sprecher erwiderte: „Ich will euch das Opfer ja auch keinesfalls ausreden. Wenn jemand schwer erkrankt ist und enge Verwandte hat, dann ist es deren Pflicht, seine schwere Erkrankung nicht einfach hinzunehmen, sondern Wahrsager zu befragen sowie jedwedes Gegenmittel zu ergreifen, das Rettung versprechen könnte. Solange der Kranke noch lebt, muß man alles Erdenkliche für seine Genesung tun." Die anderen bestätigten seine Worte: „Naam! Es wird uns gelingen, unseren Sippenbruder in Leben und Gesundheit zurückzuführen!"

Nachdem sie im Gehöft über das Ergebnis der Orakelbefragung berichtet hatten, entschlossen sie sich, noch einen dritten Wahrsager zu bemühen. Er sollte die Eingeweide der beiden Opfertiere beschauen und ihnen daraus die Aussichten für den weiteren Verlauf der Krankheit herauslesen. Der betreffende Wahrsager kam sofort, gab aber zunächst nur seine Anweisungen, wie das Opfer für den nächsten Tag vorzubereiten wäre.

Am nächsten Morgen fand er sich schon so früh im Gehöft ein, daß er sie aus dem Schlaf weckte. Als er auch dem Kranken seinen Morgengruß entbot, sah er, in welch schlechtem Zustand er sich befand. Da machte er sich beschleunigt an die Arbeit, wozu er auch den letzten Bewohner im Gehöft außer dem Kranken selbst aus dem Bett trieb.

Als erstes wurde ein Rind geopfert. Der Sippenälteste sprach ein Gebet an die Ahnengeister, sie möchten ihrer Familie nichts Übles antun und sie von der Krankheit eines ihrer Brüder befreien. Dann brachte man eine Opferziege vor den Ältesten, und er betete abermals: „Unsere Ahnen, die ihr uns im Tode vorangegangen seid!" – An dieser Stelle wurden die Namen der Verstorbenen alle nacheinander aufgezählt. – „Nehmt das euch heute dargebrachte Rinder- und Ziegenopfer gnädig an und heilt unseren kranken Sippenbruder dort drinnen auf seinem Lager! Sollte das Opfer selbst die Ursache seiner Krankheit sein, nehmt es gnädig an und beendet unsere Pein! Wir bitten euch, heilt ihn, daß wir ihn morgen gesund vorfinden und uns mit ihm freuen können!" Als er diese Worte gesprochen hatte, wurden die beiden Tiere geschlachtet und hergerichtet. Der Wahrsager gab sich große Mühe, in ihren Därmen, ihren Herzen und Lungen und in jedem wichtigen Körperteil zu lesen. Zunächst betrachtete er die Leber des Rindes. Die Leute sahen, daß er dabei den Kopf schüttelte. Er sagte allerdings kein Wort, so daß die Anwesenden ihn fragten, ob er schon etwas gefunden hätte. Er verneinte es jedoch. Danach betrachtete er auch die Leber der Ziege ganz genau. Auf einmal sahen sie, wie ein Lächeln über sein Gesicht glitt so, als ob er lachen wollte. Dann sagte er unvermittelt: „Frauen, stimmt euren Freudentriller an!" Bugonoka trillerte gehorsam wie eine Frau, deren Mann nach mehrjähriger Reise heimkehrt oder gerade ein wildes Tier auf der Jagd erlegt hat.

Nachdem das Opferfleisch gekocht war, forderte der Wahrsager die Angehörigen Myombekeres auf: „Versucht, dem Kranken etwas von dem Opferfleisch zusammen mit Hirsebrei zum Essen zu geben!" – „Das ist ein guter Rat", meinte der Sippenälteste und suchte ein ganz weiches Stück mit etwas Hirse aus, um es dem Kranken mit den Worten anzubieten: „Es wäre gut, wenn du diesen Hirsebrei und etwas Opferfleisch versuchen könntest." Myombekere lehnte jedoch ab: „Auch wenn es ein Mittel ist, das mich heilen soll, eßt das Fleisch nur allein. Ich kann nichts zu mir nehmen. Das Fleisch, daß ihr mir anbietet, bereitet mir Ekel. Entfernt es schnell, sonst wird mir schlecht, und ich muß mich erbrechen! Gebt mir nur etwas zu trinken, denn ich habe schrecklichen Durst." Sie reichten ihm etwas Wasser, das er hastig hinunterstürzte. Unmittelbar darauf bat er schon wieder um Wasser. Das lehnten sie ab: „Hapana, nein, gebt ihm das Wasser nur schluckweise, denn er hat zu hohes Fieber!" Mkyombekere beklagte sich deswegen: „Kumbe! Weil ich euch vom Essen abgehalten habe, wollt ihr mir jetzt auch nichts zu trinken geben! Das macht aber nichts. Geht nur erst essen!" Seine Verwandten wunderten sich über diese Rede: „So eine Krankheit ist doch wie der Wahnsinn. Sie verwandelt den Menschen in kurzer Zeit in ein kleines Kind! Sie hindert uns einerseits daran, etwas besonders Schmackhaftes zu essen, wonach uns stets verlangt, wenn wir gesund sind, andererseits veranlaßt sie uns, kindische Worte zu äußern." Ein anderer Verwandter meinte. „Womit vergleicht ihr eigentlich das Kranksein? Ich sage euch, eine Krankheit ist eine Krankheit. Kumbe! Warum vergleicht ihr sie mit kindischer Rede? Bei Schmerzen gibt es keinen Unterschied zwischen Kindern und Erwachsenen."

Nach dem Essen untersuchte der Wahrsager nochmals die Eingeweide der Opfertiere. Und wieder bedrängten ihn die Leute: „Wir bitten dich inständig, uns das Geheimnis zu enthüllen, das du vorhin in der Leber des Rindes entdeckt hast. Erkläre uns, was es ist!" – „Kumbe! Was wollt ihr sonst noch alles von mir? Nun gut, die Untersuchung der Ziege hat uns froh gemacht. Hört, was mich vorhin zum Kopfschütteln veranlaßte, war ein Fleck auf der Leber der Kuh, der mir nicht gefiel." – „Und was besagt dieser Fleck?" – „Ich habe mich bemüht, jene Probe mit anderen Proben zu vergleichen und nach einiger Zeit nochmals zu betrachten. Aber alles war bisher ohne Ergebnis. Ich kann euer Schicksal nicht richtig erkennen. Kommt in die Ecke dort drüben. Vielleicht kann ich es euch verständlich machen." Alle Männer erhoben sich und folgten dem Wahrsager. An der bezeichneten Stelle ließ er sie Platz nehmen. Daraufhin sagte er ihnen ganz klar: „Sucht für den Kranken nach jener runden Scheibe, die *enamba y'ente* – Freßanreger für Kühe – heißt. Sie weckt bei Kühen das Bedürfnis, hinfort nur noch fressen zu wollen. Hängt eine solche Scheibe dem Kranken um den Hals. Ihr werdet dann sehen, was geschieht. Wenn er nichts zu sich nimmt, wird sich seine Krankheit verschlimmern. Aber wenn der Kranke ißt, wird er bald geheilt sein." Er fügte noch hinzu: „Beeilt euch, eine solche Scheibe zu finden! Hängt sie ihm noch heute um den Hals, oder wollt ihr etwa nicht, daß er wieder gesund wird?" Ntulanalwo antwortete ihm: „Ich denke, wir besitzen eine solche Scheibe, falls wir sie nicht verloren haben. Laßt mich zunächst meine Mutter fragen." Der Wahrsager gab ihnen aber noch einen weiteren Rat: „Ach, fast hätte ich vergessen, euch zu sagen, daß die Krankheit für viele, die nicht zu eurer Sippe gehören, mit einem Berührungsverbot belegt ist. Es erscheint mir darum besser, euren Kranken in ein anderes Gehöft zu schaffen, wo die Sache geheim bleiben kann." Nachdem er diese Ratschläge und Erklärungen abgegeben hatte, machte sich der Wahrsager auf den Heimweg. Die anderen sammelten die Knochen und den übrigen Abfall von dem Tieropfer ein und trugen alles zu einer Weggabelung außerhalb des Gehöfts.

Als es dunkel geworden war, hielten sie eingehenden Rat, wie sie für die nächste Zeit alles regeln sollten. Zunächst bestellten sie Myombekeres jüngeren Bruder Katoliro dazu, nach dem Vieh und den übrigen Aufgaben des erkrankten Gehöftherrn sehen: „Katoliro, unsere Wahl fällt auf dich. Du bleibst zusammen mit Ntulanalwo hier zurück. Den Kranken bringen wir zu Mwebeya. Ihr könnt ihn ja dort von Zeit zu Zeit besuchen, bleibt aber hier wohnen, um nach dem rechten zu sehen. Nur Bugonoka soll mit Myombekere gehen, weil sie als seine Frau dem Kranken Handreichungen leisten und ihn trösten kann." Sie trugen also am anderen Morgen Myombekere in das Gehöft seines Bruders Mwebeya, nachdem sie ihm zuvor das Amulett mit dem ‚Freßanreger für Kühe' angelegt hatten. Mwebeyas Gehöft befand sich im Bereich eines anderen Dorfvorstehers.

Bei Mwebeya begann Myombekere wieder zu trinken und sogar ein wenig Brei zu sich zu nehmen. Einige, die als Pfleger mitgekommen waren, wurden von Mwebeya mit den Worten nach Hause geschickt: „Ihr seid nur gekommen, um zu gaffen. Die vielen Gesichter und das Getrampel der vielen Beine behindern den Atem des Kranken. Geht darum heim!" Sogar das Fieber sank ein wenig, so daß einige der Gaffer sich erleichtert nach Hause begaben.

Schon nach wenigen Tagen nahm die Krankheit den armen Myombekere jedoch umso fester in ihren Griff. Das Fieber stieg höher als vorher. Dazu begann er neuerdings zu husten. Es war ein harter Husten, der ihm den Schlaf raubte. Als Ntulanalwo und Katoliro den Kranken besuchten, berichteten ihnen Mwebeya und Bugonoka: „Schon zwei Nächte lang hat er nicht schlafen können. Oh je, wir können nicht beschreiben, wie krank er ist! Von morgens bis nachts und wieder bis an den Morgen liegt er wach und hustet nur. Gegen Morgen bessert sich sein Zustand meist ein wenig, aber nachts ist es nicht auszuhalten. Wir haben ihn schon mit allen möglichen Heilkräutern eingerieben, von denen wir uns eine Besserung seines Hustens erhofften. Aber, oh je, bisher war alles wirkungslos."

Katoliro schlug vor: „Versucht es doch einmal mit noch grünen *omusindaga*-Lianen! Man bereitet sie zu, indem man sie an einem

Ende zerfasert. Der Kranke kaut darauf und nimmt so den Pflanzensaft zu sich. Ich hatte auch einmal einen bösen Husten, der auf diese Weise geheilt werden konnte."

Mwebeya zögerte nicht lange, sondern stand unverzüglich auf, nahm sein Buschmesser und suchte im Busch nach der bezeichneten Pflanze. Nicht lange, da war er zurück und hatte ein Stück davon so zubereitet, wie Katoliro es ihm beschrieben hatte. Myombekere kaute ein wenig darauf herum und versuchte, den Pflanzensaft zusammen mit seinem Speichel hinunterzuschlucken. Dann sagte er: „Nein, mein Bruder, hör auf, mir solch scharf schmeckende Sachen zu geben! Such mir Kräuter, die ich besser schlucken kann!" – „Du mußt das erdulden! Nimm dreimal davon, dann werden wir sehen, wie sich dein Zustand über Nacht bis zum Morgen entwickelt!" Myombekere gab sich darauf alle Mühe, tapfer zu sein, und schluckte dreimal den Pflanzensaft. Jedesmal stürzte er hastig etwas Brei hinterher.

Am nächsten Morgen erschien bereits in aller Frühe Kanwaketa, um nach seinem Freund zu sehen. Bei seiner Ankunft sagte man ihm gleich: „Heute nacht hat dein Freund kein Auge zugemacht. Dieser Husten verursacht ihm stechende Schmerzen in den Rippen. Wir versuchten, das mit einem Amulett zu dämpfen, jedoch bisher ohne Erfolg. Der Kranke liegt auf seinem Bett und jammert nur noch wegen der schlimmen Schmerzen. Ein Heiler hat uns ein Amulett aus Hasenfell gefertigt. Das trägt Myombekere jetzt. Aber sieh selber den Erfolg! Auch Amulette aus *engonge*-Fisch oder einer Hunderippe haben nicht geholfen."

Als der Kranke Kanwaketa zu Gesicht bekam, sagte er nur: „Freund, bist du gekommen, um für immer Abschied von mir zu nehmen? Meine Krankheit ist unheilbar. Sie wird mich das Leben kosten." – „Das möge Gott verhindern, lieber Freund. Wir wünschen dir alle, daß du gesund wirst und wir uns gemeinsam mit dir darüber freuen können." Beim Weggehen trugen Mwebeya und Bugonoka Kanwaketa auf: „Sage Ntulanalwo und Katoliro, sie sollen morgen kommen. Nicht nur einer von beiden, sondern beide zusammen, falls sie gesund sind." Kanwaketa überbrachte ihnen die Botschaft und berichtete ihnen, in welch erbärmlichem Zustand er den

Kranken angetroffen hatte. Sie senkten als Antwort vor Mitleid und Gram ihre Köpfe.

Am nächsten Morgen standen sie schon früh auf. Sie trafen den Kranken sehr leidend an. Den ganzen Tag verbrachten sie an seinem Lager. Als sich am Abend noch weitere Verwandte einstellten, trugen sie alle gemeinsam den Kranken wieder zu seinem eigenen Gehöft zurück.

Nach nur wenigen Tagen verschlimmerte sich die Krankheit weiter, so daß Myombekeres Zustand nun hoffnungslos wurde. Am vierten Tag nach seiner Rückkehr verlor er erstmals das Bewußtsein. Man rieb ihn mit Wasser ab, da kehrte sein Geist nochmals zurück, und die Leute stellten die Totenklage wieder ein. Als der Kranke merkte, daß ihn manche bereits betrauerten, flüsterte er: „Ich lebe doch noch, und ihr beweint mich bereits!" Einige der Anwesenden meinten, daß es eine Sinnestäuschung sei und er gar nichts gesagt hätte: „Er liegt ja völlig hilflos da und gleicht einem Blatt, das jeden Augenblick vom Baum fallen kann."

Ein wenig später stöhnte der Kranke, von Schmerzen geplagt: „Ruft meine Kinder herbei, wir müssen nun Abschied voneinander nehmen!" In aller Eile wurden Ntulanalwo und Bulihwali ans Krankenlager gerufen. Sie traten ganz dicht an ihren Vater heran, während er sie zunächst völlig verwirrt anstarrte. Dann aber schien er sie doch zu erkennen, tastete nach ihnen und flüsterte: „Meine Kinder, ich muß nun sterben. Teilt mein Vermögen in Frieden unter euch auf!" Danach sagte er nichts mehr zu ihnen, sondern blickte nur noch unverwandt auf seine Frau Bugonoka, die seinen Kopf mit ihren Armen abstützte. Schließlich schloß er die Augen. Nach einer Weile verlangte er Wasser und trank zwei Schluck. Darauf flüsterte er: „Ich habe großen Hunger. Kocht mir doch ein wenig Hirsebrei und Fleisch!"

Bugonoka kam seinem Wunsch, so schnell sie konnte, nach und bereitete ihm etwas Brei in Milch und ganz zartes Ziegenfleisch zu, das Ntulanalwo eigentlich für die Pfleger geschlachtet hatte. Als es fertig war, legten sie es dem Schwerkranken sogleich vor. Er versuchte nur einen kleinen Bissen Brei und ein Stückchen Fleisch, dann sagte er: „Essen würde ich ja wollen, aber dieses Fleisch dreht mir den Magen um. Gebt mir lieber etwas Buttermilch!" Auch davon versuchte er einen Schluck, dann meinte er: „Milch mag ich schon, aber diese hier ist schlecht." Da schickten sie eilig jemanden zu Kanwaketa, um Milch von ihm zu holen. Ehe aber der Bote noch zurück war, bat Myombekere: „Gebt mir Wasser! Meine Kehle ist ganz trocken." Überstürzt, als wenn er besessen wäre, leerte er das Trinkgefäß bis auf den Grund, ohne einen Tropfen übrig zu lassen. Als die Pfleger ihn so trinken sahen, gaben sie ihm nichts mehr, sondern warteten ängstlich, ob er das Wasser bei sich behalten würde. Es dauerte gar nicht lange, da bekam der Kranke einen Schluckauf und verlangte noch mehr Wasser. Die Pfleger wiesen Bugonoka an, es ihm in ganz kleinen Schlückchen zu geben, um den Schluckauf zu stillen. Während Myombekere von seiner Schwester gestützt wurde, gab ihm Bugonoka Schluck für Schluck zu trinken. Da hörten sie auf einmal einen Wurm in seinem Bauch rumoren so laut, daß man es im ganzen Haus vernahm. Der Wurm schien sich aus dem Magen in die Kehle vorzuarbeiten, wobei er ein lautes Gurgeln von sich gab: „Gugugugu, choroloroloro!" Wenige Augenblicke später sahen sie, wie der Kranke seinen Kopf von der Brust seiner Schwester, die ihn stützte, hochreckte und die Augen verdrehte. Dann sank er wieder zurück und wurde in schneller Folge vom Schluckauf geplagt. Mwebeya rief: „Loo! Ehee! Kumbe! Der Wurm, der da in Myombekeres Innerem rumort und aus dem Magen in die Kehle hochsteigt, will unseren Bruder töten!" Die anderen pflichteten ihm bei: „Ja, das ist das böse Ding, das jetzt den Armen würgt und sich anschickt, ihm den Lebensfaden durchzubeißen!" Myombekere gab in diesem Augenblick das Wasser und die Milch, gemischt mit Brocken von Hartbrei, wieder von sich. Die Brocken waren noch vollständig erhalten, als ob er sie vorher gar nicht zerkaut hätte. Kurz darauf ließ er unter sich. Während sein Körper noch vor Hitze glühte, wurden seine Arme und Beine allmählich eiskalt. Er konnte nichts mehr sprechen und war ganz stumm.

Nun war noch der Todeskampf zu bestehen. Die Angehörigen kauerten in der Hütte und fragten sich, wann Myombekere seinen Geist wohl endgültig aufgeben werde, heute, morgen oder gar erst übermorgen? Unter den Frauen war eine, die schon mit der Totenklage begann. Ihr wurde jedoch von den anderen Schweigen geboten: „Halte dich zurück, wir wollen nicht, daß uns die Leute hernach verhöhnen und mit Fingern auf uns zeigen, weil wir die Totenklage angestimmt haben, noch ehe der Tod tatsächlich eintrat!"

Als Myombekere im Todeskampf lag, hatten die Mütter in der Familie die Aufgabe, ihm Beistand beim Sterben zu leisten, denn ihnen oblag es auch, nach dem Tode Arme und Beine der Leiche zusammenzubinden. Immer wenn der Sterbende seine Backen aufblies oder seine Augen weit aufriß, mußten sie ihm schnell den Mund zuhalten, als wenn er erstickt werden sollte, oder ihm die Augen gewaltsam mit aller Kraft ihrer Hände schließen. Eine der Frauen versuchte sogar, ihm die Nase zuzuhalten, als wenn sie ihn völlig am Atmen hindern wollte.

Kumbe! Die Frauen mußten wahrlich eine harte Arbeit leisten, bis er endlich seinen Geist aufgab. Erst bei Tagesanbruch, als sie ihm schon Arme und Beine auf den Leib gebunden hatten, so daß er aussah wie ein kleines rundes Bündel, hörte sein Herz auf zu schlagen, und sein Geist wich endgültig von ihm. Es war, als riefe er ihnen in diesem Augenblick zu: „Gehabt euch wohl, dort, wo ihr seid! Das Land gehört nun euch allein!"

Die Männer draußen am Feuer und im Versammlungsraum des Hauses hörten auf einmal die Schwester Myombekeres, die ihn in ihren Armen hielt, einen schrillen Schrei ausstoßen. Da wußten sie, daß er gestorben war. Sie sprangen sofort vom Feuer auf und eilten in die Sterbekammer. Dort betasteten sie Myombekeres Körper, um sich davon zu überzeugen, daß er wirklich tot war. Dann senkten sie ihre Köpfe in Trauer, und alle, die im Gehöft anwesend waren, stimmten alsbald die Totenklage an.

Die schrillen Stimmen der Frauen mischten sich unter die tiefen Männerstimmen. Bis zum anderen Morgen dauerte das Wehklagen. Wer austreten mußte, ging weinend vor das Gehöft und kam weinend wieder zum Leichnam zurück. Von Schnodder und Tränen verschmiert, berührten sie immer wieder den toten Körper, so daß auch dieser bald völlig damit besudelt war. Ein Wort der Vorväter sagt: ›Im Haus der Totenklage kann nichts gegen gute Sitten und Gesetz verstoßen.‹ Kumbe! Die Alten hatten wahrlich recht!

Myombekeres Schwestern schlichen weinend um Bugonoka herum, so als ob sie ihrer Schwägerin vorwürfen, sie habe ihren Mann durch Zauberei umgebracht, um ihre Kinder das gesamte Vermögen Myombekeres unter Ausschluß seiner Verwandten alleine erben zu lassen. Bugonoka mußte noch heftiger weinen, als sie an die zukünftigen Schwierigkeiten dachte, denen sie und ihre beiden Kinder ausgesetzt sein würden.

Als es tagte, fanden sich die meisten Nachbarn im Trauerhaus ein, um die Leiche zu bestatten. Sie grüßten und trösteten die Hinterbliebenen. Die Frauen, die sich zur Totenklage einstellen, gehen meistens zu der Leiche ins Haus, um dort zu weinen, während die Männer lieber draußen im Freien bleiben und sich um handfestere Dinge kümmern, beispielsweise darum, Boten zu den Verwandten auszuschicken und ihnen den Zeitpunkt der Beerdigung mitzuteilen, falls sie vorher den Toten noch einmal sehen möchten.

Aber auch die Frauen der Nachbarn machten sich nützlich. Im Bananenhain des Verstorbenen schnitten sie grüne Wedel ab, spalteten sie in mehrere Streifen auf, die sie an die Familienmitglieder verteilten, damit sie sie sich als Zeichen der Trauer um Kopf und Hüften winden konnten.

Ntulanalwo und alle leiblichen Verwandten seines Vaters versammelten sich bei Sonnenaufgang vor der Leiche. Die Männer hielten nun Rat, wie Myombekere bestattet werden sollte. Da er ein Gehöftherr gewesen war, hatte er Anspruch darauf, mitten im Gehöft, in der Nähe des Hoffeuers, seine letzte Ruhestätte zu finden.

Ntulanalwo begann danach, mit der Hacke die Lage des Grabes für seinen Vater zu bezeichnen. Dabei trug er den Ziegenfellumhang, den sein Vater beim Ahnenopfer anzulegen pflegte. Sein Onkel Katoliro folgte ihm, und ein Nachbar nach dem anderen erhob sich, um beim Ausschachten zu helfen.

Kurz vor Mittag trafen auch die Verwandten ein, die man erst am Morgen von der Beerdigung benachrichtigt hatte. Sie kamen zusammen mit weiteren Nachbarn. Ihnen trug man auf, ein Rind durch einen einzigen Schlag mit der Axt zwischen die Hörner zu töten und ihm sofort das Fell abzuziehen. In die frische Rinderhaut sollte der Tote eingewickelt werden. Den anwesenden Jugendlichen befahl man, einen Ziegenbock zu schlachten und ebenfalls abzuhäuten, um das *ensembe*-Fell, wie man es in der Kerewe-Sprache nennt, der Sitte entsprechend dem Gehöftherrn mit ins Grab zu geben.

Als das Rind abgehäutet war, trugen die männlichen Verwandten und die anwesenden Nachbarn das Fell alsbald ins Haus zu der Leiche. Dort scheuchten sie erst die Frauen nach draußen, dann nahmen sie die Leiche und wickelten sie in das noch feuchte Fell ein. Diese Tätigkeit zog sich in die Länge, weil sich die Männer nicht einig werden konnten, auf welcher Seite der Tote liegen sollte. Die Frauen wurden draußen schon unruhig und fragten: „Was macht ihr nur solange da drin? Beeilt euch mit der Leiche! Es ist höchste Zeit, sonst fängt sie noch an zu stinken." Als man endlich hören konnte, daß sich die Träger mit der Leiche in Bewegung setzten, begaben sich die Trauernden, die draußen gewartet hatten, vor allem die Frauen, in den Hauptraum des Hauses, um zugegen zu sein, wenn der Tote aus der Sterbekammer getragen würde. Die Träger waren gerade im Begriff, den Toten mit den Beinen voran hinauszutragen, da wurden sie von einer Frau daran gehindert: „Bleibt stehen! Ihr begeht sonst einen schweren Fehler! Ihr haltet die Leiche ja verkehrt herum! So trägt man doch keinen Toten durch die Tür! Der Kopf muß als erstes hindurch!" Jemand von weiter hinten in der Menge rief: „Kumbe! Das stimmt, ihr Männer! Es ist wie bei der Geburt. Erst kommt der Kopf heraus. Was ist bloß in euch gefahren, daß ihr den Toten mit den Füßen voran nach draußen tragen wollt! Hatte der Verstorbene etwa irgendeinen Makel?" Einige aus der Trauergemeinde mußten sogar lachen. Aber weil der Sprecher dieser spöttischen Worte ein alter, sonst achtbarer Mann war, hörten sie schnell damit auf und bissen stattdessen die Zähne aufeinander. Kumbe! So erfuhren sie an sich die Wahrheit des alten Kerewe-Wortes: ›Unterdrücktes Lachen bringt die Rippen zum Bersten.‹

Als die Träger mit der Leiche vor die Tür traten, erhoben die Leute wieder ihre Totenklage, so laut wie kurz nach dem Ableben Myombekeres. Mit Ausnahme der Totengräber, das heißt, mit Ausnahme von Ntulanalwo und Katoliro, weinten alle Männer und Frauen ohne Unterschied. Den Totengräbern ist es nämlich der Sitte nach untersagt, sich daran zu beteiligen. Ntulanalwo sprang in das

Grab hinab und stellte sich an dessen Ostende auf, wo die Füße der Leiche liegen sollten, während Katoliro am Westende, am Haupt des Toten, Aufstellung nahm. So standen sie aufrecht im Grab und warteten, daß man ihnen die Leiche anreichte. Ganz behutsam und voller Kummer legten sie den Toten auf einer Seite des Grabes nieder. Währenddessen erhielten die übrigen Trauernden die Anweisung, ihre Klageschreie einzustellen. Sie schwiegen daraufhin und gedachten nur noch still in ihrem Herzen des Toten.

Nachdem die Leiche im Grab lag, wurden beide Totengräber von den Männern oben am Rande des Grabes angewiesen, die Leiche aufzudecken, um ihre genaue Lage zu prüfen. Dabei stellte es sich heraus, daß sie mit dem Gesicht nach unten lag. Die Totengräber drehten sie sofort auf den Rücken, worauf Mwebeya sie fragte: „Und was wollt ihr nun mit der Leiche machen?" Die beiden Totengräber blieben ihm jedoch die Antwort schuldig und warteten auf weitere Anweisungen der Leute oben am Grab. Es ist nun einmal so, daß wir Männer häufig vergessen, wie eine Leiche richtig ins Grab gebettet werden muß, denn das ist für Männer und Frauen verschieden. Auch Mwebeya wußte es nicht mehr genau. Deswegen wandte er sich an die Frauen: „Wir fragen euch Frauen, auf welcher Seite liegt ein Mann im Grab?" Die jüngeren Frauen konnten ihm keine Antwort auf die Frage geben. Eine ältere Frau namens Kalihanza meldete sich jedoch zu Wort: „Wir Frauen liegen immer auf der rechten Seite und schauen den Südwind an. Ihr Männer liegt hingegen auf der linken Seite und blickt auf den Nordwind." Da staunten die Männer und sagten untereinander: „Kumbe! Die Frauen wissen mit dem Beerdigen wirklich gut Bescheid! Wären wir allein gewesen, hätten wir möglicherweise einen groben Fehler begangen und wären erst viel später beim Befragen des Orakels wegen irgendeines anderen Übels von den Wahrsagern darauf hingewiesen worden." Die Totengräber drehten demnach die Leiche so, daß sie auf der linken Seite zu liegen kam und das Gesicht nach Norden, der Rücken aber nach Süden zeigte. Die Füße wiesen nach Osten, und das Haupt nach Westen.

Nachdem sich die Leiche in der richtigen Lage befand, reichte man Katoliro das frische Ziegenfell ins Grab hinunter. Er schlang es, mit der behaarten Seite nach außen, zwischen die Schenkel des Toten. Mwebeya hatte den Verstorbenen von Geburt an gekannt. Er wußte daher, daß dessen Großvater ein geschickter Flußpferdjäger gewesen war. Zwar war Myombekere selbst niemals auf Flußpferdjagd gegangen, aber er hatte Kenntnisse vom Schutzzauber der Jäger besessen. Deswegen reichte Mwebeya Katoliro etwas von diesem Zaubermittel als Grabbeigabe hinab und wies ihn an, es in Myombekeres Hand zu legen. Danach wies er die beiden unten im Grab an, die Leiche wieder mit dem Rinderfell zu bedecken.

Als dies geschehen war, forderte Mwebeya Ntulanalwo auf, mit beiden Händen Erde auf den Kopf des Toten zu häufeln. Einige andere warfen von oben ebenfalls Erde auf den Leichnam, um so den Verstorbenen zu ehren. Auch Bugonoka und Bulihwali sowie einige enge Verwandte erhoben sich, um mit ihren Händen Erde auf den Toten zu werfen. Erst danach griffen die übrigen Männer zu den Hacken und schaufelten größere Mengen Erde in das Grab, die unten von den beiden Totengräbern gleichmäßig verteilt wurde. Dabei bemühten sie sich sorgfältig, die Lage der Leiche nicht zu verändern.

Nachdem das Grab vollständig mit Erde aufgefüllt war, trugen sie Bugonoka auf, die Eßschale des Verstorbenen, mit Wasser angefüllt, herbeizubringen. Mwebeya gab ein bestimmtes Kräutermittel hinein. Damit wuschen sich die beiden Totengräber auf dem Grab die Erde von den Händen. Andere Männer und Frauen taten es ihnen gleich. Danach mußte Ntulanalwo den Stil der Hacke, mit der er die Lage des Grabes vor dem Ausheben bezeichnet hatte, an einem besonderen Stein, den man zu diesem Zweck auf das Grab wälzte, zerbrechen. – Diese Hacke war anders als übliche Hacken geschäftet, indem der Stiel wie bei einer Axt mitten im Hackenblatt steckte. – Da der Hackenstiel aus hartem *omusibi*-Holz gefertigt war, mußte Ntulanalwo fünfmal zuschlagen, bis er ihn endlich durchbrechen konnte. Der kleinere Teil mit der Hacke fiel auf das Grab, während Ntulanalwo den anderen Teil des Stiels noch in seinen Händen hielt.

Man trug dem Sohn Myombekeres zum Schluß auf, die Eßschale, aus der sein Vater zu Lebzeiten seinen Hirsebrei gegessen hatte, mit dem Hackenstiel zu durchbohren, so daß das Waschwasser mit dem Kräutermittel darin auf das Grab rinnen konnte. Damit waren alle

Bestattungsbräuche erfüllt. Und die Männer drängten die Frauen nun, ihnen schnell etwas Eßbares zu besorgen, denn die Sonne ging schon unter.

Ihr könnt mit eurem eigenen Verstand abschätzen, welch lange Zeit all diese Begräbnishandlungen beansprucht hatten. Vom Morgen an hatten die Trauernden nichts Gekochtes zu sich nehmen können. Die Frauen begaben sich daher sofort nach der Beerdigung an das Zubereiten einer Mahlzeit. Sie kochten so wie am Mittag. Einige liefen unterdessen aufs Feld und holten Kartoffeln für die Beikost, andere besorgten eilig Wasser vom See. Katoliro holte das Fleisch von der Begräbnisziege, das Frauen niemals essen. Die Männer legten es in einen Topf und kochten es selbst. Die meisten Fauen bereiteten ihre Speisen drinnen im Haus zu. Da es dort aber zu voll war, mußten einige von ihnen auch vor der Tür kochen.

Von diesem Abend an war Bugonoka eine trauernde Witwe, die man in der Kerewe-Sprache *mulutindi* nennt. Sie mußte ein Ziegenfell tragen und den Blick ständig zur Erde gesenkt halten. Das ist so Sitte bei Frauen, die zum ersten Mal Witwe werden.

Ntulanalwos beide Schwiegerfamilien hatten sich beim Begräbnis ebenfalls vollzählig eingefunden. Weil viel Rindfleisch und auch Bier auf der Nachfeier angeboten wurden, machten sie keinen besonders traurigen Eindruck, sondern benahmen sich so wie bei einem freudigen Anlaß. – He Bwana! Warum sollten wir ihnen das übel nehmen? Höre, wenn du damit nicht einverstanden bist, wende ich mich von dir Störenfried ab!

Die Trauerfeier dauerte vier Tage lang. Am fünften Tage nach dem Begräbnis eröffnete Bugonoka einen neuen Abschnitt der Trauerzeit, indem sie morgens in aller Frühe in Myombekeres Hütte ein Ahnenopfer darbrachte. Als noch völlige Dunkelheit herrschte, wurde zuvor ein zweiter Eingang in die Hütte gebrochen und die Öffnung mit grünen Bananenwedeln verhängt. Diesen Eingang benutzen Witwen, die mit ihrem Mann von Jugend an zum ersten Mal verheiratet waren.

Nach dem Opfer gingen alle Teilnehmer der Trauerfeier zum See, um gemeinsam den Fluch des Todes von sich abzuwaschen, die Frauen auf die eine, die Männer auf die andere Seite. Danach kehrten die meisten Trauergäste in ihre Gehöfte zurück. Nur einige Frauen aus der Sippe des Verstorbenen schliefen noch eine weitere Nacht im Gehöft der Hinterbliebenen, nachdem sie sich zum Zeichen der Trauer zuvor die Köpfe kahl geschoren hatten. Dann gingen auch sie heim. Bugonoka und ihre beiden Kinder blieben gleichwohl nicht allein. Es kamen immer wieder Besucher, die mit ihnen zusammen die Nacht verbrachten. Manchmal waren es fünf bis sechs Männer oder Frauen. Allmählich wurde ihre Anzahl immer kleiner, bis schließlich niemand mehr kam.

Nach angemessener Zeit reinigte sich Bugonoka als letzte vom Tod ihres Mannes in der Weise, wie es im Kereweland üblich ist.

Mit dem Ende der Trauer wurde auch der Nachlaß des Verstorbenen aufgeteilt. Da Myombekere leibliche Kinder hatte, entstanden keine Schwierigkeiten oder Streitereien wegen der Erbschaft. Beiden Kinder stand das Erbe gemeinsam zu, und Ntulanalwo wurde als einziger Sohn der Sachwalter.

Da wir Menschen unsere niedrigen Gefühle nicht ganz unterdrücken können, waren die Verwandten des Verstorbenen neidisch auf die Erben und hätten Ntulanalwo am liebsten beschwatzt, ihnen vom Nachlaß etwas abzugeben. Sie trauten sich aber am Ende doch nicht und behielten darum ihre üblen Absichten für sich. Ei, du meine Güte!

KAPITEL 18

Ntulanalwo verheiratet seine Schwester Bulihwali

Nach dem Tod des Vaters war Ntulanalwo Herr im Gehöft geworden. Mit ihm lebten auf dem Hof des Verstorbenen seine Mutter Bugonoka, seine beiden Frauen Netoga und Mbonabibi sowie seine Schwester Bulihwali. Ntulanalwo führte Myombekeres Werk fort, getreu dem Wort: ›Der Schnitzer mußte seine Axt im Werkstück zurücklassen. Das Schnitzen geht jedoch weiter.‹

Zwei Monate nach dem Tode Myombekeres brachte Mbonabibi ihr zweites Kind, einen Sohn, zur Welt. Bei der Namensgebung sprach Ntulanalwo feierlich die Worte: „Mein Sohn, wachse und gedeihe! Dein Name sei Myombekere!"

Nur wenige Tage nach diesem Ereignis starb Nkwanzi, die Mutter Bugonokas, zugleich die Großmutter Ntulanalwos und Bulihwalis. Alle in Ntulanalwos Gehöft gingen zu den Trauerfeierlichkeiten. Auf dem Wege dorthin trug Bugonoka die Kinder ihres Bruders Lweganwa, die man ihr zur Erziehung anvertraut hatte. In großem Kummer weinte sie still vor sich hin. Nachdem sie ihren Mann verloren hatte, war nun kurze Zeit später auch ihre Mutter verstorben. Sie kam sich vor wie jemand, der mit einem Todesfluch behaftet ist.

Leser bedenke: Nur weil wir Menschen sind, müssen wir so leiden. Bäume und Steine trauern nicht. Nach einiger Zeit ist jedoch auch bei uns alle Trübsal vergessen, und wir leben wieder so wie gewöhnlich. Was wärst du wohl für ein Mensch, wenn du bis ans Ende deiner Tage trauern müßtest? Hat man so einen schon gesehen? Selbst wenn es solche Menschen gäbe, könnte man sie sicherlich an einer Hand abzählen.

Mittlerweile reifte Bulihwali zur Frau heran. Sie bekam ihre erste Regel, und es wuchsen ihr Brüste. Wie andere Mädchen liebte sie es, in der Nachbarschaft Besuche zu machen und sich bei jeder Gelegenheit vor anderen zu zeigen. Ihre Mutter mahnte sie daher, ihren Körper sauber zu halten. Sie sollte jeden Tag baden, sich nach Art der Frauen einölen, ihre Haare ordentlich kämmen, ihre Nägel an Füßen und Händen regelmäßig schneiden und täglich ihre Zähne putzen, denn zu jener Zeit fingen die Brautwerber bereits an, sie genau zu beobachten und sie schließlich bei Ntulanalwo zur Frau zu erbitten.

Als er gewahr wurde, daß die Werber es ernst meinten, fragte er seine Mutter: „Wie soll ich mich verhalten?" Sie gab ihm den Rat: „Mein Sohn, bei den Kerewe sagt man: ›Die Schultern eines Menschen ragen niemals über seinen Kopf hinaus.‹ Da gibt es immer noch die Brüder deines verstorbenen Vaters. Wenn die Werber dich wiederum um die Hand deiner Schwester bitten, dann fordere sie unmißverständlich auf, sie sollen ihre Werbung bei deinem Onkel Mwebeya vortragen, denn er hat in dieser Angelegenheit das Sagen. Du kannst ihnen hierbei nicht zu Gefallen sein, da nun mal die Schultern nicht den Kopf überragen."

Daraufhin fanden sich die Brautwerber bei Mwebeya ein und hielten bei ihm um die Hand Bulihwalis an. Der älteste Bruder des verstorbenen Myombekere entschied jedoch nicht allein, sondern beratschlagte mit seiner Schwägerin Bugonoka, welchem Werber er den Vorzug geben sollte. Den schickte er dann, ganz wie es dem Brauch entsprach, bei den anderen Verwandten herum, um auch deren Zustimmung zur Eheschließung mit Bulihwali einzuholen.

Während die Werbungszeit für Bulihwali noch nicht abgeschlossen war, geschah es eines Tages, daß Mwebeya an der Reihe war, die Rinder seiner Nachbarschaft zu hüten. Am Abend trieb er die Tiere von der Weide zurück und verteilte sie wieder auf ihre Gehöfte. Als er damit fertig war und seine eigenen Kühe in den Pferch treiben wollte, stellte er fest, daß eine seiner Kühe, die eine unangenehm diebische Art hatte, fehlte. Er lief eiligst den Weg zurück, um sie zu suchen, denn er befürchtete, sie könnte in die Felder seiner Nachbarn einbrechen und ihm dadurch Unannehmlichkeiten bereiten.

Alsbald erblickte er sie tatsächlich abseits des Weges. In seinem Zorn lief er durch das Gestrüpp hinter ihr her und gab ihr erst einmal heftige Prügel zu spüren. Nachdem er sie auf den Weg zu seinem Gehöft zurückgebracht hatte, schritt er gemächlicher voran und trieb sie nur noch durch lautes Zischen vor sich her.

Kurz vor dem Hoftor vernahm er plötzlich das kurze Fauchen einer *nabuzumiro*-Schlange. Es klang so, als ob ein Stein von einer Schleuder wegschnellte. Die Schlange war dünn und sehr klein, so daß er sie in der Abenddämmerung nicht recht ausmachen konnte. Ehe er sich jedoch versah, hatte sie ihn in das rechte Bein gebissen. Loo!

Seine Frau band gerade die Kälber für die Nacht am Zaun des Gehöfts an. Sie hörte als erste seinen lauten Hilferuf: „Oh weh, ich bin von einer Schlange gebissen worden!" Augenblicklich ließ sie von den Kälbern ab und eilte zu ihm. Da das Gift noch nicht in seinen Körper eingedrungen war, traf sie ihn an, wie er mit einem Stock in der Hand im Grase nach der Schlange suchte. Als sie sich bückte, um den Biß an seinem Bein näher zu betrachten, entdeckte sie die *nabuzumiro*-Schlange, die sich unmittelbar zu seinen Füßen ringelte. „Da ist sie", rief sie aus. „Sie ist noch ganz klein! Ich glaube, sie will sich gerade davonmachen." Mwebeya richtete seine Blicke zu der bezeichneten Stelle, erkannte die Schlange und erschlug sie im selben Augenblick. Dann drängte er seine Frau, schnell die Söhne herbeizurufen. Sie sollten ihm ein Seil aus Binsen bringen. Der älteste Sohn brachte in aller Eile das gewünschte Seil, und hastig banden sie damit das betroffene Bein Mwebeyas ab, um zu verhindern, daß das Gift zum Herzen vordringe. Dann kam auch der jüngere Sohn. Beide zusammen stützen den Vater und führten ihn langsam ins Haus.

Die Mutter trug dem ältesten auf, vorsorglich Katoliro, Vaters jüngeren Bruder, zu rufen, während Mwebeya seiner Frau die Anweisung erteilte: „Mische sofort Hühnerkot mit Wasser und gib mir dies zu trinken, damit ich erbrechen kann!" Die Frau beeilte sich, seine Befehle auszuführen. Er trank alles bis zur Neige. Ängstlich warteten sie dann darauf, daß er sich übergeben müßte.

Als sein Bruder Katoliro eintraf, wirkte das Schlangengift bereits. Mwebeya wurde von großer Unruhe befallen, konnte sich aber nicht übergeben. Der Bruder warnte: „Dieses Schlangengift ist höchst gefährlich. Wenn es uns nicht gelingt, umgehend ein starkes Gegenmittel zu finden, müssen wir befürchten, daß sein Schicksal nur noch an einem dünnen Faden hängt. Laßt mich mein eigenes Mittel an ihm versuchen!"

Katoliro bereitete sofort seine Kräuter zu und vermischte sie mit ganz starkem Tabak. Das Ganze füllte er in eine kleine Trinkkalebasse, mit deren Hilfe er Mwebeya das Gebräu vollständig einflößte. Dann warteten sie abermals darauf, daß der Vergiftete sich erbrechen würde. Jedoch vergebens.

Schließlich riefen sie in ihrer Not noch in der Nacht einen Heiler herbei. Auch er versuchte seine Heilmittel ohne Erfolg. Mwebeya verfiel zusehens, und um die achte Stunde, das heißt um zwei Uhr nachts, gab er bereits seinen Geist auf.

Katoliro, die Frau Mwebeyas und seine Kinder fielen darüber in tiefe Trauer und stimmten laut die Totenklage an. Dies vernahmen die Nachbarn. Obwohl es Nacht war, eilten sie herbei, um den Grund zu erfahren. Als sie feststellten, daß es sich bei dem Verstorbenen um den Gehöftherrn selbst handelte, riefen sie äußerst bestürzt aus: „Kumbe! Der Tod steht dem Menschen doch wirklich nahe! Als uns Mwebeya gestern abend die Rinder von der Weide zutrieb, war er noch ganz gesund, und jetzt ist er schon tot! Loo! So etwas haben wir noch nie erlebt. Da müssen Hexer im Spiel sein, die ihm diese Schlange schickten. Hätten sie ihn nicht verhext, hätte er die Schlange rechtzeitig gesehen! Schließlich kommen Schlangenbisse bei uns doch nur ganz selten vor! Und warum konnte der Biß dann nicht erfolgreich behandelt werden?"

Als man Ntulanalwo die Trauerbotschaft überbrachte, begab er sich mit Mutter und Schwester sogleich zur Totenklage in das Gehöft des Verstorbenen. Erst nach Ende der Klagezeit kehrten sie auf ihr eigenes Gehöft zurück.

Nach einiger Zeit meldete sich der Brautwerber für Bulihwali wieder bei Ntulanalwo. Diesmal verwies er ihn an den einzig noch lebenden Bruder seiner Vaters, an Katoliro. Dieser sandte den Werber wegen der Zustimmung zu Bulihwalis Heirat zu den bisher noch nicht befragten Sippengenossen aus.

Als der Werber alle ihm bezeichneten Gehöfte besucht hatte, kam er zu Katoliro zurück, um ihm den Vollzug zu melden. Da machte dieser allerlei Ausflüchte: „Mein Name Katoliro bedeutet nicht umsonst ‚jemand, der bei anderen ißt'. Ja, du hast die Werbungsreise bei meinen Sippengenossen erfolgreich zu Ende geführt. Jetzt halte nur ich allein dich auf, denn Ntulanalwo ist noch ein Kind und kann dir deshalb seine Schwester nicht ohne meine Zustimmung zur Frau geben. Ich möchte nicht, daß die Tochter meines Bruders wie eine Bettlerin verheiratet wird oder sich gar zur Heirat gedrängt fühlt. Da ich noch gesund und stark bin, möchte ich ihr außerdem eine ebenso prächtige Hochzeitsfeier ausrichten, wie ich es für meine eigene Tochter täte. Deswegen will ich zunächst bei einem Schmied neue Widerhaken für meine Fischreuse anfertigen lassen. Die alten sind abgenutzt. Ich brauche nämlich viele Widerhaken, damit ich in der Reuse, sofern mir der Seegott Mugasa günstig gesonnen ist, vier oder fünf Tage hintereinander für eine große Hochzeitsfeier ausreichend Fische fangen kann. Wir selbst sind nämlich arm und müssen daher Abhilfe in den Gewässern des Sees suchen." Der Brautwerber war sofort bereit, auf Katoliros Wunsch um Aufschub einzugehen, denn dieser verfügte über das heiratsfähige Mädchen und hatte darum ohnehin das Sagen. Außerdem mußte er sich eingestehen, daß Katoliro trotz allen Drängens zu diesem Zeitpunkt innerlich noch nicht bereit war, das Mädchen zu verheiraten.

Am nächsten Morgen schnürte Katoliro ein Bündel mit schmiedbarem Eisen und ging damit zu einem Schmied, der ihm ganz so, wie er es als Fischer für nötig hielt, Widerhaken für die Reusen anfertigte. Katoliro entlohnte ihn und ging mit seinen neuen Haken nach Hause.

Als es abermals tagte, also zwei Tage nach dem Gespräch mit dem Werber, fertigte Katoliro eine Anzahl von *ebigoye*-Fäden an. – So bezeichnet man die kurzen Fädchen, mit denen die Fischer ihre Widerhaken an der *omugonzo*-Reuse befestigen. – Mit diesen Fäden band er anschließend die neuen Widerhaken an seiner Fischfalle fest und trug die gesamte Ausrüstung zum Seeufer, um sie im See auszulegen.

Am dritten Tag fuhr er hinaus auf den See und versenkte die Reuse im tiefen Wasser. Bojen, die in Wind und Wellen hin- und herschaukelten, kennzeichneten die Stelle. Tags zuvor hatte er seine Tochter Tibwomo ausgeschickt, um Bulihwali auf sein Gehöft holen zu lassen, denn der Tag ihrer Verheiratung rückte nun näher. Als Tibwomo zusammen mit Bulihwali eintraf, kehrte auch Katoliro gerade vom Auslegen seiner Reuse zurück. Zur allgemeinen Verwunderung brachte er bereits einen großen Fisch mit. Neugierig wurde er gefragt, wie er daran gekommen wäre, und er erklärte: „Ich nahm ihn am Seeufer einem Fischadler fort, der diesen Fisch gerade verzehren wollte. Als ich nämlich sah, daß er noch nicht verrottet war, bekam ich Lust, ihn selbst zu verspeisen."

Früh am vierten Tag ergriff Katoliro eine Ruderstange und einige Fischspeere, die man *omugera* nennt, sowie ein hölzernes Gefäß, um damit Sickerwasser aus dem Boot zu schöpfen, und begab sich zum See. Unterwegs ging er bei seinem Nachbarn vorbei und bat ihn, die Aufgabe des Bootsmanns zu übernehmen, das Boot zu rudern und zu steuern, damit er sich ausschließlich den Fischen in den Reusen widmen könne. Der Nachbar war dazu sofort bereit, und zusammen liefen sie zum See.

Dort bestiegen sie Katoliros Boot und ruderten hinaus zu der Stelle, wo die Reuse lag. Sie hoben sie zusammen mit den darin befindlichen Fischen ins Boot und brachten alles zum Ufer an einen verborgenen Platz. Erst dort leerten sie die Reuse und trugen den Fang in Katoliros Gehöft. Er umfaßte 53 Fische, darunter einige, die sehr groß waren. Katoliro zeigte sich damit nicht zufrieden und meinte: „Das war kein guter Fang. Ich hätte eigentlich hundert Fische mehr in der Reuse vorfinden müssen." Die drei Fische, welche das halbe Hundert überstiegen, gab er als Entlohnung seinem Nachbarn, der ihm als Bootsmann gedient hatte.

Am folgenden Tag war der Fang schon ergiebiger. Katoliro fing diesmal insgesamt 67 *embozu*, 23 *kambare-mamba*, 16 *kambare-matope*, nur 10 *embete*-Fische mit dem spitzen Maul, 4 *enzegere* und 2 *enkuyu*, also insgesamt 122 Fische. Darauf war er sehr stolz: „Heute habe ich wahrhaft viel gefangen!" Unter den *embozu*-Fischen waren manche so erstaunlich groß, daß man sie mit der Axt bearbeiten mußte. Loo! Kumbe! Im See findet der Arme wahrhaftig sein Auskommen!

Drei Tage später, am frühen Morgen, noch ehe Katoliro zum Fischen aufgebrochen war, stellte sich der Brautwerber wieder ein. Als ihn Katoliro nach dem Besuch noch ein Stück Wegs begleitete, sagte er ihm: „Geh und und laß noch den morgigen Tag vergehen. Kehre erst übermorgen zu mir zurück, dann wollen wir alles Weitere miteinander besprechen." An diesem Tag zog Katoliro 56 überaus große Fische aus seiner Reuse. Sechs davon überließ er wiederum seinem Bootsmann als Entgelt für dessen Dienste.

Für den folgenden Tag plante er einen letzten Fischzug vor dem Hochzeitsfest. Es dauerte diesmal besonders lange, bis er genügend Köder beisammen hatte. Als er endlich die Reuse auf den See hinausbringen konnte, war die Sonne schon im Sinken. Als erfahrener und geschickter Fischer machte er sich daran, die Reuse ins Wasser abzusenken. Auf einmal traf ihn ein stechender Schmerz! Einer der Widerhaken bohrte sich in seinen Schenkel. Die Reuse glitt ihm aus den Händen, fiel ins Wasser und riß das Boot um. Katoliro und sein Bootsmann wurden davon in den See geschleudert. Kumbe!

Da die Sonne inzwischen untergegangen war, gab es weit und breit niemanden, der ihnen zu Hilfe hätte eilen können. Beide waren auf sich allein gestellt. Katoliro, der mit dem Widerhaken an die Reuse gefesselt war, gelang es nicht, sich über Wasser zu halten. Kumbe na kumbe! Wie ein Perlentaucher sank er auf den Grund. Er versuchte noch zu schwimmen und sich vom Widerhaken zu befreien. Umsonst! Er ertrank jämmerlich.

Auch sein Bootsmann mußte sich sehr anstrengen, ans trockene Ufer zu kommen. Als ihm dies schließlich gelang, konnte er wegen der Dunkelheit und weil er vor lauter Schrecken noch ganz betäubt war, nicht mehr genau angeben, an welcher Stelle des Sees sich der Unfall ereignet hatte. Er glaubte ohnehin, daß sein Gefährte von nichts anderem als einem menschenfressenden Krokodil verschlungen worden wäre. In Furcht und Schrecken stürzte er an das steinige Ufer und kletterte behende die Felsen hinauf, um die Nachricht von dem Unfall im Gehöft Katoliros bekanntzumachen. Als Katoliros Frau von dem Unglück erfuhr, brach sie vor großem Kummer in Tränen aus. Bald war das ganze Gehöft von lautem Wehklagen erfüllt.

Früh am nächsten Morgen erschien, wie verabredet, der Brautwerber im Gehöft und verwunderte sich auf das höchste, als er es voller Trauernder fand. Man erzählte ihm, daß der Gehöftherr tags zuvor beim Fischen auf dem See von einem menschenfressenden Krokodil aus dem Boot gerissen worden wäre. Wegen der nächtlichen Dunkelheit hätte man aber noch nicht nach seiner Leiche und dem Boot suchen können.

Inzwischen stellten sich immer mehr Menschen im Gehöft ein. Auch Ntulanalwo war darunter. Die Männer unter ihnen brachen schließlich mit Ruderstangen zum See auf, um die Leiche Katoliros zu suchen und das Boot, das er zum Fischfang benutzt hatte, ausfindig zu machen. Sie führten schwere *endobo*-Speere mit sich, geeignet, um ein Krokodil damit zu töten. Auch der Brautwerber schloß sich ihnen an.

Die Männer gaben sich die größte Mühe, vom Ufer aus die Leiche Katoliros zu erspähen. Aber umsonst. Auch sein Boot konnten sie nicht ausfindig machen. Da meldete sich der Brautwerber zu Wort: „Männer, wir suchen nun schon seit Stunden erfolglos hier am Ufer herum. Wenn ihr einverstanden seid, laßt uns ein Boot besteigen und gemeinsam auf den See hinausrudern, dorthin, wo gewöhnlich die Reusen ausgelegt werden. Laßt uns nach Katoliros Reusen suchen! Wenn wir sie finden, laßt sie uns emporholen, damit wir genau erfahren, welch übler Geist sich darin befand, als er sie in die Tiefe senkte." Viele der Anwesenden stimmten ihm zu: „Er hat recht, naam! Laßt uns den Vorschlag in die Tat umsetzen!"

Sie bestiegen also ein Boot und ruderten zu den Fischgründen. Dort entdeckten sie schon von fern die Bojen, die die Lage von Katoliros Reusen anzeigten. Ohne Furcht und Zögern ruderten sie geradewegs auf die Stelle zu, ergriffen eine Boje und versuchten die damit verbundene Reuse hochzuziehen. Offenbar war sie voller Fische, denn sie war äußerst schwer. Die Männer strengten sich mächtig an, brachten die Reuse aber nicht hoch. Da sagte einer unter ihnen: „Nein, meine Gefährten, so geht es nicht. Ich habe den Eindruck, daß die Reuse irgendwo festsitzt. An ihrem Gewicht allein kann es nicht liegen!" Man gab ihm zur Antwort: „Zieh sie nur mit aller Macht hoch, bis zu dem Punkt, wo es nicht mehr weitergeht. Vielleicht gelingt es uns gemeinsam, den Widerstand zu überwinden. Wenn wir keinen Erfolg haben, kappen wir einfach das Seil." Die Stärksten unter ihnen zogen gemeinsam noch einmal an dem Tau, an dem die Reuse befestigt war. Sie setzten dabei ihre ganze Kraft ein. Allmählich brachten sie das Fanggerät in die Höhe.

Als erstes glaubten sie, im trüben Wasser einen mächtigen *embozu*-Fisch, so dick, wie noch keiner von ihnen jemals gesehen hatte, zu erkennen. Erstaunt riefen sie aus: „Hee! Seit unserer Geburt hat man noch keinen so großen Fisch gesehen! Vielleicht handelt es sich um die Sorte *embozu*, die auch Menschen verschlingen kann." Sie verstärkten ihre Anstrengungen, und Stück um Stück brachten sie die schwere Reuse mit dem vermeintlichen Fisch weiter an die Wasseroberfläche. Dabei hatten sie das Gefühl, daß die Last immer schwerer wurde und drohte, ihnen das Seil aus den Händen zu reißen, eigentlich ein Zeichen dafür, daß sich noch ein zweiter großer Fisch am Widerhaken befinden müßte. „Es scheint der größte Fischfang zu sein, der uns jemals ins Netz gegangen ist", meinten die Männer. „Haltet eure großen Fischharpunen bereit, daß uns die Beute nicht am Ende noch entgleitet!" Sie legten ihre Waffen in Bereitschaft und feuerten sich gegenseitig an: „Männer, strengt euch an! Laßt uns sehen, wer der Stärkste unter uns ist!" Sie zogen nochmals mit äußerster Kraft an dem Seil.

Sie zogen und zogen. Da sahen sie langsam einen menschlichen Körper emportauchen. Und sie erkannten mit einem Male deutlich den Toten. Es war Katoliro. Er hatte sich halb im Seil der Reuse verfangen und wies keine Wunden auf. Alle im Boot erschraken zutiefst. Beinahe hätten sie vor Schreck das Seil mit der Reuse wieder aus ihren Händen gleiten lassen. Die anderen sprachen ihnen jedoch Mut zu: „Was wir suchten, haben wir nun gefunden. Gefährten, macht noch eine weitere Anstrengung, befreit den Leichnam von der Reuse und zieht ihn aus dem Wasser, damit wir ihn an Land bringen können!" Sie überwanden tapfer ihre Furcht und, aufrecht im Boot stehend, brachten sie den Toten längsseits. Dann knieten sie sich nieder und mit vorgestreckten Oberkörpern zogen sie ihn vorsichtig über den Bootsrand. Hastig, ohne ein Wort zu sagen, ruderten sie darauf an Land und luden den Leichnam an einer flachen Stelle aus, wo sonst die Frauen Wasser schöpfen.

Der tote Körper Katoliros war abscheulich angeschwollen. Dunkelrotes Blut kam aus Mund und Nase. Kumbe! Wären sie einerseits

nicht tapfere und furchtlose Männer und wäre andererseits der Er-
trunkene nicht ihr Sippengenosse gewesen, hätten sie es niemals gewagt, der Leiche nahe zu kommen. Sie schickten Ntulanalwo ins Gehöft, um den Frauen dort mitzuteilen, daß sie den Toten gefunden
hätten. Er sollte schnellstens eine Türmatte aus Riet holen, die sie als
Trage für die Leiche verwenden wollten. Als Ntulanalwo damit zum
See kam, folgten ihm die Frauen nach. Die Männer legten den Toten auf die Türmatte und trugen ihn vom See in sein Gehöft, wo ihn
viele Menschen aufrichtig betrauerten.

Nach dem Ende der Totenklage kehrte Ntulanalwo mit seiner
Schwester in das eigene Gehöft zurück. In der Absicht, Bulihwalis
Aussichten auf eine Heirat zu zerstören, nahmen böse Menschen dieses Ereignis zum Anlaß, Schmähreden über sie zu verbreiten und sie
bei der Sippe des Brautwerbers übler Dinge zu beschuldigen: „Laßt
von der Tochter Myombekeres ab! Sie und ihre Leute sind verhext
und verflucht. Habt ihr nicht gesehen, wie der Reihe nach in kurzer
Zeit alle ihre Väter zu Tode gekommen sind? Jeder, der es wagt, sie
zu heiraten, muß zweifellos bald sterben." Jener Brautwerber wollte
aber unbedingt seinen Sohn verheiraten. Darum focht ihn das Gerede nicht weiter an. Er war davon überzeugt, daß der Tod jedem
Menschen bestimmt ist und ihn auch dann irgendwann ereilen werde, wenn er die Tochter Myombekeres als Schwiegertochter ver-
schmähte. Darum nahm er seine Brautwerbung nach dem Ende der
Totenklage wieder auf.

Diesmal wandte er sich unmittelbar an Ntulanalwo, der nach
dem Tode der Brüder des Vaters jetzt unzweifelhaft über die Verheiratung seiner Schwester zu bestimmen hatte. Ntulanalwo beauftragte
ihn gleich bei dieser Gelegenheit, eine Brautführerin zu schicken, die
Bulihwali am Tage ihrer Verheiratung ins Gehöft ihres Mannes geleiten sollte. Sie verhandelten darüber, an welchem Tag die Hochzeit
stattfinden sollte, und Ntulanalwo verkündete: „Gut, geh und sag
allen, die an der Hochzeit teilnehmen wollen, daß sie sich morgen
abend hier einfinden mögen!"

Die Hochzeiter versammelten sich. Nach längerem Warten, wie es
der Sitte im Kereweland entspricht, wurde ihnen die Braut übergeben. Sie trat prächtig geschmückt aus dem Haus, und die Hochzeiter

trugen sie auf den Schultern eiligst in das Gehöft des Bräutigams. Der neue Schwager Ntulanalwos hieß Ngundamugali bin Kasankara. Da den Leuten der Name zu lang war, riefen sie ihn einfach Mugali.

* * *

Buhliwali verbrachte nur zwei friedliche Jahre mit ihrem Mann. Im dritten begann sie, ihn zu verabscheuen, weil sie mehr und mehr fand, daß er nichts als schlechte Eigenschaften hatte. Schließlich verließ sie ihn sogar und kehrte zu Ntulanalwo in ihr elterliches Gehöft zurück.

Als Ntulanalwo sich davon überzeugt hatte, daß seine Schwester ihren Mann Ngundamugali haßte und nicht länger mit ihm leben wollte, wurde er sehr zornig und bedrängte Bugonokas Tochter, dennoch zu ihrem Mann zurückzukehren. Bulihwali blieb aber in ihrem Entschluß unnachgiebig und sagte zu ihrem Bruder: „Wenn du mich töten willst, dann bring mich nur um! Ich gehe lieber dorthin, wo mein Vater ist, als zu dem Mann zurückzukehren. Ihr habt mich gezwungen, einen Tölpel von Mann zu heiraten, den ich nicht lieben kann. Das Brautgut, das du von ihm für mich bekommen hast, mußt du wohl wieder herausgeben. Auch wenn dir das nicht gefällt, es bleibt dir gar nichts anderes übrig." Ntulanalwo versuchte es im guten, sie umzustimmen. Umsonst. Schließlich schlug er sie windelweich und band sie mit einem Strick am *omurumba*-Baum im Hof fest, wo sie so die ganze Nacht verbringen mußte. Oh je! Wie weit trieb ihn sein Zorn! Er verbot sogar seiner Mutter, die sie beide geboren hatte, für seine Schwester einzutreten: „Wenn du die Anweisungen deines eigenen Sohnes hintergehst, werde ich euch beide gemeinsam von meinem Hof jagen. Ihr könnt dann irgendwo bei deinen Verwandten unterkriechen. Ich will jedenfalls nicht länger mit euch zusammenleben, wenn ihr euch mir widersetzt."

Kumbe! Wenn man schlägt, soll man nur den Körper treffen, nicht aber die Seele. Ntulanalwo scheute sich nicht, alles dies zu tun. Aber am Ende mußte er doch klein beigeben, als sich nämlich Kanwaketa, der noch lebende Blutsbruder seines verstorbenen Vaters, einmischte und ihn ermahnte: „Höre sofort damit auf, deine Schwester zu verprügeln! Schlag bloß nicht ihre Seele und töte sie dadurch! Es würde dir großes Unglück bringen. Wenn sie ihren Mann verabscheut, willige in die Trennung ein und suche einen anderen Mann, der sie heiratet!" Ntulanalwo ließ sich augenblicklich von den Worten Kanwaketas umstimmen und schickte einen Unterhändler zu Ngundamugali, um ihn zur Scheidung von Bulihwali zu bewegen. Als er darin einwilligte, gab Ntulanalwo das gesamte Brautgut bis auf die sogenannte Verlobungshacke, ein Geschenk des Bräutigams an den zukünftigen Schwiegervater, zurück. Die behielt er ein, wie es bei den Kerewe Brauch ist.

Nach der Scheidung wohnte Bulihwali eine Zeitlang im Gehöft ihres Bruders. Als ein Jahr vergangen war, kamen viele Brautwerber, um Ntulanalwo um die Hand seiner Schwester zu bitten. Jeden Tag kam irgendein Freier, denn Bulihwali war wie vordem ihre Mutter eine überaus hübsche und anziehende Frau. Ihr Gesicht war nicht so dunkel getönt wie die Farbe einer *entundu*-Banane, aber auch nicht zu hell, sondern gerade so, wie es den Schönheitsvorstellungen der Kerewe entsprach. Besonders ihre Gestalt war von großer Anmut. Aus der Schar der Freier suchte sich Bulihwali nun selbst einen Liebhaber aus, der ihr gefiel. Mit diesem kam sie überein, die Ehe zu schließen.

Ntulanalwo forderte als Brautgut nur eine Binsenmatte und drei neue Hackenstiele. Außerdem verlangte er vom Brautwerber sechs Krüge voll *empahe*, das heißt Bananenbier. Als der Werber diese Forderungen erfüllte, gab Ntulanalwo seine Schwester zur Ehe frei, und sie wurde erneut verheiratet.

Der zweite Ehemann Bulihwalis hieß Nemba. Nachdem sie ein Jahr lang mit ihm verheiratet war, wurde sie schwanger und gebar im Gehöft Nembas eine Tochter. Danach wurde sie ein zweites Mal schwanger und gebar einen Sohn.

Als das letztgeborene Kind gerade zwei Monate alt war, starb Namwero, der Großvater Ntulanalwos und Bulihwalis. Man überbrachte ihnen die Trauerbotschaft, und sie reisten wiederum alle zur Totenklage in das Gehöft des Verstorbenen.

In den nachfolgenden Jahren brachte Bulihwali im Gehöft Nembas eine weitere Tochter und dann noch einen Sohn zur Welt. Als Bulihwali gerade über das gebärfähige Alter hinaus war, wurde ihre älteste Tochter von jemandem verführt und brachte in der Folge ein Kind zur Welt. So schlug Bulihwali als Großmutter in Nembas Sippe ihre ersten Wurzeln. Als auch noch ihr ältester Sohn heiratete und ihr einen Enkel bescherte, war sie in Nembas Familie völlig heimisch geworden.

Zu dieser Zeit starb im hohen Alter Bugonoka, die Stammutter. Nachdem die Zeit der Totenklage für sie vorüber war, ging das Leben auf den Gehöften wie gewöhnlich weiter.

KAPITEL 19

Ntulanalwos vortreffliche Taten

Nach dem Tod seiner Mutter erwies sich Ntulanalwo als ein völlig selbständiger Mann, der zur Führung des Gehöfts auch in schwierigen Lagen fähig war. Inzwischen hatte er das so oft gesagte Wort der Kerewe begriffen: ›Ein Gehöft ist niemals stärker als sein Herr.‹

Seine beiden Frauen Netoga und Mbonabibi gebaren ihm noch viele Kinder. Seinen ältesten Sohn Galibondoka, den er mit Netoga gezeugt hatte, ließ er früh heiraten und eine eigene Familie gründen, ebenso den ältesten Sohn seiner zweiten Frau, dem er nach seinem Vater den Namen Myombekere gegeben hatte. Alle anderen Söhne Netogas erreichten gleichfalls das heiratsfähige Alter. Desgleichen die Töchter. Deren Leben wollen wir hier aber nicht weiter verfolgen, denn sie wurden schließlich dazu geschaffen, die Sippen anderer Männer fortzuführen.

Im fortgeschrittenen Mannesalter heiratete Ntulanalwo noch ein drittes Mal. Diesmal nahm er eine alleinstehende, geschiedene Frau im Matronenalter. Sie hieß Masale. Durch diese Heirat vergrößerte sich sein Gehöft abermals. Bei seinen weniger erfolgreichen Nachbarn genoß er wegen seiner drei Frauen und seiner vielen Kinder und Kindeskinder ein nahezu königliches Ansehen. Die drei Frauen erledigten alles, was er ihnen auftrug, schnell und zuverlässig ganz nach seinen Wünschen, so daß er sie eigentlich alle drei, jede auf ihre Art, von Herzen gern hatte. Die drei Frauen ihrerseits wetteiferten miteinander um die Gunst ihres gemeinsamen Mannes.

Bei den Kerewe hört man gelegentlich das geflügelte Wort: ›Durch ihr Benehmen hat die Fremde die Insel Nafuba in Angst und Schrecken versetzt.‹ Der Sinn dieses Wortes erfüllte sich auch auf Ntulanalwos Gehöft. Die neue Frau wurde tatsächlich Lieblingsfrau Ntulanalwos. Das geschah allein dadurch, daß sie seine Wünsche und Aufträge besonders beflissen und mit übergroßem Eifer ausführte.

Als die beiden anderen Frauen feststellen mußten, daß Ntulanalwo sie nicht mehr so wie früher liebte, wurden sie auf Masale eifersüchtig und schlossen sich zusammen, um gegen sie anzugehen. Sie begannen, falsche Gerüchte über sie zu verbreiten und sie bei ihrem Ehemann zu verleumden, damit er sie ihnen zu Gefallen verstieße. In der Beziehung zu seiner dritten Frau glich Ntulanalwo jedoch einem Krokodil, das einen Menschen ja gerade deswegen schnappt, weil es ihn auffressen will. Das will besagen, daß Ntulanalwo seine dritte Frau Masale schließlich in der Absicht geheiratet hatte, mit ihr zusammen zu sein und nicht, um sie zu verstoßen. Er schenkte darum den Einflüsterungen seiner Frauen Netoga und Mbonabibi keine Beachtung und gebot ihnen am Ende sogar ausdrücklich zu schweigen.

Nach einiger Zeit versuchten die Frauen nochmals, Masale bei ihrem gemeinsamen Ehemann zu verleumden. Ntulanalwo aber wollte ihnen nicht zuhören und schon gar nicht die dritte Frau verstoßen. Da schäumten die beiden vor Wut und beschlossen, die Sache nach draußen zu tragen. Auf den umliegenden Gehöften erzählten sie hinfort, daß ihr Mann sie nicht mehr liebte und daher vernachlässigte.

Oftmals hörten sie Ntulanalwo und Masale in seinem Haus miteinander reden, wobei Masale in lautes und anhaltendes Gelächter ausbrach. Bei solchen Gelegenheiten haßten die beiden anderen sie besonders und sagten zueinander: „Jetzt schwärzt uns dieses Scheusal wohl gerade bei unserem Ehemann an!"

Es dauerte eine geraume Zeit, bis dieses Gerede auch Ntulanalwos Schwiegerfamilien zu Ohren kam. Die Verwandten der beiden ersten Frauen waren darüber sehr aufgebracht. In Anbetracht dessen, daß Netoga ihr letztes Kind gerade erst geboren hatte und stillte, also nach der Geburt noch enthaltsam lebte, gaben ihr ihre Verwandten den Rat: „Tue so, als ob nichts wäre! Bleibe ruhig bei deinem Mann und stille dein Kind! Aber wenn du es abgestillt hast, komm zu uns und wohne hier so, als ob dein Mann dich verstoßen hätte. Er ist doch ein rechter Dummkopf! Bei all den Kindern, die du ihm geboren hast! Kumbe! Männer sind wirklich keine normalen Menschen! Es liegt ganz bei dir! Wenn dir deine Kinder stürben, hättest du doch sicherlich große Schwierigkeiten!" Netoga erwiderte: „Meine vielen Kinder nützen mir gar nichts, denn sie haben inzwischen ihre eigenen Familien." Ihre Geschwister fragten sie daraufhin: „Was soll der Ausdruck ‚Kinder derselben Mutter' wohl besagen? Bedeutet er nicht, daß uns eine gemeinsame Mutter geboren hat, auch wenn wir verschiedene Väter haben? Verpflichtet uns diese Tatsache nicht, dir beizustehen?" Netogas Mutter fügte hinzu: „Du stammst schließlich von einer reifen Frau ab, die mit mehreren Männern verheiratet war und jedem von ihnen mehrere Kinder geboren hat. Glaube mir, ich habe mit Männern meine Erfahrungen. Darum, mein Kind, mach dir nur keine Sorgen! Ich werde mich bemühen, dir einen *ikundano*-Trank, einen Liebeszauber, zu verschaffen. Wir wollen von nun an eifrig danach suchen, bis wir ihn gefunden haben. Geh nur zurück zu deinem Mann und verhalte dich ruhig! Ich werde inzwischen bei den Leuten Erkundigungen einziehen. Mach dir wegen der Nebenbuhlerin nur keine unnötigen Sorgen! Was hat sie gegen dich schon für Waffen?"

Netoga kehrte beruhigt nach Hause zurück und wartete ab, bis eines Tages ein Bote zu ihr kam und sie aufforderte, an einem bestimmten Tag ihre Mutter zu besuchen. Ntulanalwo war völlig ahnungslos, warum seine Frau so plötzlich zu ihrer Mutter kommen sollte.

Von den Altvorderen sind die Worte überliefert: ›Ein Geheimnis, das nicht in deiner Familie bleibt, wird dich irgendwann zu Tode erschrecken.‹ Netoga besuchte also ihre Mutter und bekam von ihr einen Liebestrank, den sie ihrem Gatten unter das Essen mischen sollte. Netoga tat es heimlich, als sich weder die Kinder noch Masale im Gehöft aufhielten und sie allein für ihren Mann zu kochen hatte.

Auch Mbonabibi besorgte sich von ihrer Mutter einen Liebeszauber, der ihren Mann veranlassen sollte, sich wieder ihr zuzuwenden und Masale zu hassen. Das entsprechende Mittel mußte auf die Schlafdecke in Masales Hütte gestreut werden.

Beide Frauen führten also ihre Gegenmaßnahmen aus und konnten schon nach kurzer Zeit erfreut feststellen, daß Ntulanalwo sein Verhalten änderte und sie wieder so liebte wie früher. Seine dritte Frau Masale begann er insgeheim zu verabscheuen, vor allem deswegen, weil sie ihm keine Kinder schenkte wie seine beiden anderen

Frauen. Masale wurde infolge der Hexereien ihrer Mitfrauen kränklich und bekam eine fahle Haut. Am Ende fiel auch ihr auf, daß ihr Mann sie nicht mehr liebte und es immer häufiger vermied, mit ihr zu schlafen. Irgendwann sagte sie sich: „Es ist besser, daß ich mein Opfergefäß nehme und mich davonmache. Die eheliche Liebe mit diesem Mann ist wohl vorbei." Sie handelte schließlich so, wie es in einer alten Geschichte heißt: ›Weil ihr Mann sie nicht mehr liebte, ließ Bibi Walaga allen Besitz im Gehöft von Bwana Ihangwe zurück, nahm nur ihr Opfergefäß und machte sich um die Mittagszeit auf den Weg zu ihrer eigenen Sippe.‹

Nachdem Masale einige Monate bei ihren Verwandten zugebracht hatte, begleiteten ihre Brüder sie eines Tages zu ihrem Ehemann, um eine Scheidung von ihm zu erbitten. Ntulanalwo willigte sofort ein. Masale ging darauf in ihre Hütte, holte als erstes ihr Opfergefäß, das oberhalb der Eingangstür unter dem Dach hing und nahm ihre geflochtene Worfelschale sowie einige persönliche Dinge an sich. Dann verabschiedete sie sich von ihrem Gatten sowie von ihren Mitfrauen und verließ schnellen Schrittes das Gehöft, ihre Habseligkeiten auf dem Kopf. Sie begab sich geradewegs in das elterliche Gehöft zu ihren Verwandten. Es war ein Abschied für immer.

Nach dem Auszug Masales blieben nur Netoga und Mbonabibi, deren Ehen mit Ntulanalwo noch von dem verstorbenen Myombekere angebahnt worden waren. Hinfort aber bewachten sie einander argwöhnisch bei all ihren ehelichen Pflichterfüllungen. An manchen Tagen konnte man sie gemeinsam lachen und scherzen sehen. An anderen Tagen wiederum befehdeten sie einander mit giftgeschwollenen Hälsen und verhielten sich wie die *nabuzumiro*-Schlange, an deren Biß Mwebeya, der Bruder des verstorbenen Myombekere, gestorben war. Manchmal traf man sie an, wenn feindseliges Schweigen zwischen ihnen herrschte. An solchen Tagen fühlte man sich als Gast bei ihnen recht unwohl und sagte sich: „Hier ist so dicke Luft, daß du in diesem Gehöft keine friedliche Nacht verbringen wirst." Ein anderes Mal zankten sie sich heftig, als ob sie jeden Augenblick aufeinander losgehen wollten. Das geschah meistens, wenn Ntulanalwo im Gehöft weilte und sie darüber stritten, wer von ihnen das Nachtlager mit ihm teilen durfte. An solchen Tagen mochte man als

Außenstehender wohl denken: „Die werden sich niemals wieder so weit versöhnen, daß sie nochmals in Frieden zusammen essen können." War der gemeinsame Ehemann jedoch auf Reisen, waren sie ein Herz und eine Seele. Bei solcher Gelegenheit tauschten sie untereinander aus, was sie zum Essen vorbereitet hatten, die Hirseklöße und die Beikost, um gegenseitig den Wohlgeschmack ihrer Speisen zu loben. Dann konnte man etwa folgender Rede lauschen: „Du, meine Schwester, wie geht es dir heute? Warum zerteilst du deinen Hirsekloß für dich allein und kommst nicht zu mir? Ist dir meine Hirse etwa nicht weich genug? Bewahre deine eigenen Speisen auf und iß heute bei mir! Schließlich stehst du mir doch nahe wie meine leibliche Schwester!" Fröhlich und ausgelassen teilten sie an solchen Tagen ihre Speisen miteinander. Wenn aber ihr Ehemann zurückkehrte, wandelte sich ihr Verhalten augenblicklich, noch ehe er einen Schritt ins Gehöft getan hatte. Ihre Mienen wurden finster, und sie begannen, ihre Kinder anzubrüllen und auszuschimpfen: „Geh mir aus dem Weg und laß mich vorbei, du Hund! Häng mir nicht dauernd auf dem Schoß herum wie eine Glucke, die ihre Eier ausbrütet!"

* * *

Eines Tages wurden die Rinder in der Gegend von der tödlichen *sotoka*-Seuche, der Rinderpest, befallen. In kurzer Zeit gingen die meisten Tiere ein, und die Viehhaltung kam auf den Höfen völlig zum Erliegen. Bei Ntulanalwo überlebten nur zwei kleine Kuhkälber, so daß er sich verzweifelt fragte: „Kumbe. Es scheint mir so, daß auf meinem Erbe kein Segen ruht. Was soll ich bloß machen, um alle Leute in meinem Gehöft satt zu bekommen? Sie sind es gewohnt, jeden Tag Milch zu trinken, aber über Nacht sind nun alle Milchkühe tot. Wie soll ich es anstellen, wieder zu gesunden Rindern zu kommen?" Er dachte angestrengt nach, dann stand sein Entschluß fest: Er würde ein Boot bauen.

Gleich am nächsten Morgen ging er schon ganz früh in den Wald, um dort nach gerade gewachsenen Hartholzbäumen zu suchen, die geeignet wären, dem Wasser zu widerstehen. Außerdem sollten sie groß genug sein für ein Boot von solchen Ausmaßen, daß man ein Rind dafür eintauschen würde. Über der Suche nach solchen Bäumen ging die Sonne unter, so daß er erst spät in der Nacht nach Hause zurückkehrte.

Leser, stell dir nur vor: Seine Leute beweinten ihn bereits, weil sie dachten, er wäre einem Elefanten zum Opfer gefallen. Heute mag das verwundern, aber damals befand sich auf der Insel Bukerewe noch ein großer Wald, und darin lebten viele Elefanten. Zu jener Zeit pflegten die Leute des Wakara-Volkes ins Kereweland zu kommen, um in diesem Wald nach harten Hölzern zu suchen. Die Harthölzer brauchten sie, um daraus Grabstöcke für den Feldbau anzufertigen, denn eiserne Hacken waren ihnen fremd. Stattdessen benutzten sie ihre sogenannten *amahaya*-Stöcke, die sie in unserem Wald schnitten. Ihre Kleidung war übrigens höchst unschicklich. Sie bedeckten ihre Scham nur mit dem Fellchen eines Klippschliefers, jenes kleinen Tiers aus dem Hügelland, das allgemein durch seine Schwanzlosigkeit auffällt. Auch dieses Kleidungsstück hatten sie sich so nachlässig vorgebunden, daß sie wie die Tiere mehr oder weniger nackt umherliefen. Nun, im Wald waren sie ja unter sich. Beim Sammeln der Grabstöcke wurden viele Wakara-Leute von Elefanten getötet. Und das geschah folgendermaßen: Elefanten haben trotz ihrer Größe ja bekanntlich die Fähigkeit, sich lautlos fortzubewegen, so daß man ihnen oftmals unversehens gegenübersteht. Wenn die Wakara-Leute auf einen Elefanten trafen, verhielten sie sich nicht etwa still, sondern redeten laut miteinander, machten sich gegenseitig auf das Tier aufmerksam, deuteten mit Fingern darauf und lachten und schrien. Bei solcher Gelegenheit konnte man etwa folgende Rede vernehmen: „Dort kommt ein Muswaga-Mann – das ist ein Wort in der Sprache der Wakara – aus dem Kereweland! Schau nur, welch große Brust er hat!" Darauf erhoben sich alle in der Nähe stehenden Wakara in voller Gestalt und begannen, sich laut lärmend über die Größe des Elefanten zu verwundern. Es dauerte nicht lange, bis der Elefant sein Trompeten erschallen ließ, die Witterung der Menschen, die ihn gerade noch als ‚Bwana Muswaga aus dem Kereweland' verspottet hatten, aufnahm und sie blitzschnell angriff. Er fegte sie mit seinen Stoßzähnen zusammen und zerstampfte sie, daß sie platt wurden wie Bretter. Schon häufig sind Elefantenjäger aus unserem Land auf Bündel mit *amahaya*-Stöcken gestoßen. Und wenn sie die Plätze genauer untersuchten, fanden sie menschliche Knochen, die von den Elefanten in tausend Stücke zerbrochen worden waren. Mein Bruder, ich sage dir: Wenn Gott dir den Tod zugedacht hat, ist es allemal besser, an einer Krankheit im Bett zu sterben, als von einem Elefanten getötet zu werden. Die Knochen eines Menschen, der von einem Elefanten zertreten wurde, sind kaum noch als solche zu erkennen!

Als Ntulanalwo aus dem Wald zurückgekehrt war, sagte er zu seinen Söhnen: „Meine Kinder, ich habe geeignete Hölzer zum Bootsbau gefunden, und zwar *omukimbwi*- und *omugege*-Bäume. Morgen suche ich sofort einen Schmied auf und lasse ihn Werkzeug zum Schnitzen von Booten herstellen, vor allem drei Äxte und zwei *ebihoso*-Querbeile, um damit das Innere der Baumstämme auszuhöhlen.

Bei Tagesanbruch suchte Ntulanalwo einige Eisenbarren zusammen und begab sich zu einem Schmied. Aus dem Eisen ließ er sich das erforderliche Schnitzwerkzeug herstellen. Es waren am Ende so viele Geräte, daß er zweimal gehen mußte, bis er alles in sein Gehöft getragen hatte. Außer drei Äxten und zwei Querbeilen hatte er noch vier Hobel zum Glätten des Bootskörpers, fünf Buschmesser, etwa zehn Brenneisen zum Bohren von Löchern und sieben Fischharpunen schmieden lassen.

In jenen Tagen mußte das Gemüse im Gehöft Ntulanalwos ohne Butterfett gekocht werden, weil keine Milch gebenden Kühe mehr vorhanden waren. Ein Kerewe bezeichnet solche Beikost als ‚Salzwassergemüse, an dem man eigentlich nur schnuppern kann‘. Ntulanalwo befahl daher seinen Frauen, stattdessen Kartoffeln auszugraben und ihm diese als Nahrung für die Zeit, in der er im Wald das Boot bauen wollte, mitzugeben.

Am nächsten Morgen stand Ntulanalwo als erster auf und trieb seine älteren Kinder an, sich für die Arbeit im Wald fertigzumachen. Diese machten sich sofort daran, die Kartoffeln auf mehrere Traglasten zu verteilen. Mit Ntulanalwo zusammen bestand die Arbeitsgruppe aus sieben Mitgliedern. Jeder lud sich eine große Last auf, so daß sie alles, was sie für die mehrtägige Arbeit im Wald benötigten, auf einmal mitnehmen konnten. Sie gingen los und ließen im Gehöft nur die Frauen und kleinen Kinder zurück. Unterwegs stellten die Leute Ntulanalwo ständig Fragen: „Wohin gehst du, Bwana? Was bist du im Begriff zu tun? Was für Lasten schleppt ihr da?"

Ihr wißt ja alle, wie die Leute hierzulande sind. Wenn sie etwas sehen, wollen sie es auch betasten und berühren, bis sie ihre Neugier befriedigt haben. Ntulanalwo verbarg daher keinem, daß er in den Wald ginge, um dort ein Boot zu schnitzen. Worauf sie ihn verspotteten und hinter ihm herredeten: „Offenbar hat er nichts Besseres zu tun. Solange wir Ntulanalwo kennen, haben wir ihn noch nie ein Boot bauen sehen. Ausgerechnet jetzt führt er seine Kinder in den Wald, um ein Boot zu schnitzen? Loo! Er bildet sich ein, er könnte ein ganzes Boot herstellen, wo er doch allenfalls dazu taugt, Hackenstiele oder Musikinstrumente aus Holz zu verfertigen! Ei, der Bootsbau erfordert immerhin eine ganz besondere Kunstfertigkeit. Aber wir werden ja sehen, was für ein Boot er zustandebringt. Sind wir nicht schließlich seine Nachbarn?" Es gab aber auch andere, die meinten: „Laßt ihn nur machen! Es wird ihm sicherlich gelingen." Die Einstellung, jeden seine eigenen Fehler machen zu lassen oder den Fehlern der anderen tatenlos zuzusehen, ist auf jeden Fall öfters anzutreffen als jene, die Menschen zu etwas anzuspornen, das ihrer Natur nicht entspricht.

An einer bestimmten Stelle im Wald, in der Nähe eines *omugege*-Baums, der ihm zum Bootsbau geeignet schien, befahl Ntulanalwo seinen Söhnen, ihre Lasten abzulegen. „Hier wollen wir unser Schlaflager aufschlagen", erklärte er. „Ihr, Galibondoka, Myombekere und Galibika, ergreift jeder ein Buschmesser und säubert mit mir den Platz von Gras und Strauchwerk! Und ihr drei anderen schleppt das abgehaubene Holz beiseite, damit wir daraus ein Feuer entfachen und unsere Kartoffeln in der Asche braten können!"

Als sie damit fertig waren, zeigte ihnen Ntulanalwo, wie man im Freien in einem ausgehöhlten Holzklotz ein Feuer entfacht. Man legt trockenes Gras unter ein Querholz und quirlt dieses mit einem anderen Holz. Sieht man Rauch aufsteigen, bläst man hinein, bis die Glut auf das trockene Gras unter dem Querholz überspringt und wie eine Fackel auflodert. In die Glut legt man hernach so viele Kartoffeln, wie man bis zum nächsten Morgen essen möchte.

Nach dieser Tätigkeit gingen die drei jüngeren Söhne daran, Stiele für Äxte und Querbeile wie auch Schäfte für Pfeile zu schnitzen, während die älteren Söhne weiter den vorgesehenen Arbeitsplatz vom Buschwerk freilegten. Irgendwann klagten sie: „Vater, wir haben schrecklichen Durst." Er antwortete nur: „Ihr seid doch ausgewachsene Männer. Packt eure Waffen und Buschmesser und schlagt euch eine Schneise durch das Dickicht! Der See ist nicht weit. Füllt dort drei große Kalebassen mit Wasser und kommt schnell damit zurück!" Sie taten wie ihnen geheißen. Und als sie das Wasser gebracht hatten, wurden die Kartoffeln aus dem Feuer genommen, worauf sie sich alle erstmal den Magen füllten. Dann wurden die Rodungsarbeiten noch bis Sonnenuntergang fortgesetzt.

Die Nacht über schliefen sie im Freien dicht am Feuer, das sie vorher noch einmal mit einem mächtigen Holzklotz für die Nacht gespeist hatten. So brannte es durch bis zum Morgen. Während der Nacht wachten sie öfters wegen der Kälte und des Taus auf. Schließlich fehlten ihnen ja auch ihre wärmenden Ziegen- oder Schafsfelle von zu Hause. Aber das war keine große Sache. Wer wach wurde, wärmte sich am Feuer eine Weile lang auf, nahm dann seinen alten Schlafplatz wieder ein, rollte sich dort zusammen und schlief weiter.

Als es tagte, machten sie sich gleich wieder an die Arbeit. Es dauerte nicht lange, da fiel der *omugege*-Baum. Sie befreiten den Stamm von den Ästen und schnitten ihn auf das für die Herstellung des Bootes erforderliche Maß. Ntulanalwo war über die Fortschritte bei der Arbeit sehr erfreut, und in fröhlicher Stimmung begannen sie mit dem Aushöhlen des Stammes. Es war eine schwere Tätigkeit, die ihnen den Schweiß aus den Poren trieb.

Einer der Söhne lehnte sich plötzlich gegen die Schufterei auf und ließ die Axt aus den Händen fallen. Da gab ihm Ntulanalwo mit dem Stock eine Tracht Prügel und mahnte ihn: „Ich denke, wir sind hier in den Wald gekommen, um ernsthaft zu arbeiten. Willst du dich etwa auf Kosten der anderen davor drücken? Sind deine Brüder nicht genauso müde? Du Hund, es paßt dir wohl nicht, vom Morgen bis zum Abend zu arbeiten! Die Nachgiebigkeit deiner Mutter hat dich verweichlicht. Bist du denn zu gar nichts nütze? Nimm sofort die Axt wieder in die Hand und eifere deinen Brüdern nach!"

Wenn sich die Schar der Helfer im Laufe der Zeit auch etwas verminderte, weil einige Söhne ins Gehöft zurückkehrten, dachte Ntulanalwo jedoch keinmal daran, selbst nach Hause zu gehen. Er hielt es einen ganzen Monat lang im Wald aus, dann war sein Boot fertig. Es hatte vier Bänke und war damit so groß, daß acht Ruderer und ein Steuermann darin Platz finden konnten. Ntulanalwo und seine Söhne verstauten alle ihre Sachen im Boot und schoben es mit vereinten Kräften durch den Wald an das Seeufer zu einer flachen Stelle, wo die Frauen täglich ihr Wasser schöpften.

Nachdem sie das Boot zu Wasser gebracht hatten, nahm Ntulanalwo den Platz des Steuermanns ein, während die Söhne die Ruder ergriffen. Er wollte erproben, nach welcher Seite man diese am besten eintauchte und wie sich das Boot auf dem Wasser bewegte. Ntulanalwo stand im Heck und überzeugte sich, daß das Schiff wie eine Wasserschlange durch die Wellen glitt. Da taufte er es auf den Namen *Luzwelere*. In der Nähe der Schöpfstelle begann er mit seiner angenehmen Stimme, die er vom Vater geerbt hatte, zu singen. Seine Söhne tauchten im Takt seines Liedes die Ruder ein und furchten kraftvoll das Wasser des Sees. An der Furt versammelte sich derweil eine große Menschenmenge, um das neue Boot zu bewundern. Als sie gewahr wurden, daß ihr Nachbar Ntulanalwo mit seinen Söhnen darin saß, staunten sie nicht schlecht, daß er in der Lage war, ein solch schönes Boot zu bauen, und einer gestand ihm geradewegs: „Kumbe! Ntulanalwo, wir dachten immer, daß du nichts davon verstündest. Loo! In Wirklichkeit bist du ein kundiger und geschickter Bootsbauer! Ganz zu Recht rät uns das Sprichwort unserer Vorväter: ›Ehe du deinen Nächsten geringschätzt, verachte dich besser selbst!‹" Ntulanalwo gab ihm zur Antwort: „Kumbe! Das stimmt! Ihr Akkersleute seid ohnehin ausgesprochen merkwürdige Menschen! Einige von euch zeichnen sich allerdings besonders aus. Sie verdienen die Bezeichnung *lugayira*, – Menschenverächter. Sie haben mir von Anfang an unterstellt, daß das Boot, das ich schnitzen wollte, nicht fähig wäre, Menschen von diesem zum anderen Ufer hinüberzutragen. Sie glaubten, ich würde ein völlig verkehrtes Boot bauen, wo das

Heck vorn und der Bug hinten wäre. Dabei habe ich den Bootsbau von meinem Großvater gelernt, als ich bei ihm erzogen wurde. Heißt es etwa nicht: ›Seine Fertigkeiten werden dem Menschen oft von einem anderen beigebracht?‹ Nun, dieses geflügelte Wort hat mich jedenfalls zu meinem Versuch, ein Boot zu bauen, ermuntert. Ihr kennt doch auch alle das andere Sprichwort: ›Schmecken bedeutet Essen.‹ Wer einmal etwas geschmeckt hat, versucht es immer wieder!" Die mit diesen Worten Zurechtgewiesenen untersuchten das Boot sorgfältig, indem sie es von innen und außen abtasteten. Ntulanalwo erklärte ihnen: „Das Boot ist zum Verkauf bestimmt. Wer es haben möchte, soll es mir abkaufen." – „Was verlangst du dafür?" – „Nicht mehr und nicht weniger als eine Färse, die alt genug ist, von einem Bullen gedeckt zu werden, und eine junge Ziege!" – „Das ist allerdings nicht wenig!"

Die Nachricht verbreitete sich im Lande, und es kamen in der Folge viele Leute zu Ntulanalwo, um das Boot anzusehen und mit ihm über den Preis zu verhandeln. Wenn sie hörten, daß er dafür nicht weniger als eine Färse und eine junge Ziege haben wollte, kehrten sie unverrichteter Dinge nach Hause zurück. Ntulanalwo sagte dazu: „Laßt sie nur ziehen! Wenn man eine Schlafmatte ausbreitet, dann findet sich bestimmt auch jemand, der darauf schlafen wird."

Am Ende wandte sich ein Händler aus Bururi an ihn. Ntulanalwo kehrte gerade vom See heim, wo er von einem *omugonzo*-Fischer einige Fische als Entgelt für die Benutzung seines neuen Bootes entgegen genommen hatte. Nach längerem Feilschen wurde Ntulanalwo mit dem Mann aus Bururi handelseinig. Jener besaß noch eine Viehherde, die sich allerdings an einem anderen Ort auf der Insel Bukerewe befand. Er bat daher Ntulanalwo: „Verkaufe das Boot keinem anderen und stelle die Suche nach weiteren Käufern ein. Ich gehe jetzt nur fort, um mein Tauschgut herbeizuholen. In Kürze wirst du mich wieder hier sehen." Ntulanalwo erwiderte ihm: „Gut, aber binde mich hier nicht fest, daß ich am Ende noch umsonst gearbeitet habe, nur weil du wegbleibst!"

Binnen kurzem fand sich der Bururi-Händler wieder ein. Er brachte noch einen Freund mit, der ihm half, die Kuh und die Ziege zu treiben. Beide Tiere waren wohlgenährt wie Kastraten und bei bester Gesundheit. Die Fremden banden ihre Tiere im Gehöft Ntulanalwos an. Dort gab es jetzt, wo fast alle eigenen Tiere an der Seuche eingegangen waren, Weidefläche im Überfluß.

Nach ihrer Ankunft rief Ntulanalwo in aller Eile einige seiner Nachbarn zusammen, die den Tausch begutachten und bezeugen sollten. Sie zeigten sich von der Güte des Rindes sehr angetan: „Dieses Rind ist ausgezeichnet", stellten sie voll Bewunderung fest. „Außerdem ist es bereits trächtig." Auch die Ziege fand ihr Wohlgefallen. Ntulanalwo überließ ihnen als Entgelt für ihre Mitwirkung beim Tauschhandel ein im Lande der Zinza geschmiedetes Hackenblatt und sagte: „Männer, nehmt dieses als Geschenk dafür, daß ihr mir beim Kauf geholfen habt! Kauft euch Bananenbier davon!" Der Bururi-Händler tat es ihm gleich. Dann übernahm er das Boot mit neun Ruderstangen und einem Schöpfgefäß für das Bilgewasser. Zusammen mit dem Freund überführte er es sofort in das Bururi-Land. Ntulanalwo gab dem Rind den Namen *Luzwelere*, mit dem er zuvor das Boot getauft hatte. Er freute sich wie jemand, der ein wertvolles Geschenk erhalten hat, und verkündete laut: „Heute sind Glück und Heil wieder auf meiner Seite!"

Einige Zeit später begab sich Ntulanalwo mit seinen Söhnen erneut zur Holzarbeit in den Wald. Diesmal machten sie sich daran, einen *omukimbwi*-Baum zu fällen. Sie gruben die Wurzeln frei und hackten sie durch. Dann versuchten sie, den Stamm zu Fall zu bringen. Seine Äste verfingen sich aber in einem benachbarten *amakamira*-Baum, so daß er nicht zu Boden ging. Da der *amakamira*-Baum voll süßer Früchte hing, ernteten sie diese erst einmal ab und stopften sich ihre Bäuche damit voll. Die leeren Schalen warfen sie nach unten. Die Früchte dieses Baumes sind nämlich weich und wohlschmeckend und daher bei den Leuten äußerst beliebt.

Während sie sich alle an den Früchten labten, hörten sie plötzlich ein schreckliches Geräusch: „Tukutukutuku!" Ntulanalwo warnte: „Meine Söhne, seid auf der Hut, sonst kommen wir um! Ein Elefant ist im Begriff, uns anzugreifen. Nehmt schnell eure Waffen auf und laßt uns zusammenstehen wie ein Mann! Sollte einer von euch Angst haben, bekommt er es mit mir zu tun! Ich werde ihn verstoßen und höchstpersönlich in ein Mauseloch jagen. Da kommt der Feind und geht mit aller Macht auf uns los. Habt nur Mut!"

Der Elefant trompetete laut zum Angriff, nahm die Witterung auf und würzte seinen Rüssel mit ihrem Geruch. Dann ließ er nochmals sein furchterregendes Trompeten erschallen. Ntulanalwo blieb standhaft und hielt seinen Speer, den er *mvunjamifupa* – Knochenbrecher – nannte, stoßbereit in der Rechten. Auch seinem Bogen hatte er einen Namen gegeben. Er hieß *mkombawatu* – Menschenbefreier. So gerüstet, war er bereit, mit dem Elefanten auf Leben und Tod zu kämpfen. Den Bogen, fünf Giftpfeile, zwei kurze *amasagwe*-Pfeile sowie zwei *engobe*-Pfeile hielt er mit der Linken umfaßt.

Der Elefant versuchte, an sie heranzukommen und Ntulanalwo mit seinem Rüssel niederzuschmettern. Dieser stieß ihm mit all der Kraft, die ihm Gott gegeben hatte, seinen ‚Knochenbrecher' in den Leib. Als der Stich saß, sprang Ntulanalwo in die Höhe und schrie: „Frage nicht weiter, wer dir den scharfen Stahl in die Rippen gestoßen hat. Ich, der Sohn Bugonokas, habe es getan!" Als der Elefant ihn abermals anzugreifen versuchte, wich er ihm geschickt aus, indem er unter ihm hindurchschlüpfte. Da hörte man auch seinen Sohn Galibondoka ausrufen: „Ich habe dich mit meiner Waffe durchbohrt, ich, Sohn meiner Mutter Netoga!" Kurz darauf rühmte sich ähnlich auch Myombekere, der zweite Sohn Ntulanalwos: „Diesmal traf dich meine Waffe. Ich bin der Sohn Mbonabibis!" Schließlich ließ sich auch noch der dritte Sohn Galibika vernehmen: „Ich habe dich mit meinem scharfen Stahl durchbohrt, ich, das Kind meiner Mutter Netoga!" Während Ntulanalwo zwischen den Beinen des Elefanten hindurchlief, nutzte er die Gelegenheit, ihn mit einem Giftpfeil ins Bein und zwischen die Rippen zu stechen. Es tobte ein heftiger Kampf zwischen Tier und Menschen. Der Elefant versuchte immer wieder, die Wagemutigen, die sich zwischen seinen Beinen bewegten, um ihn am Bauch zu verletzen, mit seinem Rüssel niederzuschlagen. Am Ende blutete er am ganzen Körper, und das Gift begann seine Wirkung zu entfalten. Er taumelte hin und her. Dann brach er zusammen: *ligitii! pukuuu!!*

Als der Elefant tot war, schickte Ntulanalwo seine Söhne Galibondoka und Myombekere zu einigen Elefantenjägern, die er kannte:

„Geht und ruft Kurundugara, Kamese und Matebya herbei. Sie mögen sich um den toten Elefanten kümmern. Allein habe ich Angst, ich könnte das dem König gebührende Elfenbein beschädigen. Auf dem Weg dahin geht zu Hause vorbei und verkündet allen dort, daß wir einen Elefanten getötet haben."

Die Söhne begaben sich eiligst zu den Elefantenjägern. Dabei verbreiteten sie die Nachricht von der Heldentat vor allem im Gehöft Ntulanalwos. Ihre Mütter begriffen zunächst überhaupt nicht, worum es ging, und gaben daher völlig unsinnige Antworten von sich, als ob sie taub wären. Eine sagte zum Beispiel: „Unser Ehegemahl sollte überhaupt alle wilden Tiere dieser Welt erlegen!" Sie verhielten sich ganz so wie jene taube Frau in der Geschichte, die, als man ihr die Nachricht überbrachte, ein entfernter Verwandter aus ihrer Sippe sei friedlich im Bett gestorben, ausrief: „Oh je, mein Mann ist auf der Jagd von einem Nashorn getötet worden!"

Schließlich vergewisserten sie sich aber doch: „Kinder, behauptet ihr, wirklich einen Elefanten getötet zu haben? Und ist er auch ganz und gar tot?" Die Söhne bestätigten ihnen: „Ja, wir haben in der Tat einen richtigen Elefanten erlegt. Er ist groß und fett. Sein Kadaver bildet einen Hügel, der höher reicht als ein Haus." Da endlich verstanden Netoga und Mbonabibi die Tragweite der Botschaft und brachen in ausgelassene Freude aus. Sie nahmen ihre noch kleinen Kinder auf und banden sie sich auf den Rücken, um mit ihnen sogleich in den Wald zu eilen und ihren Mann zu beglückwünschen. Eigentlich aber barsten sie fast vor Neugierde, weil sie noch nie einen leibhaftigen Elefanten gesehen hatten, weder tot noch lebendig. Allenfalls waren sie schon mal auf seine Spuren oder seine Losung gestoßen, als sie im Wald Gras zum Dachdecken schnitten.

Galibondoka und Myombekere betrachteten überrascht ihre Mütter, wie sie auf einmal mit ihren Kleinkindern auf dem Rücken vor ihnen standen. Dann rieten sie ihnen jedoch davon ab, sofort mit in den Wald zu kommen: „Kommt morgen! Heute ist der Tag schon zu weit fortgeschritten. Mit den Kindern auf dem Rücken wird euch nicht genügend Zeit verbleiben, um vor Einbruch der Dunkelheit wieder zu Hause zu sein." Damit erhoben sich die beiden Söhne und begaben sich eiligst weiter zu den Elefantenjägern.

Ihnen erzählten sie, wie ihr Vater den Elefanten mit ihnen gemeinsam zur Strecke gebracht hatte. Erst sah es so aus, als ob ihnen die Elefantenjäger keinen rechten Glauben schenken wollten, dann ließen sie sich aber doch überzeugen und holten ihre *epibumpuli-*Trommeln hervor. Mit ihren scharfen Schwertern bewaffnet, zogen sie in Begleitung einer großen Menschenmenge unter Trommelklängen in den Wald.

Sie fanden Ntulanalwo und seine Söhne nicht unmittelbar bei dem toten Elefanten, sondern etwas entfernt davon. Wie sagt man doch gleich bei den Kerewe? ›Wer einem wilden Tier auszuweichen versteht, vermag es auch zu töten.‹ Außerdem heißt es, daß jemand, der sich vor einer drohenden Gefahr zu schützen weiß, einem anderen, der sich mit dem Ruf ›Verletze mich nur, ich werde schon geheilt werden!‹ in die Gefahr stürzt, überlegen ist.

Die Elefantenjäger umkreisten nach ihrer Ankunft zunächst den Ort mit dem toten Elefanten und behandelten ihn mit einem besonderen Kraut, um jedwede Luftbewegung zum Stillstand zu bringen. Sie wollten dadurch verhindern, daß die anderen Elefanten Witterung von ihrem toten Gefährten bekämen und die Menschen in der Nähe des Kadavers unverhofft angriffen. Stattdessen sollten sie ungestört in ihren Weidegründen mitten im Rubya-Wald bleiben. Die Elefanten haben nämlich eine merkwürdige Gewohnheit. Wenn einer ihrer Gefährten gestorben ist, eilen sie herbei, nehmen seinen Kadaver wie Wasserträger auf und schleppen ihn an eine andere, ihnen geeignet erscheinende Stelle. Dort häufen sie Äste und ganze Bäume mit ihrem Wurzelwerk über dem Kadaver auf und bedecken ihn vollständig. Danach kehren sie eilig wieder zu ihren Weidegründen im Rubya-Wald zurück. Um dies zu verhindern, wandten die Elefantenjäger ihren Abwehrzauber an.

Als der nächste Morgen dämmerte, prüfte der Anführer der Elefantenjäger namens Kurundugara den Körper des toten Elefanten sorgfältig von allen Seiten. Dann sagte er zu Ntulanalwo: „Du hast wahrlich den größten Elefanten getötet, der mir je in unserem Rubya-Wald begegnet ist. Es handelt sich offenbar um ein Tier, das in der Kerewe-Sprache *nkaranga y'enzozu* – Riesen-Elefant – genannt wird. Über ihn sagt ein Sprichwort: ›Das rote Beinchen jenes Vogels, der Rohrsänger heißt, unterscheidet sich nun mal vom Bein eines Riesen-Elefanten.‹ Was besagen will, daß es einem armen Schlucker nicht geziemt, sich mit seinem König zu messen. Es wäre ein völlig nutzloses Unterfangen.

Nach einer Weile trafen die Frauen Ntulanalwos mit ihren kleinen Kindern auf dem Rücken sowie einige andere Leute am Ort ein. Der tote Elefant lag da mit seinen mächtigen Stoßzähnen, welche die Jäger noch nicht entfernt hatten. Die Zuschauer waren von dem Anblick überwältigt. Da die Frauen aber Kinder bei sich hatten, die noch mit Muttermilch gestillt und auf dem Rücken getragen wurden, hinderten sie die Jäger daran, sich dem Kadaver ohne jeden Schutz zu nähern: „Reißt zunächst Blätter und Gras ab und werft es auf den Elefanten, dann könnt ihr ihn ausgiebig betrachten. Wegen euch erwachsenen Müttern haben wir keine Angst, aber eure Kinder könnten vom Anblick des Kadavers die todbringende *enkirabuzi*-Krankheit bekommen."

Damals glaubten die Menschen im Kereweland, daß man vom Anblick eines Tierkadavers erkranken könnte. Wenn man unterwegs zufällig auf ein totes Tier traf, gleichgültig, ob es von selbst gestorben oder getötet worden war, ob es sich um den Kadaver eines Hundes, einer Eidechse oder einer Schlange handelte, mußte man Blätter oder Gras darauf werfen, um sich vor Nachteilen für den eigenen Körper zu schützen. Kleine Kinder, die von ihren Mütter noch gestillt und auf dem Rücken getragen wurden, galten als besonders gefährdet. Man glaubte, sie würden beim Anblick eines Tierkadavers von der *enkirabuzi*-Krankheit befallen.

Die Frauen Ntulanalwos schenkten den Warnungen der Jäger allerdings überhaupt keine Beachtung. Und warum sollten die Jäger sie noch eindringlicher warnen? Loo, sie kannten die Frauen doch gar nicht!

Nachdem Netoga und Mbonabibi den toten Elefanten genau betrachtet hatten, fingen sie an zu lachen und ihre Freudentriller erschallen zu lassen. Sie beglückwünschten ihren Mann und ihre Söhne mit überschwenglichen Worten: *„Poleni, poleni, poleni mabwana, eee!* – Unsere große Anteilnahme wegen der überstandenen Gefahren!" Diejenigen unter den Zuschauern, die Ntulanalwo und seine Söhne nicht kannten, machten sich gegenseitig auf die Helden aufmerksam: „Kumbe, das ist also Ntulanalwo, der den gewaltigen Elefanten erlegt hat! Wahrhaft ein äußerst unerschrockener Mann! Auch seine Söhne sind echte Helden, die sich vor nichts fürchten! Sie müssen starke Männer sein. Hätten sie auch nur ein bißchen Angst gehabt, wäre es ihnen nicht gelungen, diesen Elefanten zu töten, ohne selbst Schaden zu nehmen.!"

Die Elefantenjäger fingen alsbald an, die Stoßzähne des Elefanten aus seinem Schädel herauszulösen. Als sie das geschafft hatten, verstopften sie die Löcher nach altem Jagdbrauch mit trockenem Laub. Dann banden sie die sehr schweren Stoßzähne an Tragestangen fest. Für jeden Zahn benötigten sie vier solcher Hölzer und insgesamt sechzehn Träger. Anschließend verteilten sie die eßbaren Fleischstücke des Elefanten untereinander. Das Fleisch wurde entweder auf dem Kopf oder zur Entlastung auch auf der Schulter getragen. Das meiste Elefantenfleisch wird von den Jägern verschmäht. Jene Kerewe-Leute, die keine Elefantenjäger sind, wissen nicht einmal, daß man überhaupt gewisse Teile eines Elefanten essen kann.

Nachdem die Lasten verteilt waren, machten sich alle zum Sitz des Königs auf den Weg, um ihm die beiden Elefantenzähne zu überreichen. Den Kadaver ließen sie wie einen großen Abfallhaufen im Wald liegen zur Freude der Hyänen. Sie stellten sich vor, daß in die von den Hyänen abgenagten Knochen hernach die Aaswürmer und schwarzen Ameisen kriechen und den Rest auch noch vertilgen würden.

Die Jäger machten sich also auf den Weg zum Königshof, wobei Kurundugara, ihr Anführer, zu den laut dröhnenden Klängen der *ebipumpuli*-Trommel das Lied der Elefantenjäger sang. Auch die Frauen wollten nicht zurückstehen und stimmten ihre gellenden Freudentriller an: „Keyekeye!" Ntulanalwo und seine Söhne gingen mitten in dem sich bildenden Zug gleich hinter den Elefantenjägern.

Im Palast wurden sie von den tiefen, gewaltigen Klängen der königlichen *emirango*-Trommeln empfangen. Sie riefen die Anwohner herbei, damit sie die schönen Spiele der Elefantenjäger mit eigenen Augen anschauen könnten. In der Tat, als Kurundugara mit seiner angenehm weichen Stimme das Jägerlied sang, wurde allen Zuhörern warm ums Herz.

Dies nahm eine Weile in Anspruch. Als der König bemerkte, daß es Zeit für sein tägliches Bad war, befahl er den *emirango*-Trommeln zu schweigen. Die Elefantenjäger und Ntulanalwo mit seiner Familie verließen darauf den Königshof und wurden vom Aufseher der Diener in dessen Gehöft willkommen geheißen. Der König hatte ihnen bereits einen fetten Ochsen als Geschenk dorthin vorausbringen lassen.

Am frühen Nachmittag traf ein Diener mit der Botschaft ein: „Der König hat mich beauftragt, euch mitzuteilen, ihr sollt euch sofort erheben und in den königlichen Hof zurückkehren, um dort weiter die Lieder und Tänze der Elefantenjäger vorzuführen. Solange es hell ist, wünscht der König euren Spielen zuzuschauen."

Schnell nahmen sie die Elefantenzähne wieder auf die Schultern. Kurundugara schminkte sich Gesicht und Körper mit Ruß, roter Erde und weißem Kalk. Er veränderte dadurch sein Aussehen so, daß er jetzt mehr einem wilden Tier oder einem furchterregenden Unhold glich. Besonders die Frauen und Kinder ängstigten sich vor ihm, als ob er ein Totengeist wäre. Die Trommeln des Königspalastes wurden schon wieder mächtig geschlagen, um die Leute aus der Umgegend zusammenzurufen.

Als Kurundugara bemerkte, daß der König ihnen noch nicht zusah, begann er zunächst mit verhaltener Stimme zu singen:

Wir befinden uns hier im ehrwürdigsten Wohnsitz.
Wir befinden uns beim Regenmacher,
am Ort aller Milde und zugleich aller Strenge.
Wir befinden uns am Sitz des Rechtens und Urteilens,
wo unendlich viele Rechtsworte gewechselt werden.
Wir befinden uns am Ort größter Freigebigkeit.
Wir befinden uns beim Vollkommensten an Gestalt,
der vom Haya-Land bis zum Land der Ziba lebt.
Wir befinden uns nicht unter Geizhälsen von der Art
der *nkonangumba*- oder *namuku*-Vögel,
die ihren Kinder nichts gönnen.
Heute, meine Mitmenschen, sind wir am Hof eines Mannes,
der großzügig Geschenke verteilt.

An dieser Stelle wurde er von den Jubelrufen und den Freudentrillern der Menschenmenge unterbrochen: Hooo! Keyekeye! Keyekeyekeye! Kurundugara bat sie, wieder Ruhe zu geben: „Kumbe, wartet doch noch, bis ich dem König die Stoßzähne überreicht habe!" Dann nahm er seinen Gesang wieder auf, um alle Inseln der Nachbarschaft zu preisen:

Wer speist auf der Insel Nafuba?
Wer speist auf der Insel Gwanengo?
Wer speist auf der Insel Gemitaro?
Wer speist auf der Insel Sozihe?
Wer speist auf der Insel Busyengere?
Wer speist auf der Insel Irugwa?
Wer speist auf der Insel Lyamonde?
Wer speist auf der Insel Lyamagunga?
Wer speist auf der Insel Kamasi?
Wer speist auf der Insel Kalwenge?
Wer speist auf der Insel Mafunke?

Ich frage euch: Wer wird dort speisen?
Es sind die Würmer in der Erde,
wenn ein Mensch darin liegt.

Und wieder ging sein Gesang im Jubelruf der Menge unter: Hooo, während die Freudentriller die Ohren betäubten: Keyekeyekeye! Erst nach geraumer Weile konnte er seinem Preisgesang fortsetzen:

Nichts duftet köstlicher als die Speisen im Palast!
Die Speisen der Regenmacher verbreiten köstlichen Duft!

Beim alten König Kankombya verbreiteten sie köstlichen Duft!
Beim alten König Katobaha I. verbreiteten sie köstlichen Duft!
Beim König Kahana verbreiteten sie köstlichen Duft!
Beim König Mihigo verbreiteten sie köstlichen Duft!
Bei den Königstöchtern Kogire und Nansato verbreiteten sie köstlichen Duft!

Bei den Königstöchtern Namugonzibwa und Bilekero verbreiteten sie köstlichen Duft!

Bei den Königstöchtern Mutaye und Bwizura verbreiteten sie köstlichen Duft!

Dort, wo sie dir eine zerrissene Rinderhaut vorlegen und du sagst, es sei die *ekikoba*-Beikost.

Dort, wo sie dir einen Knochen vorlegen und du sagst, es sei der *ensyomoro*-Nachtisch.

Meine Mitmenschen, hier schließe ich. Das Bein des Gemeinen duftet halt nur nach Staub und Asche!

Bei der *ekikoba*-Beikost handelt es sich um eine Speise, die aus Rinderhaut mit Butter und erlesenen Gewürzen zubereitet wird. Unter *ensyomoro*-Nachtisch versteht man jenen weißen Stoff, der in Spänen von der Unterseite der Bananenblätter abfällt.

Als Kurundugara geendet hatte, riefen die Leute wie aus einem Munde: Hooo! Und in diesem Augenblick erschien der König vor dem versammelten Volk.

Die Gäste begrüßten ihn ehrerbietig und überreichten ihm die Stoßzähne des Elefanten, den Ntulanalwo getötet hatte. Der König befragte ihn darauf, wie es zu dem Überfall des Elefanten gekommen war und wie Ntulanalwo es fertiggebracht hatte, das mächtige Tier zu töten. Auch wollte der König wissen, warum sich Ntulanalwo mit seinen Söhnen im Wald aufgehalten hatte. Der Befragte erzählte ihm ausführlich von all seinen Erlebnissen. Über die beiden Stoßzähne war der König besonders erfreut. Während seine Diener sie in das große *naluzwi*-Haus, das königliche Schlafhaus, trugen, dankte der König Ntulanalwo immer wieder für die reiche Gabe: „Kumbe! Du Abkömmling Myombekeres bist ein wirklicher Held. Auch deine Söhne sind echte Helden. Du kannst dich ganz und gar auf sie verlassen!"

Dann ließ er Ntulanalwo die königlichen Gegengeschenke überreichen: drei Färsen, von denen eine bereits hoch trächtig war, und einen Ochsen, zum alsbaldigen Schlachten für seine Leute im Gehöft bestimmt. Ntulanalwo erhob sich, ging zum Sitz des Königs und kniete dort nieder. Er umfaßte die Füße des Königs und sprach: „Erfolg sei dir, Abkömmling eines Königs, stets beschieden! Gott schenke dir Gesundheit und langes Leben, du, der du die Menschen aus ihren abgetragenen Fellen wickelst und sie mit neuen Umhängen aus Rindsleder versiehst!"

Nun kamen die Söhne Galibondoka und Myombekere, die nach ihrem Vater dem Elefanten tiefe Wunden beigebracht hatten, an die Reihe, beschenkt zu werden. Jeder von ihnen erhielt eine junge Ziege und ein Hackenblatt aus Buzinza. Auch der dritte Sohn Galibika konnte sich über das Geschenk einer jungen Ziege freuen. Den drei Elefantenjägern Kurundugara, Kamese und Matebya ließ der König gemeinsam einen fetten Bullen überreichen.

Nachdem sie ihre Geschenke in Empfang genommen hatten, nahmen sie Abschied vom König und zogen unter freudigem Lärmen zum Gehöft Ntulanalwos zurück. Dort schlachteten die Elefantenjäger zunächst den Ochsen, den Ntulanalwo geschenkt erhalten hatte. Dann war der fette Bulle an der Reihe. Er wurde geschlachtet und abgehäutet. Die Gäste verweilten noch lange auf dem Hof und sprachen bewundernd darüber, in welch kurzer Zeit Ntulanalwo seine Herde aufgestockt hatte. Er besaß nun schon wieder sechs Rinder und vier Ziegen.

Als die Festtage zur Feier der Helden vorüber waren, zog Ntulanalwo mit seinen Söhnen wieder in den Wald, um das dort angefangene Boot aus *omukimbwi*-Holz fertigzustellen. Sie fanden es so vor, wie sie es im Augenblick des Elefantenüberfalls verlassen hatten, und gingen sogleich an die Arbeit.

Irgendwann suchten sie die Stelle auf, wo sie den Elefanten getötet hatten. Zu ihrer großen Verwunderung war der Kadaver verschwunden! Stattdessen entdeckten sie im Boden die Fußspuren vieler Elefanten. „Wahrscheinlich sind seine Gefährten gekommen", meinte Ntulanalwo, „und haben ihn davongetragen, um ihn an einer anderen Stelle zu begraben. Seht ihr nicht, wie sie hier alles niedergetrampelt haben? Meine Söhne, schaut nur! Dort ist der Weg, den sie sich bahnten. Wenn ihr wirklich furchtlose Männer seid, kommt mit mir und laßt uns nachsehen, wohin sie den Toten geschleppt haben!" Seine Söhne waren mit dem Vorschlag sofort einverstanden, ergriffen ihre Waffen und folgten der breiten Spur im Wald, die die Elefanten beim Wegtragen des Kadavers hinterlassen hatten.

Schließlich erreichten sie den Ort. Über dem Kadaver fanden sie dicke Äste und Bäume aufgehäuft, zum Teil mit Wurzeln. Während sie noch den Berg bewunderten, den die Gefährten des Elefanten aus Mitleid mit seinem Kadaver über ihm aufgeschüttet hatten, hörten sie aus dessen Innerem plötzlich ein gewaltiges Brummen. „Woher mag dieses Donnergrollen wohl kommen?" fragten sie einander. „Laßt uns einen dicken Knüppel oder Erdklumpen zwischen die Zweige werfen, damit wir sehen, wer daraus hervorkriecht. Vielleicht ist es ein wildes Tier, das wir erlegen müssen, oder ein Mensch, der uns zum Narren halten will." Ntulanalwo riet seinen Söhnen: „Also wenn ihr das tun wollt, dann seid mutig und standhaft, ohne zurückzuweichen. Es könnte sich ja auch um miteinander streitende Leoparden handeln." Die Männer waren sich einig, furchtlos und wie ein Mann mit jedwedem Tier zu kämpfen, das sich ihnen zeigen würde. Sie hoben Holzscheite und Erdklumpen auf und schleuderten diese wahllos auf den Grabhügel aus Ästen und Bäumen.

Ehee! Auf einmal hörten sie ein wütendes Fauchen, und es erschienen zwei große Hyänen von der Art, die auf Kerewe *entana* genannt wird. Zwischen ihren Beinen liefen viele kleine Hyänen umher. Einige trugen Brocken von Elefantenfleisch in ihren Fängen. Andere fletschten die Zähne, als wollten sie die Männer in die Beine beißen. Diesen blieben beim Anblick der Tiere, die sie da aufgescheucht hatten, die Worte im Halse stecken. Wortlos schlugen sie auf die Hyänen ein. Am Ende hatten sie zwölf von ihnen erlegt. Ntulanalwo trug seinen Söhnen auf: „Zieht ihnen die Felle über der Nase ab, denn daraus läßt sich ein Schutzzauber, der sogenannte *kago-la-fisi*, herstellen. Wer einen Talisman aus dem Nasenfell einer Hyäne trägt, wird niemals von Hyänen angegriffen. Dieses Schutzmittel hilft auch, Hexer zu entdecken, wenn sie des Nachts in die Gehöfte eindringen, um deren Bewohner im Schlaf umzubringen. Die sogenannten *abahike*-Kundigen, die sich auf die Entdeckung von Hexenwerk verstehen, sind für solche Talismane sehr dankbar."

Die Söhne taten, wie ihnen ihr Vater geheißen hatte, und kehrten dann zum Bootsbau zurück. Sie schnitzten aus dem *omukimbwi*-Holz ein Boot aus einem Stück, das in der Kerewe-Sprache *izumba* genannt wird.

Während sie noch im Wald arbeiteten, entstand unter den Söhnen ein Streit darüber, welche Preisnamen die Kerewe-Frauen für ihre Abstammungslinien benutzen. Da sie sich nicht einigen konnten, befragten sie schließlich ihren Vater. Dieser gab ihnen zur Antwort: „Kumbe! Über solch eine Sache geratet ihr in Streit? Ich dachte schon, es wäre etwas Ernsthaftes. Deswegen habe ich für alle Fälle schon mal diesen Stock hier zurechtgeschnitten. Also, ich werde euch ganz genau erklären, welche Linien berühmt sind und welche weniger berühmt. Wenn die Frauen unter sich sind und schwatzen, können wir manchmal beobachten, wie einer von ihnen plötzlich etwas aus der Hand gleitet und auf den Boden fällt. Oder eine Frau wird von ihrem Kind auf dem Rücken naßgepinkelt. Bei einer anderen Gelegenheit schickt eine Frau eins ihrer Kinder mit einem Auftrag fort, aber das Kind ist säumig oder dickköpfig und weigert sich, den Auftrag auszuführen. Wenn einer Kerewe-Frau derlei Mißgeschicke widerfahren, pflegt sie sich mit der flachen Hand auf die Schenkel zu schlagen und mit schriller Stimme den Preisnamen ihrer Sippe auszusprechen, um sich in diesem Augenblick ihrer Herkunft zu erinnern. Oft soll damit auch der höhere Rang ihrer eigenen Sippe gegenüber der Sippe ihres Ehemanns ausgedrückt werden. Meist wollen die Frauen allerdings nur mit dem Reichtum ihrer Sippe oder ihrer Ahnen prahlen." – „Vater, sag uns doch ein paar Preisnamen", bedrängten ihn seine Söhne. „Dann können wir es erst richtig begreifen." Ntulanalwo erwiderte: „Ich kann euch gerne einige Namen nennen. Also folgende Preisnamen fallen mir gerade ein:

Die Abasirangakazi rühmen sich: *Tat'Omuhaya! Tata wa Goziba!* – Der Ahne ging von Buhaya aus und kam an Goziba vorbei.

Die Abayangokazi rühmen sich: *Tata wa Bwera! A aye mwema!* – Der Ahne stammt aus Bwera! Er ist unser Gründer.

Die Abahindikazi rühmen sich: *Tata wa Mwanza!* – Der Ahne kam aus Mwanza!

Es gibt noch sehr viel mehr Preisnamen. Ich kann sie hier leider nicht alle nennen. Wer die Preisnamen kennt, kann mit ihrer Hilfe leicht die Abstammung, beziehungsweise die Sippe einer Frau bestimmen. Auch wenn man eine Frau nicht geradeheraus nach ihrer Sippe fragen möchte, kann man sie bitten, ihren Preisnamen zu nennen, um daraus abzuleiten, zu welcher Sippe sie gehört. Nun wißt ihr, was es mit den Preisnamen der Frauen auf sich hat. Ist euer Streit damit beigelegt?" Die Söhne versicherten ihm einmütig: „Vater, wir sind dir sehr dankbar. Du hast uns umfassend darüber aufgeklärt."

Friedlich bearbeiteten sie ihr Boot weiter, bis sie es zu Wasser lassen konnten. Dort nannten sie es einfach *izumba* – Einbaum. Nachdem sie damit auf dem See eine Probefahrt unternommen hatten, trugen sie es in ihr Gehöft.

KAPITEL 20

Die letzten Lebensjahre Ntulanalwos

In Ntulanalwos Gehöft gab es bald mehr Rinder als je zuvor, und jedes Jahr wurden weitere Rinder hinzugeboren, so daß die Bewohner ihr Gemüse wieder ausgiebig mit Butterfett würzen und ihre Kartoffeln mit einem Schluck Kuhmilch hinunterspülen konnten. Die Gefahr, daß ihnen die Kartoffeln im Halse steckenblieben, war hinfort gebannt.

Als die Folgen der Rinderpest endgültig überwunden waren, beschloß Ntulanalwo, die Ernährungsgrundlage für seine Leute von nun an zu erweitern, und regelmäßig auf Fischfang zu gehen. Er sagte sich, daß er ja schließlich Besitzer eines eigenen Bootes wäre und darum in Zukunft auch keinen mehr bitten müßte, ihm eins auszuleihen. Damit folgte er der Erkenntnis jener einsichtigen Frau, die der Überlieferung nach während einer schweren Hungersnot öffentlich eingestanden haben soll: „Da ich mich niemals um Fische aus dem See gekümmert habe, bin ich nun ganz darauf angewiesen, Kuhmilch als Zuspeise für meine Kartoffeln zu bekommen."

Ntulanalwo gebot seinen Söhnen, ihm zu helfen, im Sumpfgelände am See Riet zu schneiden. Daraus verfertigte er eine olubigo-Reuse. Gleich bei ihrem ersten Einsatz fing er darin 12 *ensato*-Fische. Da es sich um sogenannte Erstlingsfische handelte, wurden sie der Sitte gemäß alle zusammen in einem Topf ohne Salz gekocht und vom Gehöftherrn allein gegessen. Beim nächsten Mal fing er einen fetten *kambare-mamba*-Fisch und in der Folge 20 *ensato*-Fische. Mit jedem Fischzug wurde die Ausbeute ergiebiger. Zunächst fing er dreißig oder vierzig Fische. Als aber die Regenzeit begann, fand er jeden Tag ungefähr 700 bis 800 *ensato*-Fische in der Reuse. Einmal waren es sogar tausend. Hinzu kamen noch mehrere *kambare-matope*-Fische, die bei starkem Regen in die oberen Wasserschichten aufsteigen, sowie einige *kambare-mamba*-, *ningu*- und *engere*-Fische.

Nachdem Ntulanalwo die Versorgung seines Gehöfts auf diese Weise sichergestellt hatte, wagte er sich sogar an das Fischen mit einer großen *amahongora*-Reuse. Geschickt fertigte er sie an, verlud sie in sein Boot und fuhr hinaus auf den See, wo er sie im tiefen Wasser versenkte. Von nun an wurde er zum fachkundigen Fischer sowohl für die kleineren *olubigo*-, als auch für die großen *amahongora*-Reusen.

Eines Tages ruderte er mal wieder von Reuse zu Reuse, um nachzusehen, ob sich etwas darin gefangen hatte. Jedesmal, wenn er anhielt, setzte er sich quer ins Boot, so daß beide Beine nach einer Seite über den Bordrand ins Wasser hingen. Als er gerade einen *ekisanzo*-Fisch mit einem Schöpfgefäß aus der Reuse ins Boot hieven wollte, wurde durch das Blinken des Gefäßes ein *emambagwe*-Raubfisch angelockt, der ihn plötzlich in den Fuß biß. Ntulanalwo erschrak heftig, als er den stechenden Schmerz fühlte, kakacha! In seiner Angst brüllte er: „Loo, ich bin von einem Fisch gebissen worden. Zu Hilfe!" Sein Sohn, der sich am Seeufer aufhielt, um dem Vater beim Anlanden der Fische zu helfen, sprang sofort ins flache Wasser, um seinem Vater beizustehen. In der Hand hielt er kampfbereit einen Fischspeer. Schon von weitem rief er: „Was für ein Fisch hat dich denn gebissen, Vater?" – „Es scheint ein *kambare*-Fisch zu sein, mein Sohn. Er hat sich in der Sohle meines linken Fußes verbissen." – „Halte den Fuß ganz still! Ich werde den Fisch speeren!" – „Nein, bloß nicht", erwiderte der Vater. „Du könntest den Fisch verfehlen und stattdessen meinen Fuß treffen. Ich werde versuchen, mit dem Fisch an Land zu kommen. Wenn sich ein *kambare*-Fisch in einen Menschen verbissen hat, kann man ihn nur auf dem Trocknen lösen."

Als Ntulanalwo an Land kam, hing der Fisch tatsächlich immer noch an seinem Fuß. Glücklicherweise hielten sich dort Leute auf, die sich mit dem roten *kambare*-Fisch gut auskannten. Sie töteten ihn und schnitten ihn am Bein Ntulanalwos in Stücke. Zum Schluß konnten sie endlich auch den Fischkopf vom Fuß ablösen. Doch blieb eine ziemlich große Wunde zurück, die heftig blutete. Ntulanalwo schickte darum seinen Sohn nach Hause und trug ihm auf, eilends mit einem Streifen Bananenbast zurückzukommen, um damit den Fuß fest zu umwickeln und das Blut zu stillen.

Nachdem er die Wunde notdürftig versorgt hatte, humpelte er ins Gehöft zurück. Dort wurde er von seinen Frauen und den übrigen Kindern empfangen. Sie nahmen ihm seine Lasten ab und brachten ihm einen Stuhl, auf dem er sich niederließ. Seine Söhne untersuchten seinen Fuß und fanden, daß er in der Tat eine schlimme Bißwunde davongetragen hatte.

An diesem Tage redete Bwana Ntulanalwo jenen Söhnen, die sich vor dem Fischen auf dem See gedrückt hatten, ernsthaft ins Gewissen. Und er verkündete ihnen: „Heute werdet ihr keinen Fisch zu essen bekommen, weil ihr euch geweigert habt, mir bei der Arbeit mit den Reusen zu helfen. Ich bin nicht euer Sklave, der euch die Fische ins Haus trägt, damit ihr sie bloß noch zu verspeisen braucht. Ihr habt ja keine Ahnung, wie schwierig das Fischefangen ist!" Von diesem Zwischenfall an änderten die Söhne ihre Haltung und beteiligten sich hinfort eifrig am Fischfang. Sie sahen regelmäßig in den Reusen ihres Vaters nach und lieferten gehorsam alle darin gefangenen Fische im Gehöft ab.

Als Ntulanalwos Bißwunde geheilt war, nahm er seine gewohnte Tätigkeit bei den Reusen wieder auf. Gleich beim ersten Mal fing er einen besonders großen und fetten *ensonzi*-Fisch. Er und seine Söhne brachten ihn ins Gehöft und schnitten ihn in Stücke, um den Tran auszukochen. Er war so ergiebig, daß sich am Ende ein ganzer Topf randvoll damit füllte.

Wenn man zuviel vom *ensonzi*-Fisch ißt, verbringt man anschließend eine unruhige Nacht mit heftigem Durchfall. Außerdem verbreitet sich im ganzen Gehöft ein durchdringender Fischgeruch, den jeder wahrnimmt, der sich dem Hof nähert. Ja, sogar die *ensonzi*-Esser selbst haben ständig diesen Geruch in der Nase. Daher kommt es, daß viele nach einer solchen Erfahrung sich schwören, bis zu ihrem Tode nie wieder *ensonzi*-Fisch zu essen.

Aufgrund seiner reichen Ausbeute beim Fischefangen konnte sich Ntulanalwo insgesamt fünf Rinder und zwei Stiere kaufen. Dabei ging er so vor, daß er die Fische zunächst gegen Kolbenhirse eintauschte. Wenn er genügend Hirse beisammen hatte, erwarb er dafür Rinder und Ziegen. Am Ende war seine Herde größer als jene, die er von seinem Vater geerbt hatte. Die Armut war damit von seinem

Gehöft verbannt, und man lebte in gesichertem, sich ständig mehrenden Wohlstand, so daß die Leute sein Gehöft als Ausdruck der Achtung und Anerkennung die ‚Wohnstätte eines gewissen Herrn' nannten.

Auch als Ntulanalwo allmählich graue und schließlich weiße Haare bekam, führte er sein arbeitsreiches Leben unverändert fort. Dreimal wurde er in jenen Jahren bei seinen Reusen von einem Krokodil angegriffen, konnte aber stets entkommen. Viermal rissen ihn die schweren *amahongora*-Reusen aus dem Boot ins Wasser. Einmal berichtete er seinen Kindern bei der Heimkehr: „Heute nacht wurde ich wieder aus dem Boot geworfen und mußte bis zum Morgen schwimmend im Wasser zubringen. Ich hatte nur meine Ruderstange, um mich daran festzuhalten. Die Fische sind alle ins Wasser gefallen, als das Boot umschlug. Am Morgen konnte ich endlich den Strand erreichen. Da wurde auch das umgekippte Boot gerade angespült."

Er war stets ein fürsorglicher Vater. Wenn seine Kinder erkrankten, ließ er sogleich das Orakel nach den Ursachen befragen. Auf diese Weise erhielten die Erkrankten stets die richtigen Heilmittel, so daß sie bald wieder gesund wurden. Als eines seiner Kinder starb, bestattete er es ganz nach der Sitte unseres Landes und sorgte dafür, daß die Trauerzeit im Gehöft eingehalten wurde.

Als Ntulanalwo noch älter wurde, verlor er die Kraft, mit seinen Frauen zu schlafen. Seitdem hatte er sein eigenes Bett in einer besonderen Hütte gemeinsam mit seinen Enkeln. Irgendwann konnte er nur noch Hirsebrei essen und *ekirangi*-Tabak schnupfen. Seine Glieder waren alterssteif geworden. Manchmal hörte man ihn vor Schmerzen weinen und laut klagen: „Oh weh, Rücken, Kopf und Gelenke schmerzen mich so! Auch meine Zähne und Ohren schmerzen mich!" Sein Augenlicht ließ mit den Jahren immer mehr nach. Am Ende wurde er von einer schweren Krankheit dahingerafft.

Zunächst bekam er hohes Fieber. Seine Söhne Galibondoka, Myombekere und Galibika suchten nach einem Heilkundigen, von dem sie eine wirksame Medizin für ihren Vater zu bekommen hofften. Sie suchten sogar mehrfach mit einer Kalebasse voll Hirsemehl, in die sie ihren Vater hatten spucken lassen, einen Wahrsager auf, um aus dem Speichel ergründen zu lassen, welcher Hexer ihm nach dem Leben trachtete. Einer der Wahrsager erteilte ihnen unverhüllt die Auskunft: „Der Kranke bei euch wird nie wieder gesund, sondern unaufhaltsam dahinsiechen, denn die Hexer neiden ihm seine große Viehherde und seinen Überfluß an Nahrung. Es kommt alles nur vom Neid der Hexer, die nichts vom Fischfang verstehen. Sie werden ständig von ihren Frauen gefragt, was für Männer sie eigentlich sind, daß sie keine Boote handhaben und keine Fische auf dem See fangen können. Dabei müssen sie sich dann den Erkrankten als Beispiel vorhalten lassen. Das hat ihren Neid geweckt, so daß sie ihm nun den Tod wünschen." Die Söhne gaben sich mit diesem Spruch jedoch nicht zufrieden, sondern befragten noch andere Wahrsager.

Während sie deswegen den ganzen Tag über unterwegs waren, starb ihr Vater. Es war um die Mittagsstunde, und nur seine Frauen und Enkel waren bei ihm. Die Nachbarn versammelten sich vollzählig im Gehöft und warteten dort auf die Söhne, um die Totenklage anstimmen zu können. Als die Sonne jedoch unterging, ohne daß sie heimgekehrt waren, gingen die Nachbarn auf ihre Gehöfte zurück.

Erst spät am Abend, als die Frauen schon das Essen zubereiteten, trafen die Söhne ein und erfuhren, daß ihr Vater schon längst das Zeitliche gesegnet hatte. Zusammen mit den Frauen des Verstorbenen mußten sie die ganze Nacht allein bei der Totenklage verbringen. Wegen der Nachtzeit konnte kein Mittel zum Schutz vor den Totengeistern angewandt werden, deshalb zogen es die Nachbarn vor, fern zu bleiben. Bei solchen Gelegenheiten pflegt eben jedermann an seinen eigenen Tod zu denken.

Im Morgengrauen versammelten sich die Nachbarn wieder im Gehöft, und man konnte daran gehen, für Ntulanalwo ein Grab zu schaufeln. Zunächst wurde die vorgesehene Stelle gesäubert und vermessen. Dann wählte man Galibondoka aus, den Sohn der ersten Frau Netoga, mit dem Ausheben der Grube zu beginnen. Sein Halbbruder Myombekere, Sohn der zweiten Frau Mbonabibi, löste ihn bei der Arbeit ab. Nachdem das Grab ausgehoben war, schlachtete man ein Rind und wickelte den Leichnam in die frisch abgezogene Haut. So wurde Ntulanalwo ins Grab gelegt. Die Trauerfeier für ihn dauerte vier Tage. Am fünften Tag begab sich die gesamte Trauergemeinde zum See, um sich im Wasser vom Fluch des Todes zu reinigen.

An diesem Tage kam ein Mann, um die Hinterbliebenen daran zu erinnern, daß ihm der Verstorbene noch ein Rind schulde. Da die Angehörigen Ntulanalwos von dieser Schuld wußten, bekam der Fremde ohne Zögern ein rotes Rind ausgehändigt.

Kurz darauf trat ein weiterer Mann auf, der behauptete, der Verstorbene schulde ihm einen Ziegenbock. Als Grund gab er vor, Ntulanalwo habe diesen bei ihm anläßlich eines Biergelages verspeist. Da er auf Befragen keine Zeugen für die unglaubwürdige Geschichte beibringen konnte, bekam er auf einmal trotz seiner massigen Gestalt vor lauter Scham ein ganz schmales Gesicht. Schließlich rannte er davon und wurde nie wieder gesehen.

Das ist also die Geschichte von Ntulanalwo, dem Sohn Myombekeres und Bugonokas, wie er lebte und starb. Unter großer Anteilnahme seiner Mitmenschen wurde er feierlich bestattet. Nicht nur seine engste Familie und seine Sippenangehörigen, auch seine Enkel und selbst Urenkel erwiesen ihm die letzte Ehre. Es war ein würdiger Abgang, den man in der Kerewe-Sprache als *kufwa, kwokuzikwa enzima* bezeichnet. Damit meint man ein Sterben, gefolgt von einem schönen und achtbaren Begräbnis, an dem eine große Schar leiblicher Kinder, Enkel und Urenkel teilnimmt, Ausdruck dafür, daß Ntulanalwo bei seinem Tode eine fest gefügte Familie und ein überaus wohlhabendes Gehöft hinterließ.

* * *

Auch Bulihwali, die Tochter Myombekeres und Bugonokas, führte ein erfolgreiches Leben in dieser Welt. Sie schenkte nicht nur vier eigenen Kindern das Leben, sondern konnte auf eine stattliche Anzahl von Enkeln und Urenkeln zurückblicken. Erst im hohen Alter starb sie. Allerdings stellte sie für ihre Söhne, Töchter, sogar ihre Enkel in den letzten Lebensjahren eine rechte Last dar. Wie ein kleines Kind ließ sie unter sich. Auch konnte sie sich nicht mehr auf zwei Beinen, sondern nur noch auf Knien rutschend fortbewegen. Oft-

mals, wenn ihr ihre Schwiegertöchter Kartoffeln in eine *kisonzo*-
Schale gefüllt hatten, die sie essen sollte, kippte sie diese einfach um,
so daß die Speisen in den Schmutz fielen. Die Schale benutzte sie
anschließend als Gefäß für ihre Notdurft. Alle Hunde der Nachbarschaft streunten stets in ihrer Nähe umher, um sich sofort auf die
von ihr weggeworfenen Speisen zu stürzen.

Wer immer ins Gehöft kam und ihre Altersschwäche sah, bekam
Angst, ebensolange leben zu müssen. Untereinander sprachen die
Leute: „Ehee! Es ist doch besser, rechtzeitig zu sterben, als so alt und
gebrechlich zu werden. Warum muß sie in diesem Zustand immer
noch weiterleben, wo sie doch alle ihre Kinder geboren und großge-
zogen hat? Wäre sie ein Rind, eine Ziege oder ein Schaf, hätte man
ihr dieses jämmerliche Leben nicht längst erspart und sie geschlachtet? Andererseits kann man jemanden, der nicht beizeiten stirbt, ja
auch nicht lebendig begraben!" Diese oder ähnliche Gedanken äußerten die Leute bei Bulihwalis Anblick.

Das blieb so, bis sie eines Nachts unbemerkt auf allen Vieren das
Gehöft verließ und aus eigener Kraft nicht mehr zurückfand. Als die
Hofbewohner am anderen Morgen ihre Türen öffneten und ihre
Hütten verließen, wurde Bulihwalis Verschwinden bemerkt. Ihre Ur-
enkel fanden sie schließlich tot im Busch, als sie dort auf Vögel Jagd
machten. Eiligst unterrichteten sie ihre Eltern. Diese bargen den
Leichnam und sorgten für die Beerdigung.

Als Frau wurde Bulihwali wie alle Kerewe-Frauen im Grab auf die
rechte Seite gebettet, mit dem Gesicht nach Süden. Ihr Kopf wies
nach Westen, während ihre Füße nach Osten zeigten. Auf ihrem
Grab wurde nach der Bestattung der *lwakalera*-Tanz aufgeführt, weil
sie zu Lebzeiten Mitglied des *abafumukazi*-Bundes, einer Gesellschaft von Heilerinnen und Wahrsagerinnen, gewesen war. Viele
Frauen dieses Bundes nahmen an ihrer Bestattung teil. Nach dem
Tanz pflanzten sie ihre Opfergefäße, die Hörner von großen Elenan-
tilopen, auf ihr Grab. Es kamen sehr viele Opferhörner zusammen.

Wenn eine allseits beliebte Frau stirbt, pflegen die Angehörigen zu
weinen und zu klagen: „Ee! Mutter, warum läßt du uns als Waisen
hier zurück?" In diesem Fall waren die Verwandten Bulihwalis von
ihrem langen Alterssiechtum jedoch so erschöpft, daß sie nicht mal

ihrer kleinen Hütte die gebührende Achtung zollten. Keiner wollte nach Bulihwalis Tod hineingehen, um sich irgendein Erbstück oder Andenken daraus hervorzuholen. Der überall umherliegende Unrat ekelte sie zu sehr an. Sie schickten daher die Urenkel der Verstorbenen hinein und befahlen ihnen, drinnen ein Feuer zu legen und die Hütte samt Inhalt einzuäschern. Basi!

Zum Schluß habe ich euch noch folgendes mitzuteilen: Zunächst sage ich euch allen Lebewohl. Nehmt ruhig eure eigenen Gespräche wieder auf. Ich verabschiede mich von euch, meine Mitmenschen und Gefährten, um nun wieder meinen eigenen Weg zu gehen.

Die Paläste dieser Welt sind nur eine Schlafstelle und kein Ort, wo die Menschen auf ewig leben könnten. Laßt uns darum so sein, wie es die Namen unserer Mitmenschen in diesem Roman uns andeuten sollen.

Ihr fragt mich sicher, welche Namen dies sind. Ich will sie euch alle nennen: *Myombekere*. Das heißt: Begründe ein Gehöft und eine Familie! *Bugonoka*. Der Name bedeutet: Das Unheil kommt unversehens. Bereitschaft ist darum alles. *Ntulanalwo*. Wortwörtlich heißt dies: Ich lebe stets damit. Womit? Gemeint ist der Gedanke an den Tod. Ein solches Bewußtsein verleiht Unerschrockenheit und Kampfeswille in allen widrigen Lebenslagen. *Bulihwali*. Der Name verweist auf die Frage: Wann wird das Leid endlich enden? Dahinter verbirgt sich die Hoffnung oder gar die Gewißheit, daß alles Leid einmal enden wird.

Wenn ihr mich weiter fragt, welchen Namen ihr besonders beherzigen sollt, so werde ich euch auch hierauf eine Antwort geben. Blitz und Donner, ich will euch das Geheimnis wohl lüften! Das zuvor Gesagte wird eintreffen. Dafür steht der Sohn Bugonokas: *Ntulanalwo*. Eine geachtete Frau, die keine Geheimnisse vor ihrem Ehemann hat, die Gebärerin von wohlgeratenen Nachkommen, dafür steht die Tochter Myombekeres: *Bulihwali*. Beides zusammen bildet die Grundlage aller Gehöfte hier im Kereweland!

Mitbrüder und Mitschwestern, was für Menschen trifft man seit eh und je in dieser großen Welt an? Sagt es mir! - Rückständige und ewig Rückwärtsgerichtete! Springt auf, flieht nach vorn, damit ihr nicht in der alten Unwissenheit verharrt!

Hiermit lebt wohl! Einem undankbaren Menschen zu dienen, heißt, sich den Rücken vergebens zu zerbrechen!!! - Undank ist der Welt Lohn. - Ende gut, alles gut!

Anonym 1980: Juu ya Mwandishi (Über den Autor) Vorwort in Kitereza, Aniceti: *Bwana Myombekere na Bibi Bugonoka na Ntulanalwo na Bulihwali*, Bd. 1, S. VI f.

Crebolder-van der Velde, Emma: *Aniceti Kiterezas Roman „Bwana Myombekere na Bibi Bugonoka Ntulanalwo na Bulihwali" als Beispiel des Übergangs zwischen oraler und schriftlich verfaßter Literatur in Ostafrika*, Magisterarbeit Köln März 1986.

Crebolder-van der Velde, Emma: Übergangsliteratur, ein seltenes Genre, *Afrikanistische Arbeitspapiere* AAP Nr. 10, Juni 1987, 5–29.

Hartwig, Gerald W. & Charlotte M.: Aniceti Kitereza: a Kerebe Novelist, *Research in African Literatures*, Vol. 3/2, 1972, 162–170.

Hartwig, Gerald W.: The historical and social role of Kerebe music, *Tanzania Notes and Records*, vol. 70, 1969, 41–56.

Hartwig, Gerald W.: *A Cultural History of the Kerebe of Tanzania to 1895*, Dissertation 1971, University Microfilms International, Ann Arbor, Michigan.

Hartwig, Gerald W.: *The Art of Survival in East Africa. The Kerebe and Long-Distance Trade, 1800–1895*, New York – London 1976.

Hartwig, Gerald W.: Changing forms of servitude among the Kerebe of Tanzania, in: Miers, S. & I. Kopytoff (Hrsg.) *Slavery in Africa. Historical and Anthropological Perspectives*, Madison Wisc., 1977, 261–285.

Hurel, Eugène: La langue kikerewe. Essai de Grammaire, *Mitteilungen des Seminars für Orientalische Sprachen zu Berlin*, Dritte Abteilung: Afrikanische Studien Bd. 12, 1909, 1–113.

Hurel, Eugène: Religion et vie domestique des Bakerewe, *Anthropos*, Bd. 6, 1911, 62–94, 276–301.

Kitereza, Aniceti: *Bwana Myombekere na Bibi Bugonoka na Ntulanalwo na Bulibwali*, 2 Bde., Dar es Salaam 1980.

Mulokozi, M. M.: Review Article: Bwana Myombekere na Bibi Bugonoka na Ntulanalwo na Bulihwali, *Research in African Literature*, vol. 5/2, 1984, 315–319.

Ruhumbika, Gabriel: *Projektplan* (unveröff. Manuskript o. J.)

Schulz, Hermann: *Der Enkel des Regenmachers*. Afrikanische Literatur und die Entdeckung des Aniceti Kitereza, Manuskript einer Sendung des Westdeutschen Rundfunks, 3. Programm im Januar 1991.

Zimon, Henryk: Geschichte des Herrscher-Klans Abasiringa auf der Insel Bukerewe bis 1895, *Anthropos*, Bd. 66, 1971, 321–372, 719–752.

Zimon, Henryk: *Regenriten auf der Insel Bukerewe (Tanzania)*, Fribourg 1974.

Literatur aus Afrika

Tierno Monénembo
Kubas Hähne krähen um Mitternacht
Roman
Aus dem Französischen von Gudrun und Otto Honke
ISBN 978-3-7795-0550-1

Tendai Huchu
Maestro, Magistrat und Mathematiker
Roman
Aus dem Englischen von Jutta Himmelreich
ISBN 978-3-7795-0535-8

Meja Mwangi
Tanz der Kakerlaken
Roman
Aus dem Englischen von Jutta Himmelreich
ISBN 978-3-7795-0528-0

Sifiso Mzobe
Young Blood
Roman
Aus dem Englischen von Stephanie von Harrach
ISBN 978-3-7795-0518-1

Sefi Atta
Nur ein Teil von dir
Roman
Aus dem Englischen von Eva Plorin
ISBN 978-3-7795-0473-3

PETER HAMMER VERLAG
www.peter-hammer-verlag.de

Sachbücher über die südlichen Kontinente

Lutz von Dijk
Afrika – Geschichte eines bunten Kontinents
Neu erzählt mit afrikanischen Stimmen
ISBN 978-3-7795-0527-3

Moustapha Diallo
Visionäre Afrikas
Der Kontinent in ungewöhnlichen Portraits
ISBN 978-3-7795-0487-0

Einhard Schmidt-Kallert
Magnet Stadt
Urbanisierung im Globalen Süden
ISBN 978-3-7795-0560-0

Silke Hensel (Hg.)
Barbara Potthast (Hg.)
Das Lateinamerika-Lexikon
ISBN 978-3-7795-0474-0

Eduardo Galeano
Die offenen Adern Lateinamerikas
Die Geschichte eines Kontinents
ISBN 978-3-7795-0271-5

PETER HAMMER VERLAG
www.peter-hammer-verlag.de

Originaltitel:
Bw. Myombekere na Bi. Bugonoka na Ntulanalwo na Bulihwali
Tanzania Publishing House Ltd., Dar es Salaam 1980
Vols. 1 & 2

1. Auflage der Sonderausgabe 2016
© Aniceti Kitereza, 1980
© für deutsche Ausgaben und Auflagen
Peter Hammer Verlag GmbH, Wuppertal 1991
Alle Rechte ausdrücklich vorbehalten
Umschlaggestaltung: Wolf Erlbruch/Rainer Zenz
Lektorat: Gudrun Honke
Druck: CPI books, Leck
ISBN 978-3-7795-0553-2
www.peter-hammer-verlag.de